I0680539

Sexo Sagrado,
Lágrimas del Cielo

Una novela de
A.I. Robeshin

Este libro es una obra de ficción. Los nombres, personajes y sucesos son producto de la imaginación del autor. Cualquier semejanza a eventos reales o personas, vivas o muertas, es pura coincidencia.

Título Original: Sacred Sex, Heaven's Tears
Copyright 2013 A.I. Robeshin

ISBN-13: 978-0-9914980-1-7

Impreso y encuadernado en los Estados Unidos de América

Diseño de portada: JH
Formato: EH

Copyright Library of Congress 2013
Copyright Edición en español 2015 A.I Robeshin

TODOS LOS DERECHOS RESERVADOS
No se permite la reproducción total o parcial de este libro ni su incorporación a un sistema informático, ni su transmisión en cualquier forma o por cualquier medio, sea este electrónico, mecánico, por fotocopia, por grabación u otros medios, sin el permiso previo y escrito del autor.

A los abusados – por favor, no se rindan. Existen recursos y personas compasivas que ofrecen su ayuda. Continúen con sus oraciones, pidiendo Su guía, y abran su corazón a aquellos que Él pone en su camino para ayudarles, protegerles y sanarles.

Para los abusadores –pongan mucha atención a los mensajes aquí escritos enviados desde el Cielo. Él no los ha proporcionado como simples sugerencias, y siempre perdonará al corazón verdaderamente contrito; pero el arrepentimiento y el cambio de sus comportamientos nocivos hacen parte del paquete. Tiene que venir de ustedes. No es posible esconderse de Él o de Su justicia, desencadenada por sus propias acciones deliberadas en ésta vida.

RECONOCIMIENTOS

Estoy verdaderamente agradecido con las siguientes personas por su ayuda y apoyo con este proyecto:

A mi esposa, eres todo mi mundo. Gracias por tu amor y amistad durante ésta travesía. Estaré siempre agradecido de tu presencia en nuestras vidas, especialmente cuando parecía que se desmoronaban y fuimos forzados a experimentar la loca realidad de víctimas secundarias sin una guía clara. Agradezco tu presencia en mi vida cada día.

A nuestros hijos y sus parejas, gracias por sus oraciones, y por continuar llenándome de energía con su fortaleza, coraje y sabiduría. Los amo completamente.

Al diácono E. A. Greenwell, su guía, edición y amistad han sido indispensables.

A EH, gracias por guiarme en la jungla de la publicación. Y a JH, gracias por su creativa supervisión.

A TT2, gracias por su apoyo y análisis independiente. Los grandes amigos son difíciles de encontrar.

A toda la familia y amigos que han rezado por este proyecto, gracias por creer en Él, y luego en mí.

A todos los que ayudan en la lucha contra el abuso sexual, a los que ayudan y no hieren, sanan y no destruyen, a los miembros altruistas del cuerpo de Cristo – gracias, gracias, gracias.

A todos aquellos que continúan actuando como si este tema no fuese de gran importancia, gracias por su ignorancia, falta de inteligencia y de compasión, tanto que me agitó lo suficiente como para finalmente escribir éste libro. La inspiración puede venir de diversas maneras.

Y a CKP, quien dejó este mundo demasiado pronto, y cuya tenacidad y ánimo de vivir robustamente me inspiraron más veces de las que puedo contar. Gracias por tu ayuda cuando en verdad la necesitamos, y cuando no. Descansa en paz, amigo mío.

Gracias por la ayuda con la traducción William, eres un buen amigo.

Capítulo 1

Se dice que nos convertimos en lo que pensamos la mayor parte del tiempo. De hecho, el concepto es bíblico. Cuando consideramos los millares de profesiones alrededor del mundo –cuerpos policiales, artistas, banqueros, criminales y demás – creo que descubrimos que han pasado bastante tiempo perfeccionando sus habilidades. Ejerciendo de manera consistente su libre albedrío, regalo de Dios, es como se han vuelvo buenos en lo que hacen. Y aún si han escogido no hacer nada en absoluto, es una decisión que han tomado por sí mismos.

Cada uno de nosotros sigue este proceso diariamente, aún si es en una escala diminuta. Como éste diario que he comenzado a escribir, para la posteridad – y como regalo para ti. Lo actualizaré a medida que el tiempo me lo permita. Por lo que he pasado aquí no se compara nada a como era mi vida en la diócesis de Brooklyn. Solamente han pasado unos meses y mi mundo ha cambiado completamente. En este momento parece que tengo un poco de tiempo innecesario para matar, y me siento un poco cansado. Disculpa si estoy siendo un poco disperso. Al final, imprimiré este diario para que un amigo de confianza te lo entregue.

Las malas decisiones que otros toman en verdad nos afectan a todos, sin importar de qué manera las racionalicemos. Eso es lo que logra el pecado. Ah, tal vez no hasta el punto de que algún idiota oprima el "gran botón rojo" y el mundo vaya a terminar; solamente Dios decide el destino de nuestra existencia. Pero no te equivoques, las verdaderas decisiones que alteran nuestras vidas abundan. Por eso es que el día de hoy estoy a punto de presenciar mi primera ejecución en la Prisión Central en Raleigh, Carolina del Norte.

El increíble número de personas que comparten la "filosofía de vida" de autocomplacencia me irrita inmensamente. Ya sabes, los que viven descaradamente como si lo único que importara es lo que ellos quieren, lo que los hace feliz y cómo pueden ser lo que quieren ser. Si son de los que se ven afectados por sus hábitos descontrolados, es perjudicial, y a ellos parece no importarles en absoluto. La culminación de sus malas decisiones los ha hecho lo que son, o lo que ellos mismos han permitido convertirse. Ellos lo llaman su derecho; yo lo llamo sandeces.

Puede que no lo recuerdes, pero yo era uno de ellos; por eso es que escribo con tanta seguridad. Ah, no al mismo grado del condenado con el que estaré más tarde, pero en realidad reconozco su recorrido vagamente. Sé que en algún momento a su vida la impulsaba el sexo; un deseo con el cual me sentía íntimamente familiarizado. No puedo medir el odio y la violencia perversa, pero conozco el deseo, regalo de Dios.

Son las 6:00 de la mañana del lunes. Una banana y un paquete de vitaminas 'Emergen-C' llenan mi sistema; necesito energía. Anoche me llevó 90 minutos regresar de la Prisión Central, así que fui tarde a la cama. Pensar en presenciar una ejecución no ayudó, y de todos modos no duermo muy bien. Ha sido un problema durante la última década – que mi doctor cree se puede rectificar con una prueba de sueño y un dispositivo CPAP. Ya sabes, las cosas que utilizan los viejos y los obesos. Ahora prefiero evitar a mi doctor.

Mi café favorito, el Tostado Italiano de Peeta, ni siquiera me saca una sonrisa. Estoy intentando desesperadamente no cerrar mis ojos; no quiero estar más atontado de lo que ya estoy, y definitivamente no quiero tener otro ataque de ansiedad. Esas preciosuras me han afligido desde la niñez. Me preocupo, ¿recuerdas? La mente puede ser un amigo poderoso o un terrible enemigo. Mi salud es lo que más me preocupa; me contagio con cualquier enfermedad que esté de paso. Si no, me enfermo simplemente de pensarlo. Lo odio.

El estrés de ser un Director Financiero Corporativo tampoco ayudó demasiado. ¿Lo positivo de esa experiencia? Adquirí grandes habilidades como la gerencia de proyectos, cumplir con fechas límite, y manejo de personal – y todo con recursos limitados. Mi Obispo anterior decía que estas habilidades me permiten ser un administrador efectivo en la Iglesia. ¿Lo negativo? Cuándo las cosas no salían de la manera en que mi personalidad perfeccionista lo quería, explotaba contra cualquier persona, y los ataques de ansiedad se multiplicaban en frecuencia e intensidad. Desafortunadamente, la paciencia para conmigo y con otros todavía se me hace un reto.

Mientras miro por la ventana del Pontiac 6000 año 1990, propiedad de la parroquia, el sol se asoma por encima de las siniestras paredes de la Institución Correccional Hyde, un centro de 20 años que cuenta con 756 camas. Todas llenas. Todos hombres. Existen centros similares para mujeres en todo el estado. Las malas decisiones los llevaron a lugares como éste.

La Correccional Hyde sirve como un centro tanto de mínima

cómo de mediana seguridad. Tengo suficiente fe en el sistema de justicia penal como para creer que la mayoría están aquí porque se lo merecen. Sin embargo, también comprendo que algunos pudieron haber terminado aquí porque tuvieron el abogado equivocado, o porque los policías equivocados manejaron sus casos, o debido a un millar de otras razones. Sin importar la evidencia o los errores que los pusieron aquí, todos apelan, y apelan, y apelan un poco más; y los que pagan los impuestos son los que deben cargar con los costos. ¿Pero qué más se puede esperar que hagan con su tiempo? Digo, ¿no trabajarías duro para salir de un lugar que toma toda tu libertad y te atrapa con la clase de personas que intentaste evitar la mayor parte de tu vida en libertad? Sí, creo que yo también lo haría.

¿Pero qué diablos hago aquí, ahora, en una mañana de marzo sin nubes, a 4 grados en Carolina del Norte? Después de todo, el prisionero se fue de la Correccional Hyde hace un año cuando una muestra de su ADN lo ligó a tres asesinatos, incluyendo un acto especialmente atroz en Boise, Idaho. Fue aquella evidencia la que finalmente lo envió al pabellón de la muerte en la Prisión Central. Espero nervioso al vehículo que me llevará junto al Alguacil Daniel Robert Luder, bajo su insistencia; ya lleva quince minutos de retraso. Viajaremos juntos a Raleigh a presenciar la ejecución de Cameron Gambke, un hombre blanco de 47 años. Preferiría estar en cualquier otra parte. Mis oraciones ésta mañana han sido simples y directas: "Dios, ayúdame a pasar por esto, por favor." Por desgracia, éste es el trabajo de Dios, y la vida de un sacerdote católico.

El vicario que normalmente es asignado a la Prisión Central se ha tomado una licencia para ausentarse debido a una emergencia. Con el fin de colaborar, mi pastor, el Padre Bernard Shoefke, me pidió que fuera allá anoche para escuchar la última confesión del recluso. Aunque se veía verdaderamente disconforme con la substitución, Cameron Gambke me pidió que me quedara con él en éste, su último día sobre la tierra; dijo que era importante. Me contó que su abogado se encontraba trabajando en una apelación para obtener una sentencia menos severa. También me dijo que no importaba; si no lo ejecutan, me aseguró que su vida terminará pronto de todas maneras, por culpa de Redek. Lo presioné, pero me dijo que no era necesario que yo supiera.

Un mensaje urgente me esperaba en casa de parte de la Sra. Susan Bellers, administradora de nuestra oficina, en el que me

7

informaba que hoy debía viajar con el Alguacil Luder. Decía que era imperativo que me encontrara con él en el parqueadero de la Correccional Hyde a las 6:00 a.m. Hyde se encuentra a otros 48 kilómetros en la dirección opuesta de donde vivo. Sin embargo, la ejecución no está programada sino hasta las 6:00 p.m. ésta noche. Estoy confundido y me enfoco en mi respiración controlada, intentando no quejarme. Una vez más, no lo estoy logrando.

Miro nuevamente por la ventana, visualizando el año pasado, el día en que el prisionero fue trasladado de Hyde a la Prisión Central. Imagino que causó un gran caos mediático. Una visión arraigada del Camino de la Cruz de Nuestro Señor se proyecta en mi mente.; el rango de emociones que se reflejaban en la multitud mientras Él era llevado a su propia muerte. Excepto que Jesús era inocente, le tendieron una trampa, le hicieron sufrir y lo asesinaron. ¿Éste hombre también sería inocente?

Oh, he escuchado por todos lados las palabras "violador", "asesino", "abusador sexual", "ladrón" y demás. Toda la comunidad parece estar hablando de ello. Había muchos camarógrafos en la Prisión Central anoche. Pero estoy cansado de los medios de comunicación; pueden retorcer cualquier cosa a su manera si lo quieren, así que nunca sé si lo que escucho es la verdad, su punto de vista, o nada parecido. La mayoría de las veces ni siquiera me preocupo por ver las noticias de la noche.

¿Y por qué toda la conmoción, se preguntarán? ¿Por qué finalmente se le están dando a este tipo sus 15 segundos de fama cuando muchos otros se sientan en el pabellón de la muerte totalmente fuera del ojo público? Pues bien, en primer lugar, el Estado de Carolina del Norte no es el mejor lugar para estar en el pabellón de la muerte. Aparentemente se encuentra en el quinto lugar en el país por ejercer esta forma de castigo, con 322 ejecuciones registradas; 43 desde 1976.

Las últimas dos ejecuciones sucedieron en 2006 por medio de inyección letal ya que la electrocución desapareció en 1935. La primera fue para un criminal que asesinó a un empleado de una tienda de abarrotes por $90 Dólares en efectivo y un monedero que contenía dinero y su identificación. El segundo fue un hombre que golpeó a su hijastra de dos años con tanta severidad, que la autopsia reveló que falleció de uno o varios golpes fatales al abdomen, los cuales cortaron su páncreas a la mitad contra su columna y destruyeron su hígado. Su agresor sintió que ella lloraba demasiado para su gusto. Su última comida fue camarones apanados, tortas de maíz, papas a la francesa y una Coca-Cola. Lo único que espero es que los guardias de la prisión hayan cagado y orinado en su comida antes de dársela. Qué pena, lo sé. Soy un sacerdote. Me aseguraré de ir a confesión pronto. Ya extraño mi antiguo trabajo en la diócesis de Brooklyn.

El Alguacil ya lleva 30 minutos de retraso. Simplemente seguiré escribiendo. Tengo el presentimiento de que será importante cuando eventualmente leas esto, Padre. Déjame pasar al tema de la identidad personal que pudo haberse borrado de tu memoria.

Soy el Padre Jonah Lee Bereo. Mis padres me llamarón así por el bisabuelo de mi madre: Leeson Bereo, alguien que aparentemente fue fundamental en su vida. Nunca lo conocí. A ella también le gustaba coleccionar chucherías de ballenas – de ahí "Jonah". Falleció la primavera pasada a la edad de 74 en un hogar de reposo en Gardensville, Carolina del Norte, llamado "Campos de Serenidad". Papá todavía está vivo. Vivía con mi hermano mayor, Paul y su familia, en Gardensville. Y hago énfasis en "vivía" ya que es la razón principal por la que me he trasladado aquí. Pero antes de hablar de eso, crecí en Breezy Point, Nueva York, con Paul, nuestros padres, y un Cocker Spaniel llamado "Mopatch". Hace dos años, a la memoria de mi madre, recogí un Husky Siberiano, y le coloqué el mismo nombre. Me pasé mis días de secundaria apenas evitando problemas; al menos el tipo de problemas que me pondrían en un lugar como la Correccional Hyde. No soportaba los primeros años en la secundaria; fue mi primera, y ciertamente no la última, experiencia con la presión de grupo, la intimidación, y la interminable búsqueda que toda la humanidad hace por el poder. Si hubiera podido quedarme el resto de mi vida en la escuela primaria, lo habría hecho.

De ahí pasé a la Universidad George Mason, en donde obtuve mi diploma en contabilidad y, poco después, mi certificación CPC. Fui recompensado con 5 años de cheques gordos y bonos sustanciosos como Director Financiero para una institución financiera pequeña. Mi mentalidad de adicto al trabajo garantizaba mi éxito.

Fue ahí donde finalmente me di cuenta de que aun cuando todos a mi alrededor se consideraban adultos, muchos no habían madurado más allá de sus años de adolescencia egoístas y turbulentos. Aún continuaban jugando los mismos juegos mentales infantiles, pero habían mejorado mucho en ellos. Desgraciadamente, los que estaban a cargo, los mejores en la guerra diplomática, también tenían el desafortunado poder para despedir personas que tienen familias a las que mantener. Era dominación mucho más allá de los insultos y la blasfemia contra un niño de 10 años. Dudo que mucho haya cambiado en el mundo de los negocios.

Me avergüenza decir que les seguía el juego, pensando que era la manera como se suponía que debía ser; y déjame decirte, era el mejor. Pero nada de eso se sentía bien. No me sentía bien conmigo mismo la mayoría de los días, empezando con el ritual matutino en el que mi conciencia me gritaba mientras tomaba mi café, encendía el motor de mi Porsche Carrera gris oscuro, y planeaba mentalmente mi día mientras manejaba en la autopista hacía el 'trabajo de mis sueños' en Manhattan. La traición, el hurto, el posicionamiento y las intrigas de oficina eran interminables. Esto fue antes de Enron, Arthur Andersen, WorldCom, y el colapso financiero subsiguiente. Afortunadamente, por fin me entregué al llamado. Aún le agradezco a mí Señor por no haber estado allí cuando todo hizo implosión.

Nunca me casé; simplemente nunca encontré la mujer adecuada. La verdad es que, aún si hubiera puesto mi corazón en ello, y no lo hice, simplemente cumplí con el formalismo, el juego, de salir en citas alentado por todos mis amigos. Sabía de primera mano que solamente un número diminuto de ellos era fiel – ya sea a sus novias o esposas – y la presión de grupo puede llegar a ser muy destructiva, sin importar tu edad. Así que aprendí a escoger a mis amigos prudentemente. He aprendido que Satán utiliza muchas máscaras para intentar hacernos caer, y ninguna de ellas es fea. Si lo fuesen, haríamos lo que nuestros instintos nos dijeran - correr.

El matrimonio nunca fue para mí, al menos no con una mujer. El ser un Sacerdote católico no es una profesión, como mucha gente lo piensa de manera equivocada, es un llamado. Cuando finalmente lo escuché, me di cuenta de que Dios había estado llamándome toda mi vida; Él tenía planes especiales para mí. Como Jonás y la ballena, Él me perseguía y yo corría. Pero con Su amor infinito y persistente, finalmente desenterré mi cabeza y dije, "Ah, así que ése era mi destino." Ingresé al seminario a la edad de 28, alegremente me ordené como sacerdote a los 35, y he servido fielmente por 15 años a la Diócesis Católico-romana de Brooklyn, Nueva York, hasta el día de hoy.

Descansando mi cabeza contra el apoyacabezas, decido al menos tomar una siesta. Mi reloj muestra las 7:00 a.m. y en segundos, los músculos superiores de mi tráquea se relajan. Mis ronquidos me despiertan múltiples veces.

Sin demora a las 8:00, nudillos musculosos golpean fuertemente contra la ventana del lado del conductor, haciéndome dar un salto y golpear la taza de café con mi brazo. Lo que queda de mi frio café pasa a milímetros de mi computadora portátil y cae directamente en mi muslo derecho.

Una voz grita desde afuera, "Vamos. Usted viaja conmigo."

Capítulo 2

El Alguacil Daniel Robert Luder no lo pide, lo ordena. Cerrando mi portátil para forzar a que se apague, salgo del carro un poco atontado, y bloqueo las puertas instintivamente. Recuerda, soy de Brooklyn, aunque la mayoría de las personas de por aquí no se preocupan por detalles molestos como éste. Sigo al Alguacil como un cachorro que ha sido atrapado mordiendo algo que no debería, pero tan poco sin saber qué debería haber mordido en primer lugar. Tal vez el Alguacil también esté al límite de su paciencia como todos los demás. Afortunadamente, las ejecuciones ya no suceden con frecuencia en los Estados Unidos.

Al acercarme al asiento del pasajero delantero, me doy cuenta de que la puerta está bloqueada.

"No." dice, estirando su mano hacia la manija de la puerta trasera derecha, "Solamente personal autorizado en el frente; y usted está aquí sólo porque ese convicto lo pidió." Su cuello musculoso, su cabeza delgada y su sombrero de vaquero marrón oscuro fuertemente asegurado hacen un gesto hacia la parte trasera del auto.

"Eso lo relega al asiento trasero."

Sabiendo que no debo discutir, me deslizo torpemente sobre el asiento de cuero trasero, moviendo mis piernas rápidamente, con la certeza de que disfrutará tirar la puerta en mi tobillo.

"No he estado en el asiento trasero de uno de éstos en mucho tiempo," ofrezco tímidamente, intentando suavizar el ambiente. Sus ojos aparecen en el espejo retrovisor, entrecerrados.

"Oh, en la universidad viajé con la policía durante una clase de justicia penal que estaba tomando." ¿Por qué siento la necesidad de darle explicaciones al Brigadier General Luder? Mi intento no recibe ninguna respuesta.

"Mi mensaje decía que debía encontrarme con usted hoy a las 6:00 a.m."

"Pues bien, recibió el mensaje equivocado. Le dije a su asistente que a las 0800 horas en punto."

Muchas gracias, Sra. Bellers. ¿Por qué no me sorprende?

"Hace un año cuando trasladamos a esa porquería, este lugar era un maldito circo. Un verdadero mierdero. Todo en su vida eran problemas, así que no sé por qué no sería un dolor de cabeza para mí

12

hasta el final," dice mientras enciende el motor y oprime el acelerador fuertemente. Mi cabeza se sacude y golpea el apoyacabezas debido a la repentina inyección de combustible. Aparentemente mi comodidad no le interesa, ni tampoco mis hábitos clericales hacen que cuide su forma de hablar.

El automóvil del Alguacil, un Ford Crown Victoria blanco con franjas color negro y amarillo mostaza año 2010, avanza a toda velocidad. No puedo evitar pensar que pasó por la cabeza de Cameron Gambke mientras miraba por la ventana a prueba de balas de la camioneta de policía en ese fatídico día – un paisaje que sabía nunca volvería a ver.

Algunos minutos después, luego de pasar a exceso de velocidad por la calle Piney Woods, el Alguacil baja la velocidad al mínimo mientras giramos a la derecha hacia la calle Turnpike. A dos metros y medio de alto, en diferentes cruces de madera deterioradas de 10 cm x 10 cm, se encuentran cinco cadáveres de animales. Crucificados, por así decirlo. Sus pelajes están enmarañados, desgastados por el paso del tiempo y con un tinte rojo. El Alguacil Luder ríe. Debajo, un letrero deteriorado, "Te extrañaremos, Gambke!" saluda a todos los que pasan por allí. Es obviamente un mensaje para Cameron Gambke, pero, ¿por qué está todavía ahí? Ya ha pasado un año. ¿Qué significa todo esto? ¿Por qué cadáveres de animales? ¿Y qué tipo de animales se supone que son? ¿Lobos? ¿Coyotes? ¿Zorros? ¿Y por qué cinco?

"¿Qué fue todo eso?" pregunto a medida que retomamos la velocidad y nos dirigimos hacia la autopista U.S. 64.

"Solo un mensaje." El Alguacil estalla en una carcajada genuina, claramente a gusto con el significado detrás de todo lo sucedido; significado del cual obviamente no estoy al tanto. Lo que viene a continuación son kilómetros y kilómetros de silencio.

Encendiendo nuevamente mi portátil, pienso en lo que me trajo a ésta área en primer lugar. Estaba en Brooklyn cuando azotó la súper tormenta Sandy. Breezy Point fue prácticamente borrado del planeta, no por la lluvia o el viento, sino por el incendio que quemó 100 viviendas. A papá le afectó bastante la noticia ya que esa fue la primera casa que él y mamá compraron antes de reubicarse en Gardensville hace algunas décadas. Ahora que lo pienso, creo que Dios me estaba preparando para un eventual cambio geográfico.

Hace algunos meses, Paul aceptó un trabajo como Vicepresidente de una compañía global de telecomunicaciones. Junto con su esposa,

Sarah, y su hija menor, Emily, se mudaron de Gardensville a Japón. Su hija mayor, Rebecca, en vez de mudarse decidió ingresar a la Universidad de Pittsburgh como estudiante de primer año.

Papá se negó a mudarse con ellos, pero hasta él sabía que ya no podría vivir solo en la casa y tampoco quería tener nada que ver con el hogar de reposo en el que mamá había estado. Incluso ahora continúa hablando sobre como la maltrataban, como ella no paraba de decir que la estaban abusando sexualmente. Nadie le prestaba atención, ni a él, ni a Paul ni a mí. Los administradores del lugar se negaban a discutir la situación en detalle con nosotros. El cuento, sugerido por sus abogados, era que absolutamente nada había pasado, que la demencia de mamá era el verdadero problema. Falleció unas pocas semanas luego de que hiciéramos nuestro reclamo, y antes de que tuviéramos la oportunidad de reubicarla. Eso fue el año pasado; un año bastante duro para todos nosotros.

Intenté hacer que papá se mudara conmigo a Brooklyn, pero insistió en que quería quedarse en el pueblo en el que mi mamá se encuentra enterrada, así que conjuntamente hicimos los arreglos para que viviera en un maravilloso hogar para adultos mayores ubicado en un vecindario residencial a las afueras del pueblo. Las enfermeras residen en el hogar, y eso más que un arreglo, es una bendición absoluta.

Con el fin de estar más cerca de él, logré trasladarme a Gardensville en donde fui asignado a la Iglesia Católica de Nuestra Señora del Perpetuo Socorro. Se supone que debo aprender el oficio del Padre Bernard quien se jubilará el próximo año. Luego de eso, soy yo quien quedará a cargo, pero tengo todavía algunas peregrinaciones por liderar con mi antigua diócesis, las cuales documentaré en este diario a medida que sucedan.

Me tomo un momento para estirar mi cuello y reenfocar mis ojos cansados en mis alrededores, y no puedo evitar preguntarme, dado el típico ocupante del automóvil, cuantos gérmenes habrán en este asiento. No creo que preguntarle al Alguacil cada cuanto fumigan el vehículo genere alguna respuesta útil, si es que se ofrece a darme alguna. Me doy cuenta de la impresionante tecnología conectada a su panel frontal, protegida por varias armas de fuego, y me siento tentado a preguntarle su opinión sobre el control de armas; que demonios, tal vez tengamos algo en común.

"¿Y… qué cree que deberían hacer con el chico en Arvada,

Colorado, y en cualquier otro estado en donde tengan a personas que hayan cometido tiroteos masivos?"

Su cabeza gira lentamente y sus ojos se fijan de lleno en los míos una vez más por el espejo retrovisor.

"Creo que todos deberían observar y aprender hoy una lección importante de este estado proactivo. Estamos enviando un mensaje a aquellos que elijan tomar la vida de otro."

Entiendo; mejor intento otro ángulo.

"¿Cuántas armas tiene es este automóvil?"

"Muchas," contesta.

"Genial," asiento con la cabeza.

Sí, es una respuesta juvenil. En realidad quiero preguntarle si puedo disparar alguna, lo que es juvenil, también. Simplemente busco molestarlo un poco ya que parece que no le agrado demasiado. Es obvio que no se da cuenta de que tengo una piel bastante gruesa, madurada y curtida tanto por mis años de experiencia en el mundo corporativo americano, como por mi antigüedad como sacerdote católico en hábitos clericales.

En un giro sorpresivo, hace un esfuerzo por entablar una conversación, y de repente se hace claro el por qué se me pidió viajar con él a Raleigh.

"¿Qué piensa de nuestra celebridad, y condenado, Cameron Gambke?"

Nuestros ojos se encuentran una vez más en el retrovisor. No estoy seguro de lo que busca, así que titubeo un poco con el fin de formular mi respuesta de manera adecuada.

"¿Estuvo con él para su última confesión anoche, verdad?"

Se nota que ha hecho su tarea.

"Pues bien, se ve amable, respetuoso y genuino. Agradable."

Sé que no le va a gustar esa respuesta a pesar que, dado mi tiempo con el recluso anoche, es mi honesta opinión. Es todo lo que puedo decir.

"¡El condenado Gambke se ha burlado de usted, igual que como engaño a todos los demás en su vida!" vocifera a medida que aprieta el volante más y más fuerte, como se puede ver por sus nudillos cada vez más pálidos. Afortunadamente, mantiene sus ojos en el camino delante de él; no quiero terminar mi día en la cuneta al lado de la carretera.

No respondo. Me ha llevado años entender que la única forma de lidiar con personas molestas es darles tiempo para tranquilizarse antes de intentar continuar con cualquier conversación. No es que tenga miedo de que vaya a perder el control. Con su cuerpo hercúleo, armamento a la mano, y habilidades especiales de combate, es sin duda totalmente capaz de desmembrarme.

De hecho, me preocupa más el cómo, con mi propio ego en elaboración, podría yo reaccionar contra él. Mi director espiritual me recuerda constantemente que debo orar y trabajar en ello. Generalmente me reconforta saber que San Pedro fue un discípulo gruñón quien, con la gracia de Dios y bastante moldeo por parte del alfarero supremo, se convirtió en el primer papa de la Iglesia. Alguna vez alguien me dijo que todos somos "vasijas agrietadas".

Después de 15 o 20 minutos de tenso silencio, él intenta nuevamente avivar la conversación.

"Bueno, ¿y qué es lo que piensan ustedes sobre la pena de muerte y el control de armas?"

Sí, en verdad vamos a intentar comunicarnos como seres humanos nuevamente.

"¿Nosotros? ¿Nosotros los católicos? Bueno, antes de responder, déjeme preguntarle algo. ¿Hace parte de alguna organización religiosa?"

El Alguacil pausa, recapacitando. "Ya no." Y luego agrega, "Pero fui bautizado y confirmado en la fe católica, si eso lo hace sentir mejor."

Me detengo un momento, preguntándome por qué ofreció esa información. ¿Desea abrir una puerta? ¿Orgullo?

"Ok, pues bien, en lo que se refiere a la pena de muerte, la Iglesia cree que puede ser necesaria cuando no haya forma, y hago énfasis en la palabra 'no', de defender vidas humanas contra el individuo en cuestión. Pero si existen maneras no letales de hacerlo – como cadena perpetua sin posibilidad de libertad condicional – y la oportunidad de hacerle daño a otros es nula, entonces el estado puede y debe tomar dicha opción. Nuestra esperanza a la larga es que, dada la oportunidad, el prisionero escoja resarcir sus acciones y cambie su vida, y que tenga el tiempo de hacerlo, como es el caso de si se condena a cadena perpetua sin libertad condicional."

Los ojos del Alguacil se entrecierran; y su puerta de comunicación se cierra rápidamente.

"Pues más vale que eso no suceda en esta sentencia. Más vale que muera hoy."

Hace una pausa antes de continuar. "¿Entonces cree que estos bastardos pueden cambiar?"

"Todo es posible en Dios. Pero también es necesario que cada persona, haciendo uso de su libre albedrio, quiera cambiar. Solamente Dios conoce la respuesta a esa pregunta."

Mirando por la ventana de mi lado, respondo la segunda parte de su pregunta.

"Y con respecto a la posesión de armas, la Iglesia no tiene problema con ello, a medida que los que tengan armas de fuego cumplan las leyes. Cada nación y persona tiene el derecho divino a la defensa propia, aún si eso significa darle a su agresor un golpe letal. La Iglesia lo llama la doctrina de la 'Legitima Defensa'."

"¿Y qué hay de las personas que no se pueden defender por si solas? ¿Los niños, los enfermos mentales, los ancianos – personas así?

"Bueno, con todo respeto, ahí es donde usted viene al caso, Alguacil, y todos los demás en el sistema de justicia penal; todos ustedes que tienen la autoridad legal y el deber de proteger a la comunidad en general. También incluye a todos los que están a cargo de proteger a los niños, específicamente sus padres, maestros, entrenadores, consejeros, niñeras, y demás. Y también aplica definitivamente a religiosos y sacerdotes, personas como yo. En realidad todas y cada una de las personas en la tierra son llamadas y se espera que protejan a los niños, los pobres, y los oprimidos – en verdad, a todos los que no se puedan proteger por sí mismos. En la Biblia, Nuestro Señor nos dice en repetidas ocasiones que somos llamados a amar a nuestro prójimo y cuidar a los necesitados. Su Iglesia nos enseña y alienta a que hagamos lo mismo."

Avanzamos en silencio, y yo absorbo los campos verdes a mí alrededor, agradeciendo el calor del sol a medida que se levanta de su sueño. Finalmente me siento completamente despierto.

"¿Y, qué le dijo anoche el asesino condenado Gambke?"

"Me dio su última confesión. Y como tal vez recuerde de sus días de educación religiosa, estoy obligado bajo sanciones muy severas a mantener cualquier pecado que haya sido admitido en la santidad del confesionario bajo absoluta reserva. Se llama el 'sigilo sacramental', y no existen excepciones."

"¿Quiere decir que cualquier bazofia asesino, violador y pedófilo de mierda simplemente puede venir a confesarse ante usted y todo está bien? ¿Pueden entrar campantemente al Cielo?"

"Pues quizá, más o menos, tal vez. Todos pueden venir a mí, o a cualquier otro sacerdote ordenado, y confesar sus pecados. Nosotros simplemente actuamos como los servidores del perdón de Dios. Sin embargo, existen requerimientos que cualquier penitente debe cumplir. Primero, deben estar verdaderamente arrepentidos de sus pecados. Luego, deben venir personalmente ante un sacerdote ordenado y confesar todos sus pecados. De ser necesario, deben resarcir lo hecho al prójimo al que le hicieron daño, como devolver bienes robados, por ejemplo, si es posible hacerlo. Y después deben cumplir cualquiera que sea la penitencia impuesta por el sacerdote.

"Si yo, como el confesor, creo que el penitente ha satisfecho todos los requerimientos, le concedo la absolución que, aunque borra el pecado, no remedia todo el desorden que ha causado. Antes de que un pecador pueda entrar al Cielo, creemos que su alma debe estar tan blanca como la nieve fresca. Y ahí es cuando el purgatorio viene al caso. Pero Dios decide quién, y cuándo, un alma entra al Cielo, si en absoluto."

El Alguacil Luder hace un gesto con su mano, aparentemente no interesado en los detalles.

"Lo que quiero saber, Padre, es si *usted* cree que ése convicto que está en la Prisión Central en Raleigh, quien en verdad espero se esté meando encima en este momento, hizo una buena confesión y si va a ir al Cielo. ¿O se va para el Infierno que es lo que se merece? Asumiendo que esos lugares tan siquiera existen."

Conduce peligrosamente cerca de un camión de 18 ruedas que va delante de nosotros, y no puedo evitar preguntarme si en algún punto durante este viaje simplemente va a embestir otro vehículo para hacer que alguien pague por su ira reprimida.

"No puedo contarle sobre su confesión, como ya le dije. Y si va al Cielo, el Purgatorio o el Infierno, dicha decisión está solamente en las manos de Dios."

Personalmente, considero que Cameron Gambke cumplió todas las condiciones de una confesión sensata, y de hecho yo le di la absolución, pero no estoy autorizado para ofrecer dicha información.

"Pues bien, lo que sea que le haya dicho, le mintió. ¿Cómo sabe si un pecador miente o no? ¿Es que puede leer la mente o qué? ¿Es un don especial que tiene? ¿O simplemente es ingenuo? ¿O quizá estúpido?"

Todavía faltan 45 largos y extenuantes kilómetros para llegar a

Raleigh de acuerdo con los agonizantes gritos que me dan los letreros del camino.

"Simplemente me pongo en el lugar de Dios cuando escucho la confesión en el Sacramento de la Reconciliación. "In Persona Christi", en el lugar de Cristo. Si un penitente me está mintiendo, en realidad le está mintiendo a Dios. Eso es entre él y Dios. Y Dios es omnisciente y omnipotente. Todo se soluciona durante el día del juicio final de la persona."

"Pues déjeme decirle que hoy es el día de su juicio final. Y estoy seguro que Dios está esperando con un gran bate de béisbol."

Miro fuera de mi ventana sabiendo que su corazón está cerrado, y decido no echarle más leña a su fuego. Aún no termina su interrogatorio.

"Una cosa más. ¿Le dio algo?"

Mi pausa revela la respuesta. Sí, me dio algo. Una carta dirigida a alguien que comparte su apellido y otra para una dirección en Nuevo México. Prometí que las entregaría ambas sin decirle a nadie, y definitivamente sin dejar que nadie más las viera.

"Eso es entre él y yo."

Se nota que el Alguacil Luder no está contento conmigo. Afortunadamente, hace mucho dejé de intentar impresionar a las personas. Me he dado cuenta de que sin importar quienes sean, desde estrellas de colegio incipientes hasta ejecutivos corporativos, siempre que asumí que sabían lo que hacían o a donde se dirigían en la vida, eventualmente me vi guiado hacia dentro de la madriguera del conejo proverbial y alejado de lo que era mejor para mí, Dios. Lo que ahora sé es que, al final del día, lo único que importa es lo que Él piense, nadie más, especialmente alguien con tan mal temperamento como mi acompañante.

Afortunadamente, llegamos a la Prisión Central. La multitud es enorme y hay aún más medios de comunicación que la noche anterior.

"¡Hijo de puta!" vocifera, mientras parquea el automóvil bruscamente y sale rápido en dirección hacia lo que parece ser un puesto de comando establecido para los cuerpos policiales.

Permanezco sentado, encerrado en el asiento trasero de su auto, y espero.

"¿Hay alguna otra pregunta que pueda responderle, Alguacil?" Pregunto luego de esperar 40 minutos de corrido desde nuestra llegada. El Alguacil Luder ha estado ignorándome cuidadosamente mientras pasa el rato con un puñado de colegas directamente en mi línea de visión. Se hace obvio por su risa y sus miradas hacia mí que se han estado divirtiendo a costa mía.

"De hecho sí."

Una sonrisa engreída se forma en su cara a medida que dirige su mirada hacia el grupo de sus hermanos en armas que ríen con superioridad.

"Ya que no me quiere decir lo que quiero saber, está claro que no vamos a ser amigos. Pues bien, aquí va... ¿se ha cogido a algún pequeñín recientemente, Padre?"

No puede contener su carcajada sarcástica, que les señala a los otros que en verdad tuvo la desfachatez de hacerme esa pregunta. Se voltean hacia el otro lado, ya sea a revolcarse de la risa o a colocarse las manos sobre la boca para cubrir sus innegables risas.

¿Ya te recordé mi falta de paciencia, algo en lo que en verdad debo trabajar? Yo no soy ninguna Madre Teresa, así que estiro mi espalda y me paro a unos centímetros de su cara, y le respondo.

"Oh, imagino que son tantos como las jovencitas a las que a través de los años les ha ordenado meterse en éste vehículo oficial para poder abusar de ellas, sabiendo que no podrían contarlo, o simplemente no lo harían porque si lo hicieran, usted podría convertir su vida en un infierno. Además, ¿quién les creería, verdad? ¿A cuántas les ha hecho eso, Sr. Alguacil-Agente-Oficial?"

Solamente he leído sobre una cifra increíblemente pequeña de miembros de los cuerpos de seguridad que se han aprovechado de su autoridad en esta manera, pero ya estoy harto de su actitud condescendiente. Y de éste tema ya he escuchado demasiado.

Sí, la Iglesia Católica en el pasado no manejó de manera apropiada los casos de sacerdotes pedófilos. Sí, hubo muchos sacerdotes culpables. Sí, se han cometido grandes injusticias, y esas pobres víctimas necesitan, amor, cuidado, comprensión, disculpas, y sanación. Todo esto me molesta tanto como en aquel entonces. ¿Cómo no? Pero el papa Juan Pablo II realizó grandes avances dentro de la Iglesia para encarar este problema. Y su sucesor, Benedicto XVI, ha retomado la batuta y continúa realizando avances con ella.

Pero este problema conlleva mucho más. Cada religión, me atrevo a suponer, tiene este problema. Y también se encuentra en instituciones en las que confiamos bastante como las escuelas públicas y privadas, los grupos de jóvenes exploradores y exploradoras, los programas de Hermanos y Hermanas Mayores, hogares sustitutos, entre otros. ¿Y por qué? Porque este tipo de maldad viene desde dentro de los corazones de todas las personas, y no conoce límites institucionales. El pecado sexual no está reservado solamente para los religiosos, ni tampoco para los sacerdotes Católicos y religiosos.

Aunque a los medios les encanta crucificar a la Iglesia Católica cuando asuntos como este salen a la luz, me reúso a escucharlo de este ogro pueblerino que simplemente tiene ganas de formar una pelea. Y Nuestro Señor definitivamente no se echó para atrás frente a los mayores, Fariseos, y Escribas cuando se salían de sus cabales. ¿Por qué debería hacerlo yo? Simplemente desearía tener la inteligencia, franqueza y elocuencia de Jesús cuando respondía.

Sus ojos se abren completamente, sorprendido de que en realidad lo haya confrontado. Y creo que no muchas personas lo hayan hecho.

"¡Váyase a la mierda! ¡Nunca he hecho nada de eso!" responde con furia en sus ojos.

"Muy amable de su parte, Alguacil, gracias. Ahora, volvamos a su acusación. Usted dice que nunca ha hecho algo así. Aunque he leído historias de otros en la policía que lo han hecho, no tengo razón para creer que usted personalmente se ha involucrado en dicha actividad. Igualmente, ahora soy yo el que le digo que no he hecho nada de lo que usted ha insinuado, aunque *usted* haya leído historias de otros sacerdotes que han sido culpables. ¿Entiende? Asegúrese de pasarle el mensaje a sus muchachos, ¿sí?"

Dándome la vuelta, puedo sentir los efectos físicos de mi repentino ataque de indignación. Debo calmarme rápidamente, pero en contra de mi mejor juicio, le ofrezco un último y sarcástico adiós con mi mano al enojado Alguacil. Sabe bastante bien que cualquier bombazo de despedida que sin duda desea enviarme será escuchado por los medios que se encuentran a solo pasos de distancia.

"Cuando termine esto conseguiré alguien más que me lleve de vuelta, pero gracias por su hospitalidad durante el viaje, Alguacil. Fue grandioso conocerlo, y tal vez podamos tomarnos una cerveza en algún momento."

Mi comentario es claramente jocoso. Sus ojos que se alejan sobresalen con un deseo de venganza, especialmente ahora que sus amigos se ríen aún más fuerte. Solo que esta vez, él está muy consciente de que no se ríen de mí.

Capítulo 3

Es medio día, y finalmente me he comenzado a calmar. La inminente ejecución ha hecho necesario un cierre de seguridad en la prisión y he permanecido afuera junto con todos los demás, de pie, en este calor que aumenta cada vez más.

Espero pacientemente con mi mirada fija en las paredes de la prisión. Me pregunto cuántos de estos prisioneros todavía no han comprendido por qué están entre rejas; sus mentes tan llenas de infinitas excusas y justificaciones. En lo que a ellos respecta, su situación es culpa del mundo que los rodea. La famosa línea en el filme "Sueños de Fuga" viene a mi mente, *"Aquí todos son inocentes."*

Algunas miradas se dirigen constantemente a mí. Unas llenas de odio, otras de respeto. No muy lejos de aquí, un grupo bullicioso celebra, anticipando el fin de la vida de Cameron Gambke. Me recuerdan las fiestas universitarias previas a los eventos deportivos, incluyendo las hieleras, los asados y las sodas. El olor me recuerda que no he comido en horas, pero es obvio que el grupo no me ofrecerá nada. Aparentemente, estoy en el equipo opuesto. El equipo de Dios, para ser más específico, y Él tiene bastantes enemigos en esta tierra.

El Alguacil Luder camina entre la multitud, y luce eufórico de verme. Inmediatamente me pongo precavido. Tiene la mirada que Paul tenía en nuestra juventud, justo cuando me decía que mamá y papá llegarían a casa en tres minutos y que, a menos de que limpiara su habitación, les diría que me había comido todas las galletas de chispitas de chocolate que él se había devorado cuando se fueron. Nada grave, a no ser que tengas seis años.

"No puede ver al convicto sino hasta las 5:45 de la tarde – 15 minutos antes de la hora programada para la ejecución. Órdenes del alcaide." Sonríe, complacido por ser él el elegido para darme la noticia a mí, su nuevo némesis.

Voltea en dirección al edificio administrativo de la prisión, y yo busco algún lugar en donde almorzar que esté lo bastante cerca como para ir a pie. El escupitajo viene rápidamente, cae directamente en mi ojo derecho, y se desliza por mi mejilla. Volteo hacia el agresor y veo rostros silenciosos mirándome con furia. Las risas nerviosas se convierten en carcajadas, mientras yo limpio lo que puedo. Estoy seguro que los gérmenes de la saliva del agresor se están colando rápidamente en mi flujo sanguíneo, y no hay opción de utilizar los baños de la prisión sino hasta que se me permita ingresar para la ejecución.

Rápidamente camino hacia el restaurante Hardee's que queda a una cuadra de distancia, y me alegra ver que la fila para utilizar los baños no es larga. Mi corazón palpita con indignación y mis preocupaciones de salud se multiplican. ¿Un escupitajo en mi ojo? ¿En serio? La boca es la parte más sucia del cuerpo humano. Mi ansiedad, combinada con la madrugada innecesaria y la falta de sueño, están causando un completo asalto frontal en mi maltrecho sistema inmunológico. Ruego que el Emergen-C que comí esta mañana ayude a protegerme. Limpio mi cara con agua y jabón, y lavo mis manos varias veces, aún sin poder creer lo que acaba de suceder. ¡¿Es una broma?!

La última y única vez que me han escupido luego de ser ordenado como sacerdote fue en el aeropuerto de Newark, New Jersey. Una mujer de alrededor de 35 años sintió la necesidad de expresar su punto de vista de la única manera que consideró apropiada. Claramente la recuerdo de pie en frente mío, sus fosas nasales dilatadas, sus ojos abiertos de par en par, y una masa verde de desecho humano que entra en mi nariz y mi boca entreabierta. "¡Bastardo!" fue lo único que gritó. Nunca supe que era lo que le pasaba. ¿La Iglesia en general? ¿El aborto? ¿La carencia de sacerdotes mujeres? ¿Los pedófilos? ¿El alza en el precio de los huevos y la leche que de alguna manera era culpa de la Iglesia Católica? Mi único consuelo era que a Nuestro Señor también lo escupieron mientras lo golpeaban, ridiculizaban y flagelaban.

"Ofrécelo, ofrécelo," decía en ese entonces, y lo digo ahora. Mi guía espiritual me recordaba que la Iglesia, y en especial Sus pastores, siempre serán objetivos – ya sea de forma física como me acaba de suceder – o de forma espiritual a causa del malvado. Me advertía que siempre debemos estar conscientes de nuestros alrededores, siempre preparados para protegernos como sea necesario. Afortunadamente, la inmensa mayoría de las interacciones que he tenido con la gente desde que ingresé al seminario han sido cálidas y acogedoras. Aun así, hago una nota mental para estar especialmente en guardia.

En vez de echarme para atrás y acobardarme como lo habría hecho hace años, estoy determinado a pararme erguido e ingresar al Coliseo Romano, a regresar al parqueadero en donde espera la ira contra los cristianos. Todo el mundo merece respeto, y eso me incluye a mí.

Mi teléfono celular timbra.

"Habla el Padre Bereo," indico mientras arrojo la toalla de papel que utilicé para abrir la puerta del baño. Es de la oficina parroquial. El tono agresivo e inquisitivo de la señora Bellers, la administradora de la oficina de 53 años, estalla en mi oído.

"¿En dónde está?" Aparentemente está furiosa porque no estoy en donde cree que debo estar. Sin duda espera ya sea una confesión de culpabilidad de mi parte o al menos una disculpa. No recibirá ninguna.

"¿Perdón?" le respondo, saliendo al parqueadero y con mi presión arterial en aumento. No tengo el mínimo de ganas de tener una confrontación verbal en frente de testigos, especialmente ahora que llevo mis hábitos clericales. Me siento tentado a agradecerle sarcásticamente por haberme hecho llegar a la correccional Hyde dos horas antes de lo necesario esta mañana, pero sé que mi mejor jugada es calmarme.

La señora Bellers ha sido una piedra en mi zapato desde que llegué a Gardensville. No desperdició tiempo, tan pronto llegué, para decirme que desde hace 15 años, además de ser la administradora de la oficina, se ha encargado de todas las necesidades de la educación religiosa y del negocio, de la programación de los Catedráticos y Ministros Extraordinarios de la Santa Comunión, y del uso del salón que es utilizado por diversos grupos de la iglesia. Parece que es tan importante para esta parroquia como el Papa lo es para toda la Iglesia Católica.

Ella, una gema indispensable, cree firmemente que todos le reportan a ella, lo que erróneamente considera me incluye a mí. Se me hace raro, ya que solamente hay otro empleado en la parroquia, quien por casualidad es un feligrés jubilado que trabaja medio tiempo. El resto son voluntarios de las 365 familias registradas en la parroquia. Ah, y otra cosa – cree que es más lista que todos los demás porque todos somos idiotas.

Recuerda, vengo de Brooklyn, y si no tomara en serio mi trabajo y el futuro de la parroquia, creería que este juego con ella podría ser en verdad divertido, igual a como el gato de la casa parroquial se siente cuando se topa con una cucaracha. Por desgracia, ahora no tengo tiempo para lidiar con ella.

Poco después de mi llegada, cometí el error de interferir en el dominio de su trono. Queriendo familiarizarme con la operación de la parroquia, aparentemente tuve el descaro de preguntarle si podía pasar unos días con ella. Simplemente quería ver que era lo que hacía para poder tener un mejor entendimiento. Eso, por supuesto, le dio pie para causar un escándalo mayor. El Padre Bernard, quien por casualidad también es su cuñado, me solicitó amablemente que lo hiciera en algún momento a finales de la primavera. Podía ver que no tenía razones sólidas para dicha solicitud; simplemente quería calmarla. Está claro que él intenta evitarla tanto como pueda. Ha logrado crear el ambiente perfecto para ella misma – en el que hace lo que quiere cuando quiere y nadie la molesta.

"El Padre Bernard quisiera saber en dónde está."

"El Padre Bernard sabe exactamente donde estoy. Lo llamé anoche para contarle que estaría en Raleigh como lo solicitó el prisionero."

Silencio. "Pues bien, lo debió haber olvidado porque acaba de ingresar preguntando en donde se encontraba usted." Definitivamente, la mente del Padre Bernard es lo suficientemente sana como para recordar una conversación que tuvo hace menos de 15 horas. "Pero ya que está allá, necesito que se acerque a la oficina Diocesana y recoja un paquete muy importante que necesito para mañana."

Sé que tengo el tiempo para hacerlo, y como quedarme en el parqueadero con los escupidores expertos no es mi idea de una tarde productiva, estoy abierto a lo que sea para ocupar mi tiempo. Mi orgullo me ruega inventar una mentira y decirle que no puedo hacerlo; mis votos dicen que debo decir la verdad, pero primero…

"¿Me lo está pidiendo o diciendo, Sra. Bellers?"

Puede que sea mal intencionada y quejumbrosa, pero no es estúpida. Mientras es como un bulldog agresivo cuando siente debilidad, se convierte en una francotiradora, escondida tras humildad fingida, cuando alguien le hace frente. Si algún día decide ingresar al mundo corporativo, estoy seguro de que llegará a la cima rápidamente.

"Digo, si le queda un tiempo, por supuesto."

Ajá. Afortunadamente, la gracia gana de nuevo, y escojo el camino más honorífico.

"Por supuesto," respondo.

"¿Cuándo regresa?" pregunta, intentando sutilmente ganar de nuevo el control y mantener su poder hasta el fin de esta inútil conversación.

"Cuando haya terminado mis deberes aquí, Sra. Bellers. Si el Padre Bernard me necesita, él tiene mi número."

Cuelgo antes de que pueda contestar y guardo esta interacción en mi banco de memoria para después. Estoy haciendo todo lo que puedo para que no se vuelva personal. Me consuela saber que cuando, y no sí, sus servicios ya no son requeridos, habrá sido debido a sus acciones auto infligidas.

Luego de recoger el paquete para la Sra. Bellers de la oficina Diocesana, tomo un taxi y llego de nuevo a la prisión a las 5:30 p.m. Como lo sospechaba, su muy importante paquete no era tan importante y mucho menos urgente. Contiene panfletos para el Llamado a los Servicios Católicos anual que reúne fondos para financiar programas caritativos para los necesitados dentro de la diócesis. Tenemos tres semanas para enviarlos por correo.

El Alguacil Luder me espera a mi regreso, visiblemente decepcionado de que lo he hecho. Soy llevado a un área de retención junto con tres miembros de la prensa. Tres parejas de adultos mayores están presentes, parados brazo a brazo, con dos hombres y una mujer hacia un lado. Todos ellos tienen los ojos rojos e hinchados. Asumo que son los padres y probablemente hermanos de las víctimas.

También se encuentra presente una mujer menuda de veintitantos con una mirada austera en sus ojos. Luce su corte *pixie* en negro azabache y sus rasgos me hacen pensar en una doble de Anne Hathaway o Liza Minnelli.

A su izquierda se encuentra una mujer en la mitad de sus cuarenta, de cabello rubio oscuro y con atuendo perfecto. Continuamente mira su reloj como si tuviera algo mucho más importante que hacer o algún lugar en el que preferiría estar. Sus emociones están a la vista de todos, alternando entre una alegre anticipación, como si estuviera esperando para montarse en una emocionante atracción en un parque de diversiones, y la cruda realidad de ver a un hombre morir.

La imagen de Irma 'La Bella Bestia' Grese viene a mi cabeza por una historia que leí no hace mucho. Ella era la Supervisora Superior del SS en el campo de concentración de Auschwitz/Bergen-Belsen, donde trataba a las prisioneras con crueldad extrema, incluyendo la matanza de algunas a latigazos y golpes. Cuando fue arrestada en 1945, según se dice, encontraron en su alojamiento tres pantallas para lámpara hechas de la piel de los prisioneros.

Se permite la entrada a dieciséis testigos en la habitación. Tendremos la casa llena.

Al cabo de tan solo unos minutos, el alcaide de la prisión, un hombre robusto y serio de alrededor de 60 años de edad, se nos une, se presenta, y comienza a describir como el recluso Cameron Gambke pasó su día. Los 3 reporteros verifican sus grabadoras para asegurarse que sus botones de encendido estén activados.

"Como ya deben saberlo, en este momento hay 150 reclusos en el pabellón de la muerte en esta prisión. Igual que en el Instituto Correccional Hyde, aquí solamente hay prisioneros varones detenidos. Todas las reclusas se encuentran en el Instituto Correccional de Carolina del Norte para Mujeres, también ubicado aquí en Raleigh.

"Personalmente me ofrecí a estar a su lado desde esta mañana, pero el prisionero optó por quedarse en silencio en su celda de 3.5 X 2 metros hasta el almuerzo a las 11:00 a.m. De acuerdo a las políticas del departamento, se le dio el almuerzo en su celda, pero se negó a comerlo."

Una de las manos de los reporteros se levantó rápidamente. "Que pena, Alcaide, señor, pero... ¿Qué era el almuerzo? ¿Y qué hay en su celda?" La rubia se inclina hacia delante, desesperada por no perderse ni una palabra de su respuesta.

"Chuletas de cerdo en salsa de manzana, con una Coca-Cola."

Mi mente se transporta a una escena graciosa en la serie 'La tribu de los Brady' cuando escucho esto, con excepción de que esto no es la televisión, ni tampoco un momento cómico.

"Con respecto a la pregunta acerca del contenido de su celda, hay una cama, un inodoro, un lavamanos y una mesa de pared para escritura."

Dirigiéndose nuevamente a todo el grupo, prosigue.

Antes de que se determinara que sería ejecutado, él se aventuraba a salir al salón comunitario junto con los otros reclusos del pabellón de la muerte, en donde tenía la oportunidad de jugar ajedrez, mirar la televisión o escuchar música, aunque nunca tenía la posibilidad de pasar tiempo con la población general de la prisión. Eso por su propia seguridad y la de los otros.

"Su abogado ha sido su único visitante ayer y hoy, y todo lo que puedo decir es que pareció ser una conversación acalorada. El abogado se fue con una mirada prometedora en su rostro, y aun así, el prisionero no parecía ser partícipe de su cauteloso júbilo."

Me doy cuenta del ceño fruncido que se forma en los rostros de los padres de la víctima. La sospecha y preocupación se ven reflejadas en los ojos de la muy bien arreglada reina del drama, y su vacilación solamente es igualada por la del Alguacil. Sus miradas se cruzan. ¿Se conocen afuera de éstas paredes? No puedo evitar preguntarme cuál es su conexión con Cameron Gambke, si es que la hay. ¿Será la esposa de Gambke, o quizá algún otro pariente? De ser así, ¿por qué se ve contenta a veces?

"No pidió ver al psicólogo de la prisión, pero sí a su sacerdote. Desafortunadamente, tuve que informarle que luego de buscar insistentemente, no pudimos encontrarlo."

El alcaide me da una mirada de desaprobación, al igual que el resto del grupo. Yo miro al Alguacil, quien no me devuelve la mirada, pero veo que sus hombros rebotan de arriba abajo en un fallido intento por reprimir su humor enfermizo.

"Inmediatamente después de su última comida comenzamos a preparar al recluso para su ejecución, y lo aseguramos a una camilla con correas acolchadas en muñecas y tobillos en presencia de un médico cualificado, como es requerido. También se le colocaron un monitor cardiaco y un estetoscopio, con dos sondas intravenosas de solución salina en funcionamiento, una en cada brazo, y, como verán en un momento, ahora se encuentra cubierto hasta el cuello con una sábana."

Dirigiendo su mirada hacia mí, dice: "una vez todos sean llevados a la sala, le será dada otra oportunidad de hablar y rezar, si así lo desea, con usted. También tendrá la oportunidad de grabar una última declaración, que se hará pública."

Asiento con la cabeza para confirmar mi entendimiento del rol que debo jugar.

"Las jeringas han sido preparadas con anterioridad siguiendo estándares muy estrictos y específicos del Departamento de Seguridad Pública. Cada uno contiene solamente un fármaco. Hay un mínimo de 3000 miligramos de pentotal sódico, que es un barbitúrico de acción rápida que lo hará dormir. La segunda jeringa contiene una solución salina que limpiará la sonda intravenosa, y luego se inyectarán 40 miligramos de bromuro de pancuronio, también conocido como Pavulon, que es un agente químico paralítico. En otra jeringa habrá al menos 160 miliequivalentes de cloruro de potasio. Este interrumpirá los impulsos nerviosos enviados a su corazón, lo que causará que deje de latir. Una última inyección de solución salina limpiará nuevamente las sondas intravenosas, y el último paso sucederá después de que el monitor ECG no muestre ninguna señal por 5 minutos. Yo, de acuerdo a las políticas del Departamento de Seguridad Pública y como alcaide de esta institución, lo pronunciaré muerto, y el médico certificará que la muerte se ha producido en realidad. Luego de eso, su cuerpo será entregado al médico forense."

El alcaide nos informa que no estaba aquí durante la ejecución anterior, y que esta será su primera. Él luce como yo me siento. Irónicamente, veo que aparte del Alguacil, la oficial del SS, y uno de los tres reporteros – un joven prometedor que viste una camisa roja estilo Oxford - todos los demás parecen querer estar en cualquier otra parte en vez de presenciando la ejecución de un hombre. La joven del corte *pixie* está inmóvil y sin rastro de emoción. El pensar en nuestra propia mortalidad nos provoca escalofríos. Después de una pausa, se dirige a los presentes: "¿Alguna pregunta?"

"¿Cuál es su estado mental en este momento?" pregunta el líder evidente de los reporteros. Como los otros, ha sido entrenado para hacer las 5 preguntas clave – quién, qué, cuándo, dónde y cómo – sin importar que tan estúpidas puedan sonar. La mayoría de la información ya la tienen, pero lo que escriban será leído a nivel mundial. También estarán en televisión al cabo de una hora de que se complete este suceso, así que obtener todos los detalles es crítico para que el mundo pueda vivirlo a través de ellos.

Al alcaide se le forma un ceño en la cara. "No tuvimos esa conversación en particular."

Al revisar su reloj, le hace un gesto con la cabeza a uno de los guardias de la prisión para que abra la puerta del cuarto de observación adyacente a la antigua cámara de gas. Acostado sobre la mesa, exactamente como lo describió el alcaide, se encuentra Cameron Gambke.

He presenciado la muerte con anterioridad, al lado de las camas de pacientes moribundos en los hospitales, y estuve al lado de mi madre cuando murió de cáncer, pero no hay nada que me haya preparado para este momento. He aquí un hombre saludable quien aún no estoy seguro sea culpable. "Dios dame fortaleza," susurro con mi cabeza abajo. Si alguno de los reporteros me hubiera preguntado qué pasaba por mi cabeza en ese momento, le hubiera dicho abiertamente, "No deseo estar aquí en este momento. No siento temor; simplemente es muy deprimente."

Las madres de las víctimas y uno de los padres comienzan a llorar, y puedo ver a los otros dos padres conteniendo desesperadamente sus lágrimas de tristeza mezclada con furia indescriptible. Los otros dos varones de pie a su lado, con los puños apretados y mandíbulas tensionadas en unísón. La joven parece estar en estado de shock.

Por el contrario, la bella bestia estira su cuello para ver tanto como pueda de la habitación, lanza una sonrisa malvada hacia el recluso, se inclina hacia delante ya que no quiere perderse nada de este increíble espectáculo, y agarra fuerte el brazo de la de veintitantos. Sus cambios emocionales me hacen preguntarme si se encuentra bajo medicación. Estoy agradecido de que esta sea probablemente la única vez que tenga que estar cerca a esta mujer; mi intuición me dice que ella representa una personalidad que quiero evitar.

El alcaide se dirige a la puerta contigua a nuestra habitación que es abierta por uno de los guardias.

"Padre, venga conmigo por favor." Mis piernas están entumecidas. Tengo el estómago en la garganta. Mi mente en blanco.

Dejo atrás la habitación de libertad absoluta y entro en una de acero inoxidable, con concreto de pared a pared y donde predomina la frialdad. Ningún olor extraño entra en mis fosas nasales, al menos ninguno que pueda identificar. Quiero escapar. No deseo que nada me toque o entre en contacto conmigo. Un baño caliente en este momento sería ideal para intentar limpiar todo esto.

Nuestras miradas se encuentran y el recluso del pabellón de la muerte, Cameron Gambke, intenta comunicarse conmigo.

"¿Cómo está?"

Pero claro, esa debe ser la cosa más estúpida que alguna vez le he dicho a alguien; inmediatamente me arrepiento de lo que acabo de decir.

Sus ojos parpadean, intentando procesar lo que acaba de escuchar. Su rostro lo dice todo. Intenta decidir si me escuchó correctamente, o si es verdad soy un idiota y ha escogido la persona equivocada para que pase los últimos momentos a su lado.

"Al menos no moriré a manos de Redek."

Ahí está de nuevo ese nombre, pero antes de que pueda

preguntar, me hace un gesto para que me incline hacia delante. "No olvide las entregas."

"Ya está hecho," susurro. Puedo ver los ojos del Alguacil Luder ardiendo a través del cristal, tratando desesperadamente de escuchar cada palabra.

"Las deposité directamente en el buzón de horario extendido de la oficina postal en Gardensville tan pronto regresé anoche. No quería que estuvieran por ahí dando vueltas."

"¿Y nadie las vio?"

"Nadie. Ni yo, ni el personal de la prisión, ni ninguna otra persona. Como lo pidió."

Anoche no pensé demasiado en su solicitud, ya que mi foco estaba más en su confesión y en mi deseo de marcharme de la prisión y llegar a casa. Pero la intensidad en su rostro, juntada con la insistencia del Alguacil Luder en que soy un tonto por creer que hay algo positivo en este hombre, hacen que de repente me sienta nervioso.

"¿Lo que hice por usted, es, eh... legal, cierto?"

"¿Enviar una carta va en contra de la ley, Padre?"

"No, no lo es."

Su insistencia me hace reflexionar sobre sus motivos. ¿Simplemente se estaba despidiendo o las cartas tal vez proporcionaban instrucciones para actividades ilegales? Definitivamente no quiero ser parte de un crimen, ya sea voluntariamente o no. En este momento me complace saber que no tengo ni idea de que había es esas cartas, y sin importar que tanto me presione el Alguacil, puedo aducir ignorancia con convicción.

"¿Ni el Alguacil?" dice mirando hacia él.

"Ni el Alguacil. Nadie."

Se ve aliviado. El alcaide da un paso hacia nosotros, indicando que se nos ha acabado el tiempo.

Le pregunto rápidamente, "¿Hay algo más que quiera decir?"

Voltea su mirada hacia la habitación, luego al alcaide que se acerca, y la devuelve a mí. "Sí."

Halándome aún más cerca de él hasta que mi oreja toca sus labios, articula un susurro apenas audible, "Renae está en esa habitación con usted."

Me lleva un momento reconocer su nombre. ¿Renae? ¿Renae Gambke? ¡Sí, una de las dos cartas que me pidió enviar iba dirigida a

31

Renae Gambke! Quizá sea la atormentadora de cabello rubio oscuro en cola; quizá la joven de veintitantos. Luego que le dije que ya había enviado la carta, tal vez quiere que hable con ella, la conozca, y le dé apoyo en toda esta situación. Quedo inmóvil, preguntándome si mi Dios me pide pasar tiempo con la mujer de lámparas de piel.

Afortunadamente, sus ojos suplicantes de repente se llenan de lágrimas, diciéndome lo que necesito saber. Desea que me comunique con Renae. La voluntad de Dios debe cumplirse.

"Me pondré en contacto con ella."

Mirando al alcaide, comienzo a rezar el Padre Nuestro; los labios de Cameron Gambke comienzan a moverse, y sus palabras se unen con las mías. Descubrí durante su última confesión que él, también, había sido bautizado y confirmado como católico, pero que había encontrado el "camino verdadero" con el pasar de los años como me lo repitió durante el tiempo que estuvimos juntos, un camino de verdadero amor y vida. ¿Para quién? ¿Para sí mismo? Estar en el pabellón de la muerte con su ejecución programada claramente reflejaba que era un criminal. Y todos somos pecadores, incluyéndolo a él. Aun así, de alguna manera había logrado justificar sus mundos paralelos de amor y vida y, de ser cierto, de actividades criminales tan horrendas que estaban a punto de quitarle la vida. ¿O era su sistema de creencias simplemente una identidad falsa? Si ese era el caso, su teología está sumamente fuera de lugar, o su racionalización egoísta es profunda y perturbada. Al menos recuerda el Padre Nuestro.

El alcaide espera pacientemente, con vacilación de su rol en el drama que se desarrolla frente a todos nuestros ojos.

Nos damos un apretón de manos y soy dirigido de vuelta al cuarto de observación. Sé que el Alguacil Luder tiene la mirada puesta en mí, pero lo ignoro. Me quedo de pie, inmóvil, deseando haber traído mi desinfectante para manos, sin saber lo que Cameron Gambke ha tocado desde que llegó aquí.

"¿Alguna última cosa que desee decir?" pregunta el alcaide, mirándolo a él y luego al grupo al otro lado del cristal, que aunque nos separa, fue diseñado de tal manera que podamos escuchar todo lo que sucede, gracias a la presencia de micrófonos y parlantes.

Mirando incómodamente desde la camilla, comienza por su derecha y clava sus ojos en el Alguacil Luder; una mirada mezquina se forma inmediatamente en su rostro, y con ojos entrecerrados más malvados de los que imagino el Alguacil puede tan siquiera comenzar a tener en sus días de mayor enojo. El Alguacil se tensiona pero la mirada de Gambke se aparta rápidamente. Luego de pasar por encima de mí y los reporteros, su mirada se fija en los ojos de la rubia. "Lo siento," articula, y ella se lanza hacia delante golpeando la división de cristal. El Alguacil Luder me aparta de un empujón para agarrarla y ella hunde su rostro en sus brazos, llorando. Al pasar a la joven de veintitantos, una auténtica mirada de tristeza se forma en su rostro mientras dice "Por favor perdóname," con lágrimas en sus ojos. ¿Culpa? ¿Remordimiento? Ella permanece inalterable, y no parece estar conmovida por su gesto de arrepentimiento. Finalmente, hace una breve pausa en cada uno de los rostros de los familiares de la víctima, mirándolos fijamente al igual que lo miran a él.

"No hay nada que pueda decir que haga que sus vidas mejoren, aparte de que estoy en verdad arrepentido por cualquier dolor que hayan sentido. Pero el asesino de su hija todavía anda suelto porque yo no lo hice. Creo en la familia y en el orden y protección que ella ofrece, y nunca haría nada para destruir una."

El Alguacil no puede contenerse más y, sin importar el correctivo que seguramente recibirá cuando sus palabras sean impresas y compartidas con el mundo entero, grita:

"¡Solamente estás arrepentido de que te atraparon, cabrón!"

Suelta a la rubia de su abrazo reconfortante y golpea el separador de cristal. Su sudor deja una marca perfecta de su puño cerrado, lo que me recuerda de la pobre paloma que intentó volar a través de la ventana de la sala en la rectoría de Brooklyn; instantáneamente quebró su cuello y cayó muerta al suelo.

Todas las cabezas se voltean hacia el Alguacil. La familia de la víctima se une fuerte en un abrazo grupal luego de que el intenso ataque asusta a todos. Sorprendentemente, la joven de cabello *pixie* rompe en un llanto gutural. Para estas víctimas secundarias, las emociones crudas que tienen reprimidas, con el tiempo, reaparecen con toda su fuerza.

Sin ofrecer respuesta alguna, Cameron Gambke descansa su cabeza contra la almohada y enfoca su vista en el techo blanco encima de él. No estoy seguro, pero me parece ver que una sonrisa ligera se trepa en sus labios. El alcaide le hace un gesto con la cabeza al médico que ha estado parado todo el tiempo cerca al equipo médico.

De repente, un timbre estridente sobresalta a todos los presentes, incluyendo el alcaide.

Haciéndole señas a un guardia para que abra la puerta, otro uniformado ingresa y susurra algo en su oído. El alcaide recobra su compostura y fija una mirada decidida en nosotros. Claramente algo importante ha sucedido.

"Les informo que el Gobernador ha expedido una suspensión temporal de la ejecución para el recluso Cameron Gambke. Más detalles les serán proporcionados a la familia de las víctimas dentro de la próxima hora, y a los medios de comunicación durante una conferencia de prensa que se llevará a cabo a una hora todavía por definir esta misma tarde."

Gritos de repugnancia y angustia llenan el cuarto de observación, y no hay ninguno de alegría o placer. Cameron Gambke permanece inmóvil. Me había dicho que estaba preparado para morir, pero siento que le tiene igual temor a continuar con vida. Inmediatamente somos dirigidos afuera del cuarto de observación.

De repente se me pasa por la cabeza que ahora tengo más tiempo – tiempo para descubrir más de la historia, y, por la gracia de Dios, para determinar lo que Él me tiene preparado. Debo encontrar a Renae Gambke, antes que ésta multitud nos envuelva completamente.

Capítulo 4

Todo es confusión a mi alrededor. Se puede escuchar a los reporteros en cámara de todas las agencias gritando frases como *"manipulación de evidencia," "no se siguieron los procedimientos judiciales correctos,"* y *"maniobras políticas."* Pero la lógica detrás de la suspensión expedida por el gobernador está muy lejos de todo eso.

No tengo ni el tiempo ni el interés para aclarar las maquinaciones que llevaron al aplazamiento de la muerte de Cameron Gambke. Solo necesito encontrar a Renae Gambke.

Dando un vistazo más allá de los reporteros que pasan corriendo por mi lado, busco entre el grupo de cabezas. La aparentemente perfecta sirena de la Sala de Ejecuciones está solamente a 5 metros.

"Disculpe, ¿es usted Renae?" le grito, con la esperanza de que ésta no sea la persona con la que Cameron Gambke quiere que me comunique. Se da un giro repentino y sus ojos me miran rápidamente de arriba abajo. Está claro que, en un instante, ha hecho un juicio calculado y me ha encontrado insuficiente; una habilidad que sin duda ha dominado con los años. ¿Será mi atuendo negro? Está en boca de todos mis compañeros sacerdotes católicos. ¿Será que mis zapatos están raspados? ¿Quizá una mancha en mi cuello clerical blanco?

"No." Dice con desprecio, "Mi nombre es Michele Jerpun. ¿Por qué quiere saberlo?"

Ya me había visto hablar antes con Cameron Gambke y probablemente ahora me conecta con él. Tal vez hasta piense que somos viejos amigos.

"Yo, eh, simplemente necesito hablar con ella."

Una pausa incómoda, y luego ninguna respuesta. Me da la impresión de que ella es muy buena para controlar a todos y a todo lo que se le atraviesa. Sin embargo, ¿Son lágrimas lo que se forma en sus ojos? En este momento, ya que confirmé que ella no es Renae, no tengo tiempo para escuchar su historia.

"¿Tal vez sea la jovencita de cabello negro azabache?" pregunto, divisando la espalda del doble de Anne Hathaway/Liza Minnelli que se aleja rápidamente de donde estoy, al menos a 10 metros de distancia.

"No necesita saberlo." Sí, las aguas turbias comienzan a fluir a medida que voltea su cabeza rápidamente hacia la prisión. "Pero ya que él no se toma el tiempo para hablar conmigo, dígale a ese hijo de puta que se va a morir más temprano que tarde, y no descansaremos hasta que suceda. A menos que necesite algo más de mí, ya me voy. ¡Necesito estar en el hospital inmediatamente!"

¿No descansaremos hasta que muera? ¿A quién se refiere cuando dice *descansaremos*? Una uña plateada extremadamente larga confirma su exigencia en que yo entregue tan especifico mensaje. Luego, en un instante su rostro cambia, mientras de manera seductora coloca su mano derecha sobre mi hombro izquierdo, y la deja deslizar por mi chaqueta negra. Me aparto inmediatamente. No entiendo cómo está conectado su cerebro, pero estoy seguro que algo es diferente.

Me muestra una sonrisa traviesa, se voltea, y se aleja de mí, cruzando su sobredimensionado bolso marca *Coach* en su hombro izquierdo; deja libre su mano derecha para darle un gancho a cualquiera de los reporteros que se acerquen, en caso de que digan algo halagador sobre Cameron Gambke.

Doy un giro hacia quien espero sea Renae Gambke, y grito un poco más fuerte de lo que pretendo. Espero que no huya.

"¡¿Renae Gambke?!"

Se detiene, gira hacia mí, y hace una pausa. Para no perderla, reduzco la distancia entre nosotros con un trote bastante torpe. Soy un caminador ávido, pero correr no es lo mío. Siento una punzada subiéndome por la pierna debido al impulso rápido e inesperado, pero me obligo a continuar.

A medida que me acerco, se me ocurre de repente que ella podría ser la hija de la mujer bestia. Por lo tanto, me detengo a casi metro y medio de ella.

"Hola, eh, perdone que le haya llamado de ésa manera."

La tristeza y el dolor se ven grabados en su rostro, y sus ojos están rojos e hinchados. Al ver que sobo mi rodilla con mi mano izquierda, pregunta, "¿Se encuentra bien, Padre?"

Su voz es directa, pero no de represión o acusación. Una calma y fortaleza interiores me atraen hacia ella. No he sentido este toque de cordialidad emocional de parte de otra alma en todo el día.

"Ah, sí, eh, estaré bien. Hace mucho que no corro." Logro esbozar una sonrisa.

"¡Ey! Gambke, ¿moviste influencias para salvar a tu viejo? Grita un hombre canoso de cerca de 70 años y un poco pasado de peso, quien luce de manera firme sobre su blanca cabeza, una gorra de béisbol negra y amarilla que dice: "*La vida es una mierda a menos que tú seas el que caga.*" Ella lo mira con frialdad, vacila, mira su reloj, y decide ignorar calmadamente al saboteador. Mi instinto me pide protegerla, así que comienzo a caminar hacia el tipo, pero con velocidad y fuerza sorprendentes me toma del brazo y me detiene inmediatamente.

"No vale la pena, Padre."

Sus ojos se apartan de los míos y pasan sobre todos los reporteros que se apuran hacia nosotros luego de terminar de entrevistar a la Sra. Jerpun, quien de manera cómica los persigue creyendo aparentemente que no ha dicho todo lo que quería decir. Nuevamente sus ojos me miran fijamente, esperando casi pacientemente escuchar lo que me motivó a perseguirla en primer lugar.

"¿Podemos hablar? Anoche le envié una carta a nombre de Cameron Gambke."

Su rostro se torna amargo y sus ojos se entrecierran, pero esta vez no hay ningún indicio de humedad en ellos.

"Su última petición fue que me asegurara de que usted la recibiera, y ahora creo que quiere que hable con usted. No sé por qué... ¿me puede ayudar?"

Mirando al grupito de reporteros y camarógrafos que avanzan rápidamente, indaga con vacilación, "¿En dónde está parqueado?"

"No tengo automóvil. ¿Me puede llevar?"

"¿A dónde va?"

"En este momento, a donde sea que usted vaya."

De vuelta en la autopista U.S. 64, nos dirigimos al este mientras me acomodo en el asiento delantero del pasajero. Gracias a la Divina Providencia, Renae Gambke vive en Belhaven, a solo 30 minutos de Gardensville, y gentilmente acepta desviarse de su camino y llevarme a casa. El interior de su auto luce sorprendentemente parecido a la patrulla del Alguacil. ¿Policía? ¿Uno de los familiares del condenado a muerte, y recién indultado, Cameron Gambke, es un oficial de la ley?

Decido avanzar lentamente en la conversación dado su comportamiento cauteloso, la experiencia traumática del cuarto de observación, y su amabilidad hacia mí.

"¿Hace cuánto que vive en Belhaven?" pregunto.

Me doy cuenta rápidamente de que Renae Gambke es corta, pero no poco amable, en sus respuestas, y además es buena para escuchar. Ya que a mí me gusta hablar, éste podría ser el comienzo de una gran amistad profesional. Sin embargo, Cameron Gambke todavía está vivo, y quiere que me comunique con ella, así que sería mucho mejor si ella hablara y yo escuchara. No sé cuál sea el papel que mí Dios quiere que juegue en todo esto, pero quizá durante éste viaje de vuelta a casa obtenga una idea más clara.

"Tres meses."

"¿Y le gusta?"

"Me encanta. Excelentes personas. Una parte hermosa del estado."

Se siente como si estuviera haciendo una entrevista para el reemplazo de Susan Bellers. ¡Ey! ¿Tal vez...?

Concentrándome nuevamente en nuestra conversación, comienzo a hacer muchas preguntas esperando poder apurar el proceso un poco.

"¿Qué la llevó allí? ¿Dónde vivía antes? ¿Cuál es su color favorito?" me río, intentando aliviar la situación y esperando que simplemente podamos hablar como dos personas normales.

Me mira fijamente, se encoge de hombros, y finalmente sonríe; por fortuna comprende mi intento de humor. Antes de que pueda responder a este bombardeo, intento hacerla relajar aún más.

"No hay prisa. Simplemente tenemos algún tiempo para estar juntos en este viaje. Ni siquiera sé por qué estamos en este automóvil ahora, juntos – de manera espiritual, quiero decir – así que tal vez podamos conocernos mejor, si le parece bien."

"Entiendo."

Veinte kilómetros pasan en silencio. Me doy cuenta de que está pensando exactamente qué decir, y cómo decirlo. No le insisto y le doy tiempo para que organice sus pensamientos. No creo que ésta mañana haya viajado hasta Raleigh pensando que regresaría con un sacerdote católico.

Mis ojos se enfocan en la etiqueta que ha colocado encima de su libreta de notas, que proviene de Mateo 6:24: *"No estéis, pues, preocupados por el día de mañana, porque el mañana traerá sus propias preocupaciones. A cada día le basta con sus propios problemas."* Me siento tentado a hacer un comentario, para lograr una conexión, pero lo dejo pasar.

Eventualmente su rostro se torna más oscuro, y su ceño se nota fruncido. Aprieta el volante con mucha fuerza. Han pasado 100 kilómetros de silencio desde que partimos de la Prisión Central y me pregunto si debo encender mi computadora nuevamente. Estoy a punto de hacer un comentario sobre la extraña formación de nubes cuando ella dice, "Mire, discúlpeme. Simplemente están sucediendo muchas cosas en este momento, y han pasado muchas otras."

"Puede contármelo todo, o nada. No hay problema."

Suspira profundo. Es una oportunidad para hablar con alguien imparcial e independiente a su vida. Espero que aún tenga una opinión lo suficientemente buena sobre los sacerdotes católicos como para que se sincere conmigo; para que saque lo que tiene en el pecho.

Con muy poco preaviso, como la furia y velocidad de una tormenta del Medio Oeste de los Estados Unidos, las palabras salen apresuradamente de su boca. Sin emoción. Directas. Exactas.

"Cameron Gambke es mi padre biológico. Mi madre murió cuando yo tenía 12. Mi papá dijo que había sido en un accidente automovilístico, pero todavía no sé si esa es la vedad. Me mudé a Scottsdale, Arizona, con mi tía por parte de mamá cuando tenía 10, así que no estuve allí cuando murió. En verdad desearía que estuviera viva; realmente me gustaría hacerle algunas preguntas."

Es obvio por su tono frio que no tuvo la niñez ideal. Si en realidad tuviera la oportunidad de hablar con su madre nuevamente, me da la impresión de que no sería sobre mantas para bebé, jardines de flores, y hermosos atardeceres. Desafortunadamente, por mi experiencia como sacerdote, sé que un increíble número de niños no tienen el hogar ideal, tampoco.

"Tengo un hermano, Matt, del cual me dicen que abandonó sus estudios en el Centro de Estudios Superiores y partió del área hace alrededor de dos semanas, pero no tengo idea a donde se fue. Simplemente sé que de verdad tuvo que irse, por razones que aún debo descubrir. Pero lo extraño; extraño quien solía ser."

Sé que no debe hacer ninguna pregunta en este momento. Por lo que veo, viene más información en camino.

"Fui a la secundaria y preparatoria en Scottsdale, y luego continué con mis estudios universitarios en Notre Dame."

Se voltea hacia mí.

"Mi tía salvó mi vida."

Nuevamente el silencio se apodera del vehículo. Aún faltan 25 minutos para llegar.

En el poco tiempo que la conozco, parece una persona equilibrada. Tanto física como emocionalmente, y su ataque de nervios en la prisión es de entender dada la tensión que todos sentíamos, especialmente con la íntima, pero pública, comunicación entre Cameron Gambke y ella.

"¿Qué estudió en Notre Dame?"

"Justicia Penal."

"Oh, qué interesante. Lo único que sé es que tienen unos programas de atletismo grandiosos."

En realidad no tengo idea de que tan sólidos son sus programas académicos. Y tan poco tengo idea de si todavía enseñan la doctrina católica apropiada, algo que muchas escuelas y universidades "católicas" en este país han decidido dejar de hacer. Lo que sí sé, es que hice bastante fuerza para que ganaran el último campeonato nacional de fútbol americano. Recuerda que de niño el fútbol americano era una de mis cosas favoritas para ver y jugar. Así lo fue, hasta que me enamoré profundamente del fútbol. Renae asiente con la cabeza distraídamente, como si sus pensamientos estuvieran a kilómetros de distancia.

El sonsoneo de los neumáticos golpeando las imperfecciones del camino delante de nosotros se roba el show, y pasan casi dos kilómetros antes de que continúe.

"Estoy segura de que se pregunta cuál es el resto de la historia. No sé qué tanto sepa de Cameron Gambke, pero fue condenado por la violación y el asesinato de una joven de 22 años en Boise, Idaho, durante uno de sus viajes de negocios. También realizaba bastantes viajes internacionales, así que quién sabe cuántas víctimas más pueda haber. Desafortunadamente, solamente pudieron conectarlo con otras dos."

¿Por qué pensará que hay más de tres víctimas? Definitivamente esto no concuerda con el hombre con el que pasé algunas horas anoche mientras escuchaba su confesión. Su conducta antes y después, y el tiempo que pasé con él ésta mañana, fueron totalmente lo opuesto. Desde luego, si es culpable de estos crímenes, se lo pudo haber contado a otro sacerdote antes que yo, ¿pero será que estamos hablando del mismo hombre?

Su lengua exuda repugnancia, y una expresión férrea se apodera firmemente de su rostro. El contenido de la carta que coloqué en el correo para ella, ahora comienzan a suscitar mi interés.

"Estoy en el pueblo porque recibí la noticia de que sus apelaciones se estaban acabando y podría estar en el tramo final. No vine a recibir una disculpa," parece que se lo dice más a sí misma que a mí, "pero la última vez que hablé con el hijo de puta, pues, digamos que incluso hasta el final, no pudo liberarme de mis pesadillas, y tengo muy claro que me debe al menos eso."

Ahora tengo muchas más preguntas que respuestas con tan solo unos kilómetros por delante. Antes de que pueda preguntar, ofrece otra pieza del rompecabezas.

"Pero tan pronto llegué aquí, me contaron sobre Gina."

"¿Gina?"

"Sí. Gina Jerpun. Creo que técnicamente es mi hermanastra. Su madre estuvo hoy en la sala conmigo; la segunda esposa de Cameron. Debería decir, ex-esposa. Cameron no es el padre de Gina. Supongo que el padre biológico las dejó cuando se enteraron de que nacería con síndrome de Down y ella se negó a tener un aborto."

Michele Jerpun. Pero claro. Madre de una niña con síndrome de Down. Me sorprende una vez más el intrincado número de capas que componen a la población en el mundo del Señor. Eso no me lo esperaba. Aún así, no puedo olvidar la facilidad con la que la Sra. Jerpun pasó de la furia a un intento de seducción. Lo que tengo claro es que me debo alejar de ella tanto como me sea posible.

"¿Y qué sucedió con Gina?"

"Fue víctima de una violación en grupo hace unas pocas semanas. Unos bastardos le suministraron la droga de la violación que, combinada con los medicamentos que estaba tomando, la pusieron en coma. Tan solo tiene catorce años."

Mi mente da vueltas. Michele había dicho que debía llegar al hospital. Gina es su hija y está en coma. Quería estar con ella, como cualquier madre buena lo haría, y aun así, tuvo que viajar a Raleigh a presenciar la ejecución de su ex-esposo. Quizá por eso miraba su reloj constantemente.

"Me transferí aquí para trabajar en el caso. Mi jefe es un verdadero tirano, principalmente conmigo, porque mi padre no le cae bien. Y sé que es verdad porque me lo repite en cada oportunidad que tiene. Su problema es que está inundado de casos y necesita mi ayuda, aunque no lo admita."

"¿Quién es su jefe?"

"El Alguacil Daniel Luder."

Mis cejas suben repentinamente, y ella nota mi reacción. Ahora todo tiene mucho más sentido. Tanto ella como el Alguacil tienen vehículos idénticos suministrados por el departamento. ¿Pero qué papel juega ella para justificar un vehículo sin marcas?

"Déjeme adivinar. ¿Es agresivo, de poca estatura, y hasta combativo con usted?" Pregunto.

"Solo cuando intenta ser agradable."

Tenemos un enemigo en común y compartimos una carcajada. Continúa.

"Es así conmigo todo el día, todos los días. Y creo que también con todos los demás. Como usted habla con el enemigo, y yo soy hija del enemigo, estoy segura que eso nos pone en su lista de personas a las cuales les debe hacer la vida miserable."

"Pero probablemente deba saber algo más para que comprenda mejor lo que yace bajo la superficie. Conocí al Alguacil cuando yo vivía en este pueblo hace mucho tiempo. Era amiga de su hija en la escuela primaria antes de que los Servicios de Protección al Menor me transfirieran. En verdad era un hombre muy agradable en ese entonces. Siempre intento recordar esa parte de él para poder soportar mis días. Gracioso, amable, y, también le sorprenderá escuchar esto, hasta asistía a la iglesia católica, según recuerdo. Fui a algunas fiestas de cumpleaños en su casa, asados, viajes al lago, ya sabe, ese tipo de cosas."

Ahora sonríe, recordando los buenos momentos que afortunadamente aún existen en algún lugar de su mente. Tal vez esto era lo que Cameron Gambke quería que hiciera por su hija – hacerla hablar y sacar lo que sea que necesitara sacar de su pecho. Pero si eso era lo que él quería, ¿por qué no le permitió hacerlo cuando lo visitaba en la prisión?

"Disculpe por preguntar," insisto, "Pero si el Alguacil Luder sabe que tuvo que ser rescatada por el SPM debido a una mala situación en su hogar viviendo con Cameron Gambke, ¿por qué ahora está molesto con usted? Digo, ¿no debería sentirse mal por usted e intentar ayudarla?"

"Creo que está molesto con la vida, en verdad. Simplemente creo que su manera de lidiar con ello es desquitándose con todo el mundo. Era tan solo un diputado cuando lo conocí, avanzando poco a poco en el departamento, pero luego terminó dirigiendo toda la operación. Considero que él era una gran opción para el trabajo; de verdad era un gran hombre trabajador, muy profesional, y conocía y seguía todas las reglas. Aún lo hace, por lo que puedo ver. Luego, a su esposa le dio cáncer de seno. Hasta donde sé, ella lo combatió y ha estado en remisión desde entonces. Y también desde ese entonces él se comporta como un verdadero idiota con todos."

La interrumpo; un mal hábito que tengo cuando intento asegurarme de obtener toda la información necesaria.

"¿Cómo se llama su esposa?"

"¿Sra. Luder? Es una muy buena pregunta. No la he visto en mucho tiempo, pero según recuerdo, es Jean. Yo simplemente le decía 'Sra. Luder' cuando la conocí de niña. De lo que sí estoy segura es que ahora es una Consejera de Adicción a las Drogas.

Asiento con la cabeza mientras ella continúa viajando por el camino del recuerdo sobre el Alguacil Luder.

"Como lo dije, escuché que desde ahí fue que comenzó a cambiar. Quizá fue el estrés del nuevo trabajo y la posibilidad de perder a su esposa lo que le afectó. No lo sé. Esa combinación en verdad puede causar estragos en la gente. Pero luego algo más sucedió que fue la gota que rebasó la copa. Se enteró de que su propia hija había sido violada. Peor aún, en su propia casa."

"¿la hija del Alguacil fue violada?" suelto la pregunta repentinamente.

El día se está volviendo aún más deprimente y me encuentro pensando que no quiero hacer absolutamente nada y ver ESPN. O, tal vez haya algún buen juego en el canal de fútbol de la Liga Europea que pueda darme el descanso mental que tanto necesito en este momento. Todo esto es demasiado y necesito despejar mi mente.

"Sí, el Alguacil y su esposa estaban en el hospital para los tratamientos finales y su hija acababa de llegar a la casa de la escuela. Un tipo entró a la fuerza y esperó a que llegara. Tenía mascara negra, ropa de talla más grande para esconder su complexión, de todo. Fue un ataque bien planeado. El tipo la golpeó y luego la violó. Uno de los diputados me dijo el otro día que cuando todo sucedió, fue a la casa del Alguacil y nunca lo había visto así. Intentando ser fuerte para su esposa e hija, abrazándolas a ambas, conteniendo sus lágrimas y con una mirada más allá de la furia en sus ojos. Todo lo que le dijo al diputado fue 'Debí haber estado aquí para protegerla.'" Hace una pausa. "Su hija intentó suicidarse poco después, pero afortunadamente no tuvo éxito. Se fue lejos hacia un nuevo comienzo

43

y no la he visto desde entonces ya que para ese tiempo yo ya me había mudado. Por eso soy muy flexible con el Alguacil, porque odia a los depredadores sexuales, y tenemos eso en común. Él necesita que yo le ayude, pero nunca podrá admitirlo."

Nuevamente agarra fuerte el volante y concentra su atención sobre mí.

"Pero soy muy buena en lo que hago, Padre, y dado que Cameron Gambke era un depredador sexual, eso hace que ambos lo odiemos. Al final, el Alguacil Luder y yo estamos en el mismo equipo, e intentaré apoyarlo mientras se ocupa de sus dolorosos recuerdos."

Por segunda vez en este corto viaje, me siento horrible por mis pensamientos acerca de mi prójimo y ofrezco tímidamente, "Es mucho dolor por el que ha tenido que pasar."

Asiente con su cabeza, y ambos sabemos que el sentimiento de furia es poderoso y puede diezmar vidas. También es muy difícil de controlar. Por fortuna, también sé que con Dios, todo es posible. Suena trillado, lo sé, pero en realidad creo que es verdad. Con la gracia de Dios, he visto la furia disiparse demasiadas veces como para pensar lo contrario.

Le doy indicaciones por algunas calles hacia mi casa mientras avanzamos por la avenida principal en Gardensville.

Nos detenemos en la rectoría, y le pregunto, "¿Y qué hace usted en el departamento?"

"Soy la nueva Detective de Crímenes Sexuales."

***

Mientras el sol se esconde en este día que fue como una montaña rusa emocional, y obtengo mi "dosis" de ESPN, apago la televisión luego de escuchar brevemente un postulado de CNN sobre que hay en realidad detrás de la suspensión temporal de la ejecución de Cameron Gambke en Raleigh, Carolina del Norte. Me meto a mi cama y le pido al Espíritu Santo una vez más la plenitud de Sus dones – Fortaleza, Consejo, Temor al Señor, Piedad, Comprensión, Conocimiento y Sabiduría – y su guía absoluta para entender qué desea que yo haga; y pido lo mismo para todas aquellas almas heridas que conocí hoy.

Capítulo 5

Una estatua de Nuestra Bendita Madre se encuentra situada en una gruta en el jardín hacia la parte trasera de la iglesia. Es un oasis pacífico en el que puedo estar a solas con Dios y nuestra Señora. Es donde comienzo cada día rezando el Rosario; donde puedo, así sea por unos momentos, dejar las distracciones, reflexionar sobre los asuntos del día, orar y escuchar la voz de Dios. Siempre me tomo un momento para agradecerle por todos los regalos recibidos.

Recuerdo que el Rosario era la oración favorita del Santísimo Papa Juan Pablo II. Este gran papa le amerita la salvación de su vida a la Madre María. Específicamente, Mehmet Ali Agca intentó asesinarlo en la Plaza de San Pedro en Roma, exactamente 64 años del día en que nuestra Señora comenzó a aparecer frente a los tres niños en Fátima, Portugal. Dos años después, el Papa Juan Pablo II visitó a Agca en la prisión y lo perdonó.

Inicio mis oraciones esta mañana agradeciendo a Nuestro Señor por la guía de su iglesia en la elección del nuevo Vicario de Cristo, el Papa Francisco, y le pido que le bendiga en todos sus deberes como nuevo Papa de la Iglesia Católica. Aunque todavía no lo he conocido, entiendo de acuerdo a nuestro Obispo que tiene gran humildad, una verdadera preocupación por los pobres, y está comprometido a crear puentes entre personas de todo origen, creencias y fe.

También elevo una oración por el extraordinariamente bendecido Benedicto XVI, quien se retiró recientemente. Frecuentemente medito sobre una de sus citas, *"¿Qué quiere Jesús de nosotros? Quiere que creamos en Él. Que nos dejemos guiar por Él. Y que nos volvamos más y más como Él, y por lo tanto, vivamos justamente."* Siempre estaré agradecido por sus contribuciones intelectuales a Su Iglesia, especialmente como defensor de las doctrinas y los valores católicos.

De vuelta al Rosario, recuerdo que honramos a María como la Madre del Hijo de Dios. No la alabamos como si fuese Dios. Tengo la visión de nuestra Señora en el papel del Jefe de Estado de Dios, ya sabes, a la persona a la que le presta atención. Creemos que ella no puede hacer nada por sí sola, pero definitivamente tiene una gran influencia en su Hijo y puede interceder por nosotros. ¿Recuerdas cómo nuestro Señor convirtió el agua en vino durante la boda en Cana? Recuerda que el Evangelio refleja que lo hizo bajo solicitud de *ella*. Como regla auto impuesta, solamente traigo mi Rosario y mi breviario a este lugar. Pero hoy sentí la necesidad de traer algunos documentos que he reunido durante peregrinaciones pasadas. Espero que revisarlos me ayude a prepararme para la próxima videoconferencia con mis compañeros peregrinos.

Viajaremos a algunos lugares en donde nuestra Santísima Madre ha aparecido. Por medio de sus apariciones, la Madre María nos ha pedido continuamente que recemos el Rosario.

La historia del Rosario es la historia de nuestra salvación. Con él, meditamos sobre el poder de salvación de la vida, muerte y resurrección de Nuestro Señor. Es el recordatorio de que por medio de Su muerte y resurrección nos fue dada la oportunidad de alcanzar la vida eterna con Él en el Cielo. Se han otorgado incontables bendiciones, gracias y milagros a aquellos que fielmente recitan esta oración.

Un pequeño panfleto doblado llama mi atención. Dice que aunque no se requiere que creamos que es un artículo de fe, la tradición de la Iglesia sostiene que la Madre María le dio 15 promesas a Santo Domingo y bendijo a Alan por todo aquel que fielmente reza el Rosario.

1. El que me sirva, rezando diariamente mi Rosario, recibirá cualquier gracia que me pida.

2. Prometo mi especialísima protección y grandes beneficios a los que devotamente recen mi Rosario.

3. El Rosario será un fortísimo escudo de defensa contra el infierno, destruirá los vicios, librará de los pecados y exterminará las herejías.

4. El Rosario hará germinar las virtudes y también hará que sus devotos obtengan la misericordia divina; sustituirá en el corazón de los hombres el amor del mundo al amor por Dios y los elevará a desear las cosas celestiales y eternas. ¡Cuántas almas por este medio se santificarán!

5. El alma que se encomiende por el Rosario no perecerá.

6. El que con devoción rezare mi Rosario, considerando misterios, no se verá oprimido por la desgracia, ni morirá muerte desgraciada; se convertirá, si es pecador; perseverará en la gracias, si es justo, y en todo caso será admitido a la vida eterna.

7. Los verdaderos devotos de mi Rosario no morirán sin auxilios de la Iglesia.

8. Quiero que todos los devotos de mi Rosario tenga en vida y en muerte la luz y la plenitud de la gracia, y sean partícipes de los méritos de los bienaventurados.

9. Libraré pronto del purgatorio a las almas devotas del Rosario.

10. Los hijos verdaderos de mi Rosario gozarán en el cielo una gloria singular.

11. Todo lo que se me pidiere por medio del Rosario se alcanzará prontamente.

12. Socorreré en todas sus necesidades a los que propaguen mi Rosario.

13. Todos los que recen el Rosario tendrán por hermanos en la vida y en la muerte a los bienaventurados del cielo.

14. Los que rezan mi Rosario son todos hijos míos muy amados y hermanos de mi Unigénito Jesús.

15. La devoción al santo Rosario es una señal manifiesta de predestinación a la gloria.

Otro panfleto describe otra oración consagrada a María. Conocida como la Devoción a los Siete Dolores de la Virgen María, fue revelara a Santa Brígida de Suecia por la Santísima Madre y aprobada por el Papa Pio VII en 1815. La Virgen María alentaba a quienes se les aparecía en Kibeho en África, a rezar estos Siete Dolores, además del Rosario.

Como con el Rosario, Los Siete Dolores de la Virgen María es una oración contemplativa en la cual meditamos sobre siete eventos dolorosos experimentados por la Santísima Madre. El panfleto los muestra así:

1. La profecía de Simeón en la que una espada atravesaría el alma de María (Lc. 2: 34-35)

2. La persecución de Herodes y la huida a Egipto (Mt. 2: 13-14)

3. Jesús perdido en el Templo, por tres días (Lc. 2: 43-45)

4. María encuentra a Jesús, cargado con la Cruz

5. La Crucifixión y Muerte de Nuestro Señor

6. María recibe a Jesús bajado de la Cruz

7. La sepultura de Jesús (Jn. 19: 38-42)

Y a aquellos que rezan la Devoción de los Siete Dolores, se le prometen siete gracias:

1. Pondré paz en sus familias.

2. Serán iluminados en los Divinos Misterios.

3. Los consolaré en sus penas y acompañaré en sus trabajos.

4. Les daré cuanto me pidan con tal que no se oponga a la voluntad de mi Divino Hijo y a la santificación de sus almas.

5. Los defenderé en los combates espirituales con el enemigo infernal, y los protegeré en todos los instantes de sus vidas.

6. Los asistiré visiblemente en el momento de su muerte: verán el rostro de su Madre.

7. He conseguido de mi Divino Hijo que los que propaguen esta devoción (a mis lágrimas y dolores) sean trasladados de esta vida terrenal a la felicidad eterna directamente, pues serán borrados todos sus pecados, y mi Hijo y Yo seremos "su eterna consolación y alegría".

La tranquilidad de mi mañana se ve quebrantada por el portazo proveniente del edificio administrativo. De pie en el escalón, y con mirada fulminante, está la Sra. Bellers quien me interrumpe bruscamente.

"El Padre Bernard se pregunta cuándo va a entrar. ¿Y recogió el paquete de la diócesis ayer?"

Parece que tiene toda la intención de quedarse plantada en ese escalón hasta que yo recoja mis pertenencias y la siga para entrar al edificio. No lo haré, pero le contesto en calma. "Buenos días Sra. Bellers. Estaré adentro en 20 minutos a tiempo para nuestra reunión programada a las 8:00 a.m., tal como él y yo lo discutimos con anterioridad y, sí, tengo el paquete."

Le doy la espalda y me enfoco nuevamente en la estatua de la Madre María. La estatua sonríe, yo no. *"Se gentil,"* me recuerda. *"Ayúdame a ser amable, por favor,"* le imploro en respuesta.

Un fuerte gruñido emerge de las mandíbulas musculosas de la Sra. Bellers. Yo ofrezco una oración silenciosa. *Por favor, Dios, dame paciencia.*

Uno por uno, me enfoco en los cinco misterios dolorosos:

- La Agonía de Jesús en el Huerto
- La Flagelación del Señor
- La Coronación de espinas
- Jesús con la Cruz a cuestas, y

- La Crucifixión y muerte de Nuestro Señor

Mis dedos se mueven de cuenta a cuenta, y los Padre Nuestro y Avemarías crean el mantra de fondo perfecto mientras medito y reflexiono sobre los misterios. Siento que la Sra. Bellers aún se encuentra de pie en el porche, y utilizo su distracción intencionada como una oportunidad para trabajar en mi habilidad para reducir la velocidad de mi respiración y ofrezco esta cruz a la Suya. En mis manos tengo las cuentas del Rosario que más atesoro. Mamá y Papá viajaron a Tierra Santa y me las trajeron unos años antes de que ella muriera. Me aseguraré de que las recibas a tiempo para cuando estés leyendo esto.

El portazo se escucha dos veces más, una cuando ingresa al edificio, y otra cuando vuelve a salir. La Sra. Bellers hace un gran esfuerzo por salir ruidosamente hacia la caneca de basura, tira los contenidos a manera de aumentar la distracción, y luego cierra con la tapa de un golpe. *Respira, solo respira, y concéntrate*, me recuerdo a mí mismo. Yo y una de mis cruces personales, la Sra. Susan Bellers. Debo Concentrarme en la cruz que cargó Nuestro Señor. Él nunca me dará más de lo que puedo manejar, recuerdo, y con seguridad puedo soportar lo que sea que ella intente arrojar en mi camino.

Las llaves de las puertas del Cielo están hechas de las cruces que cargo, y las pruebas que enfrento a diario. Son un regalo, no una maldición. Cuando las veo con los ojos de Dios me hacen más fuerte, sabio y compasivo con los que me rodean. Y aunque acepte las cruces que me han sido dadas, no significa que no deba hacer el esfuerzo por mejorar el entorno en mi vida.

Nuevamente se escucha el portazo, y mi cuerpo se sacude por el intenso sonido antes de continuar con mi meditación. La Sra. Bellers ha entrado de vuelta al edificio, probablemente al recordar que tiene una lista de personas a las que acosar hoy. La escuché contándole al Padre Bernard cómo un voluntario tuvo la desfachatez de cambiar la fuente en el boletín de la Parroquia. Cómo se atreven.

Concentrándome nuevamente, me recuerdo a mí mismo que nunca debo olvidar que Jesús es la luz del mundo. Así que, como seguidor de Jesucristo, también debo hacer mi mejor esfuerzo por ser Su luz en este mundo. Cuando la gente me vea, deben verlo a Él. En otras palabras, sí yo, como católico, sigo siempre a la multitud, busco ser aceptado por los que me rodean, intento complacer a todos y encajar, entonces no estoy viviendo como Él lo planeó. Jesús no era como los todos demás en este mundo. Esa es mi meta, y aun así, el estado de mi vida no es perfecto y por eso es que le necesito a Él y a Su ejemplo, a Su iglesia y los Sacramentos, y todo mi esfuerzo.

Ya lo sé, es muy fácil para mi decirlo, pero bastante difícil de hacerlo; todo un sacerdote católico. Lo que quiero decir es que, yo *sé* lo que la Iglesia enseña. Demonios, si es que recibí bastante educación durante el seminario, así que debería. ¿Y entonces por qué siguen siendo retos para mí las personas como la Sra. Bellers, el Alguacil Luder, y Michele Jerpun? Pues bien, supongo que es porque soy humano. Sé que no es una excusa pero sí que suena como una. Lo que digo es que yo tengo dificultades como cualquier otra persona. Lleno de orgullo y ego, con todas las costumbres, rasgos y características que he logrado reunir durante mi vida. Y cuando fui ordenado como sacerdote, no fue como si me hubieran rociado polvitos mágicos que de repente me convirtieron en santo. Sufro las mismas cosas que toda la humanidad.

Una vez he completado el Rosario, continúo con la devoción a los Siete Dolores de la Virgen María. Los últimos cuatro dolores me ayudan a meditar aún más sobre el dolor de María en su papel de madre durante la Pasión de Nuestro Señor. ¿Puedes tan siquiera comenzar a imaginar su dolor?

Termino mis oraciones de la siguiente manera: *"Reina de los Mártires, tú que has padecido tanto, te ruego, por los méritos de las lágrimas que derramaste en estos terribles y dolorosos momentos, que obtengas para mí, y todos los pecadores del mundo, la gracia de la sinceridad completa y el arrepentimiento. María, que fuiste concebida sin pecado y sufriste por nosotros, ruega por nosotros."*

"Gracias, Dios, por este momento," Digo, recordando que al menos debo intentar ser respetuoso, amable y cortés con la Sra. Bellers.

Al ingresar, coloco el paquete del CSA en su buzón especial. Sin esperar un 'Gracias', volteo hacia la oficina del Padre Bernard. Una vez más, no estoy decepcionado. No escucho el 'Gracias' ni recibo al menos una mirada mientras ella de manera resuelta observa la pantalla de su computadora, dándome a entender de manera clara y silenciosa que mi presencia no vale ni un segundo de su preciado tiempo.

"¿Padre Bernard?" Digo de pie bajo el marco de su puerta

abierta, mientras el sacerdote de 80 años se encuentra en su escritorio, leyendo.

"¿Dígame?"

Levanta su mirada; es un hombre amable que ha trabajado duro en ésta parroquia durante los últimos 20 años. Un cigarrillo encendido arde en el cenicero que está sobre su escritorio, y arroja una nube de humo sobre la oficina. Por demás que disfruto pasar tiempo con el Padre Bernard, intento siempre apresurar mis reuniones con él. Lo que he leído sobre los peligros del humo en los fumadores pasivos, en realidad me preocupa.

"Que pena si he llegado tarde." Sé que no. Son las 8:00 a.m. en punto; la hora que acordamos para nuestra reunión. Solamente necesito que la Sra. Bellers me escuche decirlo y, más importante aún, que escuche la respuesta del Padre Bernard. Debería controlarme y no jugar estos juegos mentales con ella, pero simplemente no puedo resistir la tentación.

"¡Oh, buenos días Padre Jonah! ¿Tarde? Usted es la persona más puntual que he conocido y, como de costumbre, ¡ha llegado justo a tiempo!"

Su rostro se ve alegre. Se han escuchado rumores de que alguna forma de demencia ha comenzado a apoderarse de él, pero según lo que puedo ver, su mente es tan aguda como la punta de una tachuela. Miro a la Sra. Bellers por encima de mi hombro, y puedo ver que de repente se ocupa con algunos papeles. Ambos sabemos que no se le pasa nada.

"Siga. Cierre la puerta y tome asiento. Por favor, cuénteme como le fue ayer."

Vacilo por un momento, deseando que el humo se ventile y salga por la puerta abierta en vez de que quede atrapado adentro, pero hago lo que se me pide. Durante los siguientes 20 minutos, doy un recuento de los eventos del día anterior.

"¿Entonces estará en el pabellón un poco más de tiempo? ¿Planea visitarlo?"

"De hecho, sí. Él se ha alejado de la fe, así que tal vez Dios me haya dado tiempo para continuar compartiendo las Buenas Noticias con él."

"¿Y estos planes lo alejarán de sus responsabilidades aquí?" Su comportamiento se torna serio repentinamente.

Comprendo lo que me pregunta. Anteriormente me ha hablado

sobre su deseo de que lo libere poco a poco de algunos de sus deberes y reuniones actuales. También hemos escuchado en varias ocasiones por un pajarito que se espera que comencemos el proceso de construcción de un nuevo templo; una tarea monumental. Más personas se están mudando a ésta área, pero no tenemos suficientes sacerdotes; de ahí la necesidad de un espacio de alabanza más amplio. En resumidas cuentas, hay mucho por hacer.

"Para nada. Planeo viajar a Raleigh durante mis días libres, quizá cada dos semanas, si le parece bien."

"Por ahora, está bien. ¿Los lunes son su día libre, cierto?"

"Sí."

"Bien. ¿Y cuándo es que es su peregrinación?"

"De abril 12 al 28. Partimos el viernes después del domingo de la Divina Misericordia. Estaré de vuelta en la oficina el lunes, abril 29. Y recuerde que en algún punto durante la primavera el próximo año, estoy aún comprometido a liderar otra peregrinación más. En esa oportunidad viajaremos a Kibeho, África. Aún no tengo las fechas exactas pero, una vez se hayan definido, se lo haré saber. Me gustaría que celebrara las misas durante mi ausencia, si así se lo permiten sus planes de jubilación.

"Si no, encontraré una solución con la Diócesis."

Asiente con la cabeza, recordando la promesa que le hice a mi antigua diócesis en Brooklyn.

Mientras contempla todo lo que acabo de compartir con él, escucho la voz de la Sra. Bellers subir de tono. No escucho a nadie respondiendo, así que debe estar en el teléfono. Siento pena por quienquiera que esté del otro lado de la línea. De repente siento la necesidad de hablar con el Padre Bernard sobre ella, pero él trae el tema a colación primero que yo, y no de una forma que me esperaba.

"Entonces los lunes. Oh, antes de que se vaya, Susan me comentó que fue un poco grosero con ella ayer en el teléfono. Lo entiendo, dado lo que estaba sucediendo en Raleigh, y sé que ella puede ser un poco exigente, pero recuerde que es una empleada valiosa y mantiene todo en orden aquí. En verdad no me gustaría para nada verla partir una vez me retire."

Me muerdo la lengua para contener mi respuesta emocional inicial que es decirle de frente que no veo la hora de que ella se vaya, ya que sé que él no me permitirá despedirla mientras esté aquí.

"Recién nos conocemos. Estoy seguro de que simplemente

necesitamos tiempo para acostumbrarnos a estas nuevas personalidades que han cruzado caminos." Indico sabiendo que, sin importar lo que diga, no hará ninguna diferencia. De hecho, puede que lo empeore para mí si decide decirle al Obispo que no encajo bien en esta parroquia. Mi padre me necesita aquí, y me da la impresión de que otros también me necesitan cuando pienso en todos aquellos que he conocido en los días pasados.

Al ponerme de pie para irme de la oficina, él agrega: "Solamente Dios puede cambiar los corazones. Recuérdelo."

"Entiendo."

No estoy seguro si se refiere a mí, a Susan Bellers, a Cameron Gambke, a los otros reclusos en el pabellón de la muerte, o a todos nosotros, pero tiene la razón, y lo sé.

Me recuerdo a mí mismo que Nuestro Señor nunca nos obligará a amarle. Como en cualquier relación, debemos hacer esfuerzos continuos por encontrar la paz y la reconciliación. Mi reto es que no creo que la Sra. Bellers esté haciendo ningún esfuerzo que se pueda definir como "caritativo", pero sé que no puedo cambiarla. Dado que no puedo cambiar nada de su mundo interior, tampoco debo ser ingenuo – haré todo lo que pueda para protegerme, y así está muy bien definido en las enseñanzas de la Iglesia y en mi papel como uno de Sus pastores.

"Muchas gracias, Padre."

Al abrir la puerta, la Sra. Bellers tira el teléfono.

"Malditas personas. Todo lo que tienen que hacer es leer el boletín. Toda la información está publicada ahí semana tras semana."

Claramente no se dirige a mí. A nadie en la oficina.

Nuestros ojos se encuentran. Si le afecta que la haya sorprendido en su auto-revelación, no lo demuestra ni tampoco parece importarle. Tal vez no se encuentre intimidada por mí como su futuro jefe, como lo supuse en un principio. O, si le insisto en el tema, puede que simplemente me diga que "así es ella", gústeme o no.

No se escucha palabra entre nosotros mientras cierro la puerta del edificio, y disfruto el calor del sol. El frio de la mañana prácticamente ha desaparecido totalmente por hoy.

***

La misa se celebra diariamente aquí en Nuestra Señora del Perpetuo Socorro de lunes a viernes a las 12:30 p.m. El Padre Bernard y yo alternamos días, y los martes me corresponden a mí.

Sinceramente, la celebración de la misa es la mejor parte de mi día.

Más tarde, en mi camino hacia la rectoría escucho la puerta de un carro que se cierra de un golpe detrás de mí.

"Tome, puede quedarse con esto." Dice la Detective de Crímenes Sexuales Renae Gambke, mientras me pasa la carta que le envié por correo a nombre de Cameron Gambke hace apenas 36 horas. Debió haber ido a su casa durante su hora de almuerzo, revisó su correo, leyó la carta, y luego condujo 30 minutos hasta mi casa.

"¿Qué quiere que haga con ella?" Pregunto, al ver que se aleja dando pisotones de vuelta a su vehículo oficial, que aún tiene la puerta abierta y el motor encendido.

"No me dijo lo que estaba buscando. Ahora es suya. Haga lo que quiera con ella. Disculpe mi forma de hablar, Padre, pero tiene la cabeza hecha una mierda, y estoy segura de que es uno más de sus trucos; engañando a las personas hasta el final. Hasta a su propia sangre."

Tan rápido como llegó, se fue. Bajo mi mirada hacia la carta y de vuelta a la ventana trasera que se encoje rápidamente, intentando organizar mis pensamientos.

Cameron Gambke sigue con vida. Me pidió estar con él durante lo que, a efectos prácticos, debió haber sido su último día sobre la tierra. Quiere que la ayude, ¿pero que la ayude con qué, específicamente? ¿Tal vez la carta me dé alguna indicación? Planeo hacerle ésta misma pregunta el próximo lunes cuando lo visite. No me interesan las adivinanzas.

Ingreso a la rectoría, y coloco el sobre dentro de mi chaqueta. La leeré ésta noche mientras medito durante la Adoración de Nuestro Señor en la capilla.

Mi celular timbra. Es un número desconocido.

"Hola. Habla el Padre Bereo."

"Soy el Alguacil Luder. Necesito hablar con usted."

El mismo tono de ayer. ¿Cómo consiguió mi número telefónico? Tal vez la Detective Renae se lo dio.

"Claro. Tengo citas durante toda la tarde, y una conferencia telefónica a las cinco, pero no debe durar más de una hora."

"Me refería a mañana."

¿Por qué no lo dijo al comienzo? Continúo escuchando. Sé paciente. Compasivo. Solidario. Caritativo.

"¿Está libre a las cuatro? Debo llevarlo a algún lugar. Hay cosas que debe saber si es que va a pasar más tiempo con el recluso Cameron Gambke, especialmente si sigue pensando que simplemente es un santo inocente que recibió un trato injusto."

"Nunca dije nada de eso sobre el Sr. Gambke, Alguacil. Como ya se lo dije, Nuestro Señor de los cielos es Su juez, no yo. De todas formas, ¿necesita mi dirección?"

"Ya sé dónde vive." Dice y cuelga el teléfono.

Por supuesto. Mi cita de las 2:00 p.m. llega, y le hago un gesto con mi mano a la joven pareja de prometidos, animándolos a que entren.

Me pregunto si el Alguacil sabe de la carta para Renae Gambke que ahora tengo yo en mi posesión. Lo más probable es que no. Y si no es eso, ¿qué tendrá planeado ahora?

Nada es claro en este momento, aparte de la fastidiosa cara de la Sra. Bellers que me observa por la ventana de su oficina.

Capítulo 6

Hoy en la tarde dirigí una videoconferencia para nuestra próxima peregrinación. Los 20 participantes se reunieron en las oficinas de la parroquia en Brooklyn mientras mi imagen era trasmitida desde una instalación rentada en Gardensville. Nuestra parroquia no ha comprado ésta tecnología todavía, pero si está en el presupuesto final para la nueva iglesia, planeo pedirle su aprobación al Obispo.

Siempre me siento nervioso antes de cada viaje – la diferencia de culturas, la comida, la zona horaria, las enfermedades o cualquier combinación de estos aspectos – cualquier cosa que seguramente me haga estar en la cama de un hospital y me cause la muerte lejos de casa. ¿Sabes que es lo que más detesto? Que he permitido que mis preocupaciones de salud me controlen. Es agotador.

Le recuerdo al grupo que viajaremos por tierra y aire durante un periodo de 17 días. Primero nos dirigiremos a Roma, y finalmente nuestro viaje terminará en Fátima, Portugal. Nuestra Madre María ha escogido aparecer en algunos lugares bastante distantes. Estoy seguro que está contenta de que pasemos por éstas dificultades con base en nuestra fe.

Hoy, mi propósito principal era recordarles a todos la posición de la Iglesia con respecto a los milagros, y enfatizar que su objetivo no es el satisfacer nuestra curiosidad o deseo de encantos fascinantes. Les comuniqué que los milagros requieren intervención divina y deben ser más que increíbles o improbables; un verdadero milagro debe ser un fenómeno sobrenatural.

"Además, recuerden que los mensajes no son considerados una revelación divina. La doctrina católica nos enseña que la revelación divina hacia el hombre comenzó con Adán y Eva, y terminó a la muerte del Apóstol San Juan. Los mensajes dados durante advocaciones aprobadas se consideran revelaciones privadas que pueden proporcionar un mayor entendimiento de las revelaciones divinas, pero nunca aportar nada nuevo a nuestra fe. Las autoridades de la Iglesia son muy claros al decir que éstas revelaciones privadas no pertenecen al depósito de la fe," señalé.

También dije que esto no quiere decir que los mensajes del Cielo no sean importantes. Todas las advocaciones son recordatorios, y parecen ocurrir en momentos críticos en la historia mundial y siempre en tiempos difíciles. Y los mensajes casi siempre son súplicas urgentes para reabrir nuestros corazones, estar atentos, y volvernos a Dios. Hago énfasis en que Dios puede y de hecho nos habla de muchas maneras, y hago un llamado a que no dejemos que nuestro orgullo y ego se crucen en nuestro camino al intentar poner a Nuestro Señor en nuestra caja predefinida.

Tomando mi Catecismo – el documento que contiene todo el depósito de la fe para la Iglesia Católica – leí la definición de "milagro" al grupo.

"'MILAGRO. Signo o maravilla, como la sanación o el control de la naturaleza, que solamente puede ser atribuido al poder divino. Los milagros de Jesús fueron signos mesiánicos de la presencia del reino de Dios.'

Adicionalmente compartí con el grupo la entrada #548 del Catecismo:

"'Los signos que lleva a cabo Jesús testimonian que el Padre le ha enviado. Invitan a creer en Jesús. Concede lo que le piden a los que acuden a él con fe. Por tanto, los milagros fortalecen la fe en Aquel que hace las obras de su Padre: éstas testimonian que él es Hijo de Dios. Pero también pueden ser 'ocasión de escándalo'. No pretenden satisfacer la curiosidad ni los deseos mágicos. A pesar de tan evidentes milagros, Jesús es rechazado por algunos; incluso se le acusa de obrar movido por los demonios."

Mi objetivo era además señalarles que los milagros aún ocurren hoy en día, y que verían evidencia clara de los mismos durante la peregrinación. Existen igualmente milagros más pequeños del día a día; los milagros suceden a personas de todas las creencias y todos los ámbitos de la vida.

"El potencial para confusión en una de las razones por las cuales la Iglesia es increíblemente meticulosa en sus investigaciones de los milagros. Los milagros existen para recordarnos que Dios todavía existe, que siempre está presente, y que nunca nos ha dejado ni nos dejará," les dije.

Llevar a cabo su propia investigación es sumamente importante para que se formen su propia opinión, e insistí en esto en múltiples ocasiones durante la videoconferencia.

Luego de un corto descanso, le recordé al grupo el vasto proceso investigativo que la Iglesia sigue para las advocaciones y supuestos milagros. Siempre he creído que es muy importante enfatizar firmemente que la Iglesia ha tenido mucho cuidado durante el examen y clasificación de las advocaciones reportadas; éstas se clasifican así: 'no es digna de fe,' 'no va en contra de la fe;' o 'digna de fe'.

"Al evaluar la evidencia de cada caso," expliqué, "el Obispo local debe seguir criterios específicos y responder seis preguntas fundamentales, como mínimo. Primera, ¿los hechos del caso están libres de error? Segunda, ¿la(s) persona(s) que recibieron el mensaje tienen un equilibrio psicológico, son honestas, éticas, sinceras y respetuosas de la autoridad de la iglesia? Tercera, ¿hay errores doctrinales atribuidos a Dios, a Nuestra Señora o a un santo? Cuarta, ¿las doctrinas teológicas y espirituales se presentan sin errores? Quinta, ¿la consecución de dinero es un motivo involucrado en los eventos? Y sexta, ¿se han dado frutos espirituales positivos y devoción religiosa, sin evidencia de histeria colectiva?

"Así que, luego de pasar por este proceso completo y metódico, si el reporte preparado por el Obispo local para el Vaticano es positivo, está diciendo específicamente que el mensaje no va en contra de la fe ni la moral. Específicamente, nada va en contra de todo lo incluido en el Catecismo de la Iglesia Católica. Si es sobre una advocación Mariana, dicho reporte también infiere que María puede ser venerada de una manera especial en el sitio de la advocación en particular."

Les comuniqué que cuando la iglesia reconoce una advocación Mariana como digna de fe, no está diciendo que luego de un riguroso escrutinio y discernimiento, estamos *obligados* a creer que la Virgen María apareció aquí o allá. Por el contrario. La Iglesia simplemente nos dice que hay buenas razones para creer, pero sin ninguna obligación a la fe. Se nos invita a creer porque será beneficioso y fructífero para nosotros, sus hijos.

Les alenté a que siempre mantengan una visión equilibrada con respecto a cualquiera de éstas advocaciones. No debemos ser ingenuos, pero tampoco debemos ser totalmente desdeñosos. Les dije que cuando alguno escuche sobre una advocación de la Virgen María, debemos permitirle a la Iglesia investigar y determinar su autenticidad, y luego tomar nuestra propia decisión de acuerdo a esto.

"Luego de escuchar del Obispo local," agregué, "la Iglesia puede también decidir, con base en otra información disponible, que quiere preparar un cuerpo investigativo independiente para realizar mayores análisis. Recuerden que se necesitaron cuatro años de análisis intensivo antes de que se tomara una decisión con respecto a Lourdes, Francia, 13 años para Fátima en Portugal, y 20 años para Kibeho en la República de Ruanda, África.

"Una última cosa sobre éste tema. Debido al minucioso y largo proceso al cual se somete una advocación, la mayoría de las supuestas advocaciones se desmaterializan antes de que el público tan siquiera tenga conocimiento de ellas."

Dado que la próxima peregrinación no viajará a estos sitios aprobados, me tomé un tiempo para hablar sobre los increíbles milagros en Guadalupe, México; Siluva, Lituania; Fillippsdorf, República Checa; Gietrzwald, Polonia; y Knock, Irlanda.

Al término de la tarde, compartí algunos de los milagros identificados por la Iglesia Copta Ortodoxa Oriental ya que, en mi opinión, son dignos de consideración. Hago énfasis en que la Iglesia Católica no ha tomado alguna decisión sobre ellos debido a que no ocurrieron en territorio de predominación Católico romana.

"Éstas advocaciones ocurrieron apenas durante los 44 años anteriores – la más reciente y aprobada fue en 2010. La población actual de Egipto es de aproximadamente 82'000.000 con una inmensa mayoría de alrededor del 90% de Musulmanes sunitas, cerca del 9% de Cristianos coptos, y el resto de diversas sectas Cristianas. En lo que respecta a éstas advocaciones, miembros de la fe Católica, Musulmán, Judía, entre otras, junto con ateos y agnósticos, fueron testigos de las mismas, lo que claramente le añade peso al argumento de que no son solamente un fenómeno católico.

"Definitivamente deben conocer los papeles importantes y fundamentales que Egipto ha jugado en toda la historia bíblica. Luego del nacimiento de Jesús, María y José se refugiaron en Egipto con el fin de evitar la masacre de inocentes ordenada por Herodes el Grande.

"Pero bueno, de vuelta a las advocaciones en Egipto. No hace mucho, desde 1968 a 1971, se reportó que Nuestra Señora apareció muchas veces sobre la Iglesia Copta de San Marcos en Zeitún. La tradición cuenta que la Sagrada familia pasó un tiempo allí durante su exilio.

"Los testigos manifiestan que frecuentemente ella aparecía en la noche y se veían palomas volando a su alrededor. Fue vista caminando a lo largo del techo de la iglesia. Los testigos vieron además esferas de luz en forma de cruz.

"No expresó ningún mensaje, pero la televisión Egipcia filmó y mostró imágenes sorprendentes de las advocaciones. Hubo noches en las que hasta 250.000 personas observaban. Se estima que durante los tres años, 40 millones de personas vieron las imágenes – mayormente aquellos de la fe Cristiana y Musulmana. Lo que es verdaderamente extraordinario es que los testigos lograron tomar fotografías de las advocaciones; algo poco común en la mayoría de advocaciones Marianas. Aunque muchos intentaron de desmentir la autenticidad de las fotografías y las imágenes televisadas, nadie ha logrado hacerlo.

"Luego, durante cuatro meses en 1982, se reportó la aparición de la Santísima Virgen María en diversas ocasiones sobre la Iglesia Copta de Santa María en Edfu, Egipto. Igual que en Zeitún, Nuestra Señora estuvo en silencio. Y otra vez, tanto cristianos como musulmanes vieron las imágenes.

"De 1986 a 1991, apenas en un periodo de 5 años, se reportó que la Virgen María apareció cerca de las dos torres de la iglesia de la mártir Santa Damiana en el barrio de Shoubra en el Cairo, Egipto. Los testigos aseguran haber visto su cuerpo completo rodeado por una aureola de luz. Aparentemente, la advocación fue vista en primera medida cuando la luz que la envolvía, brilló dentro de las casas contiguas a la iglesia. Fue vista en múltiples ocasiones por miembros de diferentes religiones, incluyendo autoridades de la Iglesia Copta. Durante una de las apariciones, según se dice, una joven recobró la visión; esto ha sido confirmado por un médico. Como en Zeitún, fue posible tomar fotografías para que el mundo entero las viera.

"Del año 2000 al 2001, en la Iglesia de San Marcos en Assuit que queda ubicado en la región sur de Egipto, se reportó nuevamente la aparición de la Santísima Virgen María de cuerpo entero. Los testigos reportaron haber visto luces gloriosas y palomas blancas grandes y brillantes. También se observaron luces sobrenaturales y rayos de luz verdes y azules sobre la iglesia. Los testigos manifiestan que podían oler incienso durante las advocaciones. Nuevamente, Nuestra Señora estuvo en silencio.

Y, finalmente, de 2009 a 2010, hace apenas unos años, en múltiples ocasiones, los testigos reportan que la Virgen María apareció sobre los domos de la Iglesia Copta Ortodoxa de la Virgen María y el Arcángel San Miguel en Warraq el-Hadar, Egipto, que se encuentra en la parte principal del Cairo. Aquellos presentes recuerdan que apareció en un vestido blanco puro con un cinturón azul real y una corona sobre su cabeza. Más de 200.000 cristianos y musulmanes presenciaron la aparición inicial. Se le vio rodeada de pájaros blancos puros. Detrás de ella, de repente aparecía una estrella que atravesaba el cielo antes de desaparecer. Como en las otras apariciones que acabo de compartir con ustedes, no hubo mensaje alguno de parte de la Virgen María. Sin embargo, la belleza de la tecnología les permitió a diversos testigos hacer videos con teléfonos celulares y mostrarlos en YouTube. Además, los eventos obtuvieron bastante cubrimiento mediático en los diarios Egipcios y en canales de la televisión Árabe.

"¿Y por qué la Virgen María presuntamente estaba apareciendo en Egipto frente a un grupo predominantemente musulmán? Eso lo dejaré a contemplación de los eruditos y teólogos de la Iglesia y de otras creencias."

Luego de concluir la teleconferencia, reuní mis documentos, y recordé la carta de Cameron a Renae Gambke, en el bolsillo de mi chaqueta.

Capítulo 7

Hay bastante calma y serenidad en la capilla. Aparte de mí, solamente hay otras dos personas en el momento, observando a Nuestro Señor expuesto en la custodia plateada y dorada. Su radiante presencia me trae paz y muchas veces, respuestas. Vengo aquí cada que mi horario me lo permite.

Los otros están sentados a mi alrededor en silencio, y solamente nuestra respiración es el suave recordatorio de nuestra presencia. Aunque no estamos solos, estamos solos con Él, cada uno en nuestra propia audiencia con Nuestro Señor. Eso es lo mucho que nos ama.

Me entristece que muy pocos se tomen el tiempo de pasar tan siquiera un momento con Él. La paz y serenidad que impregnan ésta capilla, especialmente durante la Adoración, deberían ser deseadas por todos. Lastimosamente, demasiadas personas ya no creen en la verdadera presencia de Nuestro Señor. Si lo hicieran, ésta iglesia estaría llena. Digo, si fuera el Presidente de los Estados Unidos el que estuviera de pie aquí o una celebridad exaltada y glorificada por los medios, un simple ser humano creado por Dios, no habría duda de que lo estaría.

"Por favor, Señor, permíteme ver y comprender lo que deseas durante éste momento contigo, y especialmente mientras leo el contenido de ésta carta."

Desdoblo las tres páginas y comienzo.

"Ro-Ro, no te había dicho así desde que eras una muchachita, ¿verdad? Si estuvieras en frente mío ahora, lo haría, pero no creo que lo aceptes de la manera en que lo hacías en aquel entonces. No te culpo, pero tal vez ésta última carta ayude a aliviar ese dolor. Aunque conocieras toda la verdad, puede que aún no lo comprendas, pero ten presente que algunas veces la vida cambia rápidamente, y todos nos ajustamos de la mejor manera que podemos.

Para cuando hayas leído esto, el Estado me habrá asesinado; un hombre inocente. Dado tu nuevo trabajo (interesante opción laboral, vale la pena agregar; sin duda influenciada por tu tía), estoy seguro de que conoces los detalles del archivo del caso, al menos lo que el Alguacil Danielito ha decidido registrar en él. No he sido de su agrado por muchos años, y creo que me ha tendido una trampa. Hice todo lo posible para probarlo, pero ya nadie me escucha. El ADN puede mentir, y es tan bueno como el investigador que lo interpreta. ¿Y sabes por qué sé que es verdad? Porque yo no estuve allí. Me han dicho que ya no importa; oídos sordos es lo único que hay a mi alrededor.

La última vez que nos vimos tenías tantas preguntas para mí, pero debido a que hay demasiados oídos aquí adentro, y todos con amigos allá afuera, no pude contártelo todo. Aún ahora, me pregunto quién leerá esta carta, y todo lo que he preparado para ti y tu hermano podría desaparecer si lo que ahora tiene que suceder no sale según lo planeado.

Te mostraré el paisaje de la vida de tu padre de una manera indirecta. Escribo ésta carta para ti, no para tu hermano, porque aunque él recibió el poder de la fuerza bruta, ha aprendido a controlar sus impulsos. Tú, por el contrario, recibiste un intelecto sagaz, regalo de tu madre. Extraño profundamente ese momento de mi vida con ella, antes que, bien...de vuelta al punto. En tus manos ésta información saldrá a la luz, y todo lo que he dejado para ti y para él puede dar sus frutos si estás dispuesta a buscar la verdad del maravilloso mundo que creé para mí y los míos – mi familia.

Déjame intentar contarte mi historia por medio de la saga de los lobos, una que ambos conocemos, y con la que estamos irrevocablemente vinculados desde hace mucho. No sé quién lea esto en el futuro, pero sé que eres lo suficientemente lista para armar el rompecabezas que pongo en frente tuyo. El lobo. Pero para mis fines aquí, el Canis Rufus, específicamente – el lobo rojo. Son una raza especial de ángeles, bebes de dioses jóvenes, algunos llenos de luz y otros llenos de oscuridad de acuerdo al brillante maestro del mejor libro jamás escrito. Antes de ser transferido aquí desde Hyde, tuve dos años para estudiarlos con mis propios ojos, y ofrecerte, mi preciosa Ro-Ro, ésta información. Me saludaban durante mis caminatas matutinas en esas rejas metálicas con alambre de púas; me hablaban mientras aullaban en la noche. Una manada completa vivía justo al otro lado del camino, y eran en verdad unas criaturas maravillosas. Creo que estaban allí por una razón, solo para mí. Parecía que tuviéramos una conexión que venía de hace mucho. Yo los comprendía, y pienso que ellos me comprendían a mí.

Hace miles de años, alrededor de dos millones de sus ancestros caminaban libremente por los Estados Unidos de América donde construí mi propia casa mucho antes de comenzar mi familia. Cien mil de ellos eran lobos rojos. Tenían familias, y también amigos, por así decirlo, una grandiosa estructura social, y encajaban perfectamente en el mapa evolucionario desplegado caprichosamente por el big bang hace un milenio.

Los Nativos Americanos sabían cómo vivir pacíficamente con ellos, pero no los colonizadores Europeos que decidieron explorar, viajar hacia el occidente, y asesinar tantos como pudieron. El temor los impulsaba. Temor por su ganado, sus animales, y por ellos mismos. El temor puede ser una grandiosa fuente de conocimiento, o puede apagar un cerebro y en lugar de pensar con la materia gris entre sus orejas, algunas personas simplemente reaccionan, se aterrorizan. Y así lo hicieron. Aún lo hacen. Pero me estoy apartando del tema. Para 1960, solamente quedaban diecisiete lobos rojos puros en este país. Lo que estas personas no sabían, era que estos pobres animales les tenían más temor a ellos, de lo que ellos le tenían a los lobos.

Afortunadamente, los biólogos y científicos se involucraron, e inició la reproducción controlada. Hace casi treinta años, el Refugio Nacional de Vida Salvaje del Rio Aligator en Carolina del Norte fue escogido como uno de los sitios de liberación. Está localizado a más o menos una hora y media de Hyde. No muchas personas vivían allí en ese entonces ni tampoco ahora, y hay bastante terreno y presas para que los lobos sobrevivan. Y libertad, sí, tenían libertad, a pesar de tener collares de transmisión alrededor de sus cuellos para poder ser rastreados. A hoy, hay alrededor de ciento treinta que continúan con vida, y merodean dentro y fuera del área de refugio; y parece que cinco decidieron reubicarse justo al otro lado del camino de ese lugar infernal que es la prisión. Cuando los oficiales de la ley me llevaron allí, pensaron que me entristecería. Ahora que lo pienso, fue la Eternidad la que me llevó allí en un principio. Fue una bendición oculta.

"Pero cuando me transfirieron aquí, se aseguraron de asesinar a toda la familia y de que yo los viera muertos. Al macho alfa lo llamába 'Mac', y a la hembra alfa la llamaba 'Ehslly', porque me recordaba a una amiga del exterior que alguna vez conocí. Los lobos se aparean de por vida, pero algunas veces las cosas no van de acuerdo a lo planeado. Ella no fue la primera hembra alfa – creo que una fue asesinada cerca de aquí por un cazador, y su nombre era Ilsa. Y Mac no siempre fue el macho alfa tampoco – el primero, al que llamaba Redek, debió haber sido capturado porque un día no apareció y toda la familia se fue del área; creo que lo mantienen en alguna otra jaula hecha por el hombre, en algún lugar, o al menos eso espero. Dos semanas después volvieron a aparecer, y éste lobo solitario, Mac, ya estaba allí.

Los lobos solitarios son lo más triste en lo que se puede pensar. Dejan la manada por muchas razones, pero básicamente es a causa de acoso físico y mental, intimidación, y tal vez hasta de hambre porque la manada no puede matar lo suficiente para alimentarlos a todos, o quizá simplemente quieren aparearse. Son muy fuertes porque luego de que son expulsados realizan viajes muy largos para encontrar comida y un hogar; algún lugar al cual pertenecer, y tal vez a su propia familia.

Pero bueno, ahí estaba 'Mac' cortejando a Ilsa cuando los otros miembros de la manada aparecieron. Debió haber sentido que no había macho alfa en la manada, y que solamente ella estaba a cargo. Se aulló el uno al otro, *y por tres horas jugaron al juego del 'gato y el ratón'. Lo estaba poniendo a prueba, y si no jugaba bien, ella y los otros miembros de la manada de seguro lo matarían. Pero luego de todo esto, ella lo aceptó, quizá porque ella también solía ser una hembra beta. Literalmente lo vi abrazarla con su garra, y parecía que había gozo mientras Ilsa lo presentaba a los otros miembros de la familia. Estaba contento. Todos lo estaban. Pertenecía una vez más a uno de su clase.*

Algunas veces cazaban durante el día, pero principalmente en la noche. Cómo desearía haberlos visto, pero no podía desde dentro de las paredes de la prisión. Oh, si que extraño la caza. La adrenalina, los sentidos completamente alerta, y una sensación de invencibilidad sin igual. Me di cuenta de que se organizan y ordenan de una forma increíblemente eficiente. Corren al lado de su presa y trabajan como equipo. Puede que les tome un tiempo, pero una vez que tienen a su objetivo en la mira, está condenado. Es un juego de números, y entre más lobos hay en la caza, mayor es su oportunidad de victoria. Tienen un total de 42 dientes, diez más que los humanos, y sus mandíbulas son extremadamente poderosas. Su olfato es también cien veces más agudo que el de los humanos. Muy efectivo. Y una vez consiguen su presa, ¡pueden llegar a comer hasta 20 libras de una sola vez! Pero solamente tienen éxito una de cada cuatro veces, así que siempre deben cazar. Es lo que hacen. Está en su sangre. Lo necesitan para sobrevivir. Y cuando no están de caza o planeando una, están durmiendo o jugando. ¡Saben cómo vivir la buena vida! No sé quién le enseñó a Mac a cazar así, pero estoy seguro que un lobo sabio de la familia Magbke tuvo mucho que ver con ello.

En verdad siento pena por el lobo omega – el miembro más bajo de la manada en su cuadro de clasificación taxonómica – es acosado todo el tiempo. Nadie lo comprende en realidad. Claro, se ha metido en bastantes problemas, pero creo que es principalmente porque nadie lo deja en paz y entonces debe reaccionar a todo lo que le están haciendo. Y ya que ninguno de los miembros de la manada lo ayuda, ¿cómo más va a reaccionar? Yo lo llamo 'Tamhew'. No hace mucho tuvo que dejar la manada rápido, pero se las arreglará, estoy seguro. Es un luchador.

Y también solía haber una hembra beta que la primera hembra alfa golpeaba todo el tiempo, digo, en verdad la maltrataba. Siempre pensé que era completamente injusto. Pero esa primera hembra alfa, Ilsa, a quien amaban mucho, tuvo que pagar por como la trataba. La llamo 'Nerae'. Se fue por mucho tiempo, pero ya regresó. La vi con mis propios ojos. Se ha convertido en una hermosa princesa loba roja. Si puede descubrirlo, al igual que Tamhew, se dará cuenta que todos la esperan, un lugar de poder se encuentra disponible en el tótem de este clan, y está listo para que algún día ella lo dirija, completamente, si así lo desea.

Para terminar, si mi querido Danielito ha puesto sus manos en ésta carta y la está leyendo en este momento, ahora me dirijo a él. NUNCA SERÁ LO SUFICIENTEMENTE LISTO COMO PARA DECIFRAR TODO ESTO. SIMPLEMENTE NO ES TAN INTELIGENTE COMO LO HA PROBADO UNA Y OTRA VEZ. NUNCA LO HA SIDO, Y NUNCA LO SERÁ. SI LO FUESE, YA HUBIERA LOGRADO COMPRENDER SU PROPIO PASADO RETORCIDO, PERO ESO TAMBIÉN SE LE ESCAPA FÁCILMENTE.

Ro-Ro, esto es muy importante – tienes que saber que ese payaso de oficial de policía te traicionará tan pronto pueda. Es lo que hacen las personas interesadas. Y cuando sucede (no si sucede) después de todo tu arduo trabajo para llegar a donde estás en tu carrera, ten presente que hay otra manera para conseguir lo que quieres en la vida y cumplir tus sueños. Mereces la felicidad, y es lo que te espera. Todo está en su lugar. Piensa en ti, en lo que quieres, en lo que te hace feliz, en lo que te hace bailar. Sigue tu corazón, siempre, porque las tantas voces en tu cabeza pueden llegar a confundirte y paralizarte mientras el mundo pasa corriendo por tu lado. ¿Qué está bien? ¿Qué está mal? No dejes que tu conciencia mal informada decida. TÚ decides. Eres parte de mí; tienes mis genes. Vive al máximo. Lee "Paideia" de Thomas Victor – alteró completamente mi mundo para mejorar. Busca a "monstrabilis" y acepta mi regalo. Conviértete en la Eternidad, la hembra alfa."

Debes saber que la muerte no me asusta, pues regresaré nuevamente, en la forma que solamente el karma decida.

Cameron Gambke, BHR"

¿BHR? ¿Qué significa eso? Y nuevamente aparece ese nombre, "Redek".

La palabra "monstrabilis" también sobresale. Recientemente vi esa palabra, ¿pero dónde?

Relajándome, miro una vez más a la custodia, aclaro mi mente y cierro mis ojos.

Una chispa de revelación – ¡por supuesto, es el nombre de la calle que estaba en la primera carta que Cameron me pidió enviar por correo! ¡#3 Calle Monstrabilis, Albuquerque, Nuevo México!

¿Pero… qué demonios se supone que debo hacer con esta información?

Capítulo 8

Ya he leído la carta al menos seis veces, y he dormido escasamente a ratos durante la noche. Le dejé un mensaje de voz a la Detective Renae; tal vez me pueda ayudar a entenderla mejor, si así lo quiere. O tal vez deba dejar todo de lado. *Señor, ¿cuál es tu voluntad?*

Es miércoles por la mañana y me encuentro sentado una vez más en la gruta del jardín, meditando sobre los Misterios Gozosos. Ellos nos piden reflexionar sobre los sucesos alegres que ocurrieron en las vidas de Jesús y María.

- La resurrección de Nuestro Señor, que constituye la confirmación de todas las obras y enseñanzas de Cristo.
- Su Ascensión, en donde tiene la misión de iniciar una nueva creación, y preparar un lugar para nosotros, una tierra y cielo nuevos.
- El descenso del Espíritu Santo durante el Pentecostés, que me recuerda de cuando la Iglesia Católica "nació" de manera oficial.
- La Aceptación de la Madre María en los Cielos, donde ya comparte la gloria de la Resurrección de su Hijo, y prevé la resurrección de todos los miembros de Su cuerpo, y
- La coronación de Nuestra Señora como Reina del Cielo y todas las cosas.

"Señor, te ofrezco todas mis intenciones continuas por las que ruego cada día mientras leo el Rosario. También te pido ahora que me ayudes a ver qué es lo que deseas que haga con ésta carta, ésta situación, éstas almas heridas a mi alrededor, y ésta fase de mi vida como uno de tus pastores. Por favor, muéstrame el camino," susurro.

Agradezco a Nuestro Señor por este momento que paso con Él, y a Nuestra Madre por su intercesión y ayuda constante.

Mi teléfono celular suena, y el nombre de la ya programada Detective Renae aparece en la pantalla.

"Hola, Detective."

"Buenos días, Padre, estoy regresando su llamada." Directa, al punto, solo negocios.

"Muchas gracias por llamarme. Mire, sé que está en el trabajo así que no quiero quitarle mucho tiempo. Pero, leí la carta varias veces y, pues, si no le molesta, me gustaría hablar sobre ella pronto."

Silencio.

"No intento causarle ningún problema, ni traerle nuevamente malos recuerdos. Digamos simplemente que estoy intrigado. Espero que me pueda ayudar a unir los puntos."

Mi consejero espiritual, el Padre Jack, me motivó hace mucho tiempo a pedir la gracia de Dios para unir los puntos, y poder ver mejor la obra de la mano de Dios a mi alrededor. Ahora, simplemente intento ver no solamente cómo encajo pastoralmente en el gran plan de Dios si desea que ayude a la Detective Renae, sino también cómo ayudarla.

"Sí, claro, está bien. Hoy estoy ocupada," dice, "Pero mañana tengo tiempo."

Acordamos encontrarnos en Swan Quarter a las dos p.m. luego de que celebre la Misa diaria.

No le cuento que me reuniré hoy con su jefe. No quiero darle ninguna razón para que desconfíe de mí. Tampoco quiero que piense que compartiré la carta con él, pues no tengo ninguna intención de hacerlo. Sé que me dijo que podía hacer lo que quisiera con la carta, pero no veo la necesidad de mostrársela a nadie más, especialmente al Alguacil. I veo que es necesario más adelante, hablaré con ella primero por simple respeto.

***

De manera precisa a las 4:00 p.m., el Alguacil Luder estaciona su vehículo en el parqueadero. Aprecio su puntualidad. Siempre he creído que es un signo de respeto hacia los otros, así que intento hacer lo mismo. Imagino que es algo que me quedó de mis días en el mundo corporativo.

Ya he notificado al Padre Bernard que pasaré el resto de la tarde con el Alguacil. Un pequeño sentimiento de placer emerge cuando la Sra. Bellers estira su cuello para mirar por la ventana. Me siento en el asiento delantero sin ninguna vacilación por parte del Alguacil – Debe ser que ahora si es "cosa seria" – y escucho la planta que estaba en la ventana estrellarse contra el suelo. Probablemente se quede despierta toda la noche preguntándose de que se trata todo esto, pensando hasta el cansancio, e intentando averiguar que significa.

"Necesito abrir sus ojos al mundo que lo rodea, Padre. Hay algo que quiero que vea, algo que quiero que escuche, y luego algo que quiero que haga. Si desea ayudar a las personas, y creo que es así, entonces tiene que dejar que las escamas caigan de sus ojos."

Su tono es menos agresivo hoy, y aun así, su mirada penetrante me dice que su ardiente furia puede apenas estar contenida por un poco tiempo. Decido solamente asentir con la cabeza mientras se coloca sus lentes "oficiales de policía".

¿Hace referencia a las escamas cayendo de mis ojos? Aparentemente sí recuerda algunas de sus enseñanzas católicas.

Estoy seguro que se refiere a San Pablo quien, en su camino a Damasco en persecución de los Cristianos, se encuentra con Dios, cae de su caballo, queda ciego, recobra su visión, y luego se convierte en uno de los santos más importantes en la historia de la Iglesia. ¿Insinúa que estoy persiguiendo a las personas como San Pablo? De ser así, ¿a quién cree que persigo?

En realidad no sabe nada de mí sin importar que tanto investigue. ¿O insinúa que él es San Pablo y está ayudando a que las personas transformen sus vidas? Si es el caso, tal vez su estrategia es golpearlos hasta la sumisión. Definitivamente algo que Dios nunca haría; Él nos ama demasiado.

"¿A dónde vamos?" pregunto mientras ingresamos a la autopista en dirección al norte hacia Plymouth.

"A un instituto pre-universitario. Conozco al Presidente, y nos permitirá asistir ésta noche."

De manera abrupta me pasa un expediente que está atrapado entre su asiento y la consola central. Es grueso. Hace un esfuerzo para zafarlo con la mano que tiene libre, sin botar su contenido. Veo que está etiquetado como **"Gambke, Cameron. Caso #VJ2-2010. CONFIDENCIAL. Agresor Sexual Grado III."** Me hace un gesto para que no lo abra todavía. Imagino que ha estado planeando cuidadosamente que decirme y quiere toda mi atención.

¿Tiene idea de lo mal que se ha puesto?

Espero. Es una pregunta retórica. En realidad no espera que responda. Si yo supiera que tan mal "se ha puesto", creo que no me hubiera pedido que lo acompañara es ésta salida de campo.

"La cantidad de violencia, y la naturaleza degradante de todo, yo... " Se está exasperando, y lucha por tener sus pensamientos en orden. "No puedo tan siquiera expresar con palabras lo mal que están las cosas comparado a cuando comencé mi carrera en la policía hace 25 años."

Quiero que sepa que no soy completamente ingenuo al mundo.

"Como sacerdote, he escuchado muchas, muchas cosas a través de los años que en verdad me han molestado. Así que, claro, estoy de acuerdo, ha empeorado mucho. Y la historia del mundo está llena de periodos muy sombríos entremezclados con momentos donde parece estar más en equilibrio. Pero siempre debemos recordar que aunque se perderán algunas batallas, Dios ganará la guerra. Lo ha prometido."

Con su mirada fija en mí, mueve su cabeza con gesto incrédulo.

"Con el debido respeto, no quiero meterme en una conversación religiosa con usted en éste momento, y probablemente nunca. Estoy hablando del aquí y ahora, de éste problema. Éste asunto. Éste momento."

La religión es el aquí y ahora, pero no lo digo y respeto su solicitud de no caminar ese camino, al menos por el momento.

"Hablo de lo que una persona es capaz de hacerle a otra. Mire… " Su índice derecho golpea el expediente que ahora sostengo sobre mi regazo.

"Ese tipo, y toda la mierda escrita ahí, tipifica lo que veo a mi alrededor todo el día. Y no es solamente aquí. Tengo contactos en todo el país y por todo el mundo, también. Está en todas partes. ¡En todas partes!"

Su grito me hace dar un sobresalto. Me pregunto si el Alguacil de hace unos días ha regresado. Permanezco en silencio y me enfoco en mi respiración. Intento mantener la calma. Siento que él intenta hacer lo mismo.

Puramente por ser un miembro de la sociedad actual, no tengo duda de que lo que dice probablemente sea acertado. Es obvio que de manera genuina intenta comunicarme sus preocupaciones, y estoy agradecido de que no esté jugando la carta del "tipo duro" como antes.

"Hágame un favor. Mire el archivo. Luego, cuando haya terminado, usted y yo nos sentaremos en una clase de nivel universitario para que pueda escuchar la porquería que le están vendiendo a nuestra juventud. Y cuando todo termine, de camino a casa, lo retaré a que haga un viaje que le abrirá los ojos."

"¿Por qué?" pregunto.

"¿Por qué qué?" su cabeza da un giro hacia mí.

"¿Por qué me pide que haga todo esto?" tengo muchas razones para no confiar en él en este momento.

"Porque como dije en el teléfono, usted cree que Cameron Gambke es un santo. Porque seguramente hay gente que acude a usted todo el día en busca de ayuda y orientación clara, y todo lo que probablemente les da es un consejo conciso como 'Oh, solo déjaselo a Dios,' o 'simplemente acepta el dolor que Dios te está dando y ofrécelo como penitencia'. Sandeces así. Usted necesita hacer su tarea para que en verdad pueda *ayudar* a las personas. Ahora, mire ahí dentro, ¡y vea lo que yo veo!"

Su teología es incorrecta; y su línea de razonamiento está torcida. Nuestro Señor dijo que habría oscuridad, dolor, maldad y pecado en este mundo debido al pecado original combinado con el libre albedrío del hombre. Sin embargo, también dijo que debemos mirar hacia la luz, y Él es la luz – esa es la buena noticia. Nos dio Su Iglesia para ayudarnos y guiarnos en el camino. Nos ofrece la esperanza de la vida eterna si corremos la carrera por el camino del bien hasta el final. Cuando paso por tal dolor, recuerdo la agonía que sufrió Nuestro Señor, y recibo consuelo al saber que por su sufrimiento y muerte en la cruz, ahora tenemos la oportunidad de pasar una eternidad a su lado.

Viajaré con él hoy, y ya veremos a donde nos lleva el camino. Si es el camino incorrecto, Dios, por medio de la conciencia bien informada que Él formó en mí guiado por el Espíritu Santo, me alertará.

Abro el expediente, y la foto de arresto de Cameron Gambke me devuelve la mirada. Muestra una sonrisa ligera a la cámara, y una expresión inocente y suave en su rostro; la misma imagen que tengo de él desde nuestra primera reunión. O tienen al tipo incorrecto, o es uno de los mejores actores que he conocido. Me cuesta mucho creer que éste expediente atiborrado contiene evidencia de la horrenda maldad que éste aparentemente buen hombre ha hecho presuntamente. Sin embargo, el Alguacil es enfático sobre el carácter horrible de Cameron Gambke. Puede que tenga razón. Puede que yo sea ingenuo.

Miro más de cerca el expediente; la letra más pequeña causa gran esfuerzo a mis ojos envejecidos.

Nombre completo legal. Fecha de nacimiento. Historial de lugares de residencia. Nombres de familiares. Historial de lugares de trabajo. Se presentan todos los detalles necesarios que le permiten a cualquiera que esté interesado en conocer las piezas de identificación estándar relacionadas con un individuo específico.

Leo y releo las anotaciones sobre los tatuajes localizados en su cuerpo. *"Calavera y huesos cruzados, con las letras 'B.H.R.' inmediatamente debajo de ellos, sobre un diseño en gris claro en forma de medalla militar. Todo superpuesto sobre una cinta blanca, negra y gris. Tatuaje localizado en la espalda del sujeto, extendiéndose desde la parte interior derecha del omóplato izquierdo a la parte interior izquierda del omóplato derecho. Ningún otro tatuaje en el cuerpo del sujeto. Ninguna perforación."* Una foto acompaña el tatuaje.

Es la segunda vez que veo las iniciales "B.H.R." con relación a Cameron Gambke en tan solo cuestión de días. No hay explicación de las letras. Me siento tentado a preguntarle al Alguacil, pero mis ojos inmediatamente se fijan en la etiqueta de la sección dos en el expediente.

Agresor Sexual Grado III – Definición

- *Abuso sexual agravado bajo el Título 18 del Código Penal de los Estados Unidos (U.S.C) § 2241 ó abuso sexual bajo el Título 18 U.S.C § 2242; [Los crímenes de "Abuso Sexual" requieren en general, entre otros, la perpetración de un "acto sexual", definido en el Título 18 U.S.C § 2246 como el contacto entre el pene y la vulva, el pene y el ano, la boca y el pene, la boca y la vulva, o la boca y el ano; la penetración de la apertura anal o genital por otro individuo con la mano, el dedo, o cualquier objeto; o contacto directo, no sobre las prendas, de los genitales de una persona menor de 16 años.]*

- *Contacto sexual abusivo bajo el Título 18 U.S.C § 2244 [descrito anteriormente en la definición de los delitos grado II] cuando se comete contra un menor de 13 años de edad o menos;*

- *Involucra el secuestro de un menor (a menos que sea cometido por uno de los padres o tutores);*

Cameron Gambke había sido condenado por la violación y sodomización de una joven de 11 años, durante un periodo de dos años. En dos ocasiones la llevó de 'vacaciones', solamente ella y él, y la violó y sodomizó múltiples veces en la habitación del hotel. También se encontró evidencia en la que de manera secreta grababa a la víctima vistiéndose y desvistiéndose, tomando una ducha, y masturbándose. De acuerdo a una anotación en el expediente, existe una plétora de imágenes digitales que guardaba para su posterior uso. Afortunadamente, la mayoría de dichas imágenes están guardadas en un archivo aparte.

Vuelvo a la foto del arresto y observo sus ojos más de cerca, intentando imaginar a este hombre haciendo parte de éstas atrocidades. Me es difícil hacerlo. Se ve igual que las personas que veo a mi alrededor todos los días. Me reprendo a mí mismo. ¿Qué debo pensar? ¿Qué todos los criminales tienen un aviso tatuado en su cabeza que me dice qué tipo de persona son en realidad? ¡Carajo! sí que soy ingenuo.

El Alguacil me da un vistazo de vez en cuando. Sabe en que parte del expediente me encuentro y espera pacientemente mi reacción. Me enfoco nuevamente en el contenido del archivo en mis piernas mientras él fija su mirada una vez más en el camino.

También se encontró evidencia en la que de manera secreta grababa a otra mujer llevando a cabo las mismas acciones – su madre – con la que estaba casado en ese momento.

Cameron Gambke admitió que realizaba éstas actividades, pero las justificó afirmando que simplemente lo hacía con el fin de "educar apropiadamente a la joven antes de que comenzara una vida sexual activa." Sin embargo, negó tener algo que ver con las cintas, aunque la evidencia fue encontrada en su computadora. Cuando se le mostró ésta evidencia, dijo que dado que ella es su esposa y es su casa, puede hacer lo que se le dé la gana.

Algunas de las fotografías, como fueron ingresadas en la evidencia para el juicio para describir su carácter, aún están en el expediente. Reconozco al individuo en una de ellas.

"¿Cameron Gambke filmaba a su esposa, Michele Jerpun, en secreto?

"Sí." Claramente está tenso.

"Ésta niña en la otra fotografía parece que tiene síndrome de Down. Por favor dígame que Cameron Gambke no tenía relaciones sexuales con esa jovencita." Muevo mi cabeza de lado a lado mientras se forma rápidamente una expresión de desaprobación en mi rostro.

"Bienvenido a mi mundo, Padre Jonah. Ésta es la mierda humana con la que debo lidiar todo el día. Pero pronto ese loco malnacido morirá," dice, golpeando la carpeta con tal fuerza que me veo forzado a agarrarla fuerte por temor a que su contenido caiga al suelo del automóvil.

Cierro el expediente y recuesto mi cabeza en el apoyacabezas, sin estar seguro de cuánto más quiero ver.

"hay más. Continúe," me ordena.

Obedientemente, leo que hace doce meses llegó una pista que

motivó una búsqueda en la base de datos de ADN de la Policía del Estado de Idaho. Las autoridades obtuvieron un resultado que conectaba a Cameron Gambke con la muerte de una mujer joven de 22 años en Boise; la hija de un Oficial de Policía de Idaho. Al igual que Gina Jerpun, fue violada y sodomizada. Pero a diferencia de Gina, la garganta de ésta pobre muchacha fue cortada y su cuerpo arrojado a un barranco. Algunas fotos de la víctima y la escena del crimen conforman el resto de ésta sección del expediente, y hay otras dos secciones con información que soporta los otros dos asesinatos. No tengo ningún interés en leerlas.

Ya he visto suficiente. Cierro el expediente definitivamente y miro por la ventana, lejos de la mueca que de seguro hay en el rostro del Alguacil Luder. Enciende la radio, resuena una canción de *hip hop country* desconocida, y golpea sus dedos al ritmo de la música. La primera parte de su misión para mí se ha completado con éxito – he visto lo que quería que viera.

Mi cabeza está a punto de explotar mientras intento encontrarle sentido a toda esta nueva información. En combinación con lo que ya sé por la carta de Cameron Gambke, una vez más, tengo más preguntas que respuestas.

Pasamos el aviso del Refugio Nacional de Vida Salvaje del Rio Aligator. Él referenció esta área en relación a los lobos rojos. Escribió B.H.R. al lado de su firma en la carta, y las mismas tres letras están tatuadas en su cuerpo. Las repugnancias con las que el Alguacil Luder tiene que lidiar de manera rutinaria. ¿Cómo lo hace? La furia entendible de Michele Jerpun contra lo que Cameron Gambke le hizo a ella y también a su hija que ahora está en coma por, ¿quién? ¿Cameron? Pero ha estado encerrado en prisión por algún tiempo, así que no pudo haber sido él. ¿Y entonces quién? ¿Y por qué ella? ¿Ésta jovencita inocente que vive con una situación aún más difícil en su vida por el síndrome de Down tenía que haber pasado por esto? Me entristece todo esto, y se queda la idea en mi cabeza por unos momentos antes de que el Alguacil continúe.

"Y entonces, si me permite utilizar unos de sus términos bíblicos, ahora que ha visto el expediente y tiene un mejor entendimiento del verdadero lobo asesino en piel de oveja, ¿quiere contarme lo que Gambke le dijo justo antes de que le perdonaran la vida? Estoy seguro que le dijo algo – demonios, yo vi que sus labios se movían – y él hacía un tremendo esfuerzo porque yo no lo escuchara. ¡Seguro que sí!"

"¿En realidad piensa que se lo voy a decir, Alguacil, aunque haya visto lo que hay en éste expediente? ¿No me escuchó la primera vez? No puedo, y no lo haré. Nunca."

Le sube el volumen a la radio y se ríe entre dientes lo suficientemente fuerte para que yo escuche.

El sol comienza a esconderse y hay nubes formándose sobre el océano; remanentes del Huracán Isabel y la Súper Tormenta Sandy que intentan llamar mi atención. Siento que lo que he visto hasta el momento, en éste reto del Alguacil Luder, es solamente el comienzo; que las cosas se pondrán aún peor. Hasta qué punto, solamente Nuestro Señor sabe.

Capítulo 9

El resto del viaje pasa en silencio. Ingresamos al campus del instituto pre-universitario Robert D. Charles. Las vacaciones de primavera recién terminan.

"Usted habría sido de mucha ayuda para mí cuando iba a la universidad," bromeo, a medida que estacionamos frente al edificio, en un espacio designado solamente para 'uso oficial'. Mi mente aún está nublada, y me alegra recibir el aire fresco para limpiar la basura que ha cubierto la materia gris entre mis orejas durante nuestro viaje.

"Es bastante útil cuando lo necesito," responde secamente el Alguacil Luder.

Se ve bastante resuelto a hacer de ésta, una noche seria y trémula para mí. Hace mucho tiempo aprendí que si dependo de alguien más para ser feliz, casi siempre terminaré decepcionado. Por lo tanto, cuando apaga el motor, permito que el pedo que he estado aguantando durante el recorrido, salga de un solo tiro. Sí, los sacerdotes católicos se tiran pedos, como cualquier otro ser humano. Tal vez eso nos permita crear un vínculo – claramente funcionó en las ligas menores de béisbol. No le divierte, pero yo me muero de risa.

"Ésta es una clase de tres horas, pero nos podemos ir en el descanso de la mitad, si quiere," dice. "Tal vez sea mejor que se siente solo si siente que no se puede controlar."

Me encojo de hombros.

"Usted está a cargo ésta noche, Alguacil."

Al igual que en el último avión que salió de Vietnam durante la guerra, todas las sillas están ocupadas. Estamos en la fila trasera. Le ofrezco mi silla a una joven, y acepta con agradecimiento. El Alguacil ignora mi cortesía, apenas dándose cuenta de su presencia. Me apoyo ligeramente contra la pared. Un hombre, que parece de unos cuarenta años, hace lo mismo que yo a unos metros de distancia.

"¿Hay un orador invitado ésta noche? Simplemente estaré aquí durante la tarde." Me inclino hacia la persona que está a mi lado, sintiendo nuevamente la necesidad de dar explicaciones.

"No creo. Al menos nuestro programa no lo refleja. Debe ser solamente una clase normal con nuestro instructor habitual, el Dr. Chaffgrind."

Le agradezco y me apoyo nuevamente contra la pared. Después de un momento, gira su cabeza hacia mí y me comenta que el profesor solía enseñar en una universidad en algún lugar que no recuerda, pero cree que se trasladó aquí hace unos años.

Estoy a punto de preguntarle por qué el profesor se transfirió de una universidad a un instituto pre-universitario, y cuales son su experiencia y sus certificaciones, cuando el mismísimo Dr. Chaffgrind ingresa por una puerta lateral, camina rápido al frente de la clase, coloca su maletín sobre la mesa de casi dos metros y medio frente a él, y se mueve abruptamente detrás del atril. El silencio de 127 rostros expectantes llena la sala, en espera de cada palabra que éste aparentemente muy respetado pedagogo de más de 50 está a punto de pronunciar.

Debió haber viajado a algún lugar durante sus vacaciones de primavera. Fue eso o visitó un salón de bronceado recientemente. Su cabeza está completamente afeitada; probablemente en un intento por esconder sus entradas o un inicio temprano de calvicie, y su ego herido. Sus ojos de cobre están cubiertos por cejas podadas y lleva puesto un bigote negro y una chivera cuidadosamente cortados. Su cuerpo tiene el aspecto atlético que viene de una hora diaria en la caminadora elíptica y pesas seis veces por semana. Parece que está buscando el aspecto duro y sinestro. Le está funcionando. En términos generales, es una presencia imponente. Inmediatamente siento rechazo. Actúa como si la opinión de otro sobre él no importara, pero su orgullo y ego claramente lo motivan.

¿Me pregunto qué es lo que atrae a estos estudiantes? Sutilmente le doy un vistazo al libro y documentos que se encuentran muy organizados en el escritorio de la joven a la que le di mi asiento.

"Estudios sobre Sexualidad Humana y Arte Erótico."

Ah, claro. Es el tema lo que atrae a la multitud, y éste pomposo y autoproclamado gurú hedonista probablemente piensa que la mayoría viene por el privilegio de verlo y escucharlo. Y dado que es todo un profesor, nada menos que un doctor, cualquier cosa que diga debe ser cierta, ¿no es así? Si es como en mis años de universidad, él también puede alterar sus calificaciones en forma negativa si alguien se atreve a expresarse en su contra. Da inicio a su charla.

"Confío en que disfrutaron su descanso. Esto les puede interesar. Hoy en la mañana, la administración me informó que en primavera estará disponible la tecnología que permitirá que ésta clase sea transmitida en cualquier instituto pre-universitario del estado que esté interesado en hacerlo."

Se encuentra mucho más complacido consigo mismo de lo que el Alguacil Luder lo estaba cuando terminé de revisar el expediente de Gambke. Le siguen abundantes silbidos y aplausos estruendosos por parte de la multitud.

"Entiendo que rechazamos alrededor de 250 estudiantes cada semestre. Ustedes..." hace una pausa, pasando su mirada de lado a lado de los rostros animados frente a él, "son los afortunados por ahora".

Sonríe, y una mirada traviesa se apodera de su rostro angular y de buen tono, enmarcado por lentes negros delgados y elegantes.

Mira en nuestra dirección mientras mueve su mano de una manera que recuerda a César Augusto en Roma antes de que se alimentara a los leones con cristianos, y decide anunciar nuestra presencia.

"Tenemos invitados ésta noche. Un estimado Alguacil y..." hace una pausa para aumentar la tensión. "Un sacerdote Católico Romano."

Todas las miradas giran en dirección a donde envió su saludo burlesco. Carcajadas dispersas se ahogan. El estudiante que está de pie a mi lado se aleja unos pasos; no tanto como para ofender, pero lo suficiente para notarlo.

Aunque el Alguacil viste su atuendo oficial, yo no tengo puestas mis prendas clericales. Llevo jeans caqui y una camisa verde cerrada; mi atuendo habitual para cuando salgo a la ciudad.

"No, ninguno está en problemas con la ley, al menos en lo que a mí concierne. Y, bien, estoy seguro que de todas maneras todos nos vamos a ir al Infierno, todos los *malos,* pero tal vez el buen padre pueda salvar nuestras almas antes de que acabe la noche."

Muchos de los estudiantes se ríen a carcajadas, y el Dr. Chaffgrind mantiene su mano levantada para que hagan silencio.

"De antemano le advierto," dice, sus ojos bloqueados en los míos, "no voy a cambiar nada de mi presentación debido a su presencia. No me avergüenzo de nada, y apoyo firmemente lo que voy a presentar ésta tarde."

¿Todos esperan que responda? Si es así, no le daré el placer ni al instructor, ni a los estudiantes.

"Por el bien de nuestros distinguidos invitados, permítanme

darles la bienvenida nuevamente a mi clase de Sexualidad Humana y Arte Erótico. Se encuentra bajo el campo de estudio de 'Salud y Felicidad' y principalmente cubre el tema del sexo. También cubre el tema de la vida alrededor del mundo y la manera como el sexo impregna cada aspecto de la misma. Analiza cómo el mundo ha evolucionado con, en, y alrededor de nuestro deseo insaciable del uno por el otro. Así de sencillo.

"¿Y cuál es mi filosofía en relación con éste maravilloso tema? Creo firmemente que si somos partícipes de manera frecuente y lo hacemos bien, el sexo puede en verdad hacernos felices y saludables – especialmente el sexo inadulterado, en cualquier momento, en cualquier lugar y donde todo se vale; sexo sin consecuencias de que preocuparse. Digo, realmente me encanta ésta época en la que vivimos – ¿Tienen idea de lo afortunados que somos? No hay consecuencias verdaderas. Existen los anticonceptivos. Si metemos la pata por no utilizar condones o utilizarlos de manera incorrecta y tu pareja queda embarazada porque olvidó tomar la píldora o utilizar otra forma de anticonceptivo, simplemente puede tener un aborto. Si se te pega una enfermedad, ¡consigue el medicamento! Finalmente, hoy por hoy, la mayoría de las personas están superando sus complejos sobre la sexualidad, ¡así que todo está bien!"

¿Qué? ¿Habla en serio? ¿Siempre es así? ¿O simplemente quiere burlarse de mí y de los valores que llevo en alto?

Su orgullosa alocución se gana un "¡Ehhh!" de una mujer en algún lugar de la sala, y la mayoría de estudiantes aclaman, algunos hasta de pie y aplaudiendo, mientras miran hacia mí, para darle mayor énfasis.

Afortunadamente, comienzo a darme cuenta de más estudiantes que deciden no participar de ésta frivolidad vana y ridícula. Quizá reconocen lo que está sucediendo y se avergüenzan de ser parte de ella por asociación. Aun así, no se retiran. La presión de grupo es una fuerza poderosa. Basta con preguntarle a aquellos que se han rendido ante la presión de alguien o algún grupo, simplemente para arrepentirse, hasta décadas después. Debo admitir que en ocasiones he sucumbido ante la presión y comprendo su renuencia.

"Dado que nuestro mundo es manejado por la oferta y la demanda," hace un gesto con sus manos abiertas sobre el auditorio, "he dado en el blanco, como claramente se puede ver. Si tiene alguna pregunta, Padre, no dude en hacérmela después de clase." Sus ojos se clavan nuevamente en los míos, y yo mantengo la mirada fija.

Una imagen de su portátil se proyecta repentinamente sobre la pantalla. Mirando al Alguacil, tengo que preguntarme si lo ha arreglado con anticipación, pero su expresión es más turbulenta que la mía; su ira apenas bajo control, lista para hacer erupción. Me doy cuenta de que finalmente puede que estemos de acuerdo en algo.

Lo que el Alguacil no sabe es que antes de haber ingresado al sacerdocio, pertenecía a éste mundo. Y ahora como sacerdote, veo y escucho cosas en todo momento que creo me han preparado para su reto. ¿O no?

Tal vez se me esté mostrando el camino por el que Nuestro Señor desea que vaya mientras estoy aquí de pie, mirando a la pantalla de proyección. Le pedí esto, y Él me lo está dando.

"Como mencioné mi primer día de clase, y sé que han escuchado esto fuera de éste lugar, si hay algo que he confirmado en mi vida, es el antiguo refrán en el que 'Los hombres utilizan el amor para conseguir sexo, y las mujeres utilizan al sexo y sus cuerpos para conseguir amor, o lo que sea que piensen que quieren en la vida.' Es una verdad evidente. Sin lugar a dudas. Sin interrogantes."

Hace una pausa, y mira fijamente a una joven morena imponente quien ha cometido el error de llegar tarde a clase.

"Hoy la mayoría de las mujeres saben exactamente lo que quieren, y cómo utilizar su cuerpo para obtenerlo. Siempre ha funcionado en todas las culturas desde el inicio de los tiempos. Así que, dado que es un hecho innegable en la vida, aprovecharé la oportunidad para recordarle que llegar a tiempo a mi clase es un requisito, no una solicitud, sin importar cómo luzca, o quién crea que es. Que no quepa duda, si cree que puede manipularme como seguramente lo ha hecho con muchos otros en su vida, está muy equivocada. ¿Entendido?"

Asiente con su cabeza de manera sumisa, y torna su atención hacia la carpeta que colocó en el escritorio frente a ella.

Rápidamente recupera el impulso que perdió temporalmente por la interrupción.

"También sé que las feministas se están aprovechando del Título IX en el mundo de la academia. Ahora las mujeres se están abriendo paso en todos los campos y los hombres están siendo forzados a tomar el asiento trasero."

Esta declamación inesperada, y sin propósito alguno, flota en el aire. Y éste es un instituto universitario sin equipo de fútbol americano. ¿Hará lo mismo todo el tiempo?

Tan rápido como se abalanzó contra la joven que llegó tarde, pasa nuevamente a la pantalla, y lee con orgullo el nombre que aparece en blanco y negro detrás de él.

"ORADOR INVITADO – Alex Chaffgrind."

"Como lo mencioné unas semanas antes de las vacaciones, tenemos un invitado muy especial que nos visitará en unas semanas. Si hay algo bueno que resultó de mi único y horrendo matrimonio anterior, es mi increíble hijo, quien viaja alrededor del mundo como un productor de entretenimiento para adultos muy exitoso y viene a compartir sus experiencias con nosotros."

¿Su hijo produce películas porno? No hay sorpresa alguna.

"Permítanme recordarles que ésta continuará siendo una clase interactiva, siempre y cuando todos la hagan *productiva*. El 20% de su calificación depende de ello."

Mira fijamente a una mujer de casi treinta años sentada directamente al frente de él, quien lleva una fina cruz de plata en su cuello. Su tono me dice que su participación antes del descanso no fue tan "productiva" como le hubiera gustado.

"Como antes, permítanme ser perfectamente claro. Cuando digo productiva, me refiero a tener la mente abierta. Me importan poco sus puntos de vista religiosos con respecto a lo que se diga aquí. Se supone que la universidad debe ser una época donde sus mentes se abren a nuevas formas de pensamiento, donde sus padres ya no están aquí para aplicar sus estrategias de control mental, donde pueden explorar su sexualidad y saber que todo está bien – completamente todo. ¿Entienden?"

Nadie responde. La joven en la fila del frente mantiene también su mirada fija contra la de él. Desde mi ángulo de visión, no parece que esté para nada intimidada, pero puede que haya aprendido a morderse la lengua por el bien de su calificación y promedio acumulativo. Recuerdo haber escuchado alguna vez que en muchas instituciones de educación de alto nivel, al final de cada semestre, los estudiantes pueden evaluar a sus profesores de manera anónima. Pero al igual que con las políticas corporativas, ¿se hace algo productivo con ellas aún si estos pobres estudiantes tienen el coraje de diligenciarlas honestamente?

"Recuerden, nací en los años cincuenta y crecí en los sesenta, setenta y ochenta. Déjenme decirles, fue una época fantástica. Claro, el SIDA apareció y en verdad asustó a las personas, pero tenías que aprender a ser inteligente sobre el sexo. Luego, Magic Johnson se contagió con SIDA y los medios de comunicación se enloquecieron, espantando a la gente en todo el mundo. Pero ahora pueden verlo en la televisión como analista de la NBA y ¡luce estupendo! La medicina moderna ha probado una vez más cómo puede manejar algo tan serio como el VIH, ¿así que cuál es el problema?"

Está eufórico, rebosante de alegría.

"La Revolución Sexual fue la culminación de años de represión – en mayor parte por la Iglesia Católica y otras instituciones religiosas – y la gente estaba cansada de que les dijeran que hacer.

"Bien por ellos. Dios, si tan siquiera hubiera uno, había mostrado que le resultaba indiferente y nos dio estos cuerpos para disfrutar, y el mundo finalmente se daba cuenta de la belleza de ése hecho.

"Tengo 56 años y aún me queda por descubrir una razón por la cual no continuar creyendo firmemente todo lo que acabo de compartir con ustedes. ¡Así que continúo recordándoles que disfruten! La Revolución Sexual definitivamente no ha pasado, ¡Ha mejorado! Con la Internet y muchas maneras más para que las personas se unan, y las leyes que le dan soporte a todo, ahora hay una libertad que desearía haber tenido en ese entonces. Soy un gran partidario de que ésa sea su vida y su cuerpo. No dejen que nadie les diga lo contrario. Y si alguien intenta decirles que Dios no está de acuerdo, simplemente pregúntenle, ¿cuál Dios?"

Noto algunos rostros enrojecidos en la clase que definitivamente no están contentos con lo que él dice, y algunos voltean para ver mi reacción. Pero Chaffgrind continúa con su acometida, obligado a compartir su visión profundamente arraigada y colocarme a mí, un sacerdote católico, en mi lugar en este foro público.

"Como nota aparte, no estoy seguro si alguno de ustedes ha visto esto, pero un estudio reciente realizado por los mejores psicólogos en Alemania concluyó que cualquiera que cree en una religión organizada es dependiente de una fuerza exterior para ayudarles en su vida. Son tan débiles en su interior que, o se convierten en víctimas fáciles del abuso sexual, o se convierten en el abusador. ¿Por qué? Porque creen que Dios les dio luz verde para cagarse encima de todos nosotros los seres inferiores."

Nunca he escuchado de éste estudio y estoy absolutamente

seguro de que es una mentira descarada. Tal vez simplemente invente estas cosas al tiempo que avanza en sus charlas. Además, ¿quién va a verificar y validar estas afirmaciones? Y, más importante aún, ¿quién se va a levantar y decir que está mintiendo? Muerdo mi lengua. Necesito escuchar el resto de su propaganda antes de decidir qué hacer.

Volviendo su mirada a la joven que llegó tarde a su clase, prosigue:

"El mismo estudio mostró que las 'divas' frecuentemente terminan como víctimas de todo tipo de abuso porque a nadie le agradan. ¿Saben quién es el agresor principal? El mejor amigo de la diva."

Su mandíbula y ojos se abren de par en par – probablemente sean escasas las ocasiones en que la reputación de una mujer con sus atributos físicos superiores sea echada por el piso de tal manera en público. Me da la impresión de que el Dr. Chaffgrind fue humillado una o dos veces y está aprovechando totalmente la oportunidad para devolver el favor. Se escucha la risita de varios varones, acompañada de la de algunas mujeres.

De pie con las manos en su cadera, los codos hacia afuera, y las piernas ligeramente apartadas, Chaffgrind claramente está a cargo y nadie se atreverá a desafiarlo.

Mirando su reloj, dice, "Pero permítanme continuar."

Por fin.

"Ahora probaré la teoría repetida muy a menudo, para que todos los varones pueden ver que tan cierta es, de que las mujeres se excitan más de manera verbal que física. Y para las damas, luego probaré que los hombres se excitan más de manera física que verbal, si es que alguien cuestiona ésta pura verdad."

Mete la mano en su maleta y saca una copia de <u>Cincuenta Sombras de Grey</u>, una novela erótica de romance escrita por la autora británica E. L. James. Muestra el libro a la clase y continúa.

"Estoy seguro de que éste libro ha sido leído por la mayoría de las mujeres en ésta clase y quizá algunos de los hombres. Si no, les recomiendo mucho que lo hagan. Ha llegado al primer puesto de los más vendidos en el mundo. Éste, y los otros libros en la trilogía," hace una pausa y pasa las hojas hasta el final del libro, "<u>Cincuenta Sombras más Oscuras</u> y <u>Cincuenta Sombras Liberadas</u>, tratan sobre un amorío sensual, retorcido y envolvente, entre un tipo y una muchacha, que involucra *bondage* y disciplina, dominación y sumisión, sadismo y masoquismo. Muy erótico y absolutamente delicioso, ¿no es así, damas?

"Pero claro," responde una alumna de veintitantos, su cabello perfectamente organizado meciéndose de arriba abajo, quién pone a vista de todos una copia de la serie mientras ríe disimuladamente y choca las manos de dos amigas sentadas junto a ella.

"Vale la pena mencionar," continúa; ahora su calva transpira debido a, creo yo, las luces brillantes que iluminan su majestad en la tarima, "la serie ha vendido 40 millones de copias en todo el mundo, y los derechos del libro han sido vendidos en 37 países, y actualmente están haciendo una película basada en el primer libro de la trilogía. Es tan popular que ha establecido el récord como la edición de bolsillo de ventas más rápida de todos los tiempos, superando a la serie de Harry Potter para todos ustedes que son admiradores de Hogwarts. Y me complace decirles que no solamente han hecho un juego de mesa con base en el libro, sino que también un inteligente empresario de un pequeño hotel en Inglaterra echó a la basura todas las biblias de Gedeón que había en sus habitaciones y las cambió por copias de <u>Cincuenta Sombras</u>. Legítimamente se dio cuenta de que la mayoría de las personas ya no leen o creen en la Biblia, y, además, la Biblia no tiene lugar en el dormitorio. ¡Ése si es un dueño de hotel muy inteligente!"

Me mira y dice a manera de broma: "Lo siento, Padre, pero es verdad."

"Así que cierre sus ojos si quiere, pero relájese, escuche y disfrute mientras leo lo que la parte más liberal del mundo ya ha leído, está leyendo, o leerá en un futuro cercano de acuerdo a las cifras de ventas."

Chaffgrind se pasa la siguiente hora representando verbalmente, con los gemidos y las reacciones orgásmicas apropiadas que le acompañan, escenas sexuales seleccionadas para demostrar cómo la palabra hablada, acompañada con una imaginación saludable, puede excitar a cualquiera que le interese.

Luego de una pausa de 20 minutos, la clase se reúne de nuevo, y la mayoría de los estudiantes parecen estar notablemente emocionados por la dirección que esta clase está tomando. El Alguacil Luder decide que se quiere quedar, y me anima a hacer lo mismo.

"Ya estamos aquí, y creo que necesita ver esto hasta el final."

dice, retomando su asiento. Ahora solamente hay tres sillas libres en la parte de atrás. Me siento y estiro las piernas.

"Y ahora para los hombres. Recuerden, alrededor del mundo, sin importar la cultura, los hombres parecen ser predominantemente visuales. Pueden resistirse tanto como quieran, pero los hombres *necesitan* sexo. Y, sí, nos excitamos viendo otras mujeres, especialmente cuando están desnudas. En realidad tampoco importa cómo se vean desvestidas. Acéptenlo. En mis viajes alrededor del mundo digamos que he tenido el privilegio ya sea de participar o estar expuesto a diferentes prácticas sexuales. Al igual que el Epcot Center en Disneylandia, durante el restante de este semestre les voy a presentar, de manera visual, prácticas del mundo entero."

Mientras hace clic en diferentes íconos en su computadora buscando su primer video, Chaffgrind dice, "Y para mostrarles que me mantengo al día con estudios actuales, recientemente leí que más y más mujeres se están volviendo como nosotros, más visuales. La programación que están recibiendo por parte de la misma tecnología que tenemos disponible nosotros los hombres, también parece estar alterando sus puntos de vista sexuales."

Me pregunto si eso significa que más mujeres están actuando como algunos hombres cuando se trata de sexo. Exigentes. Degradantes. Agresivas y humillantes con su pareja. Basura entra, basura sale.

Encuentra lo que estaba buscando, y se enfoca nuevamente en la clase.

"En Japón, alrededor de los años ochenta, la industria pornográfica introdujo algo llamado *Bukkake*. En resumen, es un acto sexual en el cual varios hombres tienen un orgasmo mientras salpican su semen en una mujer. Aparentemente, esto se ha abierto paso alrededor del mundo y muchas películas homosexuales ahora lo presentan hombre a hombre. Como en todo, hay críticos. Sienten que no es justo que varios hombres eyaculen sobre una mujer y no se le permita llegar a ella al orgasmo. ¿Pero de qué se quejan? Se le está pagando y el porno es un negocio. Un *gran* negocio, se los aseguro. Estoy seguro de que a los críticos les encantaría ser parte de las escenas de sexo."

Caminando hasta una silla reservada para él al lado de la tarima, su mirada me busca y me encuentra una vez más.

"Se lo advertí, Padre. Si esto le molesta así sea un poco, más vale que se vaya ahora."

Otra sonrisa profana y arrogante flota hacia mí. Aquí vamos. Durante los siguientes 45 minutos, se muestran cinco videos diferentes. Cada uno contiene a una actriz japonesa – de al parecer alrededor de veinte años – desnuda con un peinado bastante adornado y maquillaje perfectamente aplicado. Todas ellas lucen dulces e inocentes. En los tres primeros DVD, los hombres están fuera de cámara, y uno por uno, con solo la imagen de su cintura para abajo hasta sus rodillas, se acercan a la mujer arrodillada, con sus manos en sus penes endurecidos, mientras toman turnos para eyacular sobre su rostro. Al menos 25 hombres proceden de ésta manera y la mujer abre y cierra su boca, tragando parte del semen y frotando el resto en su rostro y pechos. En los otros dos, se coloca un aparato de plástico en el cuello de la mujer para que el semen se pueda acumular. Una vez que todos los hombres se liberan sobre el rostro de la mujer y el semen se acumula en el recipiente, ella lo bebe. Casi todos los presentes jadean y sienten arcadas, incluyéndome a mí. Ni siquiera puedo imaginar el número de enfermedades que, como mínimo, acaba de enviar voluntariamente dentro de su cuerpo. A lo sumo, me estremezco por sus almas.

Mientras los DVD son reproducidos, miro de lado a lado de la sala a los estudiantes. Muchos de los hombres están sonriendo junto con algunas de las mujeres. Sin embargo, una mirada genuina de conmoción es evidente en las caras de la mayoría de las mujeres y, sorprendentemente, algunos de los varones. Luego de una discusión de 30 minutos, la clase afortunadamente termina.

La mayoría de los estudiantes salen organizadamente mientras Chaffgrind reúne sus pertenencias. Lo veo observando a un grupo disperso de estudiantes mujeres esperando para hacer preguntas, y me pregunto cuál le pedirá tener relaciones sexuales al final del semestre para asegurar una buena calificación. Sus fosas nasales se dilatan nuevamente y su respiración se intensifica cuando la morena despampanante se acerca al frente de la clase, y se hace a un lado, sola. No importa cuánto la molestó antes frente a la clase, todo lo que quiere hacer ahora es desvestirla. Ella, desafortunadamente, parece estar dispuesta.

No puedo retirarme de la clase sin decir algo, tan respetuosa, pero firmemente como puedo.

"Gracias por permitir quedarme," digo, estirando mi mano esperando un apretón, "pero, ¿tiene idea de lo que le está haciendo a éstos estudiantes y de lo equivocadas que son sus enseñanzas?"

Identifica la audiencia que permanece frente a él e ignora mi mano estirada; Chaffgrind está preparado para éste encuentro.

"Mire, Padre, en verdad está muy alejado de la realidad, ¿cierto? Me atrevería a adivinar que lo que estas personas acaban de ver y oír no fue una gran sorpresa para muchos de ellos. La gran mayoría probablemente pueda levantarse y dictar ésta clase por sí solos con base en sus propias aventuras sexuales del mundo real, así que, entre más rápido la Iglesia Católica lo acepte, mejor estaremos todos. Estoy cansado de que todos ustedes nos hagan sentir inmensamente mal con nosotros mismos, sobre el sexo, sobre nuestros deseos. Si existe un Dios, que lo dudo bastante, ¿por qué nos dio éstos sentimientos si no podemos simplemente disfrutarlos?"

De alguna forma, mantengo mi compostura y defiendo mi posición.

"En verdad no tiene idea la dirección en la que va. Y, que quede claro, *usted* es el que está completamente mal informado – la Iglesia Católica no tiene problema con las relaciones sexuales si se disfrutan en la manera y para el propósito que Dios lo planeó. Pero usted enseña obscenidades y el lado altamente perturbado del sexo."

"Sin embargo, estoy de acuerdo con usted en una cosa. Sí, desafortunadamente, la mayoría de estos chicos probablemente tengan mucha más experiencia a su edad de lo que teníamos nosotros de su misma edad. Pero si eligieran ponerse de pie aquí y enseñar el mismo tema, apostaría que la mayoría lo haría con bastante más clase. Las relaciones sexuales son un acto sagrado. En realidad no sabe con lo que está tratando, o si lo sabe y simplemente no le importa, le doy una advertencia clara, Dr. Chaffgrind. Tiene que reconsiderarlo."

"¡¿O qué, me voy al Infierno?!"

Su risa histérica pero forzada me sigue mientras me dirijo hacia la salida. Me doy cuenta de que el Alguacil estaba lo suficientemente cerca para escuchar el intercambio. El grupo de estudiantes que al parecer se quedó para ver cómo se desarrollaba esto se apartan ligeramente cuando paso por su lado. Es obvio por sus miradas despectivas que están firmemente bajo el hechizo del buen doctor. Uno de los jóvenes tiene la audacia de golpear mi hombro ligeramente cuando paso por su lado.

"Disculpe," ofrezco, esperando más allá de la esperanza que no haya sido intencional. Me siento decepcionado cuando las risas ahogadas alcanzan mis oídos.

"Es bastante intuitivo, Sr. Mejor-Que-Todos-los-Demás. En verdad *no* me importa. ¡No me importa controlar la vida de los demás como lo hace usted!" vocifera Chaffgrind; mi espalda se hace más pequeña a medida que me dirijo a la salida.

Padre, perdónalos porque no saben lo que hacen, rezo en silencio, como lo hizo Nuestro Señor cuando colgaba de la cruz.

Capítulo 10

Alcanzo al Alguacil, y le pregunto, "¿Exactamente por qué me trajo aquí?"

Ni se inmutó para unirse a la conversación que tuve con Chaffgrind, pero su interés en el intercambio era obvio. ¿Esperaba que estuviera avergonzado o que me pusieran en mi lugar, sea cual sea?

"Necesitaba que supiera qué es lo que se le está enseñando a nuestros muchachos en éste nivel, que viera qué tan depravada y retorcida se ha vuelto la educación sexual." Me irrita su indiferencia al intercambio con Chaffgrind.

"¿Entonces está en desacuerdo?" pregunto.

"¡Pero claro!" replica inmediatamente. No ha entendido mi punto. Seré más directo.

"¿Entonces por qué no me apoyó expresándole su opinión a ese degenerado pretensioso?" lo cuestiono.

Nos detenemos en el pasillo y él se gira hacia mí. "Porque ese es su trabajo como sacerdote católico."

"Permítame corregirlo, Alguacil Luder, porque una vez más logra comprender *nuestra* fe. Ya que usted fue bautizado y confirmado como miembro de la comunidad católica, *usted* es miembro del mismo Cuerpo de Cristo del que soy yo. Eso quiere decir que también es *su* trabajo alzarse contra el mal. No pensé que fuera cobarde, pero ahora comienzo a preguntármelo."

Se inclina hacia mí y aprieta sus puños, pero no dice nada. Lo sigo hasta el parqueadero. Me alegra haberlo cuestionado. Es muy bueno diciéndole a lo demás lo equivocados que están, pero no soporta escuchar sobre sus propias faltas.

No se escucha una palabra durante 45 minutos y el cielo oscuro fuera del auto acrecienta lo lúgubre de la noche.

"Alguacil, leí el expediente de Cameron Gambke y escuché la presentación que quería que oyera por parte del demente Dr. Chaffgrind."

"Sí. Necesitaba asegurarme de que usted entendiera lo que lo envió a prisión. Y, como dije, también necesitaba que supiera lo que se le está enseñando a nuestros hijos."

"¿Cómo se enteró de la clase?" pregunto.

"Todos los muchachos de las universidades locales, y muchos de los adultos, han estado pidiendo a gritos ingresar a la clase desde que comenzó. Es difícil no saber de ella. ¡Demonios, si es que hasta el hermano de la Detective Gambke está en ella! Aunque no sé por qué no asistió ésta noche."

"¿El hermano de la Detective Renae está tomando ésta clase en específico?"

Me pregunto si ella está enterada de esto, dado su enfoque en el comportamiento sexual criminal. No le cuento al Alguacil que se ha ido del pueblo. Sé que me interrogaría para averiguar cómo me enteré de ese hecho en particular y no quiero decirle, todavía, que la Detective Renae y yo nos hemos comunicado.

"Sí. También conozco muchas personas en el país y, créame, esto no es simplemente un fenómeno de la educación superior de Carolina del Norte. Ésta clase en específico no se está ofreciendo en ninguna otra parte, por supuesto, pero ésta mentalidad sexual abierta está descontrolada, probablemente hasta en universidades Católicas hasta donde tengo entendido. Debería ver algunas de las columnas sobre sexo de los periódicos de universidades mixtas que se permiten publicar. Probablemente haya una enorme cantidad de E. L. James incipientes en nuestras queridas universidades. ¿Ya está abriendo sus ojos?"

"Sí, claro. También dijo que quería que yo hiciera algo, y he estado pensando en eso toda la tarde. Antes que me diga cuál es la última cosa que quiere de mí, quiero que me prometa que hará algo por mí en un futuro cercano, porque veo que sus ojos también deben abrirse a mi mundo."

Bebe un poco del té helado grande que compró en un minimercado después de la clase, y me doy cuenta que está haciendo tiempo para contemplar mi reto antes de responder.

"Por supuesto. Sea lo que sea, vale todo lo que ha visto hasta ahora, y especialmente lo que está a punto de ver. Sé que la próxima vez que hable con Cameron Gambke usted será mucho más sabio. Por cierto, ¿cuándo se reúne con él?"

"Cuando pueda," digo. Definitivamente no le reporto a la Sra. Bellers, así que ¿por qué debo mantenerlo informado a él de mis actividades? "¿Entonces, qué es lo último de la lista?"

Gira su cabeza hacia mí y, con ayuda de las luces de los carros que pasan por nuestro lado, sus ojos brillan.

"Antes de que se reúna con él, quiero que visite cada uno de estos sitios web." Me pasa una hoja de papel y procede a encender la luz de techo.

"¿Qué son?" pregunto mientras se apodera de mí un sentimiento de ansiedad.

"Las cinco páginas principales de pornografía que Gambke visitó antes de su encarcelación. Las descubrimos durante la inspección a la computadora de su casa, su portátil y su iPhone. Nos dimos cuenta de que intentó borrarlos, pero los expertos del laboratorio en Raleigh lograron recuperar lo que no había sido sobrescrito con otra información. Si luego de ver todo esto no entiende lo perverso que es él, entonces nunca lo hará."

"Lo haré antes de que termine la noche," declaro firmemente.

"¿Ésta noche?" puedo ver que levanta sus cejas.

"Sí. Hay muchas más cosas sucediendo en este momento, así que tengo que quitar de mi plato la lista que me dio y que yo acepté." Permanece con su mirada de sorpresa, y yo continúo.

"¿Le es posible tomar vacaciones más o menos el próximo mes?" por ninguna razón dejaré que tome la delantera en éste intercambio. Me aseguraré de que éste "trato" vaya en ambas direcciones, no solo la suya.

"Yo soy el jefe y tengo bastante tiempo acumulado," dice con orgullo, e inmediatamente se recompone. "¿Por qué lo pregunta?"

"Ya lo verá. ¿Tiene pasaporte?" Su sonrisa de superioridad desaparece rápidamente. La mía emerge de igual forma.

"¿Pasaporte?" Su mente empieza a dar vueltas, e imagino que se está preguntando qué habrá cometido el error de aceptar.

"Confío en que es bueno cumpliendo sus promesas," digo a manera de desafío al sentir que su reticencia incrementa.

Su mirada amarga regresa. "Pero claro que sí. Y no veo la hora de dejarlo en su casa y salir a dar un paseo en mis dos ruedas. Y despejar mi mente."

"¿Un paseo en bicicleta? ¿De cambios? ¿Y tan tarde en la noche?" Nuevamente, me confunde.

"Mi motocicleta. Y, sí, es el mejor momento para aclarar mis pensamientos. Lo hago todo el tiempo."

Capítulo 11

Ha sido una tarde difícil. Necesito unos minutos con Nuestro Señor antes de que de manera reacia me enfrente al último reto del alguacil. Ingreso a la iglesia semioscura, me arrodillo ante el altar, y levanto mi mirada a Su presencia que espera pacientemente en el sagrario. Vienen a mi mente mis sueños oscuros. Mis recuerdos mórbidos. Y Él dándome su mano. Posponer algunas cosas alivia mi duda.

"Señor, tú me conoces completamente porque fuiste mi creador. No solamente eres mi Dios y Salvador, sino también mi mejor amigo. En verdad lo creo. Ruego tu protección y guía una vez más mientras me aventuro en este mundo lascivo, vulgar y lujurioso que dejé hace tanto. Sé que estuve atrapado en él cuando estuve en la universidad, cuando *Playboy* y *Hustler* eran lo más popular, cuando la Internet era solamente accesible al mundo de la academia y las fuerzas militares. No a tipos normales como yo. Antes del seminario. Antes de que mi vida cambiara completamente para bien. Agradezco tu protección en ese entonces y ahora, porque aunque odio admitirlo, el Alguacil Luder y el Dr. Chaffgrind probablemente tengan razón en algo – no tengo ni idea de lo malo que se ha vuelto.

"Recuerdo cuando abriste mis ojos a tu verdad. Llegué a entender porque les prohibiste a nuestros primeros padres comer el fruto del 'árbol del conocimiento del bien y del mal.' Sabías que si lo hacían, en ese momento, el mal entraría en sus corazones y, por lo tanto, en el mundo. Que tu creación hermosa y libre de pecado quedaría por siempre manchada con una inclinación al el pecado. Fuiste en aquel tiempo y sigues siendo un buen padre, eternamente intentando mostrarnos el verdadero camino a la felicidad. Su desobediencia hizo que todos pagáramos, como siempre sucede con la rebelión.

"Como con ellos, nadie me iba a decir que no, ni me iban a decir que no podía hacer lo que quería hacer. Ni siquiera tú. Una vez logrado, el placer carnal solo me hacía querer más. Era adictivo, y como cualquier adicción, alcanzar el siguiente placer se volvió más y más difícil. Satán no tenía respuestas en ese momento y tampoco las tiene ahora – solamente promesas vacías – unas que nunca satisfacen, promesas que siempre me dejaban pidiendo más. Todo lo que encontré fue dolor, soledad, depresión, remordimiento, frivolidad, tristeza, y desespero. Al final, Satán era el único que reía.

"Tú no querías controlarme, lo sé. Tu amor simplemente quería lo mejor para mí. La obscenidad de la pornografía *no* era la respuesta. Intentabas mostrarme ésta verdad una y otra vez. Pero cerré mis ojos y corazón a ti. Es sorprendente pensar que me engañaba a mí mismo haciéndome creer que utilizaba la pornografía para convertirme en un Don Juan, en un gran amante para mi esposa eventualmente, o porque trabajaba tan duro que merecía éste "regalo" para mí mismo – ah, como jugaba con mi mente cuando intentaba justificar mis acciones. Afortunadamente, abriste mis ojos para que viera que en todo lo que me había convertido era en un pervertido necesitado de sexo, manipulador y egoísta.

"Y luego, justo cuando estaba a punto de actuar mal, cuando la pornografía ya no alimentaba mi apetito dañino y lujurioso, mi mejor amigo murió de SIDA. *Eso* fue todo lo que se necesitó para convencerme de que el camino por el que viajaba era el equivocado. Gracias, Dios, por no perder la confianza en mí, porque Satán intentaba recurrentemente sujetarme. Podía escuchar su voz diciéndome que yo era malo, despreciable, pequeño e insignificante. Sin embargo, aun cuando Satán me apretaba con fuerza, tú estabas ahí a mi lado, abrazándome y motivándome a alejarme del pecado. Por tu gracia y mi libre albedrío me volví a levantar, regresé a la confesión, a los Sacramentos, y a la raza humana. Pero ésta vez no como alguien que quita, sino como alguien que da.

"Aquí voy, Señor. Por favor toma mi mano y protege mi corazón una vez más. ¡Gracias!"

Cierro la iglesia y me dirijo a mi oficina en el Edificio Administrativo. Son las 10:30 de la noche y todo está muy tranquilo. La luz está apagada en la habitación del Padre Bernard en la rectoría; probablemente se fue a la cama hace una hora. La Sra. Bellers no estará aquí sino hasta mañana a las 8:00 a.m.

Conecto mi computadora y oprimo el botón de encendido, relajándome mientras el sistema inicia. Pienso en lo verdaderamente poderosas que son las mentes que Dios nos ha dado. Lo he visto una y otra vez – en realidad nos convertimos en lo que pensamos la mayoría del tiempo, y eso fue exactamente lo que me sucedió en ese entonces con la pornografía.

El cerebro humano siempre me ha fascinado. He aprendido que Dios me diseñó de tal manera que tengo alrededor de 100 billones de neuronas, y puedo utilizarlas o perderlas de cualquier manera que desee, para bien o para mal. He aprendido que si algo involucra emociones fuertes, generalmente lo recuerdo muy bien. Que el gozo y la diversión son ingredientes importantes en mi aprendizaje porque son emociones positivas. Que entre más conexiones haga en mi cerebro, más lo estimulo, y más inteligente soy. También sé que mi cerebro se desarrolla con la originalidad. Simplemente cae en picada si no continúo estimulándolo o si lo daño de alguna manera, como con sustancias nocivas. Afortunadamente, nunca he tomado ese camino. Y aún si lo hubiera hecho, todavía podría recuperarse, hasta cierto punto, si dejara de utilizar lo que fuera que lo estuviera dañando.

Sé que si estoy estresado no aprendo igual de bien. Por el contrario, si estoy calmado suelo retener la información por más tiempo. Y me di cuenta de que si utilizo todos mis sentidos en el aprendizaje – si lo veo, lo escucho, lo digo y lo hago – ¡recordaré un increíble 90%! En verdad Dios me ha dado un regalo maravilloso con mi cerebro. Esta herramienta integrada me ayudó de forma maravillosa durante el seminario. Pero anterior a eso, se convirtió en letal cuando la pornografía fue la materia en la que me enfoqué en devorar.

Mi computadora continúa con sus maquinaciones de encendido, y sacudo mi cabeza mientras sigo con mi línea de pensamientos. Pienso en todas las personas en la historia del mundo que utilizaron sus cerebros para bien. Todos los científicos, exploradores, inventores, médicos, religiosos, profesores, líderes empresariales, y humanitarios que utilizaron sus cerebros y talentos para ayudar al pueblo de Dios. Desde el lado útil de la computadora personal y la Internet, los sistemas de posicionamiento global, la telefonía celular, y la computación en la nube.

O la plétora de avances médicos en áreas como los trasplantes de órganos humanos, la anestesia, y todas las vacunas existentes ahora. Desde el descubrimiento de la electricidad y la superconductividad, pasando por los modos de transporte como el avión y los trenes de alta velocidad, hasta los automóviles a gasolina, híbridos e incluso eléctricos. Y el Telescopio espacial Hubble y los viajes espaciales donde tal vez un día, si así lo desea Dios, la raza humana podría descubrir vida en otros planetas.

Por fin, mi portátil está listo. Hago el signo de la cruz. Es hora de comenzar. No más retrasos. "Bueno, Cameron Gambke, veamos a donde permitiste que tu mente viajara, para convertir tu mundo en uno lleno de obscenidad, violencia, dolor y destrucción."

La lista que el Alguacil Luder me dio contiene cinco sitios. Parece que el recluso condenado a muerte Cameron Gambke exploraba periódicamente bastantes sitios diferentes, incluyendo salas de chat y grupos *Usenet* donde compartía fotos de su ex esposa, Michele, de acuerdo a una nota en la lista hecha por el alguacil o el investigador del caso. Pero esos no eran los que visitaba más frecuentemente.

Con el fin de no tener que pagar por realizar la búsqueda, el alguacil sugirió que utilizara cualquier motor de búsqueda que quisiera y escribiera la palabra asociada con cada uno de los cinco sitios, y luego escribiera "gratis" y "fotos" o "videos" antes y después. Me asusta la facilidad con la que cualquiera puede acceder a esta obscenidad.

Decido comenzar con el último sitio en la lista, y escribo "fotos de klismafilia gratis" en Google. Cientos de sitios claman mi atención, y hago clic sobre uno al azar.

Inmediatamente me doy cuenta de que la "klismafilia" tiene que ver con enemas, un procedimiento médico estándar cuando se utiliza apropiadamente, en el cual se introduce líquido en el recto y el colon a través del orificio anal. Su propósito es funcionar como un laxante, pero las imágenes que veo son de homosexuales, lesbianas y heterosexuales utilizándolos por placer sexual. Una de mis primeras impresiones es que todos estos rostros frente a mí se ven exactamente como las personas que veo a mi alrededor todos los días en la ciudad, las calles, la televisión, las tiendas, o en mi congregación.

Tengo la oportunidad de comprar todo el equipo para enemas que desee, la mayoría sin costos de envío o manejo; los dueños de los sitios ofrecen la mejor atención al cliente posible. Inmediatamente, ventanas emergentes mostrando invitaciones para ver videos de azotes, *bondage*, videos de sexo en público, de porno extremo, explícitos, y de abuso sexual llenan mi pantalla. También aparece una oferta para cámaras web. Salta frente a mis ojos una joven que desea satisfacer cualquiera que sea mi deseo sexual en línea, si así lo deseo, gratis. Sacudo mi cabeza. Solo cuatro sitios para terminar.

El siguiente en la lista, y el cuarto más visitado por Cameron. Escribo las palabras "fotos de zoofilia gratis." Al igual que con la opción anterior, cientos de páginas han sido creadas para aquellos con este interés particular. La decadencia de la humanidad continúa como lo evidencian las imágenes que se muestran ante mis ojos. Veo mujeres en su mayoría, pero también algunos hombres, realizando sexo oral, vaginal y anal con y de parte de caballos, perros, vacas, gatos, cerdos, y estoy seguro que de otros animales si es que decido seguir buscando. Pero no.

Siento un poco de nauseas; algo que no había sentido desde... desde no sé cuándo. Lo sé, Alguacil Luder, lo sé. Esto es indescriptiblemente enfermizo. Sin embargo, tengo que pasar por esto. No quiero darle ninguna razón para retirarse de nuestro acuerdo. Claro, él nunca sabrá si terminé este reto o no, pero yo sí. También creo firmemente que tengo que ver esto hasta el final si quiero comprender lo que sucede a mi alrededor y lo que contaminó la mente de Cameron Gambke.

"Imágenes gratis de violaciones" es el tercer ítem en la lista de los "cinco mejores" de Cameron Gambke. Escojo aleatoriamente uno de los cientos de sitios que claman mi atención. Las imágenes empiezan a horrorizarme. ¿Son fotografías o videos falsos? ¿Actores pagados? ¿Principiantes? Ahora todo el mundo tiene cámaras – especialmente de alta calidad instaladas en sus teléfonos celulares – y su utilización enfermiza proporciona a los espectadores infinidad de opciones. ¿Me pregunto cuánto de esto es video de violaciones reales? Y si son reales, ¿no saben que la violación es un delito? ¿Tan siquiera les importa? ¿Son tan descarados y lo han hecho por tanto tiempo que creen que nunca los atraparan? He leído historias sobre abusadores que son tan desvergonzados que terminan la violación y luego suben su video a Internet, ¿pero en verdad es eso lo que veo frente a mí? Si es que existe en nuestra sociedad un reflejo de lo confiados que se sienten estos bastardos de que no serán capturados o procesados por sus crímenes, tiene que ser éste, en mi opinión.

No me es fácil distinguir por la manera como se ven estas mujeres si están actuando o no. Muchas se ven aterrorizadas, impactadas, asustadas y atrapadas. Los hombres parecen estar disfrutando lo que hacen. Todas las escenas son de violaciones en grupo, cada una de ellas. Algunas veces dos hombres, muchas veces cuatro, cinco o más. Ya estoy enfadado. Enfurecido, en realidad. Las imágenes continúan. Son infinitas. Decir que estoy escandalizado por todos los involucrados no expresa completamente lo que estoy sintiendo. ¿Qué palabra puedo utilizar para expresar lo mortificado que estoy? ¿Estupefacto? ¿Traumatizado? ¿Indignado? ¿Cuántas personas están siendo programadas por estos videos? ¿Muchachos con máscaras y atuendos negros, acechando a su presa, y violándola? No solamente yo necesito despertar sino también toda la comunidad en general. Éste es el nuevo salón de clase global, disponible a más de siete billones de espectadores tan pronto adquieran la tecnología, y cada loco enfermizo tiene la oportunidad de ser tanto el estudiante como el maestro. De ser ALGUIEN así sea solamente en sus mentes retorcidas.

"Ten mucho cuidado con quien sigues en la vida, porque estás asumiendo que esa persona sabe para dónde va," digo en voz alta. La historia del Flautista de Hamelin se abre paso a la fuerza hacia mi conciencia. Según cuenta la leyenda, era un hombre que vivía en Alemania durante la Edad Media. Se vestía con ropas de múltiples colores y se llevaba a todos los niños lejos del pueblo para nunca regresar.

Cameron Gambke parecía disfrutar esto. Aprendió y planeó sus ataques con base en esto. Todo se propagó en su mente y luego, gracias a su estado mental retorcido, le dio su propio toque personal. Todo lo que necesitó fue una o varias víctimas, como lo sugirió su hija, la Detective Renae. ¿Me pregunto qué tan profundo estaba metido en ello?

Me tomo un descanso; es demasiado.

Son las 11:00 de la noche y necesito terminar lo que comencé. ¿Podría empeorar? Hago nuevamente el signo de la cruz y vuelvo a conectarme en mi computadora.

"Imágenes de coprofilia gratis." Al condenado a muerte le excitaba la orina y las heces humanas. Paso algunas de las fotos rápidamente hasta que llego al punto de casi perder el contenido de mi estómago; un torbellino de repugnancia succiona mi humanidad. Hombres y mujeres defecándose y orinándose mutuamente, untándoselo sobre ellos mismos o sobre alguien más. Lamiéndolo. Comiéndolo. Nuevamente, parece que hay tanto principiantes como profesionales en las fotos. Mi cabeza se agita de atrás para adelante, instintivamente repugnada. Las imágenes del Infierno en las apariciones que he estudiado se proyectan en mi conciencia.

"¿En serio?" digo en voz alta. Nunca antes había estado tan preocupado por las almas de mi prójimo de lo que lo estoy ahora. Esto hace que la clase de Chaffgrind parezca preescolar.

Falta uno más. "Asfixia Erótica." Me doy cuenta rápidamente de que se trata de la restricción intencional del oxígeno al cerebro con el propósito de obtener satisfacción sexual. Algunas veces las parejas lo hacen el uno al otro. Muchas otras el individuo lo intenta por sí solo. De forma inquietante, encuentro en un artículo secundario que hay una alta tasa de mortalidad en conexión con esta parafilia. La mayoría son hombres. Muchas preguntas explotan rápidamente en mi cerebro cada vez más aterrorizado. ¿Qué es lo que piensan éstas personas? ¿Cómo es que alguien tan siquiera se atreve a hacer esto? ¿Qué hacía Cameron Gambke con ésta información?

Las preguntas continúan pasando como ráfagas en mi mente mientras apago mi portátil, me relajo en mi silla y paso mis dedos por mi cabello, completamente exhausto y absolutamente asqueado. La seriedad de lo que acabo de ver me golpea como un mazo y, por todas las indicaciones, sé que esto es simplemente una muestra de todo lo que hay ahí afuera. Solamente se me ha permitido dar una ojeada a lo que disfruta Cameron Gambke, pero la Internet es algo enorme...

Desde ahora oraré y me preocuparé por cada una de las almas que he visto en estas imágenes y videos. Puede que no conozcan la belleza que Dios planeó para el placer sexual, o la conocen pero simplemente no les importa.

El sonido ya conocido de mi computadora cuando se apaga hace eco en el silencio de mi oficina. Veo de reojo un periódico que el Padre Bernard ha dejado muy gentilmente sobre mi escritorio. La palabra "violación" llama mi atención cuando se ilumina momentáneamente la pantalla de mi computadora.

Enciendo mi lámpara de escritorio y miro el encabezado: "La Violación y la Sociedad: ¿Hasta dónde ha llegado?" A continuación, le doy una ojeada al artículo que le sigue. Dos jugadores de fútbol americano de secundaria acusados de haber violado a una adolescente en Steubenville, Ohio, un caso similar en Torrington, Connecticut, y la violación en grupo en India de una turista Suiza y la golpiza que recibió su esposo por parte de cinco hombres que confiesan haberlo hecho. Muchas de las personas entrevistadas parecen muy sorprendidas de que éste tipo de actividad suceda alrededor del mundo, pero especialmente aquí en los Estados Unidos. Sin embargo, los expertos entrevistados dicen que las relaciones sexuales no consensuadas ocurren con mayor frecuencia de lo que la mayoría de nosotros nos llegamos a imaginar. Una de las razones citadas es porque la mayoría de las mujeres no lo reportan. Otro experto menciona que la violación es el único crimen en el cual, cuando se reporta, muchos en los cuerpos de seguridad y seguramente los amigos, familiares o colegas hacen comentarios que claramente ponen la culpa sobre la víctima. *"Tal vez fue la manera como estabas vestida."* *"no debiste haber estado en la fiesta."* *"No debiste haber dormido con tu ventana parcialmente rota."*

"¿Se imaginan si un hombre que acaba de comprar un auto nuevo y fino sale a dar una vuelta por la ciudad, se da una buena cena, conduce de vuelta a su casa, estaciona su auto, y luego se lo roban? Cuando la policía viene a investigar, el oficial pregunta, '¿Qué hizo para permitir que le robaran su auto?' la víctima se enfurecería con toda la razón, porque *él* es el que ha sido agredido, *él* es la víctima. Se molestaría y enojaría mientras el oficial continúa haciéndole sentir que *él* hizo algo mal para causar que este crimen le ocurriera a *él*. Probablemente le gritaría al oficial que *él es la víctima* y que deberían ocupar su tiempo en capturar a la persona que robó su auto. Hasta puede que le digan que aún si encuentran a quién robo el vehículo, el acusado puede argumentar que el dueño se lo dio prestado. Simplemente sería la palabra de una persona contra la otra," se cita la palabra de un defensor experto en violaciones. "Pues bien, bienvenido al mundo muy real de las víctimas de violación."

Siento la tristeza de Nuestro Señor cuando se arrodilló en el Jardín de Getsemaní, sabiendo lo que estaba a punto de hacer por toda la humanidad, sabiendo que a muchas personas ni siquiera les importaría, ni en ese entonces ni ahora. Siento la angustia de la Virgen María mientras abrazaba a Nuestro Señor luego de ser bajado de la cruz, como se representa en la *Pietà* de Miguel Ángel.

Mi pena crece; la depresión de la que escapé hace mucho tiempo antes de convertirme en sacerdote comienza a apoderarse de mí nuevamente, sus tentáculos intentan consumir hasta el último vestigio de mi energía.

Pensamientos e imágenes acribillan mi cerebro. Mis ojos están agotados. Tengo dolor de cabeza y todo lo que deseo es dormir. El olor a humo de cigarrillo impregna cada habitación en este edificio; un remanente constante del hábito de fumar por años del Padre Bernard. De repente se me ocurre que la pornografía en Internet es como el tabaquismo pasivo de hoy en día – afecta a todos de manera negativa, aunque no la utilicen o no sean abusados por los que lo hacen. Y muchos la inhalan, sabiendo totalmente bien sus peligros, e importándoles poco lo que les está haciendo a ellos y a su prójimo en ésta tierra – a cada una de las almas que entra en contacto con el lodo y la porquería.

Miro al crucifijo que cuelga sobre la puerta de mi oficina, y rezo.

"¿Qué deseas que haga, Señor?"

Algunos pondrán atención, otros no. Nuestro Señor incluso lo dijo. Mi papel es no preguntarme quién lo hará, sino darlo todo y asegurarme de seguir orando por la gracia y guía de Dios.

Capítulo 12

Es temprano en la mañana del jueves mientras escribo esto, y estoy de vuelta en la gruta luego de terminar de rezar los Misterios Luminosos del Rosario. Le pedí a Nuestra Señora que interceda con Nuestro Señor por todos aquellos en la agonía del pecado sexual, por el Dr. Chaffgrind, sus estudiantes pasados, actuales y futuros, y también por su hijo. Además le pedí ayuda en la conversión de sus corazones y protección contra el mal seductivo que nos tienta a todos continuamente.

Los Misterios Luminosos le recuerdan a los fieles momentos importantes en la vida de Nuestro Señor:

- El bautizo de Jesús en el Rio Jordán, el cual inició oficialmente su ministerio público
- Jesús participando en las bodas en Caná de Galilea; la Iglesia nos enseña que es un momento muy significativo que representa a Nuestro Señor apoyando, y santificando, uno de los sacramentos más hermosos, el Sacramento del Matrimonio – recuerdo que este fue el primer milagro público de Nuestro Señor (la conversión del agua en vino), bajo solicitud de Su madre
- Jesús en Su misión de proclamación de las "Buenas Noticias" del Reino mientras pasaba por pueblos y ciudades ayudando a los pobres de espíritu, además de hacer incontables milagros, para mostrar claramente que Él era quien realmente decía que era
- La transfiguración donde apareció por primera vez la Trinidad, y
- La institución de la Eucaristía durante la última cena, la fuente y cumbre de la fe Católica.

Como cortesía al Padre Bernard, me aseguraré de informarle sobre las búsquedas en Internet que realicé anoche y el propósito de las mismas.

Mi teléfono celular timbra. Es la Detective Renae Gambke. Me pongo de pie y estiro la espalda y las piernas, agradecido de que todavía tengo la gruta solo para mí. Hace un poco de frio, pero mi chaqueta me mantiene lo suficientemente caliente.

"Buenos días, Padre."

"Buenos días, ¿todavía estamos programados para hoy?" Espero con ansias nuestra reunión.

"Sí, 2:00. ¿Se enteró de lo que le sucedió al Alguacil Luder?" Su tono se torna serio.

"No. ¡¿Qué pasó?!" Inmediatamente me preparo para recibir malas noticias.

"Chocaron su motocicleta anoche." profesional, pero preocupada.

"¡¿Qué?! ¡¿Se encuentra bien?! ¡¿Va a estar bien?!" Mi corazón salta. Es la clase poco común de individuo que puede recibir con calma malas noticias sobre alguien que conoce personalmente, y yo no soy uno de ellos.

"Sí, sí. Está bien. Aunque creen que puede tener un traumatismo cerebral. Comenzó a hablar cuando despertó en el hospital, pero lo que decía no tenía sentido."

"¿Qué sucedió? ¿Conoce los detalles?" Es policía. ¡Por supuesto que conoce los detalles! Inmediatamente recuerdo al alguacil diciéndome que iba a dar un paseo en su motocicleta anoche luego de dejarme en mi casa.

"Lo he visto en ella una o dos veces," dice. "No es una Harley, pero lleva una poderosa entre sus piernas."

"¡¿Qué?!" las imágenes que vienen a mi mente al escuchar esas palabras no concuerdan; al menos con algo en mi base de datos mental.

"Una moto Yamaha R-1 deportiva. Son muy rápidas. Imagino que siempre quiso ese tipo de moto. De todas maneras, la cosa es que no se lastimó mientras conducía. Sucedió cuando estaba estacionado. Anoche a las 2300 horas estaba estacionado en un centro comercial hablando por teléfono cuando una mujer blanca de 42 años que conducía una Subaru Wrx Sti, propiedad de su novio de 28, al parecer lo golpeó por detrás en su lado derecho, según dice mientras terminaba de escribir un mensaje de texto. Les dijo a los oficiales de policía que acababa de salir de trabajo y buscaba una tienda antes de que cerrara para comprar un galón de leche para la mañana siguiente. Los policías en la escena dijeron que golpeó la motocicleta a 48 kilómetros por hora, lanzando al alguacil unos 4 metros y medio de donde estaba ubicado originalmente. Debido a que estaba hablando por teléfono en ese momento, no tenía puesto su casco. Afortunadamente, cayó sobre unos arbustos, pero aun así quedó inconsciente."

Parecía extraño escuchar a un oficial de la ley contarme una historia de esa manera; un informe con los detalles de un evento reportable, al punto, con solo los hechos pertinentes. Generalmente, escucho cosas como ésta acompañadas de muchas emociones, llanto, gritos, o sollozos por parte de un feligrés rogándome ir al hospital a ofrecer oraciones y apoyo. Agradezco a Dios que las heridas del alguacil no fueron de seriedad.

"¿En qué hospital está?" pregunto. Quiero asegurarme de verlo pronto.

"En el Hospital Vidant Beaufort en Washington. Queda como a 30 minutos si toma la 64, y a una hora al oeste de aquí cuando termine. Y... ¿Padre?"

"¿Sí?"

"Dijo que realmente necesita hablar con usted. Los suboficiales dicen que todo esto lo afectó mucho. Así que, y espero que no le moleste mi sugerencia, ¿qué tal si cancelamos y reprogramamos nuestra cita de hoy a las 2:00?" Suena un poco decepcionada de que tal vez no podamos vernos. Me siento animado.

"Si no le incomoda, en verdad me gustaría reunirme con usted hoy. ¿Qué le parece si vamos a cenar? Así tengo un poco de tiempo extra para verlo y luego conducir de vuelta hacía usted. Además, así puedo contarle cómo está él. ¿Le parece bien? Como sacerdote, he aprendido a acomodar muchas de mis reuniones."

"Claro que sí. ¿A eso de las seis? ¿En el restaurante Swan Quarter Grill cerca a la calle Main?" sugiere.

"Perfecto."

***

Esperando utilizar este tiempo de manera eficiente, oprimo el botón de marcado rápido para el Padre Jack Thomis, mi consejero espiritual en Brooklyn, mientras miro el reloj en mi automóvil. En medio día aquí y el Padre Jack ya debió haber tomado su almuerzo. Tiene ya 80 años y una rutina diaria establecida, pero su mente y juicio siguen perfectos.

"¿Hola?" se escucha una voz ronca.

"¡Padre Jack! Soy Jonah Lee Bereo. ¿Lo interrumpo?" Hablo

103

fuertemente, intentando que mi voz pase claramente por el teléfono.

"¡Jonah! Sí, le escucho perfectamente. ¿Cómo está? Hace mucho que no escucho de usted. ¿Cómo va todo? ¿Ésta bien? ¡Me alegra mucho escuchar su voz, amigo mío!"

El Padre Jack siempre me bombardea con preguntas. Su mente siempre va más rápido que su lengua. Todavía se las arregla para hacerme sentir que soy la persona más importante para él en el momento, y he tratado de emular este obsequio siempre que paso tiempo con otros. Me alegro con los recuerdos de nuestra amistad.

En verdad espero que tú también lo recuerdes, porque probablemente no esté vivo para cuando leas este diario, a menos que Dios tenga otros planes para él, y para mí.

"Excelente. Bien, bien, todo está bien. ¿Tiene unos minutos para hablar? Voy en camino al hospital a ver a alguien que estuvo en un accidente y esperaba poder consultarle algunas cosas."

"Espero que esté bien, quienquiera que vaya a ver. Lo incluiré en mis oraciones. ¿Cuál es su nombre?" Puedo imaginarlo en serio intentando escuchar atentamente, igual que antes.

"El Alguacil Daniel Luder."

"Perfecto. ¿Qué lo inquieta?" Directo al punto. Él y la Detective Gambke se llevarían muy bien.

Durante los próximos 30 minutos le cuento al Padre Jack todo lo que me ha sucedido desde que llegué aquí.

"¿Todavía está ahí?" pregunto, cuando ya no escucho respiración de su lado.

"Sí, sí, por supuesto. Simplemente proceso todo lo que me dijo. Claramente hay bastante en su plato en este momento, Jonah. ¿Cómo está de ánimo? Suena estresado. Entiendo por qué, pero quiero asegurarme de que está bien."

Sí, el Padre Jack conoce todas las cosas importantes que hay que saber de mí.

"¿No ha olvidado que Dios tiene un plan glorioso, maravilloso y misterioso para la humanidad y cada uno de nosotros tenemos nuestro papel que jugar en él, o si? Él tiene los hombros más amplios de todos. No puede creer que solucionar cada cosa en su parroquia o en el mundo exterior es su responsabilidad," me recuerda suavemente.

"No, no me he olvidado," respondo, un tono defensivo se percibe en mi voz. Me compongo enseguida, y me siento inmediatamente decepcionado por mi reacción repentina y arraigada. Si se dio cuenta de mi tono, decide ignorarlo y continúa.

"Recuerde que siempre debe cuidarse. No le sirve a sus feligreses si se enferma de tanta preocupación. Debe asegurarse de que su vida esté en equilibrio. Debe continuar tomándose su tiempo para realizar ejercicios de respiración y relajación, hacer ejercicio aeróbico como en esas caminatas que le encantaba tomar, escuchar su música favorita y llamarme a cualquier hora del día o la noche – hablar con alguien en quien confía es una de las mejores maneras para calmar la ansiedad. Y nunca olvide lo que hizo Nuestro Señor cuando estaba estresado. Encontró tiempo para estar solo en oración. Si *Él* necesitaba tiempo para la renovación y restauración, no debe haber duda de que nosotros debemos hacerlo también. ¿Dónde se encuentra en este momento?"

"¿Eh?" Estoy absorbiendo todo lo que me dice el Padre Jack, y aunque el pavimento pasa a toda marcha bajo mi auto, mi mente se ha trasportado de vuelta a su biblioteca en la Diócesis de Brooklyn, y puedo oler una vez más la comodidad de las páginas de los libros.

"Ehhh… como a 15 minutos del hospital."

"¿Qué ve? Sé que está en la autopista, pero ¿qué ve?"

Lo conozco demasiado como para saber a dónde va con esto, y me enfoco en las cosas a mi alrededor.

"Otros vehículos. Una valla publicitaria de una estación de noticias. Las cuentas de mi Rosario que cuelgan del espejo retrovisor."

"Bien. Cuando las cosas se pongan difíciles en el futuro, recuerde devolverse al momento, a la belleza del mundo de Dios que le rodea. Y cuando se toma el tiempo para observar, ¡Vaya! En verdad puede ver toda su belleza. Siempre está ahí para que cualquier persona la vea, si simplemente nos tomamos el tiempo de buscarla."

Hace una pausa. No quiero colgar el teléfono.

"El pasado es el pasado, y el hoy es un regalo de Dios, por eso lo llaman presente, Jonah."

Ambos nos reímos, mientras el Padre Jack alegremente me recuerda éste trillado, pero apropiado, dicho. Extraño su risa, y me entristece pensar cuanto lo extrañaré cuando muera.

"Todo lo que me está contando será realizado con sus esfuerzos y la providencia de Dios. Siempre recuerde que fue el hombre quien creó el tiempo, no Dios. Todo en *Su* tiempo, Jonah. Simplemente levántese cada día y de lo mejor de usted. Renuévese con pequeños descansos durante el día. Váyase a la cama sabiendo que dio lo mejor de usted y pídale a Dios que le muestre dónde puede mejorar, luego pídale a Dios que le dé la gracia para hacerlo en el futuro. Duerma bien, y luego levántese al siguiente día y ofrézcalo junto con sus energías a Dios una vez más. Él guiará su camino. Nunca olvide que si Dios le pone una prueba, Él lo ayudará a atravesarla."

Otro dicho popular en otro momento apropiado.

"Como siempre, tiene la razón. Y, como siempre, me alegra ser bendecido con la posibilidad de hablar con usted, amigo mío." Sí, lo extrañaré cuando Dios finalmente lo llamé a casa.

"Tenga presente que estoy increíblemente orgulloso de usted, Jonah. Soy yo quien es bendecido cada vez que tiene la posibilidad de llamar. Me estaba preparando para dar una caminata vespertina. Hace frio afuera hoy, pero para eso tenemos chaquetas y abrigos, ¿no? Pero antes de irme, sé que usted sabe que esto es verdad, pero nunca olvide que todos hacemos parte en el plan de Dios. Ahora usted es sacerdote. Uno de sus papeles más importantes es servir el sacerdocio de sus feligreses construyendo y guiando la Iglesia en el nombre de Cristo, quien es la cabeza de éste Cuerpo, la Iglesia. Usted existe para ayudarles a llegar allá, a entender, a comprender y a acercarlos a Dios en los Sacramentos y Su Palabra."

Tose un poco, y se toma un momento para aclarar su garganta antes de continuar.

"Sé que lo sabe, pero nunca olvide que *todos* los fieles tienen un papel que jugar, también, iniciado por su Bautizo e infundido por su Confirmación. Les han sido dados carismas – todos los tenemos – regalos del Espíritu Santo que les ayudan a vivir sus vidas cristianas y a construir Su Iglesia. En cualquier oportunidad que tenga, recuérdeles esto, con amor, compasión y gentileza. Si usted es el que hace todo, si usted es el que siempre les sirve a ellos, pero ellos no lo ayudan y no se sirven mutuamente, entonces debe encontrar una manera de incluir este hecho en algunos de sus sermones. No les deje olvidar que Cristo nos mostró como vivir sirviendo a los demás, y no haciéndose llamar Rey y exigiéndole a todos cumplir todos sus caprichos. Él nació en un establo por una razón. Recuérdeles el ejemplo que dio Nuestro Señor cuando lavó los pies de sus discípulos. Lo hizo con toda voluntad.

"Y para el alguacil y las otras personas que en verdad parecen necesitar ayuda y guía, nunca deje de pedirle a Dios que le muestre lo que Él desea que usted haga. También pida que le dé la gracia para saber cuándo apartarse. Usted puede ayudar hasta cierto punto, Jonah, y Dios nunca espera que usted solucione todos los problemas del mundo, solamente que haga su parte. Cuídese, amigo mío."

"Que Dios lo bendiga, Padre Jack, y gracias otra vez. Disfrute su caminata."

Capítulo 13

El Hospital Vidant Beaufort tiene una decoración hermosa; una fachada de ladrillos en rojo claro que da la bienvenida a todos los pacientes y visitantes. No me gustan los hospitales y verifico mis bolsillos varias veces para asegurarme de que mi desinfectante de manos está presente y preparado. Si pudiera colocarme una máscara en este momento y no verme ridículo como sacerdote católico, lo haría.

Le pregunto a la recepcionista, quien muy amablemente me dice que el Alguacil Luder está en la habitación 316, y me cuenta que fue retirado de la UCI al medio día. En el ascensor oprimo el botón para el tercer piso, deseando estar de salida y no de entrada. Escucho el timbre y, cuando se abren las puertas, me sorprende ver a Michele Jerpun adentro.

Primero me mira directamente, pero redirige su mirada rápidamente al pasillo detrás de mí. No hace ningún gesto. Ha estado llorando. Gina Jerpun debe estar aquí también. Escribo una nota mental para hablar con la Sra. Jerpun en algún momento y ofrecerle mi ayuda si está dispuesta a recibirla. Tuvimos un comienzo difícil, pero lo intentaré.

Ingreso a su habitación y veo al alguacil sentado en su cama hospitalaria inclinada parcialmente; su cabeza está vendada, sus ojos cerrados, y las máquinas que rodean su cama miden cada función importante de su cuerpo.

Hay una enfermera en su habitación retirando su bandeja de comida. Me mira y al ver mis hábitos clericales dice, "Usted debe ser el Padre Jonah."

"Sí. Gusto en conocerla, Amanda," respondo, notando el nombre impreso en su carnet de empleado.

"Lo mismo. Me alegra que esté aquí. Ha estado preguntando por usted desde que despertó esta mañana. Fue colocado en un coma inducido durante la noche para permitir que bajara la inflamación dentro de su cráneo. Solamente hemos avalado la visita de una persona hoy, y se fue no hace mucho. A los demás no se les ha permitido pasar. Todos en la oficina del alguacil del condado de

Hyde, y muchos de los condados aledaños, han venido intentando hablar con él, pero a nadie se le ha permitido el ingreso, además de usted y ella."

Me alegra escuchar que la Sra. Luder vino a visitarlo. Quizá tuvo que regresar al trabajo y por eso no está aquí.

"Necesita descansar. Por favor haga su visita lo más breve posible. Tal vez así se permita dormir un poco, ¿está bien? Se ha pasado intentando mantenerse despierto para hablar con usted, creo, así que me alegra que finalmente esté aquí."

Abre sus ojos y yo sonrío. Él no. Tiene una mirada en sus ojos que no he visto antes. No es de dolor; no, esa la he visto muchas veces. Definitivamente tampoco es de rabia. Está perplejo, y parece que ha estado llorando. Con mucha razón. Probablemente esté todavía muy adolorido, aunque esté bajo medicamento. Tal vez su confusión se deba al trauma del choque.

Hay un puñado de ramos en la habitación que iluminan la decoración gris y blanca.

"Me enteré de lo que sucedió. Me alegra que esté bien." Sonrío nuevamente; él no me mira a los ojos, mira arriba hacia el techo, y su enfoque está en algo más o en algún otro lugar.

Después de unos minutos incómodos, le pregunto si quiere algo. Mueve su cabeza de lado a lado.

"Padre, asegúrese de que la puerta esté bien cerrada, por favor."

Su voz es suave y tiene un tono bajo, pero es lo suficientemente firme como para que yo lo escuche claramente. Es lo más agradable que me ha hablado desde que nos conocimos. Contengo la risa, pensando que tal vez podría sacarle a la enfermera Amanda una prescripción de lo que sea que esté tomando en este momento el alguacil, para la próxima vez que tenga que pasar tiempo con él. No planeo quedarme más de diez minutos antes de escapar. Hay demasiadas personas enfermas aquí.

"Necesito compartir algo en secreto con usted, ¿de acuerdo? Si alguien se entera en algún momento, definitivamente hará que me envíen de licencia y puede que me cueste mi trabajo. ¿Entendido? ¿Por favor?"

"Por supuesto. ¿Qué sucede?" Me enfoco completamente en el alguacil. Su intensidad me obliga.

"Cuando me chocaron anoche, fui a algún lugar. Digo... mi mente. O tal vez mi cuerpo, también. Se sentía como si todo mi cuerpo estuviera allí. Sé que sonará extraño, pero nunca me sentí tan vivo, tan convencido de que lo que creo sucedió, sucedió de verdad."

En este momento es frágil, su hombría se ha ido. Se ve... pues, humilde.

"Cuando me revivieron, imagino que pedí mi grabadora." Se da cuenta de la mirada de sorpresa en mi rostro, y lee mi reacción con exactitud.

"siempre llevo mi grabadora de bolsillo conmigo. Cuando estoy trabajando en un caso o simplemente conduciendo por ahí durante el día, me gusta hacer notas verbales. La llevo por naturaleza conmigo, ya sea que esté trabajando o no, porque nunca sé cuándo algo acerca de un caso pueda pasar por mi cabeza o algo así. La utilizo todo el tiempo."

Habla lentamente y hace un gesto ligero con sus manos.

"Aparentemente encontraron mi grabadora en el morral que llevaba durante mi paseo, e imagino que automáticamente oprimí el botón de grabar y comencé a hablar."

Me pasa la grabadora y mira detrás de mí asegurándose de que la puerta todavía esté cerrada firmemente, y hace un gesto de dolor cuando se inclina para mostrarme dónde está el botón de reproducción. Se recuesta y ambos escuchamos lo que grabó hace menos de 24 horas.

"Me elevé de un zumbido por un túnel oscuro, y supe que viajaba a gran velocidad ya que habían seres de luz subiendo a mi alrededor, a la vez que otros bajaban. No pude percibir ningún rasgo, solamente el contorno de lo que parecían ser cuerpos humanos. Me dirigía hacia una luz brillante, pero no sentía la resistencia del viento. La paz que sentí fue profunda e indescriptible.

"Luego de eso, sentí una presencia a mi lado derecho y supe, al parecer inmediatamente, que era mi ángel guardián. No sé por qué lo supe, simplemente fue así. Todo se sentía completamente en su lugar.

"Después escuché, '¡Oh, Dios! ¡Maldición! ¡Maldición! ¡Oh, Dios! ¡Ayúdame! ¡Ayuda! ¡Maldición!!!' creo que fue la pobre mujer que me golpeó. Estoy ahí tirado, y abro mis ojos. Algunas personas me rodean, y alguien dice que la ambulancia está en camino. Intento moverme pero no puedo. Un niño pelirrojo la abraza y se agacha hacia mí, diciéndome que no me mueva. Intento decirle que mi cabeza me está matando, y que simplemente quiero volver a ese sentimiento de paz.

"Luego, soy halado nuevamente dentro del túnel. Me acerco más a la luz, y el sentimiento de paz regresa. Cerca, más cerca. Definitivamente me gusta estar ahí.

"A continuación, me despierto nuevamente, y abro mis ojos. Me encuentro sobre una mesa de operaciones y le envían choques eléctricos a mi corazón. El dolor vuelve en un instante a mi sistema. '¡Ha vuelto!' grita alguien. 'Resista, resista' dice una de las personas del hospital. Hay conmoción organizada en todas partes. Personal hospitalario corriendo de aquí para allá. Por poco se golpean pasando de un lado para otro en la habitación.

"Y sé que casi se golpean porque estoy flotando encima de ellos.

"Paz. Mientras estoy flotando, miro hacia abajo y veo mi cuerpo. Hay cuatro personas del cuerpo médico en la habitación. Utensilios médicos. Limpios. De aluminio. Tubos. Intentos de resucitación.

"'¡No hay signos vitales!' grita alguien, y yo observo desde arriba, desprendido. Calma. Paz. Irreal. Observo, como alguien que mira una pecera porque no hay nada mejor que ver, pero pierdo el interés en lo que veo rápidamente.

"Luego, para mi sorpresa, me di cuenta de que podía moverme solamente con pensarlo. Pensé en la esposa e inmediatamente me trasladé a nuestra habitación. No estaba, pero sé que era nuestra habitación. Busqué por toda la casa pero no pude encontrarla. Todas las luces estaban apagadas. Pude ver la luz de una linterna a través de la pared. Un adolescente con ropas oscuras en el ático de mi garaje. Revisa mi colección de armas raras que guardo en una caja fuerte. Me acerco a su rostro y veo el reflejo – es el muchacho que ha estado podando nuestro césped por años y que vive tan solo a unas casas de la nuestra.

"Nuestra hija solía ser su niñera cuando era pequeño. Mi hija. Pienso en ella y de repente ahí estoy, en su habitación, en su apartamento, está durmiendo. Toco su cabeza. No se mueve. No puede sentirme. Amo tanto a mi niña."

Hay una pausa en la grabación y luego continúa nuevamente.

"Y luego estoy en la celda de Cameron Gambke en el pabellón de la muerte. Primero creo que está durmiendo, pero luego parece más y más como si estuviera muerto. Sus pantalones y ropa interior manchada de sangre están en sus tobillos. Un palo de madera redondeado sobresale de su trasero. Sus ojos están hinchados; parece que ha sido estrangulado.

111

"Pero es extraño. Aparte de ver a mi hija durmiendo a salvo en su habitación, no tengo emociones sobre ninguna de las otras experiencias. Simplemente floto; observo.

"Una vez más el dolor. '¡Ahhhhh!' grito, al sentir otro choque devolverme a la vida una vez más en la sala de urgencias. Siento un dolor de cabeza terrible, como si estuviera en el medio de una prensa. El doctor mira dentro de mis ojos nuevamente, y me grita una vez más que "resista." Un enfermero inyecta químicos en mi cuerpo con una aguja, esperando que me mantengan con vida permanentemente.

"'¡No hay signos vitales!' escucho nuevamente. ¿Por qué no me dejan en paz? Déjenme tranquilo, quiero decir. Quiero quedarme con la paz.

"De vuelta al túnel. La luz. Brilla con más y más fuerza, y me envuelve en un sentimiento maravilloso de amor y paz. Ahora estoy en un hermosísimo paisaje, con todas las tonalidades de verde, amarillo y azul. La temperatura perfecta. En una ladera, me elevo lentamente hacia la cima. Miro hacia atrás, y veo los rasgos de otro ser; de alguna manera reconozco intuitivamente, sin pensarlo, que es mi ángel guardián. Conozco a éste ser, a éste ángel, sin duda de tiempo atrás, pero no puedo situarlo. El ángel me hace un gesto para que vaya hacia la luz que es más brillante que cualquiera que haya visto antes; aun así, no debo esforzar mis ojos.

"Y luego lo vi a Él. A Jesús. Inmediatamente supe quién era. No lo dudé ni un instante. Mi corazón me dijo todo lo que debía saber. Sonreía. Sus brazos abiertos a mí. Sentí un amor incondicional, magnífico y poderoso de parte de Él y luego hacia Él."

Miro hacia él sobre la cama cuando escucho esto, y en sus ojos hay una mirada penetrante y suplicante. Devuelvo mi atención a la grabación cuando continúa.

"Una película tridimensional comenzó frente a mí; el repaso de mi vida; la reseña de mi vida. Desde mi niñez hasta el accidente de anoche. En colores vívidos. Se cubrieron cincuenta y un años en lo que pareció ser un instante. Sentí las emociones de cada suceso de mi vida, y Jesús me mostraba, no con palabras sino con pensamientos que viajaban entre nosotros sin ningún esfuerzo, el bien que había hecho, y las malas decisiones que tomé. Me reveló el cómo lo que había hecho afectaba a otras personas de forma positiva o negativa. Todos mis pensamientos y acciones fueron incluidos. Jesús me estaba mostrando las oportunidades en las que pude haber amado pero no lo hice, las

112

ocasiones en las que se me dio la oportunidad de aprender algo importante que me ayudaría tanto a mí como a otras personas pero fui demasiado perezoso para hacerlo y lo ignoré. Sentí felicidad en muchas ocasiones, sobre todo cuando era joven, con otro muchacho a mi lado, a quien recordaba vagamente, y con mucho remordimiento y vergüenza mientras la revisión de mi vida avanzaba. Se me dio a entender que mi vida hasta este punto estaba basada en las decisiones que había tomado, con mi libre albedrío, en cada una de las situaciones, y aun así supe que Jesús me amó durante cada una de ellas. Él sonreía en mis buenos momentos, y se veía increíblemente triste cuando yo tomaba decisiones incorrectas, especialmente las más serias. No estaba enfadado, solo triste.

"Lo que más me sorprendió fue que Jesús no era crítico; no era el dominador del universo frio y de ojo por ojo y diente por diente que siempre imaginé que era. Sin embargo, un tema se había vuelto evidente – yo era responsable por cada pensamiento, palabra y obra de mi vida, y supe en lo más profundo de mi ser que sería juzgado a la luz de las decisiones que *yo* tomé, con base en una ética eterna, universal e inflexible de amor y justicia; que no es tanto una decisión que Jesús toma por mí cuando mi vida termina, sino el resultado cumulativo de las decisiones que haya tomado.

"Cuando terminó la reseña de mi vida me encontré de pie frente a Jesús una vez más, y el amor fluía como las olas del mar a través de Él y dentro de mí. Nuevamente me dijo en pensamientos que el propósito de la vida es amar a otros seres humanos, y que la manera en que Jesús vivió y murió en la tierra fue el modelo que quiere que sigamos. Que Él murió para salvarnos de Satán y para darnos la oportunidad de vivir en dicha eterna junto a Él algún día, pero que no estaba garantizado. Me hizo comprender que nos ha dado a todos lo que necesitamos para vivir la vida; solamente debemos ser humildes, escuchar, arrepentirnos, y caminar por el camino que Él dispuso para nosotros.

"Jesús sonrío nuevamente y yo no podía creer todo lo que se me había mostrado, todo lo que ahora comprendía, y todo lo que había ignorado y ridiculizado. Fue ahí cuando me mostró al Padre Jonah Lee Bereo."

Mis ojos se dirigen a él nuevamente. Los suyos se fijan atentamente en mí, mientras lágrimas se forman en ellos.

"Me hizo entender lo importante que son Él y todos sus pastores.

Son Sus elegidos que se encuentran aquí en la tierra para traerlo a nosotros, y ayudarnos en nuestro camino de vuelta a Él. Me dijo que muchos de Sus pastores continúan perdiéndose. Satán los ataca mayormente a ellos porque se les ha dado un don especial, un don que deben compartir con todo el pueblo de Dios. Me pidió que rezara por ellos en todo momento – por todos Sus pastores.

Luego Jesús miró detrás de mí, y yo me giré siguiendo Su mirada.

"Una de las tías de mi papá se encontraba frente a mí, sonriendo. Ella fue de gran importancia para él y para mamá, según me dijeron, pero nunca la conocí. La reconozco de una foto que guardo en una caja en el armario de mi habitación junto con otras cosas de mi infancia. Todo se sintió tan natural, muy real e increíblemente lúcido. Luego ella me dijo algo.

"*debes volver ya, mi pequeño Danny. Pero recuérdenlo ambos - confíen en Dios, vivan como es Su voluntad, ayuden a su padre, y a los demás. Dios te ama, mi pequeño Danny.*

"No me quiero ir. Por favor. No. Me quiero quedar,' supliqué.

"Y luego más dolor. Otro choque eléctrico. Vuelvo a la realidad. La resucitación funcionó, la droga hizo efecto y finalmente se mantuvo. Miro al doctor y me dice que estuve clínicamente muerto por tres minutos; me pregunto por qué lo que experimenté pareció durar por horas."

La grabación termina. Ambos estamos en silencio.

"¿Recuerda algo de esto?" pregunto.

"Sí y no. Todo se hace borroso. Cuando me desperté la última vez, que debió haber sido después de haber grabado todo esto, había estado soñando con jirafas con cabeza de gatitos conduciendo Ferraris. *Eso* sí se sintió como un sueño, pero no lo que experimenté previamente. Ahora no tengo ni idea que creer. ¿Cree que algo de esto fue real?"

Encojo mis hombros. He escuchado antes sobre experiencias extracorpóreas cercanas a la muerte pero definitivamente no estoy calificado para decirle si fue real o no.

"¿Alguien de su oficina ha hablado con usted hoy?"

"La enfermera me dijo que todos los empleados que no estaban en servicio vinieron, y algunos en servicio, también, pero no se le permitió el ingreso a ninguno. Así que no."

No me dice que la Sra. Luder vino a visitarlo, y yo no lo

114

presiono, pero me pregunto si ella le contó lo que había escuchado por parte del personal médico y se lo comunicó a él y por eso es que lo recuerda. ¿Pero cómo pudo haber estado en la grabadora si ella no llegó sino hasta que él fue colocado en ésta habitación, luego de que había salido del coma? Tuvo que haber sido grabado antes de que ella tuviera la oportunidad de verlo porque aún se encontraba en la sala de urgencias.

"Me dijeron que después perdí el conocimiento nuevamente, pero ésta vez debido a un coma inducido. Tuve una hemorragia epidural, una contusión cerebral y fractura de cráneo, con bastantes moretones en mi espalda y brazo izquierdo donde golpeé el piso. Aparte de las heridas en la cabeza, no tengo otros huesos rotos. El traumatismo detuvo mi corazón en unas cuantas ocasiones, pero los doctores esperan una recuperación completa. Debería estar fuera de aquí en unos días."

Dejo que la información se asiente. Claramente la experiencia ha afectado la perspectiva del alguacil sobre la vida. No obstante, sé que la experiencia pudo ser real, o tal vez se debió a las lesiones en la cabeza. Francamente, puede que simplemente sea el efecto de los medicamentos.

"¿Sabe que es lo más extraño de todo esto? No tengo ni idea de quién era el otro niño que estaba a mi lado porque nunca tuve un hermano. Quizás era un primo de hace mucho tiempo que no recuerdo. ¿Por qué vino a mí mi tía y no mis padres o alguien que de hecho haya conocido antes? No lo entiendo. Tal vez solo sea un sueño extraño. ¿Qué fue lo de Cameron Gambke, mi hija, la esposa, y el maldito niño en el ático? ¿Y por qué diablos se sintió tan real?"

La enfermera Amanda entra a la habitación, ignorando completamente la puerta cerrada y el mensaje de "No Pasar" que representa. Con un esfuerzo sus labios muestran una sonrisa, pero sus ojos permanecer completamente serios. Se dirige hacia el alguacil mientras lee simultáneamente la información digital del sinfín de equipos médicos conectados a su cuerpo.

"¿Cómo se siente?" pregunta, reajustando quien sabe qué en la máquina.

"Me duele la cabeza. Cansado."

"En verdad necesita descansar ya," dice mirándome a mí.

"Tres minutos, por favor," dice el alguacil, su voz apenas perceptible.

Con un gesto me dice que me acerque; el dolor se graba en su rostro mientras la enfermera sale de la habitación, y deja la puerta entreabierta.

"¿Fue real, Padre?"

"No lo sé. Pero mire, cuando se sienta mejor podemos hablar de esto con más detalle."

"Sí, está bien. Tiene la razón." Comienzo a alejarme pero agarra mi chaqueta. "Padre, mire, en verdad siento mucho la broma que hice sobre usted y los niños el primer día en la prisión."

"No hay problema, Alguacil, y yo me disculpo por el comentario sobre usted y las muchachas en el asiento trasero de su auto. Todos podemos decir cosas por rencor de las cuales nos arrepentimos completamente después. No lo soluciona, pero yo me equivoqué al igual que usted."

Lo doy una palmada ligera en su hombro.

"Necesita descansar y mejorarse. Pero antes de irme, quiero que sepa que sí hice la tarea que me asignó."

"¿Y?"

"Tiene toda mi atención. Y, antes de que me lo pregunte, aunque tenía una noción, usted tenía la razón. En realidad no tenía ni idea de lo mal que se ha tornado todo. Esperemos a ver que dicen los doctores, pero si le es posible físicamente, usted debe cumplir su parte del reto. Nos vamos a Europa por dos semanas y partimos en menos de un mes. Desearía poder aplazarlo, pero he sido asignado a ésta peregrinación desde hace un año, y creo que es imperativo que vaya conmigo. De todas formas parece que necesita tomarse unas vacaciones."

Sonrío, y por fin responde mi sonrisa con amabilidad. Me agrada éste Alguacil Daniel Luder más amable y cordial.

"Las políticas del departamento no me permitirán regresar hasta que el doctor me dé luz verde para volver al trabajo, y tengo bastantes semanas acumuladas para una licencia remunerada. ¿Si el lugar no funciona bien sin mí, quiere decir que no he hecho un buen trabajo administrativo, verdad?"

Se va quedando dormido mientras dice esto, y yo salgo de la habitación sin hacer ruido, contento de no haber tocado nada, ni siquiera los botones del ascensor ya que utilicé mi camisa para cubrirme los dedos cuando los oprimí. No quiero terminar aquí como un paciente con un virus extraño. Los hospitales pueden llegar a ser lugares muy sucios.

Capítulo 14

A medida que me abro paso en el restaurante Swan Quarter Grill hacia el reservado que ocupa la Detective Gambke, me pregunto si alguna vez sufrió algún desorden alimenticio. No tiene la apariencia, pero parece que es bastante común en estos días. La presión de verse como las modelos fabricadas y retocadas que definen la moda y el estilo es enorme, especialmente para las mujeres, aunque sucede en los hombres también. El haber estado expuesto en el pasado a la epidemia de los desórdenes alimenticios me ha llevado a buscar e identificar más fácilmente los signos entre los miembros de la parroquia, principalmente en las mujeres jóvenes, e incluso hasta en algunos de los muchachos ahora. Mi primera experiencia sucedió durante un verano en un picnic de la iglesia. Por casualidad noté a una joven consumiendo frenéticamente una variedad de papás fritas, hamburguesas, perros calientes y helado. Al cabo de un rato, mientras buscaba un frisbee perdido, la encontré detrás de unos arbustos en las afueras del parque, devolviendo todo lo que había comido recientemente.

Tiempo después me enteré de que aquella joven sufría de bulimia nerviosa. Terminó en el hospital y luego de comenzar su tratamiento, compartió conmigo algunas de sus experiencias y lo que había aprendido. Me dijo que estaba feliz de haber recibido la ayuda en el momento que lo hizo, ya que los doctores estaban preocupados por el daño a su corazón y otros órganos importantes si no la hubiera recibido. La muerte le hubiera llegado al poco tiempo. Me contó sobre la esperanza que había crecido en ella durante su proceso de recuperación, y que logró superar sus retos alimenticios. Y nunca olvidaré el que me contó había sido uno de los comentarios más dañinos que le hicieron amigos y familiares ignorantes durante su lucha. "Oh, simplemente come. Todo está en tu cabeza. ¿Intentas llamar la atención o algo así?" Pido a Dios nunca hacerle lo mismo a ninguna persona que esté sufriendo de éste desorden.

La Detective Gambke me mira mientras me acerco desde la entrada. Si de hecho sufrió de esto en el pasado – haya sido por presión en su ambiente familiar, de sus compañeros o de los medios –

no veo ninguna evidencia de ello. La inteligencia y fortaleza interior que descubrí en ella el día que la conocí en la Prisión Central, permanecen conmigo. En combinación con bastantes estudios, una vida entera de experiencias duras, y su ética laboral sólida, ella es sin duda alguna alguien a quien admiro.

"¿Y cómo está usted en este día tan bonito y soleado?" pregunto, mientras muevo mi silla hacia atrás. Se ve distraída, preocupada. Frente a ella sobre la mesa hay media tostada de trigo seco y una botella de agua sin destapar que debió haber traído consigo.

"Estoy bien, Padre. ¿Y usted?"

"Fantástico. Disculpe mi tardanza. No tengo GPS en mi viejo automóvil." Sonrío. Ella hace un esfuerzo por hacer lo mismo, pero claramente hay algo en su mente.

La mesera me pisa los talones y me pregunta si estoy listo para ordenar. Miro a la Detective esperando tener un poco de tiempo para mirar el menú.

"Oh, yo ya ordené y comí. Lo siento, Padre. Llegué temprano y me moría de hambre."

Es el viernes de Cuaresma.

"Eh… un emparedado de ensalada de huevo está bien. Y un poco de agua también."

La mesera se va, y nuestros ojos se encuentran momentáneamente. Su comportamiento normalmente calmado parece estar ausente, pero no su estilo serio y al punto.

"¿Cómo está el alguacil?"

Sé que no diré nada sobre su posible experiencia cercana a la muerte, y respondo con lo habitual. "Estará bien. ¿Fue un accidente bastante fuerte, no?" soy evasivo.

Asiente con la cabeza.

"¿Cómo va la investigación?" pregunto, con la esperanza de alentarla a que se abra un poco más acerca de su vida.

"Es todo lo que hago ahora. Los medios de comunicación todavía lo están cubriendo ampliamente. Una joven con síndrome de Down en coma luego de lo que parece ser una violación – tal vez en grupo – hace que muchas personas claramente se sientan indignadas. Las personas están enfurecidas con toda la razón y quieren que ésta persona, o personas, sean atrapadas y encerradas. Ha molestado mucho a la comunidad, como se puede imaginar."

Hago un gesto de aprobación.

"Cameron Gambke está muerto," manifiesta con simpleza. Toma la única tostada que queda en su plato y juega con ella pero no la muerde.

"¿Qué? ¿Cuándo?" Mi estado de ánimo agradable con el que llegué, es eliminado por completo cuando pienso en la visión del alguacil sobre la muerte de Gambke.

Prosigue con la descripción de cómo lo encontraron en su celda. Los detalles concuerdan de manera *exacta* con lo que el alguacil afirmó haber visto durante su experiencia extracorpórea.

"Había sangre por todas partes. Quienquiera que lo haya hecho se aseguró de no utilizar lubricación, o no tuvo acceso a ella antes de sodomizarlo. O quizás no le importaba un bledo."

Siento escalofríos por todo mi cuerpo. Ambos permanecemos en silencio por unos momentos.

"¿Se encuentra bien?"

"Se lo tenía merecido. Simplemente desearía haber..." se detiene.

La repentina punzada de furia que se refleja en sus ojos se extingue rápidamente en una mirada fija distante, la cual no demuestra nada de lo que piensa o siente. Ha dominado éste control a través de los años, y ahora se retira a un lugar oculto dentro de ella.

"Leí varias veces la carta que él le dio," ofrezco.

"Es basura. No tiene sentido. Él no fue coherente, nunca. Simplemente son sus juegos de palabras; se burló de todos a su alrededor hasta el último momento."

"¿Entonces no cree que él le está, eh, estaba, intentando decir algo que le podría ayudar?"

"¿Ayudarme con qué, Padre? Cuando lo vi en la prisión e intenté decirle lo que quería decir, lo que necesitaba decir, él cambiaba el tema continuamente, culpaba a los demás por el estado de su vida, y no aceptaba responsabilidad de nada. No se diferencia en nada de los otros canallas con los que me he encontrado cada día de mi vida laboral."

Ésta vez no aleja su mirada; sus ojos penetran mis retinas, pero sus palabras permanecen controladas. Ésta es otra Detective Renae. Es claro que éste tema lleva consigo una gran cantidad de dolor subyacente de la cual Cameron Gambke hizo parte fundamental.

Ambos miramos fijamente por la ventana a los grupos de gaviotas que luchan por los restos de los almuerzos de los turistas, y vemos a las nubes llegar y a la brisa de la tarde incrementarse.

"Bueno, cuénteme sobre su mundo," la presiono ligeramente cuando siento que no quiere hablar de Cameron Gambke, al menos por el momento.

"¿Mi mundo?" Su mente analítica vuelve a activarse. No le gustan las adivinanzas.

"Sí, quiero decir, ¿cómo es su vida? ¿Hay alguien significativo en ella?"

Ya se encuentra más calmada; se da cuenta de que no soy una de las amenazas a las que se enfrenta cada día.

"No. Más o menos. No tengo tiempo para relaciones y, simplemente no puedo encontrar el hombre indicado. Tal vez mi trabajo me ha contaminado; o tal vez tenga toda la razón y todos sean unos idiotas."

Suelto una carcajada, lo que hace que una sonrisa se marque en su rostro. "Algunas veces es difícil saberlo, ¿verdad? Su tía, de la que me había contado, ¿todavía se ven?"

"No tanto como me gustaría. Ella era la hermana mayor de mi mamá," añade, en caso de que yo piense que su tía sea pariente de Cameron Gambke. "Ella no se lo aguantaba y vino a recogerme cuando los Servicios de Protección al Menor se comunicaron con ella. Es terapeuta, y nunca podré agradecerle lo suficiente por la manera como me ha ayudado."

"¿También le ayudó a su hermano?"

"No. Él tiene casi cinco años menor que yo. Tal vez para ese tiempo Cameron y mi mamá ya se las habían arreglado para mantener al SPM alejado. Pero me cuesta creer que mejoraron como padres antes de que mi mamá muriera. Él sabía cómo burlarse de la gente y controlar a mi mamá, así que mantener al SPM a raya era un juego de niños. Lo único que sé es que mis propios padres nunca me pidieron que regresara a casa. Pero aún si lo hubieran hecho, yo no habría vuelto por nada."

No puedo imaginar el dolor que debió haber experimentado al sentir la falta de amor de sus propios padres. Y, cuando su padre se rehusó a explicarle o disculparse años después. A todos les gusta sentir como si fueran importantes.

"Me dijo que su tía había sido fundamental en su vida. ¿De qué manera?"

Se voltea nuevamente para mirar por la ventana.

"Mi tía tomó clases de EMDR dado que veía demasiados traumas

120

en su trabajo. Las sesiones que realizamos significaron mucho para mí, me permitieron reenfocarme en la vida, obtener mi diploma, y conseguir éste trabajo, ésta carrera, ésta esperanza."

"¿EMDR?" pregunto.

"Sí. Quiere decir, Desensibilización y Reprocesamiento por Movimientos Oculares." Bebe un poco de su agua, y juguetea con la tapa de plástico.

"¿De qué se trata? Ya sabe, en términos generales," le indico, muy curioso sobre dicha herramienta. Veo una enorme cantidad de traumas en mi línea de trabajo, también.

"Bien, básicamente, aunque hay diferentes variaciones del mismo, mi tía se aseguró de que siempre me sintiera segura antes y al final de cada sesión con el fin de que pudiera confiar en el proceso. Luego estimulaba la red neuronal de mi trauma pasado, y después agregaba estimulación bilateral alterna como sonidos, movimientos oculares, cosas así. Ha salido bastante en las noticias últimamente con muchas experiencias exitosas, especialmente con nuestros soldados que regresan al país y quienes han experimentado bastante trauma."

"¡Vaya! Parece que ha sido una gran bendición, su tía."

"Sí." Mi comida llega y llenan nuevamente mi vaso de agua.

"¿Y qué hay de su trabajo? ¿Le agrada lo que hace? A lo que me refiero es a que si tuviera que describírselo a alguien, ¿qué les diría?"

Le transmito a ella lo que el alguacil me retó a hacer y lo aterrorizado que estaba por lo que vi y con lo que él tiene que lidiar todos los días, pero no incluyo lo que leí sobre su padre en el expediente.

Aunque sus ojos me miran fijamente, siento que se ha ido a otro lugar. No como el alguacil cuando viajó fuera de su cuerpo físico, sino más bien a su pasado, lleno de experiencias que le han causado profundo dolor.

"¿En verdad quiere recorrer mi camino profesional, Padre?"

Tomo mi emparedado, le doy un mordisco, y asiento con la cabeza.

"Si usted lo dice," me dice.

Capítulo 15

La Detective Renae se relaja en su silla, me mira atentamente, y comienza. Su diatriba no es para nada una presentación organizada – dice lo que se le viene a la cabeza. No obstante, su pasión por éste tema es evidente de inmediato y me alegra que finalmente se sincere.

"Nunca antes había estado más asqueada en mi vida, ni tan motivada a hacer una diferencia al perseguir a los abusadores y ayudar a las víctimas, de lo que lo estoy en este momento aquí sentada con usted hoy. Parece que el sexo está en la mente de muchas personas a toda hora, pero de una manera lujuriosa y sin amor. No me molesta el sexo, y no me molesta decírselo, aunque sea un sacerdote. Pero veo el lado violento, los depredadores sexuales. Y aún si los depredadores no han causado daño físico a sus víctimas, les han quitado algo muy importante – puede ser su alma, su cordura, su autoestima, la habilidad de sentirse a salvo en este mundo. Nadie tiene derecho a robarle sexo a nadie. Nadie. Y ésa es la razón por la cual me inicié en ésta ocupación. Quiero mandar a la cárcel a todos los bastardos, ¡a absolutamente todos! Pero con respecto a su pregunta sobre a que me dedico, le responderé contándole sobre las personas con las que tengo que lidiar. Antes que nada, déjeme hacerle una pregunta para poner todo esto en una perspectiva tan clara como el cristal."

Se inclina hacia delante, y habla lenta y metódicamente para asegurarse de que no se me pase tan importante punto.

"¿Alguna vez le ha mentido a alguien, Padre? Lo digo en serio. ¿Alguna vez dijo una mentira, así fuera con algo pequeño como no haberse comido la última galleta?"

Asiento con la cabeza. Por supuesto que mentí. Durante mi adolescencia. En la universidad. En el mundo corporativo.

"Pues bien, que tal le parece esto. Usted ha cometido un crimen sexual y está consciente de que lo hizo. Sabe de seguro, en lo más profundo, que ha hecho algo malo. Tiene su espalda contra la pared porque si alguien que significa mucho para usted como sus padres, novia, esposa o hijos se enteran, todo su mundo explotaría. Y me refiero a ¡BOOM! Es ese momento crítico, si lo confrontaran, ¿mentiría con tanta habilidad que hasta un político corrupto e interesado lo vendría a buscar para que lo aconsejara?"

Su punto es perfectamente claro. Estas personas son mentirosos expertos, y nosotros los tontos caemos en sus engaños todo el tiempo.

"Bienvenido al mundo del depredador sexual. La mayoría de las personas no saben y no se han tomado el tiempo de averiguar cómo hacen lo que hacen. Prefieren creer que las víctimas están inventando toda esa mierda que enfrentarse a la verdad. Y es su propia ignorancia, o su incesante mala costumbre de negar algo que ni se acerca a pasar la prueba de fuego, lo que les permite a los depredadores hacer lo que hacen, ilesos. Y con cada ataque exitoso, los malditos le pierden miedo a que sufrirán alguna consecuencia. Me los imagino dando volteretas, riéndose mientras dicen, '¿Te refieres a que puedo salir impune y *nada de nada* me pasará?'

"Como puede ver, muchas personas simplemente no quieren saberlo. Miran para el otro lado. No quieren enterarse de que son nuestros hijos, nietos, hermanos, padres, abuelos, primos, esposos – y cada vez más sus equivalentes femeninos – los que son capaces de hacerle esto a otras personas. Cierran sus ojos y entierran sus cabezas.

"Así que el número de víctimas continúa en ascenso. Desafortunadamente, hace 20 años se salían con la suya una de cada seis veces; hace diez años una de cada cinco. Creo que ahora se acerca a una de cada cuatro mujeres que pueden esperar ser violadas en su vida a menos que algo cambie. Y, sí, sé que está cambiando para bien, pero es de lo más lento. ¿Por qué? Porque una victoria para ellos es aún una perdida innecesaria y desgarradora para la víctima, especialmente si usted es la víctima."

Quiero disculparme por haberla hecho hablar de esto, pero avanza rápidamente; toda la locura del tema ejerce control total sobre su lengua.

"Y, en su mayoría, son personas pacientes e inteligentes con mentes excepcionalmente calculadoras y planeadoras. Por otra parte, hay algunos que ni siquiera pueden tener una conversación con una mujer; solo quieren tener sexo. Otros simplemente no soportan a las mujeres, especialmente a las mujeres seguras de hoy en día que ellos quieren controlar. Y piense en éste punto tan importante – muchos de ellos ya tienen esposas o novias, o ambas, así que casi definitivamente ya tienen interacciones sexuales, pero eso no les es suficiente. El sexo con sus parejas se les vuelve monótono, aburridor y rutinario. Quieren más, siempre más.

"Estos depredadores saben exactamente lo que están haciendo en su vida, siempre. Saben cuándo mentir, y saben cómo entretejer historias creíbles de manera excepcional, de inmediato, sin inmutarse. Tanto que hasta uno puede llegar a pensar que está equivocado a pesar de toda la evidencia en contra de ellos. Entonces, cuando lea una historia sobre un pervertido desgraciado que dice que no pudo evitarlo, o que estaba ebrio cuando lo hizo y no recuerda nada de lo que pasó, o cualquier otra excusa tonta, tenga presente en su corazón, Padre, que todo son estupideces. ¡Carajo! Supieron lo suficiente como para vestirse, afeitarse, comer, ir al baño, y hacer cualquier otra cosa que necesitaron para alistarse en la mañana que cometieron su crimen sexual. Y sin duda saben que lo que hacen está mal. Si no lo supieran, ¿por qué insisten en mentir? Lo que digo es que, si no saben que está mal, ¿por qué se molestan en mentir en absoluto? ¡Por favor!

"La verdad es que han sido mentirosos durante toda la vida. Tal vez exista el rarísimo violador que confiese su crimen cuando sea capturado, y aun así, la mayoría del tiempo, intentará dar excusas para hacer que el crimen parezca menos severo. Como por ejemplo, es *su* culpa porque *ella* decidió salir con él. O quizá fue porque *ella* se puso esos pantalones cortos y causó que él reaccionara de esa manera. Tal vez ella simplemente lo abrazó por mucho tiempo, o bailó con él de manera provocativa. O, ésta es muy buena y está lejos de ser original – está loca y lo está inventando todo, algo que siempre parece decirle a su familia y amigos para que piensen que ella es la que está chiflada, y no el caballero perfecto frente a ellos."

Está de mal genio, y ahora yo también. La furia justificada por las víctimas hace que mi corazón palpite con fuerza.

"Y, no, no son psicóticos; no crea eso de ellos. Y tampoco tienen personalidades divididas. Simplemente son depredadores sexuales calculadores y muy orientados a los detalles, y se enorgullecen de ello en silencio. Lo he visto donde aun cuando asesinaron por sentir esa emoción – el acechar y violar comenzaba a aburrirlos – afirman que lo hicieron a causa de una ira descontrolada. Pero de lo que no se dan cuenta es que todo en la escena del crimen nos demuestra que ellos *básicamente* tuvieron el control – una ira controlada – y que no son los imbéciles que nos quieren hacer creer que son.

¿Y algo más que encontramos? Un montón de ellos son narcisistas, a más no poder. No todos. Algunos son solo problemas pasajeros inadecuados en la historia de la humanidad; inmaduros aun estando a finales de sus 20, 30, 40, 50 años y ahora aún mayores. Pero muchos de ellos en realidad creen que el mundo gira a su alrededor y, si no es así, más le vale hacerlo. Este tipo es descrito por sus víctimas como manipulativo; increíblemente peligroso; cautivador sin esfuerzo; amedrentador. En verdad creen que son especiales y ansían la admiración de las personas.

Lo que me preocupa, es que en la sociedad de hoy del 'Yo-Yo-Yo', encuentro muchos más de este tipo narcisista. ¡Carajo! Si es que hasta he salido con bastantes de ellos. Pero estos depredadores sexuales egoístas en serio creen que *merecen* tener sexo con quien quieran *cuando quieran*. Y si no pueden conseguirlo gratis, simplemente lo toman."

Se detiene a recuperar el aliento mientras la mesera pasa con vacilación por nuestro lado a ver si quiero un poco más de agua. Su tono ha sido alto en los últimos minutos, y algunas cabezas se han volteado.

"Por cierto, acabo de describirle a mi padre – él encajaba en el molde narcisista perfectamente."

El cambio de su vida profesional a la confesión de una parte de su vida me toma con la guardia abajo. Sin titubear para que yo responda, continúa.

"Uno de esos pervertidos al menos me dijo, y he sabido que es verdad con los depredadores sexuales de manera global, es que lo que más quieren, es encontrar víctimas fáciles. Personas ingenuas. Personas que demuestran temor o aprensión. Estos tipos pueden olerlo, como un lobo puede oler a la presa herida. Y, desafortunadamente, hay muchas personas ingenuas ahí afuera. Pero, si alguien les hace frente desde el principio, ellos entienden rápidamente que esa persona no sucumbirá fácilmente. Ahora, puede que algunos de ellos sigan adelante y cometan la violación de todas formas, pero muchos se alejan porque son cobardes. Lo que quieren es sexo gratis y fácil. Y si pueden conseguir a alguien que les ayude, como en las violaciones grupales, lo harán. Si es que pueden suministrar la droga de la violación, lo hacen, maldita sea. Pero muchos operan solos.

"Pero piense por qué funcionan sus engaños. Si el cabrón o la zorra más odiosa que pareciera indigente, o malvada, o fuera de control, se acercara a cualquiera de estos hombres o mujeres, la mayoría se voltearían y se alejarían porque sus instintos les dicen que lo hagan. Estos pervertidos lo saben. Así que no se acercan a sus víctimas potenciales de esa manera. Recuerde que son depredadores, y cómo todos los depredadores, hay un juego, una estrategia que trazan. Se presentan amables, complacientes, tal vez actúen como que necesitan ayuda o se muestran como almas muy gentiles y humildes en extrema necesidad. Pero todo es un juego que pretende que las víctimas potenciales bajen su guardia."

Ahora va de lado a lado, arrojando hacia mí una carrera llena de información.

"La fantasía y el ritual es algo muy importante para ellos, también. Lo han practicado una y otra vez en sus mentes, y desean que suceda exactamente igual en la realidad. Pero nunca sucede así, ¿y por qué habría de hacerlo? Cuando miran pornografía, todo es perfecto – todo está bajo su control. No hay malos olores de partes del cuerpo de la víctima que salen por la Internet, su maquillaje y complexión simplemente son los correctos, y sus víctimas no contestan de mala manera ni dicen algo equivocado; de hecho, muchas de las veces lo que les dicen es lo buen maestros sexuales que son. Pero eso no sucede en la vida real y la fantasía que buscan no se cumple. Por eso es que tienen que seguir intentándolo hasta que les salga bien. Eso debe ser muy alarmante para las víctimas ahí afuera.

"Ya que es claro que estos depredadores están de cacería, debemos entender que *nosotros* somos la presa. Eso significa que todos debemos mantenernos alerta y saber siempre qué y quién está a nuestro alrededor. La gente no puede caminar por todas partes con audífonos en sus orejas y sus iPod a todo volumen, completamente inconscientes de lo que sucede a su alrededor o de quién puede estar siguiéndolos. En nuestro vehículo debemos saber quién está delante, al lado, y detrás de nosotros. No debemos mirarlos a todos con insistencia, pero no podemos estar distraídos. Debemos poner atención."

"¿Qué los lleva a convertirse en esto?" pregunto. Al igual que con mi deseo de saber más sobre los síntomas de los desórdenes alimenticios para poder ayudar cuando tenga la oportunidad, también quiero saber más sobre quiénes son estos perpetradores.

"¿Se refiere a los Cameron Gambke del mundo?"

En realidad no me refiero a él específicamente, pero es muy perceptiva.

"Pues bien, permítame comenzar con lo siguiente. Muchos estados tienen una definición ligeramente diferente, pero la esencia es la misma – si una mujer o un hombre no están de acuerdo, si son forzados a tener relaciones sexuales, se considera una violación, aún si es una pareja de casados. Si no pueden dar su consentimiento, también es una violación, como cuando están bajo los efectos de una de las drogas de la violación o están muy ebrios, situaciones como esa. Las relaciones sexuales deben ser de mutuo acuerdo entre los adultos.

"Los criminales sexuales son tan variados que no hay una frase que los etiquete a todos adecuadamente. Lo que excitaba a Cameron Gambke puede que no excite a otro. Pero lo que buscamos son *patrones*. Esa es la clave. No es que sea un gran misterio que no hayamos descubierto aún. El problema es que hay demasiados de esos desgraciados."

Está en una racha educativa, así que me relajo en mi silla y continúo escuchando atentamente.

"Y aquí es donde se vuelve preocupante. Para muchos, el porno que solía darles placer simplemente ya no lo hace, así que buscan más porno, más violento además. Luego comienzan a representar en otros lo que ven, y ahí es donde me involucro yo. Ahora relacionan lo que están viendo con los sentimientos placenteros de la masturbación, por ejemplo, y se vuelven adictos. A muchos les gusta el poder. A muchos les gusta la posesión. En general, creo que a muchos de ellos simplemente les gusta el sexo, así de sencillo. Estoy segura que la gran mayoría de esos malnacidos son llanamente adictos a él."

No puedo evitar concentrarme en un pensamiento predominante, *"Nos convertimos en lo que pensamos la mayoría del tiempo."* Ella prosigue.

"De vuelta a los patrones. Lo que los expertos han visto, y lo que yo he visto en repetidas ocasiones, es que existe un plano, un modelo que se vuelve evidente en una etapa temprana de sus vidas. ¡Maldición! Si es que hasta he visto niños de siete años adictos al sexo. Mire, las personas solían pensar que lo que hacían estos tipos, y esto también aplica para las jóvenes y mujeres adultas cada vez más, era simplemente ellos experimentando de manera inocente su propia sexualidad, saltando de flor en flor, por así decirlo. Pero se ha vuelto evidente que hay una conexión clara con las actividades sexuales tempranas. Y el tipo de actividades que hemos visto van desde hacer llamadas o enviar mensajes indecentes, hasta espiar por las ventanas, exhibirse a hombres y mujeres en público, voyerismo en video donde se colocan cámaras miniatura en los zapatos para mirar por las faldas de las muchachas, o colocar cámaras escondidas en habitaciones para poder observar a las personas vestirse o tener sexo.

"Dicha actividad temprana es indicación clara de problemas potenciales futuros. Algunos se quedan con su fantasía, el objeto de sus deseos – como el cabello negro, los ojos castaños, las jóvenes, etc. – lo que hace parte del patrón del que debemos estar atentos. En realidad las posibilidades son infinitas; solo se limitan por la tecnología y su imaginación trastornada.

"Hay factores adicionales que ayudan a completar el perfil, como el abuso del alcohol en su juventud, los robos rutinarios en tiendas, los asaltos o hurtos, y la agresión hacia los adultos. En pocas palabras, muchos, pero definitivamente no todos, tuvieron una tendencia a decirle 'váyase a la mierda' a la autoridad a su alrededor desde jóvenes. A menos de que algo los haya detenido mientras crecían, simplemente mejoraron en su 'oficio' y se volvieron más agresivos hasta que fueron capturados, condenados y finalmente puestos tras las rejas.

"Algo más que sabemos con seguridad es que a muchas de éstas personas les enseñan a ver el mundo aquellos más cercanos a ellas. Ya sabe, los que más los influencian. Los padres, abuelos, consejeros, líderes de grupos juveniles, amigos, hermanos y hermanas en la fraternidad. Muchos hasta fueron influenciados por personajes famosos que los medios de comunicación glorifican, como músicos, deportistas y estrellas de cine. Dichas personas ayudan a los depredadores a creer que, en muchos sentidos, lo que están haciendo es *un comportamiento normal y adecuado*. El mensaje subyacente y tácito es simplemente que no sean tan estúpidos como para dejarse atrapar. Todo esto simplemente refuerza su comportamiento patético."

Se detiene por un momento, lo suficiente como para tomar otro sorbo de su botella de agua.

"Aquellos que ven porno regularmente, a menudo terminan imitando lo que ven en las películas y a medida que pasa el tiempo necesitan que se vuelva más fuerte, violento, y largo, para lograr encontrar el placer. Comienzan a exigir actividades más violentas como el *bondage*, y también el sexo anal u otras formas de sexo violento. Sus parejas deben ser muy cuidadosas. Ellos no hacen el amor suave y sensualmente con sus parejas, simple y llanamente, 'cogen' con ellas, todo el tiempo. Muchas veces éstos son algunos de los tipos que terminan enfrentando cargos por asesinato. No siempre, por supuesto, pero su mentalidad y el hecho de necesitar este tipo de sexo violento hace que desconfíe de ellos, y sus parejas deben ser conscientes del posible resultado.

"Ahora, somos muy cautelosos con los depredadores sexuales que están dispuestos a secuestrar, ya sea a la fuerza o por intimidación, y luego trasladar a sus víctimas a otro lugar. Éstos depredadores siempre tienen un plan maestro. Planean hasta el último detalle cómo atrapar a sus víctimas y luego transportarlas a un lugar donde nadie pueda verlas o escucharlas. Planifican exactamente lo que quieren hacer porque no quieren apresurarse. Todo es premeditado. A la larga, esto puede resultar en la muerte de la víctima, ¡y a menudo es lo que sucede! Si pudiera castrarlos y no meterme en líos, lo haría. Créame."

Tensa su mandíbula por primera vez, y aumenta el ritmo.

"uno de los grandes desafíos al que nos enfrentamos hoy en día es cuando los novios o novias, actuales o antiguos, instalan un programa en la computadora portátil de la víctima que les permiten ver, desde su propia computadora, qué sucede en la vida de la víctima cuando está encendido. Una de las versiones letales funciona cuando la víctima desprevenida abre una 'tarjeta de felicitación electrónica' la cual instala programa malicioso para capturar correos electrónicos y mensajes instantáneos, además de activar su cámara web. Las tiendas de computadoras también pueden instalar estos programas cuando los clientes las llevan a reparación. Por eso es que tengo un pedazo de cinta negra cubriendo mi cámara."

Voltea su computadora hacia mí para que pueda ver lo que ha hecho.

"¿Por qué la comunidad no sabe nada de esto?" pregunto.

Sus cejas se levantan y un destello pasa volando por sus ojos.

"Con el debido respeto, Padre, hacemos lo mejor que podemos. La mayoría de nosotros. ¿En verdad piensa que éstos pervertidos tienen una página web llamada www.estrategiasdelosmalos.com para que cualquiera pueda averiguar exactamente que planean esos gusanos? Todas sus vidas se enfocan en *no ser atrapados*, en pasar por debajo del radar, en intentar encajar con todos los demás para que su identidad de mierda no sea descubierta. Y son muy buenos en ello. Pero sí atrapamos a algunos, que no le quepa la menor duda. Si todos nos ponemos del mismo lado – los cuerpos de seguridad y la comunidad – cambiaremos los índices; estoy segura de eso."

"Tiene razón. Lo entiendo." Bajo la mirada hacia mi plato, avergonzado.

Inhala profundamente para bajar la velocidad de su respiración y se disculpa, aunque no necesito ninguna.

"Perdón por mi reacción. Simplemente es el juego constante del gato y el ratón. Pero no hay suficientes gatos para controlar el incremento explosivo de ratones. Aunque estoy de acuerdo con su proceso mental. La autoeducación es clave, y la combinación de nuestras fuerzas ayuda a crear el martillo imprescindible que la sociedad necesita para ponerle fin a las actividades de los pervertidos sexuales."

Asiento con mi cabeza y ella continúa.

"Y éstas mismas personas, a medida que se ven expuestas a una mayor cantidad de estos materiales, en combinación con sus prácticas de masturbación incesante, se excitan cada vez más; sí que son pervertidos adictos a la masturbación. Aún si les han dicho que deben practicar el autocontrol, lo ignoran. ¿Por qué? Porque no creen que tienen un problema, o piensan que no les causará mayores problemas en el futuro, si no lo controlan."

Mi mente viaja de vuelta a mis días en la preparatoria y la universidad, y recuerdo como entre más me masturbaba, más caliente me ponía, y no al contrario. Y recuerdo con rabia al consejero católico que me alentaba a masturbarme cada vez que sintiera el deseo de hacerlo, porque según decía era un deseo humano natural. Eso era exactamente lo que quería escuchar en ese momento. Después de todo, era "católico" y tenía autoridad, así que no cuestioné absolutamente nada. Más adelante en mi vida, me pregunté cómo habría funcionado aquella lógica si cada vez que quería una cerveza hubiera tomado una, o cada vez que sentía un poco de hambre hubiera comido más. ¿Qué pasó con la buena moderación a la antigua?

"Uno de los tipos que atrapé admitió que se masturbaba solo dos o tres veces al día. Cuando su caso llegó a la corte y la psicóloga testificó, nos enteramos que él le había admitido a esa misma psicóloga que se masturbaba hasta *diez veces al día*. Además, declaró que él no tenía discapacidades mentales que no le permitieran controlar dicho deseo. ¿Su excusa para masturbarse tanto? Que era parte de él, ya sabe, de su libido, y que no había nada que pudiera hacer para cambiarlo. También dijo que las mujeres existían en la vida para darle sexo. Era *su* razón para tan siquiera existir aquí en la tierra. No se hizo responsable de sus acciones ni siquiera una vez. Nunca habló de autocontrol. En verdad no creía que debía practicarlo porque no pensaba que fuera necesario. ¿Sabe que era lo único que le molestaba?"

"No."

"Que lo hubieran atrapado. Así de sencillo. Cometió el error de admitirle a su psicóloga que se aseguraría de ser mucho más organizado la próxima vez, para garantizar que no lo atrapen. Su meta era el crimen sexual perfecto. Mi experiencia me dice que está lejos de ser la excepción con su proceso mental retorcido."

Me recuesto en mi silla y cruzo mis brazos mientras intento absorber toda esta información. Miro por la ventana detrás de ella, y mi estado de ánimo lúgubre concuerda con las variaciones del cielo que se divisa afuera.

"No estoy diciendo que todo el que mira pornografía se convierte en un violador. Por supuesto que no. No hemos visto que ese sea el caso para nada."

Bien, porque estaba a punto de hacer un comentario en contra de ello. Sí miré pornografía cuando era joven y no me convertí en violador, pero entiendo lo que quiere decir.

"Muchos de estos desgraciados se enorgullecen de ello; están satisfechos con lo que han logrado, y eso es algo perverso, ¿no lo cree? Como lo dije antes, si no son capturados, o si no sucede algo en sus vidas que los haga detenerse, se vuelven más atrevidos y engreídos. Lo único que podemos esperar es atraparlos cuando cometan un error.

"Algunos de los tipos que hemos capturado, han confesado 40 ó 50 violaciones que hemos podido verificar. Así que no es simplemente que estén alardeando. Con algunos de ellos, tenemos muchas razones para creer que han estado involucrados con cien o más violaciones. Es como si comenzaran y no estuvieran dispuestos a detenerse; es como una mentalidad en la que creen que ya están metidos en suficientes problemas, así que, ¿por qué no disfrutarlo mientras dura?

"La buena noticia, por lo menos, es que algunos en realidad no toman acción debido a su creencia en el Infierno, o quizá a su carrera de alto perfil que no se pueden permitir arriesgar, o a su miedo a estar tras las rejas. Pero en demasiadas ocasiones ni siquiera eso los detiene.

"Considere lo siguiente. Ellos gastan una enorme cantidad de tiempo y energía cada día intentando no ser atrapados, tomándose todas las precauciones, repitiendo sus coartadas una y otra y otra vez en sus mentes. ¿Cubrieron la escena de su crimen? ¿Se deshicieron de toda la evidencia; su ropa, guantes, o cualquier otra cosa que pueda tener evidencia de ADN? ¿Fueron vistos en camino a y desde la escena? ¿Había cámaras alrededor? Probablemente estén más obsesionados con ésta parte de su vida que con su deseo de violar, y puede volverlos locos lo cual me parece fantástico. Pero ni siquiera eso detiene a algunos de ellos.

"No se imagina a cuántas personas hemos arrestado cuyas esposas, novias, familias, o vecinos siempre dicen la misma cosa – no tenían ni idea. ¿Y sabe por qué? *Porque no dejarse atrapar era su objetivo primordial y dominante. Los consumía, y se volvieron tan buenos en ello hasta que su mundo se vino abajo sobre sus patéticas cabezas.* Recuérdelo, todos los criminales sexuales saben que lo que están haciendo está mal, y saben que están en serios problemas con todos a su alrededor si son atrapados. Porque si es así, la doble vida que han estado viviendo, el mundo que han creado, se convierte en humo. Y si son enviados a prisión, ingresan al único lugar en la tierra donde la probabilidad de ser violados es increíblemente alta. Por eso es que se esfuerzan tanto en su *modus operandi*. Aprenden algo de cada intento de violación o de cada violación exitosa con el fin de mejorar y reducir las probabilidades de ser atrapados la próxima vez. Y siempre hay una 'próxima vez'. Como por ejemplo, pasan de vestir ropa normal a ponerse ropa negra de mayor tamaño, guantes, zapatos, máscaras de tela – hasta el último detalle – para no dejar rastros."

"¿En serio, de verdad se visten así? ¿Cómo en las películas?"

Mi intención no es cuestionar lo que ella dice, pero suena más como un libro o película ficticios que como la vida real. De repente, al recordar el sitio de violaciones que vi en Internet y cómo me pregunté en ese momento qué tanto era falso y qué tanto era real, deseo poder retirar mi pregunta. Aún me pregunto: ¿En realidad algunas personas publican los videos de sus "victorias" para que el mundo los vea?

En vez de reaccionar verbalmente, lleva la conversación en otra dirección.

"¿Vio esto en el periódico esta mañana?"

"No. No he tenido la oportunidad de leer las noticias hoy." Más malas noticias, de seguro.

"En California. Una joven de quince años se suicidó. Tres muchachos de 16 años fueron arrestados por agresión sexual. Según se dice, fue agredida sexualmente mientras estaba inconsciente en una fiesta. Luego las fotografías que los pequeños desgraciados tomaron fueron publicadas en Internet para poder divulgar su victoria sobre esta jovencita indefensa. O son estúpidos o tan engreídos que creyeron que se podían salir con la suya. Le apuesto lo que sea a que ellos le suministraron alguna droga. Sus padres están encolerizados y quieren justicia. Muy bien, porque ellos, ella... ¡Demonios!, todas las víctimas y sus familias merecen justicia."

Entonces es verdad. Algunos de estos bastardos despreciables sí publican sus "victorias". ¿Hay alguna agencia que busque casos entre ésta "evidencia"? Me lo reservo. No quiero darle cuerda nuevamente. Verdaderamente le importa hacer su trabajo bien, y tengo la confianza en que lo que sea que le ayude en sus casos, lo utilizará – incluyendo ésta herramienta abierta que espera en el ciberespacio a ser descubierta.

"También hay una historia relacionada en Canadá. Las autoridades están investigando el caso de una adolescente que se colgó luego de una presunta violación y meses de matoneo. Una foto que según se dice pertenece al ataque de la muchacha de 17 años, también fue compartida en Internet.

"Apuesto lo que quiera a que alguien ya dijo que éstas jóvenes eran zorras o putas. Que no debieron estar allí, insinuando que de alguna manera las víctimas merecían lo que les sucedió. O que estaban mintiendo; inventándolo todo para conseguir atención. Los chicos malos probablemente dirán que las muchachas lo pidieron, que fueron parte de ello – y hasta que lo disfrutaron."

Ya perdí mi apetito. Ella aún no termina.

"Hay mucho más, Padre, mucho más. ¿Quiere escuchar algunas estadísticas rápidas?"

Mi ansiedad ya está en lo más alto. Por qué no.

"A excepción de la pornografía infantil, su uso es legal en casi todas partes de Norte y Suramérica, aunque hay ciertos lugares con restricciones aquí y allá. En el resto del mundo, es o completamente ilegal, o legal con restricciones. Pero aún en aquellos lugares donde está restringida o rotundamente prohibida, es difícil ejercer un control adecuado. Ya sabe, al igual que con las leyes que prohíben el uso de teléfonos celulares mientras se conduce, son difíciles de hacer cumplir debido a que la gran mayoría de las personas las ignoran completamente.

"¿Por qué? ¿Qué agencia tiene en realidad los recursos para hacer algo al respecto a largo plazo? A lo que me refiero es a que en los Estados Unidos, debemos combatir a todos desde el sistema judicial hasta la Unión Estadounidense por las Libertades Civiles y sus aliados. El sistema legal se dedica a dejar que la puerta permanezca abierta a las libertades personales, sin importar la porquería que se produzca.

"Ellos creen que su argumento es fuerte cuando afirman que regular la moralidad no debería ser el privilegio de ningún adulto en edad de consentimiento sexual sobre otro. La otra cara de la moneda es que aún si ese es el caso, los inocentes continúan sufriendo porque no hay suficientes personas que se levanten y digan que son puras sandeces, y eso es increíblemente dañino. Nos afecta a todos de tantas maneras, y ciertamente no es un crimen sin víctimas. He visto de primera mano lo que le puede hacer a personas, familias, hogares y niños."

Hace clic en diferentes pestañas y tiene toda mi atención.

"La pornografía en Internet representa gran parte de la industria del entretenimiento para adultos, y recoge alrededor de $4.9 billones de dólares al año. Cada segundo que pasamos usted y yo aquí sentados, hay 28.000 usuarios de Internet viendo porno. Hay 2.5 billones de correos electrónicos pornográficos fluyendo de aquí para allá en la Internet a diario. Uno de los mayores productores de ingresos para los hoteles son las opciones de entretenimiento para adultos disponibles en las habitaciones. Y escuche esto, Padre. El día menos popular para la pornografía en Internet es el Día de Acción de Gracias. El fútbol americano, los desfiles, y tener demasiadas personas en la casa probablemente no le permiten a la gente verlo libremente. ¿El día más popular? El domingo. Parece que las personas tienen mucho tiempo libre en el día del Señor, ¿eh?"

Ninguno de los dos sonríe.

"La industria de videos para adultos se lleva una tajada de alrededor de $1.8 billones al año. Y se estima que cada semana hay 211 películas porno nuevas en los Estados Unidos. Sin embargo, el condado de Los Ángeles comenzó a exigir el uso de condones en las películas pornográficas para intentar detener la propagación de enfermedades infecciosas como el SIDA. Los precios de las licencias cayeron hasta el piso, así que ahora muchas de esas compañías se fueron a otras ciudades y pueblos donde no se las ponen tan difícil."

Pienso en el hijo del Dr. Chaffgrind, Alex, y de lo orgulloso que está de su éxito en este campo.

"Un dato muy inquietante, si eso no es suficiente, es que hay en promedio 116.000 búsquedas de pornografía infantil cada día. ¡116.000 búsquedas de pornografía infantil! ¿Puede creerlo? Me sorprende que nuestro gobierno continúe protegiendo la libertad de expresión de las personas, que a mi manera de ver está bien dentro de los parámetros apropiados, pero no hace mucho para proteger a los niños o darle a los padres verdadera ayuda con este asunto.

"Incesto, zoofilia, transexual masculino, travesti, transgénero, hermafrodita, Futanari, cosas con cadáveres humanos, caricaturas Hentai o de otro tipo digital; son simplemente algunos de los géneros que se me vienen a la cabeza. Son interminables y evolucionan a diario, y he visto todas éstas cosas de primera mano.

"¿Y quién sabe en qué estaba metido Cameron Gambke cuando fue capturado? De algo si estoy segura; cuando yo vivía con él, definitivamente practicaba el 'swinging'."

"¿Swinging, como en... me da pena decirlo, eh... el baile?" He escuchado el término pero intento hacer la conexión con lo que la Detective Renae intenta describir.

"No. Para nada. El intercambio de parejas. Así es como se conocieron él y mamá, por lo menos eso lo sé. Y ahora es algo bastante grande en el mundo.

"Por cierto, usted conoció a alguien recientemente que todavía es muy activa en éste tipo de vida."

No tengo ni idea. He conocido a tantas personas desde que llegué aquí que podría ser cualquiera de ellos. Sea quien sea, a éste punto, no sé si estaré sorprendido, si y cuando me entere.

"Dejaré que lo descubra usted mismo, si algún día ella le cuenta voluntariamente. Discúlpeme un momento – debo ir al baño."

Reflexiono sobre un pensamiento predominante mientras se va: *Comer el fruto del árbol del conocimiento del bien y del mal.* Creen que es libertad lo que ejercen – su actitud de 'nadie va a decirme qué hacer' - sin embargo, simplemente los lleva a la esclavitud del pecado. Y muchas veces, no solamente los afecta a ellos, nos afecta a todos.

Capítulo 16

Cancelo la cuenta de nuestro almuerzo, y la Detective Renae recién regresa del baño. Aún sentados mientras esperamos el cambio, intento sacar el mayor provecho del tiempo que nos queda.

"¿Y qué hay de las violaciones en grupo? ¿Gina no experimentó algo así?"

Espera un momento, y me doy cuenta de que está contemplando cuánto puede decir.

"A esos pedazos de mierda son a los que más odio. Pero, como ya sabe, no puedo decirle nada específico sobre el caso. Sé que el periódico dijo que ella sufrió una violación en grupo, pero déjeme decirle que en casos típicos de violaciones en grupo, hay un líder identificable, y muchos participantes voluntarios. Estos son la porquería más baja de la comunidad de violadores, en mi opinión. Ni siquiera pueden hacerlo solos. Tienen que hacerlo con sus amigos; tienen esa mentalidad de 'manada de lobos'. La mayoría de ellos disfrutan completamente lo que han hecho, y nunca aceptarán la culpa. Cuando son interrogados y se les muestra evidencia clara, lo que mayormente dicen es que sus amigos los obligaron a hacerlo. Se preocupan tanto por ser parte del grupo, por lo que los otros piensan sobre ellos, que nunca se van a enfrentar a los demás y decirles que lo que están haciendo está mal. Siempre habrá un macho dominante, el líder, y nadie en el grupo tiene los cojones para enfrentarse a él. Pero aunque éste líder dominante dirija dicho grupo en particular, en el mundo exterior donde todos los demás viven en la realidad, él o ella son un don nadie, y lo saben en lo profundo. Por eso es que digo que son pedazos de mierda insignificantes. Me complace bastante atrapar a estos idiotas y, si puedo decirlo, mi índice de éxito continúa más y más en aumento.

"Y a menos que tenga el resto de la tarde para escuchar todo esto, ni siquiera nos alcanzará el tiempo para hablar de los centros deportivos, y de la desgracia absoluta que son para la humanidad."

"¿Centros deportivos?"

No quiero saber la respuesta, pero ya he untado mi mano.

La mesera ya regresó con la diferencia, pero la Detective Renae parece decidida a continuar.

"Sí. Donde los padres rentan a sus hijos – algunos de tan solo seis meses de edad – para que otras personas tengan sexo con ellos. Así es como pueden hacer dinero. También hemos visto tipos que abusaron de cientos de niños antes de haber sido atrapados porque se enfocaron en niños de comunidades en riesgo. Dichos niños son mentirosos reconocidos provenientes de pasados difíciles. Los pervertidos los escogieron porque, pues bien, ¿quién va a creer sus historias? ¿Y tiene idea de cuántos padres están del lado de los abusadores por encima del de sus hijos? Demasiados."

Comienzo a sentirme asqueado nuevamente.

"¿O qué tal ésta? Mi favorita. La trata de personas para su explotación sexual. Tengo mis razones, pero ésta en verdad me da asco, absolutamente. A fin de cuentas, lo que realmente quiero es ayudar a éstas mujeres a escapar de ello."

Hace clic y pasa a otra pestaña de Internet sin una sonrisa evidente en su rostro, y dispara las estadísticas en ráfaga hacia mí.

"Un millón de mujeres alrededor del mundo han sido forzadas a prostituirse. Además, quien sabe cuántos muchachos y niños son forzados a hacerlo, pero sabemos que está en los cientos de miles. Si intentan escapar, sus familias y amigos son amenazados de muerte. Se les dan inyecciones anticonceptivas, y se les obliga a abortar si quedan embarazadas. Tanto hombres como mujeres son captores. ¿Y aquí en los Estados Unidos? Hasta 17.000 en este momento. Hasta 300.000 adolescentes son forzados a prostituirse cada año aquí. Existe un circuito a nivel nacional donde sus 'chulos' las llevan en su carro de lado a lado, drogadas.

"¿Me dijo que había mirado algunos sitios web? Hay muchos en los que los chulos exhiben sus mujeres y los clientes las califican para otros clientes. Muchas personas creen que ellas lo hacen por placer, por decisión propia. No tienen ni la más remota idea de lo malo que es. Mi pregunta es, para que esto continúe, debe haber demanda. Clientes. Hombres en su mayoría. ¿Quiénes son? Se lo diré. Son esposos, padres, hermanos, y otros hombres 'decentes' de todos los ámbitos imaginables. Me pregunto si sus esposas saben que ETS pueden estar llevándoles a casa."

Sin pensarlo bebo lo que queda de mi café tibio.

"¿La segunda peor aversión en mi lista? Todas las mujeres, y ahora más hombres, que son abusados sexualmente mientras sirven en el ejército. Mi mejor amiga en la universidad pasó por esto. Fue violada por su superior, y eventualmente fue echada con un licenciamiento 'distinto al honorable' – el cual está un escalón por debajo del licenciamiento honorable – así que quedó sin beneficios. El desgraciado falseó cargos contra ella para cubrir su propio trasero, y dado su nivel de autoridad, le creyeron más a él. Ella fue humillada; él conservó su trabajo. Ella se suicidó. Estoy seguro que él no cree que en realidad *haya hecho algo malo* para comenzar. Simplemente así son los chicos, ¿Verdad, Padre? Si le gustan las películas, le recomiendo mucho alquilar 'La Guerra Invisible'. Le abrirá los ojos con una perspectiva de la plaga que eclipsa a todos los veteranos que han servido a nuestro país de manera honorable al pasar de los años. Siempre les digo a todas las personas que conozco, que tengan hijos o hijas considerando ingresar al ejército, que sin duda la vean."

Me implora sentir todo el peso de lo bajo que es todo esto.

"Padre," dice, inclinándose hacia mí, y un tono de ira se marca en su voz ronca, "El año pasado un estudio del Pentágono encontró que hay un promedio de 70 abusos sexuales al día en el ejército. *70 al día.* Y es probablemente lo máximo que puedan identificar."

Levanto mi mano mientras todo el peso cae cómo una catarata sobre mí. No quiero escuchar algo más y luego intentar volver a un asunto del cual sigo teniendo duda.

"¿Se siente mal por alguno de ellos? Me refiero a los depredadores sexuales. No es que esté de su lado, creo que simplemente intento entender qué demonios sucede."

En sus ojos se refleja la furia nuevamente y responde con frialdad, mientras sus palabras salen a un ritmo exageradamente pausado.

"Entiendo completamente que algunos, pero definitivamente no todos, los depredadores sexuales tienen baja autoestima por un millar de razones. Muchos vienen de pasados de abuso o de otra forma altamente disfuncionales. Eso lo entiendo. ¿Pero sabe qué? Si tuviéramos que analizar la vida de cada una de las personas que han vivido a través de los tiempos, podríamos decir con certeza que *todos* han tenido un pasado negativo de una u otra forma. Algunos peores que otros, lo sé. Pero cuando en verdad se observa la historia de sus vidas, es necesario preguntarse por qué hay tantos de sus hermanos o hermanas y otros familiares que son personas buenas, decentes y respetuosas de las leyes. Lo digo en serio. ¿Cómo es que familias enteras experimentan crianzas difíciles y solamente uno o dos hacen cosas para terminar en prisión?"

Estrangula las llaves de su auto, y me pregunto si es se va a hacer un agujero.

"Cada minuto de cada día escogemos cómo vivimos, ¿verdad?"

No estoy seguro si me pregunta o me dice, pero asiento completamente con mi cabeza.

"Mire, Padre, yo tuve un pasado patético y de pesadilla, y no me ve andando por ahí violando ni matando. ¿Y sabe cuántos niños vienen de familias disfuncionales y abusivas en todo el mundo actualmente? Un montonal. Pero le garantizo que no todos resultarán siendo depredadores sexuales. Desafortunadamente, desde un punto de vista estadístico, muchos lo serán, a menos que las cosas cambien radical, repentina, y rápidamente.

"¿Sabe en realidad por quién me siento mal? Los abusados, aquí y ahora, porque sin importar lo que las personas digan, ellos no merecen esa mierda. De nadie. Nunca. Sin importar el pasado patético del depredador o su situación actual. De ninguna manera."

La interrumpo brevemente. "Bueno, la entiendo. De verdad. No intento molestarla, más, se lo prometo. Pero desde su perspectiva profesional, ¿pueden cambiar?"

Asiente con su cabeza. "Por supuesto. Como en todo lo demás, siempre hay esperanza y recursos si alguien quiere cambiar. Piénselo de ésta manera. Una vez, de adolescente, luego de que me mudé con mi tía, había un Jetta que quería comprar. Me encantaba ese carro. Y mi tía había estado trabajando bastante conmigo para inculcarme un poco de disciplina, para que hiciera los quehaceres y cosas así. Ya sabe, para ayudar en la casa. Y yo me negaba y daba excusas, y jugaba con ella todo el tiempo para poder librarme de ello. Pero *quería ese carro*. Me dijo que no me daría dinero para él a menos que trabajara para ganármelo. Así que trabajé hasta el cansancio. Y todo porque quería algo. Era importante para *mí*. Al final, conseguí el carro.

"¿Pero la mayoría de estos depredadores sexuales? Ellos *disfrutan* lo que hacen. Les encanta. Viven por ello. No *quieren* cambiar, y hasta que lo hagan, más le vale a la sociedad tener cuidado. A los que he visto cambiar, que son pocos y no sucede muy seguido, encontraron una razón para cambiar – como no querer que sus hijos se enteren de lo perturbados que se han tornado debido a sus propias decisiones. Eso, junto con la terapia que recibieron, ha ayudado a algunos.

"Todos los demás juegan un juego para hacer que todos a su alrededor *piensen* que están bien, que están 'curados.' La realidad es que quieren continuar viviendo sus vidas exactamente como lo han venido haciendo. ¡Maldición! Probablemente el 60% de seguro reinciden si tienen la oportunidad de hacerlo nuevamente. ¿Y el 40% restante? No me gustaría salir con ellos para averiguarlo. Otros simplemente se autodestruirán porque simplemente no les importa. El único cambio que harán es el lugar donde llevan a cabo sus actos – encontrarán zonas más seguras para operar – pero no cambiaran ni sus preferencias ni sus actividades. Y digo yo que entre más rápido colapsen mejor. Pero recuerde, solo estoy hablando solamente de los que han sido capturados. Ni siquiera puedo poner un número en los miles, o quizá millones de violadores que nunca han sido atrapados, y nunca lo serán, a menos de que cambiemos la forma como miramos a ésta pandemia."

Asiento con mi cabeza, comprendiendo mucho mejor la magnitud de todo esto. "En verdad la entiendo. ¿Y entonces que le diría a todas las mujeres sobre cómo protegerse, y cómo proteger a sus familias y sus hijos?"

"¿Honestamente? Que no sean tan confiadas. De verdad. Lo digo en serio. Que no sean estúpidas y se acuesten con cualquier tipo en la primera noche o, aún mejor, en un buen tiempo. Que esperen hasta que verdaderamente lo conozcan. Que no se den por vencidas si el tipo dice que se va a suicidar si no lo hacen. Que no se rindan ante sus intentos de hacerlas sentir culpables. Que no se encuentren en cualquier lugar. Mire, hay muchas cosas que pueden hacer, pero antes de que lo olvide, ¿sabe cuál es el tipo de mujer u hombre que tiene mayor posibilidad de ser atacado por estos depredadores?"

"No."

"Cristianos u otros religiosos. ¿Por qué? Porque son muy confiados y compasivos. Sin importar lo que haya hecho un depredador en el pasado, estas personas lo perdonarán y olvidarán lo sucedido. Y ese es exactamente el tipo de víctima bondadosa que buscan esos bastardos."

Ese comentario me indigna. Lo he visto antes en algunas de las mujeres que vienen a mí luego de ser violadas. ¿Y dormir con el tipo en la primera cita? ¿Qué fue lo que pasó con el concepto de la abstinencia hasta el matrimonio? "Detective, Estoy con usted. Dios nos dio la inteligencia para que la utilicemos. Sí, siempre debemos perdonar, pero no tenemos que ser víctimas pasivas del dolor y el abuso, nunca. No tenemos que ser el esclavo de nadie. Y debemos hacer todo lo que podamos para ayudar a aquellos que han sido abusados. En verdad tiene una misión especial en ésta vida. Muchas gracias por lo que hace."

Se detiene y baja su mirada. No puedo imaginar la última vez que alguien le agradeció o le hizo un cumplido sinceramente. Se distrae cerrando su computadora y colocándola en su maletín. Se torna seria una vez más y prosigue.

"¿Desea saber, Padre, cuántas víctimas se quedan calladas con el abuso sexual, sin decirle absolutamente a nadie, para que nunca salga en los diarios o en las noticias? La mayoría; así de tantas. Luego alguna víctima comete suicidio, y el mundo comienza a notarlo, ¿y la gente se sorprende? ¿En serio? ¡Por favor! Éstas víctimas han estado viviendo esta pesadilla cada día, sintiendo que la seguridad del mundo que una vez conocieron les es arrancada de sus vidas.

"Las personas se están cansando de esta mierda, o, si no es así, deberían estarlo. Pero mi mayor preocupación es que no tienen idea de la seriedad de este asunto. Justicia... eso es lo que quiero – no más suicidios, no más dolor – y voy a darlo todo de mí para ayudar a proteger a cada una de las víctimas." Puedo ver que lo dice con la mayor seriedad del mundo.

"Me avergüenza   admitirlo" comento, "pero en realidad no conocía la seriedad de todo esto hasta la semana pasada, especialmente luego de pasar este tiempo con usted. Todos estos gusanos compartiendo esa porquería en la Internet, siendo programados por ella y luego arrastrando a muchos otros por ese camino enfermizo. Y estoy de acuerdo con usted cuando dice que demasiadas personas se relajan y se preguntan, 'Dios, ¿cómo lo aprenden?' Comparto su asombro frente a lo absurdo de todo esto."

Al igual que la suya hace unos momentos, mi voz también sube. Algunas cabezas giran hacia nosotros pero no me importa. Nuestro enfado justificado ha formado un vínculo mutuo entre nosotros. Nuestro Señor lo sintió cada vez que los Fariseos y los Saduceos decían una cosa y hacían otra. Hipócritas; todos. Y cuando vio cómo las personas habían convertido al templo en una tienda, olvidando lo que en realidad era, Él actuó. Es hora de que yo entre en la batalla. "¿Me puede hacer un favor? ¿Puede darle una charla a mi grupo de jóvenes sobre la prevención de las violaciones cuando regrese de un viaje al exterior que estoy a punto de hacer?"

"Después de todo lo que le dije, Padre, debería saber que ni siquiera tiene que pedírmelo. Quiero hacerlo y, más importante aún, necesito comunicar esta información a todos. Y si fuera usted, invitaría a cualquiera que quiera venir. Esto afecta a todo el mundo. A las víctimas, a sus familias y amigos, y a la comunidad entera."

"Excelente idea. Gracias por la información, y téngalo por seguro que siempre la llevaré a usted y a su trabajo en mis oraciones."

Una sonrisa cortes apenas visible cruza sus labios. Si alguna vez creyó en el poder de la oración, después de todo lo que ha visto y experimentado en la vida, tiene todo el derecho a dudar su valor.

Miro mi reloj y ella hace lo mismo. Ambos sabemos que debemos volver al trabajo. Nos ponemos de pie y caminados uno al lado del otro hacia la puerta.

"Muchas gracias por la comida, y por la información. Tengo que volver al Vidant Beaufort a ver a Gina. Aún no la conozco personalmente. Y mientras estoy allá, pasaré a ver cómo está el alguacil otra vez."

Confundida, me pregunta, "¿Por qué? Gina Jerpun está en el *Martin General Hospital* en Williamston. Ha estado allá desde que la transfirieron, unos días después de que la atacaron."

¿En el *Martin General Hospital* en Williamston? Continúa antes de que pueda preguntarle algo más.

"Si me lo permite, recuerde que Michele ha pasado por bastante. No estoy segura de que quiera hablar con usted, pero puede que aprecie la compañía. Muy amable de su parte pensar en ir allá. Por cierto, me interrogó sobre lo que Cameron Gambke le dijo a usted aquel día en la prisión, ya que lo vio cuando partíamos en mi carro."

"¿Y usted qué le dijo?"

"Como usted no me contó lo que él dijo, le dije lo mismo."

Hago un gesto de aprobación con mi cabeza. "Todo el mundo necesita a alguien en diferentes momentos de sus vidas, y tal vez Michele se sienta cómoda sacando algo de su pecho conmigo."

Nuestra conversación merma mientras la acompaño a su automóvil. Nos despedimos con un apretón de manos y ella abre la puerta del lado del conductor, y yo me volteo y comienzo a caminar hacía mi automóvil. El viento se ha incrementado, y una llovizna ligera anuncia la tormenta típica de la temporada que viene en camino.

"¿Padre?" Grita.

"¿Sí?"

"Quiero darle esto. Usted me preguntó anteriormente sobre 'mi mundo', así que aquí hay un ejemplo del tipo de persona a la que persigo en mi trabajo. Estos los entrego cuando hago presentaciones, así que puede quedarse con ésta copia si la quiere. Es un pasaje de la última entrevista del violador y asesino en serie Ted Bundy con el Dr. James Dobson de la organización *Focus on the Family*, el día antes de ser ejecutado en 1989, en la Prisión Estatal ubicada en la ciudad de Starke, en Florida. Él solicitó que el Dr. Dobson lo visitara para realizar ésta última entrevista porque dijo que tenía un mensaje muy importante por contar, en parte, sobre cómo fue influenciado en gran medida por la violencia pornográfica. Puede leer toda la entrevista en internet si está interesado.

"En algunas partes de la entrevista dice que cree que era simplemente una persona normal, un buen tipo, y que llevaba una vida normal aparte de este lado indescriptiblemente maligno que mantuvo en secreto solo para sí mismo. Dice que su familia y amigos no tenían ni idea; se sorprendieron cuando la verdad salió a la luz ya que había realizado un excelente trabajo viviendo una doble vida. Sin embargo, dicho individuo ejemplar asesinó a 28 mujeres, y se cree que pudieron haber sido hasta 36. Aún no lo saben."

Le agradezco y me doy vuelta hacia mi automóvil mientras me pregunto nuevamente por qué vi a Michele Jerpun saliendo del ascensor en el Vidant Beaufort. Tal vez visitaba a alguien más.

Aún molesto por todo lo que me dijo la Detective Renae sobre los crímenes sexuales, no me doy cuenta al principio que, en algún lugar en el camino hacia aquí, debí haber pasado sobre algo que me costó una llanta pinchada.

Al darme cuenta de que tendré que aplazar mi visita al hospital para otro día, desdoblo el documento que ella me dio, me recuesto contra el baúl, y comienzo a leer.

Fragmentos de la entrevista realizada a Ted Bundy por el Dr. James Dobson de la organización *Focus on the Family*, en enero 23 de 1989:

"No somos monstruos por naturaleza. Somos sus hijos y somos sus esposos. Nos criamos en familias normales."

"La pornografía puede alcanzar y atrapar a un joven en cualquier hogar hoy en día – a mí me atrapó fuera de mi hogar hace 20 ó 30 años. Y a pesar de los cuidados de mis padres, y eso que ellos eran muy diligentes en el cuidado de sus hijos, y a pesar de que teníamos un hogar tan bueno y cristiano, no hay

protección contra esas clases de influencias que inundan a una sociedad que las tolera..."

"He estado en prisión desde ya hace bastante tiempo, y he conocido a muchos hombres que fueron motivados a actuar de la misma manera violenta en que yo lo hice, y sin excepción, todos ellos estuvieron enfrascados en la pornografía, sin dudas y sin excepciones, y fueron profundamente influenciados y consumidos por ese vicio. Es más, existe una investigación realizada por el FBI en donde se dice que la afición común de los asesinos en serie, es la pornografía."

"Creo que la sociedad debe protegerse de sí misma porque, en este momento, como hemos estado hablando, existen fuerzas sueltas por todo el país, particularmente las fuerzas de este tipo de pornografía cruda en donde, por un lado, personas de buenas intenciones condenan el comportamiento de un Ted Bundy mientras por otro, pasan en frente de un montón de revistas llenas del tipo de cosas que empujan a los jóvenes por el camino que tomó Ted Bundy. Esa es la ironía."

Enero 23, 1989. Hace casi 25 años. Sacudo mi cabeza cuando me llega de golpe la idea de que Ted Bundy estaba solamente inmerso en pornografía impresa en ese tiempo ya que probablemente era todo lo que se podía adquirir fácilmente, y, asumiendo que éste era un individuo algo diferente para comenzar, ese fue el impacto que tuvo en él antes de la explosión de imágenes y videos en la Internet.

Recuerdo la llegada de las computadoras de escritorio de alta velocidad en mis días de empresario y cómo tanto ha cambiado desde entonces. Hoy todos llevan tecnología de manera rutinaria, como los teléfonos inteligentes, los iPhone, iPad, y portátiles, a donde quiera que van. Ahora, personas de todas las edades pueden acceder a imágenes de manera instantánea – demonios, si es que hasta pueden descargar un volumen virtualmente ilimitado de material sexualmente explícito en el tiempo que me toma abrir mi baúl y sacar la llanta de repuesto.

"¡¿Cuántos más Ted Bundys hay rondando por ahí?! ¡¿Cuántos violadores hay rondando por ahí?!" digo en voz alta y pateo el suelo en frustración por la llanta que debo reparar y por toda la porquería que sucede a mi alrededor. Me siento encolerizado por toda la obscenidad que la detective me acaba de describir. Mi corazón está con todas las víctimas, y la amenaza eterna a las almas de los abusadores me provoca un gran terror.

Estoy emocionalmente agotado. No puedo esperar el

rejuvenecimiento que trae una peregrinación. El aguacero comienza haciendo de seguro que el proceso de cambiar la llanta se convierta en toda una prueba.

Capítulo 17

Es el sábado por la mañana, y el pronóstico del tiempo en la televisión me informa que será un día soleado de marzo. Me alegra mucho dado que nuestra parroquia aceptó participar, junto con las demás parroquias en la diócesis, en una vigilia silenciosa en la clínica de abortos cada sábado. El propósito es brindarle esperanza y opciones a las mujeres y parejas necesitadas.

Como comenzaremos a las 9:00 a.m., tengo bastante tiempo para comenzar mi día en oración con Nuestra Bendita Madre en la gruta. Hago reflexión en los Misterios Gozosos mientras rezo el Rosario.

- La Anunciación, cuando la Virgen María aceptó ser la Madre del Hijo de Dios.
- La Visitación de María a su prima Isabel.
- El Nacimiento, donde nuestro señor nació humildemente en un pesebre en belén.
- La Presentación en el Templo de Nuestro Señor por parte de la Virgen María y San José, y
- La Virgen María y San José encuentran a Jesús en el templo luego de haberlo perdido por tres días.

Al terminar, ofrezco una última oración, "Señor, por favor protege nuestros corazones, mentes y lenguas mientras nos dirigimos hoy a la vigilia silenciosa en la clínica Planned Parenthood. Y por favor bendice y protege a todas las madres y padres, y a sus hijos no nacidos en sus vientres. Como siempre, de antemano gracias por escuchar y responder mis oraciones de la manera que veas apropiada."

***

"Hola a todos" les digo a la docena de voluntarios reunidos frente a la clínica de abortos.

Las instalaciones lucen como cualquier otro edificio de oficinas bien mantenido, con árboles y arbustos podados rodeando el parqueadero. Cualquiera que pase por su lado nunca se enterará de que éste lugar, junto con las más de 800 instalaciones alrededor de los Estados Unidos, participa en 300.000 abortos cada año. No mucha gente sabe que, mundialmente, se llevan a cabo hasta 42 millones de abortos inducidos, legal e ilegalmente, cada año.

"Comencemos nuestras oraciones."

Todos bajan sus cabezas mientras dirijo la oración.

"Señor, te agradecemos hoy el regalo de nuestras vidas,
Y por las vidas de todos nuestros hermanos y hermanas.
Sabemos que no hay nada que destruya la vida más que el aborto,
Y aun así, nos alegramos en que tú conquistaste a la muerte
con la Resurrección de Tu Hijo.
Estamos listos para hacer nuestra parte en la terminación del aborto.
Hoy nos comprometemos
A nunca quedarnos callados,
A nunca ser pasivos,
A nunca descuidar a los no nacidos.
Nos comprometemos a ser activos en el movimiento a favor de la vida,
Y a nunca dejar de defenderla
Hasta que todos nuestros hermanos y hermanas estén protegidos,
Y nuestra nación se convierta una vez más
Una nación con libertad y justicia
No solamente para algunos, sino para todos,
Por Cristo nuestro Señor. ¡Amén!"

Continúo con la lectura de Santiago 2:14 - 18

"¿De qué sirve, hermanos míos, si alguno dice que tiene fe, pero no tiene obras? ¿Acaso puede esa fe salvarle? Si un hermano o una hermana no tienen ropa y carecen del sustento diario, y uno de vosotros les dice: Id en paz, calentaos y saciaos, pero no les dais lo necesario para su cuerpo, ¿de qué sirve? Así también la fe por sí misma, si no tiene obras, está muerta. Pero alguno dirá: Tú tienes fe y yo tengo obras. Muéstrame tu fe sin las obras, y yo te mostraré mi fe por mis obras."

Me dirijo al grupo, y les recuerdo que estas son palabras duras para alguien que no actúa en su fe.

"No podemos escoger y seleccionar que parte de la vida cristiana queremos vivir; nuestra fe es un paquete completo. Van de la mano amigos míos. El uno no puede existir sin el otro, como nos lo mostró claramente Nuestro Señor con la vida que vivió. ¿Cómo podemos creer que podemos vivir en la eternidad con Dios si no estamos dispuestos a cargar nuestra cruz aquí en la tierra, al igual que lo hizo

Nuestro Señor? La gloria en el Cielo por una eternidad significa que debemos cargar nuestra Cruz, y un ejemplo de eso es lo que estamos haciendo hoy aquí, por amor.

"Dado que todos ustedes han escogido pasar la mañana del sábado aquí conmigo, en realidad les agradezco por estar aquí y respaldar sus palabras con hechos."

Es indispensable explicarle nuestro plan de acción pacífico de difundir la Buena Noticia de Nuestro Señor a todos aquellos con los que entremos en contacto hoy.

"Ahora, para todos aquellos que están aquí por primera vez, hoy nos reunimos aquí en paz. Por favor mantengan la calma, sin importar lo que suceda. Es importante que quede claro, ¿está bien? Vamos a rezar la Coronilla a la Divina Misericordia y luego todas las cinco décadas del Rosario. Por medio de nuestra presencia colectiva, esperamos mostrarle a todos los que trabajan aquí, junto con cualquiera que entre o salga de estas puertas, que Dios los ama y que hay otro camino, ¿de acuerdo?

"Tengan presente que la mayoría de estas mujeres están asustadas, la mayoría se sienten muy solas o demasiado presionadas por sus novios, sus esposos, sus amigos y sus familias, y estamos aquí para proporcionarles ayuda. Si el Espíritu Santo las guía hacia nosotros, entréguenles estos folletos y háblenles suavemente y con amor. Ésta NO es una carrera de 'nosotros contra ellos' y nunca lo debe ser. Como lo enfatiza la oración que acabamos de decir, todos somos hermanos y hermanas en la familia de Dios. Así que comencemos con la Coronilla a la Divina Misericordia."

Con las cuentas del Rosario en mano, iniciamos nuestra oración.

En la mitad de nuestra calmada oración, la paz es interrumpida por el sonido de las llantas de una camioneta Chevy de un modelo reciente que chillan a manera de protesta. Una mujer en la mitad de sus treinta que pasa por nuestro lado hace un giro en U ilegal, voltea en el parqueadero, y frena en seco. Abre la puerta, salta de su vehículo y marcha directamente hacia mí, y me golpea el pecho varias veces con su dedo índice.

"¡Quién demonios se cree que es, maldito sacerdote! ¡Cómo se atreve a decirle a éstas jovencitas lo que pueden y no pueden hacer con sus vidas! ¡No tiene derecho!"

Todas las oraciones se detienen. Todos parecen alarmados, y algunos están justamente enojados mientras otros un poco asustados por la naturaleza agresiva de la mujer. Permanezco en mi sitio y la dejo descargar su ira.

Hace mucho tiempo aprendí que ésta mujer probablemente ha cerrado su mente a cualquier cosa que yo, la Iglesia, u otros creyentes intenten decirle. Debido a que su mente ya no está abierta, permanezco en silencio, aunque ella sería la primera en decir que es la mente anticuada de la Iglesia la que está cerrada a esto y a otra plétora de problemas de 'la vida real'.

Una vez que su descarga termina, le digo que ha malentendido nuestro propósito y la invito a quedarse un poco más para poderle explicar nuestra posición. Pone sus ojos en blanco, gira sobre sus tacones y camina de vuelta a su camioneta, con la cabeza en alto, sintiéndose claramente victoriosa por defender a todas las mujeres que cree que estamos condenando de alguna manera. La despedida con su dedo medio es lo último que vemos de ella.

Levanto mis manos hacia todas las personas a mi alrededor mientras sus murmuros se incrementan.

"He visto cosas peores anteriormente. Mantengámosla en nuestras oraciones, ¿les parece? Necesita la gracia de Dios en su vida para encontrar la paz. Dios la ayudará en lo que sea que busca si permanece abierta a Él."

Terminamos la Coronilla de la Divina Misericordia, y guío al grupo a rezar el Rosario.

No ocurre ninguna otra confrontación. Me complace decir que al menos media docena de mujeres y quien parecía ser el padre de un niño no nacido se acercaron y recogieron algunos de los paquetes que ofrecíamos. Proporcionamos información sobre la verdad acerca de la organización Planned Parenthood y, de mayor importancia aún, información que describe el proceso fatal y horroroso que se lleva acabo cuando se aborta a un niño en el útero de su madre. En el paquete también había un volante para el DVD, <u>Cambiando de lado: Cómo una Presencia Pro-vida Cambió el Corazón de una de las Directoras de Planned Parenthood.</u> Una librería cristiana local ofrece un descuento a cualquiera que esté interesado en adquirir una copia. Una de las madres adolescente que decidió no ingresar, luego de pasar un tiempo en la acera con uno de nuestros feligreses de edad avanzada, dijo que iría directamente a comprar una copia.

Una persona a la vez, otro bebé no nacido, y su madre, han sido ayudados.

***

Me parqueo en el callejón detrás de un garaje antiguo en el espacio de la rectoría e ingreso por la parte trasera del edificio administrativo; un lugar que no utilizo frecuentemente.

"¡¿Qué, eh... qué hace aquí?! Pensé que iba a estar en la demostración y luego ir de compras," dice la Sra. Bellers, mientras su cabeza gira rápidamente en dirección a mí. Se encuentra de pie en la puerta de mi oficina, de espalda a mí, en una posición en la que claramente puede ver la puerta principal. Evidentemente la he tomado por sorpresa; sus ojos abiertos de par en par y el tono de su voz más alto de lo normal. De inmediato sospecho.

"Yo, eh, pues bien, en general fue una congregación pacífica y todo salió bien, y ahora estoy de vuelta para comenzar a alistarme para el Domingo de Ramos mañana, y la Semana Santa. Más tarde en la noche iré de compras."

¿Por qué diablos tan siquiera me siento obligado a darle explicaciones a ésta zarina autoproclamada, como si hubiera hecho algo malo?

De repente su sobrino Dennis aparece, saliendo rápidamente de mi oficina. Lo he visto con anterioridad, pero brevemente. Un genio de la tecnología, o al menos eso dice la Sra. Bellers a todo el mundo cuando lo presenta. No mira hacia mí mientras sale por la puerta principal. ¿Qué es lo que sucede aquí?

Al darse cuenta de mi mirada de sorpresa, señala, "Oh, simplemente me estaba ayudando a conectar unos cables para nuestro sistema de computación. Desafortunadamente, tuvimos que entrar a su oficina para conectarlos a través del cielo raso y pensamos que sería mejor hacerlo durante el fin de semana cuando la oficina está cerrada."

Con eso, se dirige a su escritorio y comienza a amontonar papeles rápidamente.

Doy una mirada dentro de mi oficina pero no noto nada fuera de lo ordinario. Todas las placas del techo parecen estar en su lugar. Su historia suena lo suficientemente posible. El problema es que no confío en ella, y probablemente nunca lo haré. Además, ella tiene un sistema de computación de escritorio independiente, muy básico. ¿Así que porque debe conectar cables? Debió haber olvidado mi pasado empresarial.

En verdad me incomoda que ella tenga la llave de mi oficina, pero cuando llegué aquí no había una oficina disponible que pudiera usar. La única habitación posible era una que servía un propósito doble: el almacenamiento de suministros y la sala de descanso. Ahora es mi oficina. Mi escritorio está en la esquina, con un aparador contra la pared trasera, junto con la cafetera de la oficina y un refrigerador pequeño. Mi oficina también sirve como el lugar para contar las contribuciones semanales.

Un cambio necesario se acerca, y me aseguraré de que suceda. Paciencia, me recuerdo a mí mismo, paciencia.

Capítulo 18

"Padre, me gustaría que conociera a la esposa."

Jean Luder, una morena simpática y menuda, me ofrece una sonrisa débil y un apretón de mano vacilante, pero cortés.

"Gusto en conocerlo," responde secamente.

"Lo cuidaré bastante bien y lo llevaré a casa esta noche tan pronto terminemos." Sonrío, sin estar completamente seguro de la lógica detrás de su reacción hacia mí.

Rápidamente asiente con su cabeza, mira al alguacil y regresa a su Lincoln Mark IV blanco.

El alguacil fue dado de alta del hospital temprano en la mañana, y no puede conducir durante al menos una semana, de acuerdo a las órdenes del doctor. Insistió en hablar conmigo nuevamente sobre su experiencia luego del accidente, y la Sra. Luder aceptó traerlo a la rectoría. Mientras podamos ponernos al día en el auto camino al hospital a visitar a Gina, no hay problema. También espero poder hablar con Michele, simplemente para ver cómo ha seguido.

"¿Todo bien?" pregunto al ver al alguacil subiéndose con cuidado al asiento delantero de mi automóvil, y colocándose el cinturón de seguridad.

"Oh, qué pena, tiene que sentarse atrás. Solamente las personas que tengan asuntos oficiales con la Iglesia pueden sentarse en frente conmigo." Suelto otra sonrisa, y me la devuelve amablemente.

"Sí, me lo merezco. Y sí, estoy bien. Aún con un poco de dolor de cabeza, pero dijeron que era normal. ¿Está seguro de que aún están abiertas las horas de visita en el hospital?"

Son solo las 6:00 p.m. y estoy seguro de que el hospital donde está Gina acepta visitantes hasta casi las 9:00. Parece un poco nervioso de que vayamos para allá. Quizás solamente quiera dar una vuelta conmigo para que podamos hablar, y con lo que yo pienso de los hospitales además de lo que le acaba de suceder a él, desearía que fuera exactamente lo que vamos a hacer. Pero el deber llama.

"Sí, estoy seguro. ¿Aún está de acuerdo en ir conmigo? Digo, sé que no está en la mejor condición, así que por qué no descansa, ¿sí? Podemos hablar sobre su experiencia más tarde, incluso cuando vayamos de vuelta a casa ésta noche. Puedo contarle la posición de la

Iglesia sobre lo que pudo haber sido una experiencia cercana a la muerte, especialmente donde no hay un razonamiento médico obvio detrás de ella."

"Probablemente sea buena idea. Solo voy a cerrar mis ojos un rato," dice, lo que me permite un tiempo para pensar en los próximos eventos en mi calendario. Estamos en Semana Santa; mi época del año preferida. Tengo una agenda apretada por delante, así que probablemente ésta sea la única oportunidad en que me pueda reunir con el alguacil durante un buen tiempo.

Estoy seguro que recuerdas que la Iglesia utiliza un calendario litúrgico que comienza con el Adviento; el momento en el que nos preparamos para el nacimiento de Nuestro Señor. Dentro del año litúrgico, observamos dos eventos principales: El nacimiento de Nuestro Señor durante la Navidad y Su resurrección durante la Pascua. El calendario está dividido entre el Adviento, la Navidad, el Tiempo Ordinario, la Cuaresma, el Triduo Pascual, el Tiempo Pascual y de vuelta al Tiempo Ordinario.

Durante el año litúrgico, honramos uno o más santos a diario. Y dado que la Virgen María es tan importante en la vida de Cristo y en la historia de la Iglesia Católica, existen 16 días asignados en su honor, algunos de los cuales son Feriados Religiosos de Obligación debido a su importancia.

La temporada Cuaresmal está a punto de terminar. Ayer fue Domingo de Ramos, que celebra la entrada triunfal de Jesús a Jerusalén mientras la multitud agitaba ramas de palma y las colocaba en su camino como símbolo de honra.

La Cuaresma finaliza el miércoles, y el jueves celebraremos el Triduo; tres días que consisten en el Jueves, el Viernes y el Sábado Santo.

El domingo es la Pascua, cuando nos regocijamos en la Resurrección de Cristo de entre los muertos. Éste se considera el día más sagrado de todos, y el clímax del año litúrgico.

Un ronquido suave emana de la boca del alguacil. Me alegra que esté descansando.

Me gustaría recordarte los preceptos de la Iglesia, detallados en el Catecismo, cuya intención es la de proporcionarle a los creyentes los requerimientos mínimos para vivir una vida sacramental. En otras palabras, cuando seguimos dichos preceptos nos son dadas las gracias necesarias para vivir una vida moral.

Solamente son seis:

- Asistir a Misa los domingos y los Feriados Religiosos de Obligación a menos que haya una razón válida para no hacerlo.
- Observar las reglas del ayuno y la abstinencia para el Miércoles de Ceniza, el Viernes Santo, Todos los viernes de la Cuaresma, y una hora antes de recibir la Comunión. Se permiten excepciones para los enfermos, los ancianos, o para aquellos que abstenerse o ayunar puedan poner en riesgo su salud.
- Confesar sus pecados al menos una vez al año, pero definitivamente antes de recibir la Comunión.
- Recibir la Comunión al menos una vez al año, preferiblemente durante el Tiempo Pascual.
- Proporcionar ayuda a las necesidades de la Iglesia, y
- Observar las leyes de la Iglesia sobre el Matrimonio.

Como puedes ver, los "deberes" tienen como fin el asegurar que demos gracias y adoremos a Dios legítimamente. Le pido a Dios, por tu propia salud y felicidad espiritual, que permanezcas fiel a Dios y continúes siguiendo estos preceptos.

El bache aparece de la nada y paso directamente sobre él.

La sacudida hace que el alguacil despierte. Se voltea hacia mí y me mira, con un dolor obvio que se refleja en sus ojos, y habla aún aturdido.

"Fue real, lo sé. Algo sucedió, ¿de acuerdo? A lo que me refiero es a que se sintió real. O tal vez todo sucedió en mi cabeza; ya sabe, quizá fue el golpe en mi cerebro debido al choque. Y luego, todos esos fármacos. Pero todo lo que grabé con el micrófono, ¿qué significa? Digo, ¿dónde encaja en todo esto?"

Veo sorpresa en sus ojos. ¿Es confusión lo que veo? ¿O temor?

"¿Listo para discutir el tema o desea descansar un poco más?"

"Ahora. Necesito saberlo. Lo que sea que me pueda ofrecer. ¡Esto me está volviendo loco!"

Sostiene su cráneo vendado entre sus manos, y lo apoya

nuevamente con cuidado sobre el apoyacabezas.

"Bueno. No estoy seguro de qué tanto se ha mantenido informado con respecto a las enseñanzas de la Iglesia, y simplemente lo digo con el fin de establecer una base para lo que estoy a punto de decirle sobre las experiencias cercanas a la muerte, ¿está claro?"

"Asumamos simplemente que no recuerdo nada," sus ojos cerrados fuertemente. "No está muy lejos de la verdad."

"Muy bien. Ese es nuestro punto de partida. Si en realidad tuvo una experiencia cercana a la muerte, el fenómeno parece tener miles de años. Si alguna vez leyó La República de Platón, tal vez recuerde que cuenta la historia de un soldado que describe su propia ECM hace más de 2300 años. Lo que aparentemente le sucedió al soldado suena impresionantemente parecido a lo que escuchamos hoy en día. Cosas como el separarse del cuerpo, flotar sobre el lugar donde se encuentra el cuerpo o desplazarse a otros lugares, ingresar en un túnel largo y oscuro, viajar a velocidades extraordinarias, ver personas que murieron hace mucho tiempo, o conocer a Jesús o a una luz de belleza y amor increíbles. Y también algo que es muy común es que, aunque sucede en pocos minutos, se siente como si fuera mucho más tiempo para el que lo experimenta."

Para éste momento el alguacil ya tiene su tronco girado completamente hacia mí, totalmente entregado a lo que digo.

"La Iglesia enseña que San Pablo, quien vivió mientras Cristo estaba en la tierra, en la segunda a los Corintios dice 'fui arrebatado al paraíso - si dentro del cuerpo o fuera del cuerpo, no lo sé, Dios lo sabe...,' así que ésta pudo haber sido una experiencia cercana a la muerte, o algo similar. Y desde los tiempos de San Pablo, ha habido cientos de miles de personas, de toda cultura y nación, que han reportado haber tenido este tipo de experiencia.

"La Iglesia Católica no ha dado una declaración formal sobre el asunto, aunque no es que sea algo inaudito. Todo lo que significa es que no ha encontrado una razón para hacerlo. Dios puede comunicarse con Su pueblo de la manera que le plazca. No hay ninguna preocupación doctrinal con una experiencia cercana a la muerte, como tal. La Iglesia solamente se involucra en casos que cuestionen la revelación divina. Por ejemplo, si alguien dice haber tenido una experiencia cercana a la muerte, y luego afirma algo que claramente va en contra de lo que Nuestro Señor reveló mientras estuvo en la tierra, algo que esté escrito en la Biblia o el Catecismo de la Iglesia Católica, entonces se dan causales de preocupación."

"¿Cómo qué?" pregunta.

Me detengo a pensar por un momento.

"Pues bien, digamos que regresan y dicen que Dios en realidad no existe, o que Jesús es solamente un personaje inventado, o que si en realidad existió, solo fue un tipo como cualquier otro; eso, en efecto, va en contra de las enseñanzas de la Iglesia."

Asiente con la cabeza. "¿Qué es el Catecismo?"

"Es el resumen de todo lo que la Iglesia Católica cree en relación con la doctrina católica sobre la fe y la moral. Para intentar ilustrarlo, es como el manual de las políticas y procedimientos adecuados en el Departamento de Policía. Para los católicos, éste libro es indispensable y es la base de toda la enseñanza católica."

Tiene su mirada clavada en el frente y sus ojos se ven un poco más claros.

"Ya le he contado la posición de la Iglesia Católica sobre el tema, y sé que ha pasado por mucho tanto física como espiritualmente, pero eso me recuerda... ¿Cuánto tiempo estará alejado del trabajo debido al accidente?"

Mira por el parabrisas hacia el cielo vespertino que se oscurece. "Los doctores me dicen que al menos tres o cuatro semanas. Así que creo que hasta la primera o segunda semana de mayo."

"Perfecto. Eso nos da tiempo para el viaje además de un poco de tiempo para que realice su tarea sobre las experiencias cercanas a la muerte. Lo animo a que aprenda todo lo que pueda sobre el tema. Lea ambos lados, pero mientras lo hace, lo animo a que rece antes, durante y después, pidiendo al Espíritu Santo que lo guíe hacia la verdad.

Lea las historias de los investigadores que han hecho pruebas sistemáticas a los pacientes de manera muy organizada y detallada, en ambientes altamente controlados. Hasta donde recuerdo, durante al menos 35 años, se han acumulado una cantidad enorme de datos sobre dichas ocurrencias debido a que se han hecho bastantes estudios científicos sobre las mismas. Lea lo que estos profesionales, quienes en su mayoría eran escépticos acérrimos, han llegado a creer y las conclusiones que han sacado con respecto a la autenticidad de los casos que estudiaron."

Menea su cabeza de arriba abajo comprendiendo el valor de investigar más a profundidad antes de sacar cualquier conclusión sobre lo que le sucedió.

"¡Hasta puede llevar los libros a nuestra peregrinación!"

"¿Qué peregrinación?"

"Me lo prometió, ¿recuerda? Si seguía paso a paso lo que me pedía, y recuerde que ya completé cada uno de ellos, usted haría algo por mí. Así que viajará conmigo a la peregrinación."

"Pues…"

"¡Ey! Ni siquiera lo piense. Usted dijo que lo haría, y también que siempre cumple su palabra, ¿lo recuerda? Además, me dijo que tiene tiempo libre. Es el momento perfecto."

"Sí, claro. Pero si algo sucede…"

"Alguacil, ya está en su tiempo de licencia así que tiene bastante tiempo libre. Y aparte de eso, necesita vacaciones. Al igual que insistió que yo debía abrir mis ojos, usted también debe abrir los suyos. Y mientras pienso en ello, muchas gracias por hacerme dar cuenta del problema. De verdad. Pero debe ir conmigo, porque en verdad necesita verlo y experimentarlo."

Reclina su cabeza, cierra sus ojos y permanece en silencio hasta que llegamos al *Martin General Hospital*. Decide quedarse en el auto y descansar en vez de entrar conmigo a ver cómo sigue Gina Jerpun.

"Le daré sus saludos a Michele si está adentro, y si desea que lo haga."

Aleja su mirada y mira por la ventana de su lado.

"Eh… sí. Claro. Está bien. Gracias."

***

Regreso al automóvil 10 minutos después y encuentro al alguacil despierto, aunque su asiento está completamente reclinado.

"Eso fue rápido," dice, haciendo un gran esfuerzo para levantar su asiento.

"Le están haciendo pruebas a Gina. Pobre jovencita. Tiene vendajes por todo el cuerpo. No parecía que hubiera nadie más. Lo intentaré nuevamente, pero llamaré con anterioridad. Fue tonto de mi parte no haberlo hecho."

Una mirada de tristeza inunda repentinamente su rostro.

"Yo lo he hecho antes, Padre. No se preocupe por eso. Pero qué bueno que lo intentó. Ella es una jovencita muy especial."

Mientras entro nuevamente a la autopista, agrega rápidamente. "Nunca hablamos de su opinión sobre su viaje en la autopista enfermiza de la pornografía en la Internet."

Muevo mi cabeza de lado a lado con repulsión. Tenemos 140 kilómetros por delante; bastante tiempo para esta conversación. A pesar de que he pensado bastante en ello, especialmente a la luz de mi conversación con la Detective Gambke, espero que esto me dé la oportunidad de formular mis pensamientos en algo que tenga sentido. Recuesta su cabeza y me doy cuenta de que probablemente no desea ser el que lidere la conversación.

"En verdad sentí nauseas mientras lo veía. Me tomó un buen tiempo sacarme las imágenes de la cabeza. Pero déjeme decirle, estaba mucho más preocupado por las almas de cada una de las personas que aparecían en la pantalla."

"¿Sus almas?" pregunta, con su ceño fruncido.

"Sí, sus almas, Alguacil." Puedo sentir su reticencia; su duda arraigada sobre cualquier cosa relacionada con Dios, aún hasta después de vivir su experiencia cercana a la muerte.

"Mire. La Iglesia enseña que los seres humanos fueron creados a imagen y semejanza de Dios. Eso no quiere decir que tengamos características físicas como las de Dios, sino que tenemos un alma, un espíritu que es inmortal, y somos concebidos en el útero de nuestra madre; y desde ése momento en adelante se tiene previsto que vivamos en el Cielo por toda la eternidad junto a Dios cuando nuestras vidas terminen aquí en la tierra. Pero no siempre sucede, ¿verdad?"

No busco una respuesta, y se siente aliviado cuando continúo con mi idea.

"¿Por qué? Porque tenemos al libre albedrío. Constantemente tomamos decisiones que nos acercan o nos alejan de Dios y de la vida que planeó para nosotros. Sin embargo, con ayuda de la gracia de Dios, y si permanecemos abiertos a ello, podemos evitar los momentos de pecado y llevar una buena vida. Cuando pecamos tenemos la oportunidad de regresar a Dios como lo hizo el hijo pródigo en la Biblia. Pero Dios no nos forzará a hacer nada porque nos ama demasiado, y al amor nunca se le puede forzar.

"Cada uno de nosotros tiene la obligación de hacer el bien y evitar el mal. Todos lo sabemos – está escrito en nuestra alma; en nuestra conciencia. Algunos deciden ir por el camino equivocado; otros no. Cualquiera puede decidir, en cualquier momento de su vida, tornarse a Dios, o no. Usted puede hacerlo. Yo puedo hacerlo. No hay un punto intermedio. Estamos con Él o contra Él."

Su ceño se frunce nuevamente. No estoy seguro de si cree lo que le digo o de si tan siquiera *desea* que alguno de ellos se vuelva a Dios. Continúo.

"¿Sabe qué creo que esas personas buscan, al igual que aquellos a los que les atraen esos sitios en internet? ¿O al menos a la mayoría de los que vi en internet?"

"¿Qué?" responde secamente. No creo que le guste la dirección que está tomando esta conversación, pero ya que él abrió la puerta, voy a pasar.

"La felicidad. Es un deseo natural que nos ha sido dado por Dios." Digo.

"Bueno, Padre, dígame, ¿cuál dice la omnisciente Iglesia Católica que es el camino a la felicidad? Digo, ¿existe alguna lista de requerimientos o algo así?"

Levanta sus brazos a manera de burla y hace signos imaginarios de comillas cuando dice las palabras "Iglesia Católica".

"De hecho, Nuestro Señor nos lo dijo directamente, y en forma de lista, por así decirlo. Los puede encontrar en el Evangelio de San Mateo como el Sermón de la Montaña y en San Lucas como el Sermón del Llano. ¿Los recuerda de su educación religiosa?"

Mira hacia arriba como exasperado. Supongo que esto no es algo que haya decidido recordar.

"Permítame mencionar algunos. Debería buscarlos tan pronto tenga un poco de tiempo. *'Bienaventurados los pobres en espíritu: porque de ellos es el reino de los cielos; Bienaventurados los que lloran: porque Dios los consolará; Bienaventurados los mansos: porque ellos poseerán la tierra.'* Tan pronto encuentre el resto, no dude en preguntarme si tiene alguna duda sobre cualquiera de ellos."

"Pero por supuesto," me dice sarcásticamente, mirando por la ventana de su lado.

"Relacionemos la búsqueda mundana de la felicidad por medio del sexo ilícito y la pornografía en internet con las enseñanzas de Nuestro Señor por medio de una de las bienaventuranzas.

"Una de ellas habla de la pureza – *'Bienaventurados los puros de corazón: porque ellos verán a Dios.'* Definitivamente pensamos en la castidad en relación al Sexto Mandamiento, *'No Cometerás Actos Impuros,'* y que tiene que ver con el autocontrol y la templanza; virtudes que todos necesitamos para controlar nuestros deseos naturales.

"Pero Nuestro Señor nos dice que no solamente debemos predicar sino también ser el ejemplo de lo que predicamos. No podemos simplemente pedirle a todos ser puros. Nuestros propios corazones, nuestras propias intenciones, deben también ser puras en todo lo que hacemos. A Dios no le gustan los hipócritas, como se nos muestra en la Biblia. Aquellas personas que les dicen a todos que deben ser buenos pero que no viven su propia vida con rectitud no son exactamente los favoritos de Dios. Especialmente cuando actúan como si fueran mejores que los demás. Su falta de humildad y su actitud de 'santurrones' los aleja de Dios, no al contrario.

"Mire a Jesús. Comió con pecadores, tocó a leprosos y enfermos, pasó tiempo con infieles – y eso sí que molestó a los líderes religiosos de Su época. Sin embargo, Él les dijo, y puede leerlo usted mismo en el Evangelio de San Marcos, que la maldad viene desde adentro del corazón del hombre - los malos pensamientos, la inmoralidad sexual, los robos, los homicidios, los adulterios, la codicia, la envidia, la calumnia, el libertinaje, y la arrogancia, entre otros pecados. Eso es lo que contamina al hombre, nos dice."

"Padre, En realidad ni siquiera sé a lo que se refiere. Dígame otra vez que es lo que tiene que ver todo esto con la pornografía."

Puedo ver que los medicamentos que está tomando para el dolor hacen que le sea difícil concentrarse.

"tiene todo que ver con la pornografía. Quiere decir que nacimos con almas puras, y que estamos predestinados al Cielo. Y durante nuestra vida, tenemos la libertad, al usar nuestro libre albedrío, de hacer las cosas correctas o no – de participar en la porquería representada en esos sitios web o decidir si la miramos por nuestro propio placer egoísta - o no. No importa si está involucrado o solamente observándolo, Dios verá la hipocresía porque Él sabe que hay en nuestros corazones.

"Ya sabe, la libertad conlleva responsabilidad, y cada uno de nosotros debe dejar de hacerse la víctima, de culpar a los demás por lo que hace en la vida, como si fuera siempre culpa de alguien más. La verdad es que, en la mayoría de los casos, nadie puede obligarlo a hacer nada que no quiera hacer."

"¿Algo como la violación? ¿Me está diciendo que a las mujeres que violan es porque lo desean?"

"¡No! No es para nada lo que estoy diciendo. Me refiero a situaciones normales. Por supuesto que hay momentos en los que las cosas se hacen por coerción, temor, o incluso ignorancia o costumbre – quizá hasta por muchas otras razones psicológicas – pero al final del día, Dios conoce nuestros corazones.

"Así que nosotros, usted y yo, y todos aquellos involucrados con tal obscenidad, tenemos la libertad de pecar. De hacer parte de ello. De disfrutarlo. De verlo. De actuar bajo su influencia. Pero también tenemos la libertad de negarnos al pecado y regresar a Dios. Él siempre nos espera con los brazos abiertos. Y al final de cada día debemos preguntarnos, ¿cómo piensa Dios que viví mi vida hoy?"

El alguacil Luder mueve su cabeza de lado a lado, y veo que hay un gesto de dolor en sus ojos mientras dice, "Cameron Gambke escogió tomar ese camino. Espero que se vaya al Infierno, si es que tan siquiera existe uno."

"No voy a intentar decirle cómo se debe sentir. De verdad. Es obvio, cualquiera que sea la razón, que tiene bastante ira contra él."

"Gambke le hizo mucho daño a muchas personas, ¡Mucho daño!" Golpea su puño contra la puerta del pasajero.

"Sí, así fue. Y sé que nada de esto es sencillo. Y celebro sus intentos por hacer lo correcto con todos los involucrados. Puedo ver que es una de sus grandes cualidades. Servir y proteger."

Me da una mirada, dudoso de si estoy siendo condescendiente con él. No lo soy.

"¿Alguna vez ha escuchado algo llamado 'Legítima Defensa' dentro de la Iglesia?"

"No. Bueno, si lo he escuchado, no lo recuerdo. Tenemos derecho a defendernos. Pero, ¿se refiere otra vez al cuento de 'poner la otra mejilla'?"

"Exacto. Definitivamente debemos ser humildes y pacientes en nuestras vidas, pero tampoco podemos ser tontos o ser el tapete de nadie. Lo que 'poner la otra mejilla' significa realmente es que debemos luchar por la justicia pacíficamente, por nosotros mismos y por aquellos a los que amamos. De nuevo, no significa de ninguna manera que no debemos luchar. He escuchado decir que 'Nada avergüenza más a la maldad que cuando la miramos a los ojos.'"

Me doy cuenta por la mirada en su rostro de que comienza a sentir que podemos encontrar un punto en común entre nosotros. No soy su enemigo. De hecho intento ser su amigo. Está pasando por bastante dolor físico, espiritual y mental, y le pido a Dios que lo guíe hasta el final.

"Todas las víctimas tienen derecho a defenderse. Y si llegasen a matar a su agresor mientras están siendo violadas e intentan protegerse, si eso sucediera, cualquiera podría ver que simplemente intentaban defenderse. Legítima defensa. En sus mentes, puede que en realidad crean que serán asesinadas por sus agresores debido a que, desafortunadamente, muchas han sido asesinadas. Así que, deben saber que pueden luchar, y luchar como locas, si así lo deciden.

"Cada uno de los seres humanos necesita ser protegido. Yo necesito protegerme y también necesito proteger a otros. Y especialmente se debe hacer todo lo posible para proteger a aquellos que no se pueden proteger a sí mismos, como los embriones inocentes, los niños, los ancianos, los abusados – son tantos que ni siquiera puedo empezar a nombrarlos a todos."

"¿Cómo... los discapacitados mentales?" pregunta. "¿Cómo la pobre Gina y lo que le hizo ese pervertido?"

"Sí, indiscutiblemente, y todos los demás que enfrentan discapacidades mentales y físicas. Dependiendo de la severidad de su discapacidad, puede que sean o no capaces de defenderse a sí mismos. Con Gina, imagino que no puede entender claramente que está bien o mal, especialmente cuando cree que alguien la ama."

"Estoy de acuerdo con usted, Padre. En verdad odio a todos los abusadores y quiero que se vayan directo al Infierno, si existe en realidad, por todos los maltratos, y la tortura mental y física, por la que han hecho pasar a las personas aquí en la tierra."

"Espere un momento. No le estaría mostrando demasiado amor como un semejante Cristiano si no le advirtiera sobre eso. Por su propio bien, debe tener cuidado con todo el odio y la ira que lleva por todas estas personas, en especial Cameron Gambke." Estará en su alma durante su último día, no en la de él."

"¡No tiene idea de lo que él hizo!" grita.

"Vi el expediente. Usted me lo mostró," respondo.

"Sí, pero, aun así usted... usted no sabe lo que hizo. Nunca debió haberle hecho eso a Gina. Nunca."

"Estoy completamente de acuerdo. Y probablemente haya mucho más de lo que vi en ese expediente, y no intento menospreciarlo ¿de acuerdo? Solo escúcheme un momento." En verdad intento hacerlo entender otra perspectiva.

"El Quinto Mandamiento nos dice 'No Matarás' y, como las Bienaventuranzas, significa muchas cosas. Como ve, cada vida le pertenece a Dios, y cada uno de nosotros puede ser juzgado solo por Él, y no por nosotros. Y todos nosotros sabemos que el asesinato, las peleas, los altercados, el uso de palabras injuriosas, el causar escándalos, la ira, el odio, y la venganza son malos. Todo esto puede llevarnos al daño y asesinato espiritual de nuestra alma y quizá la de nuestro prójimo. Al final, cada uno de nosotros deberíamos querer que todos en la tierra llegaran al Cielo."

"Pero usted me acaba de hablar sobre la 'Legítima Defensa' y sobre cómo se supone que debemos protegernos de la maldad del mundo."

"Sí," respondo, sin estar seguro a dónde quiere llegar.

"Entonces si el maldito hizo lo que hizo, debe morir e ir al Infierno."

"De eso es exactamente de lo que le quiero advertir. Sí, él cometió actos malignos y la investigación y la corte decidieron que debería ser encerrado y que su vida debería ser tomada eventualmente, pero como cristianos, estamos llamados a perdonar. Sí, debemos protegernos, por supuesto. Y nuestro gobierno debe protegernos, y por eso es que fue encerrado. Pero a fin de cuentas, si en verdad somos cristianos y queremos lo mejor para nuestro prójimo – quienquiera que sea – realmente deberíamos querer ver el alma de todos en el Cielo. Si no lo sentimos en nuestro corazón, debemos orar a Dios, y pedirle a la Virgen María que interceda por nosotros, para que nos sea dada la gracia para amar a nuestro prójimo. Nunca olvide que Jesús nos pidió perdonar 'setenta y siete veces', lo que quiere decir que no es una sugerencia. Siempre debemos perdonar, en todo momento, por el bien de nuestra propia alma y por el bien de los demás."

"Como sea, Padre. Él no se merece el perdón," dice, inclinando su cabeza hacia atrás y haciendo un gesto con su mano como desestimándome, y mira por la ventana. Yo insisto.

"Se nos pide perdonar, pero eso no quiere decir que debamos olvidar. Déjeme preguntarle algo. ¿Alguna vez ha pecado? Digo, miremos los siete pecados capitales: Soberbia, Codicia, Lujuria, Ira, Envidia, Gula y Pereza. O como solía decir el Obispo Sheen *'nuestro amor propio, el amor excesivo al dinero, el sexo ilícito, el odio, los celos, la indulgencia excesiva y la pereza'* No conozco a ningún ser humano, incluyéndome a mí, que no haya batallado a éste monstruo de siete cabezas en algún nivel, en algún momento. ¿Me está diciendo que no ha cometido ninguno de éstos? ¿Para nada? ¿Nunca?"

Hace una pausa. "Pues, sí, pero no así."

"¿Así cómo?" insisto.

"¡Como lo hizo Gambke!"

Nuevamente está enfadado, pero por su propio bien no voy a ceder.

"Como lo dije, Dios conoce el corazón de cada persona. Él conoce todas nuestras acciones, así que Él decide, no usted. Todos estamos en deuda con Dios, todos y cada uno de nosotros, porque todos somos pecadores. Todos nos hemos quedado cortos en algún momento y lo seguiremos haciendo."

Intento cerrar la conversación de una manera amable mientras estaciono en la entrada de su casa, y agrego: "Mire, descanse un poco ésta semana. Si le es posible, intente acompañarnos este domingo de Pascua, o si no le es posible, tal vez la semana después del domingo de la Divina Misericordia."

Hace un esfuerzo para salir del auto y me mira una vez más con una expresión que claramente muestra su descontento, como si le acabara de pedir que fuera a buscar a la persona que lo golpeó en su motocicleta y le agradeciera por el dolor que le ha causado.

"Ha dicho bastante durante este viaje, y sé que tiene buenas intenciones, de verdad, Padre. ¿Pero toda esa mierda sobre Gambke y el perdón? Es bastante fácil para usted decirlo, ¡Pero él no violó a su hija!"

Tira la puerta y no deja espacio para mayor discusión. ¿Fue Cameron Gambke el que se escondió en su casa y violó a su hija adolescente hace años?

Capítulo 19

A razón de las varias solicitudes urgentes que dejó en mi correo de voz, me reúno con el Alguacil Luder en su casa. No lo he visto ni hablado con él desde nuestro viaje al hospital.

La Sra. Luder ha preparado la cena y ha decidido no quedarse con nosotros. A mi llegada la saludo con la mano y ella devuelve mi gesto con una sonrisa forzada mientras se aleja a toda velocidad en su camioneta sobrepasando el límite de velocidad de 40 kilómetros por hora. Pocos minutos después de mi llegada, el alguacil y yo nos sentamos a comer.

"¿Cómo estuvo su Pascua con la Sra. Luder?" pregunto. No lo vi ayer durante el servicio de Pascua, pero lo entiendo. El camino de vuelta a la fe es rara vez sencillo, y su distancia depende de la persona, si es que deciden a realizar el viaje.

"Sin novedad," dice sirviéndome una copa de merlot.

"Alguacil, mi tiempo hoy es limitado porque necesito regresar a la parroquia ya que tengo algunas reuniones más tarde, pero antes de que nos pongamos al día, me gustaría invitarlo nuevamente a que nos acompañe éste domingo en el Domingo de la Divina Misericordia. Puedo escuchar su confesión en cualquier momento ésta semana si así lo desea. Es un día de gracias extraordinarias…"

Levanta su mano derecha y hace que me detenga.

"Yo, eh, mire… gracias por venir. He pasado por demasiado y no estoy seguro de si en este momento quiero que sucedan más cosas, ¿de acuerdo?"

"No hay problema. Definitivamente no quise ofenderlo."

"No, no, no me ofendió, Padre. Simplemente quiero hablare de lo que viene para mí luego de mi experiencia cercana a la muerte. Sé que está ocupado, así que muchas gracias por venir."

"Claro, lo entiendo," tomo un bocado y mi ánimo mejora con cada tenedor lleno de pollo a la parmesana. "Está delicioso. La Sra. Luder en verdad cocina muy bien, Alguacil."

"Sí, a la esposa le va muy bien en ese departamento."

Me doy cuenta que desde que lo conocí no ha llamado a su esposa por su nombre ni la primera vez, pero ahora no parece ser el momento para mencionarlo.

"Seguí su consejo y compré todo lo que pude encontrar, o lo alquilé en la biblioteca, o lo encontré en internet."

Mueve su cabeza hacia el montón de libros y DVD sobre las experiencias cercanas a la muerte que están cuidadosamente apilados sobre el aparador. Alcanzo a ver algunos de los nombres de los actores claramente en el lomo de los libros: Raymond Moody, Elisabeth Kubler-Ross, Melvin Morse, La Biblioteca Nacional de Medicina y otras revistas médicas institucionales.

"Ahora que mi cabeza se siente mejor, y estando aquí en la casa, tuve la oportunidad de devorarlos a todos."

Hace una pausa, termina lo que tiene en la boca y lo baja con un sorbo de su copa.

Espero a que continúe y al parecer se encuentra formulando sus pensamientos. Luego de algunos minutos de silencio, le doy un empujoncito.

"¿Y, que descubrió?"

Coloca su tenedor y cuchillo sobre la mesa, se reclina hacia atrás y mira fijamente al centro de mesa de flor de nube.

"Pues bien, como en todo lo demás, hay todo tipo de opiniones. Los opositores, quienes por supuesto nunca han experimentado algo como lo que yo experimenté, dicen que son alucinaciones como resultado de la falta de oxígeno, o que pueden ser explicadas por el razonamiento científico o la lógica. Muchas veces descartan casos simplemente porque no han tenido el tiempo suficiente para examinar la evidencia completamente. Aquellos son pensadores racionales modernos que alguna vez estuvieron completamente convencidos de que su 'ciencia' podría revelar un universo totalmente explicable. Estaban convencidos de que la naturaleza del universo era aleatoria e impredecible. No podían aceptar ni imaginar que hubiera un diseño maestro para el universo que fuera a la vez ordenado y caótico. Les es difícil aceptar el hecho de que nuestro mundo no es del todo aleatorio.

"Y otro grupo parece pensar que dichas alucinaciones son inducidas por los fármacos y que involucran serias distorsiones de la realidad comúnmente acompañadas por la ansiedad o perturbaciones. Pero eso no se parece en nada a lo que sentí. Por lo que recuerdo, y por lo que escuché en la grabadora, todo lo que sentí fue paz, calma y lucidez. Creo que los fármacos *después* de que desperté hicieron todo más borroso. ¿Recuerda cómo sonaba yo en la grabación? ¿Tan claro y tan específico con lo que me sucedió?"

"Sí, lo recuerdo muy bien." Ofrezco, mientras revuelvo el néctar en mi copa.

"Algunas de las historias que leí hablan de personas que tuvieron experiencias sobrenaturales positivas, mientras que otros experimentaron lo que según ellos fue el Infierno. Pero una cosa es segura, algo que todos tuvieron en común es que se sintieron tan conmovidos que cambiaron totalmente sus vidas, de inmediato o al poco tiempo de tener su experiencia. Y existe un número importante de profesionales con entrenamiento médico, psicológico, o científico que creen que estas experiencias son reales, muy reales. ¡Demonios, Si es que muchas de las personas que tuvieron dichas experiencias fueron los mismos doctores, científicos y psicólogos!"

Se ríe, entretenido completamente por la ironía, pero no me es claro por qué le parece gracioso. Obviamente él también está luchando todavía. Su enojo. Su odio. Sus problemas con la "religión". No dudo que tuvo una experiencia conmovedora, pero no sé qué tan profundo estén incrustadas sus convicciones negativas.

"¿Alguna vez ha escuchado de Elisabeth Kubler-Ross?" pregunta.

Sus ojos se ven vivos y llenos de emoción.

"No," respondo con mi cabeza.

"Ya falleció, pero fue una doctora suiza que fue criada como Protestante pero nunca fue muy activa en su fe. Se casó con un judío, y pasó gran parte de su tiempo con niños moribundos de todo el mundo, registrando sus experiencias. Encontró las mismas experiencias, sin importar su cultura, su religión - si es que tenían alguna, ni su edad.

"Su padre se encuentra en un hogar de reposo, ¿cierto?" Su paso de un tema a otro me toma por sorpresa.

"Sí, un hogar comunitario en un barrio residencial," respondo con vacilación.

"Claro. Puede tomar prestado ese libro de Kubler-Ross." Me muestra con su dedo. "El que se llama <u>Sobre la Muerte y los Moribundos.</u> Y, pensé que le gustaría esto, Padre."

Se estira para agarrar el libro que está al lado, uno que parece haber guardado solo para mí.

"Un tipo que pasó por una experiencia cercana a la muerte en 1943 dijo que había encontrado a Cristo. Dijo que Cristo se comunicaba con él, no con palabras ni nada, que es exactamente como

Él me habló, sino casi que de corazón a corazón, por así decirlo, o de mente a mente... en verdad no lo puedo explicar. Sin embargo, él dice que Cristo lo hizo comprender que el propósito de la vida es amar a los demás seres humanos. Y el tipo le responde, 'Pues bien, alguien debió habérmelo dicho,' y Cristo le hizo saber muy claramente que Él de hecho le había dicho – Él se lo dijo por medio de la vida que llevó, y la muerte que experimentó."

Ahora ambos nos relajamos; el alguacil cierra el libro, coloca ambas manos detrás de su cabeza, y se reclina en su silla. Ésta información no me sorprende, pero espero más allá de la esperanza que el Alguacil Luder reciba el mensaje correcto. Clavo mi mirada en el montón de libros a unos pocos metros de distancia.

"¿En verdad leyó todo eso? Digo, solamente han pasado unos días y son bastantes libros."

Sus ojos se enfocan nuevamente en los míos mientras sus brazos vuelven a la mesa frente a él, toma el tenedor y juega con él. Al menos se ve mucho menos defensivo que antes; espero que se siga así.

"Sí. Y vi todos los DVD. Pero hay dos cosas de entre toda esa información que metí en mi cabeza que me han convencido más que nada de que esto fue real."

Su puño carnoso está ahora en el aire, y en él su cuchillo.

"¿Recuerda en la grabación, cuando dije que vi a Cameron Gambke en su celda?"

"Sí."

"Llamé a la prisión. Está muerto." Golpea el tenedor contra la mesa a manera de énfasis.

Asiento con la cabeza. No le voy a decir que ya me había enterado por la Detective Renae.

"Todo lo que describí, cada maldita cosa, es exactamente lo que vieron cuando lo encontraron en su celda. Lo que tenía puesto, la posición en la que lo encontraron, todo."

"¡Vaya!" balbuceo; mi interés va en aumento.

"Y, comparé la hora de su muerte con la hora en la que estuve en el hospital. De acuerdo a los registros del hospital, ¡fue exactamente cuando estaba en la sala de urgencias que mi corazón se detuvo!"

Pasan cinco minutos en los que ambos estamos perplejos. A este punto ya estoy fascinado, pero se pone aún mejor.

Mueve su cabeza de lado a lado con incredulidad, se gira hacia mí y prosigue.

"¿Recuerda en la grabación cuando dije que floté hasta mi casa y vi a un muchacho en mi garaje?"

Me detengo a pensar un momento, intentando recordar.

"Recuérdelo, ya sabe, ¿el niño en mi ático?" De repente se le nota exasperado, y desesperado porque yo escuche esto y le crea.

"Sí, sí, lo siento... ya lo recuerdo, sí," le respondo, intentando calmarlo.

"Pues bien, ayer en la tarde verifiqué la caja fuerte en la que guardo mis armas. No tengo ni idea de cómo el hijo de perra sabía que tan siquiera estaba ahí, pero claramente fue forzada. Todo lo que mantenía ahí eran pistolas, y no quedaba ninguna. Probablemente hace mucho tiempo que merodeaba por la casa; demonios, lo invitamos a él y a su familia a nuestras parrilladas durante años. Llamé a su papá, y él buscó en su habitación. Nada. Luego me comuniqué con las casas de empeños en el pueblo y sus alrededores. El muchacho no es ningún tonto. Las dispersó por todos lados. Dos en Rocky Mount, una en Greenville, Una en Kinston, y las otras tres en Jacksonville. Intentaba cubrir su rastro. Ésta mañana recibí fotos desde cada lugar – ese pedazo de idiota fue el cliente. No fue tan astuto como lo creyó. Ahora está en la de menores."

Bebe otro trago y me mira fijamente, asegurándose de que haya comprendido completamente el peso de lo que me dice.

"Probablemente no hubiera revisado allá arriba en meses de no haber sido por mi accidente, se lo garantizo. Para ese entonces, lo más probable es que las grabaciones de todas esas casas de empeño ya habrían sido borradas y las armas ya se hubieran vendido. Y al comparar las grabaciones, vi que él estuvo allí al siguiente día después de mi experiencia – probablemente no quería tener nada robado en su habitación. Sin embargo necesitaba más detalles, así que hablé con él frente a sus padres y lo admitió todo. Dijo que sucedió luego de que me vio salir en la motocicleta y luego a la esposa. La hora concordaba *perfectamente* con el momento en que me encontraba en la camilla del hospital, mientras volaba por todas partes.

"Ya ve por qué ahora sé todo lo que necesito saber sobre mi propia experiencia, y nadie me va a decir lo contrario." Pero ahora no sé que como proseguir. Creo que lo que viví fue real. Tengo la evidencia. ¿Pero qué demonios significa ese mensaje?"

Asiento con la cabeza. Recuerdo el mensaje.

Se encuentra de pie, caminando de lado a lado, pasando sus

manos por lo que queda de su pelo ralo castaño, y repite lo que ya ha grabado en su memoria desde el accidente.

"debes volver ya, mi pequeño Danny. Pero recuérdenlo ambos - confíen en Dios, vivan como es Su voluntad, ayuden a su padre, y a los demás. Dios te ama, mi pequeño Danny." Tiene una mirada de horror en sus ojos y sus manos rodean la parte superior de una de las sillas de roble. Me doy cuenta de que tiene una fotografía en su mano.

"¿Qué diablos significa, Padre? ¿Quiénes son 'ambos'? ¿La esposa y yo? ¿Mi hija y yo? ¿La Detective Gambke y yo? ¿O quién más? ¿Y que ayude a mi padre? Hace mucho que está muerto. ¿Ayuden a los demás? ¿Quiénes son 'los demás'?"

Me ruega responder sus preguntas, como si por el hecho de ser un sacerdote católico tuviera las respuestas a todos los misterios del universo glorioso de Dios. No las tengo, ni ninguna otra persona sin importar lo que puedan decir. Al darse cuenta de que intento desesperadamente ver mejor lo que sostiene en sus manos, me lo pasa. La conmoción en mi rostro es inmediata.

"¿Qué sucede?" dice.

"¿De dónde sacó esto? Digo, ¿quién es?" Mi corazón se acelera de repente.

"¡Es la tía de mi papá! La que apareció frente a mí." Luce incrédulo, como si yo debiera estar en completo unisón con todo lo que ha experimentado.

Sacudo la cabeza y digo, "He visto ésta fotografía antes."

"¡¿Qué usted qué?!" grita.

"Yo, eh, no puedo decir en donde así nomás. Lo que sí sé es que la he visto antes." La he visto antes, pero no logro ubicarla inmediatamente. ¿Pero por qué tiene una copia también?

"¿Cree que es alguien famosa? ¿La tía de mi papá es famosa y por eso es que la ha visto antes? ¿Cómo pudo haberla visto antes?" Por su insistencia, le devuelvo la fotografía. El alguacil necesita respuestas, ruega por ellas, pero no hay mucho que yo pueda hacer.

Inmediatamente miro mi reloj buscando una razón para irme, y me pongo de pie. El hace lo mismo.

"Alguacil, en realidad no lo sé. Probablemente no sea nada. Como sacerdote veo muchas personas. Tal vez sea algo así."

Me dirijo hacia la puerta principal y continúo.

"Debo irme. Hay muchas cosas en la parroquia ésta semana. ¿Va a estar aquí unos días?"

"Aquí estaré. Imagino que debo empacar para la peregrinación que le prometí."

Se sienta, y baja su cabeza.

"Muy bien. Hablaremos con más detalle durante el viaje, ¿le parece? Yo también tengo bastante que hacer para prepararme para el viaje. Espero que usted y la Sra. Luder tengan una buena semana, y, por favor, dele las gracias de mi parte por la cena. Nos vemos en el aeropuerto el viernes de la próxima semana."

Capítulo 20

La lluvia me golpea de lado mientras ingreso al parqueadero del hospital; el limpiaparabrisas hace un gran esfuerzo por mantenerse a la par, pero aun así pierde la batalla. El agua escurre por mi espalda y envía un escalofrío por mi espina dorsal cuando me detengo frente al ascensor. Cuando llamé esta mañana, un auxiliar contestó el teléfono en la habitación de Gina y me dijo que Michele acababa de salir pero que regresaría en un momento.

La Detective Gambke me había hablado anteriormente sobre el pasado de Michele, y me había advertido que era una persona difícil de descifrar. Al menos ahora siento que la conozco más que cuando tuvimos nuestro encuentro en el parqueadero de la Prisión Central. La información que he recibido proporciona una posible justificación para su temperamento ácido, sus acciones, y la manera como me habló aquel día. Espero poder ayudarla de alguna manera. Cómo ella, o cualquiera, pudo haberse quedado en un matrimonio con alguien como Cameron Gambke es algo difícil de comprender.

Al ingresar a la habitación en el hospital, la imagen de la *Pietà* viene a mi cabeza inmediatamente. Ya sabes, la Virgen María sosteniendo el cuerpo de su Hijo, Jesús, y mirando de cerca todo lo que le habían hecho. Michele se encuentra sentada en la cama junto a Gina, y con su brazo sostiene su cabeza. Al igual que durante nuestro primer encuentro, luce impecable – está bien vestida, tiene cada cabello en su lugar, y su maquillaje está aplicado a la perfección. Nuevamente me doy cuenta de lo atractiva que es. No es raro que Cameron Gambke estuviera atraído a ella.

Sus lágrimas parecen ser reales, y sus ojos menos crueles que cuando los vi la primera vez. Me relajo, pero solamente un poco. Nuestro primer encuentro aún no está metido tan profundo en mi banco de memoria.

"Gracias por venir," me dice, aunque si las palabras vinieran de alguien más tal vez las creería.

"No hay de qué. Quiero decirle lo mucho que lamento la situación por la que está pasando; lo que le ha pasado a Gina," le ofrezco.

Ella asiente con su cabeza.

"Un genio de las computadoras," dice mirando la cabeza aún vendada de su hija. "una experta informática."

Levanto mis cejas asombrado, y me siento inmediatamente apenado por mi duda repentina. No sabía que alguien con síndrome de Down pudiera tener tal nivel de inteligencia.

Al darse cuenta de la sorpresa en mi mirada, se torna a la defensiva. "Sí, de verdad. Ha recibido varios premios en la escuela. Tiene dos computadoras portátiles, un Kindle, un iPad, y varios otros aparatos electrónicos que ni siquiera puedo nombrar."

Comienza a llorar un poco más y agrega: "Los doctores no están seguros de si podrá volver a utilizarlos cuando despierte."

Pasa un largo minuto de silencio, y luego prosigue.

"Debe preguntarse sobre mí. Sobre Gina. Sobre su padre."

Mi propósito verdadero es saber si están bien, pero estoy definitivamente preparado si está dispuesta a sincerarse un poco. Me siento en la única silla que hay en la habitación, y coloco mi chaqueta mojada sobre el espaldar.

"Esa cosa maligna no era su padre," dice; se ve un matiz de la Michele anterior retornando y su voz sube de tono, pero inmediatamente baja hasta un suspiro al pensar que puede despertar a Gina.

"Su padre biológico y yo no queríamos tener hijos. Me dijo que le habían hecho la vasectomía años atrás, y yo estaba tomando la píldora, pero las cosas pasan. Luego nos enteramos de que estaba embarazada."

"Los hijos son un regalo de Dios," agrego, mirando a Gina.

Noto que voltea su cabeza rápidamente como lo hace el perro que no está seguro de lo que vas a hacer, pero no responde a mi comentario.

"Al principio no estaba contento de que yo estuviera embarazada, pero pronto se hizo a la idea. Me dijo que me amaba completamente. Me dijo que me amaría por siempre," dice, mirando nuevamente a la jovencita que está en coma a su lado.

"Pero cuando los doctores nos informaron que ella podría nacer con esta enfermedad, él enfocó toda su ira contra mí, como si fuera mi culpa. Y aunque todos intentaron hacerme cambiar de opinión, yo quería a mi chiquita. No podía simplemente matarla."

Comienza a sollozar.

"Todos hablaban como si estuviera decidiendo si ponerme una inyección para la gripa o hacerme limpiar los dientes; eran tan metódicos e indiferentes al respecto."

"Tomó la decisión correcta, Michele."

"Por supuesto que sí." Responde de repente. "Estaba tan feliz de estar embarazada, pero cuando recibí la noticia sobre su enfermedad me sentí destrozada. Él seguía insistiéndome en terminar el embarazo, y se enfocaba y hacía énfasis en lo jodidas que serían nuestras vidas. Al principio yo lo escuchaba porque aún intentaba salvar nuestra relación. Pero cuando le dije que la iba a tener, se fue. Así como así. Con el tiempo cambió de opinión, pero ya todo había cambiado en nuestras vidas.

"En verdad no tenía ni idea en lo que me estaba metiendo. Al principio no sabía nada del síndrome de Down, así que devoré todos los libros y artículos que pude encontrar. Hablé con diferentes agencias de todos lados. Es bastante simple. Su enfermedad es llamada trisomía del par 21, y quiere decir que tiene un tercer cromosoma donde la mayoría de las personas tienen solo dos.

"¡Y las cuentas! Leí que los niños con síndrome de Down pueden tener cirugías múltiples porque sus cuerpos no se han desarrollado completamente al momento de su nacimiento, pero yo no tenía ni la más mínima idea. Estaba en mi licencia de maternidad y aunque él me daba un poco de dinero y se ofrecía a pagar algunas cosas, me decía que tenía recursos limitados porque ya tenía muchos otros compromisos financieros.

"Y ella siempre estaba enferma. Su débil sistema inmunológico permitía que se contagiara de todo. Aún hoy en día debo ser muy cuidadosa con quien la rodea, y la escuela lo convierte en todo un reto. Pero ha mejorado con los avances médicos. Tuvo que pasar por tres cirugías a corazón abierto antes de cumplir los dos años. ¡Me sorprende que todos en el área de la asistencia médica no anden en automóviles Jaguar con todo el dinero que hemos pagado!"

Con sollozos intermitentes, continúa.

"Pero un día, al poco tiempo de ella haber nacido, estaba sentada en el consultorio de otro doctor esperando otra ronda de resultados mientras Gina dormía. Pensaba en mi vida y en mi futuro, y me di cuenta de que la odiaba. Mi regodeo de autocompasión había ganado fuerza. Pensaba en todas las zorritas por ahí que quedan embarazadas, y le aseguran a todo el mundo que solamente tuvieron sexo en esa ocasión y que de alguna manera quedaron embarazadas, cuando a otras mujeres que en verdad *quieren* tener hijos les es tan difícil, y no pueden, luego de intentar todo los métodos existentes bajo el sol. Luego pensé en todos los niños abortados por esas mismas jovencitas cabeza hueca, y en cómo parecía ser la mejor solución para ellas en ese momento, y se me ocurrió que tal vez tenían razón. Tal vez debí haber tenido el maldito aborto también. Después pensé en su padre y en todos los demás desgraciados que dejaron embarazadas a todas esas muchachas, pero que son unos hijos de puta indiferentes. En ese momento comencé a odiar a todos los hombres, y a todas esas jovencitas mentirosas, y a todos esos muchachos de mierda. Comencé a odiar al mundo.

"Luego Gina se despertó, justo en ese momento, y sonrió. Y después rió. Supe que aunque las personas a mi alrededor evadían sus responsabilidades, yo nunca jamás dejaría a Gina. Ella me necesita y yo la necesito a ella. Estamos solas, pero juntas. Sin importar lo que suceda, ella definitivamente ha sido el sol que más fuerte ha brillado en mi mundo, y ya dejé de mirar atrás y de preguntarme 'que hubiera pasado si...'. Acepté nuestra vida juntas," hace una pausa, "y luego los bastardos le pusieron las manos encima."

Abraza fuerte el cuerpo lánguido de su hija y besa las vendas en su cabeza. Se queda en silencio por unos instantes antes de continuar.

"Sabe, en mis peores días, cuando la miro no puedo evitar sonreír. Sí que está determinada a sobrevivir. Todo ha sido un reto para ella. Aprender el lenguaje de señas. Intentar expresar sus deseos desde pequeña y yo no poder comprender aunque hacía todo lo posible por entenderla. Caerse y levantarse inmediatamente. Las personas pueden llegar a ser increíblemente crueles, sin importar su edad. Apuntan con sus dedos, hacen comentarios, y me miran como si yo debiera haber hecho lo correcto y lo más digno: abortarla. Nuestras vidas son pan comido en comparación con la de ella, y aun así, cada mañana despierta con una sonrisa, feliz y en espera de lo que traiga su día. Y cada noche, me da un gran abrazo y me dice '¡Te amo, mamá!' Antes de meterse a la cama con su animal favorito, su gato el 'Sr. Gordito.' Ahora lloro, pero solo porque no puedo creer que casi la aborto."

Abraza más fuerte a Gina, y sus lágrimas caen libremente. Cinco minutos transcurren en silencio; tomo mi chaqueta y me pongo de pie preparado para partir. Tiene más para contarme así que me siento nuevamente con el fin de no apresurarla.

"Y luego me casé con Cameron Gambke. Era encantador. Inteligente. Ingenioso en el momento adecuado. Decía lo más apropiado todo el tiempo. Nuestro noviazgo era como una historia de fantasía – el vino, las cenas, el baile - y el sexo iba más allá de todo lo que pude imaginar. Él no creía en el matrimonio, pero yo quería el anillo y los beneficios legales que la ceremonia aseguraría para mí y mi chiquita."

Gira su cabeza hacia la ventana mientras la lluvia continúa golpeándola con fuerza.

"Y él tenía dinero; bastante dinero. Estaba cansada de vivir sola, tenía miedo de no poder pagar las cuentas, y él llegó en el momento justo. A su padre biológico no le gustó para nada, estaba enfurecido. Le recordé un millón de veces que él había escogido su camino, y que yo tenía que escoger el nuestro.

"Pero con Cameron, debí haber sabido desde el principio que me tenía que haber largado. Digo, él era bueno con Gina, pero después de que vino a vivir con nosotras todo se convirtió en sexo. A toda hora, todos los días, al parecer. Algunas veces Gina nos sorprendió, lo cual no le era muy difícil porque estábamos en la cocina, en el corredor, y hasta en el patio trasero sobre los muebles. Ella parecía no entenderlo así que él simplemente continuaba."

Por la manera como me cuenta sobre ésta parte de su pasado me da la impresión de que a ella tampoco le parecía completamente inapropiado que Gina los viera. Sus comentarios tan enfocados parecen concentrarse en Cameron y su responsabilidad en todo esto.

"Usted lo conoció. Lo vio. Incluso habló con él en la prisión. Pero estoy seguro de que también lo engañó a usted. Al principio acepté participar en su juego de *bondage* - que me atara, pero la noche en que me azotó le dije que se marchara. La semana siguiente el bastardo se disculpó hasta el cansancio, y yo le creí. Finalmente nos casamos dos semanas después. Y luego..." coloca la mano que tiene libre sobre sus ojos, "mi mundo entero explotó."

Voltea de nuevo hacia la ventana y sus ojos brillan mientras los recuerdos vuelven a su mente.

"Los azotes continuaron, y el *bondage* se intensificó. Un día me ordenó pararme en el patio trasero a plena luz del día y masturbarme o si no me dejaría. No lo hice. Pero él conocía mi situación financiera. Mi seguro estaba por el piso. Aunque a ese momento él ya había pagado más de $100.000 dólares, todavía debía más de $60.000 en facturas médicas.

"Esa noche me encerró en un cuarto que había en el sótano para sus juguetes sexuales. Recuerdo que Gina gritaba, una y otra vez, porque no podía encontrarme. Me dejó salir cuando le prometí que haría lo que él quisiera. Después de eso, me metió todo tipo de cosas por la vagina; si tuviera que hacerlo, no podría mencionar todas las cosas. Pero nunca estaba feliz, siempre de mal humor, siempre deprimido. Odiaba a su madre y a su hermana. En verdad creo que odiaba a todas las mujeres. Y entre más intentaba hacerlo feliz, peor se volvían las cosas. Casi al final, me hizo beber orina de perro y luego intentó hacerme tragar las heces de perro pero todo terminó en mis ojos y mi cabello. Por eso me golpeó, y orinó sobre mi cara diciéndome que tenía que dormir así."

Pasa sus manos por su rostro, intentando con descuido borrar dicho recuerdo. Me pregunto si la Detective Renae está enterada de todo esto.

Estoy gritando por dentro, y quiero preguntarle por qué simplemente no lo dejó. Pero ya sé la respuesta. Anteriormente he hablado con bastantes mujeres abusadas. ¿Ir a dónde? ¿Hacer qué? ¿El abusador se detendrá en algún momento? ¿Siempre tendrán que vivir sus vidas así? He escuchado las preguntas muchas veces, y me alegra que muchas de ellas sí se liberaron, sí escaparon, y ahora prosperan en sus vidas. Me pregunto si ella sabe que Cameron Gambke está muerto.

"No fue sino hasta mucho tiempo después que escuché sobre su historia – lo que le hizo a esa pobre muchacha en Idaho y a esas otras dos jóvenes. Esa pude haber sido yo."

Recuerdo lo que vi en sus páginas web favoritas, y tengo que preguntar.

"¿Intentó realizar con usted la asfixia erótica?"

Responde sin vacilación.

"Una vez. Le dije que nunca más, así me golpeara. No, él me utilizó para otras cosas. Por ejemplo, los enemas o el actuar las violaciones ya que eso lo excitaba bastante, según él."

Ella fue su conejillo de indias, y cuando ella no cooperaba, o él perdía interés, se aventuraba a salir. Ésta belleza absoluta frente a mí no fue suficiente para Cameron Gambke. Para cuando fue capturado, su nivel de perversión estaba ya bastante avanzado. Ahora comparto el razonamiento de la Detective Renae - ¿Cuántas más víctimas suyas hay ahí afuera?

"En verdad estoy bastante indeciso de preguntarle esto, y de antemano me disculpo, pero, ¿le hizo alguna de estas cosas retorcidas y pervertidas a Gina?" Contengo mi respiración con la esperanza de que la respuesta sea negativa, pero por alguna razón necesito conocer la verdad aunque el Alguacil Luder ya me ha permitido ver su expediente "oficial".

Su reacción es rápida. "No que yo sepa, pero si alguna vez lo hubiera hecho, y yo me hubiera enterado, habría matado a ese hijo de perra." Su tono es directo; dice en serio cada una de sus palabras.

"Aunque sí hizo algo mucho más siniestro con ella. Le enseñó cosas que no necesitaba saber; cosas que de seguro siempre considerará apropiadas. La noche en que lo dejé definitivamente, la misma noche en que salió en su viaje de negocios a Idaho, yo había regresado a casa al final de la tarde más o menos diez minutos después de que salí a la tienda porque había olvidado mi chequera. Gina ya había llegado de la escuela porque yo misma la recogí y la dejé en la casa – me dijo que no quería ir a la tienda conmigo, que simplemente se quería quedar con Cameron. Pues bien, cuando entré a nuestra habitación ¡los encontré desnudos a los dos en la cama!"

Dirijo mi mirada a la pobre Gina Jerpun envuelta en vendas; sus rasgos característicos de síndrome de Down todavía son evidentes y comienzo a sentirme asqueado al imaginar la escena. Michele coloca la cabeza de Gina sobre la almohada, se acerca a la ventana y la abre ligeramente para sentir la humedad en su piel.

"Aparentemente no era la primera vez. Grité y arrastré a Gina hasta su cuarto y cuando regresé, él estaba ahí sentado, con su erección claramente evidente. Me dijo que habían estado haciendo lo mismo durante casi un año, y que simplemente le estaba enseñando sobre sexo porque ella debía aprender antes de que alguno de los chicos de la escuela intentara aprovecharse de ella. Intentó convencerme de que le estaba haciendo un favor a ella y a mí, de que era algo bueno, de que debería agradecerle por evitar que ella quedara embarazada de un niñito irresponsable. En vez de eso, le di una cachetada y terminé en el hospital con un traumatismo en la cabeza. Le dijo a la policía que yo lo había atacado y que simplemente 'se defendía'."

"¿Presentó cargos?"

"¡Por supuesto que lo hice! Demonios, si no hubiera habido una posibilidad de irme a prisión, lo hubiera matado ahí mismo, pero por ninguna razón iba a permitir que Gina perdiera su madre." A este momento ya no está susurrando, pero Gina ni se mueve.

"El agente que respondió a la llamada dijo que había sido apenas una disputa doméstica. Yo denuncié lo que vi y lo que hice desde la sala de urgencias, pero el bastardo les dijo que no había pasado nada entre él y Gina. Lo negó todo. Hablaron con Gina, pero como la había amenazado si alguna vez contaba algo – diciéndole que nunca más la amaría si lo delataba, lo cual probablemente le rompió el corazón - también lo negó todo. No sucedió nada. Pero con deudas o sin ellas, teníamos que alejarnos de él.

"Luego me comuniqué con el Alguacil Luder, pero aun así no dio ningún resultado. Oh, él quería matarlo, pero era la palabra de Cameron contra la mía, y como Gina no quería testificar, no se hubiera logrado nada en la corte."

Ahora es un poco más claro para mí la razón por la cual el alguacil ha acumulado tanto odio contra Cameron Gambke. También comienzo a entender la conexión entre él y Michele en el cuarto de observación el día de la ejecución. Él no puede soportar a las personas como Gambke porque ve a individuos de la misma talla todos los días, y ella fue manipulada, usada y abusada por la misma clase de monstruo.

"Al menos ya está muerto," dice sin emoción. Así que ya sabe lo que le sucedió.

"En verdad lamento mucho todo lo sucedido. Espero que averigüen pronto quién le hizo esto a Gina," respondo.

"Lo hará. Y más vale que no sea quien creo que lo hizo." Su mirada es distante. Su expresión de hierro.

Quiero pedirle los detalles, pero decido no hacerlo. Por el contrario, le ofrezco mi ayuda.

"¿Hay algo que pueda hacer? ¿Necesita alguna cosa?"

Una vez más, Michele Jerpun me confunde. Se desliza de la ventana y se me acerca mientras me levanto de mi silla, y el brillo de sus ojos se evapora rápidamente. Me muevo fuera de su alcance hacia la puerta al recordar el movimiento seductor que hizo la primera vez que nos conocimos. Se detiene tan pronto se da cuenta de mi vacilación.

"Sabe, hay Agua de Vitaminas de cereza abajo en las máquinas expendedoras. En la cafetería no la venden, pero tal vez encuentre alguna en la máquina cerca a Urgencias. ¿Le importaría?"

"No, para nada," contesto, con gusto de poder servirle y alegre por poder irme rápidamente.

Durante los siguientes 45 minutos descubro que hay 16 máquinas expendedoras diferentes en todo el hospital. En ninguna de ellas hay el Agua de Vitaminas de cereza a la que ella se refiere. De hecho, el personal del hospital me dice que nunca la han tenido. Con el fin de no empeorarle el día a Michele, salgo bajo la lluvia cada vez más fuerte y conduzco casi cinco calles hasta que encuentro una tienda. Una hora después, 15 minutos antes de que terminen las horas de visita, camino fatigado dentro del hospital, esperando que Michele aún esté allí.

Abro silenciosamente la puerta de la habitación de Gina, y la veo sentada en la silla que ya había ocupado hace poco.

"Finalmente la encontré," digo, acercándome a ella. "Que pena que me tardé tanto. Aparentemente aquí no..."

Sin mirarme a los ojos, se levanta y se dirige hacia la ventana mientras yo doy las razones de mi tardanza.

"Yo nunca bebo esa mierda. Es asquerosa."

Me hace un gesto con la mano para que me vaya, como si yo fuese un esclavo que ha decepcionado a su Majestad con mis pobres esfuerzos.

Capítulo 21

¡Es el Domingo de la Divina Misericordia! Para los cristianos, no hay festejo más grande que la Pascua, y el gran final es el octavo día de la Octava de Pascua. Hoy, cada persona tiene la oportunidad de recibir verdadera y más completamente los regalos del perdón, la salvación, y la vida eterna en el Cielo que Nuestro Señor le dio al mundo entero.

Puede que recuerdes que la Fiesta de la Misericordia ha sido observada desde los primeros días de la Iglesia. El apóstol Santo Tomás escribió en las Constituciones Apostólicas que:

"Al pasar ocho días (después de la Fiesta de la Pascua) hágase otra fiesta y obsérvese con honor, el octavo día en el que Él me dio a mí, Tomás, quien poco creía, su completa garantía, mostrándome las marcas de los clavos, y la herida de la lanza en Su costado."

Pero tiene sus orígenes en el Antiguo Testamento cuando el Señor le dijo a Moisés:

"... porque en este día se hará expiación por vosotros para que seáis limpios; seréis limpios de todos vuestros pecados delante del SEÑOR. Os será día de reposo, de descanso solemne, para que humilléis vuestras almas; es estatuto perpetuo." [Levítico 16:30-31]

Y más adelante el Señor le dijo a Moisés:

"A los diez días de este séptimo mes será el Día de Expiación; será santa convocación para vosotros, y humillaréis vuestras almas y presentaréis una ofrenda encendida al SEÑOR. Tampoco haréis ningún trabajo en este día, porque es día de expiación, para hacer expiación por vosotros delante del SEÑOR vuestro Dios." [Levítico 23:27-28]

¿Pero recuerdas cómo y cuándo nació el Domingo de la Divina Misericordia? Nuestro Señor apareció frente a Santa Faustina Kowalska en varias ocasiones. Ella escribió en su diario todo lo que Él le dijo. El Bendito Papa Juan Pablo II la canonizó el 5 de mayo del año 2000, el mismo día en que estableció el Domingo de la Divina Misericordia como un día de fiesta para toda la iglesia.

Esto es lo que Nuestro Señor le dijo, en relación con el Purgatorio:

"Mi misericordia no lo desea, pero la justicia lo demanda."

Volviendo a este grandioso día de fiesta, es un día en el que a nosotros, al igual que a los judíos antiguos, se nos ofrece la oportunidad de prepararnos para ser juzgados y ofrecer expiación por todos nuestros pecados. Para obtener el perdón debemos ir a Confesión y recibir la Santa Comunión. Con el fin de prepararnos para la Fiesta de la Misericordia, se nos pide rezar la Coronilla a la Divina Misericordia ya sea como una novena perpetua o una que inicie el Viernes Santo, como lo hacemos en nuestra parroquia. Yo rezo la Coronilla a la Divina Misericordia todos los días a las 3:00 utilizando las Cuentas del Rosario y espero que tú continúes haciendo lo mismo.

Nuestro Señor le pidió a Santa Faustina primero decir un "Padre Nuestro," un "Ave María," y un "Credo de los Apóstoles". Luego en las cuentas grandes, le pidió que dijera las siguientes palabras:

"Padre Eterno, Te ofrezco el Cuerpo y la Sangre, el Alma y la Divinidad de Tu Amadísimo Hijo, nuestro Señor Jesucristo, por nuestros pecados y los del mundo entero."

En las cuentas pequeñas, se le pidió decir:

"Por su dolorosa Pasión, ten misericordia de nosotros y del mundo entero."

Le pidió meditar sobre los Misterios Dolorosos del Rosario mientras rezaba cada década. Luego, se le pidió decir éstas palabras tres veces al final:

"Santo Dios, Santo Fuerte, Santo Inmortal, ten piedad de nosotros y del mundo entero."

Más adelante, Jesús le dijo a Santa Faustina:

"Reza incesantemente este Rosario que te he enseñado. Quienquiera que lo rece recibirá gran misericordia a la hora de la muerte. Los sacerdotes se lo recomendarán a los pecadores como la última tabla de salvación. Hasta el pecador más empedernido, si reza este Rosario una sola vez, recibirá la gracia de Mi misericordia infinita. Deseo que el mundo entero conozca Mi misericordia infinita. Deseo ofrecer gracias inimaginables a aquellos que confían en Mi Misericordia..."

También le dijo:

"cuando recen esta Corinilla junto a los moribundos, Me pondré entre el Padre y el alma agonizante no como el Juez justo sino como el Salvador misericordioso."

Cuando Nuestro Señor le enseñó a Santa Faustina esta Coronilla, le dio además 14 revelaciones concernientes a la fiesta que Él deseaba, la fiesta que hoy celebramos. Me gustaría hacer nota de algunas de las entradas del diario en caso de que las hayas olvidado:

Entrada 699

"Hija Mía, habla al mundo entero de la inconcebible misericordia Mía. Deseo que la Fiesta de la Misericordia sea refugio y amparo para todas las almas y, especialmente, para los pobres pecadores. Ese día están abiertas las entrañas de Mi misericordia. Derramo todo un mar de gracias sobre las almas que se acercan al manantial de Mi misericordia.

El alma que se confiese y reciba la Santa Comunión obtendrá el perdón total de las culpas y de las penas. En ese día están abiertas todas las compuertas divinas a través de las cuales fluyen las gracias. Que ningún alma tema acercarse a Mí, aunque sus pecados sean como escarlata.

Mi misericordia es tan grande que en toda la eternidad no la penetrará ningún intelecto humano ni angélico. Todo lo que existe ha salido de las entrañas de Mi misericordia. Cada alma respecto a mí, por toda la eternidad meditará Mi amor y Mi misericordia.

La Fiesta de la Misericordia ha salido de Mis entrañas, deseo que se celebre solemnemente el primer domingo después de Pascua. La humanidad no conocerá paz hasta que no se dirija a la Fuente de Mi misericordia."

Entrada 341 (La Imagen de Jesús; La Divina Misericordia)

"Quiero que la imagen sea bendecida solemnemente el primer domingo después de Pascua y que se la venere públicamente para que cada alma pueda saber de ella."

Entradas 1109; 300; y 699, respectivamente (La promesa de Nuestro Señor de otorgar el perdón total de las culpas y las penas durante la Fiesta de la Misericordia)

"Deseo conceder el perdón total a las almas que se acerquen a la confesión y reciban la Santa Comunión el día de la Fiesta de Mi Misericordia;"

"Quien se acerque ese día a la Fuente de Vida, recibirá el perdón total de las culpas y de las penas;"

"El alma que se confiese y reciba la Santa Comunión obtendrá el perdón total de las culpas y de las penas."

Entrada 742 (Él nos otorgará Su misericordia, pero debemos ser misericordiosos con los demás)

"Sí, el primer domingo después de Pascua es la Fiesta de la Misericordia, pero también deben estar presentes los actos misericordiosos... Exijo que realices actos misericordiosos, que deben nacer del amor hacia Mí. Es tu deber mostrarte misericordioso con tu prójimo siempre y en todo lugar. No debes evitarlo o intentar excusarte o exonerarte de ello."

Así que en éste día, donde sea que estés y sin importar el año, rezo porque te mantengas devoto a este día de fiesta especial, el Domingo de la Divina Misericordia. Los regalos que recibes son la salvación de tu alma y la vida eterna en el Cielo. Pero recuerda, debes haberte arrepentido sinceramente de todos tus pecados. Dios no es tonto – Él conoce tu corazón. También recuerda que debes ir a confesión, preferiblemente antes de este día, o tan cerca a él como te sea posible; recibir la Santa Comunión; venerar la Imagen Sagrada de la Divina Misericordia; y ser misericordioso con los demás, por medio de tus acciones, tus palabras, y tus oraciones en su nombre.

Definitivamente es "¡EL DOMINGO DEL NUEVO COMIENZO!"

Capítulo 22

El Alguacil Luder está sentado junto a mí en nuestro vuelo al exterior. No he dormido bien en las noches pasadas y lo único que ha hecho el café es ponerme más nervioso. El estrés de la preparación para el viaje, la ansiedad de pensar si me voy a enfermar en el recorrido, y la presión de lo que me espera a mi regreso a casa, me están poniendo tenso.

Antes de partir, el Padre Bernard, aunque comprensivo con mi compromiso con la peregrinación, me recordó todo el trabajo que queda a la espera de mi regreso. El más importante, y que requerirá la mayor parte de mi tiempo y energía, será la Campaña de Contribución de Capital para ayudar con la financiación de la construcción de la nueva iglesia.

Durante mis días de empresario, agarraba un proyecto de este tipo con ambas manos y no lo dejaba ir hasta que estuviera completo de manera apropiada. Ahora estoy indeciso, porque sé que cuando me sumerja pondré todo de mí. Y eso, de seguro, desatará un mar de ansiedad, alta presión arterial, y una gama de emociones negativas que no estoy seguro si estoy preparado para experimentar nuevamente en un futuro cercano.

"Lo dejo todo en tus manos, Señor," rezo al relajarme en mi silla, y miro por la ventana.

Pasamos por entre las nubes que cubren la mayor parte de Carolina del Norte, y nuestro avión se nivela tan pronto alcanza la altitud de crucero. Volamos hacia el sol acogedor y me relajo instintivamente tan pronto veo esta hermosa escena. Las distracciones son normalmente algo bueno, especialmente cuando estoy preocupado.

Traje conmigo una copia de "Paideia" escrita por Thomas Victor, el libro que Cameron Gambke mencionó en su carta a la Detective Renae, el que según él tuvo un gran impacto en su vida. Planeo leer parte o todo el libro durante el viaje. Tengo la esperanza de que aclarará lo que pasó con Gambke, y quizá entonces pueda ayudar mejor a su hija. El alguacil le echa un vistazo al libro, pero tiene otras cosas en su mente. "Necesito sacar algo de mi pecho antes de que nos metamos en esta travesía circense."

"¿Travesía circense?"

"Sí, ya sabe, viajar por todos lados e ir a diferentes lugares donde las personas probablemente estén todas rezando e intentando salvar mi alma."

"Ah, sí," digo. Aquí vamos. Uno pensaría que luego de su ECM tendría muchas ganas de ir. ¿Qué tan fuertes son las cadenas mentales en su corazón? "Lamento informarle, Alguacil, pero imagino que aunque las personas que va a conocer son amables y cariñosas, y quieren lo mejor para usted, es muy probable que estén pensando en sí mismos y en sus familias y amigos. Claro que rezan por usted en general como pecador, pero también rezan por todos los demás. Qué pena decepcionarlo, pero no todos pasan su día entero pensando solamente en usted."

"Eso no fue lo que dije."

Estoy totalmente seguro de que lo está pensando. No voy a discutir, pero puedo ver una vez más que no se siente cómodo cuando se le pone en su lugar.

"Bueno, mire, sinceramente creo que hay *algo* ahí afuera, simplemente no sé lo que es, y la ECM me lo hizo comprender. Pero… maldición; simplemente voy a decirlo, sin importar lo estúpido que suene. Mi problema con todo esto es que no creo para nada en la religión organizada. Ni lo más mínimo. Hombres y mujeres diciéndole a otros hombres y mujeres cómo vivir sus vidas."

"Pero usted dijo que había hablado con Jesús," señalo.

"Sí, sé que lo dije en la grabación, pero tal vez solo fue una imagen proveniente de la educación religiosa en mi infancia, que estaba grabada en mis bancos de memoria. A lo que me refiero es a que yo sé que pasé por algo, algo muy real. Pero todo el mundo quiere decir simplemente que es 'Dios' o 'Jesús', y no creo que la respuesta sea tan sencilla. Mi punto es que he visto demasiadas cosas en mi vida como para pensar lo contrario. No entiendo a los fanáticos religiosos, por ejemplo. Ya sabe, todo lo se hace 'en el nombre de Dios.' Todo lo que a mí me parece es que son personas intentando controlar a otras personas. Y todo el dolor, el sufrimiento y la maldad. ¿Qué hay de todo eso?" Sacude su cabeza; las cadenas de sus antiguas convicciones no tienen la intención de liberar su cabeza y su corazón.

"Estoy de acuerdo con usted. Me irrita más de lo que puede llegarse a imaginar. Soy atacado a todo momento por personas que simplemente malentienden o que tienen serias confusiones, especialmente cuando llevo puesto mis hábitos clericales."

Se ve sorprendido de que no lo hubiera criticado a él.

"Mire, Padre, usted parece ser una persona razonable, y tenemos un vuelo relativamente largo por delante. ¿Puedo preguntarle por qué cree?"

"Sí, claro. No hay problema." Hago una pausa intentando formular mis palabras de la mejor manera posible antes de continuar.

"Durante mi crianza fui bautizado, asistí a clases de Catecismo, recibí mi Primera Comunión, fui a Confesión, fui monaguillo, y asistí a la Misa la mayoría de los domingos. Pero me di cuenta de que no mucho en el mundo real parecía concordar con lo que se me estaba enseñando. Así que puse atención. Observé.

"Mis padres me hacían ir al Catecismo, pero lo que me enseñaban no coincidía con la manera como mis padres u otros adultos vivían sus vidas. Incluso los sacerdotes – ¡vaya, habían momentos en los que me sorprendía las cosas que decían sobre sus propios feligreses! No fue sino hasta mucho tiempo después, luego de que crecí, que me di cuenta de que todos pecan, de que todos caemos. Sencillamente veo todas las veces que he caído en mi vida, especialmente ahora que soy sacerdote, y aun así sé que Dios todavía me ama y que quiere que me ponga de pie y lo intente de nuevo."

Siento que me estoy desviando del tema, pero parece que él continúa escuchando atentamente.

"A medida que pasaban los años muchas cosas comenzaron a suceder a mi alrededor. Durante la secundaria y la preparatoria las drogas se volvieron muy populares. El sexo también era muy importante. Nadie nunca mencionaba a Dios, jamás, especialmente los compañeros de la Confraternidad de la Doctrina Cristiana que conocí personalmente en mi adolescencia. Así noté la hipocresía de todo esto. Me sentí cansado, y un poco insensible con todo el tema de 'Dios y religión'.

"Afortunadamente, resultó que los esfuerzos de mis padres por inculcarme la comprensión de Dios, el Cielo, el Purgatorio y el Infierno se quedaron conmigo levemente, así que durante mis días en la preparatoria y la universidad mantuve un pie en la iglesia como 'buen muchacho católico' y el otro en el mundo – fiestas, drogas, novias, diversión – jugándome la suerte. Como todos los demás a esa edad, quería simple y llanamente ser aceptado por mis compañeros, y eso era mucho más importante que lo que Dios pensara de mí.

Además, yo sabía que él me perdonaría, y ese era un pensamiento peligroso porque vivía mi vida pensando que sin importar lo que hiciera o dejara de hacer, iría al Cielo. ¿Arrepentimiento? ¿Penitencia? ¿Vivir de la manera que Él deseaba? ¡Por favor! No era necesario en mi opinión."

Sacudo mi cabeza y digo una oración en silencio y agradezco a Dios por salvarme antes de que Él decidiera que mi tiempo en la tierra había terminado.

"¿Y qué sucedió?" pregunta, obviamente todavía interesado en lo que estoy diciendo.

"Algunos amigos comenzaron a caer, ya sabe... a morir. No los amigos de mi familia o personas mayores que conocía, sino mis amigos. De mi edad. Sobredosis. Accidentes automovilísticos. SIDA. Y todo comenzó a tocarme el alma. Volví mi mirada nuevamente al Catolicismo porque imaginé que todo lo malo que sucedía no podía ser todo lo que había en la vida. El lado bueno y sano del miedo comenzó a hacer efecto; el respeto al Señor."

Cuando comienzo a recordar esos primeros años, las dendritas en mi cerebro empiezan a disparar en todos los axones. "Sabe, permítame explicarlo un poco más. Lo que en realidad recuerdo, y lo que se me acaba de ocurrir, es que necesitaba a Dios. Me refiero a que tenía miedo. Así que comencé a rezar como loco y a hacer tratos con Dios. 'Si haces esto por mí, yo haré esto por ti' o algo por el estilo. Sin embargo, desgraciadamente, siempre que todo iba bien, yo regresaba a mis viejas costumbres. De hecho, hasta tuve el descaro de pedirle a Dios que bendijera mis actividades pecaminosas, ya sabe, de que me mantuviera a salvo mientras hacía lo que se me daba la gana en la vida. Y cuando todo cambiaba y se ponía mal, por mí culpa, no la Suya, yo rezaba todavía más. Necesitaba a Dios, pero solo a mi manera. Era casi como una máquina tragamonedas. Inserte la moneda, y espere ganar el premio mayor. Inserte una oración, y espere a que sea respondida. Tenía una vida de oración, claro, pero era muy inmadura. ¿Una relación personal con Dios en la que Él era mi mejor amigo porque me amaba mucho y quería lo mejor para mí si tan solo yo escuchara y viera el camino que Él claramente ponía frente a mí? Ni pensarlo.

"Para esa época me 'gradué' en el mundo de los negocios, trabajé a un ritmo de mil por hora, y me convertí en profesional en el juego político de la traición, viajando por el camino dorado que de acuerdo a las enseñanzas de mis profesores universitarios era la meta definitiva. Y luego todo cambió.

"Me contagié con un virus bastante serio que me envió al hospital por semanas, y todo el mundo pensó que quedaría paralizado de por vida. Nunca recé tanto ni tan fuerte en mi vida. Personas que yo ni siquiera conocía rezaban por mí. Eventualmente recuperé mi salud y salí ileso, pero aquello fue mi llamado de atención. Mi salud era muy, muy importante para mí y esa era la única manera que Dios sabía de seguro obtendría mi atención. A este día aún creo que es así."

Miro al alguacil con la esperanza de que vea tal vez que su ECM fue su llamado de atención. Captó un mensaje – estoy seguro – pero, ¿lo interpretará correctamente? ¿O quizá su mente analítica y cansada continúa gobernando todo su ser? Está callado pero sus ojos se clavan en los míos.

"Y entonces en ese momento de mi vida me encontré en una encrucijada. Sabía que tenía dos opciones; el seminario o el matrimonio. Escogí el sacerdocio o, más específicamente, él me escogió a mí."

Lo veo mirando su reloj. Tal vez no voy al punto lo suficientemente rápido. O quizá no le guste lo que está escuchando, como sí por lo que pasé en mi vida no tuviera nada que ver con lo que le ha pasado en la suya. De ser así, ¿Por qué se molestó en preguntar?

"Como lo dije antes, sencillamente sabía que había 'algo' ahí afuera; podía sentirlo. Y aunque seguía completamente inmerso en las costumbres mundanas, continuaba buscando. Leí la Summa Theologiae de Santo Tomás de Aquino, en la cual postuló cinco pruebas de la existencia de Dios. Por ejemplo, argumentó que existe la necesidad de una 'causa suprema' en el universo. Existe la necesidad de una 'primera causa' – nada comienza a existir sin una causa. Existe la necesidad de un 'Ser Necesario' que haya puesto todo en marcha. Existe la necesidad de un 'Ser Supremamente Perfecto' que sea omnipotente para haber creado nuestro mundo de manera tan perfecta como lo fue hecho. Y, por último, existe la necesidad de un 'Diseñador Inteligente.' Esto me pareció totalmente lógico."

Asiente con su cabeza; tal vez su investigación reciente sobre las ECM le parezca más relevante ahora.

"Tenga un poco de paciencia conmigo, pero debo decirle, comencé a mirar seriamente dichas pruebas. Por alguna razón, *eso* se quedó conmigo. Más específicamente, recuerdo de mis días de

Catecismo que Dios se reveló a nosotros; Desde ese entonces, Él nunca nos ha dejado. Por ejemplo, de mis clases de astronomía y geografía en la escuela y la universidad pude ver en el ámbito material todas las cosas hermosas, en la tierra y en el universo, que fueron hechas por Dios.

"Y la ley moral natural que puso en nuestros corazones, nuestra 'voz de la conciencia' también se volvió más clara para mí. Supe que sin importar lo mucho que le mintiera a todos a mi alrededor, no podía evadir el hecho de que en verdad sabía que era lo correcto y lo incorrecto.

"Luego, ahondé en las Sagradas Escrituras para ver cómo Nuestro Señor nos dio el ejemplo definitivo a seguir – Él.

"Finalmente, miré la Tradición Sagrada, la sabiduría que dejaron como legado los Apóstoles que estuvieron con Nuestro Señor mientras Él estuvo aquí en la Tierra, los Padres de la Iglesia, y sus sucesores. Estaba sorprendido de lo mucho que sabían en ese entonces, y cómo todo aplica actualmente.

"Básicamente comencé a ver que a medida que aumentaba nuestro conocimiento y comprensión del mundo que nos rodea, y a medida que nuevos descubrimientos abrían nuestras mentes a nuevas ideas – por ejemplo temas como los embriones humanos o la eutanasia - las enseñanzas de la Iglesia también evolucionaban naturalmente con el fin de abordarlas. Así que cualquier persona sensata, especialmente alguien como yo que no soy la persona más inteligente por ahí, podía ver que lo que sucedía era mucho más que una 'casualidad'.

"En el seminario, descubrí la armonía que existe entre la fe y la ciencia. Leí obras importantes de ganadores del Premio Nobel, de ganadores del Premio Templeton, de físicos de Harvard y de otros biólogos, científicos y cosmólogos eruditos – todos ellos ilustrados – que se inclinaban hacia el diseñador inteligente porque todo lo que veían apuntaba no en la dirección contraria, sino hacia él. Muchas personas llegaban a la conclusión de que éste mundo había sido diseñado de manera meticulosa para poder sustentar la vida como la conocemos. Llegaron a convencerse de que nuestra existencia, en este planeta capaz de sustentar vida como la nuestra, de entre todos los demás planetas en el universo, era en realidad milagrosa.

"Al final, estaba profundamente conmovido por la manera como éstas personas admiten que simplemente no tienen las herramientas – y probablemente nunca las tendrán – para dar respuestas solidas a todas aquellas preguntas. Han comenzado a reconocer que existe algo que es mucho más grande, e infinitamente más inteligente, que el hombre."

"¿Y qué hay de la teoría del Big Bang?" pregunta. "¿Cómo puede debatirla?" su rostro permanece pasivo, pero su tono es acusatorio.

"La Iglesia no tiene inconveniente con la teoría del Big Bang porque dicho suceso fue dirigido por el Diseñador Inteligente – Dios. Me refiero a que la ciencia ha descubierto orden en el universo y ha identificado el balance complejo y necesario que debe existir para que nuestro mundo, nuestro universo, y la vida misma se sustenten. Incluso la metafísica muestra que el universo no pudo haber sido creado de la nada. Digo, ¡la nada es la nada!"

Su rostro no muestra expresión alguna, así que termino mi respuesta excesivamente larga a su pregunta.

"En conclusión, finalmente vi que volvía directamente a donde Él me había estado guiando todo el tiempo – de vuelta a Él. Me volví humilde y me di cuenta de que Dios es Dios, y yo no lo soy."

Está pensativo y le cuesta entender lo que acabo de decirle.

"No lo sé, Padre, todo me suena mucho a ciencia ficción y mentira. Demasiado controlador."

"Mire, usted me pidió tener la mente abierta sobre lo mal que se ha puesto el pecado sexual en este mundo. No, retiro lo dicho, usted me retó. Tenía razón. Yo tenía cierta noción, pero no tenía ni idea del alcance de aquella porquería. Pero de igual forma, ahora le reitero mi reto para que haga lo mismo durante éste viaje. Para que tenga una visión más amplia del mundo. Dios dijo que habría oscuridad, pero también hay luz en todas partes que Él hace brillar para darle al mundo esperanza, guía, y consuelo."

"Lo sé, Padre, y aquí estoy. Pero dígame una cosa, ¿Qué hay de la necesidad de sufrimiento y maldad, eh? Éste 'Gran Dios' del que tanto habla que ha cambiado todo su mundo se debe estar enfocando solamente en usted, pues yo no lo veo."

"Es una pregunta muy común, pero permítame decir algunas cosas que puede que quiera meditar. Esto se remonta al libre albedrío del hombre. Es un regalo fabuloso que Dios nos ha dado, pero cuando los seres humanos lo utilizan mal, todos sufrimos. ¿Pero es eso culpa de Dios?"

"¿Y entonces por qué Dios no protege a todo el mundo todo el tiempo? ¿A todos los creyentes?" Da una palmada con sus manos en sus rodillas.

"No sé la respuesta a esa pregunta, Alguacil, pero quizá algún día, durante el Juicio Final."

Una sonrisa de superioridad cruza su cara. Piensa que me tiene acorralado. Prosigo.

"Solo porque no tengo la respuesta completa respecto al misterioso plan de Dios, no significa usted tenga razón en no creer en Él o en Su existencia. Ya le he compartido todas las razones para creer en Él. Y mire todo el bien a su alrededor, sí que hay mucho bien.

"Pero volvamos a lo del sufrimiento. Mire el valor que le ha traído a mi propia vida. El sufrimiento por el que pasé de hecho me hizo más fuerte, más sabio, y más empático con los que me rodean. Probablemente también haya tenido tal impacto en usted."

Rápidamente sacude su cabeza, en señal vehemente de desacuerdo. "¿Y todo el sufrimiento innecesario en el mundo? ¿Se supone que de alguna manera debe moldear el carácter de todas esas pobres personas?"

"Alguacil, no voy a discutir con usted porque, como ya lo dije, no puedo explicarlo completamente, pero definitivamente siento el dolor de todos a mi alrededor, igual que usted. Y hasta cierto punto estoy de acuerdo con usted – ambos hemos visto cosas en nuestra vida que simplemente no podemos explicar. No se imagina las tantas veces que he tornado mis ojos a Dios, esperando una explicación, pero sin poder encontrar ninguna. Sin embargo rezo para nunca perder la esperanza de que esté ahí aunque mi mente finita no la pueda comprender. No pretendo sonar trillado, pero sufrir es de humanos. Al menos los creyentes tenemos esperanza y respuestas para el sufrimiento por medio de la Biblia y la Sagrada Tradición que nos ayudan a entender su propósito, así sea sutilmente.

"Mire, estamos destinados a ser el cuerpo de Cristo – Sus brazos, Sus pies, Sus piernas, Su boca, Sus oídos – con la gracia de Dios, cada uno de nosotros puede hacer mucho para aliviar el sufrimiento de los demás. Eso, también, es parte del plan de Dios. Él quiere que amemos a los demás igual que nos amamos a nosotros mismos. El sufrimiento puede tener un propósito positivo cuando aprendemos a extendernos más allá de nuestra vida y aprendemos a ayudar a los demás. Dios nos dio la habilidad de ser compasivos y empáticos por una razón, para poder preocuparnos y ayudar a aquellos que lo necesitan."

La tripulación de vuelo inicia los procedimientos de aterrizaje, y todos obedientemente regresan sus asientos y bandejas a la posición vertical, y guardan los objetos que sacaron durante el vuelo.

Miro por la ventana y veo la silueta de la ciudad de Nueva York, y recuerdo aquel día infame del 11 de septiembre, hace ya un poco más de una década, cuando el horizonte de la ciudad se veía muy diferente – oscuro, lleno de humo y hostil. Me recuerdo nuevamente a mí mismo - confía en Dios, porque Él estuvo aquí en ese horrible día, Y está aquí en este momento y por toda la eternidad.

Mirando hacia la misma silueta, el Alguacil Luder da su última palabra. "Apuesto que para ustedes los sacerdotes y sus compañeros de trabajo religiosos fue un gran reto hablar con su rebaño aterrorizado después del 9/11."

Mi mirada se clava en la suya. "Nos movemos por la fe, Alguacil, no por la visión, y la fe es un regalo de Dios si así lo pedimos."

Da un gruñido y reclina su cabeza hacia atrás. Le pido a Dios que le de dicho regalo, porque mi palabra no parece hacer ninguna diferencia.

Capítulo 23

Es el domingo por la mañana en Roma. Llegamos ayer por la mañana desde los Estados Unidos y pasamos las últimas 24 horas aclimatándonos al tiempo y al cambio de la zona horaria. Tuve la oportunidad de comer buena comida italiana y bebí bastante agua para limpiar mi sistema en caso de que cualquier microbio extranjero se esté preparando para un ataque.

Un viaje corto en bus nos lleva a nuestro primer lugar de una de las advocaciones Marianas aprobadas, la Basílica Sant' Andrea delle Fratte. Ya todos se han bajado del bus y han estirado sus piernas, y ahora nos hemos reagrupado en la parte trasera de la Basílica rodeada por el frenesí diario de turistas. El Alguacil Luder se queda atrás pero me alegra que esté aquí para escuchar ésta historia.

Comparto con todos que Marie-Alphonse Ratisbonne era un hombre judío con opiniones anticatólicas fuertes. Fue el heredero de una familia aristócrata de banqueros judíos. Su hermano mayor había decidido no solamente unirse a la fe católica sino también convertirse en sacerdote. Esto causó gran distanciamiento en su familia y, en consecuencia, llegó a odiar la fe católica y, literalmente, todo lo relacionado con el catolicismo.

Mientras recorría Roma se encontró con un Barón quien lo desafió a una prueba – vestir una medalla de la Virgen María, la "Medalla Milagrosa" – y además rezar el Memorare todas las mañana y las tardes. Él aceptó hacerlo en tono de burla.

Muchas de las personas asienten con la cabeza y algunos estiran las manos detrás de su cuello para sacar sus propias 'Medallas Milagrosas'; sacramentales que probablemente han llevado consigo por décadas.

El Barón también pidió a muchos de sus amigos que oraran por la conversión del Sr. Ratisbonne.

"Poco después, el Barón vio al Sr. Ratisbonne de rodillas rezando en ésta iglesia, lo cual, por supuesto, conmovió al Barón e hizo que rompiera en llanto."

Saco mi propio paquete de notas que he creado para otras peregrinaciones anteriores.

"En sus propias palabras, esto fue lo que Marie-Alphonse

Ratisbonne le dijo al Barón que le había sucedido:

'Apenas había entrado a la iglesia cuando una gran confusión se apoderó de mí. Cuando levanté mi mirada, me pareció que toda la iglesia había sido consumida por la sombra, excepto una capilla. Fue como si toda las luz estuviera concentrada en solamente aquel lugar. Miré hacia dicha capilla sobre la cual brillaba tanta luz, y encima del altar se encontraba una figura viva, alta, majestuosa, hermosa y llena de piedad. Era la sagrada Virgen María, igual a la figura en la Medalla Milagrosa. Al ver esto caí de rodillas inmediatamente en mi lugar. Sin poder levantar la mirada debido a la luz cegadora, enfoqué mi mirada en sus manos, y en ellas pude leer la expresión de la misericordia y el perdón. En presencia de la Santísima Virgen, aunque no me dijo ni una palabra, comprendí la situación tan desagradable en la que me encontraba, mis pecados y la belleza de la Fe Católica.'

El alguacil empieza a fruncir el ceño. Se aleja de la multitud y comienza a deambular sin rumbo fijo por toda la Basílica.

Como si nada, comparto con el grupo que el Sr. Ratisbonne fue llevado por el Barón ante un sacerdote. Sollozaba bastante, pero finalmente sacó la Medalla Milagrosa y le dijo al sacerdote que la señora que vio en la iglesia era la señora de la medalla. El Sr. Ratisbonne se confesó en ese momento con el sacerdote, y eventualmente fue bautizado y confirmado en la Iglesia Católica, y recibió su sagrada Primera Comunión. Sabiendo que su mundo entero de familia y amigos se burlaría de él, ingresó al convento de los Jesuitas para hacer un retiro. Bajo la dirección del Sr. Ratisbonne, un famoso pintor realizó una pintura de Nuestra Señora exactamente como él la recordaba. A su finalización, fue colocada en el lugar donde ocurrió la aparición.

"Con el tiempo hubo tantos milagros atribuidos a María que el Altar fue elevado a nivel de Basílica, y luego fue ennoblecida a la iglesia de un Cardenal. Es aquí donde nos encontramos hoy, aquí y ahora. Luego de una profunda investigación, las apariciones fueron aprobadas por la Santa Sede el 3 de junio de 1842. El Papa Juan Pablo II visitó ésta Basílica el 28 de febrero de 1982."

Cuando salimos de la Basílica, frente una cavidad lateral que aloja una estatua de la Santísima Virgen María, vemos a un grupo de peregrinos, dirigidos por un sacerdote filipino, que reza el "Memorare."

"Acordaos, ¡oh piadosísima Virgen María!, que jamás se ha oído decir que ninguno de los que han acudido a vuestra protección, implorando vuestra asistencia y reclamando vuestro socorro, haya sido desamparado. Animado

por esta confianza, a Vos también acudo, ¡oh Madre, Virgen de las vírgenes!, y gimiendo bajo el peso de mis pecados me atrevo a comparecer ante vuestra presencia soberana. ¡Oh Madre de Dios!, no desechéis mis súplicas, antes bien, escuchadlas y acogedlas benignamente. Amén."

Al subir al bus para el viaje de 12 horas que tenemos por delante, veo al alguacil con su cabeza clavada en el libro de la excursión, pasando las páginas con descuido. No hace contacto visual conmigo. Me sorprende ver cómo éste hombre adulto se comporta como un niño consentido que claramente no quiere estar aquí, pero que también quiere asegurarse que todo el mundo lo sepa.

Capítulo 24

Ayer, el viaje en bus hasta el pueblo de Laus al sur de los Alpes franceses, levantó aún más mi ánimo. Las laderas y los paisajes fueron impresionantes. Sentí la paz de Dios dentro de mí mientras viajábamos por Su hermosa creación. Internalicé tanto como me fue posible antes de que el sol se escondiera y cayera la oscuridad.

Nos reunimos esta mañana sobre una loma cubierta de hierba, bajo cielos despejados y un sol suave, y me alegra ver que el alguacil está presente y preparado, y doy inicio a nuestro día:

"Durante 54 años – de 1664 a 1718 – la Virgen María se le apareció a Benoite Rencurel, también conocida como Benedicta. En resumen, su padre murió cuando ella tenía siete años, lo cual dejó a su familia desamparada y en pobreza extrema. No podía ni leer ni escribir, y la única educación que recibía venía de las homilías que escuchaba durante la Misa Dominical. Se le conocía por ser terca, mal educada y descortés. Cuando tenía diecisiete años, la Virgen María comenzó a aparecer frente a ella, formándola e instruyéndola, como lo hace una buena madre con su hija, y preparándola para una misión especial. Ella había sido escogida para atraer a las personas a la conversión por medio de la penitencia, el ministerio a los penitentes, y la exhortación, o mejor dicho, para leer sus corazones. Recibió un carisma especial para dicha tarea, y muchos de ustedes que han estudiado las vidas de San Juan Vianney y San Padre Pio saben que a estos grandiosos santos también les fue dado tal carisma.

"Con respecto a las apariciones en este lugar, la Virgen María le dijo a Benedicta que le había pedido a su Hijo designar a Laus como lugar para la conversión de los pecadores, y que Él se lo había concedido. Este sitio fue aprobado por el Vaticano en mayo de 2008. Hace poco, el Obispo Jean-Michel di Falco de Gap consideró que ésta ha sido la aprobación más importante sucedida en Francia desde la aparición de Lourdes, la cual visitaremos la próxima semana.

"Y desde el comienzo, justo como Nuestra Señora lo predijo, se han curado toda clase de males aquí, y se han convertido pecadores por montones." Miro a la multitud que nos rodea, y agrego, "Hay aproximadamente 120.000 peregrinos como nosotros que vienen aquí cada año."

Me enfoco de nuevo en el grupo y prosigo. "Durante cuatro meses la Virgen María visitó a Benedicta a diario; durante ese tiempo le hablaba y la preparaba para la misión que les acabo de contar. Nadie le creía.

"El 29 de agosto de ese año, Benedicta le preguntó a Nuestra Señora cuál era su nombre. Ella le respondió, *'Mi nombre es María.'* Y continuó pidiéndole a Benedicta que *'orara continuamente por los pecadores.'*

"Benedicta estaba tan conmovida por las visitas de la Virgen María que su personalidad comenzó a cambiar. Pasó de ser terca y hosca a ser feliz y alegre a todo momento. Esto llamó la atención de muchos, y el mensaje se difundió. Peregrinos comenzaron a llegar al área. Se construyó una iglesia pequeña. La virgen María luego le comunicó a Benedicta que ella era la *'Reconciliadora y el refugio para los pecadores'.*

"María le pidió a Benedicta dirigirse a ciertas almas – le decía literalmente el nombre de las personas con quién debía comunicarse – pero le pidió hacerlo con amabilidad y compasión. Benedicta, llena de humildad por los milagros que había visto, se mostraba reacia y hasta avergonzada de hablar con aquellos que nombraba la Virgen María luego de que conocía sus pecados. Pero la Virgen la guió y le dijo que cuando ayudara a los demás, debía utilizar su corazón, tener paciencia, ser alentadora, no cargar con odio hacia los demás, y no molestarse si las personas no escuchaban su consejo de conversión y arrepentimiento.

"También le dijo a Benedicta que no permitiera ser afectada por *'las tentaciones, los espíritus visibles e invisibles, o por asuntos temporales.'* Y le pidió *'esforzarse para nunca renunciar a la presencia de Dios, porque aquel que tiene fe no se atreverá a ofenderlo.'*

"Ella alentaba a sacerdotes y religiosos a que fueran fieles a sus votos. Así que como pueden ver," ofrezco, "la Virgen María es una madre amorosa, y tiene mensajes para todos nosotros, sin importar el estado en el que vivamos."

Comienzo a subir las escaleras hacia la iglesia y haga un gesto a todos para que me sigan.

"El Padre Antoine Lambert, el Vicario General de la Diócesis de Embrun, pensaba inicialmente que las apariciones eran de naturaleza diabólica, así que pidió un signo como prueba de que la Virgen María en verdad estaba apareciendo. La Virgen le pidió a Benedicta que le dijera al Vicario General que *'él puede hacer que Dios baje de los Cielos por el poder que recibió cuando se convirtió en sacerdote, pero que no tiene exigencias que hacerle a la Madre de Dios'*

Miro nuevamente a mis notas deterioradas, y continúo:

"una mujer muy bien conocida en el área con el nombre de Catherine Vial había estado sufriendo durante los últimos seis años de la contracción de los nervios en sus piernas: ambas estaban dobladas hacia atrás y parecían como si estuvieran pegadas a su cuerpo, y ningún esfuerzo podía separarlas. Su caso había sido declarado incurable por dos cirujanos eminentes. Habiendo llegado a Laus con su madre para realizar una novena, era una pena observarla, pasaba todo el día agachada en la capilla. A eso de la media noche en el último día de la novena, de repente sintió que sus piernas se relajaban y se comenzaban a mover. Estaba curada.

A la mañana siguiente entró a la capilla por sus propios medios mientras el Vicario General celebraba la misa. Su presencia causó bastante revuelo mientras la gente exclamaba, '¡Milagro! ¡Milagro! ¡Catherine Vial está curada!' Conmovido hasta el llanto, al Padre Lambert le costó trabajo terminar su misa. El Padre Gaillard, quien en el momento prestaba sus servicios, escribió, 'Soy testigo fiel de todo lo ocurrido.' Y el Vicario General declaró, 'Hay algo extraordinario ocurriendo en la capilla. Sí, ¡la mano de Dios está allí!'

"Esta iglesia fue construida en cuatro años de la forma como la Virgen María dijo que la quería; una *'gran iglesia construida en éste lugar, junto con una edificación para algunos sacerdotes residentes.'* Había dicho que *'la iglesia será en honor de mi amado Hijo y mío. Aquí muchos pecadores serán convertidos.'* Y le dijo a Benedicta que se le aparecería frecuentemente aquí, y fue exactamente lo que hizo.

"Satán no iba a permitir que este lugar se convirtiera en refugio para los pecadores sin dar la pelea. Durante veinte años bastante hostilidad rodeó a las apariciones y a Benedicta. Fue colocada bajo arresto domiciliario por 15 años, y solamente se le permitía salir para asistir a la misa dominical. Pero Dios siempre gana éstas batallas. El 18 de marzo de 1700, el ángel guardián de Benedicta le dijo, *'La devoción de Laus es la obra de Dios que ni el hombre ni el demonio pueden destruir. Continuará hasta el fin del mundo, prosperando más y más y dando grandes frutos en todo lugar.'*

"Algo importantísimo de notar es que Benedicta tuvo cinco visiones, en un periodo de diez años, de Nuestro Señor en su sufrimiento. Para una de ellas, Jesús le dijo: ***'Hija mía, me presento en*** *este estado para que puedas participar en mi Pasión.'* Quería que viera lo que Él sufrió por toda la humanidad.

"Durante una de las visitas, la Virgen María le pidió a Benedicta prevenir a mujeres y jóvenes sobre no llevar vidas de escándalo, especialmente a aquellas que tienen abortos, las adineradas injustas, y las perversas."

Capítulo 25

Es martes; estiro mis brazos hasta arriba y respiro el aire fresco de la montaña aquí en La Salette, Francia. Luego de un recorrido de cuatro horas en bus desde Laus, llegamos a nuestro hotel a tiempo para pasar una noche de descanso tranquila y completa. Ésta área pintoresca y montañosa hace que mi corazón salte de alegría.

Mi ensueño matutino es interrumpido repentinamente por alguien de nuestro grupo que anuncia que acaba de escuchar en la televisión que hubo un atentado con bombas en la Maratón de Boston. Generalmente en estos viajes todos intentan desconectarse del mundo, pero la televisión en el vestíbulo del hotel mostraba imágenes de lo que había sucedido el día anterior. Aparentemente algunas personas murieron y muchas más fueron heridas. La búsqueda de los responsables está en marcha y rezo porque capturen rápidamente a los que hicieron algo tan despreciable. No tengo vacilación para decir que estoy cansado de esta mierda que es el terrorismo, y estoy seguro que todos están de acuerdo conmigo.

"comencemos esta mañana con una oración por las víctimas, las familias y los amigos de aquellos que fueron asesinados o heridos durante el ataque terrorista de la Maratón de Boston ayer, y por la justicia y el cambio de corazón para los responsables. Oremos también por todos los que trabajan en el caso, y por la sanación de todos los involucrados."

El Alguacil Luder sonríe sarcásticamente. Nuestros ojos se encuentran. Probablemente piense en la conversación que tuvimos durante nuestra ruta a Nueva York hace algunos días con respecto a la maldad y el sufrimiento en el mundo. Mantengo la mirada fija. Dios aún está a cargo, estoy seguro de eso.

Devuelvo mi atención al sitio de la aparición y le comunico al grupo que ocurrió en 1846. Le sucedió a dos niños mientras cuidaban ovejas. Una niña de catorce años y un niño de once. Sus padres no eran católicos practicantes. Eran una familia bastante pobre. Cuando despertaron de su siesta después del almuerzo, vieron un globo de luz brillante el cual describieron como 'más brillante que el sol'. Comprensiblemente estaban asustados. Comenzaron a correr, pero luego vieron a una señora en llanto sentada con su cabeza entre las manos.

"Se levantó, los miró, cruzó sus brazos, y les pidió amablemente que se acercaran a ella. Llevaba puesto un crucifijo en su cuello, y les habló primero en francés y luego en el dialecto de los niños. Les dijo que deberían repetir su mensaje a todas las personas. Pero ellos no hablaban francés. Y así, por la gracia de Dios, ¡aquellos niños empobrecidos y analfabetas de repente pudieron hablar francés fluidamente!

"La señora les contó un secreto que posteriormente escribieron y entregaron al Papa. Posteriormente, el Papa resumió los secretos de La Salette diciendo "¡Si el mundo no se arrepiente, perecerá!"

Hago una pausa antes de continuar y dejo que el mensaje decante en todos.

"Los enemigos de la Iglesia, los Marxistas, los francmasones y los librepensadores de la época estaban por encima del tema. Los modernistas habían estado intentando clavar una estaca en el corazón de la Iglesia de Dios cuando se enteraron de ésta supuesta aparición y el 'secreto' que llevaba consigo."

Comparto una parte del mensaje tan importante de Nuestra Señora, ajustando la velocidad de mis palabras acordemente:

"Si mi pueblo no quiere someterse, me veré forzada a dejar caer el brazo de mi Hijo. Es tan fuerte y tan pesado que no puedo sostenerlo más. ¡Hace tanto tiempo que sufro por ustedes! Si deseo que mi Hijo no les abandone, estoy encargada de orar sin cesar por ustedes y ustedes no escuchan. Por más que recen, por más que lo hagan, ¡¡jamás podrán recompensar el dolor que he asumido por ustedes!"

"Les he dado seis días para trabajar, me he reservado el séptimo, y no me lo quieren conceder. Esto es lo que hace tan pesado el brazo de mi Hijo. Y también aquellos que conducen los carros no saben jurar sin poner el nombre de mi Hijo en medio. Estas son las dos cosas que hacen tan pesado el brazo de mi Hijo."

"Si la cosecha se pierde, es sólo por culpa de ustedes. Les hice ver el año pasado con las patatas y ustedes no escucharon. Al contrario, cuando encontraban las patatas podridas, juraban poniendo el nombre de mi Hijo en medio. Éstas seguirán pudriéndose, y este año, en Navidad, no habrán más."

"Si tienen trigo, no deberán sembrarlo. Las bestias comerán todo lo que siembren. Y todo lo que crezca se hará polvo cuando lo trillen. Sobrevendrá una gran hambruna. Antes de que la hambruna llegue, Los niños pequeños

padecerán temblores y morirán entre los brazos de las personas que los lleven. Los hombres harán penitencia con el hambre. Las nueces se estropearán y las uvas se pudrirán."

También le comparto al grupo que para diciembre de ese año, los cultivos evidentemente habían sido golpeados por las enfermedades, y el año siguiente en toda Europa una hambruna cobró un millón de vidas – solamente en Francia murieron cien mil personas. Lo que fue dicho sobre las patatas, las uvas y las nueces también se cumplió. La horrible enfermedad del cólera le causó la muerte a muchos.

"Además se dieron mensajes que instaban a las personas a orar al menos cada mañana y cada noche. Miremos algunos de los otros mensajes."

"Tan solo unas mujeres mayores van a Misa en el verano, y de resto trabajan todo el día domingo. Y en el invierno cuando no tienen más que hacer van a la iglesia para burlarse de la religión. Durante el tiempo de Cuaresma, ¡van a los carniceros como si fuesen perros!"

"Los sacerdotes, ministros de mi Hijo, por su mala vida, por sus irreverencias y su impiedad al celebrar los santos misterios, por su amor al dinero, a los honores y a los placeres, se han convertido en cloacas de impureza. Sí, los sacerdotes piden venganza, y la venganza pende de sus cabezas."

"Muchos abandonarán la Fe, y el número de Sacerdotes y religiosos que se separarán de la verdadera religión será grande."

"Se oirán voces en el aire… predicarán un Evangelio contrario al de Jesucristo, y negarán la existencia del Cielo."

"Habrán asesinatos, odio, envidia y engaño sin amor o compasión entre los países."

"Dios va a castigar de una manera sin precedentes. ¡Ay de los habitantes de la tierra! Los jefes, los conductores del pueblo de Dios, han descuidado la oración y la penitencia, y el demonio ha oscurecido sus inteligencias. Dios abandonará a los hombres a sí mismos y enviará castigos uno tras de otro. La sociedad está en vísperas de las más terribles calamidades y los más grandes acontecimientos. Se verá obligada a beber del cáliz de la cólera de Dios."

"La Tierra será castigada con todo género de plagas, además de las plagas y las hambrunas que estarán por todos lados. Habrá una serie de guerras, hasta la última. Antes que eso suceda, habrá una especie de falsa paz en el mundo; no se pensará más que en divertirse; los malvados se entregarán a toda clase de pecados. Dichosas las almas humildes guiadas por el Espíritu

Santo, Yo combatiré con ellas hasta que lleguen a la plenitud de la edad."

"Se cambiarán las estaciones... el agua y el fuego causarán en el globo terrestre movimientos convulsivos y horribles terremotos... habrá guerras, hasta la última que la harán los diez reyes del Anticristo... Caerá fuego del Cielo... Finalmente, el sol se oscurecerá, solo la fe vivirá... entonces será la paz, la reconciliación de Dios con los hombres; Jesucristo será servido, adorado y glorificado. La caridad florecerá en todas partes... y los hombres vivirán en el temor de Dios."

Hago otra pausa y observo los cientos de peregrinos paseándose por todas partes.

Luego de algunos segundos, agrego:

"Consideren algunos de los eventos históricos más importantes que ocurrieron aquí durante dicho periodo. Ésta aparición ocurrió en 1846, ¿verdad? Ya que todos somos de los Estados Unidos, tengan en cuenta que la Guerra Civil Americana comenzó en 1861. Más de 600.000 personas murieron; más de 400.000 fueron heridas. ¿Y qué hay de la Primera Guerra Mundial de 1914 a 1918? Más de ocho millones de muertos; 21 millones de heridos; y casi ocho millones de desaparecidos. ¿Y las Segunda Guerra Mundial de 1939 a 1945? Aunque los Aliados ganaron, el coste en vidas humanas fue enorme para ambas partes. Murieron más de 48 millones de militares y civiles. Alrededor de 300.000 personas perdieron su vida o fueron heridas cerca de este lugar. ¿Imaginan lo que eso le causó a las familias en sus hogares? Que no quepa duda. La maldad estaba muy presente durante esta guerra, y no se ha detenido. La virgen María intentaba advertirnos a todos con antelación.

"Paz, oración, penitencia, sacrificio, perdón, amor – de todos – era lo que la Virgen María pedía a cada uno de los habitantes de la tierra en ese momento, y continúa pidiéndolo ahora. Sus peticiones son muy directas y simples, ¿no es así? Creo que la verdadera pregunta es, ¿por qué no todo el mundo escucha? Solamente podemos imaginarlo. ¿Será que todo puede ser coincidencia? Eso es lo que muchas personas han argumentado y lo que quieren creer.

"¿Se refería Nuestra Señora específicamente a éstos eventos y resultados? Solamente Dios lo sabe. Pero tenemos cerebros, inteligencia, el regalo del sentido común y la habilidad de leer y escuchar estos mensajes. Depende de cada uno de nosotros decidir. Hablaremos un poco más de las Guerras Mundiales cuando lleguemos a Fátima, la última parada de nuestro viaje, ¿les parece?"

El grupo se dispersa para un poco de tiempo a solas pero todos se van con pensamientos profundos. Algunas horas después encuentro al alguacil en el bus, evitando mi mirada pero al menos tomando notas.

Capítulo 26

"Me acaban de llamar desde casa. ¡Gina salió del coma!" Me dice un alguacil renovado.

"¡Sí! ¡Muchas gracias, Dios!" Digo automáticamente mientras nos encontramos en el vestíbulo del hotel.

De repente se le ve amargado. No estoy seguro si es por mi oración espontánea, o por lo que está a punto de decirme.

"Le va a gustar lo que le voy a decir," afirma. "Parece que Matt Gambke, el hijo de su novia muerta, Cameron Gambke, fue quien le causó el coma."

Decido ignorar el ataque verbal a mi hombría y la inferencia de que de alguna manera yo estaba de parte de Cameron Gambke. Su alegría por la noticia de que Gina se ha despertado del coma es eclipsada inmediatamente por el resentimiento que siente por Matt Gambke, sin duda impulsado por el odio a su padre fallecido. Sin embargo, la noticia de que Matt Gambke está involucrado definitivamente me despierta interés.

"¿Cómo? ¿Qué sucedió?"

Debido a su entrenamiento en la policía y la información confidencial con la que trata a diario, el alguacil busca algún lugar con mayor privacidad. Nos movemos hacia una ventana lateral y nos sentamos en dos taburetes vacíos.

"Despertó a eso de las cinco anoche. La Detective Gambke fue a visitarla, y Michele estaba allí."

Se detiene nuevamente. Me pregunto si se supone que debo rogarle que me dé más información.

"¿Con quién habló? ¿Con la Detective Renae?"

"Eso es algo que usted no necesita saber."

Sacudo mi cabeza frente a este juego pueril que está jugando, pero aun así estoy interesado en los detalles. Por alguna razón, ya estoy involucrado en este drama en desarrollo.

"¿Y entonces, que sucedió?" pregunto nuevamente.

"¿Puedo confiar en usted?" me pregunta.

"Esa es una pregunta ridícula, Alguacil. Aparentemente se sintió más que dispuesto a confiar en mí cuando me contó sobre su experiencia extracorpórea, diciéndome que podría perder su trabajo si yo decía algo, ¿y ahora me pregunta si puede confiar en mí? ¿A quién le voy a contar? ¿A quién conozco que lo conozca? ¿A la Detective Renae? Ella ya está en su equipo."

Asiente con la cabeza. "Tiene razón. Pero debe mantenerlo confidencial, ¿entendido?"

"Sí, claro, entendido."

"Pues bien, Parece que Gina dijo que estuvo con Matt Gambke la noche que perdió el conocimiento. Él le había dicho a la mamá de Gina que la llevaría al cine. No había nada de raro en eso ya que son hermanastro y hermana. Él solía llevarla al cine todo el tiempo antes de convertirse en un adolescente arrogante. Pero esa noche no fueron a ver una película. Su memoria no es muy clara, pero dice que cuando preguntó qué era lo que sucedía, Matt le preguntó si ella quería hacer parte de una película. Ella dijo, 'por supuesto.' Terminaron en una casa que ella no reconocía y que no estaba amoblada ni nada, y había un par de tipos con máscaras.

"De hecho, la última cosa que recuerda claramente es la Sprite que Matt le dio de camino a la casa. Es su bebida favorita, una que Michele no le permite beber muy seguido, y estaba molesta porque quería beber una durante la película. Todo lo demás después de eso está en blanco."

"¿Qué cree que sucedió en realidad?" pregunto.

"¿Ha escuchado sobre la GHB?" mira por encima de mi hombro, asegurándose de que nadie esté al alcance del oído.

"Desafortunadamente, sí. Es una de las drogas de la violación, ¿cierto?" Esto se había convertido en una verdadera amenaza para nuestros adolescentes y adultos jóvenes en la Diócesis de Brooklyn, así que por supuesto que sé de su existencia.

"Sí, quiere decir 'gamma hidroxibutirato' pero se le conoce con diferentes nombres callejeros en inglés como 'G', 'Georgia Home Boy', 'Grievous Bodily Harm', o 'éxtasis líquido.' También existe algo llamado 'Rohypnol' que causa el mismo efecto. A esa también la llaman de otras maneras como la píldora 'olvídame.' Oh, y los desgraciados también utilizan medicamentos bajo prescripción médica como el 'clonazepam' que se vende aquí como 'Klonopin,' y en México como 'Rivotril', y de igual forma el 'alprazolam,' que se vende como 'Xanax.'"

Asiento con la cabeza e imagino con tristeza hacia dónde va esta historia, y me preparo. Algunas personas dicen que el hecho de tener conocimiento sobre éstas drogas solamente empeora las cosas o le enseña a otros cómo hacer algo malo. Pero en verdad es todo un dilema – yo soy del grupo que dice que conocer las cosas que te hacen daño a ti o a otras personas es bueno si utilizamos dicho conocimiento para ayudar. Enterrar la cabeza en la tierra solamente asegura que los malos tendrán la ventaja.

"Cuando le sacaron sangre a Gina en el hospital, vieron que contenía rastros de GHB. Pero como también toma otros seis medicamentos, su análisis de sangre fue un poco errático. Ahora todo tiene sentido. Desafortunadamente, la combinación causó que entrara en coma."

Hace silencio y sus puños se envuelven en un nudo apretado.

"Casi la mata," agrega mientras choca su puño contra una de sus rodillas, su rabia evidente en lo tenso de su mandíbula, y prosigue.

"Todos estos malditos pedazos de mierda, y probablemente hombres de todas las edades e incluso mujeres que quieren aprovecharse de otras personas, utilizan esas drogas. Son depresores. No tienen color, olor ni sabor, lo que significa que las víctimas ni siquiera se enteran de que están ahí. Generalmente lo colocan en alguna bebida cuando la víctima está distraída. O alguien prepara o les compra una bebida y coloca la sustancia antes de entregársela. Normalmente no deja totalmente inconsciente a la víctima; simplemente la pone en un estado de semi-parálisis y confusión.

"Con lo que cuentan esos tipos es que, luego, en la mayoría de los casos, la víctima no recuerda claramente lo que sucedió. Lo que buscan es una sumisión completa y total, y usualmente es exactamente lo que consiguen. La víctima no tiene la capacidad de luchar. Hay pérdida de la memoria y por consiguiente, la víctima no puede acusar a nadie luego de lo sucedido.

"Muchos de ellos utilizan condones para no dejar ninguna evidencia de ADN. Y ésta es una de las razones principales por las cuales a los violadores se les ve tan mal en la prisión – son mariquitas completas y no son lo suficientemente hombres como para conseguir sexo por sí solos. Tienen que recurrir a trucos – creen que son muy listos porque tienen sexo sin ser atrapados… hasta que son atrapados. Sus compañeros en la prisión los convierten en sus amantes y si dicen que no, es solo cuestión de tiempo para que se vuelvan sus 'compañeros de cama.' ¿No es adorable la justicia?"

Nos quedamos un momento en silencio, y un sentimiento de depresión insidioso comienza a apoderarse de mí. Siento mucho pesar por todas las víctimas de los ataques sexuales – pasadas, presentes y futuras.

"Alguacil, tengo que preguntarle. Todo esto suena tan inútil. ¿Qué pueden hacer las personas para protegerse, digo, del lado de la ley?" Sé que la Detective Renae me contó lo que pensaba, pero también quiero escucharlo desde la perspectiva del alguacil. El peso del tema y el darme cuenta de lo que le sucedió a Gina hace que mis hombros bajen, y mi voz baja al mismo tiempo cuando hago la pregunta.

Se ve un destello en sus ojos y suelta la respuesta de inmediato.

"En el caso de Gina, con su síndrome de Down, en realidad no sé qué podría haber hecho. Ella confiaba en su hermanastro, al igual que su madre. Pero vamos a arrastrar su trasero hasta la justicia. Y luego intentaremos enseñarle nuevas formas de protegerse.

"¿Y los demás? Fácil. Siempre se lo digo a las jóvenes en la escuela y la universidad, y se lo he dicho a mi hija miles de veces. Solo deben ir a las fiestas con un grupo de amigos que prometan, y por supuesto que cumplan con, cuidarse mutuamente. Deben estar muy atentas con todos los que las rodean.

"Siempre deben tener a la vista sus bebidas, desde el momento en que son servidas hasta que se las terminen, ¡siempre! Si van a la pista de baile, algún amigo confiable debe quedarse; alguien que pueda permanecer concentrado en sus bebidas y que no se distraiga. Esto elimina la posibilidad de que alguien ponga algo en una bebida desatendida. Si nadie está dispuesto a cuidar las bebidas, entonces deben tirarlas y comprar otras. Sé que puede ser costoso, pero ese costo se incrementa por montones si son violadas.

"Y si comienzan a sentirse mal, o si se sienten muy borrachas, o como si estuvieran perdiendo el control, ¡deben decirle inmediatamente a un amigo en el que confíen e irse! O deben llamar a alguien para que las recoja de inmediato. Por último, no deben colocarse en una situación vulnerable al intoxicarse, como por ejemplo bebiendo demasiado alcohol o consumiendo drogas. ¿Por qué hacérselo más fácil a esos malnacidos?"

Lo interrumpo. "Sin embargo eso no quiere decir que merezcan ser violadas, ¿verdad? Digo, si están intentando divertirse y quizá beben demasiado, ¿no deberían sentir como que aun así pueden ser protegidas?"

Me mira con furia en sus ojos.

"¡Por supuesto que no! No puedo creer que haya dicho eso, luego de todo lo que me ha sermoneado. Primero que todo, esas muchachas son muy jóvenes para estar bebiendo o consumiendo drogas, así que ni siquiera debería inferir que es aceptable hacerlo. Segundo, usted me habla a toda hora del libre albedrío. Ellas deberían tomar su 'libre albedrío' y no echarse su propio infierno encima, manteniéndose sobrias y en un ambiente seguro. O si no el 'libre albedrío' de esos bastardos hará una miseria de sus vidas. Lo he visto una y otra vez.

"Pero, a ese respecto, si por alguna razón se han puesto en una posición vulnerable, por supuesto que no insinúo que merecen ser violadas. ¡Es un crimen! Lo que digo es que deben protegerse a sí mismas, a toda hora y en todo lugar."

Asiento con mi cabeza y aprecio su aclaración. "Sí, lo sé, tiene toda la razón. Simplemente es que esto parece suceder demasiado. Todo el asunto me molesta mucho."

Se calma un poco al ver que no lo cuestiono sino que solamente intento comunicarme y entenderlo todo.

"Mire, permítame contarle la historia de una situación que se ha quedado conmigo todos estos años. Considero que es una manera apropiada de que estas jovencitas vean cómo deben vivir sus vidas. Es sobre uno de mis amigos en la escuela, un jugador de fútbol americano que estaba teniendo un excelente último año. Cuatro universidades importantes estaban interesadas en él. Una noche salió de fiesta en su papel de adolescente y terminó en la peor zona de la ciudad, donde le dispararon en el abdomen. Tuvieron que sacarle la mayoría de las entrañas. ¿Se merecía ese disparo? ¡No! Pero le pregunto, ¿qué demonios hacía en el centro en primer lugar? ¡Lo digo en serio! Cuando le pregunté, simplemente me dijo que se había puesto a dar vueltas con algunos de sus amigos.

"¿Es una historia triste? Por supuesto que sí. ¿Merecía que le dispararan por haber estado donde no debería estar? No. El tipo que le disparó fue arrestado y cumplió tiempo en prisión; era un traficante de drogas que pensó que mi amigo el jugador de fútbol americano pertenecía a una pandilla rival. Al final, mi amigo no fue a la universidad y nunca más volvió a jugar fútbol americano. La última vez que lo vi, estaba en prisión por distribución de drogas. Fue la única forma como pensó que podía hacer dinero, porque ni siquiera hizo el esfuerzo de ir a la universidad después de eso. Me sentí enfermo cuando lo vi ahí encerrado.

"Mi punto es que si hay algún callejón oscuro por ahí, ¿Por qué meterse en él? O, con base en lo que estamos discutiendo aquí, digamos que hay una fiesta universitaria y llegan algunas muchachas de secundaria. Ellas no tienen ni idea de las estrategias que los universitarios van a utilizar para meterlas en esa habitación de arriba. ¡¿Por qué están ahí en primer lugar?! ¿Qué demonios creen? ¿Que todos tienen las mejores intenciones, que hay héroes amables y cordiales a su alrededor, y que si se meten en problemas alguien vendrá a rescatarlas y no se aprovechará de ellas? Puede que sean estudiosas y excelentes con la tecnología, pero no conocen las calles y no tienen nada de sentido común. ¿Al menos tienen un plan para protegerse a sí mismas y a sus amigas si deciden tomar la mala decisión de ir a la fiesta? Para mí, todo se reduce a estar consciente de sus alrededores y tomar buenas decisiones, ¡siempre, siempre, siempre!

"Y, Padre, otro Gambke se pasea por el camino de la perdición; e hirió a alguien al igual que su padre. Y ahora tengo a su hermana trabajando para mí y estoy atrapado aquí en el país de la fantasía deseando tener un vuelo fuera de aquí en una hora."

Sacude su cabeza y se queda en silencio.

Cada vez que el alguacil ha dicho la palabra "Gambke" en esta conversación, se le ha deslizado el rencor por la lengua. Y eso incluye a la Detective Renae.

"¡Ay Dios! Que mal," digo después de un momento, y sacudo mi cabeza.

"¿Le parece?" me dice sarcásticamente.

"No, no, digo, sí, estoy de acuerdo, nada de eso está bien, pero se me acaba de ocurrir. Si todo esto resulta ser cierto, quiere decir que no solamente el padre de la Detective Renae era un violador y asesino, sino que ahora también su hermano es un violador. Y ella es la que ha estado intentando ayudar a Gina, a Michele, a usted, a la comunidad. ¿Cómo está ella?"

"Sí. Parece que es cosa de familia." Responde abruptamente, ignorando mi pregunta. No creo que le importe lo más mínimo cómo esté la Detective Renae con todo esto.

Mirando al Alguacil, veo algo que no había visto antes, una sonrisa como de quien lo sabe todo, enlazada con un nuevo nivel de rencor, y un deseo de venganza. ¿Pero venganza en contra de quién? ¿Cameron? Está muerto. ¿Matt? Si de hecho pueden probar que él fue quien lo hizo, entonces se debe hacer justicia de la manera apropiada, ¿pero hasta dónde llegará para infligir su propia justicia sobre él? ¿La Detective Renae? Realmente creo que ella es uno de los buenos, ¿pero lo cree así el alguacil? Si no, ¿entonces para que la contrató en primer lugar?

Repito mi pregunta.

"¿Cómo está? Usted habló con ella. ¿Cómo está tomando la situación?"

"Ella estará bien, Padre. Es una profesional. Sin embargo, hablé con ella nuevamente y tuvimos una pequeña discusión."

Me sorprende que comparta eso conmigo. Después de todo, no puedo decir que tenemos la mejor de las relaciones. Parece que es muy bueno guardándose cosas como ésta. Tal vez me esté hablando como un confidente porque soy un sacerdote. En verdad no logro entenderlo todavía.

"¿Una pequeña discusión?"

"Sí. La Detective Gambke se pregunta cuanta confianza puede poner en la historia de Gina. El caso es un poco problemático cuando se tiene en cuenta el hecho de que Gina tiene síndrome de Down y la mezcla de los medicamentos involucrados. Agréguele a eso el hecho de que ella no recuerda lo que sucedió, y que su historia parece ser errática con otras cosas que sucedieron días atrás, y tenemos una situación bastante complicada.

"La Detective Gambke ya había revisado la casa de Michele para ver si Matt todavía se encontraba allí, pero ya se había ido. Probablemente se enteró con el escáner de policía que Michele tiene. Le dije que diera aviso a todos las agencias de policía sobre su hermano lo más pronto posible, y más vale que no esté intentando encubrirlo. Fue bastante tenso, le cuento, pero dijo que lo haría."

"Pensé que Matt no estaba en el pueblo," digo, preguntándome por qué Matt habría estado en la casa de Michele, por qué Michele tiene un escáner de policía, y cuánta más información tiene el alguacil que nunca será de mi conocimiento. Mi cabeza me da vueltas al intentar encontrarle sentido a todo esto.

"Sí, igual yo. También hablé con ella sobre eso. Me dijo que Michele admitió haber escondido a Matt bajo solicitud de Cameron. Al parecer se había metido en problemas con algo en uno de sus negocios, pero entre más le preguntaba, más reacia se veía a responder. Así que llamé a Michele yo mismo; y ahora que sabe que pudo haber sido Matt, está con toda razón enfadada, muy enfadada. Tengo que tener cuidado con que no lo encuentre y le vuele la cabeza porque probablemente lo haría si tuviera la oportunidad. Aunque aún no sé por qué no me lo dijo."

La voz del alguacil se apaga poco a poco, y se nota una pizca de tristeza y dolor en ella. Michele odiaba a Cameron Gambke, ¿y aun así aceptó recibir a Matt? ¡¿Qué?! Aún defiendo a Renae porque he aprendido a apreciarla cada vez más y en verdad creo que intenta hacer lo correcto.

"Con todo el respeto que se merece, Alguacil, tal vez la Detective Renae esté actuando correctamente. Digo, es algo que se debe considerar hasta que se solucione todo esto."

"Mire, a mí no se me escapan muchas cosas. Sé que ustedes dos son muy amigos. Y está bien, porque parece que usted es bastante amigable con todo tipo de personas. Algún día hasta le cuente algunas cosas sobre su nueva amiguita, la Detective Gambke. Se sorprendería con lo que sé sobre ella."

¿Debo recordarle que Nuestro Señor también se reunió con pecadores, prostitutas y todos los marginados para ofrecerles su guía, apoyo y esperanza? Probablemente no sea el mejor momento para hacerlo, aunque no puedo imaginar que la Detective Renae sea prostituta o marginada.

"Pero debe saber que dado que la Detective Gambke puede tener un serio conflicto de intereses y puede que no continúe en el caso, también he asignado a uno de mis tenientes. Acabo de recibir una llamada de él. Me contó que anoche hicieron un reporte, a eso de las once, sobre una persona que vestía una bata hospitalaria y que se hizo pasar por empleado del hospital; fue visto en la habitación de Gina, y coincidía con la descripción física de Matt Gambke. La enfermera lo vio salir de la habitación y correr hacia la salida más cercana. La misma enfermera jura que lo vio anteriormente paseándose por el vestíbulo pero que se fue tan pronto ella hizo contacto visual con él. Todo lo que Gina pudo decirle fue que él estaba manipulando los tubos que inyectan líquidos en su cuerpo. Dijo que era Matt Gambke, y el video que acaban de revisar lo comprueba."

"¿Cómo y por qué Matt Gambke pudo tener acceso a las batas hospitalarias?" pregunto.

"Si, lo mismo pregunté yo. En el video pudieron enfocar el logo en su hombro derecho. Lo vieron claramente mientras caminada por el pasillo. Decía 'Campos de Serenidad', un hogar de reposo para adultos mayores en el pueblo en que usted vive. Verificamos que trabajó ahí como residente el verano pasado, pero lo despidieron. Parece que algunos de los huéspedes se quejaban de que él hacía cosas inapropiadas. No hemos podido confirmarlo porque sus abogados les han dicho que no se comuniquen con nadie respecto al asunto. Lo que sea que haya hecho se lo guardaron. Probablemente querían evitan la mala publicidad, así que simplemente lo dejaron ir."

Se pone de pie y yo hago lo mismo.

"Bueno, Padre, esas son las noticias. Piense en ello mientras nos escondemos aquí en el Mago de Oz."

Me da el último golpe verbal – al menos por ahora – y sale del edificio hacia el cálido día francés, y me deja solo con mis pensamientos enredados.

Me paso las manos por el cabello y digo en voz alta, "Campos de Serenidad," y recuerdo que fue allá donde mi mamá estuvo internada. ¿Cosas inapropiadas? ¿Qué diablos significa eso? Al igual que hace algunos momentos cuando me enteré de las conexiones familiares de Renae Gambke, se me pasa por la cabeza que Matt Gambke y mi mamá probablemente estuvieron en Campos de Serenidad al mismo tiempo. Papá se quejó con la gerencia sobre lo que mamá le dijo, pero no hicieron nada. ¿Tendría la razón? ¿Sería Matt Gambke? Si es así, ¿qué le habrá hecho?

Al pensar en lo que pudo haberle ocurrido a mamá, me siento enfermo. Mi estómago se revuelve, comienzo a sentir en lo profundo las ansias de vomitar y corro de vuelta a mi habitación. Mis pensamientos se convierten en furia. Si esto es cierto, el Alguacil Luder y yo tendremos algo más en común – nuestra repugnancia por Matt Gambke.

"¡Señor, ayúdame pronto, por favor, porque estoy cayendo rápido!"

Capítulo 27

Veo que el alguacil al menos está haciendo preguntas a las personas a su alrededor y no las ignora como lo hacía al inicio de la peregrinación. Desafortunadamente, su método es decepcionante. Uno de los miembros de nuestro grupo me informó que había escuchado al alguacil hablando entre dientes con indignación y diciendo que no podía creer todas las personas que "acudían en manada como idólatras" a mí como sacerdote católico pidiéndome bendiciones, o que escuche sus confesiones, o simplemente para conversar.

"¿Qué, se cree estrella de rock o algo por el estilo?" se le ha escuchado decir más de una vez. No comprende el punto en lo más mínimo, y mi paciencia va en declive. Comienzo a preguntarme si su ECM fue tan siquiera real en primer lugar.

Aunque debo admitirlo, la distracción de las bufonerías del Alguacil Luder son bienvenidas. Sé que si me entero que Matt le hizo algo a mamá, el deseo de venganza será bastante fuerte. Soy un sacerdote, pero también soy humano, y ella era lo más especial para mí y mi familia.

El viaje a Paris me pone en un estado de ánimo melancólico. Mis visitas anteriores me traen recuerdos vividos de la cultura y la comida, la arquitectura y la vida en la ciudad.

Anoche nos registramos en el hotel. Ahora viajamos al lugar de la aparición y luego de que bajamos del bus, para sorpresa de los que están con nosotros por primera vez, serpenteamos por entre la multitud y pasamos por una calle lateral casi vacía hasta que llegamos a una dirección nada especial, "140 Rue du Bac," donde se encuentran las Hermanas de la Caridad. Hay muchos visitantes y habitantes de la ciudad apresurados por llegar a sus destinos o revisando mapas para identificar los lugares a visitar en sus recorridos, pero todos parecen estar completamente inconscientes de los grandes hechos que ocurrieron en ésta ubicación hace 182 años.

El alguacil ahora se encuentra al frente del grupo, con papel y pluma en mano. No sé qué planea, pero parece que ha vuelto a participar en el proceso. Comienzo por resaltar los eventos que ocurrieron aquí.

"En el momento de ésta aparición particular, el mundo cambiaba rápidamente, y el epicentro era justo aquí en Francia, el centro cultural de Europa. Considerablemente, lo que sucedía aquí, con toda probabilidad, impactaba al resto de Europa, y eso fue exactamente lo que sucedió eventualmente. Los pensamientos, las ideas políticas, y el trastorno general que inició aquí se extendieron por todas partes – en parte bueno y necesario, pero en su mayoría bastante malvado.

"La 'Ilustración' inició en el siglo dieciocho. En pocas palabras, fue un periodo en el que los 'intelectuales' rechazaron los principios religiosos tradicionales y argumentaron que todos y todo se podía entender por medio del razonamiento humano y los métodos estrictamente científicos. La ciencia estaba decidida a ser lo más importante, e iba a responder todas las preguntas a absolutamente todo. Los resultados de dicho movimiento aún envuelven al mundo hoy en día.

"Las 'grandes' mentes de la época se reunieron para propagar sus ideas; entre ellos hombres como Denis Diderot, François-Marie Arouet, mejor conocido como Voltaire, Berkeley, Hume, Descartes, Condillac, Rousseau, entre otros. Recopilaron todas sus ideas en un libro titulado la Enciclopedia que tenía 35 volúmenes para ser exactos. Sus ideas se extendieron rápidamente. Para ayudar en su causa, la imprenta ya había nacido y trabajaba tiempo extra para promover sus ideas revolucionarias.

"Pero esto es lo que verdaderamente estaban patrocinando. Ya mencioné que la ciencia era lo más importante para todas las preguntas del mundo, y había una creencia real en el progreso humano y en la libertad sin límites para el hombre sin restricciones. Por lo tanto, una realidad hedonista tomó fuerza y, ¿adivinen que institución se atravesaba en su camino? Correcto, la religión tradicional. La Iglesia Católica todavía era la institución religiosa preeminente, y aunque la Revolución protestante ya había sembrado raíces, la Iglesia Católica se convirtió en un objetivo muy real y tangible.

"Y entonces, en ese momento, intelectualmente, todo esto acontecía y, desafortunadamente, debido a lo mal que eran tratadas muchas de las personas comunes, había una inmensa exigencia por un cambio. Como tal, en 1789, inició la sangrienta Revolución Francesa. El objetivo explícito de sus líderes era derrocar a los gobernantes de Europa y reemplazarlos con nuevas administraciones – sus administraciones, por supuesto, debían ser manejadas por pensadores 'ilustrados'. Eventualmente, Napoleón Bonaparte se convirtió en el dictador de Francia. Hasta su derrota en la Batalla de Waterloo, él y su ejército básicamente dominaron Europa, la cual incluyó derrotas en Italia y hasta una ofensiva dentro de Egipto, además de la toma del Papa Pio VII como prisionero, y la ubicación de sus Administraciones 'Ilustradas' por todo el continente.

"Con dicho fondo en mente, en 1830, la Virgen María decidió aparecer aquí, directamente en el centro de todo el caos, apenas quince años después de que Napoleón fue derrotado en Waterloo. Los conceptos y las ideas de la Ilustración permanecieron firmemente arraigados y el odio por la Iglesia Católica estuvo en su punto más alto.

"Que no quede duda al respecto. La Virgen María está llena de amor y preocupación por todos sus hijos, pero no es ninguna debilucha. ¿Por qué debería serlo? Es la Madre de Dios. Todos los intelectuales, librepensadores y bravucones militares que clamaron contra la Iglesia no la asustaron en lo absoluto. Y los que puedan unir los puntos, se darán cuenta de que ella aparece siempre donde más se le necesita. Cuando el mundo se encuentra muy necesitado, ella aparece.

"Fue aquí que la joven Catalina Labouré, cuya madre falleció cuando ella apenas tenía nueve años, vino a ésta orden religiosa a la edad de 23. Aunque no tenía una educación sólida, fue igualmente aceptada. Al momento de la muerte de su madre, ella abrazó una estatua de la Virgen María y dijo, 'Ahora, adorada Madre Bendita, tú serás mi madre.' Cuando tenía 18 años de edad, tuvo sueños repetitivos en los cuales un sacerdote se acercaba a ella. Tiempo después vio un retrato del anciano que veía en sus sueños en un hospital en el que trabajaba – el sacerdote en sus sueños era San Vicente de Paul – el fundador de las mismísimas Hermanas de la Caridad de la que pronto ella haría parte. Lo tomó como un signo y así fue como terminó aquí.

"Antes de experimentar las apariciones de la Virgen María casi inmediatamente después de ingresar a la orden, ella continuaba viendo apariciones de San Vicente de Paul en las que él le mostraba su corazón mientras ella oraba en la capilla. Tenía los colores blanco, rojo y negro que representaban lo que le ocurriría, en el futuro, a Francia y a Paris particularmente: La paz, el fuego y los restos carbonizados, respectivamente.

"También vio a Nuestro Señor Jesucristo en la Hostia Consagrada. Además dijo en otra ocasión que veía a Nuestro Señor en el Santísimo Sacramento en todo momento, excepto en las oportunidades en las que dudaba.

"Fue durante la víspera de la fiesta de San Vicente de Paul, julio 18 de 1830, luego de quedarse dormida, que su ángel guardián apareció vestido de blanco en forma de un niño de cuatro o cinco años. Le dijo que lo siguiera ya que la Virgen María la esperaba en la capilla. Catalina lo siguió, y encontró a la Virgen María sentada en la silla del Padre Director. Se lanzó a sus pies en los escalones del altar y colocó sus manos sobre las rodillas de la Virgen María. Más adelante dijo que nunca supo cuánto tiempo permaneció allí, pero que había sido el momento más dulce de su vida. La Santísima Virgen le dijo como debía actuar frente a su director, y le confió varias cosas.

"La Virgen María le contó a Catalina que Dios deseaba darle una misión, pero no se le reveló en ese momento la naturaleza de la misma. Al parecer la Virgen María, al igual que lo hizo con otros visionarios, necesitaba tiempo para preparar a ésta futura santa canonizada para su misión. Le dijo que sufriría mucho, pero que lo superaría todo sabiendo que lo que haría sería para la gloria de Dios. Se enteraría de lo que el 'buen Dios' quería de ella, y de que sería atormentada hasta que le dijera al director lo que debía decir. Que sería contradicha pero que no debería temer porque le sería dada la gracia para hacer lo que debía hacer. Se le dijo que hiciera todo esto con confianza, que lo dijera con simplicidad y de nuevo, que tuviera confianza y no temiera.

"También se le dijo que vendrían tiempos muy ruines, que muchas calamidades se abatirían sobre Francia, y que el trono sería derrumbado. También que el mundo entero se hundiría en todo tipo de miseria, pero que para todos, los grandes y los humildes, que vinieran a la 'base de éste altar,' se derramarían gracias sobre todos aquellos que 'las pidieran con seguridad y fervor.' La Virgen María le dijo nuevamente que vendrían serios problemas, que habría muchos peligros para las comunidades religiosas, incluyendo la de ella, pero que Dios protegería ésta en particular pero no todas las demás.

"Luego la Virgen María dijo, con lágrimas en sus ojos, que 'Habrá bastantes víctimas en el clero de París - El Arzobispo morirá. Hija mía, la Cruz será despreciada y derribada por tierra. La sangre correrá. Las calles estarán llenas de sangre. El Arzobispo será despojado de sus vestimentas.' Le dijo que algunos de estos eventos ocurrirían muy pronto, y otros en 'alrededor de 40 años.'

"La Virgen María le aseguró a Catalina que sus ojos siempre estarían en ella, que le otorgaría gracias, y que también serían dadas gracias especiales a todos aquellos que las pidiesen, pero que deberían orar."

Meto mi mano dentro del cuello de mi camisa y saco la Medalla Milagrosa que llevo conmigo todos los días.

"Para todos los que tienen una de éstas, todo comenzó aquí."

Muchos asienten con la cabeza.

"Se ha convertido en la devoción sacramental más popular desde la introducción del Rosario.

"Ésta era la misión que le había sido dada por Dios, y para la cual la Virgen María la había estado preparando desde la primera aparición en julio. Un globo terráqueo siendo sostenido por la Virgen se convirtió de repente en una imagen de lo que vemos ahora en ésta medalla, con las palabras '*Oh María, Sin Pecado Concebida, Ruega Por Nosotros Que Acudimos A Ti.*' En el reverso se encuentra la letra 'M' entrelazada con una cruz, y dos corazones debajo de ella. Se pueden fijar, si miran con atención, que uno de los corazones tiene una corona de espinas, y el otro está atravesado por una espada. Ella dijo que aquellos que la lleven consigo recibirán gracias verdaderas; que los que la lleven con confianza recibirán abundantes gracias."

"¿Padre, que simbolizan la M, la cruz, y los dos corazones?" pregunta uno de los miembros del grupo.

"Si se fija, en la base de la Cruz se ve una barra, y simboliza el pie de la Cruz. La 'M' entrelazada refleja la profunda relación de la Virgen María al pie de la Cruz con el Sacrificio Redentor de su Hijo, y significa 'María' y 'Madre' de todos nosotros. Se encuentra en la parte baja de la cruz porque muestra el papel subordinado de María con respecto a Jesús, todo en línea con la enseñanza de la Iglesia. El primer corazón representa el Sagrado Corazón de Jesús rodeado por una corona de espinas, y el otro corazón refleja la espada del sufrimiento para la Virgen María. Los dos corazones reflejan la profecía de Simeón la cual se formuló cuando dijo 'una espada atravesará tu corazón' – recuerden que éste es el primer misterio de la Devoción de los Siete Dolores para aquellos que recitan ésta oración. Veremos estos dos corazones juntos otra vez en Fátima la próxima semana. Uno de los niños, Lucia Santos, dijo que 'El Sagrado Corazón de Jesús quiere que

el Inmaculado Corazón de María sea venerado a Su lado.'"
Dirijo mi atención nuevamente al grupo entero.

"Catalina le contó a su director espiritual, el Padre Aladel, sobre ambas apariciones tan pronto ocurrieron, y la solicitud de la medalla, específicamente, luego de la segunda aparición en noviembre. Sin embargo, comprensiblemente, el Padre Aladel tenía dudas porque los católicos estaban siendo asesinados. Tuvieron muchas confrontaciones sobre el tema, y finalmente en 1832, dos años después de las apariciones, Catalina escribió tres informes completos sobre sus visiones – su sentido común y su atención al detalle impresionaron al Padre Aladel. Pero fue solamente tras comparar sus visiones con los hechos reales que hicieron que se convenciera aún más.

"Por ejemplo, tan solo ocho días después de la primera aparición del 18 de julio, comenzó la 'Segunda Revolución Francesa,' también conocida como la 'Monarquía de julio.' Duró tres días, de julio 26 al 29 de 1830. Hubo disturbios en todo París y algunas iglesias fueron profanadas. El Padre Aladel se reunió con el Arzobispo Jacinto de Quelén de París con el fin de comentarle sobre todo éste asunto, aunque el nombre de Catalina Labouré se mantuvo como confidencial hacia el público hasta después de su muerte. El Arzobispo, quien era bastante devoto de la Inmaculada Concepción de María, aprobó la solicitud, y pidió algunas de las primeras medallas fabricadas.

"El 30 de junio de 1832, las primeras 2000 medallas fueron entregadas y se propagaron como fuego incontrolable. Inmediatamente comenzaron las historias de conversiones, curaciones y otros milagros por parte de muchos de los que llevaban la medalla en su cuello, precisamente como la Virgen María lo había solicitado. En 1832 y 1833, 50.000 fueron hechas y distribuidas, y se han hecho millones año tras año.

"Dentro de los siguientes 40 años, como lo predijo la Virgen María, el Rey Carlos X fue efectivamente derrocado. Como se predijo, multitudes profanaron iglesias, destruyeron estatuas, y arrojaron y pisotearon crucifijos. De igual forma, como se predijo, éste convento de las Hermanas de la Caridad permaneció intacto aunque multitudes enfurecidas pasaron por su lado. Se encarcelaron a obispos y sacerdotes, y 30 de ellos fueron golpeados y ejecutados, incluyendo al Arzobispo Darboy. El Arzobispo Jacinto de Quelén de París, quien había aprobado la producción de la Medalla Milagrosa, tuvo que esconderse en dos ocasiones para salvar su vida.

"En 1836, la medalla recibió Aprobación canónica. En esencia, se determinó que la medalla era de origen supernatural y que los milagros revisados eran, efectivamente, auténticos."

Guío al grupo al frente del cuerpo incorrupto de Santa Catalina Labouré localizado bajo un altar lateral. Su cuerpo, de acuerdo a la práctica regular para el proceso de beatificación de santos en la Iglesia, fue exhumado 57 años luego de su entierro en 1933 y se encontró que estaba completamente incorrupto y sin rigidez. El Alguacil Luder llega al frente a punta de empujones donde permanece por largo tiempo, al parecer embelesado con lo que ve mientras toma ocasionalmente una que otra nota en su libreta de notas.

Me acerco y le pregunto, "Increíble, ¿verdad?"

Se para derecho y me mira.

"Es la mejor versión plástica de un humano que he visto en mucho tiempo. Luce igual que uno de esos maniquís del programa *Ripley's Believe It or Not*, ¡pero mejor!" dice en voz alta, sin prestar atención a las cabezas que se voltean hacia él.

Inmediatamente pongo un dedo en mis labios, implorándole que haga silencio por respeto a todos a nuestro alrededor quienes se encuentran en oración y contemplación profunda.

"Es muy real, Alguacil; digo, la mayoría. Su cuerpo está incorrupto."

"¿Incorrupto? ¿Qué significa eso? ¿Y qué quiere decir con 'la mayoría'?"

Lo guío hasta afuera para no tener que susurrar.

"La incorrupción es un misterio supernatural en el cual Dios le ha concedido a ciertos individuos una gracia especial en la cual su cuerpo no pasa por el proceso natural de descomposición como todos los demás. Así que hasta cientos de años después de su muerte, aún lucen igual que en el día de su muerte.

"Y no es como los antiguos Egipcios que embalsamaban los cuerpos. Aunque esa cultura fue muy buena para eso, cuando los arqueólogos desenterraban los cuerpos, no lucían para nada como los cuerpos que debieron haber existido el día en que murieron.

"Ciertamente se ha determinado que la naturaleza ha preservado algunos cuerpos hasta cierto punto – como en climas muy calientes o muy fríos que son muy secos o tienen niveles de radiación, plomo, u otras substancias – pero ni esos cuerpos lucen como si hubieran fallecido recientemente, como el que acabó de ver de Santa Catalina.

"De los incorruptibles reconocidos por la Iglesia Católica, algunos presentan fragancias dulces, bálsamos, o hasta sangre en circulación que emana de ellos. En verdad es extraordinario. Desafortunadamente, hoy hay menos incorruptibles de los que hubiera podido haber debido a que durante la Revolución Francesa, y hasta anteriormente durante la Revolución Protestante, muchos fueron destruidos como parte de la mentalidad de 'Destrucción completa de todo lo relacionado con la Iglesia Católica.'

"Pero para Santa Catalina Labouré, como parte de los procedimientos estándar, dado que la Iglesia tiene la tradición de venerar las reliquias de los santos, algunas de las partes de su cuerpo fueron removidas y guardadas en otros lugares. Sus manos fueron removidas y ahora se mantienen en un relicario especial en el claustro de novicias de la casa generalicia de ésta orden. Las manos que ve rodeando el Rosario están hechas de cera. Entonces, con respecto a lo que usted dice, si hay un poco de cera en su cuerpo incorruptible pero solamente en ese caso. Su corazón también fue colocado en un relicario especial hecho de oro y cristal adornado con piedras preciosas y se encuentra en la capilla de Reuilly donde ella rezó durante sus últimos años mientras trabajaba en el hospicio."

El alguacil mueve su cabeza de lado a lado y voltea sus ojos.

Le insisto en el tema, igual que lo hizo él cuando me tiró en las piernas el expediente de Cameron Gambke hace poco en nuestro viaje al instituto pre-universitario.

"¿Ahora ve el mundo de una manera diferente, Alguacil? ¿Los lugares que hemos visitado, los milagros? Lo animo verdaderamente a que considere esa realidad."

Resopla.

"*Mi* mundo es real, Padre. Mi mundo es la realidad. El suyo es una fantasía de sandeces. Durante un tiempo me pareció un hombre muy inteligente. Ni siquiera trate de darme a entender que *soy yo* el que está perdido."

Voltea abruptamente hacia la puerta que lleva a la afanosa Ciudad de la Luz; nombre ganado durante la infame era de la Ilustración. Me doy cuenta de que aquellas enseñanzas errantes de hace mucho tiempo aún impregnan todo el ser del hombre que acaba de desaparecer de mi vista. Anteriormente he visto corazones endurecidos, pero el suyo parece estar en lo más alto de la lista.

Capítulo 28

"Padre Jonah, soy Susan Bellers."

"Hola, Sra. Bellers," digo y aprieto mis dientes. Apenas nos estamos subiendo al bus, y me hago a un lado con toda la intención de hacer de esta una llamada corta.

"Solo tengo unos minutos. ¿En qué puedo ayudarla?"

"La Detective de Crímenes Sexuales Renae Gambke está aquí conmigo, y necesito saber qué aprobación se ha dado para que ella dicte una clase de Educación en Abuso Sexual aquí en la parroquia."

¿En verdad acaba de decirme eso?

"Sra. Bellers, yo ya hablé con el Padre Bernard sobre todo esto. ¿Es esa la razón por la cual hace ésta llamada internacional tan costosa o hay algo en específico que necesite de mí para ayudarle a la Detective Gambke?"

"Éste seminario desautorizado es la razón de mi llamada, Padre Jonah. Tenemos procedimientos muy específicos a seguir en nuestra parroquia antes de aceptar un evento como éste. Aparentemente usted quiere esta clase, pero no me ha dicho nada sobre ella. Y ahora, estoy segura de que yo tendré que hacer todo el trabajo mientras usted viaja alrededor del mundo. No tiene ni idea de cuánto tengo que hacer aquí todos los días para tan siquiera estar al día con las cosas. ¡La fotocopiadora está dañada, tengo reuniones a toda hora, y no puedo conseguir a nadie que me ayude!"

Escucho pacientemente su diatriba repetitiva. Es el mismo discurso que he escuchado antes en múltiples ocasiones. Es hora de ponerle fin a esta llamada.

"Sra. Bellers, ¿Exactamente qué es lo que la Detective Gambke necesita de usted?"

"Pues bien, me dice que necesita realizar un recorrido por las instalaciones. Debe revisar el lugar antes de hacer la presentación."

"Perfecto. ¿No puede simplemente abrirle la puerta y mostrarle el pasillo?"

Ignora mi pregunta y continúa de la manera infame de siempre.

"Y estoy segura de que necesitará hacer copias de sus materiales para darle a las personas. Eso tomará mi tiempo y el dinero de la iglesia."

"Dígale que vaya a un estudio de copiado. Yo pagaré la factura."

"¿Usted?" Su risotada es abrupta y mordaz.

"Sí, yo. ¿Qué más, Sra. Bellers?"

El conductor del bus mira hacia mí y yo camino hasta la puerta abierta. Todo el grupo ya ha tomado asiento y todo el equipaje ha sido cargado. Yo soy la demora. O mejor, la Sra. Bellers es la demora.

"También andaba preguntando sobre los refrigerios. ¿Cuánto va a costar todo esto?"

¡Se acabó esta conversación!

"Sra. Bellers, escúcheme atentamente. Como ya lo dije, todo ha sido aprobado por el Padre Bernard, y ya hablamos sobre los detalles, ¿entendido? Por favor ábrale el pasillo a la Detective Gambke y permítale ver las instalaciones. No tiene que hacer nada más, ¿está bien? Pero antes de que cuelgue, necesito hablar con ella."

Clic.

"tiene que estar bromeando," digo en voz alta y oprimo el botón de marcado automático.

"Nuestra Señora del Perpetuo Socorro, le habla Susan Bellers," me da la bienvenida una voz espléndida completamente forzada.

"Sra. Bellers, por favor ponga a la Detective Gambke al teléfono."

"Oh, qué pena, Padre. Parece que se cayó la llamada. Aquí está."

"Ajá," le contesto con necesidad de hacerle saber que sé conozco su juego.

"Es para usted," la escucho decir, e imagino al teléfono siendo empujado hacia la Detective Gambke acompañado de una actitud brusca.

"Habla la Detective Gambke."

"Hola, Detective. Qué pena con usted. En verdad le agradecemos su ayuda con todo esto."

"No se preocupe, Padre. No es problema."

Estoy seguro de que quiere decir algo más sobre nuestra ilustre empleada, pero se muerde la lengua.

"¿Podría salir un momento?" le pregunto. "Quiero llamarla muy brevemente a su celular."

"Claro." Responde.

Le doy un momento para que salga y le digo al conductor que solo necesitaré algunos minutos más. No tiene prisa y sonríe de manera comprensiva.

"¡Solo quería decir que la noticia de Gina es excelente! ¿Cómo están ella y Michele?"

"Sí, es excelente. De lo que me he enterado es que Michele parece estar en una montaña rusa emocional. Está obviamente muy emocionada de que Gina haya salido del coma, pero está furiosa y con toda la razón. Quiere la cabeza de alguien, pero ahora, eh... no me está hablando ya que uno de los sospechosos es..."

"El Alguacil me contó. ¿Alguna novedad?"

"Hace una pausa; probablemente se pregunte de cuánto estoy enterado respecto a la investigación en curso."

"¿Le contó sobre el caso? ¿Sobre el sospechoso?"

"Sí. Bueno, sobre la supuesta noche en el cine con Matt y Gina, sobre los tipos vestidos de negro en un lugar desconocido, sobre el aparente uso de una droga para violaciones, y sobre el video del hospital de un hombre entrando y saliendo aprisa de la habitación de Gina cuando un empleado del hospital ingresó."

Me detengo, sintiéndome un poco apenado, y luego continúo.

"Si se trata de Matt, es decir, si él lo hizo, en verdad lo siento mucho."

No menciono la posible conexión con su hermano y mi mamá. No deseo que mi ira la infecte a ella – ya tiene suficiente con que lidiar.

"Todavía hay mucho que probar, Padre. Pero, bueno, gracias."

Su tono se torna serio.

"Puedo decirle que ahora nuestra oficina sabe que una vez se distribuyeron las fotos, vino un hombre de un vecindario no muy lejano al pueblo. Dice que vive al lado de una casa en mal estado que fue abandonada cuando la economía cayó hasta el piso. Dice que ve muchachos entrando y saliendo tarde en la noche de vez en cuando. Se da cuenta de las linternas iluminando las paredes porque la electricidad fue cortada por la compañía de servicios públicos. Además, dice que ha llamado para que hagan algo al respecto, pero que no han hecho nada, así que los muchachos reconocen algo bueno cuando lo tienen y por eso vuelven una y otra vez.

"La noche en que Gina entró en coma, vio algo en la casa que nunca antes había visto. Normalmente la gente solamente bebe y la pasa de fiesta, pero dice que ésta vez vio a tres hombres y una mujer por una de las ventanas de arriba que estaba cubierta por unas cortinas blancas transparentes. Dos de los tipos estaban vestidos completamente de negro y arrastraron a la mujer hasta una cama. La violaron continuamente y el otro tipo lo grabó todo pero no hizo parte de la violación como tal, al menos con base en lo que recuerda el testigo. El testigo dice que según le parece, el tercer hombre lo dirigía todo ya que de manera periódica les pasaba diferentes objetos para que los colocaran en la vagina o en el ano de la mujer, o también cosas para pellizcar sus pezones. Dice que aunque había una cortina, la habitación estaba tan iluminada que podía ver los cuerpos pero ningún rasgo facial específico de la muchacha o del tercer abusador.

"Ya nuestra oficina visitó el lugar y tomó muestras de ADN pero todavía no hay ninguna coincidencia en nuestro sistema. Sin embargo, debo decir que en primer lugar no tenemos ADN en nuestra base de datos para Matt, así que no podemos hacer ninguna conexión si es que de hecho fue él. Además, el testigo no puede identificar de manera positiva a Matt como parte de los tres hombres, ni a Gina como la mujer. Lo único seguro es que el interior de la casa está bastante destruido así que probablemente ha sido una 'casa de rumbas' durante algún tiempo.

"Hay una posibilidad bastante grande de que dicho grupo no incluya ni a Matt ni a Gina en absoluto. A lo que me refiero es a que el momento en el que sucedió pudo haber sido pura coincidencia, especialmente si ya han estado esa casa en diferentes ocasiones y nunca nada de esa naturaleza nos ha sido reportado por parte de otra supuesta 'victima.'"

Antes de que continúe, le arrojo una pregunta.

"Si me es posible preguntar, ¿por qué se tardó tanto el testigo en aparecer? Sé que me dijo que la fotografía salió recientemente, pero en el momento que lo vio, ¿simplemente pensó que era una actividad normal de adolescentes y no sintió la necesidad de reportarle nada a la policía?"

"Le va a encantar lo que le voy a decir," gruñe. "En verdad no tenía una razón que le hayamos podido sacar. Cuando le preguntamos, se puso nervioso e intentó evadir la pregunta. Todo lo que dijo fue que recientemente cuando vio la foto de Matt que mostraron en las noticias y escuchó la historia que la complementaba, pensó que al menos debía decir algo. La sorpresa no la llevamos cuando hablamos con su esposa para ver si ella había visto o escuchado algo, y cuando se enteró por que estábamos allá, se disgustó bastante. Entró en un estado de ira absoluto. Afirmó que la razón más probable de que no le haya contado a la policía nada de lo que estaba sucediendo en la casa de al lado fue que seguramente disfrutó viendo el espectáculo y esperaba que volvieran y lo hicieran nuevamente. Para empeorar las cosas, imagino que una semana después de que lo filmó le confió a ella lo que vio, y le pidió que lo vieran juntos, como un espectáculo de porno real en vivo. Ella enloqueció y él nunca volvió a decir nada al respecto, hasta ahora."

"¿Qué video?" pregunto.

"Su propio video. Parece que él los grabó con su propio iPhone. Sin embargo, el lado positivo del voyerismo del Sr. Bastardo-Enfermo-Pervertido es que ahora tenemos copias del video en nuestro laboratorio. Tengo entendido que la mujer estuvo boca abajo la mayoría del tiempo, y aun cuando estuvo acostada en su espalda parece que el ángulo no era el mejor, pero se sorprendería con la tecnología que tenemos para ayudarnos.

"Solo tenemos que encontrar a Matt. Desafortunadamente, como le dije antes, se fue del pueblo hace poco, y ahora que efectivamente intentamos encontrarlo, ha desaparecido por completo. Nadie lo ha visto. Aún es el principal sospechoso y tenemos ya sea que limpiar su nombre o acusarlo, al igual que a los otros dos. El alguacil tiene mis manos atadas. No soy estúpida – mi conexión con Matt – si es culpable – lo pone nervioso. Y puedo ver a lo que se refiere. Debe asegurarse de tener objetividad e independencia porque la prensa está encima de él."

Quizás no sepa que Matt se escondía dónde Michele. Quizás el alguacil decidió no contarle ese pequeño detalle. Y ahora tiene más sentido. Él intenta ser muy cuidadoso con lo que le dice a éste tercer miembro de la familia Gambke.

Cuando continúa, suena frustrada.

"Lo que debe entender el alguacil es que si Matt hizo parte de esto, yo quiero más que nada traerlo a la justicia. En verdad lo pienso así. No me importa si es mi hermano; si es culpable, ha hecho algo muy malo, y lo peor es que casi le cuesta la vida a Gina. Ya se lo he dicho al alguacil, pero no estoy segura de que me preste atención. En todo caso, necesito tomarme algunos días libres para aclarar mis pensamientos y salir del pueblo para ocuparme de algunos asuntos, pero volveré para la presentación, lo prometo. Y… en verdad le agradezco por escucharme. Primero Cameron, y ahora, tal vez…"

"Posiblemente su hermano," digo, terminando su oración.

"Quizá usted y yo podamos hablar bastante algún día, si le parece," me dice.

"Por supuesto. En cualquier momento. Simplemente dígame dónde y cuándo."

Capítulo 29

Nuestro grupo de peregrinación llegó ayer a Pontmain, Francia luego de un viaje en bus de cuatro horas desde París. Anoche, celebré la misa en el antiguo granero encima de donde ocurrió la advocación Mariana.

Me encuentro sentado en los escalones afuera de la hermosa Basílica de Nuestra Señora de la Esperanza, construida tras las apariciones que ocurrieron aquí en 1871 y que es visitada por más de 200.000 peregrinos cada año. El servicio de tren no está disponible, así que los interesados en visitar el lugar deben viajar en automóvil, bus, o taxi – y de todos hay bastantes por todas partes. Es la una en punto y, como lo solicité, el grupo se ha reunido a mí alrededor en el granero. Incluso el Alguacil Luder, con papel y bolígrafo en mano, está aquí cuando comienzo.

"Ésta fue una época de gran confusión en toda Europa, especialmente en Francia. Se encontraba en medio de la Edad de la Ilustración, y alrededor de toda ésta área las personas se vieron envueltas en la mentalidad de aquellos días. No obstante, éste pueblo en particular permaneció católico incondicionalmente tanto en palabra como en acción."

Dirijo mi mirada hacia arriba del famoso granero donde ocurrió la aparición, y comparto con el grupo que durante la tarde de enero 17 de 1871, la Virgen María apareció frente a dos jovencitos de 10 y 12 años, cuyo hermano mayor acababa de ser reclutado para pelear por el ejército francés.

"Los niños vieron en el cielo, sobre éste granero, una mujer hermosa que les sonreía. Llevaba un vestido azul cubierto con estrellas doradas, y un velo negro bajo una corona dorada. También tenía zapatos azules adornados con cintas de oro. Otros tres niños, de seis, nueve y once años de edad, vinieron también en diferentes momentos y vieron la aparición. Incluso un bebé de dos años miró hacia arriba y vio a la Virgen María. Algunos adultos se dieron cuenta de la reacción del niño frente a lo que sucedía sobre el granero, pero no pudieron ver nada – solamente los niños inocentes quienes reaccionaron de manera muy natural a lo que sucedía sobre ellos en el cielo.

"Alrededor de 60 personas se reunieron eventualmente por más o menos dos horas. Luego, una monja que había estado con el grupo desde el inicio, alentó a todos a rezar el Rosario. Al sacerdote local se le notificó rápidamente y también se unió al grupo. Mientras rezaban al unísono, los niños les comunicaban que la figura había crecido al doble de su tamaño y que las estrellas a su alrededor se multiplicaron y se pegaron a su vestido hasta que quedó completamente cubierto. Todos ellos rezaron el Magníficat y cantaron 'Madre de la Esperanza' y letanías de la Virgen María, y durante ese momento, mientras los niños se encontraban cautivados con la aparición en el cielo, comenzaron a aparecer letras una a una sobre el granero, formando palabras. Y cada niño, al unísono cuando aparecía cada letra, las repetía para que los adultos las escucharan. Sorprendentemente, la aparición de las letras era predicada en las oraciones que las personas decían. Mientras rezaban, aparecían las letras. Cuando dejaban de rezar, las letras dejaban de aparecer.

"Después de que todas las letras fueron mencionadas por los niños, los adultos pudieron descifrar los mensajes.

"Recen mucho hijos míos."

"Dios los escuchara muy pronto."

"Mi hijo amado se deja mover a su compasión."

"Luego de darle a los niños éste último mensaje, dijeron que la sonrisa de la Virgen María cambió para reflejar una de extrema tristeza y que una cruz grande apareció de repente frente a ella, con la figura de Jesús en un tono rojo aún más oscuro. Luego la cruz se desvaneció, y una estrella iluminó velas que formaban un óvalo, y cuando la Virgen María bajó sus manos, dos cruces blancas aparecieron sobre sus hombros. Un velo blanco se elevó desde debajo de sus pies y la cubrió hasta que desapareció.

"La Virgen María le informó a sus hijos, quienes obviamente incluían a todos los presentes – y no solamente a los jóvenes – que *'Dios los escuchara muy pronto.'* ¿Pero por qué rezaban todos ellos en ese momento? ¿Qué pedían?

"Justo en ese momento, el Ejército de Prusia avanzaba rápidamente hacia ésta área, y se encontraba solamente a 45 kilómetros de distancia."

Con toda la atención del grupo enfocada en mí, les cuento nuevamente que aunque el mundo alrededor de ellos se *alejaba* de Dios, ésta villa había permanecido firme en sus creencias. Tenían una devoción especial hacia la Virgen María y rezaban el Rosario fielmente. También asistían a Misa y habían estado rezando durante un largo tiempo por protección y seguridad, no solamente para su villa, sino también para los 38 hombres del pueblo que luchaban en el ejército francés.

"El Emperador Napoleón había sido capturado por el ejército de Prusia, y este avanzaban rápidamente a través de Francia, directamente hacia ésta villa. Parece que la Virgen María les dijo que su fe sería recompensada, que serían protegidos, que Dios efectivamente había escuchado, y respondía sus plegarias. *'Mi hijo amado se deja mover a su compasión,'* les había dicho.

"Justo cuando las apariciones comenzaron, el ejército de Prusia dejó de avanzar. Su comandante, el General Von Schmidt, había recibido órdenes por parte del Alto Mando de detener su campaña y retirarse. ¡Algunos de los soldados prusianos reportaron haber visto la imagen de una 'señora en el cielo' al mismo tiempo que todo esto ocurría! Por supuesto, los científicos más adelante argumentarían que lo que el Ejército de Prusia había visto verdaderamente era la aurora boreal, o 'las luces del norte.' De todas maneras, once días después, Prusia y Francia firmaron un tratado, y los 38 hombres regresaron a Pontmain, ¡sanos y salvos!"

Sin mi conocimiento, el Alguacil Luder se separa del grupo y comienza una batalla verbal agresiva con un sacerdote italiano. A medida que se retira a pasos pesados como el plomo, veo que el sacerdote hace el símbolo de la cruz hacia el hombre que se aleja en la distancia.

Capítulo 30

Es la mañana del martes mientras escribo esto en nuestro vuelo a Lourdes, la cual queda solamente a una hora por aire; al menos es mucho mejor que el viaje en bus de ocho horas que era nuestra única otra opción. Aunque me acerqué al alguacil para discutir la explosión verbal de ayer, claramente no quiere hablar conmigo. Hay apariciones increíblemente bien documentadas en abundancia para que él realice sus investigaciones, ¿pero lo hará?

De camino al aeropuerto le di al grupo un separador de color azul claro titulado "Las Quince Promesas de María a Quienes Recen el Rosario" – ya mencioné anteriormente dichas promesas en éste diario. El separador recibió un *"Imprimatur"* por parte de Patrick J. Hayes, D.D., el Arzobispo de Nueva York. Le expliqué al grupo que la palabra *'Imprimatur'* significa en latín "puede imprimirse." Un *'Imprimatur'* se concede a un trabajo impreso por parte de un obispo católico romano para garantizarle al lector que nada de lo incluido en la obra va en contra de la fe o las morales católicas. Les enfatizo el hecho de que el *'Imprimatur'* no se concede a la ligera y solamente después de un proceso de revisión detallado.

Ya hemos escuchado, en cada uno de los lugares de las apariciones que hemos visitado, cómo la Virgen María le ha implorado a los fieles rezar el Rosario. Sin embargo, para beneficio de nuestros peregrinos que vienen por primera vez, les conté la historia del Rosario. Por ejemplo, cómo el Rosario se desarrolló de la práctica cristiana antigua de recitar los 150 salmos de las escrituras hasta lo que es en la actualidad. De acuerdo a la tradición, la Virgen María apareció frente a Santo Domingo mostrándole una corona de rosas – su flor favorita – la cual representaba el Rosario. Santo Domingo, quien falleció en 1221, fue el fundador de la Orden de Predicadores, comúnmente conocidos como los Dominicos. Los Dominicos llevaban cuentas del Rosario como parte de sus hábitos, luego de verse desalentados por luchar contra las herejías de la época. Nuestra Señora les dijo que rezaran el Rosario a diario y que le enseñaran a todos los que estuvieran dispuestos a escuchar para que la fe verdadera triunfara eventualmente.

Desafortunadamente, luego de un relativo corto tiempo, la devoción hacia el Rosario disminuyó. En 1460, uno de los predicadores de la orden de Santo Domingo, el Bendito Alan de la

Roche, fue visitado por Jesús, María, y Santo Domingo quienes lo reprendieron y lo instaron a revitalizar la práctica.

***

Ahora, le recuerdo al grupo que tenemos todo el día de hoy y parte del de mañana para recorrer los amplios terrenos libremente, para experimentar de primera mano la historia, la belleza, las bendiciones y la majestuosidad de este famoso lugar.

Por mi parte me convertiré también en un peregrino una vez más. Mi estadía me lleva a las aguas donde han ocurrido muchas curaciones, a la Basílica del Rosario, la Basílica "Superior" de la Inmaculada Concepción, el Museo del Sagrario, la Capilla de Santa Bernadette, y el Camino de la Cruz en la montaña. Me sorprendo nuevamente con las estatuas de bronce en tamaño real de Nuestro Señor, que representan uno a uno los diferentes eventos durante la pasión de Jesús.

Me siento y observo por un largo tiempo a los Pirineos.

A lo lejos veo por un segundo al alguacil; su complexión muscular de 1.95 pasa por entre lo que parece ser un grupo de peregrinos rumanos. Me divisa entre la multitud y, para mi sorpresa, decide caminar rápidamente hacia mí.

"¿Dónde está el cuerpo incorrupto de Santa Bernadette?" me implora.

"Desafortunadamente es mantenido en un sarcófago en el Convento de las Hermanas de Nevers – un viaje a siete horas al norte de aquí – donde Bernadette fue aceptada luego de las apariciones y donde posteriormente falleció, luego de una larga enfermedad, a la corta edad de 35."

Una expresión de rabia llena sus ojos – con base en nuestra experiencia anterior en París con el cuerpo de Santa Catalina Labouré, es probable que simplemente quiera observarlo de cerca para ver si puede encontrar cualquier evidencia de fraude.

Señalando hacia su izquierda, dice: "¿Ve ese campamento juvenil allá? ¿No le parece enfermizo que la Iglesia les esté lavando el cerebro a todos esos pobres chicos, al igual que Hitler intentó hacerlo con sus jóvenes protegidos alemanes?"

Se da la vuelta rápidamente y se dirige de vuelta hacia la gruta. "Este lugar es una máquina de hacer dinero y de propaganda incoherente," lo escucho decir. Agacho mi cabeza con la esperanza de volver a mi paz en silencio. Él necesita su tiempo y su espacio, y yo no tengo problema en admitir que yo también los necesito en éste momento.

Me conmueve el gran número de personas enfermas que hacen fila obedientemente, hilera tras hilera, en sillas de ruedas o en camas de hospital. Le hablo personalmente a un buen número de ellos, les ofrezco esperanza, cariño, compasión, y mi tiempo. A medida que me muevo de un alma a otra, se pelea una batalla dentro de mí, como al parecer sucede siempre, cuando veo la evidencia de sus enfermedades – las heridas abiertas, las cicatrices, el dolor. Ruego en todo momento que, ni ahora ni nunca, yo llegue a sufrir lo que ellos tienen. Me avergüenza esta reacción que siempre parece apoderarse de mí cuando estoy rodeado de personas que están enfermas, así sea un resfriado común. Hago un gran esfuerzo para poder escuchar sus historias y las de sus seres queridos que los han traído hasta aquí. Mientras voy de aquí allá por entre la multitud de dolor, ruego por todos ellos y la gracia que me permita librarme de mis temores de salud irracionales.

En las fuentes cerca a la gruta, miles de peregrinos beben y lavan sus rostros en las aguas, y veo al alguacil de pie a un lado, sacudiendo su cabeza en un gesto que parece ser de repulsión.

Él es un intruso en éste grupo de creyentes, y lo sabe. De vuelta en casa podría pararse entre una multitud en el centro del pueblo y gritar su opinión muy fácilmente, o escribir una columna para el periódico local haciendo lo mismo. Y muchos lo alentarían y estarían de acuerdo respecto a la horrible, anticuada, crédula y equivocada Iglesia Católica y sus miembros. Claro, algunos pueden enfrentarse a él y discutir a favor de la Iglesia, pero cualquier contragolpe contra él indudablemente sería reprimido. Desafortunadamente, él hace parte de la mayoría. Estadísticas recientes muestran que la creencia en Dios continúa en rápido declive en los Estados Unidos y que solo el 24% de la población aún afirman ser católicos.

Pienso sobre el resto del mundo mientras peregrinos de muchas nacionalidades diferentes se pasean por las calles en oración. Aunque los católicos representan alrededor del uno por ciento de la población total de Rusia, China e India, en otros países como México, Perú, Brasil, Argentina, España y las Filipinas son la mayoría, con el porcentaje ubicado entre 70 o más. Polonia,   el país natal del Bendecidos Papa Juan Pablo II y Santa Faustina, la santa relacionada íntimamente con el Domingo de la Divina Misericordia, afirma que el

92% de su población es católica. ¿Y cómo continente? Norte América reclama 85 millones de católicos; Asia 130 millones; América Central 162 millones; África 186 millones; Europa 285 millones y Sur América, 339 millones. El Alguacil Luder estaría en apuros si expresara su incredulidad en algunas de estas áreas devotas del mundo. Visitando la Oficina Médica donde las curaciones reportadas son examinadas cuidadosamente, lo veo a lo lejos frente a mí. Tal vez... solo tal vez, comenzará a ver.

"Abre su corazón, Señor, por favor quita las escamas de sus ojos," ruego en silencio.

Reviso mi guía turística, y miro rápidamente a los aspectos más importantes de lo que sucedió aquí en 1858.

Bernadette Soubirous era la mayor de cuatro hijos de una familia próspera. Poco después de su nacimiento, la desgracia golpeó a su familia y se hundió en la extrema pobreza. Frecuentemente se enfermaba, de niña contrajo el cólera, y sufrió de asma severa toda su vida. Recibió poca educación y muchos de los que la conocían creían que era analfabeta, probablemente porque hablaba francés mal, y se comunicaba principalmente en el idioma nativo vasco común al sur de Francia y al norte de España.

Cuando tenía catorce años, Bernadette, junto con una de sus hermanas y otras jóvenes, se encontraba juntando leña para vender y conseguir dinero para ayudar a su familia empobrecida. Las otras niñas se habían adelantado y Bernadette se encontraba sola en el rio cuando tuvo su primera visión. Posteriormente describió lo que vio:

"Caminé de vuelta hacia la gruta y comencé a quitarme las medias. Apenas me había quitado la primera media cuando oí un ruido como una ráfaga de viento. Miré a la pradera, pero los árboles no se movían así que continúe quitándome las medias. Escuché el mismo sonido nuevamente. Alcé entonces la cabeza hacia la gruta y vi a una mujer vestida de blanco, con un cinturón azul celeste y sobre cada uno de sus pies una rosa amarilla, del mismo color que las cuentas de su Rosario."

Su madre le prohibió regresar pero, a pesar de que normalmente era una joven obediente, luego de ir a la misa el domingo regresó a la gruta donde nuevamente experimentó una visión de la "Mujer de blanco." El jueves siguiente fue a la gruta por tercera vez, acompañada por algunos adultos. Aquella fue la primera vez que la mujer le habló a Bernadette, y le pidió regresar a la gruta la siguiente noche y le dijo que *"no podía prometer hacerme feliz en éste mundo, solamente en el siguiente."*

Durante las siguientes dos semanas muchas personas se enteraron y cientos empezaron a seguir a Bernadette a la gruta. La mujer miró a la multitud y su rostro se llenó de tristeza. Le pidió a Bernadette *"rogar por los pecadores,"* y también pidió *"penitencia, penitencia, penitencia."* Le pidió a Bernadette que besara la tierra a manera de acto de penitencia por los pecadores, y cuando lo hizo, muchos en la multitud se burlaron de ella. No obstante, algunos de los más piadosos siguieron su ejemplo y comenzaron a besar el suelo.

Los testigos dicen que sintieron como si estuvieran en un lugar de gran reverencia. Un sacerdote que estuvo presente, el Padre Desirat, escribió:

"Lo que me sorprendió fue el júbilo, y la tristeza reflejada en el rostro de Bernadette... El respeto, el silencio y el recogimiento reinaban en todas partes. Oh, fue bueno haber estado ahí – fue como estar a las puertas del paraíso."

Bernadette fue sometida a una enorme presión. Fue interrogada en múltiples ocasiones por la policía local y se le exigió pasar por exámenes médicos para determinar si debía ser internada en un manicomio. A pesar de todas las críticas y la incredulidad, nunca nadie pudo encontrar errores en su historia.

Durante la novena aparición la mujer le preguntó a Bernadette: *"¿Besarías la tierra y te arrastrarías sobre tus rodillas por los pecadores?"* y, *"¿Comerías de aquel pastal por los pecadores?"* Por último, la Virgen dijo, *"Ve y bebe del manantial y lávate allí."* En ese momento no había ningún manantial en la gruta así que Bernadette comenzó a cavar en la tierra cenagosa y bebió unas gotas de agua con lodo. También le pidió comer un poco de pasto por *"los pecadores,"* y ella lo hizo. Los espectadores estaban asqueados y pensaron que ella estaba loca. Nadie le creía y comenzaron a decir que era fraude. Aun así, en los días siguientes, brotó agua del manantial y las personas empezaron a hablar de curaciones milagrosas.

La Virgen le pidió a Bernadette dirigirse donde el párroco, el Padre Peyramale, y solicitarle que se construyera una capilla en la gruta. El sacerdote, a pesar de ser escéptico y hasta hostil al comienzo, le dijo a Bernadette que no haría nada hasta que "la Virgen" revelara su nombre. Aunque la Virgen solamente sonreía cuando Bernadette le preguntaba su nombre, finalmente le dijo "SOY LA INMACULADA CONCEPCIÓN." El sacerdote estaba totalmente sorprendido. Él sabía que Bernadette no había tenido buena educación y que no estaba para nada familiarizada con la Inmaculada Concepción, que apenas recientemente había sido declarada como dogma de fe por parte del Vaticano. El Padre Peyramale sabía que no había forma de que Bernadette supiera eso.

Bernadette vio a la Virgen por última vez el 16 de julio. Para ese entonces el obispo y las autoridades locales ya no le permitían el ingreso a nadie a la gruta. Bernadette se quedó al otro lado del rio pero sentía que la Virgen estaba tan cerca a ella como si estuviera en la cueva.

Cierro mi libro y camino por la Oficina revisando los documentos disponibles al público y observando las fotos de aquellos que aparentemente recibieron curaciones "milagrosas".

Me detengo a escuchar a una guía experta de otro grupo quien explica el proceso requerido para que un milagro sea reconocido oficialmente. Dice que un grupo de doctores y científicos dedicados, formado tanto por creyentes como por ateos, es asignado a cada uno de los milagros reportados. El grupo debe determinar si existe una razón científica, en lugar de una causa supernatural, que pueda explicar la sanación. Mi espíritu se anima una vez más.

"Luego el Obispo local debe aprobarlo," dice la joven guía Suiza con una sonrisa en sus labios, dirigida a los 30 o más peregrinos que siguen sus pasos.

Prosigue...

"A la fecha, ha habido 66 milagros declarados oficialmente bajo la intercesión de Nuestra Señora de Lourdes, y alrededor de 40 casos nuevos son reportados cada año como milagros potenciales, los cuales deben pasar por revisiones exhaustivas. Al día de hoy, se le ha atribuido 7000 curaciones a Lourdes que no han sido reconocidas oficialmente. La razón por la cual tantas curaciones no han sido calificadas como 'milagro', es que los doctores deben estar cien por ciento seguros de la naturaleza supernatural de la misma, lo cual requiere de múltiples viajes de vuelta a ésta Oficina Médica localizada en esta distante pero pintoresca campiña. Para la mayoría de las personas, el hecho de tener que regresar aquí en múltiples ocasiones les representa dificultades financieras, así que simplemente no regresan. Le agradecen a Dios el regalo que les ha dado y continúan con sus vidas."

Dirige su mirada a los Pirineos y su sonrisa se hace aún más grande.

"Existen muchas historias de ateos y agnósticos, doctores y científicos por igual, que se convirtieron al catolicismo luego de ver de primera mano las sanaciones y curas que han ocurrido aquí en Lourdes. Dichas historias se pueden encontrar en varios libros y publicaciones disponibles al público, aquí o en la Internet, y en muchas librerías, para los que estén interesados. Con el pasar de los años ha habido tantas curaciones y tantos visitantes en este lugar, que existe una plétora de materiales disponibles."

Capítulo 31

Durante la cena, uno de los miembros de nuestro grupo me informa que al parecer ocurrió un milagro aquí durante el día. Dolores Saltzinger, uno de los miembros de una parroquia al norte del estado de Nueva York, quien había nacido con una deformidad en su mano izquierda, se lavó con las aguas curativas. Luego de unos momentos, como lo explicó a las personas a su alrededor, su mano se puso muy caliente, y luego de más o menos 20 minutos pudo moverla normalmente. Cuatro miembros del grupo presenciaron lo sucedido, y la llevaron de inmediato a la Oficina Médica para que los doctores llevaran a cabo las evaluaciones iniciales del caso.

Pago mi cuenta y me dirijo al bus donde les pido a los miembros del grupo que nos reunamos con el fin de experimentar juntos la procesión de antorchas vespertina. Todos los peregrinos caminan juntos, rezan el Rosario y cantan himnos Marianos y otras canciones religiosas. El alguacil está aquí y escucha atentamente a las dos mujeres que me cuentan emocionadas los detalles de lo que presenciaron. Veo confusión más que enfado en su rostro; muy diferente a cuando lo vi en las fuentes ésta mañana.

Comparto una sonrisa con las señoras y al igual que ellas me lleno de gozo debido a este regalo de Dios, si lo que ocurrió fue verdadero. Se lo dejo a la Iglesia para que den su decisión luego de realizar los estudios pertinentes, pero dado que no dudo que los milagros han y continúan sucediendo en todo momento, me alegro aún más.

Un sacerdote católico africano comienza con la celebración de la misa sobre una plataforma elevada, y utiliza un sistema de sonido que enorgullecería a cualquier representante de bandas de rock. Es un gasto necesario – la multitud está compuesta por miles. Un crucifijo grande cuelga detrás del altar apoyado sobre cables negros gruesos que a su vez cuelgan de un enorme aparato negro que cubre la plataforma; y todo es invisible a los ojos de las masas que tienen sus ojos puestos en las luces que iluminan específicamente el altar, el crucifijo y los rostros de los miembros del coro que cantan con voces angelicales al lado derecho. Su introducción es poderosa, y parece tener bastante significado para los presentes, ya que expresa a la perfección los mensajes de la Virgen María de penitencia, oración y sacrificio por el amor a Dios y, por consiguiente, el amor a nuestros semejantes.

El alguacil se ha ubicado hacia mi izquierda, al lado de unos devotos que no pertenecen a nuestro grupo. Me alegra, por su propio bien, que haya decidido estar presente.

Antes de la celebración de la misa, pasamos un momento frente al Santísimo Sacramento que está expuesto sobre el altar en una custodia. Todas las luces han sido apagadas con excepción del foco que brilla sobre Nuestro Señor. El maravilloso aroma del incienso llena el aire y los acordes del *Tantum Ergo* aún suenan suavemente en mi mente mientras nos arrodillamos en oración.

Luego de algunos minutos de tranquilidad y oración, detecto el aroma cautivante del perfume. Una morena americana bellísima camina por entre los dos fieles que nos separan al alguacil y a mí. Voltea su mirada directamente hacia él y las esquinas de su boca se elevan ligeramente en forma de una sonrisa seductora solo para él, estoy seguro. Lleva puesto un atractivo vestido sin mangas color rosa. Se detiene apenas a unos metros al frente de él junto con los otros cuatro miembros de su grupo. Miro hacia el alguacil y me doy cuenta de que no puede quitarle los ojos de encima. Su mirada boquiabierta se hace descaradamente aparente por el movimiento de toda su cabeza a medida que intenta devorarla por completo visualmente – desde su largo cabello negro, pasando por sus piernas torneadas, afeitadas y bronceadas, hasta las sandalias cleopatrinas que adornan sus dedos rosados bien cuidados. Ciertamente, y en defensa del alguacil, es difícil para todos no verla, incluyéndome a mí. Es despampanante. Hago un esfuerzo coordinado por reenfocarme en Nuestro Señor y rezo por la gracia para continuar haciéndolo.

De manera decepcionante, mientras todo el grupo se encuentra en oración y arrodillados al unísono por respeto a la presencia verdadera de Nuestro Señor, ella y sus amigas continúan de pie. Parece que no comprende ni le importa que la adoración es para Nuestro Señor; tal vez crea que es para ella. Muchas cabezas comienzan a sacudirse y una de las mujeres en nuestro grupo les susurra con firmeza que se arrodillen ante Nuestro Señor. Sus directivas son ignoradas y la joven le dice que cierre la boca, que ella ha decidido no arrodillarse frente a nadie, especialmente frente a Él. Entonces *sí* sabe quién es Él. Mis oraciones ante Nuestro Señor se enfocan ahora en ella y sus acompañantes porque simplemente no lo entiende. Recuerdo el número de personas durante el pasar de los años – especialmente a católicos "practicantes" – a las que he visto ingresar a una iglesia católica donde está presente Nuestro Señor y actuar irrespetuosamente también – hablando en sus celulares, o hablando en voz alta con quienquiera que esté con ellos y demás – como si estuvieran comprando comestibles en una tienda y no en presencia del Señor de Señores.

Luego de un momento, el sacerdote, quien lleva en sus hombros un humeral, toma la custodia en su mano y con ella hace el símbolo de la cruz en silencio sobre la vasta concurrencia.

Sin embargo, en vez de regresar a Nuestro Señor al sagrario, el sacerdote decide llevarlo a la congregación y baja de la plataforma, dirigiéndose lenta pero metódicamente, directo hacia nosotros.

Algo que he visto suceder solamente una vez anteriormente está a punto de ocurrir nuevamente. No estoy preparado para ello. Es tan aterrador ahora como lo fue la primera vez que lo vi hace una década en una noche bastante parecida a esta, en Fátima, al cierre de la Bendición.

A cada lado del sacerdote africano hay otros dos que suavemente menean de lado a lado turíbulos llenos de incienso. Estos sacerdotes concelebrarán la misa luego de éste "salut", éste "segen", ésta bendición sobre la multitud.

El sacerdote camina por entre la congregación y sostiene la custodia alto por encima de su cabeza, de atrás para delante de manera calmada y metódica, proclamando fuertemente "¡Este ES Nuestro Señor Jesucristo!" Ahora está apenas a tres metros de distancia y puedo ver el blanco de sus ojos penetrantes. Escucho al coro cantar con energías incrementadas, el crescendo acrecentándose y su ritmo en aceleración.

Los ruidos comienzan. Voces preternaturales, gemidos de tormento, gritos temerosos, y lo que parecen ser aullidos de dolor estallan frente a mí al acercarse la custodia. Al igual que la primera vez en Fátima, vienen a mi mente los coyotes que he escuchado en las excursiones y los campamentos a lo largo del Sendero de los Apalaches, excepto que éste coro de gritos y alaridos son mucho más duros y desesperados; emanan con voces histéricas y enfurecidas. Por un corto tiempo creo que es la retroalimentación acústica en el sistema de sonido, la combinación de los múltiples parlantes luchando contra la música empírea que resuena del coro. Agacho mi cabeza nuevamente y redoblo mis esfuerzos por concentrarme en mi oración, cuando finalmente la detestable conmoción se hace notar. Mi cabeza sube inmediatamente y puedo captar la escena que se desarrolla frente a mí.

El sacerdote se encuentra frente a la morena, moviendo la custodia de un lado para otro. Sus compañeras intentan moverse pero están atrapadas entre los creyentes arrodillados, pero ella continúa de pie de manera desafiante y orgullosa, mientras que el fuerte aullido que rezuma de su cuerpo continúa. Comienza a dar giros de un lado para otro primero hacia Nuestro Señor en la custodia elevada, y luego en dirección contraria.

"¡Jesús, hijo de puta! ¡¡¡Maldito, maldito, maldito!!!" salen alaridos de su boca en diferentes idiomas. El latín parece ser el idioma predominante utilizado en esta diatriba difamatoria. Muchas cabezas giran con horror, y la conmoción es tan intensa que efectivamente contrarresta las voces que provienen del coro. Parece que todos están alarmados y ofendidos por esta muestra abierta de irrespeto y vulgaridad, excepto el sacerdote. Él defiende su posición desafiantemente frente a ella y sostiene la custodia sobre su cabeza mientras espuma comienza a salir de su boca que gruñe sin parar.

Provenientes de esta diosa narcisista y autoproclamada, quien solamente unos minutos atrás estaba segura de su propia belleza y vanidad, salen múltiples chillidos y gemidos guturales bajos, infernales y masculinos. Tose violentamente y continua retorciéndose y doblándose; su espalda se arquea como sufriendo una serie de ataques. Lo que presenciamos es real y no algún tipo de efectos especiales generados para una película de Hollywood. Tampoco se utiliza alguna magia generada por computadora para hacer que su cuerpo se retuerza de manera tan antinatural. He visto gran número de ataques a lo largo de los años en hospitales e incluso en las bancas de las iglesias, y esto definitivamente no pertenece a nada en esa categoría.

El sacerdote continúa sosteniendo la custodia en lo alto sobre ella, y permanece impertérrito frente a sus acciones y su blasfemia.

Cae con fuerza al suelo; su espalda golpea el concreto y su cabeza rebota en un golpe seco que causa un sonido espantoso. Instintivamente, los que están alrededor se apartan, y algunos intentan ponerse de pie y escapar – la mayoría se tropieza con los demás. Sin previo aviso, su torso medio se levanta hacia el cielo nocturno, y su cuerpo se balancea sobre sus talones y su cabeza. Su boca continúa produciendo espuma mientras lanza ataques obscenos de ira hacia la custodia. Ésta escena irreal, iluminada por antorchas cercanas a nosotros, enfatizan de manera escalofriante el momento en que sus ojos ruedan dentro de sus párpados. Finalmente, con un último jadeo horrendo y tortuoso, colapsa.

Me uno a aquellos que la rodean, incluyendo a sus compañeras quienes se ven más alarmadas que el resto del grupo, a medida que el sacerdote se aleja. El Alguacil Luder se encuentra a mi lado, sus instintos de solidaridad, al menos por el momento, superan su reticencia a estar en éste viaje.

El olor nos llega de repente. Mi banco de memoria no me ha permitido olvidar fácilmente aquel hedor de la primera vez que estuve en una situación similar. Justo en este momento, me siento agobiado nuevamente. Al igual que todas las personas alrededor, lanzo mi cabeza hacia atrás de manera instintiva cuando llegamos a su lado mientras el olor rancio, pútrido y putrefacto escapa del cuerpo de ésta mujer que ahora está bastante desorientada.

Le ayudamos a ponerse de pie y se la entregamos a sus amigas. Ellas a su vez llevan a la mujer exhausta por entre la multitud y hacia una banca. Siento ganas de vomitar. No me cabe duda de que Satanás y sus demonios trabajan esparciendo la maldad por todo el mundo. Tengo toda la fe en que Nuestro Señor me protegerá mientras no me arriesgue a viajar por caminos que claramente sé que no debería atravesar. Estoy harto de todo esto. No pueda evitar desesperarme una vez más por el número de almas que simplemente no lo entienden, que voluntariamente aceptan la maldad que Satán promueve, y que ignoran o rechazan Su amor, y Su deseo constante de ayudarnos en ésta vida – Su Iglesia, los Sacramentos, la Virgen María, los Santos, los Ángeles, y diferentes Sacramentales, entre muchos otros regalos.

El alguacil tiene su mirada clavada en mí, estupefacto. Puedo ver que su mundo se encuentra en metamorfosis una vez más. La tumba alrededor de su corazón que se había agrietado y abierto ligeramente con su experiencia cercana a la muerte, ahora se abre por completo con lo que acaba de presenciar. Pero me pregunto si permanecerá de esa manera. ¿Qué tan duro es su corazón? ¿Qué tan cerrada es su forma de pensar? Mientras reflexiono sobre estos pensamientos, él parte inmediatamente hacia el hotel.

Lo observo alejarse y, helo ahí, veo que hace el símbolo de la cruz. Las conversiones suceden de muchas formas. Muchas se dan debido a curaciones físicas o mentales, pero considero que las mejores son las conversiones del corazón. Porque después de todo, cuando nuestra vida aquí en la tierra termine, creo firmemente que la última será la que más le importe a Nuestro Señor. ¿Hicimos un esfuerzo por cambiar? ¿Volvimos humildemente a Él? ¿Nos arrepentimos? ¿Seguimos lo que Nuestra Señora nos ha dicho y los que nos continúa diciendo en éstos lugares de advocaciones? ¿O seguimos anclados firmemente en nuestra creencia de que somos nuestro propio Dios, y Él no?

Mis sentidos están en alerta máxima, y han pasado meses desde que estuve tan feliz y lleno de optimismo.

"Gracias, Dios," digo en voz alta.

Capítulo 32

El Alguacil Luder lucía cansado ayer durante el viaje en bus hacia el aeropuerto para nuestro vuelo a Fátima, Portugal; nuestra última parada en esta peregrinación. Nuestras miradas se han cruzado algunas veces, y aunque parece haber estado a punto de hablar, no creo que sepa muy bien todavía lo que quiere decir. Detesto admitirlo, pero me alegra que no haya hablado, ya que tenía un asunto de mucho más peso con el cual lidiar – mi salud.

Siempre hay alguien en cada grupo que parece no poder partir de casa sin traérselo todo. JoAnn Mazzitrius, una peregrina que ha estado en peregrinaciones anteriores, tiene mala fama por traer múltiples cambios de ropa y productos de belleza en exceso. Su maleta peso más de 45 kilos, tanto que una de las cremalleras se rompió y quedó con un filo serrado. Mientras nuestro conductor se esforzaba por poner su maleta en el compartimento para equipaje del bus, yo instintivamente me agaché a ayudarlo. Mi dedo rozó el filo, y me gané un corte en mi dedo índice por mis esfuerzos. La sangre comenzó a fluir inmediatamente, y poco después vino el mareo cuando vi mis fluidos vitales donde se supone que no deberían estar. Apenado y agitado por mi reacción, abordé el bus y traté la herida superficial con una tirita adhesiva y un antibiótico de primeros auxilios proveniente de mi estuche para análisis de ADN. Para aquellos que no están obsesionados con su salud, ahí hubiera terminado todo. ¡Qué suerte tienen!

Desafortunadamente, no podía dejar de pensar en ello. El latido de mi corazón se sentía constantemente en la herida, el área se adormeció, y un hormigueo se paseaba por mi mano. Entre más miraba mi dedo vendado, más me convencía de que un sarpullido rojo, símbolo seguro de infección, se apoderaba de mi mano. Como resultado le siguió un nivel bajo de pánico.

En segundos toda la sangre subió a mi cabeza y sentí un dolor en mi pecho. Sabía que era estrés debido a mis pensamientos irracionales, así que me recordé a mí mismo que debía permanecer calmado y respirar profundamente, mirando por la ventana para que los que estaban a mi alrededor no vieran el terror en mi rostro. ¿Fue tanto el sobresalto que me causé un ataque al corazón? ¿Y si había algo en el aire que se metió en mi herida antes de haberla limpiado apropiadamente? Mis pensamientos se devolvieron de repente a todo lo que toqué desde el momento que me corté. ¿Y si la cremallera con la que me corté fue tocada por alguien con una enfermedad mortal? ¿Será que *eso* se metió a mi sistema?

Todo lo que quería en ese momento era estar en casa en Gardensville, donde se encuentra mi doctor. Ya lo he visitado siete veces desde que llegué al pueblo por diferentes males menores, pero dado que es compasivo y ahora conoce mi tendencia a exagerar con mi salud, siempre se toma tiempo extra para intentar hacerme sentir mejor. Estoy muy agradecido, pero es humillante. Soy un hombre hecho y derecho, nada más y nada menos que un sacerdote católico. Le confío todo a Dios, excepto mi salud. ¿No es ridículo? Él me ha asegurado que estoy lejos de ser la única persona que tiene preocupaciones irracionales con respecto a su salud.

Cuando miré alrededor del bus, todo comenzó a sentirse extraño, muy irreal. No podía hacer que los pensamientos negativos dejaran de agobiarme. Estaba desconectado de mí mismo y no podía explicar la sensación aún si lo intentaba. El temor de que iba a morir me golpeó fuerte y rápido, y enterré mi cabeza entre mis manos, rogándole a Dios que me ayudara, que terminara este viaje, que me llevara a casa. El ataque de ansiedad se apoderó de mí en ese instante y me sentí aterrorizado. Cuando finalmente sosegó, estaba exhausto y dormí durante el resto del viaje, apenas aguantando derramar un torrente de lágrimas de temor y frustración.

Capítulo 33

Fátima, Portugal. Si has olvidado los milagros de este lugar bendito, permíteme recordarte que las apariciones que ocurrieron aquí en 1917 incluyeron un milagro espectacularmente visible que fue presenciado por miles de personas. Más de cuatro millones de peregrinos de todas partes del mundo viajan a Fátima cada año. El Papa Benedicto XVI, todavía en su cargo, alentó a todos los fieles a encomendarnos a Nuestra Señora de Fátima.

Aún estoy un poco cansado por el ataque de ansiedad que experimenté en el bus, pero estoy determinado a recorrer el lugar, y analizar las imágenes junto con sus inscripciones, y la documentación correspondiente. He cambiado el vendaje varias veces, y no he visto nada del enrojecimiento que creí significaba la muerte inminente. Aun así, mientras me muevo de una imagen histórica a la siguiente, no puedo evitar contar las horas para nuestro vuelo a casa.

En la primera foto que veo, hay tres niños que fueron el foco central de las apariciones aquí en Fátima. Jacinta Marto, de seis años, está a la izquierda con su mano derecha en su cintura y luce desafiante frente a toda la atención y las acusaciones. Su hermano mayor, Francisco, de ocho años, se encuentra en el medio y sostiene una muleta bajo su brazo izquierdo, y tiene en su rostro una mirada casi aburrida. Y su prima, Lucía dos Santos, de nueve años, se encuentra a la derecha con sus manos entrelazadas al frente y su ceño fruncido.

Como lo predijo la Virgen María durante una de sus apariciones, Francisco murió a los 11 años y Jacinta murió a la corta edad de nueve, padeciendo un dolor insoportable durante sus últimos meses. Mostró una fortaleza sorprendente para alguien tan joven, y ofreció su dolor y sufrimiento a la conversión de almas – especialmente para aquellos que eran consumidos por la epidemia de la influenza que había diezmado partes de Europa durante dicho periodo.

Después de la muerte de sus primos, bajo solicitud de la Virgen María, Lucía ingresó a las Hermanas Doroteas en España en 1925, y en 1948 se trasladó al convento claustral de las Carmelitas en Coimbra, Portugal. Falleció en 2005 un mes antes de cumplir 98 años. Presenció a la Virgen María tres veces más durante su vida.

Otra imagen muestra a los tres niños con sus manos juntas en oración, y el Rosario alrededor de ellas. Todos venían de familias campesinas portuguesas de bajos recursos, y todos fueron relativamente olvidados luego de que pasó la controversia y la emoción que rodeaban a las visiones y las apariciones de 1917. Como nota adicional importante, y como hemos visto en los otros sitios que hemos visitado, la Virgen María decidió aparecer frente a niños inocentes pobres, ubicados en lugares remotos, con el fin de darle mayor credibilidad a sus mensajes y permanecer fuera de toda sospecha de las personas "instruidas" de la época. Cuando la Iglesia decidía la autenticidad de dichas apariciones, todos los videntes probaron ser irreprochables.

La siguiente sección es "El Mundo Durante Este Periodo," y les recuerda a los peregrinos que la Primera Guerra Mundial se estaba batallando y que el Comunismo ingresaba a la escena mundial. Portugal se había convertido en anticristiano, tanto así, que cerca de 1700 sacerdotes, monjas y monjes habían sido asesinados. Todas las ceremonias religiosas públicas habían sido prohibidas.

Fue durante este periodo oscuro que el Papa Benedicto XV hizo una petición a todos los fieles del mundo para que rezaran el Rosario y pidieran la intercesión de la Santísima Virgen para ponerle fin a la guerra. Ocho días después, el 13 de mayo de 1917, la Virgen María apareció frente a los niños en Fátima, dándole a conocer al mundo por medio de ellos su propio "plan de paz desde los Cielos." Decidió comunicar estos mensajes en Portugal, precisamente en el medio de todo el odio que era dirigido al Cristianismo.

La siguiente sección contiene la pintura de un ángel con los tres niños. La narración explica que un ángel apareció frente a los niños en tres ocasiones diferentes en 1916, el año previo a que comenzaran las apariciones de la Virgen María, preparándolos para lo que venía. Posteriormente les diría que era el Ángel de la Guarda de Portugal. El ángel se apareció en forma de hombre transparente y lleno de luz y, dada su voz y su actitud, los se sintieron muy cómodos con él. Las dos niñas podían ver y escuchar al ángel, pero el muchacho, Francisco, solamente podía escucharle.

En la primera visita, el ángel dijo:

"¡No temáis! Soy el Ángel de la Paz. Rezad conmigo."

De rodillas en el suelo, recitó esta oración tres veces:

"Dios mío, yo creo y espero en Ti, Os adoro y Os amo. Os pido perdón por los que no creen, ni adoran, ni esperan, ni Os aman."

Después, levantándose, les dice:

"Orad así. Los Corazones de Jesús y de María están atentos a la voz de vuestras súplicas."

Durante la segunda visita el ángel les dijo:

"Los corazones de Jesús y María tienen designios Misericordiosos para vosotros. Debéis ofrecer vuestras oraciones y sacrificios a Dios, el Altísimo. En todas las formas que podáis ofreced sacrificios a Dios en reparación por los pecados por los que Él es ofendido, y en súplica por la conversión de los pecadores. De esta forma traeréis la paz a vuestro país, ya que yo soy vuestro ángel guardián, el Ángel de Portugal. Además, aceptad y soportad con paciencia los sufrimientos que Dios os enviará."

En la última visita, el ángel se postró en tierra y dijo esta oración:

"Santísima Trinidad, Padre, Hijo y Espíritu Santo, Os adoro profundamente y Os ofrezco el preciosísimo Cuerpo, Sangre, Alma y divinidad de Jesucristo, presente en todos los Sagrarios de la tierra, en reparación de los ultrajes, sacrilegios e indiferencias con que Él mismo es ofendido. Y por los méritos infinitos de su Santísimo Corazón y del Corazón Inmaculado de María, os pido la conversión de los pobres pecadores."

Luego les ofreció a Nuestro Señor en la Eucaristía a los niños, diciendo: *"Tomad y bebed el Cuerpo y la Sangre de Jesucristo, horriblemente ultrajado por los hombres ingratos. Reparad sus crímenes y consolad a vuestro Dios."*

A pesar de que he estado aquí en varias ocasiones, un sentimiento surrealista regresa a mí. Aunque la mayor parte del mundo ha olvidado lo que sucedió aquí o ha decidido ignorarlo, ruego por que eventualmente sea escuchado. Ya ves, en 1917 hubo seis apariciones, y Fátima fue la primera aparición en la historia de la Iglesia en la cual la Virgen María anunció un milagro con anticipación. Lo mismo ocurrió en Kibeho, África en 1981 – hace apenas 33 años – cuando la Virgen María predijo el "Rio de Sangre," la peregrinación que lideraré el próximo año.

Un año después, en 1917, luego de haber sido preparados por el Ángel de la Guarda de Portugal, la Virgen María comenzó a aparecer frente a los niños. Cada aparición tiene una sección dedicada; diseñada para que los peregrinos puedan absorber todo el impacto de cada una de ellas.

Paso los siguientes minutos revisando los mensajes de las tres primeras apariciones.

La siguiente placa nos dice que la Cuarta Aparición no ocurrió el 13 de agosto porque los niños habían sido secuestrados por un cruel administrador civil que estaba en contra de la Iglesia. Sin embargo, aproximadamente 18.000 personas estaban presentes y vieron un signo que mostraba el disgusto del Cielo frente a lo que pasaba con los niños. Hubo rayos y truenos, el sol se palideció, y se vio una niebla amarillenta en el ambiente. Una nube blanca se postró sobre la encina donde la Virgen María venía apareciendo mes tras mes desde el 13 de mayo. Rápidamente cambió de color y tomó todos los colores del arcoíris.

Al mismo tiempo que esto ocurría, las autoridades civiles amenazaban las vidas de los niños con agua hirviendo y otros tipos de dolores y tortura si no cambiaban su historia y decían la verdad. Incluso bajo la amenaza de torturas severas y sin tener razón para no creer que esto no les sucedería a ellos, los niños creían profundamente en lo que habían visto y escuchado, y en lo que habían experimentado durante las apariciones. Ya sea respondiendo preguntas de sus familiares, la Iglesia, o las autoridades civiles – juntos o separados – sus historias probaban ser verdaderas de principio a fin. La Virgen María apareció nuevamente frente a los niños seis días después.

Después de repasar los mensajes de la tercera, quinta y sexta apariciones, continúo a la siguiente sección y me estiro hacia adelante para ver más de cerca las fotos tomadas el día del milagro, anunciado de antemano por la Virgen María. Hay fotos de peregrinos, antes del suceso, que sostienen paraguas en busca de protección de la lluvia torrencial y se ve el suelo convertido en lodo. Durante el milagro, hay fotos de peregrinos que miran al cielo con rostros llenos de terror; algunos se agachan como para protegerse de ser golpeados por algún objeto desconocido desde el cielo, otros acostados inmóviles en el suelo o arrodillados en oración. Y también hay fotos tomadas inmediatamente después del Milagro del Sol, donde el suelo está completamente seco. La placa dice lo siguiente:

El Milagro del Sol – Octubre 13 de 1917

DEFINICIÓN: TEOFANÍA – Una comunicación directa o aparición de Dios a los seres humanos. Ejemplos: Dios confrontando a Adán y Eva luego de su desobediencia (Génesis 3:8); Dios apareciendo frente a Moisés en medio de un arbusto ardiente (Éxodo 3:2-6); Abraham le ruega a Jehová ser misericordioso con los Sodomitas (Génesis 18:23).

Frente a 70.000 testigos incluyendo al menos a 30 periodistas, muchos de ellos creyentes pero también un gran porcentaje de escépticos, el Milagro del Sol ocurrió como lo prometió la Virgen María y duró alrededor de 12 minutos.

De repente la lluvia se detuvo y las nubes, espesas durante toda la mañana, se disiparon. El sol apareció en su cénit, como un disco plateado. De pronto comenzó a girar sobre sí mismo como una bola de fuego y proyectó un baño de luz en todas las direcciones que cambió de color varias veces. Rayos amarillos, rojos, verdes, azules, etc., teñían las nubes, los árboles, las montañas, y le daban un aspecto extraño a la campiña y a todo ese paisaje, transformado extrañamente por su Creador. Al pasar de algunos minutos, el cuerpo celeste se detuvo, y brillaba una luz que no lastimaba los ojos; luego comenzó su asombrosa danza otra vez. Éste fenómeno ocurrió tres veces, y cada vez un poco más rápido, con una luz más brillante y colorida. Y durante los doce inolvidables minutos que duró este espectáculo impresionante, la multitud estuvo en suspenso, observando boquiabiertos aquel fenómeno trágico y cautivador, el cual pudo ser visto a 40 kilómetros a la redonda. Súbitamente, los espectadores tuvieron la impresión de que el sol se arrancaba de los cielos y caía sobre ellos. Un grito formidable se elevó simultáneamente de cada testigo. Algunos hicieron una genuflexión, otros gritaban, y otros oraban en voz alta... Mientras tanto, se detuvo por completo, y regresó lentamente a su lugar; luego retornó a su brillo natural. No hubo más nubes y el cielo era de un azul puro. Las ropas de la multitud, empapadas por la lluvia un instante atrás, se secaron de inmediato. El entusiasmo fue indescriptible.

Luego las personas comenzaron a preguntarse unas a otras qué habían visto. La gran mayoría admitió haber visto el temblor y el baile del sol; otros afirmaron haber visto el rostro de la Santísima Virgen; otros, de nuevo, juraron que el sol había girado sobre sí mismo como lo hace la rueda de fuegos artificiales y que se acercó a la tierra como si la quisiese quemar con sus rayos. Algunos dijeron que lo vieron cambiar de color de manera sucesiva...

Algunos espectadores, como María Carreira, testificaron sobre la naturaleza aterrorizante del milagro solar: "Se volvió de diferentes colores, amarillo, azul, blanco, y se sacudió y tembló; parecía como una rueda de fuego que iba a caer sobre la gente. Ellos gritaron: '¡Moriremos, moriremos!'... al fin el sol se detuvo y todos lanzamos un suspiro de alivio. Todavía estábamos vivos, y el milagro que los niños habían anunciado, había ocurrido."

Otras personas vieron el milagro solar desde lejos lo que descarta la posibilidad de cualquier tipo de alucinación colectiva. Muchos de los cojos pudieron de pronto caminar, y los ciegos pudieron ver. Las conversiones y reconversiones se dieron en abundancia.

Cuando las personas presenciaban el baile del sol, los niños veían algo completamente diferente. Como lo anunció la Virgen María, San José apareció frente a ellos con el Niño Jesús en sus brazos y la Virgen María vestida de banco con un manto y un velo azules. San José y el Niño Jesús bendijeron al mundo. Y luego la aparición cambió: Nuestro Señor y Nuestra Señora aparecieron bendiciendo al mundo. Finalmente, Nuestra Señora del Carmen apareció con el escapulario marrón en su mano derecha mientras cargaba al Niño Jesús en sus brazos.

Los reporteros que estuvieron presentes enviaron las historias del Milagro del Sol junto con algunas fotografías, pero la mayoría fueron ignoradas por sus jefes de redacción respectivos quienes pensaban que sus corresponsales estaban delirando, siendo irracionales e incoherentes. Sin embargo, algunas fueron impresas pero la mayor parte del mundo ignoró completamente aquel evento milagroso. El Observatorio de Greenwich, a 1900 kilómetros de distancia, no reportó ninguna actividad inusual aquel día, pero ese hecho fue contrarrestado por la voz de todos los presentes que afirmaron que vieron al sol multicolor girando y descendiendo – un ateo que estaba presente con el objetivo de ridiculizar todo el evento terminó siendo hospitalizado por tres días debido a lo que vio con sus propios ojos; cuando se lo llevaron del lugar estaba en estado de shock.

La Iglesia Católica por medio del Obispo Correia de Fátima, aprobó las apariciones en 1930, así: "En virtud de las consideraciones conocidas, y de otras que por razones de brevedad omitimos; invocando humildemente al Espíritu Santo y poniéndonos bajo la protección de la Santísima Virgen María, y después de haber escuchado las opiniones de nuestros Rev. Consejeros en esta diócesis, nosotros, por la presente: 1) Declaramos dignas de fe, las visiones de los niños pastores en la Cova da Iria, parroquia de Fátima, en esta diócesis, desde el 13 de Mayo al 13 de Octubre de 1917. 2) Permitimos oficialmente el culto a Nuestra Señora de Fátima."

Como lo pidió la Virgen María, se construyó un Altar y es ahora la Basílica que se ve actualmente en el lugar. El 7 de julio de 1952, el Papa Pio XII consagró al pueblo Ruso al Inmaculado Corazón de María cumpliendo la solicitud de Nuestra Señora de Fátima, pero no lo hizo en unión con los *obispos del mundo como ella lo pidió. Sin embargo, el 21 de noviembre de 1964, el Papa Pablo VI renovó la consagración dada por el Papa Pío XII, pero ésta vez lo hizo en presencia de los obispos del mundo cuando todos estaban reunidos para el Concilio Vaticano Segundo en el cual trabajaron incansablemente en lo que hoy se conoce como la publicación del Catecismo de la Iglesia Católica.*

Las guerras son causadas por el pecado, de acuerdo al mensaje de Fátima, y Nuestra Señora llama a todas las personas de vuelta a su Hijo, Jesucristo, en el diario vivir de una vida Cristiana auténtica. Su mensaje no es pesimista sino optimista; una respuesta a las guerras y al odio alrededor del mundo, si solamente todas las personas VIVIERAN el mensaje de Fátima aceptando todas las enseñanzas de la Iglesia y siendo leales en la obediencia al Papa, el Vicario de Jesucristo, en la tierra. La verdadera felicidad requiere de santidad en la tierra.

Cuando ingreso a la sala contigua que marca el final de este recorrido auto guiado, escucho a otro sacerdote recordándole a un grupo que rezar el Rosario es una herramienta muy poderosa contra Satanás. La Virgen María claramente les ha recordado esto a los fieles, una y otra vez, durante sus apariciones.

Al igual que con las otras salas, esta está llena de peregrinos, quienes leen y estudian en silencio las exhibiciones. Me dirijo a la siguiente estación y sin darme cuenta tropiezo con otro peregrino. "Lo siento," digo, mientras le hago un gesto con la mano para que vaya primero que yo. Le agradezco una vez más a Dios por este lugar tan pacífico, por estas personas de igual parecer, y por la caridad que se siente de parte de todos aquellos que se abren a Dios.

De pie uno al lado del otro, observamos una pintura que la Hna. Lucía vio en una visión de la Virgen María, una copia que encontré en el DVD titulado "La Llamada de Fátima" en una mesa contigua. Decido comprar una para la biblioteca de la parroquia en casa.

Mi nuevo amigo y yo caminamos lentamente, lado a lado, por el pasillo lleno de pinturas mientras leemos las leyendas que las acompañan, hasta que llegamos a la sección que discute los secretos que Nuestra Señora les confió a los niños.

Los Misterios

En diferentes momentos durante las apariciones, la Virgen María les contó tres 'secretos' a los videntes. La primera y segunda partes del "secreto" se refieren especialmente a la aterradora visión del Infierno, la devoción al Corazón Inmaculado de María, la Segunda Guerra Mundial, y por último la predicción del daño inmenso que Rusia le causaría a la humanidad al abandonar la fe Cristiana y adoptar el Totalitarismo comunista.

El Primer Misterio – La Visión del Infierno,
De acuerdo a las memorias de la Hna. Lucía
escrito por orden del Obispo de Leiria
y con el permiso de Nuestra Señora

"Nuestra Señora nos mostró un gran mar de fuego que pareció estar bajo la tierra. Hundido en este fuego estaban demonios y almas en la forma humana, como ascuas transparentes de ardor, todo bronce ennegrecidos o bruñidos, flotando cerca de la conflagración, ahora levantados en el aire por las llamas que saltaron de dentro de sí mismos junto con grandes nubes de humo, ahora recurriendo a cada lado parecidas a chispas en un fuego inmenso, sin el peso o el equilibrio, y entre chillidos y gemido de dolor y desesperación, que nos horrorizó y nos hizo temblar de temor. Los demonios podrían ser distinguidos por sus aterradoras y repulsivas formas semejantes a animales espantosos y desconocidos, todos negros y transparentes. Esta visión duró por un instante. Cómo pudimos jamás estar suficientemente agradecidos a nuestra Madre celestial amable, que ya nos había preparado prometiendo, en la primera Aparición, para tomarnos al cielo. De otro modo, yo pienso que habríamos muerto del temor y el terror..."

Jacinta Marto, la más joven de los videntes, en su lecho de muerte le preguntó a Lucía, ¿Por qué Nuestra Señora no les muestra el Infierno a todos? Así nadie nunca cometería más pecados mortales.

El Segundo Misterio – La Devoción al Inmaculado Corazón de María

"Este mensaje fue el mismo dado por la Virgen María durante la aparición del 13 de julio de 1917 que ya hemos leído en la sección correspondiente en la sala anterior."

El Tercer Misterio

"La tercera parte del secreto revelado en la Cova da Iria – Fátima, el 13 de julio de 1917.

Escribo en obediencia a ti, mi Dios, que lo ordenáis por medio de su Excelencia el Obispo de Leira y de la Santísima Madre vuestra y mía.

Después de las dos partes que ya he expuesto, hemos visto al lado izquierdo de Nuestra Señora un poco más en lo alto a un Ángel con una espada de fuego en la mano izquierda; centelleando emitía llamas que parecía iban a incendiar el mundo; pero se apagaban al contacto con el esplendor que Nuestra Señora irradiaba con su mano derecha dirigida hacia él; el Ángel señalando la tierra con su mano derecha, dijo con fuerte voz: ¡Penitencia, Penitencia, Penitencia! Y vimos en una inmensa luz qué es Dios: «algo semejante a como se ven las personas en un espejo cuando pasan ante él» a un Obispo vestido de Blanco «hemos tenido el presentimiento de que fuera el Santo Padre». También a otros Obispos, sacerdotes, religiosos y religiosas subir una montaña empinada, en cuya cumbre había una gran Cruz de maderos toscos como si fueran de alcornoque con la corteza; el Santo Padre, antes de llegar a ella, atravesó una gran ciudad en medio de ruinas y un poco tembloroso con paso vacilante, apesadumbrado de dolor y pena, rezando por las almas de los cadáveres que encontraba por el camino; llegado a la cima del monte, postrado de rodillas a los pies de la gran Cruz fue muerto por un grupo de soldados que le dispararon varios tiros de arma de fuego y flechas; y del mismo modo murieron unos tras otros los Obispos sacerdotes, religiosos y religiosas y diversas personas seglares, hombres y mujeres de diversas clases y posiciones. Bajo los dos brazos de la Cruz había dos Ángeles cada uno de ellos con una jarra de cristal en la mano, en las cuales recogían la sangre de los Mártires y regaban con ella las almas que se acercaban a Dios."

La Hermana Lucía respondió señalando que había recibido la visión más no la interpretación. Según ella, la interpretación le pertenecía a la Iglesia y no a la visionaria.

El recién retirado Papa Emérito Benedicto XVI, ha afirmado que el tercer secreto aludía a un momento de la historia en el que todo el poder de la maldad llegaría a un punto álgido en las mayores dictaduras del siglo veinte, y existe la creencia de que dicha maldad aún está presente en el mundo hoy en día. Además, insta a los fieles y dice que "una transformación completa y plena puede solamente venir no a través de acciones políticas grandiosas, sino de la conversión de los corazones de todos – por medio de 'la fe, la esperanza, el amor y la penitencia' en un espíritu de humildad; estos son los esenciales de la fe y la culminación de los mensajes a los videntes de parte de Nuestra Señora de Fátima en 1917."

Capítulo 34

"¿Puedo hacerle una pregunta?" dice el anciano de sonrisa amable mientras nos apartamos de la última exhibición de Fátima. Llevo mis hábitos clericales y me complace que se sienta lo suficientemente cómodo para acercarse. Me recuerda a mi consejero espiritual, el Padre Jack en Brooklyn.

"Qué pena Padre, pero ésta es mi primera peregrinación aquí o... a cualquier lugar. Solamente vine porque mi esposa siempre quiso hacerlo durante su vida. No niego la existencia de Dios o el Cielo, pero simplemente no estoy seguro de que nada de esto exista. Ella dice que soy agnóstico. Me desempeñé como médico toda la vida y me cuesta entender todo esto."

Sonrío de oreja a oreja y sin control, y siento como si pudiera abrazarlo. Siempre me han encantado los médicos porque nunca parecen preocuparse sobre las pequeñas cosas como lo hago yo, como cuando les salen protuberancias en la piel, o cuando tienen sensaciones extrañas en su cuerpo, o pequeños cortes con cremalleras rotas en el equipaje.

"Está bien. Lo entiendo. La fe es un regalo de Dios. ¿Cómo puedo ayudarle?" le digo, a la vez que me pregunto por enésima vez cómo puedo decirle eso a alguien mientras estoy aquí con mi dedo envuelto con tanta gasa que parece que hubiera tenido una cirugía importante. Lo sé, lo sé, es un asunto mental, no una enfermedad mental. Es simplemente mi extraña forma de pensar y sé que en verdad tengo que encararlo por mi propia cordura. Pero *ahora* necesito certeza de parte de alguien más. Específicamente de este amable médico.

Ya un poco más relajado, dice: "Pues bien, eh... permítame preguntarle algo, y sé que suena bastante tonto siendo usted un sacerdote, pero..." se mueve de un lado a otro, avergonzado. "¿Cree en todo esto?" hace un movimiento circular con sus manos como queriendo abarcar toda el área de Fátima, imagino. "Ya sabe, ¿todo esto? ¿Completamente?"

Dirige la mirada hacia su esposa quien lo llama apresuradamente con sus manos para no perder su bus, y que luego señala su reloj. Él a su vez levanta su dedo como pidiendo un momento más, y yo intento cristalizar mis pensamientos rápidamente.

"Sí, claro. En verdad. Oh, durante mi vida, en algunas ocasiones me he apartado de Dios. Intenté escapar de Él, por así decirlo, pero Él nunca dejó de perseguirme, ni de bendecirme."

Le muestro con mi mano las fotografías y le digo, "Creo firmemente en que esas personas presenciaron un milagro frente a sus propios ojos. Y también creo que pudieron ver que el mundo era más grande que ellos, y que lo que sucedía en sus vidas y la forma en la que vivían de verdad significaba algo, ya sea para bien o para mal. La Virgen María les estaba dando una advertencia de amor. Muy afortunados me parece a mí, eso sí, si prestaban atención y cambiaban sus vidas como corresponde."

Vuelve a mirar hacia su esposa. Continúo antes de que llegue sin querer que él se vaya todavía ya que tengo mi propio favor para pedirle.

"Todos los que no hemos tenido la posibilidad de presenciar un milagro físico vivimos por la fe, y no por la visión, amigo mío, pero podemos venir a los lugares de las apariciones como éste y captar un destello de lo que ellos vieron con sus ojos, o incluso verlos por nuestra propia cuenta a través de fotografías y documentales."

Sonrío hacia su esposa y ella regresa mi gesto de bienvenida. Él estira su mano y nos despedimos de una manera incómoda mientras escondo torpemente mi mano derecha vendada detrás de mí.

"Que Dios lo bendiga, amigo mío. Lo tendré presente en mis oraciones mientras continúa en su búsqueda. Pero recuerde, Él no es un misterio, al menos no el misterio que usted lo hace ser. Él está aquí, de verdad, y ciertamente lo ama. Quizá deba pensarlo de la manera como lo hizo Blaise Pascal, el matemático, físico, inventor, escritor y filósofo cristiano francés del siglo 17, de quien muy generalmente parafrasearé lo siguiente: Si todo es falso pero usted cambia su vida, ¿qué tiene que perder? ¿Una vida mejor para usted y los que lo rodean? Pero si todo es verdadero, hay mucho por ganar. La felicidad eterna. Esa es una apuesta bastante buena, ¿no cree?"

Sonríe nuevamente, se voltea hacia su esposa y comienzan a caminar. Es ahora o nunca.

"Disculpe," digo. "¿Puedo pedirle algo? No tomará más de dos minutos, lo prometo."

Aprieta la mano de su esposa y regresa hacia mí; nos dirigimos a una esquina que tiene bastante luz pero que a su vez es lo suficientemente privada como para poder hacerle mi pregunta.

"Yo, eh, mire, ¿podría revisar mi dedo rápidamente?" le pido avergonzadamente.

¿Debería decirle que temo por mi salud? ¿Que desde que me corté, aunque todos a mi alrededor piensan que estoy perfectamente bien, he estado destrozado por dentro preocupándome por nada más? ¿Que ha empeorado tanto que he sufrido un ataque de ansiedad? ¿Que desearía poder ir por mi vida como él, sin inquietarme por estas preocupaciones estúpidas que ahogan mi mundo? No, no lo haré. Simplemente extenderé mi mano derecha, sintiéndome como un niño, le permitiré revisar mi mano y me quedaré en silencio.

Toma mi mano e inmediatamente me siento increíblemente agradecido y relajado a medida que este ilustrado señor retira la venda.

"Me parece que se ve bien. De hecho, ya ha comenzado a sanar," me asegura.

Podría hasta llorar en este momento. El alivio que siento es inmediato e inmenso, y la preocupación de 10 toneladas que llevaba encima desaparece instantáneamente.

Casi sin poder emitir palabra, le ofrezco un dócil "Gracias."

Dios ha respondido a mis oraciones de ayuda. Ésta alma amable, quien sin duda ha visto muchos pacientes como yo, me ofrece unas sabias palabras.

"¿Puedo contarle algo que quizás pueda ayudarle? ¿Le molestaría?"

"Para nada, por favor, agradezco todo lo que pueda decirme." Me siento entusiasmado.

"En todos los años que llevo tratando pacientes, creo que la gran mayoría de ellos vinieron a mí *no* debido a las enfermedades como tal, sino debido a lo que *pensaban* sobre las mismas. Me convencí de que si ellos podían aprender a controlar sus mentes, en gran parte, podían aprender a controlar sus cuerpos. Les decía que debían pensar en sus cuerpos, pero no preocuparse u obsesionarse por ellos. Cuando se enfermaban, los animaba a que se tomaran una o hasta dos semanas para tratarse a sí mismos, utilizando remedios simples como un buen descanso, una buena dieta, analgésicos o lo que creyeran que necesitaran, y le permitieran a su cuerpo sanar. Pero, por supuesto, si empeoraba deberían venir a verme.

"Muchos de ellos si sentían alguna sensación extraña en la mañana salían volando a mi oficina en la tarde, y yo me sentía mal por ellos, de verdad, porque estaban tan preocupados de que alguna enfermedad grave los hubiera atrapado. Tenían tanto miedo de enfermarse, de contagiarse con esa extraña enfermedad de la que leyeron en el periódico esa mañana, o de la que escucharon que alguien más se había contagiado, y eso los hacía poner nerviosos, lo que a su vez hacía mucho peor hasta la sensación más sutil. Siempre les recomendé que aprendieran a calmarse, a relajarse y a no interponerse en el proceso natural de curación de su mente y de su cuerpo. Que no hicieran algo peor de lo que realmente era, y que no inventaran algo que no existía. Nuestras mentes son fuerzas muy poderosas, y pueden ayudarnos a alcanzar grandes alturas, o pueden hacernos caer a las profundidades más espantosas."

Asiento con mi cabeza. Me acaba de describir perfectamente. Ha terminado, pero me da un último consejo mientras se voltea hacia su esposa.

"Padre, relájese, ¿sí? Especialmente relaje su respiración; entre más mejor. Puede que tenga una tendencia a preocuparse por su salud como lo hacen millones de personas, pero esa costumbre se puede manejar con las herramientas adecuadas. Tal vez sea necesario convivir con aquella particularidad, pero es posible minimizarla si en verdad se esfuerza. Averigüe sobre el Centro para los Trastornos de Ansiedad *Midwest*. Tienen un programa increíble que algunos de mis pacientes han tomado y me han dado excelentes comentarios. Y existen bastantes libros disponibles y muchos terapeutas muy buenos que lo pueden ayudar, ¿de acuerdo?"

Le doy a este grandioso hombre un cálido abrazo. Estoy demasiado cansado de ser así.

Le doy las gracias y comienzo a seguirlos a él y a su esposa hacia la salida del edificio para respirar un poco de aire fresco, y para agradecerle a Dios abundantemente por Su amabilidad al poner este hombre en mi camino, pero recuerdo otra sección más que se encuentra a uno de los lados – la última historia con respecto a lo que sucedió con los otros dos niños – los beatos Francisco y Jacinta.

Doy un vistazo dentro de la sala y veo al alguacil quien se encuentra inclinado muy de cerca y escribiendo con intensidad en la libreta de notas que ha estado cargando. Con el fin de que no me vea y quizá se aleje, me devuelvo a la sala principal hasta que salga. Apenas unos minutos más tarde, sale a un paso bastante acelerado. Recuerdo el terror en su rostro aquella noche en Lourdes durante la Adoración, y ahora su cara atormentada iguala ese recuerdo. Se dirige a la salida y con su mano derecha frota rápidamente la parte trasera de su cabeza, claramente desconcertado. Por mi parte ingreso a la sala que él acaba de dejar, esperando poder ver que ha causado dicho nivel de sobresalto en el alguacil.

El inicio de esta sección trata de Jacinta Marto; recuerdo cómo ella era un alma dulce pero terca, y peleaba con su hermano con frecuencia como sucede comúnmente entre hermanos. Cuando las cosas no se hacían como ella quería, generalmente se enfurruñaba. Antes de las apariciones ella era caprichosa y vivaz. Sin embargo, luego de las visitas de la Virgen María, se volvió mucho más seria y generosa. Ofreció todo en su vida por la conversión de los pecadores, incluso darle su almuerzo a los animales que cuidaba.

Fue dicho cambio en ella que su familia, y todos aquellos que la conocían bien, reconocieron como la señal más convincente de que lo que dijo que había ocurrido, verdaderamente había ocurrido. Aunque era muy joven, Jacinta poseía una fortaleza interior sólida, la cual fue necesaria cuando la gente comenzó a burlarse de ellos. Las personas del pueblo donde vivían les arrojaban piedras, incluso en algunas ocasiones cuando se dirigían a la *Cova da Iria* para presenciar las apariciones según el plan.

Su diagnóstico fue *"pleuresía purulenta de la cavidad grande izquierda, e inflamación ósea de la séptima y octava costillas del mismo costado."* En otras palabras, la membrana de su pecho estaba inflamada y secretaba pus. Además, sus huesos estaban inflamados y habían causado un absceso, lo cual era muy doloroso y requería de cuidado diario.

La Virgen María le había contado sobre todos los hospitales en los que estaría y que moriría sola. También le dijo que vendría por ella muy pronto y que cuando lo hiciera su dolor la dejaría. Jacinta le comentó todo esto a la madre del orfanato quien documentó todo lo que le dijo, y que posteriormente sucedió justo como lo había dicho – de acuerdo a lo anunciado, ella estuvo en bastantes hospitales, murió exactamente en el momento anunciado por la Virgen María, y efectivamente se encontraba sola y lejos de casa cuando sucedió.

Me dirijo a la última estación de esta sección donde el alguacil estaba cuando lo vi, no hace más de 20 minutos. Es una foto con fecha del 12 de septiembre de 1935, donde se ve a un sacerdote inclinándose sobre el rostro descubierto de Jacinta Marto. Le doy un vistazo rápido a la inscripción en busca de las palabras que de seguro fueron leídas por el alguacil hace unos momentos.

Durante la transferencia de sus restos... preservados perfectamente... Había sido enterrada en una tumba y ataúd común debido a su familia de bajos recursos... calor intenso de Portugal luego de haber estado enterrada por 15 años... ningún olor perceptible... cuerpo en el mismo estado durante una transferencia posterior en 1950. Aunque su cuerpo había sido consumido por la enfermedad antes de su muerte, ninguno de los efectos de la infección fue encontrado cuando exhumaron su cuerpo. Santa Catalina Labouré y la Medalla Milagrosa – Incorrupta; Santa Bernadette Soubirous de Lourdes – Incorrupta; Jacinta Marto de Fátima – Incorrupta – el único caso del cuerpo incorrupto de un niño en la historia de la Iglesia.

La placa encima de la fotografía dice lo siguiente:

En sus últimos días cuando la Santísima Virgen apareció frente a ella y le dijo que dejaría de sufrir, Jacinta le contó (a Lucía) que María se veía muy triste y le contó la causa de su tristeza:

Los pecados que llevan al mayor número de almas a la perdición son los pecados de la carne.

La vida suntuosa debe ser evitada, las personas deben hacer penitencia y arrepentirse de sus pecados.

Las grandes penitencias son indispensables.

Capítulo 35

Ha llegado el fin de semana y es hora de nuestro viaje de 21 horas de vuelta a casa.

"Padre, ¿puedo hablar con usted?"

El alguacil Luder, de pie frente a mí, me hace un gesto para que lo acompañe. Caminamos hasta la última fila del Boeing 767 que cuenta con capacidad para 375 pasajeros, pero que está apenas a medio llenar, y veo que se ha adueñado de los últimos tres asientos. Solamente hay dos personas sentadas dos filas más adelante; tenemos privacidad, y por los susurros del alguacil, entiendo que eso es lo que busca.

Se sienta en el asiento de la ventanilla, coloca un par de libretas en el asiento del medio, y respetuosamente me hace un gesto para que tome el asiento del pasillo.

Algo lo molesta, pero no puedo precisar la razón exacta.

"¿Usted cree en 'los pecados de la carne y en irse al Infierno' y todo lo demás?"

Sus ojos se clavan directamente en los míos y me ruegan la verdad.

"Sí. Los fieles pueden decidir si creer o no lo que ocurrió allá. Yo decido creer," le respondo.

"¿Por qué? Digo... ¿Qué lo hace creer? Imagino que hay un cuerpo directivo en la Iglesia, o como sea, y ellos les dicen a los demás lo que tienen que hacer, y cómo deben vivir pero, en lo más profundo de su corazón, ¿Por qué cree en realidad?" Ahora se inclina hacia mí desde su asiento y la tensión se puede ver en su mirada.

"Primero que todo, el 'cuerpo directivo' al que probablemente se refiere se llama el Magisterio de la Iglesia. Cuando tenga tiempo, le sugiero que consiga una Biblia Católica y la abra en Mateo 16:13-20 donde encontrará que Cristo fundó su Iglesia sobre San Pedro, el líder de los apóstoles y el primer Papa, y así le dio las Llaves del Reino. Segundo, la Iglesia no se impone a ninguna persona. Sin embargo, es una buena madre, y como tal, les informa a sus hijos lo que es mejor para ellos, guiada por un carisma especial dado por Dios. Piénselo de esta manera, ¿durante su niñez, su mamá nunca le advirtió que no debía jugar en la calle, poner su mano en una hoguera, o apuntarle a los ojos a alguien con su pistola de bandas elásticas?"

Asiente con la cabeza y sus ojos continúan fijados a los míos.

"Pues bien, pudo haber hecho cualquiera de esas cosas si en verdad lo hubiese querido. Su mamá le dijo todo eso por amor, no porque era una tirana que simplemente quería controlarlo. De esta forma debemos ver las enseñanzas de la Iglesia."

Me alienta ver que asiente nuevamente con la cabeza, y que toma nota mientras hablo.

"Con respecto a su pregunta sobre si en realidad creo en todo esto, ¿Por qué habría de no hacerlo? Es sorprendente todo lo que la gente cree, aún sin verlo, solamente porque un 'experto' dice que es verdad. Por ejemplo, ¿usted cree que Cristóbal Colón descubrió América en 1492?"

"Sí, claro," responde a la vez que se encoge de hombros para reflejar que no hay razón para *no* creer aquel hecho tan obvio que nos enseñaron en la escuela.

"Muy bien, ¿y por qué? ¿Por qué lo leyó en un libro de historia? ¿Por qué un maestro del que no tenía razón para dudar le dijo que era cierto? Mi punto es, nadie que estuvo vivo en aquel entonces sigue con vida. Nadie hizo fotos, ni videos, ni YouTube para probar que él atracó en las orillas del este de América.

"De igual forma, ser ingenuo y aceptar todo como milagro no le hace bien a nadie. Pero consideremos las advocaciones Marianas. Hoy en día hay personas aún con vida que efectivamente las vieron de primera mano y hay muchos otros que han experimentado milagros en Lourdes, como probablemente Dolores. Y usted estaba ahí junto a mí, ¿verdad? Pero sin embargo, las personas deciden *no* creer. ¿Por qué sucede eso?"

"Pues bien, imagino que como todos somos diferentes, hay muchas razones para que la gente no crea. La autoridad nos ha decepcionado demasiadas veces. Tal vez todos aprendimos a ser desconfiados," dice, encogiéndose de hombros.

"Está bien, sí, tiene razón en eso, Alguacil. Pero permítame ahora a mí preguntarle, ¿*usted* cree?"

Se voltea y mira por la ventanilla, y eventualmente sus ojos vuelven a encontrarse con mi mirada inquisitiva.

"Bueno, comienzo a creer. Y…" baja sus ojos y pasa sus manos por su cabello, "a mí, lo que más duro me ha dado es que si todo es verdad, es decir, si en verdad es la manera como debí haber vivido, estoy en serios problemas."

Se frota la cara con ambas manos y mira fijamente a sus notas, pero sus pensamientos están en otro lugar. Prosigue.

"Debo hacerle esta pregunta porque me ha confundido durante toda la vida. ¿Por qué Dios nos dio el deseo sexual si, de acuerdo a su gran 'plan maestro,' Él sabía que íbamos a estar teniendo sexo como conejos, o al menos, queriendo hacerlo?"

Me han preguntado lo mismo muchas veces. "Todo se remonta al tema del pecado original. Usted me dijo que había sido bautizado, y eso significa que la mancha del pecado cometido por nuestros primeros padres, además de cualquier otro pecado que cometió hasta ese punto en su vida, fue perdonado por Dios. Luego comenzó una nueva vida en Cristo y el Espíritu Santo, y se convirtió en miembro del Cuerpo de Cristo y la Iglesia."

Veo su ceño fruncido y entiendo que intenta procesar esta información mientras escribe intensamente. Me pregunto qué batalla se estará peleando en su interior. Continúo con mi explicación, y bajo la velocidad de mi ritmo para su beneficio.

"De bebé sus padres decidieron hacer que lo bautizaran y usted recibió la gracia que proviene del sacramento. Solamente es posible bautizarse una vez, pero la gracia que recibió permanece con usted por el resto de su vida. Nuestro Señor nos dijo que el bautismo es necesario para la salvación. Pero solamente es el comienzo; usted debe continuar creciendo en su fe por el resto de su vida.

"Hay muchas personas que, luego de su bautismo, pasan su vida entera aceptando las gracias de Dios, a través de los sacramentos en particular. Están, por así decirlo, vacunados contra las tentaciones del demonio por las gracias santificadas que reciben. Entienden que aunque el pecado original y los personales fueron limpiados durante el bautismo, su apetito o deseos humanos aún permanecen en desorden debido al pecado original. Pero con la ayuda de Dios, logran vencer o contener su inclinación al pecado o la 'concupiscencia.'

"La concupiscencia no significa que no podamos controlarnos a nosotros mismos, simplemente que tenemos una 'tendencia' al pecado. En otras palabras, sí, tenemos un deseo sexual, pero no hay nada que nos obligue a rendirnos a él. También tenemos el deseo de comer, de beber, de conducir rápido, de decir cosas que no deberíamos – pero tampoco quiere decir que debamos entregarnos a dichos deseos; para algunas personas pueden llegar a ser tan fuertes como los sexuales, pero aun así permanecen firmes."

Continúa escribiendo, y ruego por que lo haya explicado bien.

"Pero otros no lo entienden. Viven 'como si cada día fuera su último día,' lo cual es un consejo muy bueno si desea estar siempre preparado para alcanzar la vida eterna con Dios. Pero eso no es lo que muchos tienen en mente cuando utilizan esa expresión. Simplemente lo dicen a manera de 'haz lo que quieras hacer, todos los días, de cualquier forma, simplemente no te dejes atrapar, disfruta de todos los placeres que la vida te ofrece.' Y sus almas, que en un principio eran blancas al momento de su bautizo, si es que tan siquiera fueron bautizados, terminan muy oscuras, sucias y manchadas por el pecado."

"¿Es por eso que la Iglesia considera al sexo algo tan malo?" pregunta con un todo de exasperación en su voz. "¿Por qué puede enviarnos al Infierno?"

"Ese es un malentendido común," respondo. "Que quede claro que la Iglesia Católica no tiene problema con el 'sexo,' en absoluto. Es decir, Dios *creó* el sexo. Es un acto sagrado que nos da el regalo de la vida. Cierto es que algunas personas dentro de la Iglesia, en su mayoría con muy buenas intenciones, han generado bastante desinformación con respecto al sexo, lo que ha dado como resultado gran disensión y confusión entre muchos de los fieles.

"Pero la realidad es que la Iglesia aprecia, apoya y aprueba la bondad y la belleza del sexo entre parejas casadas. Marido y mujer. El sexo es algo maravilloso. Dios lo creó así que debe ser bueno, si hacemos parte de él como Él lo quiso. Con la revolución sexual que ocurrió hace unas décadas, el Bendito Juan Pablo II vio la necesidad absoluta de publicar su obra monumental, 'La Teología del Cuerpo,' que habla del amor, la vida y la sexualidad humana."

Nuevamente asiente con su cabeza y señala su libreta de notas amarilla con su bolígrafo. "De hecho escribí algunas notas sobre la revolución sexual."

"¿Verdad? ¿Puedo preguntar de qué?" ciertamente me causa curiosidad.

"Sí, pero, ya hablaremos de eso en un minuto. No fue mi intención interrumpirlo pero, antes de que se me olvide, ¿sabía que el Papa Juan Pablo II tenía una colección pornográfica gigante, y que hasta luchó con problemas de sexualidad toda su vida?"

La bilis en mi garganta sube y siento la rabia subiendo a la par con ella. Hago un intento por controlarla pero solamente lo logro a medias.

"¡¿Qué?! ¿Y en dónde averiguó eso? Es decir, ¿cómo lo validó? ¿En la Internet? ¿De alguna publicación de una mente enferma por ahí? ¿Y decide creerlo sin más ni más? En serio, muéstreme específicamente dónde lo escucho, y luego cómo lo validó."

"Bueno, pues… sí, fue en un blog. ¿Pero cómo sabe que no es verdad?" Su perspectiva insensible y actitud defensiva se encienden en respuesta a mi estallido. Obviamente sus opiniones negativas con respecto a Dios y a la Iglesia permanecen arraigadas en él.

Ya he escuchado cosas despectivas sobre la Iglesia por demasiado tiempo, y voy a decirle directamente lo que creo, le guste o no.

"Déjeme decirle algo, Alguacil. Puede que no crea nada de lo que le voy a decir, y es su decisión – su libre albedrío. Pero parece lo suficientemente inteligente como para al menos considerarlo.

"Primero que todo, parece que usted ha sido muy bendecido en su vida. Su esposa, su hija, su carrera, su hermosa casa, todas las cosas materiales que puede necesitar, pero aun así parece que odia todo y a todos a su alrededor.

"Y luego tiene lo que bien pudo ser una experiencia cercana a la muerte que lo sacude, lo confunde, y lo estremece hasta lo más profundo en sus creencias, hiere su orgullo, y golpea su ego. Y, honestamente, fue algo bueno, porque tenía que suceder. Ha sido bendecido con un maravilloso regalo de Dios, una mirada a lo que está por venir. Pero probablemente usted no quiera verlo de esa manera."

Baja su cabeza rápido. "Pues… sí, con respecto a eso…" lo interrumpo.

"Y ahora está aquí, viajando desde Europa, y habiendo visto todo lo que vio, ¿verdad? Las historias, los milagros, la evidencia en cada sitio de las advocaciones, e incluso un vistazo a Satanás. Pero después de todo eso, ¿aún quiere quedarse agarrado firmemente a su forma de ver su vida espiritual antigua y sin pruebas?

"¿Sabe que creo que es usted? Un fariseo incrédulo del siglo 21."

Inmediatamente me siento mal y, una vez más, digo una oración rápida pidiendo el regalo de la paciencia. Baja su cabeza completamente, y yo froto mi rostro debido al sentimiento de frustración que me llena por completo.

"Mire, imagino que no se puede esperar más creciendo en estos tiempo. Existe tanta presión contra la Iglesia a este respecto, tanto acoso que busca que el Magisterio y otros líderes de la Iglesia se den por vencidos, que digan que todo respeto al sexo es aceptable, siempre y cuando se haga entre adultos felices que tengan la edad apropiada.

"¿Y quiere saber otra razón por la cual personalmente no tengo ningún problema con el mensaje de 'los pecados de la carne' que le dio la Virgen María a Jacinta? Porque Dios le dio a Moisés los Diez Mandamientos; y por cierto, son mandamientos, no sugerencias. Y dos de esos mandamientos tienen que ver con el sexo – el sexto, "No Cometerás Actos Impuros," y el noveno, "No Consentirás Pensamientos Ni Deseos Impuros." Incluso el décimo Mandamiento, "No Codiciarás los Bienes Ajenos" está relacionado, porque complementa al noveno. Y si tres de los Diez Mandamientos tratan de la impureza sexual, creo que es bastante obvio que Dios tiene problemas con el uso erróneo de Su creación.

"¿Sabe por qué Jesús solamente habla en cuatro ocasiones sobre la castidad en la Biblia? Una con la mujer en el pozo que tenía cinco esposos. Una con la mujer que fue atrapada en adulterio e iba a ser apedreada; una con la mujer de la vasija de alabastro; y como una de las Beatitudes, '¿*Bienaventurados los puros de corazón porque verán a Dios?*' Porque las personas de su época entendían que dicho tipo de actividad era incorrecta, muy incorrecta. No lo cuestionaban. No jugaban con ello. *Lo entendían y vivían sus vidas en consecuencia.*

"Pero hoy en día no. Satanás se ha adentrado bastante en nuestras vidas; vemos evidencia de ello a nuestro alrededor. Simplemente mire al número de personas, cada vez mayor, que dicen que Dios no existe, ¿entonces qué importa? O considere cuantos en realidad creen que sin importar como actúen, sin importar lo que hagan aquí en la tierra, nunca tendrán la necesidad de arrepentirse, de pedir perdón, o tan siquiera intentar cambiar sus vidas, porque cuando mueran se irán directo al Cielo, ¿en serio? ¿De dónde sacaron *eso*? Ciertamente no de parte de Dios o de Su Iglesia desde sus inicios ¿Dónde dice *eso* en la Biblia? Yo nunca lo he visto.

"Piense en la clase del instituto pre-universitario a la que asistimos. ¿Recuerda cómo ese profesor alentaba la mentalidad de "sé feliz y haz lo que quieras en tu vida"? Por supuesto que los estudiantes pueden tomar su propia decisión, aún después de haber estado en su clase, pero ¿y si su propia moral rectora estaba 'desviada' antes de que llegaran a la clase?

"Vamos, Alguacil, siempre debemos librar la batalla del bien. Pero debemos entender que, sin la gracia de Dios, a través de Jesús, a través de su Iglesia, y sus Sacramentos, simplemente no podemos vivir una vida casta y virtuosa. Pero con Su gracia, toda la gracia que nos ha dado libremente y que nos ofrece en todo momento ¡*ganaremos* la batalla, *ganaremos* nuestra guerra individual y colectiva! Lo he dicho antes y puedo decirlo un millón de veces más, Dios nunca nos ha dejado y nunca lo hará. Pero la verdad es que muchas personas lo han dejado a *Él*, le han dado la espalda a *Su Iglesia, a Su verdad, y a Su amor.* Y aun así acusan y se preguntan, ¿*Dónde está Dios?* ¿Hablan en serio? Incluso una de las canciones de Michael Jackson abordaba parcialmente este concepto cuando cantaba '*Man in the Mirror.*'"

Ambos nos quedamos en silencio un momento.

"Disculpe que haya reaccionado de esa forma. Es solo que el sexo, y todas sus alteraciones, es el tema número uno que se escucha en el confesionario, y el pecado sexual es el primero en la lista de pecados confesados."

Dejo nuevamente que el silencio reine por unos segundos y luego cambio la dirección de nuestra conversación.

"¿Tiene idea de los que nos ha pasado a los dos en el último mes?"

"¿Qué? ¿A quién? ¿A usted y a mí?" pregunta al ver que la pregunta lo toma desprevenido.

"Sí, a los dos. Las escamas han caído de nuestros ojos. Para mí, gracias a su desafío. Para usted, con una visión clara del camino que ahora puede recorrer si desea cambiar su vida.

"Pero se lo ruego – no es hora de detenerse. La pelea será más dura, no más fácil. El camino que Satán menos quiere que recorra es el de vuelta a Dios. Pero no debe temerle a eso, ¿está bien? Satán es solo desespero y depresión. Dios es luz, amor, perdón, comprensión, y misericordia. Y justicia, también. Vuélvase a Él. Acérquese a Él. Si no se ha confesado en mucho tiempo, hágalo. Puedo escuchar su confesión ahora mismo si así lo quiere. No lo obligo, simplemente se lo ofrezco. Es uno de los sacramentos más hermosos que Dios ofrece. Su misericordia le espera."

Me dice que no con la cabeza, pero solo con vacilación.

"Está bien. La oferta sigue en pie. No soy el único, ya sabe.

Cualquier sacerdote puede escuchar su confesión cuando vuelva a casa, pero si fuera yo no esperaría demasiado. Y una vez que lo haga, reciba a Nuestro Señor en la Eucaristía tan seguido como pueda. Vuelva a asistir a misa todos los domingos. Él en realidad se encuentra allí en el sagrario, en la Eucaristía. Su Cuerpo. Su Sangre. Alimento espiritual para nuestro recorrido aquí en la tierra.

"Y pida la ayuda de Nuestra Señora. Compre un libro pequeño o consiga un folleto con el Rosario y récelo a diario – así sea solo una década – como lo ha recomendado tantas veces la Virgen María.

"Utilice completamente los sacramentales – como llevar una Medalla Milagrosa y un escapulario marrón en su cuello. Mantenga agua bendita en su casa, y pídame a mí o a cualquier otro sacerdote que bendiga su hogar. Hay muchas armas espirituales aceptadas que puede utilizar. También consiga una copia del Catecismo de la Iglesia Católica y una buena Biblia Católica – le recomiendo la Biblia de Navarra, pero hay otras muy buenas – porque debe mantener fidelidad absoluta a las enseñanzas del Magisterio de la Iglesia. Ellos están ahí para ayudarle, para ayudarnos a todos, para iluminar el camino que debemos seguir y para protegernos de la oscuridad.

"Voy a volver a mi asiento a orar y tal vez a tomar una siesta. Pero si me necesita, solamente avíseme, ¿de acuerdo?"

Me hace un gesto con la cabeza casi sin prestar atención, y luego toma rápido la libreta que ha estado reposando en el asiento del medio que no separa.

"Déjeme ver si me quedó claro," dice, y me mira con ojos preocupados y su ceño fruncido. "En 1917 – hace casi 100 años – la Virgen María supuestamente le dijo a Jacinta Marto que más personas irían al Infierno debido a los pecados de la carne que por cualquier otra razón. Desde ese entonces el sexo ilícito se ha convertido en algo supremamente importante, ¿no es así? ¿Tanto que mientras la mayoría de las industrias presentaron una caída durante la recesión pasada, el negocio del sexo creció?"

Toma la libreta del asiento del medio y me la pasa a mí.

"Mire, tomé estos apuntes durante las semanas anteriores y quería mostrárselos."

Reclina su asiento y cruza sus brazos en frustración.

***

Regreso a mi silla y leo la cita de la Biblia que el alguacil escribió al comienzo de la primera página.

"Le dijo Tomás: Señor, no sabemos a dónde vas; ¿cómo, pues, podemos saber el camino? Jesús le dijo, 'Yo soy el camino, y la verdad, y la vida; nadie viene al Padre, sino por mí. Si me conocieseis, también a mi Padre conoceríais; y desde ahora le conocéis, y le habéis visto.

Continúo con el resto de las páginas y leo sus notas organizadas al parecer cronológicamente, así:

1917 – Fátima, Portugal – Mensaje a Jacinta Marto: "Los pecados que llevan al mayor número de almas a la perdición son los pecados de la carne."

- *Durante el mismo periodo y definitivamente con anterioridad, la prostitución abunda en Europa, los Estados Unidos, y otras partes específicas del mundo.*
- *Esclavos como herramientas sexuales en los primeros tiempos de los Estados Unidos.*
- *La homosexualidad es prohibida, luego aceptada, con opiniones divididas a los ojos del público.*
- *Sexo para la procreación y no por placer durante el periodo Victoriano.*
- *La era de la fotografía que resultó en la pornografía. Proceso de impresión de bajo costo. Panfletos pornográficos de fácil adquisición y distribución.*
- *1839 – París, Francia, el epicentro de la pornografía.*

Eventualmente, el acceso no es exclusivo a la élite, también se abre a las masas. La Iglesia se opone. La policía se opone. El porno no desaparece, simplemente se hace clandestino.

- *La década de 1880 – Se desarrolla el diafragma y se presenta al público en general.*
- *Principios de 1900 – Francia exporta miles y miles de fotografías pornográficas fuera del país. NOTA: ¡1917! ¡Fátima, Portugal!*
- *Familias venden a sus hijos por dinero para convertirlos en trabajadores de burdel.*
- *Guerras Mundiales I y II – Las mujeres se vuelven independientes. Muchos hombres en el exterior.*

Algunas mujeres tienen amoríos o exploran su sexualidad con otras mujeres.

- *Muchos hombres solteros no reclutados abusando mujeres.*
- *Felices años veinte (1920) en los Estados Unidos. Periodo muy sexual. Condones.*
- *1905 – Los Tres Ensayos de Sigmund Freud sobre la Teoría de la Sexualidad.*
- *1910 – Escritos de Freud sobre el sexo. Origen del término "Revolución Sexual."*
- *Temas y escenas sexuales se abren paso en el cine.*
- *Clubes nocturnos Gay y lésbicos muy populares.*
- *1948 – Informe Kinsey.*
- *1953 – Hugh Hefner – Revista Playboy*
- *1960 – Producción en masa de la píldora anticonceptiva. La Revolución Sexual comienza masivamente debido a la pérdida del miedo a quedar en embarazo.*
- *1962 – Publicación del libro "Sex and the Single Girl" que fue altamente exitoso. Posteriormente se graba la película con base en el libro en 1964.*
- *1965 – Bob Guccione – Revista Penthouse*
- *1966 – Cerca de 5 millones de mujeres utilizan la píldora.*
- *1972 – Película pornográfica 'Garganta Profunda' en el cine. Multitudes enormes.*
- *1972 - Película pornográfica 'Detrás de la Puerta Verde' en el cine. Éxito de taquilla.*
- *1973 – Película pornográfica 'El Diablo y la señorita Jones' en el cine. Otro éxito de taquilla.*
- *1975 – la videocasetera se comercializa masivamente en el mercado; las personas compran películas pornográficas para ver en la privacidad de sus casas y no tienen que ir al cine o las librerías para adultos. A partir de 1998, aproximadamente 19.000 nuevas películas se producen cada año. El noventa por ciento son producidas en Silicon Valley, California. Negocio de un billón de dólares con revistas*

272

especializadas, conferencias, y premios. Los ingresos anuales son actualmente multibillonarios.

• *1981 – Los Centros para el Control y la Prevención de Enfermedades reconocen por primera vez al SIDA y su causa, la infección del VIH. En 1985, 12.000 americanos mueren de SIDA; alrededor del mundo, a 2009, hay hasta 30 millones de muertes por el SIDA. A 2010, aproximadamente 34 millones han contraído el VIH en todo el mundo.*

• *Finales de los años 80 – la videocámara proporciona gran facilidad para la realización de videos pornográficos caseros.*

• *La década de 1990 – La Internet creada para las fuerzas armadas se abre paso al público en general.*

• *La década de 2000 – CD de sexo interactivo; aproximadamente 567 revistas de pornografía en producción.*

• *2012 – Industria de "Entretenimiento para Adultos": Un rango de opciones sexuales están disponibles de manera rutinaria como la prostitución, las damas de compañía, el cine de películas para adultos, la pornografía en internet, los 'sex shop', los clubes de bailes eróticos, las revistas, y una variedad de otros medios para satisfacer cualquier tipo de apetito sexual concebible, como por ejemplo: la zoofilia, el exhibicionismo, los fetichismos, el BDSM, el intercambio de parejas sexuales, la trata de blancas, la pornografía y prostitución infantil. El lado negativo: las ETS, el abuso de drogas, los divorcios, al menos 16 millones de personas luchando contra la adicción sexual, y la pornografía en internet que se ha ganado el título de ser el equivalente al 'crack' para los adictos sexuales.*

Para la pornografía en internet específicamente, los hombres son los usuarios más comunes, aunque cada vez más mujeres se mueven hacia este tipo de entretenimiento sexual; producción en masa de novelas eróticas cuyo usuario predominante son las mujeres.

NOTA I: Los "Siete Pecados Capitales": LUJURIA, Envidia, Gula, Avaricia, Soberbia, Pereza, e Ira.

Capítulo 36

"¿Padre?"

El alguacil se encuentra de pie a mi lado.

Se inclina hacia mi oreja, y habla tan bajo como puede. "¿Puedo... puedo aceptar su oferta de confesión?" Lo sigo de vuelta a los mismos asientos donde hablamos anteriormente.

"Puede que necesite ayudarme con esto. Ha pasado mucho tiempo," me dice mientras se acomoda en su asiento.

"No hay de qué preocuparse," digo increíblemente complacido de que me haya pedido escuchar su confesión.

"Bueno. Entonces, eh... perdóneme Padre, pero ha pasado, eh... diablos, ni siquiera lo recuerdo. Digamos simplemente que fue cuando estaba en la secundaria que tuve mi última confesión."

Asiento con la cabeza en silencio, pero alentándolo a que continúe.

"Y desde entonces, ¡vaya!... " Tiene en sus manos un cuadernillo que tiene por título 'Examen de Conciencia' y lo mira fijamente. "No sé cuántas de estas cosas he hecho desde ese entonces, así que deseo confesar cada vez que he pecado en las maneras que menciona este libro."

Espero un momento y luego digo, "Bien." Antes de que pueda continuar hablando, me dice:

"Pero en verdad debo confesar también..." descuelga su cabeza; el peso del remordimiento hace que le sea difícil mantenerla erguida.

"Tómese su tiempo," le digo. "Recuerde que le está hablando directamente a Dios. Él lo conoce, lo ama, y quiere que confiese sus pecados. Yo estoy aquí en Su lugar, pero Él está aquí, en verdad. Y lo que sea que diga permanecerá entre usted y Dios. Enfrento consecuencias bastante graves si alguna vez llego a repetir lo que confiese. Así que, desahóguese."

Veo un destello de esperanza, por ligero que sea, comenzando a aparecer en sus ojos. Algunos desordenados, y otros mezclados, pero todos sinceros y dolorosos, sus recuerdos comienzan a resurgir.

"Está bien. Michele Jerpun ha sido mi amante durante años, más de una década, por lo menos. No estoy seguro de si soy un adicto al sexo, pero lo que sí sé es que soy adicto al sexo con ella. A lo que me refiero es a que soy adicto a tenerla a ella en mi vida, y el sexo con ella hace gran parte de la mía. Me vuelve loco, sí, pero nunca he tenido sexo con la esposa como con ella. Jamás."

"¿Sabe más o menos cuántas veces?" pregunto.

Su cabeza se levanta de repente, y sus ojos miran arriba y a la derecha mientras intenta hacer el cálculo.

"Yo, ¡mierda!, eh... maldición, no lo sé. ¿Desde mi última confesión en la secundaria? Tal vez cien. Sí," hace una pausa y calcula, "al menos cien. Pero desde que me casé, solamente como 13 o 14 veces con diferentes mujeres, puede que más, a este momento ya no estoy seguro. Mi vida con la esposa era mala, muy mala. El sexo era inexistente. Y cuando hacíamos el amor, me hacía sentir como si me estuviera haciendo un favor gigantesco.

"Cuando me casé con ella no tenía en absoluto la intención de acostarme con ninguna otra mujer, nunca. Y así lo hice por mucho tiempo. Pero cuando tuvimos nuestra hija, algo en ella cambió. Ya no le interesaba el sexo. Luego volvió a trabajar y algo más cambió, se volvió aún más distante. Después le dio cáncer de seno, y, pues bien, todo terminó después de eso. Nuestro romance acabó, dejamos de tener diversión juntos, y el hecho de tener que vivir la vida, pagar las cuentas, y hacer todo lo necesario para ganarnos la vida simplemente nos agobio por completo. Pero cuando comenzó a hacerme sentir inferior a todo hombre, y a compararme con otros tipos – bueno, simplemente digamos que no solamente me hizo sentir como que no me amaba, también sentí que ni siquiera me respetaba o le atraía. Y *eso* me dolió hasta lo más profundo.

"Y entonces comencé a buscar otras mujeres. Padre, existen tantas mujeres infelices en sus matrimonios ahí afuera que fue fácil, muy fácil. La mayoría de ellas fue cosa de una noche que era justo lo que ambos queríamos. Tenían razones de todo tipo para hacerlo. Una de ellas simplemente quería ser una chica mala. Otra quería vengarse de su esposo por sus amoríos. Algunas no tenían intimidad en sus vidas y se sentían descuidadas o poco valoradas; solamente bastó con unas pocas palabras bien dichas de mi parte para que ambos nos derritiéramos en nuestros brazos en algún hotel donde nadie nos conocía – solamente buscaban ser abrazadas, deseadas, cuidadas, así fuera por una noche. Déjeme decirle, hubo ocasiones en las que por un pelo me escapé de esposos sospechosos, y algunas mujeres medio locas con las que nunca debí haberme metido en primer lugar. Yo mismo me había enredado en una telaraña gigante con todas mis mentiras. ¡Pero yo soy un santo comparado con muchos otros tipos que conozco!

"Luego conocí a Michele y… ¡vaya!, ni siquiera puedo explicar lo mucho que me enamoré de ella. Fue intenso desde el principio. Ella era soltera y estaba muy metida en el estilo de vida de intercambio de parejas. Me dijo que dejaría de hacerlo y prometió enfocarse solo en mí, en nosotros, y así lo hizo. Pero cuando a la esposa le dio cáncer de seno, yo sabía que debíamos ponerle fin. Y lo hice."

Me pregunto si Michele Jerpun es la persona que la Detective Renae dijo que yo conocía que estaba involucrada en el intercambio de parejas. Si es así, el alguacil parece pensar que ella dejó de hacerlo.

"Fue ahí cuando se casó con Cameron Gambke, por ella y por Gina. Durante años nos veíamos ocasionalmente. Luego se divorciaron y nosotros nos juntamos nuevamente. Como ve, Michele se convirtió en mi razón de vivir. No quería divorciarme y lastimar a la esposa o a nuestra hija, y tampoco quería botar mi vida a la basura ni todo por lo que había trabajado en mi carrera. Estaba cansado de ir de aquí para allá intentando encontrar la persona correcta. Solo quería ser amado y apreciado. Así de simple.

"Vivir esa doble vida fue bastante fácil una vez creamos una rutina. Cuando volvimos a estar juntos simplemente nos entendimos perfectamente y pronto parecía que éramos nosotros los casados; la esposa era solamente alguien con quien yo compartía una casa. Detesto decirlo, Padre, pero he tenido sexo con Michele muchas más veces de las que he estado con la esposa. Y en muchas ocasiones era simplemente sexo loco; algo erótico que sucedía en cualquier lugar y a cualquier hora. Hace apenas unas semanas fui a visitarla a ella y a Gina al hospital e hicimos el amor ahí mismo. Ella insistió. Me dijo que la excitaba mucho ya que había oportunidad de que nos pescaran."

"¿En la misma habitación de Gina?" digo abruptamente.

"Pues, sí… es decir, me aseguré de cerrar la cortina en caso de que despertara de su coma, para que no viera. Pero por supuesto que hubiera podido escucharnos. A Michele no parecía importarle lo que sucediera. Debió haber tenido dos o tres orgasmos, ¡y ella es bastante ruidosa! Y todo en lo que me podía enfocar era en ese maldito tatuaje que se hizo cuando comenzamos nuestra aventura. En serio, todo lo que quería era terminar. Parecía tan incorrecto hacerlo con Gina al otro lado de la cortina."

No sonríe. De hecho luce horrorizado al recordar lo que seguramente le dio mucha satisfacción antes.

"Ese maldito tatuaje. Tiene tatuado 'EBYT' en su espalda baja; un regalo para mí luego de que nos conocimos. Me dijo que eran las iniciales de su canción favorita, *'Every Breath You Take'* de *Sting*. Me dijo que significaba que si moría primero que yo, siempre me cuidaría desde el Cielo. Pero durante los momentos difíciles entre nosotros, como cuando decidí que no iba a dejar a la esposa luego de que mi hija estaba teniendo muchos problemas..."

Se detiene y me mira atentamente.

"Nuestra hija fue violada, Padre, y eso me desconcertó por completo. Y bueno, después de eso, el verdadero significado del título de la canción me cayó como un baldado de agua fría cuando le dije que debíamos terminar la relación. Cortó con una navaja las llantas de mi camioneta nueva y con una llave marcó las mismas iniciales 'EBYT' por todos lados, de lado a lado, atrás y adelante. La llamé de inmediato. Me dijo 'Nunca jamás te alejes de mí. Seré tu peor pesadilla y te acosaré hasta que te mueras ¡Malnacido!' poco después me enteré que esa canción podía ser para acosadores, cuando un amante deja al otro."

"¿Pero todavía están juntos?" pregunto.

"Bueno," mueve sus manos nerviosamente, "sí. Estamos atados el uno al otro. Además, estoy enamorado. Parece que no puedo separarme de ella."

"¿No puede o no quiere?" pregunto con insistencia.

No me responde y decide en cambio desviarse del tema.

"Pero podría jurar que la esposa también tenía un amante, tal vez hasta unos cuantos, ni lo sé. Es decir, comenzó a comentar que su trabajo y luego sus estudios para convertirse en una consejera sobre el abuso de sustancias eran muy importantes, y también que quería su independencia, así que literalmente dejamos de hacer cosas juntos. Estábamos juntos por Sheri, así de sencillo.

Todo era bastante claro. Ella quería pasar mucho tiempo alejada de mí. Literalmente dejó de necesitarme. Dejó de sermonearme, y luego de un tiempo ya ni siquiera se ponía brava conmigo. Siempre era exageradamente reservada, con nuestro dinero o cuando estaba en internet. Cada vez que le hacía una pregunta, ella evadía hasta la más sencilla. Y cuando salía con sus amigas, se vestía sexy. Pero nunca se vestía así para mí cuando teníamos alguna cita ocasional. En este momento, soy tan irrelevante para ella como lo puede llegar a ser un hombre para su esposa. No lo ha dicho, ¡pero puedo sentirlo perfectamente!"

"¿Entonces está seguro de que ella tiene un amante? Digo, ¿la ha seguido o ha hecho que alguien la siga?" tengo que preguntarle; después de todo, él es el alguacil.

"No, no he podido probar nada. Es decir, sí, he hecho que la sigan cuando sale con sus amigas, pero hasta ahora no ha resultado nada. También he rastreado sus llamadas. Parece que frecuenta el parque muy seguido, o que conduce por horas pero no va a ningún lugar."

Su razonamiento lo ha llevado de vuelta al punto de partida. Como él tiene un amante, desea convencerse a sí mismo que ella también. Le permite liberarse de toda culpa, de racionalizar su propio comportamiento adúltero. Lo he visto antes, pero en la mayoría de los casos, la esposa simplemente está buscando cosas para mantenerse ocupada, o desea encontrar un poco de felicidad en su vida dado que su matrimonio es tan doloroso, inexistente y mentalmente dañino. Lo más probable es que la Sra. Luder esté simplemente intentando sobrevivir y traer un poco de normalidad de vuelta en su vida. ¿Será posible que tenga un amante? Sí. Solamente Dios y la Sra. Luder conocen la respuesta a esa pregunta.

"Eso sí, una vez la atrapé masturbándose. Después me enteré que había ido a una fiesta de juguetes sexuales. Encontré un poco de consoladores y otras cosas en su cómoda."

"Sabe, hay una posibilidad de que en realidad no haya ningún otro hombre. Algunas mujeres me han dicho que con todos los juguetes sexuales que existen ahora, ya ni siquiera necesitan un hombre lo que hace de la masturbación un gran problema. Por supuesto, eso no la justifica," enfatizo.

Me mira sorprendido de que yo tan siquiera sepa de este tipo de cosas.

"En confesión, Alguacil, ahí es que me han contado todo eso. No estoy rompiendo el sigilo de la confesión al contarle esto.

"Las relaciones extramatrimoniales son demasiado comunes en nuestro mundo hoy en día, así que es algo de lo que escucho un montón. Pero el hecho de escucharlo durante el Sacramento de la Reconciliación es algo muy bueno, cuando lo vemos a los ojos de éste sacramento de curación. Pero tenga presente que quizás ella esté bien sin tener un orgasmo en absoluto. Eso también es muy común. No para todas las personas el mundo gira alrededor del sexo."

Asiente con la cabeza, y continúa nuevamente animado.

"De verdad pienso que la razón más grande por la que comencé a engañar a la esposa fue debido a ella. Me refiero a que sin importar lo que hiciera, sin importar lo mucho que me esforzara, nada parecía importar. Estaba convencida de que yo no era lo suficientemente bueno para ella. En ese momento supe que no podría ganar. Así que dije, 'a la mierda todo' y comencé con los amoríos. Fue así de sencillo, y no miré atrás hasta... hasta que esa maldita mujer me chocó. Y eso, por supuesto, ocurrió mientras yo hablaba con Michele por celular."

El hospital. Michele saliendo del ascensor. Probablemente ella era quien lo estaba visitando y a la que se refirió la enfermera; y no la Sra. Luder.

Levanto mi mano.

"Enfoquémonos en usted. Su mundo. Sus decisiones. Sus pecados. Su confesión. No la de ella o lo que cree que ella ha hecho, incluso si tiene la razón en parte o en todo lo que me ha dicho. Parte de su sanación será el aceptar que la Sra. Luder es una persona real, creada por Dios, quién la ama completamente. Así que quiero que comience a referirse a ella por su nombre. Jean, o Jean Luder, o la Sra. Jean Luder, o quizá 'mi' esposa, o algo mucho más personal. Decir 'La esposa,' ya no le va a funcionar más, ¿de acuerdo?"

Asiente con su cabeza nuevamente, y absorbe mis comentarios.

"¿Lamenta lo que ha hecho? ¿En verdad se arrepiente sinceramente lo que ha hecho? Porque si es así, en su corazón, tenga por seguro que Dios responderá inmediatamente a su arrepentimiento."

"Sí, sí, Padre," Su cabeza se mueve de arriba abajo lentamente y sus ojos se tornan vidriosos, "en verdad me arrepiento de todo. De cada cosa. Sé que debo cambiar. Tengo tanto odio dentro de mí, tanta ira hacia mi esposa, hacia las cosas que han sucedido en mi vida, hacia Gambke, y hacia el mundo que creí era real. Pero principalmente estoy harto de mí mismo. He sido tan orgulloso, tan arrogante; pensé que tenía la razón en todo lo que hacía. Que estaba justificado. Lo veía como '¡pobre de mí!' y sentía lástima por mí mismo."

"Pues bueno, el remordimiento y la humildad son sus primeros grandes pasos. Darse cuenta de que Dios es Dios y nosotros no. Pero... ¿qué va a hacer al respecto?" Él debe tomar ciertos pasos, y yo estoy aquí para señalárselo.

"¿Qué voy a hacer al respecto?" Lo tomé por sorpresa. Ha olvidado que hay diferentes elementos en una confesión profunda.

"Déjeme contarle una historia breve para ayudarle a entenderlo mejor. Una vez en mi antigua parroquia una muchacha joven y agradable vino a confesarse conmigo. Me contó que al día siguiente sus padres renovarían sus votos matrimoniales y ella quería poder recibir la Sagrada Comunión durante la celebración de la misa. Al menos sabía que si se encontraba en un estado de pecado mortal, no podría hacerlo. Sin embargo, tenía miedo de decepcionar a sus padres si no la veían recibiendo la Comunión. Cuando le pregunté lo mismo que le acabo de preguntar a usted, me dijo, 'Pues... nada.' Ella había estado viviendo con su novio por seis meses, y constantemente tenían sexo premarital. A eso se le llama 'fornicación,' que básicamente son las relaciones sexuales entre un hombre soltero y una mujer sotera. También es una seria violación al Sexto Mandamiento. Sabiendo eso, no podía darle la absolución porque en realidad no estaba arrepentida de sus pecados; simplemente cumplía con las formalidades y no había contrición real en su corazón.

"Para que alguien haga una buena confesión, el penitente debe estar arrepentido de sus pecados, odiar o detestar sinceramente los que ha cometido, y estar decidido a no pecar de nuevo. Ése es el acto más importante del penitente. Bueno, puede que caiga y vuelva a pecar después de su confesión; esa es la naturaleza humana. Pero lo importante es que cuando confiese sus pecados en verdad los odie y no pretenda repetirlos, *y* – este es un componente crítico en una confesión profunda – planee hacer un esfuerzo sincero para *no* pecar nuevamente.

"El Sacramento de la Reconciliación es un gran regalo que nos ha dado Dios. Nadie nunca debe burlarse de él, o pensar que están engañando a Dios cuando se confiesan frente a un sacerdote ordenado."

El alguacil se considera esto por un momento.

"Bueno, ya sé que debo tomar algunas clases sobre la adicción al sexo. Para ser honesto, me complace que la Detective Gambke sea nuestra Detective de Crímenes Sexuales porque no quiero estar expuesto a todas esas fotografías. Me refiero al porno. No a las violentas, porque esas me repugnan. Pero cuando veo el porno común y corriente, simplemente me dan ganas de tener sexo con Michele. No quiere poner mis ojos en nada de eso."

"Pues bien, ese es un buen comienzo y una buena táctica que puede utilizar en el trabajo. ¿Qué más?" insisto.

"Supongo que necesito terminar la relación con Michele, pero lo he intentado tantas veces." Baja su mirada y mueve su cabeza de lado a lado a modo de derrota.

"Sí, por supuesto," digo. "Está cometiendo adulterio y ese es un pecado contra el Sexto Mandamiento. Debe orar por la gracia para poder terminar las cosas con ella y también por la sabiduría para saber cómo hacerlo. Además, debe asegurarse de que suceda."

Una mirada de desespero se ve plasmada en sus ojos, y permanecemos en silencio por algunos minutos.

"Éstas son algunas prácticas que le recomiendo bastante que realice. Ya hemos hablado de algunas con anterioridad, pero considero que son muy importantes. No es exhaustivo, pero es un gran comienzo. Consiga una buena Biblia Católica y una guía de estudio. Luego, lea el Catecismo de la Iglesia Católica; existen incluso guías de estudio para eso también si así lo quiere. Además, rece el Rosario. Todos los días. Esto es de gran importancia para que pueda salir de la oscuridad en la que ha estado viviendo. Y recuerde que rezarlo no es una carrera; las oraciones deben ser un mantra reconfortante de fondo mientras usted medita sobre los misterios específicos de ese día."

Hace un gesto de aprobación.

"Bien. También estudie las vidas de tantos santos y místicos como le sea posible. Se sorprenderá al conocer los retos que debieron enfrentar; muchos debieron luchar contra las tentaciones sexuales como San Agustín, San Benito, San Jerónimo, Santa Margarita de Cortona, San Felipe Neri, San Carlos de Sezze, o San Clemente María Hofbauer. Ore a ellos, y pídales su ayuda y guía.

"Y, la semana después de la Pascua el próximo año, considere aprovechar plenamente el Domingo de la Divina Misericordia. Tal vez pueda leer sobre la vida de Santa María Faustina Kowalska a quien Nuestro Señor visitó en un convento en Polonia en 1931 para hablarle sobre este regalo grandioso y misericordioso para la humanidad."

Asiente con su cabeza nuevamente y se ve alegre de tener algo concreto que hacer.

"Y, como lo dije anteriormente, en el momento que vea alguna tentación, no solo apártese de ella, huya rápido. Haga estas cosas y no tendrá que preocuparse por Satán. Y, más importante aún, cuando caiga – no si cae, sino cuando lo haga – levántese e inténtelo nuevamente, cada vez que suceda. Le tomo años llegar a donde está ahora, así que no se desanime, ¿está bien? Pero no ceda, jamás. ¡No se rinda! Su alma inmortal cuenta con eso. Siempre confié en Dios, porque Nuestro Señor dice, 'Venid a mí, porque mi yugo es suave y mi carga ligera.'"

Su cabeza está ahora más arriba y su respiración se ha relajado un poco.

"¿Le gustaría confesar algo más? Si no, puede decir su acto de contrición y le daré su absolución y su penitencia."

Pasa nuevamente su mano derecha por su cabello, hace una pausa, y luego sacude su cabeza.

Le ayudo con su acto de contrición y luego digo la oración de absolución.

Logra con vacilación una sonrisa luego de darse cuenta de que después de muchos años finalmente se ha confesado. Sin embargo, aún parece que algo le molesta. Tal vez no crea que Dios lo ha perdonado.

"Es extremadamente importante que entienda lo que acaba de suceder," le digo. "Dios lo ha perdonado. De verdad. Y debido a que Él lo perdonó, *usted debe perdonarse a sí mismo*. Ya sucedió. Punto.

"Y para su penitencia, quiero que inmediatamente termine cualquier comunicación con Michele. Vuélvase a comprometer a su esposa. Recuerde los votos matrimoniales que hizo, las promesas que le hizo a ella en presencia de Nuestro Señor y los testigos que estuvieron en su boda. Tome junto a Jean algunas clases sobre el matrimonio, o vayan a un retiro. Hay uno muy bueno llamado *Retrouvaille*."

Aún se le ve muy desolado, y dice: "Definitivamente haré eso con mi esposa. Pero, eh… no creo que pueda sacar a Michele completamente de mi vida nunca."

"¿Por qué?" digo, mientras me pregunto la razón por la cual luego de esta discusión tan profunda y su maravillosa confesión, en combinación con lo que ha visto en este viaje, aún esta reacio.

"Gina es nuestra hija."

Capítulo 37

Luego de despedirnos del resto del grupo en Nueva York, el alguacil y yo abordamos nuestro vuelo de cinco horas hasta New Bern, Carolina del Norte, con una parada en Atlanta.

"¿Cree que fue Cameron Gambke quien violó a su hija, Sheri?" pregunto.

"¿Qué? ¿Cómo puede decir eso?" Sus ojos se abren de par en par y se forma un surco sobre sus cejas.

Inmediatamente me arrepiento de haberle preguntado. "Usted infirió que Cameron Gambke violó a su hija durante una de nuestras visitas antes de este viaje."

"Gina, me refería a Gina. Él la forzó, a ella que no puede diferenciar entre lo bueno y lo malo. Y si me llego a enterar que le hizo eso a Sheri, yo… imagino que no sé qué haría o que podría hacer."

Se reclina y yo intento cambiar el tema diciéndole que el libro que he estado cargando todo el tiempo, es el que Cameron Gambke dijo que había sido más instrumental para él en su vida.

"Cameron es un ejemplo perfecto de alguien que leyó lo equivocado y vivió su vida en consecuencia," le digo.

"¿Eh?" dice, sin recordar el libro que yo leía durante nuestro vuelo a Roma.

"Este libro. Paideia escrito por este tipo," respondo y le muestro la foto del autor, Thomas Victor, en la sobrecubierta trasera. Él no reconoce la cara y se estira de hombros.

"¿Y qué tipo de título es 'Paideia'?" pregunta.

"Bueno, en griego significa 'la crianza de un niño.'"

"Eh… claro. Y entonces, ¿eso qué significa para la retorcida materia gris que Gambke tenía entre sus orejas?" sonríe con satisfacción, y mi expresión se iguala a la suya cuando continúo.

"Déjeme darle el resumen de lo que he leído hasta ahora. Este autor enlaza un popurrí de filosofías, con gran enfoque en la reencarnación; un concepto absolutamente incompatible con la Cristiandad, y aun así creído por alrededor de un 25 por ciento de los Cristianos. Y luego incluye partes del 'Gnosticismo,' una teología antigua herética que creía que había conocimiento secreto con respecto a la verdad 'auténtica' de la vida, una verdad sagrada que solamente está disponible a unos pocos. Este tipo cree que todo es Uno y el Uno es Dios, o quienquiera que queramos que sea ese Uno; que nada de lo que vemos es real, solo una ilusión. Por consiguiente, según afirma, nosotros somos Dios. Habla de alguna Energía Universal, una Fuerza Universal de la que todos somos parte. La reencarnación es la manera en la que podemos intentar, una y otra vez, alcanzar este nivel más alto para que en algún punto logremos convertirnos en Dios.

"Su filosofía distorsionada enfatiza como en realidad no importa lo que hagamos aquí en la tierra. De acuerdo a su teoría, no existe una consecuencia final real para nada de lo que hagamos porque podemos corregirlo en la siguiente vida.

"Y aquí es que pensé que era interesante porque entiendo que Cameron Gambke tenía cierta fascinación por los lobos."

"¿Cómo sabe eso?" Su tono cambia; el personaje del Alguacil estrictamente profesional, Daniel Robert Luder, ha aparecido una vez más.

No me encuentro en la posición de compartir con él la carta para la Detective Renae. Dejaré que ella se lo diga si así lo desea en algún momento.

"Digamos que simplemente lo sé, ¿de acuerdo? Ahora no es importante. Esta teoría de vida adoptada por el Sr. Victor es que los lobos son la forma superior de los seres de la tierra. Alguna vez fueron humanos y ahora son dioses que protegen este mundo. Las personas que no son ilustradas intentan asesinar a los lobos – aquellos que se encuentran en un nivel menor de conciencia debido a las experiencias del karma oscuro del mundo anterior – y desean hacerlo porque tienen celos. Así que tenemos que buscar respuestas en los lobos."

Suelta una sonrisa rápida.

"Padre, tengo que decírselo. ¿Recuerda la mañana en que íbamos en mi automóvil a la Prisión Central?"

"Sí, es bastante difícil de olvidar." Espero no tener muchos días como ese en adelante.

"¿Y recuerda haber visto algunos cadáveres animales rojos amarrados al lado del camino, casi como si estuvieran crucificados?"

"Ajá." Lo recuerdo de inmediato. "¿Eran lobos?"

"No, no eran lobos. Eran pellejos de coyote que conseguimos y teñimos de rojo. Sabíamos por mucho tiempo que Gambke tenía cierta fascinación por unos lobos rojos que viven cerca de la prisión, y queríamos mostrarle que el día de su muerte, sus amigos peludos también iban a morir."

"¿Se sintió mejor después de eso?" digo bromeando.

"Mucho mejor." Ambos reímos otra vez. Agradecemos el liberarnos de la tensión entre nosotros. Prosigo con mi resumen tipo *Selecciones* del libro favorito de Cameron Gambke.

"Parte de la teoría de Victor es que el yoga nos ayuda a acercarnos a nuestra realidad terrenal máxima para que cuando fallezcamos y reencarnemos, regresemos aún mejores y podamos subir inmediatamente a niveles más altos de conciencia. Los niños superdotados, según afirma el autor, son en realidad adultos que murieron en una vida pasada que eran expertos en yoga, y por eso es que inician su nueva vida mucho más avanzados que los demás.

"Dice que no tenemos control sobre nosotros mismos, que todo lo maneja el karma. Los lobos pueden ayudarnos tomando la forma de un humano o un espíritu. Según él, dichos espíritus son lo que este mundo llama 'ángeles.' Así que solamente podemos vivir guiados por nuestros instintos viscerales. A cualquier momento es lo que nuestra mente y nuestro corazón nos pidan hacer, no lo que el mundo desinformado dice que está bien o mal, y es eso lo que nos permite pagar nuestras deudas y crecer. Y entonces no importa si lo que estamos haciendo en la vida está bien o no, recibimos puntos simplemente por hacer lo que creemos que debemos hacer, porque al seguir a nuestros corazones, estamos haciendo lo que la Fuerza Universal ha establecido desde el comienzo como finalidad. ¿Su fundamento? Como todos a nuestro alrededor hacen lo mismo, todo se equilibra.

"Su conclusión sobre este supuesto razonamiento brillante es que debe ser visto como una excelente noticia para todos ya que no tenemos necesidad de sentir culpa ni remordimiento. En todo caso todo el mundo está haciendo lo que creen que es mejor para ellos, así que se cancelan los unos a los otros, y si no es así, cuando se nos termine ésta vida, lo retomamos en la siguiente y todo continúa hasta, eh... hasta que todo esté predeterminado a terminar. No sé por quién, y él no lo especifica. Solo termina diciendo que todas nuestras realidades luego mutan y se combinan en forma de un arcoíris hermoso, hasta que individualmente sabemos que nuestra propia realidad está verdaderamente determinada en nuestra propia mente."

"¡¿Qué put…?!" el Alguacil se contiene.

"Sí, lo sé. ¿Y quiere saber cuánto más loco se pone?" pregunto.

"Claro." Sonríe. Lo absurdo del contenido del libro no se nos ha escapado a ninguno de los dos.

"Busqué al autor en Google, Thomas Victor. El año pasado confesó todo. Dijo que tiene cáncer de próstata, que nunca lo trató, y que ahora le quedan solamente unos años de vida. Quiere corregir algunos errores y entonces admite que lo inventó todo." Termino con un gesto triunfal, y sacudo mi cabeza mientras comunico la admisión pública del autor.

"¡¿Se lo inventó?! *Tiene* que estar bromeando." Se ríe entre dientes, y yo continúo.

"Sí. Estaba en la universidad cuando todo el tema de la Nueva Era estaba apenas en pañales, y él intentaba conseguir una subvención para un proyecto que había propuesto. Uno de sus profesores estaba metido en ese modo de pensar y él creía que si se hacía amigo de él, lo apoyaría. Dijo también que las drogas psicoactivas con las que experimentaba en ese momento – la gloriosa década de 1960 – tuvieron mucho que ver con lo que hizo, y que su distribuidor era el mismo profesor universitario, quien murió posteriormente de una sobredosis de heroína. Así que escribió este libro que decía todas las cosas que eran populares en ese momento. Consiguió el apoyo y todos pensaron que era un genio – en verdad, uno de 'ellos.' El profesor publicó su trabajo. Nadie sabía la diferencia."

"¿Es decir que todo este tiempo Cameron creyó que era un cuento real? ¿Una filosofía a seguir?" Su asombro ahora es tanto como el mío.

"Sí, se convirtió en lo que pensaba la mayoría del tiempo," agrego.

Ambos reímos de nuevo, pero luego su enojo regresa cuando hace un comentario desalentador.

"Me pregunto cuántas personas fueron afectadas negativamente por Gambke porque le creyó a ese tal Victor y vivió su vida con esa mentalidad retorcida. ¿O que me dice del número de personas que leyeron el libro y vivieron sus vidas de esa manera distorsionada y narcisista sin culpa alguna, porque no habían consecuencias para sus acciones? ¿Que no afectan el esquema general de las cosas? Apuesto a que Gambke ni siquiera se enteró que el tipo admitió haberlo inventado todo. Obviamente Victor nunca consideró las repercusiones, solo la manera como podía cumplir sus metas egocéntricas."

"No creo que Cameron supiera nada de esto antes de haber sido asesinado en prisión. Si lo sabía, no escuché cuando me contó la maravilla de libro que era," digo.

Tomo nota mental de que debo compartir esta información con la Detective Renae.

Saco la libreta con la cronología sexual que el alguacil escribió y me dio hace un rato, la coloco en la bandeja frente a mí y regreso el libro de Paideia a mi mochila de viaje.

"Le hace abrir los ojos, ¿no?" dice señalando desde su asiento al documento, mientras se pone de pie para estirarse. Los vuelos largos al extranjero siempre son bastante incómodos y su espalda ha sufrido por el viaje.

"Muchísimo. ¿Qué va a hacer con ella?" pregunto.

"Eh... nada en realidad. Era simplemente para mí; quería colocar mis pensamientos en el papel. Pero todas estas personas están jodidas, ¿verdad? Es decir, todos se van directo al Infierno, ¿no?" dice más a manera de afirmación que de pregunta.

Se sienta nuevamente y se da cuenta de que he subrayado en rojo algunos puntos que quiero discutir con mayor detalle. Pero primero, comparto una historia con él.

"¿Recuerda la historia en la Biblia en el Libro de Juan sobre la mujer adúltera donde se le pide a Nuestro Señor juzgar sus actividades?"

"Más o menos," dice.

"Él se encontraba en el templo temprano en la mañana, y los fariseos trajeron a una mujer que había sido sorprendida cometiendo adulterio. Le dijeron, en esencia, 'La encontramos cometiendo ese pecado. La ley dice que debe ser apedreada pero, ¿Qué dices tú?' Intentaban confundirlo para ver si se apegaba a la ley y mostraba justicia, o si mostraba misericordia y decía que debían liberarla. Ambas decisiones lo meterían en grandes problemas con ellos. ¿Sabe qué hizo?"

Me da una negativa con la cabeza, así que prosigo.

"Las dos cosas; dijo *'Aquel que esté libre de pecado, que tire la primera piedra.'* Y, comenzando por el más anciano, todos se alejaron. Sin embargo, y esto es muy importante, él le dijo, *'Mujer, ¿dónde están?*

287

¿Ya nadie te condena?' ella le respondió, *'Nadie, Señor.'* Y Jesús le dijo, *'Tampoco yo te condeno. Ahora vete y **no vuelvas a pecar.'***

"¿Recuerda que le he dicho que solamente Dios decide, que solamente Dios puede juzgar? Respecto a la mujer de la historia, Él no la condenó. ¿Por qué? Porque, aunque había pecado, Jesús la vio como a un ser humano con defectos, y Él sabía que ella pasaría por un juicio personal durante su último día en la tierra, pero no antes. Así que tuvo tiempo de cambiar su vida. Pero... e insisto que éste es un 'pero' muy, muy importante, la última cosa que Él le dijo fue, 'No Vuelvas a Pecar.'"

Asiente lentamente con su cabeza, pero no estoy seguro de si está haciendo la conexión.

"Déjeme ponerlo de la siguiente manera. Yo no lo juzgo a usted ni a ninguna de estas personas porque ese no es mi deber. ¿Pero me preocupo por sus almas? ¡Claro! Por eso es que es tan importante que yo comparta con todos la Buena Noticia de cualquier forma posible, para que tengan la oportunidad de escucharla, de cambiar sus vidas. Y, como cristiano bautizado y confirmado, usted tiene la misma obligación. Pero ni usted ni yo podemos obligarlos a hacer nada. Lo he dicho antes y lo digo otra vez – al amor no se le puede forzar sobre nadie, ¿de acuerdo?"

"Padre, tengo que preguntarle - ¿Por qué Dios simplemente no baja y *hace* que la gente lo vea, *hace* que la gente crea?"

Necesito corregir su forma de pensar. "Primero que todo, si Él hace que las personas crean, ¿Dónde quedaría nuestro libre albedrío? O tenemos la libertad de creer o somos simples autómatas, capaces únicamente de obedecer Sus órdenes.

"Él se ha acercado a usted, Alguacil. Estoy absolutamente seguro de que Él ha venido a usted muchas veces durante su vida. Dios siempre está con usted y siempre está disponible para ayudarle, ya sea que se lo pida o no. Pero usted debe estar dispuesto y preparado para aceptar Su ayuda.

"Ahora le ha sido dado un regalo increíble a través del Sacramento de la Reconciliación. Es una gran oportunidad para regocijarse, porque su alma ha sido limpiada y sus pecados han sido perdonados. Y para todos aquellos que no lo han recibido, todas esas personas de las que hemos estado hablando, siempre hay esperanza. Sí, lo entiendo. Es decir... a todos se nos ha dado una idea muy equivocada con respecto a la sexualidad humana."

No veo la necesidad de contarle mis propios retos con la pornografía en mis años anteriores al sacerdocio, pero me gustaría encontrar algo en común para que podamos continuar nuestro dialogo.

"¿Sabe bastante sobre los Informes Kinsey? Lo tiene aquí en su lista para el año 1984." Levanto el papel para que pueda verlo.

"Sí. Los Informes Kinsey fueron unos libros que cambiaron realmente la manera como los estadounidenses veían el sexo. Fueron una reflexión clara del comportamiento y los hábitos sexuales de los americanos en aquella época. Hizo que las personas abrieran mucho los ojos. Recuerdo haber visto una copia en la biblioteca de mi papá," responde.

"Bueno, sí. Algo así," afirmo. "Pero lo más interesante es que hoy en día, varios expertos respetables han cuestionado muchos de los supuestos subyacentes y la validez de gran parte de la investigación de Kinsey. Alfred Kinsey fue un biólogo norteamericano, profesor de entomología y zoología, y 'sexólogo' convertido quien aparentemente no estaba satisfecho con la falta de material 'científico' sobre la sexualidad humana. Así que decidió utilizar sus 'habilidades investigativas' para hacerlo el mismo. Era admirador de Darwin y estaba fascinado con la evolución de la sexualidad humana – especialmente en relación a la homosexualidad.

"También tenía opiniones muy fuertes contra la Iglesia Católica. Tengo entendido que su padre era un metodista estricto quien era muy poco tolerante de las perspectivas de los demás – tal vez de ahí fue que se le generaron, no sé. Desafortunadamente, de niño le enseñaron que todos los impulsos sexuales eran fundamentalmente impíos, que se volvería loco si se masturbaba, etc. Aquella desinformación e inclinación sin duda tuvieron un gran impacto durante su crecimiento.

"Sé que suena como si fuera el Dr. Jekyll y Mr. Hyde. Por un lado digo que me preocupo por las almas atrapadas en el pecado sexual, mientras que por el otro digo que puede que esté bien. Pero lo que en realidad quiero decir es que todo debe estar dentro de la razón, debe existir algún equilibrio, y comprensión. Algunas personas se masturban debido a trastornos mentales - ¿Se van a ir al Infierno? Lo repito, solamente Dios conoce la respuesta pero, ¿qué nos hace pensar que así será?

"De todas formas, este no es un tema tan simple, aunque algunas cosas son obvias. Si dicha actividad se realiza sabiendo completamente que está mal, y si no se hace un esfuerzo por detenerse aunque tengan la capacidad de hacerlo, entonces por supuesto que eso aplica en la categoría de pecado sexual."

Asiente con su cabeza y me permite continuar.

"He visto a muchos que se han alejado de la Iglesia y de su fe porque todo lo que sentían era culpa – en su mayoría generada por padres o líderes de la Iglesia con buenas intenciones quienes los hicieron sentir mal sobre sus deseos naturales. La falta de información apropiada sobre estos asuntos puede y es muy dañina."

Me interrumpe. "¿Me está diciendo que Kinsey era un asesino?"

"¿Qué? No, no, eso no es lo que estoy diciendo en absoluto," le respondo rápidamente. "Simplemente estoy diciendo que las personas deben ser muy cuidadosas con lo que le dicen a los jóvenes, eso es todo. Mire, me estoy alejando del tema."

Cambio de posición en mi asiento y me giro completamente hacia él; bueno, al menos tanto como es humanamente posible cuando se está sentado en un asiento de avión.

"Y entonces Kinsey comenzó a preguntarle a la gente sobre sus hábitos sexuales. Con el tiempo, recolectó una cantidad masiva de porno y miles de horas de entrevistas, todo en el nombre de la 'ciencia.' Su 'investigación' requirió de muchísimo dinero, y lo consiguió por medio de subvenciones. Y cuando sus informes fueron publicados, inmediatamente llegaron al primer lugar de las listas de los más vendidos. Las copias de *Los Informes Kinsey* se vendieron como pan caliente. Los esposos les decían a sus esposas que así era el sexo *verdaderamente,* insinuando que sus esposas serían unas mojigatas si no se unían como todos los demás a la revolución sexual. Lo mismo le decían los novios a sus novias. Hugh Hefner se sintió tan inspirado que creó la '*Playboy.*'"

Me lanza una mirada, intentando comprender a donde va todo esto.

"Este es el problema," señalo. "Uno de los obstáculos más grandes y más importantes a superar en cualquier estudio científico es la validación. Es imperativo que sus resultados puedan ser replicados y luego autenticados por analistas externos. Todos los científicos, o para este fin, 'sexólogos,' deben estar preparados para defender sus resultados. Pero se dice que Kinsey no le permitía a nadie analizar o validar su investigación, al menos de manera abierta y cooperativa. Ni en ese entonces, ni ahora. ¿Y por qué fue un problema eso? Porque sus hallazgos habían sido cuestionados desde el comienzo por investigadores respetables, como mínimo.

"Lo que se sabe es que las personas que entrevistó, la población que utilizó en sus informes, eran en su mayoría homosexuales, prostitutas y prisioneros. Pasó más de setecientas horas con un homosexual en específico, haciéndole preguntas sobre su vida sexual. Pero cuando publicó sus hallazgos los reportó como una verdadera representación de la *población en general*. Cada mujer y hombre. ¿Conoce el nombre Abraham Maslow?"

"Eh, sí. Fue el tipo de la 'pirámide de las necesidades,' ¿verdad?" dice.

"Sí. Era psicólogo y le expresó sus preocupaciones a Kinsey. ¿Y sabe que hizo Kinsey? Lo ignoró."

Me toma con la guardia baja y me pregunta, "¿Tuvo sexo en la secundaria?"

Desde que fui ordenado como sacerdote, siempre me bloqueo cuando me hacen esta pregunta, y me cuesta admitirlo, pero me siento obligado a hacerlo, y me ha hecho la pregunta directamente. "Sí, dos veces. ¿Y usted?"

"Ajá. Solo con Jean cuando estábamos saliendo, y luego con otra muchacha cuando terminamos por un tiempo, antes de retomar nuestra relación. Estaba tan asustado de la posibilidad de embarazar a alguna muchacha que me mantuve a raya. No íbamos a utilizar anticonceptivos porque existía la posibilidad de que nos sorprendieran nuestros padres así que simplemente nos arriesgamos. Ahora que lo pienso, el miedo al embarazo en realidad me forzó a mantenerlo en mis pantalones."

Me uno a él en su viaje por el camino de los recuerdos. "Lo entiendo. Cuando me gradué de la secundaria, MTV salió al aire. Con mi amor por la música y la fascinación con los videos, estaba atrapado. Recuerdo haber visto a Madonna, durante la primera ceremonia de premiación a la música, cantando *'Like a Virgin'* mientras daba vueltas en éxtasis sexual sobre el escenario. Y era muy sexy, de verdad."

Se ríe. "Madonna. ¡Vaya! ¿Y ese al menos si es su nombre verdadero?"

Probablemente ambos estemos pensando lo mismo. Acabamos de pasar unas cuantas semanas en una peregrinación sobre advocaciones Marianas y uno de los títulos para la Santísima Virgen María es "Madonna."

"Tengo entendido que sí," digo. "Imagino que proviene de un hogar católico muy estricto, y alguna vez leí que sus padres siempre tenían sacerdotes y monjas en casa. Luego su madre murió de cáncer de seno a la edad de 30 años, cuando Madonna tenía apenas cinco. Tuvo una madrastra pero admitió que no creció con las enseñanzas que normalmente recibiría de una madre que inculcaba reglas y buenos modales. Claramente, estoy seguro de que eso la afectó bastante. Tenía tantas canciones buenas, tanto talento.

"Bueno, y entonces yo la escuchaba cantar sus canciones sobre sexo como 'Justify My Love' y veía sus videos seductores, y todo se veía tan bien, tan correcto. Y luego las muchachitas se comenzaron a vestir como ella y todo lo que yo pensaba era '¡Sí!' Es decir, yo tenía como 16 o 17, y mis hormonas estaban alborotadas. Mientras las muchachas se vestían como ella, yo me metí de lleno a la escena 'yuppie.' Me sorprende lo que uno puede llegar a hacer sin cuestionarlo, solo por querer alcanzar la gloria, ganarse una reputación, ser visto por los demás, admirado por los demás, aceptado por los demás. Yo no era diferente a nadie en ese entonces."

Le cuento al alguacil sobre algunas de las canciones populares que tenían una connotación sexual, o mensajes sexuales directos, y que yo escuchaba en ese tiempo. Por ejemplo, *She Bop* de Cyndi Lauper que habla de la masturbación femenina, *Orgasm Addict* de Los Buzzcocks, *Freak Me Baby* de Silk, *I Want Your Sex* de George Michael, *Relax* de Frankie Goes Hollywood, entre muchas otras. Grandes artistas, grandes canciones, todas. Si es que hasta era un gran admirador de Billy Joel, y su canción *Only the Good Die Young* en verdad me impactó. Mientras escribo esto, y sin esfuerzo alguno, aún recuerdo la melodía y la letra que infiere y anima a tener una vida más descabellada.

"Y... ¡Cielos! Sí que dejé que me estropearan la mente; me prepararon para la pornografía que estaba por venir." Digo cambiando de nivel a otro tipo de medio bastante influyente.

"Y luego aparecieron las películas. Miles de películas. Las escenas de sexo era todo lo que necesitaba para hacerme subir de revoluciones. *Estados Alterados, Videodrome, Gigoló Americano, Picardías Estudiantiles, Porky's, All the Right moves, Despedida de Soltero, Lecciones Privadas,* hasta esa escena del orgasmo falso en *Cuando Harry conoció a*

Sally, Mujer Bonita, Reto al Destino, Top Gun, Fiebre del Sábado por la Noche, La Laguna Azul, Terciopelo Azul, Risky Business, Flashdance, Dirty Dancing, Atracción Fatal. Todas estas y muchísimas más."

Él continúa con mi lista.

"Sí. Me acuerdo de *Relaciones Peligrosas,* las escenas de desnudos en *Pesadilla en la Calle Elm* y en la serie de películas de *Viernes 13,* todas las películas de Bo Derek, *Hollywood Nights, El Último Americano Virgen, Star 80, Doble Cuerpo, Purple Rain...*"

Hace una pausa para recordar su propio pasado juvenil y luego prosigue.

"Recuerdo haber pensado en ese entonces que sería imposible pasar toda mi vida solamente con una mujer, con Jean por ejemplo, porque veía por todas partes mujeres desnudas y escenas de sexo. ¡Demonios! Eso era todo lo que quería, ¡sexo! Y de igual manera pensaba cuando comencé a tener amantes. Si están dispuestas, pues yo también."

Se inclina hacia adelante y me dice en un susurro casi inaudible:

"Tengo que decírselo, Padre. Recuerdo una vez que Michele me llamó a mi celular diciéndome que Cameron la había golpeado, y me preguntó si nos podíamos ver en algún lugar, me suplicó. Me sentí tan mal por ella. Estaba solo en casa porque Jean había salido al cine con una amiga. Fue en un momento en el que yo sabía que tenía que detener la relación, pero no podía decidir qué hacer. Digo... Michele necesitaba ayuda, ¿no? Y si amo a alguien, debo amarla así, ¿no? Todas esas cosas se revolvían en mi cabeza. Y tengo en mi equipo de sonido a todo volumen a *Journey* cantando *'Faithfully,'* y en mi mente no veo a Jean, mi esposa, sino a Michele, mi mejor amiga y amante. Creí que debía serle fiel a Michele, no a Jean. Y entonces quito la música y enciendo el televisor porque en verdad intentaba resistirme; de hecho le rezo a Dios para que me dé una señal, para hacer lo correcto, ¿no? ¿Y sabe que comercial apareció?"

Muevo mi cabeza de lado a lado ya que no tengo ni idea.

"Un anuncio de Nike de *'Just Do It.'* Ya sabe, 'Solo Hazlo.' Y lo interpreto como Dios dándome una señal para 'Hacerlo.'" Sé ahora que suena bastante estúpido, y lo sabía en ese momento, pero era todo lo que necesitaba escuchar. Tomé mis llaves y me encontré con ella en un motel a las afueras del pueblo, e hicimos el amor como nunca antes. Fue así de simple – un estúpido comercial me dijo lo que quería escuchar. No hay problema. 'Solo Hazlo.' Bastante perturbador, ¿no cree?"

293

Puede que lo comprenda, pero, nuevamente, sus procesos mentales están un poco desviados. "Sí, pero comprendo lo que dice. Hacer algo malo para corregir otra situación también está mal. En su situación, en ese momento, lo que Dios quería era que usted, como amigo, escuchara a Michele, y la alejara del peligro. Definitivamente Él no quería que usted le 'hiciera el amor,' ese tipo de amor estaba reservado para su esposa Jean, con quien usted ya estaba comprometido.

"Mire, Alguacil, no voy a culpar a los músicos de las canciones que escuché, o a los directores y productores de las películas que vi, ni tampoco a los autores de los libros que leí. ¿Por qué? Porque como dijo mi mamá alguna vez, 'Nadie puede obligarte a hacer algo que no quieres hacer.' Y yo *quería* hacerlo. Definitivamente tenía la edad suficiente para saber qué era lo correcto. Cameron *quería* leer ese libro, y decidió hacerlo activamente varias veces, de acuerdo a su propia confesión. Y con su propio reconocimiento, usted quería hacer lo que hizo, y continuamente buscaba las señales que le permitieran racionalizar su propio comportamiento. Debido a eso, ahora le pido al Espíritu Santo cada día que me dé Sus regalos – fortaleza, devoción, guía, temor al Señor, comprensión, conocimiento y sabiduría. Con todo eso, ¿cómo puedo perder?

"Regresar a Dios es uno de los regalos que siempre debemos aceptar. Ambos hemos visto lo malo que pueden llegar a ser las cosas simplemente viviendo en este mundo a diario, y hemos recibidos regalos de Dios, los mensajes del Cielo, y hasta milagros que nos piden que cambiemos nuestros corazones. Él cambió el mío hace mucho tiempo y, si me lo permite, al escucharlo a usted hablar y viendo su propia transformación espiritual, su corazón también está siendo transformado. Y si los corazones pueden cambiar, también puede hacerlo este mundo en el que vivimos."

Sonríe, cierra sus ojos y se reclina en su asiento. Presiento que está sintiendo una pizca de la paz que no ha experimentado en muchísimo tiempo. Creo que finalmente nos estamos conectando como dos seres humanos.

Capítulo 38

Debí haberlo esperado. No me sorprendió para nada haber encontrado mi bandeja de correo desbordándose a mi regreso hace dos semanas. Fue fácil darse cuenta de que la Sra. Bellers trabajó muy duro para no ayudarme con nada mientras estaba ausente.

Me encuentro sentado en la gruta una vez más, relajándome. La paz de las montañas francesas y los paisajes europeos se está disipando, y se convierte rápidamente en un recuerdo distante.

"Padre, disculpe, ¿puedo hablar con usted un momento?"

Jean Luder está detrás de mí. No escuché que se acercara, probablemente debido al pasto azul de Kentucky que rodea la gruta.

Me sorprende verla, pero me pongo de pie y le ofrezco mi mano.

"No le quitaré mucho tiempo," me dice.

Mientras me da la mano, mira hacia el edificio administrativo detrás de ella. Vemos una pareja de ancianos saliendo de la oficina parroquial y sosteniendo la puerta para que otra pareja de ancianos ingrese.

"¿Le gustaría entrar a la oficina?" pregunto

"No, así está bien," me dice, y se sienta en una banca contigua.

Pasa unos instantes mientras organiza sus ideas. Su bolso negro demasiado grande descansa contra sus pantalones elegantes y sus tacones altos de punta abierta. Lo más probable es que ésta sea su hora de almuerzo y ya se haya tomado gran parte conduciendo hasta aquí. Entiendo por lo que me dijo el Alguacil Luder que ella trabaja a unos 20 ó 30 minutos de aquí. De hecho, es la única vez que le ha hecho un cumplido al decir que es la mejor Consejera de Adicción a las Drogas que conoce. Si ese es el caso, y solamente tiene una hora de almuerzo, debemos hablar muy rápido.

"¿En qué puedo ayudarle?" le digo, esperando acelerar la conversación. No me molesta que haya venido sin previo aviso, pero también tengo un compromiso previo, una reunión a las 12:30 p.m.

"Qué pena no haber llamado antes de venir…" comienza, y yo hago un gesto con mi mano para que se olvide de su preocupación.

"No se preocupe. Está bien."

"Bueno, se trata de Daniel. Mi esposo."

Asiento con mi cabeza. "¿Todo está bien?"

"Sí, y... no. Es extraño y no estoy segura de cómo explicarlo con exactitud. Yo... creo que espero poder hacerle algunas preguntas sobre su viaje. Es decir, ha cambiado, bastante. Primero tuvo el accidente en su maldita motocicleta y comenzó a actuar de manera extraña después de eso, y ahora regresa de esa peregrinación a la que usted lo hizo ir y... pues bien..."

"Nadie puede obligar a nadie a hacer algo que en verdad no quiere hacer, Sra. Luder, y al final, su esposo decidió ir a la peregrinación por sí solo. Ya es un adulto." No voy a decirle de los retos que nos hicimos el uno al otro, pero lo que le digo es igualmente acertado.

"Lo sé, lo siento. Me refiero a que él me dijo que usted lo convenció y que él ni siquiera quería ir pero, sí, yo sé, él tomo su propia decisión. Usted tiene razón, él es un adulto."

Espero pacientemente a que continúe.

"Él, eh... ¿Qué sucedió por allá? Parece que no puede dejar de hacer cosas por mí. Siempre está a mi lado. Constantemente intenta abrazarme. Me ha dicho que me ama como unas 25.000 veces.

"Y ahora lo de 'Dios.' De lo único que habla es de Dios, con el respeto que se merece, Padre. Ha entregado mil Biblias o folletos que recogió en alguna iglesia. Habla toda la noche con nuestros amigos y familiares. Está molestando casi a todo el mundo y probablemente los esté alejando más de Dios – al menos eso es lo que ha hecho conmigo. Habla con las personas en las tiendas, o cuando estamos juntos conduciendo por ahí, les dice cómo el Señor puede salvar sus almas.

"Incluso me hace ir con él a la prisión a 'salvar' personas; los prisioneros solo se burlan de él. He ahí la persona que ayudó a encerrarlos; probablemente hasta les dijo a la cara lo despreciables que eran. Ese es el tipo de persona que es mi esposo, o era, creo, ¿y ahora quiere salvar sus almas? Estoy completamente apenada, me muero de la vergüenza. Ya ni siquiera quiero salir de la casa con él en caso de que quiera ponerle las manos encima a alguien y sanarlos."

Mueve sus manos intensamente, tanto que su teléfono celular se desliza de su mano, y aterriza suavemente en el césped frondoso que nos rodea.

No puedo controlar reírme entre dientes.

"En serio. El otro día salimos a comprar, eh... no recuerdo, carne para la comida, y había una pobre mujer con una bufanda. Parecía que hubiera estado en tratamiento de quimioterapia y simplemente intentaba lucir normal, ya sabe, pasar desapercibida. Estaba en la tienda esperando poder hacer sus compras sin que nadie la mirara. Y ahí va mi esposo. Camina directamente hacia ella quien espera en una larga fila en la caja, coloca sus manos sobre su cabeza y dice, '¡Mujer, sana!' Su bufanda sale a volar y se revela su cabeza calva y algunos parches de pelo que intentan volver a crecer. Inmediatamente sale de la tienda dejando atrás sus comestibles, y mi esposo se queda ahí parado, luciendo victorioso pero confundido. Fue como si no pudiera entender por qué ella reaccionó de esa manera. ¿De verdad?

"Y cuando me presenta, se refiere a mí por mi nombre, 'Jean.' Imagino que me gradué y pasé de ser 'la esposa' a ser una persona real con vida y con aliento."

"Jean es su nombre, ¿no?" la interrumpo suavemente. "Mire, por lo que me dice parece que está lleno de fervor, y quiere contarle a todo el mundo sobre la transformación espiritual que ha experimentado. Pero hablaré con él. Hay maneras maravillosas de evangelizar, y otras que fallan aunque las intenciones del evangelizador por compartir la Buena Noticia de Nuestro Señor sean buenas."

Se le ve agradecida y asiente con su cabeza.

"Sra. Luder, una peregrinación como a la que fue su esposo puede ser un momento muy especial para muchas personas; no para todos, pero sí para la mayoría. Parece que el suceso lo impacto positivamente, pero usted no parece estar contenta en lo absoluto."

Me mira fijamente sin indicación alguna de si lo niega o está de acuerdo.

"¿Qué le dijo, Padre? Es decir, ¿Le dijo algo? Le pregunto porque estoy muy confundida. No se parece en nada a como es él. Me dijo que había tenido una experiencia bastante liberadora desde que estuvo en confesión con usted, y que ahora se siente como un hombre sin cadenas. ¿Sin qué cadenas?"

Obviamente va en busca de información; quiere saber si su esposo soltó la lengua conmigo. Ya he pasado por esto antes con esposos y esposas, o incluso con novios y novias. Intentan hacerme caer para que les diga cualquier cosa que la otra persona quizá haya revelado en el confesionario. En verdad comprendo la situación y la manera como se siente ella, pero por ninguna razón esta conversación avanzará en esa dirección.

"Sra. Luder, ¿usted es católica?"

"Pues, eso creo. Yo fui bautizada y confirmada y todo eso, pero, no soy practicante. Simplemente creo que si se tiene un buen corazón y no se hace nada verdaderamente malo, vamos al Cielo cuando morimos."

Asiento con mi cabeza ligeramente, apenas reflejando que presto atención a lo que dice. No estoy de acuerdo con su filosofía ni es lo que enseña la Iglesia, pero necesito abordar la que creo fue su única razón para venir aquí.

"Le pregunto porque, como católica, usted debe recordar que cada vez que escucho una confesión estoy obligado, bajo sanciones muy severas, a mantener en total discreción cualquier cosa que me sea dicha. Se llama el 'sigilo sacramental,' y como su nombre lo indica, lo que sea que un penitente me comunique permanecerá por siempre 'sellado.'"

"Lo entiendo, Padre, de verdad. Únicamente esperaba…" comienzan a caer lágrimas de sus ojos, y su voz se quiebra mientras mete sus manos torpemente en su bolso negro y saca un paquete de Kleenex.

Mi corazón está con ella.

"¡Es que ha cambiado tanto! Como le dije, ahora está conmigo a toda hora. No lo soporto. Solía dejarme sola todo el tiempo, y hablo en serio, *todo* el tiempo. Siempre culpaba a su trabajo. Pero ahora, aunque tiene el mismo trabajo y sé que tiene que ser muy cuidadoso porque tuvo ese maldito accidente, no me ha dicho ni una vez que debe volver a trabajar.

"A donde quiera que voy él quiere ir conmigo. Y antes de todo esto, todo era culpa mía, ¡todo! Me culpaba, me criticaba por la casa, por la manera como criaba a nuestra hija, por las deudas, la comida, por esto, por lo otro, por lo que se imagine, no estaba contento con nada. ¿Y ahora? Podría encender la maldita casa en llamas y probablemente me felicitaría por lo bien que encendí la llama."

Ha dejado de llorar, pero ahora retuerce sus manos.

"¿Sabe cuál es el mayor problema?" Su mirada fija se toma toda mi atención.

"No," le contesto.

"Es que no confío en él. Simplemente no confío en él. Desde hace años. Y todo lo que está intentando hacer ahora está bien si lo hace feliz, creo, pero ya es demasiado tarde para mí. Quiere que simplemente actúe como si nada hubiera pasado, como si fuera estúpida. Como si todo estuviera 'bien'. Como si todo lo que sucedió en el pasado no significara nada, como si solamente debiéramos olvidarnos de todo y seguir adelante. ¿Pero sabe qué, Padre? Yo sé lo que él ha hecho. Yo sé quién es *ella*."

Busca algo en mis ojos. Yo no me inmuto.

"Michele Jerpun. Ella es. Siempre que le preguntaba por qué hablaba de ella a todo momento, me decía que simplemente sentía lástima por ella por todo lo que Cameron Gambke le hacía, fuera lo que fuera. Salía tarde en la noche después de que ya nos habíamos acostado y decía que tenía que ir a dar una vuelta para aclarar sus pensamientos, o a la oficina para darle otra mirada a los expedientes de algún caso, o los fines de semana me decía que había una nueva pista en el caso y que se tenía que ir.

"¿Y sabe qué? Luego de un tiempo, ya no me importó más. Me acostumbré a pasar tiempo a solas con Sheri, y ya que todo lo que hacíamos era pelear cuando él estaba en casa, probablemente era mejor así. Sheri decía que le gustaba la paz en la casa cuando su papá no estaba.

"Raramente, o nunca, aceptó ninguna responsabilidad de su parte en cualquier desafío o problema que tuvimos en nuestra relación. Se ha comportado como un tonto, Padre, plena y totalmente, y estoy siendo decente porque estoy sentada aquí frente a usted.

"Debí haber sabido que casarme con él iba a ser una pesadilla, pero estaba demasiado enamorada, creo, o tal vez pensé que estaba enamorada de él. Casarnos parecía ser lo correcto. Todos nuestros amigos lo estaban haciendo, así que ¿Por qué no?

"Y luego un sábado en la mañana, y sé que nunca lo olvidaré, él estaba en la ducha. Siempre me había dicho de manera muy específica que nunca podía revisar su celular. Era 'propiedad oficial de la compañía' y podría meterse en serios problemas si alguna vez se descubría que su esposa estaba leyendo información confidencial que le enviaban a él.

"Ah, bueno, pensé, porque sabía que algo sucedía. Y luego llega un mensaje que decía '*Es la hora de la siesta y estaré libre dos horas.*' No sabía quién había enviado el mensaje, pero no me sorprendía. La parte triste es que creo que aún lo amaba en ese momento, o quizás se trataba de un tema de 'posesión femenina,' pero tenía rabia, estaba muy molesta. Luego sale de la ducha y yo hago como si nada sucediera. Pero lo observo. Aún mojado se va directamente a su teléfono y lee el mensaje. No pudo esperar a revisar sus mensajes. A los diez minutos ya estaba vestido, se había puesto colonia y había salido 'para el trabajo'. Lo iba a seguir, pero tenía que recoger a Sheri a la casa de una amiga; nuestro plan era ir a recogerla juntos y luego ir al cine como familia. ¡Demonios! acabábamos de hacer el amor esa mañana y ahora iba directo a donde su amante. Pero yo tenía un plan. Ese pendejo me había enseñado algunas cosas de la policía con el pasar del tiempo, y entonces apliqué lo que había aprendido.

"Al siguiente lunes yo sabía que estaría en reuniones todo el día. Ahí es cuando se ponen al día con las actividades criminales y administrativas del fin de semana y se preparan para la semana que entra. Así que fui a su oficina. Su secretaria y yo nos conocemos de hace muchos años. Llevé algunas flores y le dije que eran una sorpresa para él.

"Me dejó entrar a la oficina y revisé su correo. Encontré la factura telefónica que había enviado a aprobación para pago por parte del departamento. Le di una ojeada rápida y vi varias llamadas cortas desde y hacia un número telefónico específico, pero lo que en realidad llamó mi atención fue que durante ese mes había enviado más de 1000 mensajes a ese número. Lo que hizo fue que escribió una nota en la parte de abajo de la factura que decía que era parte del 'Caso Gambke' para justificar el gasto. ¡Ja! Él es el jefe y la mayoría le tienen miedo en la oficina, ¿así que quién lo va a cuestionar? Y como era un teléfono asignado por el departamento probablemente creyó que yo nunca vería la factura. Estaba equivocado.

"Llamé a ese número desde uno de los teléfonos en la oficina, no desde el suyo, por supuesto. No quería que se enojara en caso de que en verdad fuera por asuntos 'oficiales.' ¿Adivine quién contestó? Nada más ni nada menos que Michele Jerpun. ¡¿En serio?! ¡¿Qué podría haber en ese caso Gambke que requiriera que mi esposo llamara o le enviara mensajes a Michele Jerpun más de mil veces en un mes?! ¿Cree que soy estúpida? No le dije nada porque para ese momento ya lo odiaba, pero en realidad no quería dejarlo por Sheri. Mis padres se divorciaron cuando yo era joven y fue bastante feo. Su divorcio me afectó mucho y juré nunca hacerle lo mismo a mi hija."

"Lamento mucho escuchar todo eso. De verdad," digo sinceramente.

"No sé qué se supone que debo hacer. Es un mentiroso. Cuando lo confronté, lo negó, y aún continúa mintiendo sobre lo mismo. Con el pasar de los años yo creé mi propio espacio, lejos de él. En la noche, cuando no puedo dormir y él no está, salgo a conducir por ahí. Cuando Sheri era más joven estaba tan involucrada en el deporte y las actividades escolares que yo podía esconderme en esas actividades. Pero ahora ya no vive con nosotros y somos solo él y yo. Y ahora está emocionado por recomenzar. Pero no sé si puedo, o si quiero."

Rompe en llanto nuevamente. Me entristece profundamente la manera como ha evolucionado la situación entre ella y el alguacil, y me enfada ver otro ejemplo claro de lo dañino que puede llegar a ser el pecado sexual.

"Le voy a sugerir algo, Sra. Luder. Anteriormente se lo he brindado muchas veces a otras mujeres que sufren, sin importar la causa. La paz que ha encontrado cuando sale a conducir es algo bueno. En su vida, lo que tiene suma importancia es su salud personal y su bienestar. Usted debe encontrar cosas positivas que hacer con el fin de mantenerse por encima del sufrimiento, como algún pasatiempo, la música, hacer una caminata larga, tomar un baño caliente, comer sano, o hacer ejercicio. Todo esto le ayuda a aquellos que son agobiados por los retos que la vida trae. Definitivamente le ayudan a mantener su conciencia tranquila. Buscar la forma de vengarse de él o de pagarle con la misma moneda, como con el alcohol, las drogas, o incluso las relaciones extramaritales, no solamente es nocivo para su salud, sino también para su alma.

"Las personas parecen pensar que el amor es una emoción. Por eso es que dicen que se enamoran o se desenamoran, que *sienten* o no amor por otra persona. Pero el amor no es una emoción, el amor es una decisión. En cualquier relación decidimos estar enamorados, porque las relaciones pueden llegar a ser algo bastante desafiante, muy difícil, ¿verdad? Por lo que me dice creo que usted vive en este momento un ejemplo de eso. Pero si en verdad decide amarlo, decide quedarse y hacer que funcione, la aliento sinceramente a que encuentre la manera de apreciarlo nuevamente, de prestarle atención, hasta de agradecerle – ya sabe, el tipo de cosas que hacía hace mucho tiempo cuando estaba enamorada de él.

"Cuidarse también es importante. Pero le sugiero enfáticamente que nunca olvide que Dios los ama a ambos – no solo a usted, también a Daniel. Él nunca le prometió una vida fácil, pero si le prometió que siempre estaría con usted."

Frunce su seño y me mira con rabia. ¿Qué fue lo que dije para molestarla?

"¿Que lo trate bien?" dice de repente. "¿Por qué? ¿Por doblar la ropa luego de que yo me tomé el tiempo para lavarla? ¿Agradecerle por qué? ¿Por cortar el césped? Si hago eso, ¿por qué tendría él alguna razón para cambiar? ¡Por favor! Se *supone* que él debe hacer esas cosas. A eso se le llama ser un 'esposo,' al igual que se supone que yo debo hacer todas las cosas que hago. No tiene ni idea de todo lo que hice criando a Sheri, la mayoría sola."

"Lo sé, la entiendo, de verdad," le digo mientras levanto la mano. "Pero a todos nos gusta ser valorados, incluso por cosas que se supone debemos hacer. A nadie le gusta sentirse menospreciado. Ni a usted, ni a él, ni a mí. Destruir a alguien siempre es deshumanizante. Él se lo hizo a usted, como me lo acaba de explicar, y no fue de su agrado, ¿verdad? Pues bien, ambos son humanos.

"Permítame le haga una pregunta. ¿Ustedes se casaron por la Iglesia católica?"

"Sí," me dice con más calma.

"Bueno, la Iglesia reconoce que hay ocasiones en las que un matrimonio puede llegar a ser dañino e incluso peligroso, por ejemplo cuando hay abuso a los hijos o a la pareja. La Iglesia no cree que las relaciones abusivas deban continuar. El hecho de que la pareja se haya casado por la Iglesia no quiere decir que las esposas maltratadas deban aguantarse y quedarse en la relación. De ninguna manera. Ese es un gran malentendido.

"Cuando hay estrés y dificultades en el matrimonio, como lo que usted ha experimentado, la Iglesia reconoce que la separación puede llegar a ser lo mejor. Si el divorcio civil se convierte en la única solución posible, la Iglesia puede llegar a reconocerlo."

Mueve su cabeza de lado a lado; sin duda necesita tiempo para procesar lo que le acabo de decir. Dada la cantidad de tiempo invertida en una relación, el hecho de dejar a alguien, así sea en una separación, nunca debe tomarse a la ligera. Solamente espero que en el futuro, ya que planté la semilla, ella se sienta en libertad de comunicarse conmigo en caso de que necesite alguna respuesta.

Se pone de pie repentinamente, toma su bolso, y me muestra una sonrisa forzada mientras estira su mano. Luego se da la vuelta rápido y se dirige hacia el parqueadero con gran dificultad debido a lo alto de sus tacones sobre el césped. La acompaño unos diez metros hasta su auto y le hago un ofrecimiento, "Si usted y el alguacil quisieran regresar a la Iglesia, o si les gustaría aprovechar algunas clases que vamos a ofrecer para parejas con problemas en su matrimonio, solo avíseme."

"Padre," se detiene de repente, se voltea hacia mí, y suelta abruptamente lo que se venía guardando durante los últimos minutos, "para que lo sepa, yo nunca tuve ningún amante como él, pero si uno de corazón. Lo que mi esposo me quitó, lo encontré nuevamente en alguien más. Ninguno de los dos se enteró jamás, ni mi esposo ni mi amante de fantasía, porque lo mantuve en secreto. Me enamoré a la distancia. Aun así me hizo sentir viva de nuevo, e incluso ilusionada. Pero en realidad yo nunca sería capaz de tener un amorío. No podría hacerle eso a mi esposo, a mi hija o a mí misma. Tampoco se lo haría al hombre del que me enamoré, ni a su esposa y sus hijos. Sé lo mucho que duele y ellos no se merecen ese dolor solo porque a mí me traicionaron y deseo de manera egoísta vengarme de mi maldito esposo."

Hace una pausa, respira más lentamente y prosigue.

"Quiero volver a tener una vida feliz, quiero paz. Realmente estuve enamorada de Daniel en algún momento; estoy segura. Él fue mi mundo entero. Pero ahora todo es oscuro y triste. Ya no quiero que sea así."

"La entiendo completamente, de verdad," le digo. "Pero debe saber que muy frecuentemente todo lo que vemos o escuchamos es sobre los matrimonios que han fracasado. Creo que también debe saber que he tenido el inmenso placer de verlos cuando funcionan, cuando son exitosos. Y eso sucede muchísimo más de lo que la gente piensa. Y aquellos matrimonios terminan siendo aún más fuertes, más abiertos, y ambos cónyuges se llenan de un mayor respeto y aprecio por el otro."

No se ve sonrisa alguna mientras se sube a su auto, solamente hace un movimiento seco con su cabeza.

Capítulo 39

"Buenas tardes a todos. Por favor tomen asiento, ya vamos a comenzar."

El salón independiente que utilizamos para eventos especiales está totalmente lleno – 250 personas. La mayoría están sentados, pero hay gente de pie hombro a hombro contra las paredes. Una estación de noticias local tiene una cámara en la parte trasera de la sala y hay un reportero preparado para escribir en su libreta. Tengo la certeza de que la Sra. Bellers tuvo algo que ver con que estén aquí, quizá tiene la esperanza de encontrar una manera de hacerme cometer un error. Sin embargo, puede que eso funcione a mi favor, ya que considero que está información tan importante debe ser conocida por todos.

"Me gustaría darles la bienvenida a la Iglesia Católica Nuestra Señora del Perpetuo Socorro. Somos bastante afortunados de tener con nosotros a la Detective de Crímenes Sexuales Renae Gambke, quien hablará sobre la Prevención del Abuso Sexual durante la próxima hora.

"Luego de bastante consideración, lo hemos abierto al público en general porque creemos que éste es un problema social que todos deben comprender mejor. De manera respetuosa les pido que por favor le den toda su atención a la Detective Gambke ya que nuestro tiempo con ella es limitado.

"Antes de comenzar, debo hacer énfasis en que definitivamente no todos los hombres, o incluso las mujeres, son como los depredadores que ella va a describir en un momento. He tenido el placer de pasar suficiente tiempo con la Detective Gambke para saber que ella también piensa igual que yo a este respecto. Aun así, es imperativo que todos nosotros, la comunidad entera, sepamos qué tener presente para poder ayudarnos mutuamente, protegernos, darles apoyo a las víctimas, y procesar a los abusadores. Por favor démosle la bienvenida a la Detective Renae Gambke."

Como mínimo, todos los estudiantes de secundaria que estudian para su Confirmación deben estar presentes, y reciben horas de servicio por hacerlo. Durante la semana pasada estuve un poco de tiempo en las clases correspondientes discutiendo la posición de la Iglesia con respecto al sexo para asegurarme de que tuvieran una base apropiada antes de ésta presentación.

Me giro hacia la Detective Renae y nos damos la mano.

"Tengo luz verde para dirigir esto como quiera, ¿verdad?" me pregunta por tercera vez en voz baja, mientras se escuchan los aplausos dispersos.

"Claro que sí. Pero si veo la necesidad, también la interrumpiré." No sé a dónde va con esto, pero tengo la confianza de que sabe lo que hace.

"Buenas tardes a todos," comienza ubicándose detrás del podio. Una presentación de *power point* con el título del seminario se proyecta en la pantalla detrás de ella:

Prevención del Abuso Sexual: El Método 'Triple A'

"Como lo mencionó el Padre Jonah, mi nombre es Detective Renae Gambke y…"

"¡Ey! ¿No es usted la mujer cuyo padre fue condenado por asesinar a esa pobre muchachita en Idaho luego de abusar sexualmente de ella y de algunos otros más, al menos con base en lo que han encontrado hasta el momento?" retumba desde la parte trasera una voz ubicada muy convenientemente a unos cuantos pasos al lado de la cámara. El mismo agitador encolerizado, canoso y un poco pasado de peso que lleva la misma gorra de béisbol negra y amarilla que dice "*La vida es una mierda a menos que tú seas el que caga*" y que parloteaba sobre la Detective Gambke en la Prisión Central el día de la ejecución de Cameron Gambke, está presente y la mira con furia. Su momento de fama está al alcance de su mano. Al igual que en aquel momento, siento la necesidad de protegerla, pero instintivamente sé que ella lo manejará tan bien, o mejor a como lo hizo ese día.

"Sr. Buzel, lo que acaba de mencionar no es nada nuevo para ninguno de los que estamos aquí. Pero permítame recordarle que en ésta tarde hemos reservado éste tiempo para hablar sobre la Prevención del Abuso Sexual."

No sabía que ella conocía al Sr. Buzel. Él apenas está comenzando.

"Prevención del Abuso Sexual. Claro. Esto es simplemente otro intento por parte de todas ustedes las feministas para culpar a los hombres por sus problemas. ¿Quiere saber en qué deberían estar trabajando usted y sus compañeros policías? ¿Ve a ese tipo negro de pie junto a usted? Probablemente está intentando ver quien está hoy aquí en esta sala para llamar a sus amigotes y que puedan robar sus casas sin inconvenientes mientras todos estamos sentados aquí. ¿Ve a esa mujer hispana sentada allá? Probablemente tiene 18 hijos y debería estar en su casa vigilándolos en caso de que estén en la calle pintando grafiti por todo lado. ¿Y ve a ese tipo sospechoso con pinta de musulmán? Yo de usted revisaría su morral – probablemente tenga una bomba. Esos son los verdaderos problemas de este mundo, ¿y usted se va a para aquí a contarnos sobre algo llamado 'abuso sexual,' que es un problema bastante cuestionable, cuando existen tantas mujeres suplicando o vendiendo sus cuerpos por sexo? Pero déjeme volver a mi punto original antes de que intente evadir el tema por completo. También tiene un hermano llamado Matt Gambke, ¿no es así?"

La Detective Renae le manda una mirada al alguacil, quien se encuentra de pie cerca de la puerta trasera, y se mueve lentamente en dirección al Sr. Buzel. De manera calmada voltea su mirada hacia mí y me doy cuenta de que está en control total de la situación. Yo asiento con la cabeza. Es su salón, señorita, deles duro y parejo, por favor. Antes de que pueda responder, el idiota continúa imprudentemente.

"Escuché rumores de que su hermano ahora puede estar involucrado en lo que le pasó a la pobre Gina Jerpun. Y usted, con su historial familiar tan ilustre, ¿quiere sentarse allá arriba y decirle a todas éstas personas como protegerse? ¿De quién? ¿De mierdas como los Gambke?"

Devuelve su mirada hacia el alguacil y él le hace un gesto de aprobación. Por fin, parece contar con el apoyo de su superior. Sé que tengo toda la autoridad para sacarlo ya que estamos en propiedad privada, sin embargo, quiero ver como se desenvuelve todo esto. Hasta el momento ha tenido algo que no debería tener: la delantera. Él lo comenzó, y necesito darle a la Detective Renae la oportunidad de terminarlo, frente a los ojos de todo el público. La gente comienza a apartarse del Sr. Buzel; intentan distanciarse de sus comentarios venenosos. Todos tienen sus ojos puestos en la detective, y esperan tensamente su respuesta.

"Sr. Buzel, ¿en verdad quiere que pasemos por esto? ¿Aquí? ¿Y ahora? ¿Frente a todas estas personas? ¿Es eso lo que quiere?" Se para con las manos en la cintura, y su tono refleja lo insignificante que considera la opinión de este hombre y que evidentemente sabe mucho más sobre él que probablemente cualquier otra persona en la sala, a excepción del Alguacil Luder. Estoy ansioso por ver qué va a suceder a continuación.

"Todo el mundo la conoce, Detective Gambke, y debería morirse de la vergüenza de estar ahí frente a todos en esta mañana, mostrándose como una experta en prevención de crímenes. ¡Por favor! Y no tiene nada que les pueda decir a estas buenas personas que haga la más mínima diferencia. Nosotros en la familia Buzel somos santos en comparación con ustedes los Gambke, y usted lo sabe."

Ella se ubica frente al podio, cruza sus brazos y lo mira fijamente. Él está en la parte trasera de la sala sentado en el último asiento de la última fila, planeando probablemente hacer una salida rápida tan pronto haya descargado su infame veneno. Definitivamente no tiene las agallas ni las neuronas activas para participar en un intercambio por igual. Le gusta lanzar sus ataques como francotirador, e intimidar hasta que alguien le hace frente.

"¿Sabe, Sr. Buzel? Usted debe tener la impresión incorrecta de que le temo o que me puede intimidar."

Sus cejas suben y aparece repentinamente una sonrisa de superioridad en su boca – el temor por parte de los demás es lo que ha deseado, y probablemente conseguido, durante toda su vida. Es lo que lo hace sentir importante, en control, en la cima del mundo. Pero sus tácticas ahora no causan el efecto deseado.

"Sí, mi padre Cameron Gambke estuvo en el pabellón de la muerte. Y usted estaba ahí, escupiéndome obscenidades. Aquella interacción me hizo comenzar una investigación. ¿De verdad quiere que le cuente a éstas 'buenas personas' que están aquí sobre usted, Sr. Buzel? ¿Sobre el inútil que era cuando joven? ¿Sobre cómo su papá tenía tanto dinero al ser el dueño de la única farmacia del pueblo, que lo único que usted hacía era beber y pasarla de fiesta y destruir cosas, y él resolvía todos y cada uno de sus problemas? ¿O sobre su hijo que ingresó al ejército y fue echado por ser como la astilla del palo? Ya sabe, ¿por comportarse de la misma forma que lo hizo usted, cómo se lo enseñó por medio de sus acciones diarias al ser un estúpido? ¿O qué me dice de su nieto quien tiene el tan distinguido título de Delincuente Sexual Registrado? Debe estar bastante orgulloso de todo lo que ha logrado con su descendencia, Sr. Buzel."

Se pone de pie apresuradamente y su asiento metálico hace un ruido estruendoso al arrastrarse contra el suelo. El profundo rojo de su cara es evidente incluso desde 15 metros de distancia, y se acentúa aún más bajo su cabello blanco. Todos los ojos están ahora sobre él, y él observa la puerta trasera con gran ansiedad.

"Oh, no se vaya todavía, Sr. Buzel. ¿Ese 'negro' que acaba de acusar de ser ladrón de casas? Su nombre es Cory Johnson – es practicante en nuestro departamento, tiene el promedio de notas más alto de su universidad, y si somos lo suficientemente afortunados, podremos convencerlo de que se quede luego de su graduación porque es el mejor que he visto. ¿Y esa mujer 'hispana' a la que menospreció? Su nombre es María González – Dirige nuestro Laboratorio de Criminalística. El año pasado ganó el premio al mejor Empleado del Año, tiene un título en Administración de Empresas, está estudiando un MBA, y tiene tres hijos pequeños, todos con honores en sus escuelas respectivas. ¿Y el 'musulmán bombardero' que acaba de degradar? Su nombre es Aaban Hasan. Es nuestro Administrador de Sistemas y ha hecho un trabajo increíble actualizando nuestro departamento. Usted no quiere saber cuántos títulos tiene. Tiene la familia más agradable que he conocido, y confío en él incondicionalmente.

"Y si coloco los resultados combinados de la revisión de antecedentes de cada uno en la pantalla detrás de mí, y coloco el puntaje total al lado del suyo, el de sus hijos y sus nietos, todos aquí verían claramente que usted y su estilo de vida y opiniones ilógicas, ignorantes, y cargadas de emoción son el problema, Sr. Buzel, no aquellos a los que ha denigrado ni metido en estereotipos.

"Pero tomarse el trabajo de conocerlos es bastante difícil para usted, ¿no es así, Sr. Buzel? Prefiere simplemente hablar basura de todos con base en cualquiera que sea la opinión que se haya formado sin hacer ningún esfuerzo, porque investigar le queda muy difícil, ¿verdad, Sr. Buzel? Tendría de hecho que soltar el control remoto de su televisor pantalla grande, sacarse las manos de los pantalones, y hacer un esfuerzo por lograr algo productivo, quizás leer o estudiar. No lo ha hecho en mucho tiempo, ¿o sí?"

Al igual que la cámara, muchas cabezas voltean hacia él. El alguacil no hace el más mínimo esfuerzo para calmarla, y el Sr. Buzel se inclina una vez más hacia la puerta, sin duda intentando pensar en las palabras para su último ataque de partida mientras la Detective Renae revela sus indiscreciones.

"Oh, y una cosa más antes de que se vaya, Sr. Buzel... lo acepto. Cameron Gambke sí hizo cosas terribles y pagó por ellas. Y si mi hermano, Matt, es hallado culpable, haré todo lo que esté a mi alcance para llevarlo ante la justicia. Pero mi filosofía de vida es que todos tenemos un pasado, y es un hecho. Usted. Yo. Todos en esta sala, si vamos al caso. Y para mi padre, sí, el suyo fue un pasado muy horrible. Pero le ofrezco otra pregunta ya que todos tenemos un 'pasado.' ¿Para dónde vamos? ¿Ahora intentamos vivir nuestras vidas para ayudar y no impedir? ¿Para sanar y no hacer daño? Es claro que usted no es mejor de lo que era cuando adolescente. De hecho, todo indica que ha empeorado. ¿Y quiere acusarnos a todos? ¿Eso no lo avergüenza, Sr. Buzel? Si no, debería..."

Furioso pero mal equipado para un intercambio verbal, ofrece un frágil desplante a medida que da vuelta para irse.

"Estoy seguro que hay muchísimo más que éstas personas no saben de usted, Gambke."

"Probablemente siempre haya intentado hacer que las personas crean que sabe más de lo que sabe en realidad, pero solamente es un viejo ignorante. Y lo peor es que sabe que es verdad, ¿no?" Se mueve lentamente hacia él. Él camina hacia atrás en dirección a la puerta.

Gira su cabeza abruptamente hacia el alguacil y dice: "¿Va a dejar que su empleada me hable así, Alguacil?"

"Pues a mí me parece que acaba de hacerlo, Bobbie. ¿No puedes manejar la tormenta que comenzaste? Si deseas llevarlo más allá hasta un nivel físico, sugiero que te prepares. Quizá pueda mostrarte sus habilidades de combate perfeccionadas, ya sabes, para cuando tiene que someter a un alborotador charlatán."

Veo que el alguacil también lo conoce. La puerta se abre de golpe cuando el Sr. Bobbie Buzel sale, y el público aplaude fuertemente mientras se ponen de pie de frente a la Detective Renae. Si no tenía el respeto de la multitud antes de que comenzara la presentación, de seguro que ahora se lo ha ganado.

Capítulo 40

"Pido disculpas a todos. Ahora continuemos con la presentación. "Ya quemamos diez minutos, así que tendré que pasar rápido por este material, y hay bastante. Por favor sean pacientes, ¿está bien? Esta información es extremadamente importante."

Luego de oprimir una vez el botón y dar una mirada rápida a la pantalla para asegurarse que la primera diapositiva es la correcta, la Detective Renae da inicio a su presentación. No repite las palabras que se muestran en la pantalla – cambian cada tres minutos – por el contrario, se enfoca en el impreso que tiene en sus manos.

CAMBIOS DE HUMOR / DEPRESIÓN / ATAQUES EMOCIONALES

"¿Qué tan serio es éste problema? Los números y las estadísticas varían, pero permítanme les muestro algunas. Le recomiendo a cada uno de ustedes que revise periódicamente la página www.rainn.org, como mínimo, ya que están disponibles al público en general. Estos son algunos de los números que proporcionan, pero tengan en cuenta que el alcance exacto es desconocido debido a que éste es un crimen que no es denunciado de manera rutinaria.

"Las violaciones se han reducido en un 60 por ciento desde 1993. Existen opiniones variadas a este respecto, pero lo que yo creo es que se debe a la combinación de una mayor conciencia y las medidas de autoprotección que se están empleando, lo cual es fantástico, pero también se debe a que muchas mujeres – y cada vez más hombres – dejan de reportarlo.

"Cada dos minutos alguien en los Estados Unidos es abusado sexualmente. Esto incluye todo tipo de transgresiones como las violaciones en citas, por desconocidos, por conocidos, en prisión, las violaciones maritales, etc.

"Cada año hay un promedio de 207.754 víctimas de doce años en adelante. Cualquiera puede convertirse en una víctima en cualquier momento, sin importar su edad ni su apariencia.

"El 54 por ciento de los abusos sexuales nunca son denunciados a la policía. Aproximadamente dos tercios del total de los abusos son cometidos por alguien que la víctima conoce. El 38 por ciento de los violadores son un amigo o un conocido."

Aparece en la pantalla la segunda diapositiva, pero ella continúa leyendo su impreso. Clara e intencionalmente, la información detrás de ella no es la misma que comparte con el grupo.

SENTIMIENTOS DE HUMILLACIÓN / SENTIMIENTOS DE DEGRADACIÓN / CULPA

"Lastimosamente, desde 1957 hasta la actualidad, he visto estudios que reflejan que el mismo porcentaje de mujeres aún sufre violaciones o intentos de violación, así que los esfuerzos por educar a los hombres para que cambien su manera de actuar no han sido del todo efectivos. O los violadores no están escuchando, o no les importa lo que escuchan – que la violación es un *crimen*.

"Y, desgraciadamente, el 97 por ciento de los violadores no pasan ni un día en prisión. Lo que es peor, la mayoría de los depredadores sexuales continúan sus ataques hasta que solamente sucede una cosa – hasta que son detenidos. Entre más tiempo se les permite realizar esta actividad, más confianza ganan.

"Y esto no es solamente un problema aquí en los Estados Unidos. India ha luchado bastante con este problema en los últimos tiempos porque las personas ya están cansadas. La joven india de 16 años que fue violada por 40 hombres en un periodo de cuarenta días, había sido secuestrada y explotada sexualmente. A los hombres simplemente les golpearon las manos. El foco estaba de lleno en el 'carácter' de la joven. En adelante es posible que se le estigmatice en su cultura.

UNA EXPERIENCIA ESPANTOSA QUE CAMBIA LA VIDA

"Eliminemos algunos de los mitos sobre la violación que, en mi opinión, el Sr. Buzel y muchos otros como él probablemente consideran importantes y llevan en sus corazones endurecidos.

"Como primero en la lista según los expertos. 'La víctima se lo merecía.' Esta ha sido la línea de pensamiento durante los últimos 60 años. Específicamente, la víctima *hizo algo* que causó la violación o que permitió que sucediera, o lo que llevaba puesto lo provocó, o quizá incitó a algún tipo y él no pudo evitarlo.

"Permítanme repetir un punto muy importante – ¡la violación es un crimen, al igual que cualquier otro crimen! ¿Está claro? Y es decisión de los violadores el violar, ¿entendido? Y éste es el único crimen en el cual normalmente no se le cree a la víctima, ¡e incluso se le culpa por lo que sucedió!"

Ahora se le ve molesta; los recuerdos de todo el apoyo que les ha dado a las víctimas de violación y de escuchar las respuestas patéticas de los violadores se precipitan en su mente.

CARENCIA DE PROPÓSITO / PENSAMIENTOS SUICIDAS POR ENCIMA DEL PROMEDIO

"¿Y qué me dicen del siguiente mito? 'La violación es un crimen controlado por un impulso sexual incontrolable.' No existe ninguna evidencia que lo respalde. ¿Qué idiota les parece pensar que ustedes los hombres no se pueden controlar a sí mismos?"

Mira al alguacil y luego a mí con una sonrisa irónica en sus labios, y procede a quitarse su atuendo formal azul. Con un aire despreocupado sobre sus tacones altos y un vestido de baño de dos piezas, continúa con su presentación. Por toda la sala se escuchan murmullos, risas y algunos gritos ahogados de asombro que ella ignora diligentemente.

"Recuerden que muchos depredadores sexuales están casados o tienen novias o parejas que están dispuestas a tener sexo con ellos. Y esto reitera claramente uno de los puntos de los que hablé con anterioridad – la violación es su decisión, y para muchos, refleja un patrón y un estilo de vida que han seguido por mucho tiempo. ¿Qué pasó con la práctica del autocontrol? ¿La templanza? ¿Si no aprenden a controlar sus deseos desde jóvenes, cuando lo harán?"

Camina lentamente de allá para acá por el pasillo del medio, da la vuelta en la parte trasera y sube por uno de los costados hasta el frente, baja por el otro costado y regresa nuevamente por el pasillo del medio hasta el podio, elegante a todo momento como una modelo de pasarela de Nueva York, sin dejar de hablar.

"Otro mito. 'La mujer puede resistirse a la violación si en verdad lo desea.' No solamente los hombres son en general más fuertes y más físicos, sino que los violadores tienen un gran elemento de su lado – la sorpresa. Una mujer no controla si será violada o no; el violador sí.

PERIODOS DE ATENCIÓN CORTOS / DISTRACCIONES CONTINUAS

"'Todas las mujeres quieren ser violadas' es otro de los mitos que me sacan de quicio. ¿En serio? ¿La gente realmente lo cree? La literatura romántica/erótica, y muchas películas y canciones nos hacen creer que es así, pero no lo es.

"Y, por último, este es un mito que continúa siendo bastante famoso – 'la mayoría de las mujeres denuncian violaciones falsas.' Se ha demostrado que esto es enormemente falso. Estudios importantes reflejan que el rango está entre el dos y el ocho por ciento del total de las mujeres que fueron lo suficientemente valientes para tan siquiera presentarse ante la policía.

"Pero he aquí un punto que no puedo enfatizar lo suficiente. Muchas de las víctimas se retractan de su declaración debido a una variedad de razones. Sí fueron violadas, pero solo desean olvidarse de lo sucedido. Nunca quisieron que sucediera en primer lugar, y simplemente quieren y necesitan continuar con sus vidas, especialmente cuando ven que nadie las apoya. Es trágico. Y nadie tiene derecho a asumir que eso prueba que presentaron una denuncia falsa, nunca. Se los imploro, no lo hagan o de lo contrario terminaran con la misma actitud que el Sr. Buzel, ¿está bien?

SILENCIO PARA PROTEGERSE, A SUS FAMILIAS Y SUS AMIGOS

"Y bueno, si estos mitos no suenan lo suficientemente desquiciados, déjenme arrojarles esta idea.

"¿Cuántos de ustedes padres y madres criaron a sus hijos para que fueran todo lo mejor de sí? Me refiero a que los trajeron al mundo, los vistieron, los llevaron a la escuela, al teatro, de vacaciones. Intentaron enseñarles lo bueno y lo malo. Los cuidaron, los amaron, los tuvieron en sus brazos, muchos de ustedes rezaron con ellos y por ellos. Los ayudaron con sus tareas e intentaron asegurarse de que les fuese bien en la escuela. Lloraron con ellos y por a ellos; y la mayoría de ustedes nunca han amado más intensamente de lo que han amado a sus hijos. Y con esto ya establecido, ¿cuántos de ustedes criaron a sus hijos para ser el trasero de un desgraciado depredador sexual, usados para su placer egoísta, y muchos desechados como si fuesen simple comida chatarra, sin valor? Si eso no los enfurece, no estoy segura de qué lo hará."

Hace una pausa para permitirle al público asimilar el último comentario, y aprovecha la oportunidad para colocarse la ropa sobre su vestido de baño. Pasa a la siguiente página en su paquete, y prosigue con la presentación.

"Durante algunos minutos estuve hablándoles desde aquí arriba solamente con mi vestido de baño y mis tacones. Hay muchos hombres en esta sala, y también muchas mujeres. Si el impulso sexual es tan fuerte e incontrolable como mucha gente quiere que creamos – especialmente los hombres con un interés particular en el tema, ¿Por qué nadie me atacó? Para ustedes los violadores – y estadísticamente sé que están aquí – incluso *ustedes* fueron capaces de controlarse. Definitivamente no van a actuar frente a ésta multitud, ni frente a la cámara de allá atrás, así que si pueden controlarlo en éste ambiente, queda desmentido su maldito argumento de que no pueden controlarlo en cualquier otro lugar. Pueden hacerlo cuando quieren, simplemente deciden no hacerlo, y saben muy bien que es la pura verdad.

REMORDIMIENTO / VERGÜENZA / AUTOINCULPACIÓN

"¿Pero cuáles son algunas de las otras razones principales por las cuales las víctimas no denuncian las violaciones? La decisión es impulsada por todo tipo de temores. Definitivamente el temor a que no les crean; Quizá a que los demás se burlen de ellas; Algunas le temen a que la investigación las victimice una y otra vez, y creen que si el caso va a la corte, el Fiscal de distrito atacará su carácter y las hará ver como unas zorras, como unas rameras, como un participante voluntario – igual que sucedió en la India. Además, es necesario que prueben que el ataque sucedió en contra de su voluntad.

"¿Y quiénes son estos depredadores sexuales? Es decir, ¿es posible identificarlos claramente? De pie por favor. Sí, hombres y mujeres. Parece que tenemos personas de toda edad, raza y sexo."

Permite un poco de tiempo para que todos se pongan de pie, y algunos aprovechan la oportunidad para estirarse luego de haber estado sentados durante 20 minutos en las sillas metálicas.

"Miren a su alrededor. Esos son los rostros de los violadores. ¡Pero esperen! esos son los rostros de personas que no son violadores. No, un momento, quizás algunos lo son y algunos no."

"Bueno, ya pueden sentarse.

"Mi punto es que no hay un perfil específico para los violadores. Deben aprender a estar atentos a los que *hacen* las personas, no a lo que *dicen* o como *lucen* para saber si hay problemas, pero ya hablaré de eso más adelante.

"Una de las maneras principales para protegerse a sí mismo y a los demás es a través de la educación. Compren libros y busquen en la Internet donde encontrarán muy buenos sitios que cubren este tema. Coloqué una lista en la parte trasera de los folletos para ayudarlos a comenzar.

"Ésta es una muestra de lo que los expertos han señalado a través de los años para que tengan una idea de qué deben buscar.

"Pedófilos. Estas personas se enfocan en niños prepuberales. Hace poco hubo un arresto de un grupo internacional de internet que tenía más de 70.000 miembros registrados, incluyendo profesores de escuela y oficiales de policía. 70.000. Asqueroso, ¿verdad?

"Y luego encontramos a los efebófilos. Estos prefieren a los niños de entre 11 y 14 años de edad.

IRA / VENGANZA / PESADILLAS / GRITOS DURANTE EL SUEÑO

"Al violador irritado se le ha identificado como a alguien que simplemente está completamente enojado con el mundo, incluido su jefe, esposa, novia, su automóvil, su perro... con todo y con todos, y descarga esa emoción contra una víctima indefensa. Cualquier víctima basta.

"El sádico sexual puede que sea el más peligroso. Es el tipo de persona que mezcla sus fantasías sexuales con sus agresiones, y parece no poder excitarse sin infligir dolor físico o psicológico a su víctima. En su mundo retorcido, puede que incluso crea que su víctima lo disfruta. Puede que lleve consigo lo que llamamos un 'equipo para violaciones' con esposas, cinta adhesiva, bufandas de seda, o soga – los hemos encontrado en el maletero de algunos automóviles durante paradas rutinarias – lo cual se ha convertido en una gran señal de alarma para nosotros.

"El violador lujurioso. Estos sencillamente quieren tener sexo. Como todos los violadores, pueden controlarse a sí mismos, pero simplemente no desean hacerlo. Hacen cosas como mirar pornografía para alimentar sus fantasías una y otra vez. En mi experiencia, éste es el tipo que más he visto.

"El violador justificado es el que cree que a él se le 'debe' el sexo. Por parte de sus esposas, de sus parejas, del que sea.

DOLOR / DISMINUCIÓN DEL APETITO / LA COMIDA NO TIENE EL MISMO SABOR

"El violador enfurecido. Esta persona está completamente iracunda, aún más que el violador irritado. Realmente odian a las mujeres, o a los homosexuales y las lesbianas, a manera de ejemplo, y su objetivo principal es causarles un nivel innecesario de violencia, y esto va mucho más allá que el deseo de tener sexo con ellos.

"El violador que halla consuelo en la fuerza. Un ejemplo es alguien que no puede conseguir una cita con la persona que quiere, así que la fuerzan.

"El violador explosivo es muy impulsivo. Si se presenta la oportunidad de violar a alguien, la aprovecha.

INTENTOS CONTINUOS POR BLOQUEAR LOS RECUERDOS

"Les hablaré de algunas características comunes, pero no es una lista totalmente completa, ¿de acuerdo?

"*Pueden* ser hombres muy atractivos – sociables, cautivadores, cariñosos, y amables – lo que normalmente les permite acercarse a sus blancos. Probablemente en el final de su adolescencia y hasta alrededor de los 35, pero eso es solamente un parámetro. Puede que tengan hijos en casa; probablemente piensan que no reciben el sexo suficiente de parte de sus esposas que trabajan hasta el cansancio para mantener a los niños felices y bien alimentados, a él muy contento y las facturas canceladas. Probablemente tengan un trabajo que requiera viajes periódicos, lo que se convierte en una excusa intrínseca para sus aventuras. Muchos de los violadores son generalmente inteligentes. Pueden haber tenido una niñez difícil y es probable que esa sea la razón por la cual sus esposas o compañeras no los dejan, porque se han asegurado de que sus parejas se sientan mal por ellos, pero ese no siempre es el caso. Puede que también sean solitarios; o pueden ser muy sociables y apreciados por todos. Sin importar lo que hagan, al igual que con muchos de los criminales ahí afuera, sus amigos y vecinos nunca creerían que pueden ser violadores porque son muy buenos para manejar a todos a su alrededor.

"Para los varones, cuando tratan con ellos, puede que exhiban una actitud hostil hacia las mujeres y pueden sentir que tienen derecho sobre las cosas que lo rodean, incluido ustedes.

"Puede ser muy indiferente con los demás, irrespetuoso y hasta mezquino, y casi siempre egoísta.

INCAPACIDAD PARA CONFIAR EN LOS DEMÁS / TEMOR A LOS DESCONOCIDOS / TEMOR A LOS HOMBRES

"Pero déjenme decirles, son muy buenos para leer a las personas. Las señales no verbales son su especialidad. Pueden oler el miedo, la aprensión y la ingenuidad, y se aprovecharán totalmente si se les da la oportunidad. La mayoría de las veces estarán desarmados, pero si tienen un arma, probablemente será un cuchillo. Puede que unos cuantos tengan una pistola, así que deben estar preparados para eso.

"Es posible que padezcan alguna parafilia, un trastorno mental en el cual prefieren prácticas sexuales inusuales. Y como a un drogadicto, cuando la violación no les da lo que desean, lo volverán a hacer. El problema con este tipo de pensamiento es que nunca conseguirán lo que quieren porque su vida gira en torno a pensamientos distorsionados y las fantasías, impulsados por la masturbación y respaldados por el ritual. Ningún acto de violación puede satisfacer dichas fantasías. Ninguno. Jamás. Y por eso es que continuarán con las violaciones, una y otra vez.

"Amenazarán con regresar y hacerles daño, aunque rara vez lo harán. Simplemente desean asustarlos. No quiero decir que no deben estar preparados. No sean paranoicos, pero estén preparados.

"Muchos culparán a sus víctimas, racionalizarán su comportamiento y nunca aceptarán ninguna responsabilidad por el hecho. Nunca tienen la culpa de nada. ¿Conocen a tipos así? Yo claro que sí."

Cambia la página de su impreso con agresividad mientras intenta mantener sus emociones a raya; probablemente sean recuerdos antiguos de casos pasados los que hacer que se acelere y que su voz suba de tono.

"Planearán su ataque con anticipación, y lo llevarán a cabo exitosamente porque la mayoría de las mujeres viven con temor. Y muchos de estos violadores simplemente no se detendrán con el pasar de los años, así que ténganlo en cuenta.

"Sin embargo, actualmente existen muchas historias de éxito por parte de las víctimas, y muchas personas y grupos maravillosos que están dando pasos agigantados para combatir esta plaga que tiene nuestra sociedad. Permítanme exponerlo claramente, aquí y ahora: no es necesario vivir con temor, simplemente en un estado de conciencia consistente, ¿entendido?

EN OCASIONES, UN ASPECTO EXTERNO CALMADO Y SERENO

"Recuérdenlo, nadie nunca podrá identificar, con un 100 por ciento de seguridad, a un violador a su alrededor. Como ya lo dije, simplemente no existe una lista completa de características. Y aún si existiera, nuestra naturaleza humana y nuestra cultura en constante cambio prácticamente garantizan que las fantasías y los rituales de los depredadores sexuales cambiarán junto con ellas. Aunque les aseguro que eso no significa que debamos sentirnos impotentes ni perder las esperanzas. En absoluto. Ni lo piensen.

"Pero pasemos a la esencia de esta presentación - ¿Qué podemos hacer al respecto?

"Ante todo, y parece que me estuviera retractando de lo que acabo de decirles, tengo que pedirles disculpas y decirles que lo siento. ¿Por qué? Porque *no puedo* ofrecerles ninguna solución sencilla. Tampoco les puedo dar un plan de acción infalible, porque no existe ninguno. Sin embargo, voy a darles algunas pautas sólidas con base en lo que yo y otros profesionales que se dedican a esto recomendamos. Como con cualquier otra cosa, es su decisión lo que hacen con ésta información.

"Antes de pasar al sistema 'A.A.A,' hablemos de algo muy importante – La PREVENCIÓN. Nunca olviden que *si no existe la oportunidad,* las probabilidades de este crimen tan atroz se disminuyen en gran medida."

La Detective Renae se toma 20 minutos para discutir el campo minado al que llamamos "las citas," y explica en detalle los puntos de los que ya me habló el Alguacil Luder respecto al tema durante nuestra peregrinación, y agrega sus propios apuntes útiles con base en su experiencia personal.

TERRIBLEMENTE COHIBIDAS

"De nuevo, no estoy sugiriendo que sean obsesivamente desconfiados; simplemente intenten ser listos en todo momento. Se sorprenderían de lo precisos que pueden llegar a ser sus instintos. He trabajado en muchos casos en los que la víctima me dijo que debería precisamente haber confiado en sus instintos, pero que hizo caso omiso de sus propios presentimientos reprendiéndose a sí misma por ser tonta, o excesivamente cautelosa.

"Ahora hablemos del carácter de las personas con las que salen en sus citas. Les hablo por experiencia, señoras, al igual que lo hacen los cientos de víctimas que he conocido. No digo que lo que voy a describir signifique que la persona con la que salen sea un violador empedernido, sin embargo, no ignoren estas señales de alarma comprobadas. Vienen de los cientos de miles de mujeres que salieron con esta clase de personas y pagaron muy caro por ello. Y para ustedes los hombres, en muchos respectos, ustedes también deben tener presente lo que voy a decir. También puede aplicar para la mujer que crean que algún día será su novia o esposa.

"Nunca asuman que conocen a una persona mejor de lo que realmente la conocen. Las personas se convencen una y otra vez de que saben cómo identificar a un mentiroso, y una y otra vez se dan cuenta de que se equivocaron. Este es un punto supremamente importante que nunca jamás deben olvidar. Este tipo de personas – los depredadores sexuales y los criminales de toda clase – ¡son expertos para mentir! Como lo mencioné anteriormente, nunca presten atención a lo que dicen las personas; observen lo que hacen. Sus acciones hablan más que mil palabras, ¿entendido?

"Si saben que el hombre o la mujer en cuestión son propensos a la violencia, ni se crucen por su camino. En serio. Tan pronto se den cuenta, apártense inmediatamente.

"Es bastante común que muestren su mejor comportamiento mientras están en la etapa de conquista. Al principio es muy difícil identificar si esa persona es una basura o no. Por eso es que los aliento enfáticamente a que hagan sus averiguaciones con anticipación verificando sus antecedentes y confiando en sus instintos.

"Si eso no les causa ninguna señal de alarma, entonces denle a la relación el tiempo suficiente *antes* de comprometerse de alguna manera, como por ejemplo, acostarse con él. O decirle que lo aman. ¿Por qué? Porque creo firmemente que una vez que consiguen lo que quieren y los escuchan decir esas palabras mágicas, saben que los tienen en su mano. Denle tiempo al tiempo, y luego estén atentos a que su verdadero carácter se muestre antes de comprometerse a largo plazo o entregarse al sexo.

INTENTAR LLEVAR LA MASCARA DE LA "FELICIDAD" EN TODO MOMENTO

"Si los abusan emocionalmente con insultos, ignorando su opinión o haciéndolos sentir estúpidos siempre, tengan cuidado. Si siempre intentan controlarlos y decirles cómo se deben vestir, con quién deben estar, qué deben comer y especifican todo lo que deben hacer durante el día, y también los alejan de sus familias y amigos, tengan cuidado.

"Si se ponen celosos fácilmente sin alguna razón de peso, si hablan mal de las mujeres en general, si siempre los molestan por no querer hacer las cosas que ellos quieren hacer – como embriagarse, drogarse, tener sexo – busquen la salida más cercana.

"Sé que lo que voy a decir parece obvio, pero cuando digan 'no' y ellos se exasperen y se enfurezcan con ustedes, y arremetan contra las paredes, los muebles, las mascotas o cualquier otra cosa material, deben estar listos para alejarse. Y está de más decirlo, pero si utilizan violencia física contra ustedes – aunque se disculpen posteriormente – huyan. Si son violentos con ustedes, y los culpan por ello, es hora de retirarse de la relación sin mirar atrás.

"Cuando los hagan sentir que no son iguales a ellos, que ellos son superiores en muchos niveles y que ustedes son unos tontos que no valen nada, piénsenlo dos veces. Si tienen una fascinación por las armas y disfrutan la crueldad animal o infantil, si amedrentan a los demás, tengan cuidado porque ustedes pueden ser los siguientes. ¿Por qué? Porque así es como han aprendido a lidiar con los problemas en su vida, y cuando ustedes se conviertan en un problema en sus mentes distorsionadas, lo más probable es que así es como reaccionarán contra ustedes.

CAMBIO QUÍMICO: DEPRESIÓN CRÓNICA

"Si son hipersensibles, o si dicen que los golpearán o los matarán si alguna vez deciden dejarlos, tengan preparado un plan de acción e impleméntenlo rápido. Si tienen cambios repentinos en su estado de ánimo que los toman completamente por sorpresa, estén atentos. Si ciertos sucesos generan cambios en su comportamiento, sucesos que normalmente no causarían cambios tan radicales, y si culpan a todo el mundo por todo lo que ha salido mal en sus pobres y desdichadas vidas, incluidos ustedes, tengan mucho, mucho cuidado de permanecer en esa relación.

"Si tienen un temperamento precipitado y violento y/o un historial de abuso, entren en esa relación con los ojos bien abiertos. ¿Creen que no se lo harán a ustedes? ¿En serio? ¿En realidad creen que son tan diferentes a sus novias o esposas anteriores aunque ellos mismos se han encargado de asegurarles que ese no es el caso? ¿Qué más creen que les van a decir? ¿La verdad? Con la verdad no consiguen lo que quieren de ustedes. Estadísticamente, cuando algo sale mal en sus vidas, ustedes serán las que recibirán el primer golpe, al igual que las anteriores.

"Si son inmaduros socialmente pero actúan como si tuvieran la respuesta a todo, y como si todos los demás fueran estúpidos, aprieten sus cinturones de seguridad si quieren quedarse en esa relación porque la historia ha demostrado que ese será un viaje increíblemente accidentado.

"Bueno, y fuera de una relación, si alguien se les aparece en la calle, en el estacionamiento de una tienda o cualquier otra área pública o privada, y comienza a darles un montón de detalles innecesarios sobre... sobre lo que sea – el clima, lo que llevan en su carrito de compras, etc. – puede que los estén distrayendo por alguna razón. Estén alerta, tengan cuidado, presten atención, y, de nuevo, ¡confíen en sus instintos! Si se ofende porque se alejan, pues ¡qué lástima! – los hombres en el mundo de hoy deben entender a lo que se enfrentan las mujeres y lidiar con su frágil ego adecuadamente. Si son jóvenes u hombres maduros, buenos y solidarios, lo comprenderán. Si no, ¿por qué considerarían salir con ellos en primer lugar? ¿Se creen tan poca cosa que no pueden encontrar a alguien más? ¿O simplemente existen tan pocos hombres buenos en la sociedad que están dispuestos a tratarlas con el amor y respeto que se merecen por derecho?"

Se ríe. "Tal vez no deban responder esa pregunta, porque yo también los estoy buscando."

Las mujeres sueltan una carcajada, al igual que muchos de los padres presentes.

"Tomemos un descanso de 10 minutos, ¿de acuerdo?" Se escucha un suspiro de agradecimiento por parte de todo el grupo.

Capítulo 41

La Detective Renae reúne a todos nuevamente en sus asientos y a los costados, y continúa con el tema del acoso mientras la siguiente diapositiva emana en la pantalla detrás de ella.

ADICCIÓN AL ALCOHOL O A LAS DROGAS

"Si sienten que son el objeto de la obsesión de otra persona, ¡aléjense! Que le quede muy claro a esa persona que no está interesados. Cuéntenles a sus familiares, a sus amigos, a quien sea que deban contarle. No se preocupen si hieren los sentimientos de esa persona, ¿bueno?

"El acoso, al igual que la violación, es un crimen. Recuérdenlo. De hecho, escucharán a los profesionales decir que *¡el acoso es el único crimen en el que sabemos de antemano quien es el perpetrador!* Consideren lo que acabo de decir. Los desgraciados literalmente le están diciendo al mundo que se traen algo entre manos, que planean algo que les puede causar un gran daño a ustedes. Déjenlos fríos como piedra. Los aliento a que se conviertan en la peor bruja y el peor idiota que sea necesario para lograrlo. Claro, comiencen amablemente, pero si ellos no se detienen, hagan su mejor esfuerzo. Protéjanse – esa es su principal obligación. Si tienen hijos, protéjanlos. ¡Ambos van de la mano! Háganse un favor y no se sientan alagados por ello. ¿En verdad quieren salir y posteriormente casarse con un acosador? Si recurren al acoso, entonces algo anda mal y ellos no 'lo entienden.' Tales bandidos tienen las tuercas mal apretadas en la cabeza, así que no los traten como si comprendieran la situación. ¿Respetar sus sentimientos? ¿Por qué? Ellos no respetan los suyos.

"Y mi parte favorita, algo que siempre enfatizo cuando hago estas presentaciones: cuando su orgasmo siempre es más importante que cualquier otra cosa en sus vidas, ¡simplemente lárguense! Claramente les están mostrando que lo único que les importa es ellos mismos, y no ustedes, así de simple.

"Y bueno, para aquellos que estén hoy aquí y convivan con personas como éstas, recuerden en todo momento, y practiquen activamente, las medidas de autoprotección de las que voy a hablar. Recuerden además que pueden conseguir una orden judicial de protección, y si alguien la incumple eso se convierte en un crimen. Adicionalmente, los animo a que hagan planes de contingencia en caso de que sea necesario, porque la orden de protección es solamente una parte de la solución polifacética que deben tener preparada. Sé que no es fácil, pero existen refugios, para ustedes y sus hijos, en los cuales nadie nunca se enterará de donde se encuentran. No digo estas cosas a la ligera. Mi corazón está con ustedes, en serio. Pero tengan presente que tienen opciones, ¿de acuerdo?"

Se posiciona detrás del podio, coloca el paquete encima y estira rápidamente su espalda.

ODIO A LA VIDA / PROFUNDA TRISTEZA / DUDA INTERIOR / PARANOIA

"Hablemos de algunos puntos generales con respecto a la prevención: Sean tajantes – muchas mujeres que frustraron exitosamente los ataques de un violador proyectaron señales claras de que con ellas no deberían meterse. La mayoría de los violadores buscan jóvenes o mujeres apacibles, blandas y que se disculpan profusamente – especialmente religiosas – porque son tan fáciles de manipular, controlar y atemorizar para que se sometan.

"Sean observadoras. ¡Estén atentas y pendientes de lo que sucede a su alrededor! ¡No mantengan los ojos en sus celulares a la espera de ese mensaje que tanto ansían responder! No caminen solas en la oscuridad; no recojan a desconocidos en la calle, ni le pidan a ninguno que las lleve; no vayan a parques públicos en los que haya arbustos tras los que los depredadores sexuales se puedan esconder. Y si están esperando un bus, estén alerta y preparadas para correr – no se conviertan en estatuas. Si tienen que tomar el siguiente bus hasta que la situación sea segura, pues háganlo.

"Si son universitarias, sean particularmente cuidadosas. Los depredadores sexuales están ahí, listos a aprovecharse de ustedes. Ellos saben que ustedes se encuentran en un ambiente nuevo, lejos de mamá y papá, y pensando que ahora están solas y que pueden hacer lo que quieran. De manera rutinaria intentarán llenarlas de alcohol, utilizar alguna droga para facilitar la violación, y luego violarlas solos o en grupo. No digo que todos los universitarios lo harán, pero deberían ver todas las cosas que debo investigar. Averigüen de inmediato qué programas de protección tiene la universidad y aprovechen cualquier servicio de protección que ofrezcan."

Comparte con la audiencia la información de la cámara web y la aplicación espía que compartió conmigo hace poco.

"En sus hogares asegúrense de colocar cerrojos de seguridad en todas las puertas, e incluso placas de impacto reforzadas. También coloquen tarugos de madera con cuerdas para que sea fácil su extracción en los marcos de sus puertas y ventanas corredizas. Pueden ir a cualquier ferretería local y comprar pinzas para asegurar sus puertas y ventanas con facilidad.

"Compren un arma. Pero es fundamental que se instruyan sobre cómo utilizarla, y guárdenla adecuadamente en un lugar seguro. Consigan un sistema de alarma para sus hogares. Hoy en día la mayoría son muy asequibles. También instalen un sistema de video que se conecte a su sistema de alarma, o incluso uno aparte. Esos malnacidos no quieren ser vistos o identificados, se los garantizo.

"Y compren un perro, grande o pequeño, no importa. A esos idiotas tampoco les gustan los perros, de ninguna clase. La raza o el tamaño no importan. Todos ladran y llaman la atención, pueden incluso morderlos, y llegar a ser muy impredecibles, especialmente cuando protegen a su dueño. Pero si consiguen uno, por favor, prepárense para cuidarlo.

"Para sus vehículos, les voy a dar una información elemental en la cual pensar. No estacionen tan cerca de otro vehículo; dejen una 'zona de seguridad' alrededor del suyo si les es posible. Esto con el fin de que el criminal no se pueda esconder y sorprenderlas desde entre los autos estacionados a lado y lado del suyo. Mientras caminan hacia su auto, utilicen sus ojos para ver si alguien se esconde debajo. Y antes de que se suban, miren en el asiento trasero y asegúrense de que no haya nadie ahí dentro.

"Tan pronto se suban, y antes de encender su auto, ¡aseguren las puertas! Lo digo nuevamente, aseguren sus puertas de inmediato para que mientras buscan sus llaves, el criminal no pueda simplemente acercarse, abrir la puerta y entrar.

"Mientras conducen, asegúrense de prestarle la debida atención a sus espejos retrovisor y laterales para ver si alguien las sigue. Asegúrense de que su vehículo se encuentre en buen estado, de que el tanque de gasolina esté lleno, de que tenga una llanta de repuesto y un gato mecánico que funcionen, y de que las personas conozcan sus planes y horarios – aquí es que se vuelven útiles los mensajes de texto – para que en caso de que no lleguen a tiempo, alguien comience a buscarlos. Mantengan un botiquín de primeros auxilios en su maletero. También consigan un bastón de defensa y una pistola eléctrica, pues son legales en casi todos los estados.

"Si alguien choca su auto contra el de ustedes, ¡no salgan de su vehículo! En vez de eso, conduzcan hasta una estación de policía u otra área de alto tráfico y hagan que los sigan hasta allí para intercambiar la información del seguro. Eso no se considera 'dejar el lugar del accidente,' es una medida de protección sólida y aceptada. Sean inteligentes y utilicen su sentido común.

TEMOR AL EMBARAZO NO DESEADO / SENTIDO DE INFERIORIDAD

"Aquí es donde entra el sistema 'A.A.A.'

"Tomemos la primera 'A'; quiere decir 'Autoconocimiento.' Ustedes se conocen mejor que nadie, ¿verdad? Saben si son luchadores, saben lo que pueden y no pueden hacer. Permítanme darles un ejemplo.

"En mi antiguo distrito policial se presentó el caso de una mamá de 45 kilos que un día salía para su trabajo. Su esposo se encontraba en la casa y ella creyó que su bebé estaba en el jardín, pero la puerta había quedado entreabierta y el niño estaba detrás del carro. Al dar marcha atrás, sintió un bulto, se bajó, ¡y se dio cuenta de que su hijo estaba debajo de la llanta trasera! Gritó fuerte para que su marido viniera, pero no la escuchó de inmediato ya que estaba adentro en la segunda planta. Continuó gritando en pánico con la esperanza de que algún vecino saliera, pero nadie salió. Se agachó y, sin ninguna ayuda, levantó el sedán de cuatro puertas de sobre su hijo. Después de unos instantes llegó su esposo para sacar al niño. Por cierto, el bebé no tuvo ninguna herida crítica y sanó completamente, pero mi punto es que en cualquier otro estado mental u otra situación normal, no hubiera podido hacerlo porque su mente habría convencido a su cuerpo para que dijera 'no eres lo suficientemente fuerte para levantar ese carro.' Pero el instinto maternal se activó – el amor absoluto por su bebé – y lo levantó.

"Comparto esta historia con todos porque dentro de ustedes hay más fuerza de lo que creen.

TEMOR A LAS HERIDAS FÍSICAS / LA MUTILACIÓN / LA MUERTE

"Al final, ustedes deben salvarse a sí mismos, deben proteger su bienestar físico y emocional; si eso significa que deben rendirse para sobrevivir, que así sea. Nunca jamás olviden que, si son víctimas de una violación, ustedes no han hecho nada malo. Es el violador quien ha cometido el crimen, quien ha cruzado la línea de lo que es aceptable en la sociedad, así de sencillo. Sea hombre o mujer, lo sabe, y ustedes también deben saberlo. Y nadie tiene derecho a decirles después de lo sucedido, que deberían haber hecho esto o aquello. Ni siquiera yo. Y ya que terminamos con eso, hablemos de los puntos más relevantes.

"Sin importar lo que decidan hacer, les aconsejo insistentemente que aprendan a defenderse; tomen algunas clases de defensa personal. Pueden encontrarlas aquí dentro de la comunidad local; pueden encontrarlas en internet; pueden comprarlas en DVD...

"Digamos que ustedes han decidido dar la batalla. Existe una expresión popular que dice que *si el atacante no puede ver, respirar o ponerse de pie, no puede pelear.* Aprendan a cuidarse. No dependan de otros para que los cuiden, especialmente si no siempre se encuentran con ustedes como un padre o una madre cariñosa, sus esposos, sus hermanos o hermanas, o sus novios.

"Además, como lo dice un experto, sus piernas son para correr y su boca para gritar, y sé que nosotras las mujeres podemos gritar por un buen tiempo y bastante fuerte cuando nos es necesario. Puede que crean que estarán tan asustadas que no podrán producir sonido alguno, pero si están preparadas lo podrán hacer. Prepárense con anticipación imaginando paso a paso un escenario de violación potencial.

SENTIDO DE INFERIORIDAD / DESARROLLO DE TEMORES Y FOBIAS

"Su mejor defensa es salir de ahí tan rápido como les sea posible. Corran hacia donde hayan personas, hacia donde vean luces, por ejemplo – y griten palabras como 'FUEGO,' 'AYUDA,' 'VIOLACIÓN,' o cualquier otra palabra emocional porque eso generalmente hace que la gente preste atención. Pero continúen corriendo. Si se acercan a ustedes, hagan lo posible para no subir al vehículo de la persona.

Estadísticamente, es mucho más probable que sean heridas, o incluso asesinadas, si suben al vehículo. De nuevo, no siempre es así, pero hagan su máximo esfuerzo por evitarlo. Griten, peleen, pateen, den puños; todo lo que aprenden en un curso de defensa personal, y luego salgan de ahí.

"También es necesario que sepan lo siguiente. Según las estadísticas, si el violador tiene un arma y ustedes echan a correr, el 98 por ciento de las veces no se atreverá a disparar. Lo sé, no es el 100 por ciento, pero muchas de las víctimas tienen en su mente la idea de que les dispararán de inmediato. Recuerden, el violador no quiere ser atrapado. Dispararles sería muy ruidoso y atraería mucha atención. Además, lo más probable es que simplemente quiera tener sexo con ustedes; si dispara su arma, su perverso plan habrá fracasado y lo pagará muy caro en prisión. De nuevo, es su decisión la manera como responden a la situación, pero mantengan la compostura, la concentración, y con un poco de entrenamiento, lograrán evitar convertirse en una víctima. Sin embargo, como ya lo dije, es su decisión; hagan lo que sea que los haga sentir más tranquilos.

"Si no pueden escapar, intenten establecer una conexión personal con su agresor con el fin de que los vean como a una persona que tiene una vida, una familia, amigos, esperanzas y sueños, y no solo como a un objeto sexual. Puede que esto no siempre sea efectivo, pero en algunas ocasiones ha funcionado. ¡Recuerden, su objetivo es permanecer con vida!

"Un consejo por si deciden intentar esto con su posible violador, aún si es su supuesto 'amigo.' Si tiene un cuchillo, les recomiendo que no intenten defenderse a menos que hayan sido entrenados para hacerlo. Y tengan presente que si lo hacen, pueden salir heridas. Y una vez que comiencen a luchar, *no se detengan*. Acometan con todo lo que tienen. Rómpanles los dedos, denles cabezazos, clávenles los dedos en los ojos, patéenlos directamente en las gónadas, denles pisotones y pateen sus canillas, empujen sus rodillas hacia atrás para que se hiperextiendan, escúpanlos en la cara y los ojos, atáquenlos con lo que tengan – bolígrafos, lápices, llaves – cáusenles la mayor molestia posible, mándenlos a un coma con la punta de sus tacones; halen su corbata y estrangúlenlos; halen su cabello hasta arrancarlo; si tienen un bate u otra arma, úsenla; si tienen un prendedor, clávenselo."

Sube la mirada al escuchar algunas risas disimuladas; algunos en el grupo encuentran sus comentarios un poco jocosos.

"Miren, no estoy bromeando respecto a nada de esto. Mi punto es que *aquí no existen reglas*. Están luchando por su seguridad y posiblemente también por su vida. Si alguna vez van a pelear como una persona salvaje, ese es el momento. Se están protegiendo, y tienen todo el derecho a hacerlo. La ley lo llama 'defensa propia.' Si creen que están siendo malos con su agresor, entonces no comprenden completamente la gravedad del tema. De seguro a su agresor no le importa su salud ni bienestar, así que, al fin y al cabo, ¿por qué nos debemos preocupar por el de ellos?

"¡Y adivinen qué! Un estudio del gobierno demostró que tres de cada cuatro víctimas potenciales detuvieron exitosamente a sus agresores. Esto demuestra que tienen excelentes probabilidades de sobrevivir y prevenir un intento de violación si están preparadas. Así que, aunque el número de intentos de violación todavía es increíblemente alto, se han prevenido tres cuartos, y eso es bastante alentador. Pero *cualquier* violación ya es demasiado, ¿no creen? Es por eso que son necesarios la vigilancia constante, el entrenamiento y la práctica.

DIFICULTAD PARA CONCILIAR EL SUEÑO / DIFICULTAD PARA CONSERVAR EL SUEÑO

"La segunda 'A' quiere decir ASESORÍA. Es necesario asesorarnos y educarnos. Ya he hablado brevemente sobre los diferentes tipos de agresores y sus características, pero nuevamente los animo a que compren algunos libros para estudiarlos.

"La tercera 'A' se refiere al ÁREA. ¿Es un área privada? Conozcan sus alrededores y planeen qué harían de ser necesario. Gritar y dar alaridos, cuando no hay nadie cerca, puede que no sea su mejor elección. En ese caso, defenderse y luchar puede que sea su mejor y única opción. Como lo dije anteriormente, es necesario que tomen sus decisiones.

"Si llegan a ser violadas, tengan presente que existe un sinnúmero de organizaciones fantásticas que están a su disposición para ayudarlas. He tenido el placer de trabajar con algunos defensores de víctimas fantásticos; en realidad se preocupan y cuidan de ustedes, y saben por lo que han pasado, y lo entienden. También hay agencias que les proporcionan ayuda económica. *No es necesario que sufran solas.*

"Además, las víctimas secundarias también tienen ayuda a su disposición; aquellos familiares y amigos que sienten en muchas formas el dolor y la agonía que ustedes sintieron porque les un amor profundo.

"Existen bastantes sobrevivientes que han hecho cosas grandiosas en este mundo – tanto así que nadie ni tan siquiera sabe que fueron violadas en primer lugar.

FUERTES DESEOS DE ESCAPAR / RUTINA DE VIDA COMPLETAMENTE ALTERADA

"Para los que hayan venido aquí a aprender más sobre el tema de la violación, tengan presente que las injusticias sociales y el comportamiento criminal pueden y han sido detenidos y erradicados.

"Como sociedad, debemos dejar de tolerarlo. Es importante que sepan que hay muchas culturas alrededor del mundo con estadísticas de violaciones muy bajas donde las mujeres se ponen de pie y levantan su voz cuando son violadas o abusadas sexualmente. Y cuentan con todo el apoyo de sus esposos y novios, amigos o desconocidos, para el detrimento de los violadores. ¿Por qué no aquí en este grandioso país al que llamamos hogar? Mi punto es, cuando nos alcemos, cuando los abusadores sepan – no por medio de nuestras palabras sino de nuestros actos legales – que lo que están haciendo no es aceptable y que existe un precio que deben pagar, entonces las cosas cambiarán para bien. En verdad creo que es así.

MIRADA DESANIMADA EN SUS OJOS / PENSAMIENTO DE QUE PUEDEN SUPERARLO POR SÍ SOLAS

"Y, estaría siendo descuidada en ésta presentación si no añadiera que no tengo idea de lo que el futuro les tiene preparado, pero si llegan a caer víctimas de un crimen sexual, sin duda alguna serán contactadas por un Detective de Crímenes Sexuales. No puedo prometerles que su experiencia con ellos será siempre positiva. Lamento decirlo. La mayoría de los que conozco son muy buenos y toman su trabajo muy en serio. Sin embargo, también he conocido personalmente a algunos que creen que cada víctima debería simplemente moler a golpes al perpetrador, y si fuese así, no sucederían las violaciones en primer lugar. Dicha mentalidad es sencillamente otra manera de culpar a la víctima como si fuese su culpa lo sucedido. Así no es la realidad. Quizá les dé a esos detectives un mayor sentido de seguridad en su propia mente. De cualquier forma, si alguna vez se llegan a encontrar con uno de estos miembros insensibles de las fuerzas policiales y los hacen sentir que fue su culpa, llámenme personalmente, ¿de acuerdo? Obviamente no cuentan con la empatía o compasión adecuadas, ni con el entrenamiento apropiado, para trabajar con víctimas de abuso sexual.

"Bueno, y aunque no es excusa, tengan presente que francamente puede llegar a ser un problema de recursos. Una fuerza policial tiene recursos limitados para luchar no solo contra los crímenes sexuales, sino contra todo tipo de crímenes. No es como en el atentado de la maratón de Boston donde un número increíble de agencias se unieron para encontrar a los sospechosos en un tiempo impresionantemente corto. Eso no es lo que sucede normalmente. Para ser completamente honesta, y probablemente no sea una sorpresa para ninguno de los presentes, la comunidad de los cuerpos de seguridad frecuentemente se encuentra corta de personal. Y es necesario agregar que debido a nuestros números limitados, los criminales a menudo ganan la batalla.

"Es por eso que una y otra vez enfatizo la importancia crítica de la participación activa de la comunidad en la lucha contra el crimen; de todo tipo. Nunca olviden que los depredadores sexuales verdaderamente sienten terror de ser atrapados. Si no fuera así, no cometerían sus crímenes en las sombras. Deben temerle a que alguna acción será tomada contra ellos. Sin un martillo, la puntilla no tiene propósito alguno."

La Detective Renae mira su reloj; señal para todos los presentes de que sabe que su tiempo está a punto de terminar.

"Y, por último, si alguna vez tienen dudas sobre denunciar de una violación, por favor tengan en cuenta que la tecnología ha avanzado mucho como soporte para probar que se ha cometido un crimen y quién lo cometió. Personal altamente preparado ahora puede buscar abrasiones, desgarres, y otros tipos de trauma o irritación y fricción en el canal vaginal o anal que son consistentes con una penetración forzosa. Como ya lo saben, para las relaciones sexuales específicamente, el cuerpo femenino se prepara automáticamente cuando se excita. Sin eso, lo que sea forzado se evidencia – aún si el agresor utiliza condón al preocuparse por la evidencia de ADN.

UN ALMA DESTROZADA

"Juntos, con suficientes personas que piensen de la misma forma, podemos y lograremos ponerle fin a esto. Todos tenemos que calcular las probabilidades y hacer nuestras apuestas. La manera como nos preparamos para lo que pueda suceder en el futuro es importante."

Sostiene en sus manos el impreso terminado, mira nuevamente su reloj y se mueve al frente del podio.

"Esa fue la presentación, y espero que les haya parecido instructiva. Permaneceré aquí algunos minutos para responder sus preguntas. Pero aunque se me acaba el tiempo, me gustaría decirle algo a todos aquellos que vinieron hoy esperando excitarse o encontrar maneras para cometer mejor sus sucios crímenes sexuales."

Cruza sus brazos y escanea con su mirada por un buen momento al mar de rostros frente a ella.

"Si es un violador, me dirijo a usted con mucha seguridad en nombre de todas las víctimas primarias y secundarias. Debe entender algo de manera clara sin importar cómo racionalice sus acciones patéticas – usted *es* una porquería. Respecto a eso no existen 'peros', 'sis' ni 'quizás'. Y más importante aún, ¡lo atraparé! ¿Está claro?"

Regresa detrás del podio para recoger sus notas y papeles, y se escuchan aplausos aislados por parte de los asistentes cuando se dan cuenta de que la presentación ha terminado oficialmente. La tensión de su último golpe verbal permanece en el ambiente.

Veo una mano levantada en la parte trasera de la sala y me pongo de pie antes de que todos se vayan.

"Detective, tiene una pregunta."

"¿Sí?" dice, y dirige su mirada de mí hacia un hombre en sus cuarenta que se encuentra sentado al lado de quien asumo son su esposa e hija adolescente.

"Detective, gracias por esta información." Señala la pantalla detrás de ella y continúa. "¿Entiendo que todas esas frases que se proyectaron en la pantalla representan lo que las víctimas sufren?"

Espera un momento y considera la respuesta apropiada.

"Pues bien, no estoy segura si todas las víctimas de abuso sexual han pasado por cada una de las etapas del Síndrome de Trauma por Violación, porque algunas no lo han sufrido y quizá nunca lo hagan. Pero antes déjeme decirle que lo que me parece increíblemente triste es que muchas personas son muy buenas para mirar a las personas

331

que saben de primera mano que han sido violadas y han pasado por dichas etapas del trauma, pero cuando las ven riendo o incluso sanando del abuso, empiezan a hacer conjeturas y a pensar que 'quizá la violación no fue tan mala en primer lugar,' o que, 'tal vez no fueron violadas después de todo.' Y eso es tan extremadamente equivocado y absurdo – claramente no comprenden la devastación que le puede causar a la conexión mental, corporal y espiritual de las víctimas, ni el poder de curación del espíritu humano.

"Pero para responder su pregunta – solamente enumeré por las que yo pasé."

Capítulo 42

Estamos en los primeros días de agosto y hace calor. 32 en temperatura y 100 en humedad como se acostumbra decir por aquí. En realidad son 32 grados y solo 82 por ciento de humedad, ¿pero a quién le importa? Desafortunadamente, no me ha sido posible actualizar este diario durante todo el verano. A la semana siguiente luego de que la Detective Renae hizo su presentación sobre la prevención de las violaciones, tuvimos un robo en la oficina parroquial. Era evidente que la ventana lateral de mi oficina había sido forzada, pero de manera extraña, solamente faltaban algunas cosas – una engrapadora, algunos cartuchos de impresora, y mi computadora portátil.

Hice el denuncio en la policía de Gardensville, y se sorprendieron un poco de que hubiera sido robada ya que era de un modelo antiguo. Además, las armas parecen ser el artículo más popular para los ladrones. El mercado de protección personal se disparó luego de los tiroteos a principio de año en la Escuela Primaria de Sandy Hook. Pero, por otra parte, lo mismo ha pasado con el robo de identidad. Por suerte no tenía información personal en mi portátil, como mi número de seguro social o la información de mi cuenta bancaria.

Para empeorar las cosas, el Padre Bernard dijo que no había dinero suficiente para comprar uno nuevo debido a las necesidades del fondo para el edificio nuevo. Así que ahorré dinero durante el verano y compré uno nuevo ayer por internet. Al menos tenía copia de toda la información en un disco duro externo.

No creo que sea ya una sorpresa para ti, pero la Sra. Bellers no ha disminuido sus esfuerzos por destruir mi mundo. Luego del entrenamiento, le dijo al Padre Bernard que había recibido varias quejas durante e inmediatamente después de que la Detective Renae habló. Cuando le insistí para que me contara la naturaleza de las quejas, me dijo que tres personas habían afirmado que estaban decepcionadas porque el café se había terminado, y otra que el retrete se había rebasado.

"Déjaselo a Dios, déjaselo a Dios," repito una y otra vez para mis adentros en todas las interacciones que tengo con ella. Nuestro Señor tuvo que soportar cosas mucho peores mientras estuvo aquí en la tierra.

Aparte de las quejas ya mencionadas, la presentación fue muy bien recibida. Como tal, la carga laboral de la Detective Renae se ha incrementado exponencialmente. Varias mujeres, y algunos hombres, vinieron a hablar con ella de inmediato, y no se detienen. Debido a eso, no he tenido la oportunidad de verla mucho. Para sorpresa de todos, el alguacil aprobó a una persona de medio tiempo para que la ayude. Aunque cree en la lucha contra este tipo de crimen, también cree que el personal actual debe absorber todos los deberes. Al igual que Susan Bellers, él también subiría rápidamente hasta la cima en el mundo corporativo.

Anteriormente le pregunté a la detective sobre su hermano y la investigación, y me dijo que nadie ha logrado localizarlo. También mencionó que múltiples agencias se encuentran trabajando en el caso - una de las ventajas de las nuevas tecnologías, y que puede que haya viajado fuera del país o que todavía se encuentre en los Estados Unidos, pero nadie lo sabe con certeza.

En mayo, el país se encontraba impactado y repugnado cuando se descubrió que un antiguo conductor de bus escolar de 52 años había secuestrado, y torturado y violado en repetidas ocasiones, a tres jóvenes durante más de una década. Una de ellas tuvo un hijo de tal pervertido egocéntrico. Las tres sufrieron un total de cinco abortos espontáneos – uno de los cuales se debió a que el abusador la hizo pasar hambre y la golpeó en el estómago hasta que los bebés en su vientre murieron.

Una de las víctimas tenía 14 años y era la mejor amiga de la hija del depredador. A ella la secuestró camino a su casa luego de salir de la escuela. Otra tenía 16 años y desapareció luego de terminar su turno en su lugar de trabajo. La tercera tenía 21 años y fue vista por última vez en la casa de su prima. Todas vivían a poca distancia de donde fueron mantenidas cautivas.

No me causó ninguna sorpresa cuando me enteré por los reportes en los medios de comunicación que los vecinos, y muchos de los que lo conocían, pensaban que él era un hombre muy amable y sociable; quedaron estupefactos cuando se enteraron de su vida secreta. Por lo que he aprendido durante estos meses sobre los crímenes sexuales, todo tiene bastante sentido. Gran parte de su vida estaba oculta al ojo público porque proyectaba la imagen del 'tipo amable' para distraer a todo el mundo y que no miraran con mucha atención. Incluso fue tan buen ciudadano que "ayudó" a la comunidad en la búsqueda de las jóvenes desaparecidas. Tenía *todo* que perder si era sorprendido, y de seguro eso es lo que va a suceder ahora que ha sido atrapado.

Algunos sabían que había tenido roces con la policía con anterioridad; un patrón de comportamiento completamente contrario al tipo de persona que conocían.

También se había reportado con anterioridad que era una persona muy agresiva que había tenido altercados anteriores con vecinos. Además, en una carta que escribió para sí mismo en 2004 y que fue encontrada en la casa en la que las mantuvo cautivas, escribió *"soy un depredador sexual que necesita ayuda."*

Asimismo, tuvo el descaro de culpar a las víctimas por las circunstancias en las que se encontraban, diciendo, *"están aquí contra su voluntad porque cometieron el error de subirse a un automóvil con un completo desconocido."* Pero claro. No aceptar responsabilidad alguna en su vida aparentemente es algo en lo que se ha convertido en experto.

Por otra parte un poco más positiva, la última vez que vi a la Detective Renae me dijo que Gina está muy bien. Tenía mucha tarea por completar debido al tiempo que había estado ausente de la escuela, pero afortunadamente tuvo las vacaciones de verano para ponerse al día. Disfruta del sol, ir a nadar al océano, y realizar actividades no muy serias con excepción de enfocarse en su curación.

También me dijo que Michele se había molestado bastante con ella cuando se había enterado que Matt era el principal sospechoso. Ella entiende completamente y se identifica con la manera como Michele se siente y con su ira. Me dijo que ella también se sentía frustrada; todo lo que puede hacer por el momento es enfocarse en los casos que tiene a su cargo y esperar un golpe de suerte en el caso de Gina. Ella y el alguacil han llegado a un acuerdo, al menos por el momento.

Además, me contó que había hablado con Gina brevemente por teléfono, pero que su conversación había sido interrumpida cuando Michele tomó el teléfono y le colgó. Antes de que se desconectara la llamada, Gina le dijo que ella y su mamá harían un viaje de tres o cuatro días en algún momento a finales de julio. Yo por mi parte no he visto ni hablado con Michele desde aquel lluvioso día de primavera en el hospital. Te podrás imaginar lo contento que estoy.

¿Recuerdas cuando mencioné que Matt había estado internado en Campos de Serenidad en el mismo momento que mamá estuvo ahí? Según el alguacil, una vez que su abogado tomó el control de todas las comunicaciones, el progreso se tornó aún más lento. Y luego, los registros "desaparecieron" repentinamente. Gracias a Nuestro Señor, papá parece muy complacido viviendo en el hogar comunitario que encontramos.

Mi teléfono timbra; es el alguacil.

"Padre, ¿tiene un minuto?" El Alguacil Daniel suena preocupado.

"¡Que tal! Hace mucho que no hablaba con usted. Claro que sí, ¿cómo está? Suena un poco estresado."

"Hay un par de cosas que quiero contarle. Primero, Michele se acaba de ir, y parece que ésta cosa se está saliendo de control."

"¿Qué 'cosa'?" pregunto.

"Ella. Yo. Nuestro pasado. Como le dije antes, desde que regresamos de la peregrinación en abril, ella ha estado bastante intensa conmigo. Quiere que encuentre a Matt, y yo también quiero encontrarlo, pero hizo un gran trabajo al desaparecer. Y eso la ha enfurecido. Luego me dijo que como Matt es hermano de la Detective Gambke, ella está retrasando la investigación intencionalmente. Yo le expliqué *otra vez* que hay varias personas trabajando en el caso, *incluyéndome* a mí – y no solo la Detective Gambke. ¡Es *nuestra* hija y por supuesto que quiero hacer justicia con ese desgraciado! Pero ella no me escucha."

"Pues, eso suena razonable. Me refiero a que sé que nadie la está culpando por estar molesta y querer que lo atrapen – ¡si es que todos queremos que quienquiera que le haya hecho esto a Gina sea atrapado! – pero hay límites a lo que usted puede hacer, ¿verdad?" hago un esfuerzo por darle un poco de consuelo.

"Verdad, pero solamente las personas cuerdas piensan así, Padre, y veo que resurge ese lado de Michele que nunca me gustó. Intento ayudarla, tanto con el caso como con su vida personal. Su personalidad tiene muchas capas. Le sugerí que consiguiera ayuda profesional, y como muchas otras veces desde que fuimos a la peregrinación, le dije que era muy importante que volviera a la Iglesia. Le recordé el mensaje de la Virgen María – especialmente en Fátima con respecto a 'los pecados de la carne.' Ahí fue cuando me lanzó un marco de fotografía que me golpeó directo en la cara a la vez que me decía que nunca había dejado el intercambio de parejas, solamente para hacerme enfurecer, de seguro. Acabo de regresar del hospital donde me suturaron."

"¿Qué?" ¿Acaso no hay nada que sea simple cuando se trata de Michele Jerpun?

"Si. Llegó justo antes de las 5:00 cuando apenas terminaba mi día laboral. He estado haciendo un gran esfuerzo por llegar a tiempo y salir a tiempo del trabajo, para poder llegar a casa y ver a Jean. También he hecho todo lo posible por delegar tareas y asegurarme de tener el equilibrio trabajo-vida privada que mi terapista dice que necesito, ¿verdad? Pues bien, ahí viene ella campante hasta mi oficina. Entra, cierra las persianas, y se sienta en la silla frente a mi escritorio."

"Si."

"Al principio estaba calmada, pero luego enloqueció. Me dijo todo lo que le acabo de contar sobre la Detective Gambke y Matt, y luego me acusó de ignorarla. Dijo que se la pasa acostada en la cama todo el día y que está padeciendo algo parecido al síndrome de abstinencia porque ya no la amo. Yo le dije que sí, pero que no puedo tener ninguna relación con ella; que me he comprometido nuevamente con Jean y que necesita seguir con su vida. Luego, para hacerla sentir mejor, le dije que teníamos una pista en el caso."

"¿Tienen una pista? ¿De Matt?"

"Sí, apenas ayer la conseguimos. Arrestamos a uno de sus amigos bajo el cargo de hurto. Es la segunda vez que lo atrapamos, así que sabe que sus problemas son mucho más serios esta vez, y con la esperanza de que no seamos tan severos con él, nos cuenta el cuento ese de que escuchó de una amigo que escuchó de otro amigo que Matt estuvo en Nevada pero que ahora está en San Francisco y que ha estado allá desde que se fue de aquí."

"¿Y que anda haciendo tan lejos en la costa oeste?" pregunto.

"No lo sabe, pero dice que tiene algo que ver con el Hombre Ardiente," responde.

"¿Y qué diablos es el Hombre Ardiente?"

"Un evento tribal del estilo 'haz lo que te plazca, hippie, espiritual, y liberador' en medio del desierto de Nevada. Voy a ir en unas semanas a ver si puedo encontrarlo. Estoy seguro que el infeliz encaja perfectamente. La oficina principal de los organizadores está ubicada en San Francisco. Los llamamos y dijeron que no hay nadie con ese nombre trabajando para ellos, pero que podría hacer parte de los cientos de voluntarios que ayudan cada año."

"¿Le contó a Michele?" le pregunto.

Se le ve comprensiblemente frustrado mientras prosigue.

"Más o menos. Le dije que teníamos una pista pero no le di detalle alguno y se calmó de inmediato. Las cosas con ella son muy extrañas – como prender o apagar la luz. Puede pasar de la calma a la locura y de la amabilidad a la agresividad en un instante. Y entonces se puso de pie, caminó como si nada a mi lado del escritorio y comenzó a darme un masaje. Pasó su mano a mi entrepierna y bajo un poco mi cierre, mientras con su lengua intentaba abrir mis labios y dientes. Se me tiró encima mientras se quitaba la ropa y me tocaba por todas partes. En ese momento comencé a echarme para atrás, intentando alejarme de ella. Y luego explotó.

"Como ya se lo había dicho, ese truco siempre le funcionaba. Sé que le conté en confesión que luego de que regresé de la peregrinación caí un par de veces, pero ahora, con toda la oración, la terapia y luego de realizar grandes avances para convertirme en una persona sexualmente sobria, de alguna manera encontré la fortaleza para apartarme. Se puso como loca y movía su cabeza de lado a lado y decía cosas extrañas que no podía escuchar, susurrando como si le estuviera hablando a alguien, pero no se dirigía a mí. Bueno, al menos eso creo. Maldición, ¿Quién la entiende? Cuando estalla, estalla completamente.

"Y luego me doy cuenta de que me está preguntando en dónde está. '¡¿Dónde está?!' '¡¿Dónde está?!' dice una y otra vez, cada vez más fuerte hasta que lo grita. No se lo dije porque para ese momento ya estaba cansado de sus estupideces. Le he dicho que todo se acabó entre nosotros más veces de las que puedo contar, y que necesita ayuda. Al recordarlo me da vergüenza tan siquiera pensar en el número de veces que utilizó este truco conmigo para sacarme información sobre alguno de los casos en los que trabajaba. Además, ya le había dicho demasiado, y lo sabía.

"Cuando bajé la mirada para subir mi cierre y componerme me golpeó con el marco. Estaba al lado de mi escritorio al alcance de su mano. Me hizo caer hacia un lado y había sangre por todas partes.

"Le dije que era una adicta al sexo, igual que yo, y que simplemente quería ayudarla o asegurarme de que lo superara porque yo ya no iba a estar ahí para ella, que todo había terminado. Claro, yo seguiré ayudando con Gina. Aún no le cuento a Jean sobre ninguna de las dos. Pero Michele no estaba prestando atención a nada de lo que le decía. Tomó una nota que tenía sobre mi escritorio, salió hecha una furia hacia la puerta de mi oficina y soltó un alarido que me heló la sangre. Dio un portazo y llegó a su carro antes de que me percatara de lo que se había llevado."

"¿Y qué decía la nota?" pregunto.

"Las direcciones donde creemos que Matt ha estado. San Francisco. Nevada. El Hombre Ardiente. Ya lo sabe, o al menos sabe en qué dirección vamos para intentar encontrar a ese bastardo."

Espero un poco a ver si quiere agregar algo más. Nada.

"Bueno, en lo que respecta a Michele y usted, parece que va en la dirección correcta. Intenta alejarse de ella, trabaja en su matrimonio, asiste a terapia, e intenta enmendar sus errores," le digo, alentándolo en todo el progreso que ha hecho.

"Me siento muy mal por ella, Padre, de verdad."

"Si, eso es claro. Como siente cariño por ella no quiere verla pasar por nada de esto, especialmente con todo lo que le ha sucedido con Gina. Pero recuerde lo que le dije, alguacil, solamente puede trabajar en usted; no puede cambiar a Michele. En últimas, ella debe estar dispuesta a cambiar por sí misma. Ella tiene toda la capacidad de hacer las cosas bien si cree que así debe hacerlo."

"No es tan sencillo. Nunca se lo dije, pero hay una razón por la que verdaderamente necesita ayuda. Durante años fue abusada sexualmente por su padre cuando apenas era una niñita."

"¿Qué? ¿Es que han abusado de todo el mundo? ¿O será que todos son violadores?" digo mientras muevo mi cabeza de lado a lado. El verano se pasó volando y yo he estado ocupado, distraído por la rutina normal de la vida parroquial. Y aun así, la amarga repulsión al pecado sexual sube como bilis a mi boca; tanto así me indigna y encolera.

"Lo entiendo completamente," dice. "Pero lo que le sucedió a Michele es verdad. Al inicio de nuestra relación, nos enamoramos intensamente. Ella se sinceró conmigo luego de que yo lo hice con ella. La amaba. ¡Todavía la amo! Todo el consuelo emocional que no recibía de Jean lo recibía de Michele. Me adoraba. Cuando sentía que no podía hacer nada bien con Jean, Michele me hacía sentir que no podía equivocarme. Si me pasaba algo bueno en el trabajo, Jean actuaba como si no fuera gran cosa, pero Michele me llenaba de halagos como si me acabara de ganar un Oscar. Siempre celebraba conmigo las victorias importantes y hasta las más pequeñas, ¿cómo *no* me iba a enamorar de ella?

"Fue durante ese tiempo que nos enamorábamos perdidamente y ella comenzó a confiar en mí, y me contó algunas cosas sobre su pasado. Su padre fue un abusador de niños de la cabeza a los pies... Digo, clínicamente. Ella no recuerda cuántas veces la violó cuando era pequeña, pero cuando creció y se convirtió en toda una adulta, él no la miraba, ni la abrazaba, ni nada. Eso debido a que ya no lo excitaba. Aparentemente solo le interesaban las niñas rubias de entre siete y nueve años. De verdad. Cuando finalmente lo atraparon y lo encerraron, descubrieron que ese era el rango de edad de todas sus víctimas."

El volumen de su voz es más bajo cuando continúa; claramente le impacta lo que le ha sucedido a Michele.

"Lo peor es que ahora identifica al sexo con el amor; el amor positivo de padre e hija que nunca recibió de su papá. Estaba tan furiosa con su mamá por no haberla protegido nunca. Ambos ya están muertos, y sin embargo ella debe vivir con ello. Me dijo que había asistido a terapia hospitalaria, pero que no la había 'movido.' La verdad es que luego me confesó que nunca permaneció en ninguno de los programas porque creyó que estaba manejando la situación muy bien.

"Antes estuvo casada con alguien más, pero me dijo que el sexo con él se tornó muy aburrido, muy rutinario. No tenía la emoción que encontraba en los amoríos o las relaciones de una noche. Además, la alejaba del patrón de la vida día a día que le nublaba la mente. Y así fue como conoció a Cameron. Me dijo que los adictos encuentran a otros adictos de manera muy natural. En otras palabras, encuentras personas que los apoyan en su adicción. Y según parece, Cameron Gambke compartía su deseo por el sexo, con la excepción de que ella se metió con un hombre muy peligroso."

"Lo sé, ella me lo contó," le digo.

"¿Qué? ¿Cuándo se lo dijo?" se le escucha repentinamente molesto y las preguntas salen de su boca como disparos.

"Hablé con ella en el hospital. ¿Recuerda cuando fui a ver a Gina y a Michele en abril? Ahí me contó lo mala que era la relación con él."

"Y usted no me lo dijo," dice de inmediato.

"*¿Por qué habría de hacerlo?* Asumí que lo sabía. ¿Por qué le molesta?" Es tan voluble como Michele.

"Yo, eh, bueno... pues sí." Se compone nuevamente y prosigue.

"Michele aprendió con el pasar de los años que en realidad su mayor temor era perder a cualquier hombre del que estuviera 'enamorada' en el momento. Estaba convencida de que la única manera de poder permanecer al lado de un hombre era hacer lo que fuera que él quisiera, especialmente en la parte sexual. Pensaba que si la relación en la que estuviera era intensa de manera rutinaria, de seguro era el amor. Si era arriesgado, significaba normalidad. Ese tipo de sexo era su néctar, su elixir, la poción que la mantenía viva en todo el sentido de la palabra. Y todo el tiempo ha estado llena de remordimiento y vergüenza.

"Lo que nadie sabe... bueno, quizás solo los amantes que tuvo antes de conocerme, es que debajo de su ropa hay cicatrices. Cuando le pregunté al respecto, me dijo que no puede controlar a los hombres que prometen casarse con ella, que dicen que la amarán por siempre pero no lo hacen, y que la dejan una vez han conseguido lo que quieren, pero que sí puede controlar el dolor que siente cuando se corta."

Muevo mi cabeza de lado a lado en silencio e imagino a Michele haciéndose eso a sí misma. Buscando el amor. La familia. Alguien quién le sea fiel, solo a ella, y creyó haberlo encontrado en el Alguacil Daniel, un hombre casado. El alguacil continúa con su idea.

"No fue sino hasta que me pidió que tomara fotos de ella desnuda o con diferentes juguetes sexuales que comencé a preguntarme que tan profundos serían sus problemas. Nunca quiso que las tomara con mi cámara, solamente con la de ella, y nunca me contó en realidad   que hacía con ellas. Hasta aquel día. Gina tomaba una siesta y Michele había salido a la tienda. Tenía un par de horas; Jean pensó que yo debía trabajar en un caso el sábado. Revisé su computadora y me di cuenta que Michele había estado publicando las fotos en un sitio en donde las personas, en su mayoría hombres, la calificaban. Esa era su manera de ver si todo el trabajo que había estado haciendo con su cabello, su cuerpo, su sexualidad, excitaba a los demás. Aquello satisfacía su implacable necesidad de aprobación por parte de los demás. Me asqueó, me excitó y me puso terriblemente celoso al mismo tiempo, pero debía ser cuidadoso porque no podía actuar así en la casa o Jean se daría cuenta. Dejé de hablar con Michele por unos meses, lo cual resultó en una depresión severa para ella, según me contó después.

"Un día hablábamos sobre mi trabajo y yo comentaba sobre todos los depredadores que hay sueltos por ahí, sean sexuales o no, y dijo algo que nunca olvidaré. Dijo, 'yo también soy una depredadora.' Creo que intentaba decirme que utilizaba prácticas predadoras para atraer a otros con su cuerpo y así poderse alimentar de su aprobación."

Me pregunto si a eso se refería. No confío en ella, pero puede que él tenga la razón. A menos que su corazón esté cegando su sentido común.

"Padre, descubrí algo importante sobre mí. Cuando comencé a asistir a tratamiento por mi adicción sexual en mayo, empecé a ver en ella muchas de esas tendencias e intenté compartírselas, para ayudarla. Me di cuenta de que yo no era adicto al sexo con cualquiera; solamente con ella. Y como lo dije antes, creo que ella también es adicta. Me dijo que yo era el único en su vida, y yo me consagré a ella – en la realidad y en mis fantasías."

Eso suena bastante estúpido, ¿no? ¡Es casado y aun así intentaba serle fiel a su amante!

"¿Qué tipo de cosas le contó de sus sesiones?" pregunto.

"¿A qué se refiere?"

"Me refiero a que debe ayudarme a comprender también. Piense que soy alguien a quien intenta enseñarle sobre las adicciones sexuales. Me causa mucha curiosidad. Quizá me ayude a ayudar a otros en el futuro."

Hace una pausa mientras ordena sus pensamientos.

"Pues bien, para comenzar, la adicción al sexo es una enfermedad, un problema genuino que ha causado a muchas personas infinidad de dolor durante miles de años. Y como con otros programas de 12 pasos, debe iniciar con nosotros los adictos aceptando que no tenemos control sobre nada y que necesitamos ayuda. La adicción es una de las maneras que utilizamos para tranquilizarnos, para encontrar consuelo, por así decirlo, para lidiar con el dolor que nos causan otras personas que intentan controlarnos, o herirnos, o deshacerse de nosotros como si ni siquiera fuésemos humanos. Pero como en cualquier otra adicción, no es la solución correcta.

"También nos es necesario saber que el comportamiento sexual libera un químico que tiene un efecto similar al de la heroína o la morfina; que esa es la razón por la cual los centros de placer en el cerebro son tan poderosos. Desafortunadamente, luego queremos más y más, y nuestra adicción empeora con el pasar del tiempo. En realidad es por eso que mi vida ha sido consumida con Michele.

"Como en cualquier otra adicción, hay muchos efectos secundarios que van desde la destrucción de matrimonios y familias, hasta las ETS, e incluso el suicidio. Un muy buen ejemplo: Jean y yo. Casi destruye todo por lo que yo, nosotros, habíamos trabajado.

"Para todos los adictos, puede que no sea la única adicción. La mía es el trabajo – verdaderamente soy un trabajador obsesivo. Aunque en su mayoría, odio la naturaleza de mi trabajo debido a las cosas con las que tengo que lidiar todo el día. Mi vida ha estado dividida entre los deberes de mi trabajo, Michele y Gina, y luego Jean y Sheri, en ese orden. Creemos que utilizamos el sexo para hacer frente a los factores que nos causan estrés en nuestras vidas.

"Tenemos que cambiar nuestros 'pensamientos mugrientos,' como que creemos que merecemos esta liberación y actividad sexual, como si la hubiésemos ganado por una variedad de razones. Tenemos que comprender completamente que el horrible hábito de '*querer lo que queremos cuando lo queremos y no detenernos hasta conseguirlo sin importar a quien le hacemos daño*' es increíblemente dañino en muchos niveles para nosotros y los más cercanos a nosotros. Debemos darnos cuenta de que no podemos utilizar dicha actividad sexual desequilibrada como recompensa. Debemos saber que el poder que nos hace sentir es falso – simplemente una fantasía.

"Y todo es una fantasía para nosotros – es lo único en lo que podemos confiar porque podemos controlarlo – pero también tiene que ver con el peligro. Hace que nosotros y nuestros cambios de temperamento seamos tóxicos para otras personas, y me siento muy mal por la forma como afecté a Jean e incluso a Sheri. Hace que nos abramos y nos sintamos atraídos a otras personas tóxicas. Antes pensaba que Michele y yo estábamos destinados a estar juntos, que verdaderamente nos ayudábamos el uno al otro en la vida. Ahora veo más y más claro que éramos como el fuego y el hielo, o el agua y el aceite.

"Todos los adictos debemos buscar la honestidad para con nosotros mismos y todos los que nos rodean, la seguridad en todo lo que hacemos y, definitivamente, la sobriedad. Porque cuando estamos sobrios y no tenemos la mente nublada, podemos averiguar quiénes somos realmente, y así estar dispuestos a volvernos íntimos emocionalmente con nuestros compañeros – todo de manera equilibrada y leal. El barómetro en nuestra vida está totalmente desubicado, pero miles y miles de personas nos han mostrado con éxito que podemos devolverle su balance. Todos los adictos tienen la capacidad de cambiar, pero como cualquier cosa significativa y duradera en la vida, deben querer hacerlo."

"Usted tiene un buen corazón, Alguacil, lo sé. Pero como lo dije hace un momento, no puede cambiar a los demás, solamente a usted mismo. Mi consejero espiritual de confianza me lo dice a todo momento."

"Lo sé. Solo que es... triste. Ya debo irme, Padre, pero nuevamente le agradezco por escucharme."

Me levanto de la silla mecedora de madera en la que estaba sentado, y estiro mi espalda baja y mis piernas.

"Oh, casi lo olvido," dice. "¿Cuál es el nombre del tipo que escribió el libro que Cameron Gambke creía que era el mejor de la historia, pero que en realidad era una completa farsa?"

"Thomas Victor. ¿Por qué?" pregunto.

"No me lo va a creer, pero recibí una carta. Dice que se hará una lectura de su testamento en Nuevo México un día antes de que comience el Hombre Ardiente. Voy a pasar por ahí, pero no tengo ni idea de por qué me la enviaron a mí. ¿No le parece extraño?"

"Hmm. ¿Por qué habrá recibido algo así?" me pregunto en voz alta.

"Ni idea, Padre. Bueno, hablamos pronto."

"Claro que sí."

Reviso mi bandeja de entrada para ver qué sorpresas me ha dejado la Sra. Bellers, y me complace darme cuenta de que al menos ha dejado de abrir mi correo.

Veo una carpeta de manila tamaño 22 X 28 cm de aspecto oficial con la marca "Enviado por el Despacho de Abogados de Sturgeon y Bailies."

Acabo de recibir mi propia copia de la carta sobre la lectura del testamento de Thomas Victor el domingo 25 de agosto, en Albuquerque, Nuevo México, en la dirección de la primera carta que Cameron Gambke me pidió que enviara por él: ¡#3 Calle Monstrabilis!

Capítulo 43

"Alguacil, soy el Padre Jonah. ¿Cómo sigue su rostro?"

"Adolorido. Estoy un poco ocupado. ¿Qué necesita?" responde bruscamente.

Ya le conté sobre la carta que recibí del abogado que representa la herencia de Thomas Victor y que nos ha despertado un interés mutuo.

"Las cosas has estado bastante movidas por aquí. La diócesis ha estado realizando algunas auditorías al azar en el estado y aparentemente encontraron algunos asuntos de preocupación aquí en la parroquia. Acaban de irse y pues pensé en tomarme unos minutos y llamarlo."

"Nunca me han gustado los auditores. Hacen demasiadas preguntas sobre cosas que no entienden en primer lugar. ¿Qué puedo hacer por usted?" me dice, apresurado.

"¿Ha vuelto a trabajar hasta tarde?" pregunto.

"No, estoy en la casa. Acabamos de terminar la cena y planeaba llamar al sobrino de Jean en la costa oeste para hablarle acerca de Dios y la mujer con la que está saliendo. Ella solo representa malas noticias."

"Lamento escucharlo. Y creo que es muy bueno que usted intente estar involucrado y ayudarlo si él está dispuesto a escucharlo. Pero de eso era de lo que quería hablarle. Mire, seré directo para no demorarlo. Hoy escuché de uno de nuestros feligreses que usted se puso de pie en el Café *Gabbie's* durante el almuerzo y comenzó a hablar sobre Dios, y creí que podíamos hablar un poco sobre eso."

"¿Sí? ¿Algún problema con eso?" Su tono defensivo me dice que esta será una conversación difícil.

"Pues bien, me dijo que usted había estado hablando sobre el infierno, el fuego y el azufre, y sobre el fin del mundo que se acerca."

"Sí. Va a suceder. Usted escuchó lo que dijo la Virgen María," contesta de repente.

"Alguacil, eso no fue lo que dijo la Virgen María exactamente. Pienso que es grandioso que se esté tomando el tiempo para intentar ayudar a los demás. ¿Pero recuerda nuestras conversaciones en el vuelo de regreso luego de la peregrinación y tan pronto llegamos a

345

casa? ¿Le recomendé que hiciera algunas cosas antes de salir e intentar darle a conocer al mundo entero el resurgimiento de su fe?"

"Por supuesto que lo recuerdo, Padre. Al menos la mayoría."

"Bueno. Entonces consiguió una Biblia católica, no una protestante, ya que tiene los siete libros que Martin Luther decidió remover, ¿a menos que esté intentando comprender la fe protestante un poco mejor?"

"Conseguí lo que tenía que conseguir, Padre."

"Bien. ¿Leyó una copia del *Catecismo de la Iglesia Católica*, e incluso una copia de una de las grandiosas guías de estudio que lo respaldan?"

No responde.

"Bueno. ¿Al menos asiste a la Misa una vez a la semana para escuchar la Palabra de Dios y también para recibir el Sacramento más grande de todos, la Eucaristía – el verdadero cuerpo y la sangre de Nuestro Señor Jesucristo?"

"Pues, sí, claro que si volvimos a la Iglesia. Encontramos una excelente llamada 'La Comunidad de la Salvación Eterna.'"

Se detiene al darse cuenta de que me acaba de informar que no asiste a una Iglesia católica.

"Pues está muy bien que esté escuchando la Palabra de Dios, pero debo decirle que tiene que ser muy cuidadoso con el lugar a donde decide ir, a quien decide abrirle su mente para su crecimiento espiritual. ¿Ha leído sobre la vida de los santos y los místicos?"

"Algo," me ofrece dócilmente.

"Muy bien. ¿Y reza el Rosario todos los días?"

"Mire Padre, yo no soy un niño. Conseguí una Biblia y la leí, y compré una copia del Catecismo pero es bastante largo y difícil de leer. Luego de probar varias iglesias, encontré éste pastor que me gusta y estoy de acuerdo con lo que dice, y además tienen buenos asientos y una banda grandiosa. De verdad siento al espíritu ahí, y todos son muy amigables y cordiales. Nos sentimos como en casa. He hablado con ese pastor varias veces con respecto al camino que debo tomar. Y sí, he leído algunas de las historias de los santos y he rezado el Rosario. Pero de lo que me he dado cuenta es que si coloco mi fe en Dios el Espíritu Santo, Él pondrá en mi corazón lo que tengo que decir cuando tengo que decirlo. Así está escrito en la Biblia."

"Mire, Alguacil, no pretendo molestarlo, ¿está bien? Lo que en realidad intento hacer es ayudarlo. Y no me malinterprete, pero lo amo, y si usted ama a alguien, le dice la verdad, aún si la verdad duele."

"¿Qué?" dice con un gruñido.

"No, no con esa clase de amor, Alguacil. Relájese. Lo que quiero decir es que en verdad lo considero un amigo, un muy buen amigo que me ha ayudado con bastantes cosas. Pero no lo amo debido a eso. Lo hago porque es mi hermano en Cristo, y siento que debo decirle la verdad para que pueda tomar decisiones, no después de reaccionar emocionalmente, sino después de haber realizado una investigación profunda de su parte. Ahora, usted puede ignorar todo lo que yo le diga, y definitivamente está en todo su derecho, pero solo permítame un momento, ¿sí?"

"Si."

"Gracias. ¿Leyó la historia de San Pablo durante sus estudios?"

"Por supuesto. Fue el primero sobre el que leí porque usted me dijo que él pudo haber experimentado una experiencia cercana a la muerte."

"¿Y qué aprendió?" presiono.

"Que era un fanático en su fe Judía y que acosaba a los Cristianos, incluso fue responsable de la muerte de muchos. Luego se bajó de la nube, vio a Dios, y fue transformado completamente. Se abrió al mundo y comenzó a hablarle a todos sobre Dios."

"Ese es un resumen de alto nivel bastante bueno. ¿Y qué más?"

"¿Cómo así?" responde.

"¿Leyó sobre la manera como se dio cuenta, luego de hablar con los primeros discípulos, de que no tenía una base sólida sobre lo que Jesús enseñaba, sobre lo que Él en verdad era? Tenía un gran sentimiento que lo impulsaba a ayudar a las personas, y tenía el don de ser un orador experto, pero simplemente no sabía de lo que hablaba. Se arriesgaba a hacer mucho más daño que bien. Así que acudió a Pedro, Jacobo y Juan, y a los otros apóstoles que estuvieron con Nuestro Señor, y le dijeron que debía, eh... en esencia, hacer su tarea antes de predicar cosas incorrectas y llevar a las personas por el camino equivocado. ¿Se enteró luego de que pasó por una interrupción de al menos tres años con el objetivo principal de aprender verdaderamente nuestra fe *antes* de comenzar a predicar el Evangelio? ¿Que fue solamente *después* de ese tiempo que fue enviado por Pedro, nuestro primer Papa, luego de consultarlo con los otros apóstoles, y comenzó sus tres famosos viajes a los Gentiles?"

Sabe a dónde voy con esto pero aun así continúa desafiante.

"Dios me habla, Padre. Lo sé porque me fue dado el Espíritu Santo durante el Bautismo y fue sellado en mí durante la Confirmación cuando el Obispo me ungió con aceite bendito. Así que tengo todo lo que necesito para hablarle a los demás sobre Él."

"Qué pena, Alguacil, pero esa no es toda la historia. Sí, esos fueron unos pasos iniciales importantes, pero tiene la responsabilidad de aprender nuestra fe, de hacer un esfuerzo, de tener una conciencia bien formada antes de intentar cambiar la vida de los demás. Dicho proceso de aprendizaje y ayuda dura la vida entera. Ya sabe, bien se ha dicho que *'No hay nada malo con la Iglesia Católica, son simplemente los católicos dentro de ella los que la echan a perder.'*"

"¿Está diciendo que lo estoy arruinando todo?" Se le escucha molesto.

"No, solo digo que puede llegar a hacerlo si no es cuidadoso. Cuando habla de manera autoritaria por, y sobre Nuestro Señor, debe asegurarse de haber hecho su tarea. Debe conocer su fe tan bien como lo hizo San Pablo. Los sacerdotes católicos deben pasar siete o más años de estudios teológicos intensivos en el seminario antes de tan siquiera estar calificados para predicar la palabra de Dios. Incluso los fieles laicos que hablan con autoridad, los teólogos y los apologistas, tienen años de estudios teológicos detrás de ellos. Como ve, el Bautismo y la Confirmación son solamente el comienzo del viaje de nuestra fe, no su conclusión. La preparación y el estudio intensivos son muy necesarios. Como ya lo dije, es un proceso que dura toda la vida."

Hago una pequeña pausa y luego continúo. "Permítame preguntarle algo, Alguacil. ¿Ha escuchado sobre las virtudes cardinales de la prudencia, la justicia, la fortaleza y la templanza?"

"Pues, eso creo." Suena sospechoso.

"Le recuerdo brevemente. La prudencia nos permite escoger la manera correcta de proceder inspirados por la ley moral; la justicia nos permite darle lo que es debido a Dios y a nuestro prójimo; la fortaleza nos permite realizar buenas acciones en medio de los obstáculos y las dificultades; y la templanza nos permite controlar nuestras pasiones con el fin de mantener una mente despejada y una voluntad fuerte. Recibimos dichas gracias de Dios cuando somos bautizados."

"Bueno. ¿Y cuál es su punto?" me cuestiona.

"Para allá voy. Por favor sea paciente, Alguacil. También recibimos lo que llamamos 'las virtudes teológicas' de la fe, la esperanza y el amor, o la caridad."

"Sí, de esas he escuchado."

"Perfecto, entonces déjeme aclararlo mejor. ¿Recuerda el dicho popular de 'Ojo por ojo y diente por diente'?"

"Ajá. ¿Quiere llegar a algún lado con todo esto, Padre?"

"¿Qué cree que significa?" lo presiono, ignorando su mala actitud por el momento.

"Está en la Biblia, Padre. Significa venganza. Reparación. Si se meten contigo, métete con ellos. Desearía que todos en el mundo tuvieran esa mentalidad, porque así nadie se metería con nadie."

"Tiene razón en algo," respondo. "Sí está en la Biblia, en el Antiguo Testamento. ¿Pero qué tiene Nuestro Señor para decir acerca de eso? Parece que convenientemente omitió el punto que hizo Nuestro Señor con respecto a este asunto tan importante. Está en el Antiguo Testamento y puede ser encontrado en la Biblia de Navarra. Lo que Él dijo, y lo que la Iglesia aclara, es que mientras pudo haber sido necesario en los tiempos del Antiguo Testamento, no es precisamente verdadero para todos los tiempos. Mire, A medida que los pueblos nómadas crecieron y evolucionaron, se volvió necesario incorporar leyes – leyes respecto al homicidio, la violencia, los esclavos, la restitución – cosas así. Sus vidas eran duras, y por consiguiente sus leyes normalmente lidiaban con mano dura con aquellos que cometían actos indebidos. El concepto de 'venganza' se basaba en la idea de que para que alguien fuese 'completo' nuevamente, era necesaria la reparación, y el factor de retribución o venganza exacto se basaba en lo que la víctima creía era justo y correcto."

Hago una pausa para permitirle absorber la información antes de continuar.

"Ahora adelántese hasta la época de Jesús. Si leyó el Evangelio de Mateo en el Nuevo Testamento, Jesús abolió esa ley tan severa e introdujo una nueva ley de 'caridad.' Jesús nos enseña que debemos amar a Dios sobre todas las cosas, y que debemos amar a nuestro prójimo como a nosotros mismos. Nuestro Señor nos mostró la manera de hacerlo. Nos amó tanto que renunció a su vida por nosotros. Con su muerte nos mostró el significado de la caridad. Nos llama a mostrar nuestro amor hacia Él por medio del amor a los demás, no necesariamente por lo que decimos, y definitivamente sin golpearlos en la cabeza con la Biblia, sino por la manera en que vivimos nuestra vida. La justicia es necesaria, sí, pero por encima de todo debe estar la caridad o sino el ciclo de odio, violencia y venganza nunca podrá terminar.

"Pecamos contra la virtud de la caridad cuando somos indiferentes a todo lo que Él hizo por nosotros, todo lo que nos enseñó, todo lo que nos dio. Tal vez no seamos agradecidos con lo que Él hizo por la manera en que vivimos o las cosas que decimos y que no deberíamos decir; o cuando nos da pereza aprender y vivir nuestra fe, en nuestro servicio a Dios; o quizás somos insensibles como de costumbre al llegar tarde a la misa o incluso ni tan siquiera asistiendo; o de forma extrema, cuando aborrecemos a Dios y detestamos la vida que Él quiere que vivamos. En pocas palabras, cuando en nuestra existencia no hacemos las cosas que son buenas para nuestra vida espiritual, las cosas con las que intento ayudarle."

Hay un momento de silencio, tan largo que me hizo pensar que la llamada se había caído.

"¿Sigue ahí?" pregunto.

"Sí. Bueno, tal vez no me di cuenta de todo eso." Ahora se le escucha deprimido, derrotado. No es el objetivo que tengo para esta conversación, y me aseguro de decírselo.

"Le repito, no intento desanimarlo. Simplemente quiero verlo en el camino correcto. Nunca ha sido su destino llevar este proceso solo, así que pídale a Dios que abra su mente y su corazón a Su palabra, ¿de acuerdo?

"Alguacil, por eso nos dio su Iglesia – para guiarnos. La fe católica no es solamente la fe para usted – es para todos nosotros. De hecho la palabra 'Católico' significa 'Universal.' Debemos aprovechar esta mina de conocimiento tan vasta, rica y profunda para aprender todo lo que podamos. Algunos de los recursos más importantes disponibles para nosotros son las escrituras de los primeros Padres de la Iglesia. Por eso es que debemos leer y estudiar una buena Biblia católica. Por eso es que debemos examinar el Catecismo. Por eso es que debemos prestar atención y obedecer a los líderes de la Iglesia, especialmente al Papa, frente a todos los asuntos de la fe y los valores. Ese enfoque de tres niveles es organizado, profundo, completo y ha resistido la prueba del tiempo.

"Como sacerdote católico, yo también estoy aquí para ayudar, porque con el ejemplo que le he dado sobre el 'ojo por ojo', espero que pueda ver que no es posible tomar todo lo que está en la Biblia de manera literal. Es necesario entender la cultura y la época en la que fue escrita, y luego la manera como se relaciona a la actualidad. Debe analizar la tipología bíblica, y estudiar cómo los muchos eventos y personas en el Antiguo Testamento presagian y predicen la llegada de Nuestro Señor como está escrito en el Nuevo Testamento. Y luego debe poder hacer las conexiones necesarias. Si continúa pidiendo los regalos que le concede el Espíritu Santo, le serán dados para que así pueda comprender de la manera que Él lo desea.

"Y entonces, cuando en verdad alcance ese punto, cuando en realidad conozca su fe, existe una manera efectiva para difundir la Buenas Nuevas."

"Está bien," dice con un tono optimista de nuevo en su voz.

"Solo algunas cosas más que me vienen a la cabeza ya que sé que se tiene que ir. Primero, hágalo por Dios, no por usted. No se trata de demostrarle a nadie su conocimiento para estar siempre por delante de los demás. Como lo dijo San Pablo, 'Es necesario que Él crezca y que yo disminuya.' Luego, aprenda a escuchar a las personas que conoce, porque usted no sabe dónde se encuentran en el viaje de su fe. Por algo tenemos dos oídos y una boca. Claro, continúe pidiendo la ayuda de Dios, pero también utilice un poco de sentido común. No intente imponer su fe sobre nadie, ya sabe, como si fuera más listo que los demás. Y, si se resisten, apártese, inténtelo otro día. Y más importante aún, viva su fe, vívala de verdad, para que cuando otros lo vean, vean el rostro de Jesús. Pero bueno, cuando esté preparado, llámeme, ¿de acuerdo?"

"Lo entiendo, Padre, lo entiendo."

"Bueno, gracias por haberme escuchado y no haber discutido todo el tiempo. En verdad se lo agradezco. Espero que todo salga bien con su sobrino. Hablarle de sexo y todo eso." Digo mientras río.

"Claro. Ya que lo menciona, he querido preguntarle algo desde hace rato. Permítame voy directo al punto. Dios nos creó para amarnos el uno al otro, ¿verdad? ¿Y entonces cual es el problema, de verdad, con el sexo? Biológicamente estamos programados para sentirnos atraídos mutuamente, para tener sexo con el fin de tener hijos para la supervivencia de la raza humana. Queremos caminar de cierta manera, oler de cierta manera, vernos de cierta manera, cuidarnos de cierta manera para que alguien nos preste atención y, pues, acostarnos con la más bella. Mire como utilizamos el sexo en toda nuestra publicidad para atraer clientes y que compren el mejor perfume, jabones, lociones corporales, champú, delineadores, artículos deportivos... ¡lo que sea! Las mujeres escogen a los hombres con base en todas estas variables, y los hombres hacen lo mismo con las mujeres. Pero, a fin de cuentas, ¿qué hay de malo en todo esto? ¿Por qué tenemos estos sentimientos de amor, estos sentimientos de deseo, y todas estas reacciones químicas? ¿Qué se supone que debemos hacer con todo eso? Digo, con el coqueteo, el adulterio, las relaciones – todo eso - ¿Qué se supone que Dios espera que hagamos?"

El Dr. Chaffgrind me hizo una pregunta similar durante su clase, retándome a decirle a él y a sus estudiantes qué problema hay con todo esto si biológicamente hemos sido diseñados para tener dichos impulsos sexuales.

"Bueno, lo que me pregunta es un tema muy volátil pero también muy fácil de entender," comienzo. "Sin embargo, cualquier respuesta que pueda darle requeriría más tiempo del que probablemente tenemos disponible en este momento. Si alguna vez Jean y usted quisieran asistir a una clase de terapia matrimonial, podrían aprender muchísimo más sobre el tema. Pero sabiendo eso, sería un placer para mí discutirlo si quiere escucharme ahora."

"¿Tiene una versión condensada? Ya sabe, ¿un resumen?" insiste.

"No tengo uno que le haga justicia. Sin embargo, permítame ponerlo en estos términos," le ofrezco. "Imagine la mujer que ama."

"¿Michele o Jean?" pregunta sin vacilar.

"Quiero enfocarme en Jean, Alguacil, su esposa. Aparte de las obligaciones paternas que tiene con Michele para Gina, y definitivamente de tratar a Michele con la cortesía que merece como su prójimo, el amor de su vida debe ser su esposa. Regresemos al momento en que estaba profundamente enamorado de Jean. ¿Qué era lo que más quería para ella? Espere un momento, todavía ama a Jean, ¿verdad?"

Una pausa. "Sí, de cierta manera."

"Bueno. Eso es algo. Pero devuelta a la pregunta. ¿Qué era lo que más quería para ella en ese entonces? Ojalá sea lo que espero."

"¿Su felicidad?" Comienza a entenderlo poco a poco. Continúo.

"¿Y Que creía que la haría feliz? Digo, cuando todo haya terminado, cuando llegue la vejez, cuando el polvo se asiente, cuando su vida termine, ¿qué la haría feliz?"

Silencio. Puede que los clichés lo hayan confundido, o que crea que es una pregunta para hacerlo caer. Intercedo antes de que lo pierda por completo.

"El Cielo, ¿verdad? La felicidad eterna junto a Dios, ¿correcto?" digo.

"Oh, sí, claro. Claro que sí. Lo siento," me dice.

"Bien. Y entonces, como usted tiene sentimientos de amor por ella, debe querer que llegue al Cielo. ¿No es así?"

"Así es," contesta.

"Entonces debe estar haciendo todo lo que pueda para que ella llegue al Cielo, ¿cierto?" Afirmo enfáticamente.

"Bueno." Su respuesta suena un poco retraída, más en tono de pregunta que en tono de total acuerdo.

"Y ya que debe amar a su prójimo como a sí mismo - recuerde que acabamos de hablar de eso – usted también debe querer llegar al Cielo, ¿verdad?" Le imploro que ya entienda mi punto.

"Sí, definitivamente," dice.

"Tenga presente que va por buen camino. Me refiero a que ya le puso fin a su relación adúltera con Michele, y se comprometió nuevamente a su vocación de esposo con Jean. Reconoce que debe amar a Dios más que a usted mismo y a lo que quiere en la vida. Está aprendiendo a vivir y a hacer que las cosas funcionen con Jean, y hace su mejor esfuerzo. Pues bien, ese un ejemplo del amor. Y es en esa relación maravillosa, hermosa, santificada y comprometida del matrimonio – de usted y Jean como marido y mujer – donde se practica el sagrado don de hacer el amor, de las relaciones sexuales. No en el adulterio con Michele."

"Ah…" Creo que ya lo está entendiendo.

"Eh, permítame un momento, Alguacil. Alguien acaba de entrar. Debo ponerlo en espera."

Capítulo 44

Me inclino hacia mi izquierda para echar un vistazo al corredor, y veo a la Sra. Bellers que se dirige hacia mi oficina junto con otra mujer que la sigue a unos pasos detrás de ella.

"Vine a recoger algo de mi escritorio y ésta mujer se estacionó justo detrás de mí. Dice que en verdad necesita verlo. ¿Cómo es su nombre, señora?"

"Michele Jerpun."

"¿Jerpun? ¿La mamá de Gina Jerpun que estaba en coma?"

"Sí," responde la reina helada en un tono espeluznantemente placentero y bien practicado.

"¡Oh, me alegra mucho que haya salido de eso! Y me alegra mucho haber estado aquí para abrirle – estoy segura que realmente necesita hablar con el Padre Bereo debido a todo lo que le ha sucedido."

Dirige su mirada de vuelta a mí, y noto la sonrisa de superioridad como la del gato de Cheshire que cubre el rostro de la Sra. Bellers mientras guía a Michele a mi oficina.

Si la Sra. Bellers no está al tanto de la reputación coqueta de Michele Jerpun, estoy seguro que pronto se va a enterar luego de algunas llamadas telefónicas bien hechas. La información sustanciosa que pueda compartir, sea verdadera o no, siempre le emociona.

Mientras Michele pasa por mi lado y se dirige al fondo de la oficina, yo me muevo hacia la puerta pero no alcanzo a llegar a ella cuando la Sra. Bellers la cierra firmemente. Afortunadamente, la puerta tiene un panel de vidrio. Alcanzo a notar el guiño de la Sra. Bellers a medida que recoge lo que parece ser una bolsa marrón y algunas hojas para contabilidad anticuadas, y sale sin demora. Se me hace raro ya que todo lo que hacemos es en la computadora.

Mi mente regresa a mi problema inmediato ubicado a tres metros de distancia, quien se apoya sobre el aparador mientras su ex amante celoso espera en el teléfono.

Cuando regreso a mi escritorio para finalizar la llamada, ella avanza con gracia hacia la puerta mientras sus ojos se pasean entre la luz intermitente del teléfono y yo. Me siento muy indeciso de tan siquiera contarle al alguacil que ella está aquí en primer lugar. Está es una mala situación para mí por donde se le mire, y debo rectificarla de inmediato.

"Alguacil, que pena hacerlo esperar. Debo solucionar algo. Mire, antes de que hable con su sobrino, ambos se beneficiarían mucho si usted hace su tarea antes de llamarlo para hablar de este tema, ¿está bien? Compre una copia de algo de Juan Pablo II sobre sus catequesis llamadas la 'Teología del Cuerpo.' Esa información le será de mucha ayuda a usted..." Intencionalmente miro directo a los ojos de Michele mientras termino mi oración, "... y a su esposa, Jean. Hablamos luego."

Detecto un destello de cólera en sus ojos, pero lo controla rápidamente.

"Tengo una cita a la que debo llegar, Sra. Jerpun," digo mientras tomo mi abrigo del espaldar de mi silla. "podemos mientras salimos."

Se acerca a mí con destreza y a la vez bloquea la puerta; de manera estratégica elimina toda posibilidad de salir sin tener que empujarla forzadamente. Hasta el momento no tengo idea de lo que quiere, pero reconozco instintivamente que ésta es una situación de la que debo salir rápidamente.

"Padre, solamente me quería disculpar por como lo traté en el hospital en abril. Simplemente estaba tan, eh, molesta."

Ajá. Con lo que ya he vivido con ella – comenzando por la interacción que tuvimos en la Prisión Central, pasando por lo ocurrido en el hospital cuando fui de visita, y ahora con lo que me dijo el alguacil que le hizo con el marco de vidrio – definitivamente permaneceré en guardia.

"No hay problema, Sra. Jerpun. Sin rencores. ¿Cómo está Gina?" pregunto intentando ganar un poco de tiempo mientras pienso en la mejor estrategia para salir. Si la quito de mi camino de un empujón, probablemente me demanden por golpear a una mujer indefensa o por cualquier cosa que un abogado logre meterle en la cabeza.

"Está bien. Y, bueno, también quería decirle lo mucho que he visto al Alguacil Daniel cambiar desde que regresó. En realidad parece estar comprometido a darle un giro a su vida. Ya sabe, su esposa, su vida... todo eso. Y definitivamente intenta ser un hombre de Dios. Lo felicito por todo lo que está haciendo por todos ellos."

Se voz se escucha suave y parece genuina, pero me doy cuenta de que aprieta sus puños. Sus labios están ligeramente fruncidos y una sonrisa forzada emana de ellos. Sus palabras me dicen que puede que el alguacil ya le haya comunicado que conozco todo lo concerniente a su pasada relación amorosa de largo plazo.

¿Recuerdas la vez que de joven estaba manejando mi motocicleta, hice ese salto en la montaña de tierra, y terminé rodando sobre el alambre de púas que alguien había dejado en la colina? En ese instante, todo parecía suceder a paso de tortuga. Y ahora, este momento con Michele Jerpun va en cámara lenta envuelta en melaza pegajosa.

Cuando me coloco mi chaqueta, dándole una indicación clara de mi intención de irme de la oficina, ella se quita la suya y la deja caer al suelo. En algún momento también parece haberse quitado los tacones y ahora se encuentra descalza sobre el piso de baldosa, bloqueando la puerta por completo. Mierda.

"Mire, ya me voy. Puede hacer una cita conmigo en cualquier momento durante el horario normal de oficina, ¿de acuerdo?" lo digo tan serio como puedo para que no quepa duda alguna de mis intenciones.

"Oh, Padre, ¿a qué le teme? Parece que se fuera a orinar en los pantalones. Simplemente quería que supiera algo, por eso es que vine hasta aquí a hablar con usted personalmente. Esa secretarucha que tiene y que me dejó entrar me dijo por teléfono en la mañana que algunas veces usted viene tarde en la noche, así que me arriesgué. De hecho, hasta me animó a hacerlo. Aquí estamos, usted y yo, dos seres humanos sanos; uno de los cuales probablemente no haya hecho el amor apasionadamente en muchísimo tiempo, o nunca."

Da algunos pasos seductores hacia mí y comienza a quitarse el cinturón rojo envuelto alrededor de su delgado vestido negro, y lo sostiene en su mano. Continúa con una voz baja en un susurro apenas audible. Está excitada. Tengo que largarme de aquí.

"Sé algo que usted no sabe. Sobre usted. Sobre el alguacil. Cameron Gambke me contó un secreto muy personal, profundo y oscuro. Y me siento tan mal por ustedes dos. Y con el estilo de vida que lleva, no puedo imaginar el dolor que ha sentido a través de los años. Simplemente quiero darle consuelo."

Estira su mano hacia mi rostro mientras habla, y puedo oler el perfume excitante flotando hacia mí.

"Pero antes de decírselo, quiero ver si el buen sexo se salta generaciones. Hasta ahora, no creo que suceda, pero necesito validación por medio de esta experiencia intemporal que quiero compartir con usted."

En mis días de juventud no sé cómo hubiera reaccionado a esta pesadilla que se desenvuelve frente a mí, pero imagino que no la hubiera considerado bajo la luz negativa que afortunadamente reflejo ahora sobre ella. No, en éste punto específico de mi vida, todos mis sentidos me gritan que me vaya, *de inmediato*, porque reconozco claramente la maldad que esto significa. Cuando se sube el vestido para quitarse la ropa interior, se aleja ligeramente de la puerta para equilibrarse contra en perchero, lo que me da la oportunidad de escapar. Arroja su cinturón rojo hacia mí y lo atrapo instintivamente antes de que la hebilla me golpee en la cara.

De un solo movimiento abro la puerta, la hago a un lado y salgo a correr a toda velocidad. Sí, los sacerdotes católicos pueden correr, muy rápido y muy lejos cuando el pánico se apodera de ellos – y necesito escapar de Michele Jerpun y su juego tan pronto como sea posible.

Reduzco la distancia entre el edificio administrativo y la calle principal en segundos aún con el cinturón en la mano y paso por el frente de la Sra. Bellers quién abre los ojos de par en par; se encuentra sentada en su auto con las luces apagadas y el celular pegado a la oreja, hablando con quién sabe quién. Disminuyo la velocidad hasta llegar a un trote torpe, sabiendo lo sospechoso que todo esto se debe ver, e inmediatamente determino que ella piensa que me ha atrapado. En su mundo, estoy seguro que ésta escena que se desarrolla frente a ella puede ser clasificada solamente como "¡fabulosa!"

Capítulo 45

"¿Todo bien?" La Detective Renae ha venido a la rectoría acompañada por el Padre Bernard.

"Supongo que se enteró," digo de manera defensiva. "¿Por qué no estuvo con todos los demás esta mañana? El alguacil estuvo ahí. Me agarró del brazo cuando me iba y me dijo que sabía que intentaría seducirla algún día. Si no hubiera habido más personas, estoy seguro que me hubiera dado uno o dos puños. ¿Va a necesitar hacerme las preguntas oficiales? Si es así, ¿necesito un abogado?"

Tanto ella como el Padre Bernard se ven comprensiblemente preocupados. Levanta su mano intentando calmarme, pero ya tomé impulso.

Emocionalmente, estoy hecho un desastre. Mis preguntas acusativas a la Detective Renae solamente logran incrementar la tensión dentro de mi habitación aquí en la rectoría. Estoy molesto, confundido, y asustado al mismo tiempo. Siento los signos iniciales de un ataque de pánico que amenaza con apoderarse de mí si no me concentro en mis técnicas de relajación. Aunque totalmente innecesarios, los ataques hacia mi amiga, mientras el Padre Bernard está al lado de ella, parecen ser una respuesta natural a la maldad que me ha atacado. Hay una batalla interna que se desata dentro de mi cuerpo y me causa mareo, confusión, palpitaciones, nausea, sofoco, e incomodidad mientras mi corazón late a mil por hora.

Intenté hacer ejercicios de respiración profunda durante la noche, tanto que hiperventilé varias veces. Intenté cerrar mis ojos y buscar un lugar de fantasía seguro, pero la paz me fue esquiva. A mi mente venían sin parar imágenes de la prisión, de quedar sin hogar, de ser expulsado del sacerdocio, sin trabajo, tildado de depredador sexual, con un palo metido en mi ano. Estoy angustiado, deprimido, y ahora totalmente exhausto.

Algunos supuestamente "expertos" dicen que si somos inocentes de cualquier delito, no debemos sentir ninguna aflicción emocional por ser acusados injustamente. Ahora que lo pienso, dichos expertos al parecer nunca han pasado por algo tan extenuante en sus vidas. Soy la prueba viva de que esos "expertos" no tienen ni idea del tema.

El escándalo de abuso sexual que involucra a los sacerdotes

católicos ha cambiado para siempre el concepto de 'inocente hasta que se demuestre lo contrario.' La percepción pública actual es que si usted es un sacerdote católico, probablemente sea culpable de *algo* pervertido en el aspecto sexual porque es un hombre reprimido sexualmente. Aún si lo acusan y eventualmente prueban su inocencia, su reputación se verá opacada de por vida y su carrera como sacerdote será destruida.

A eso del medio día hoy, el Padre Bernard me citó en su oficina. Allí me encontré con su expresión de dolor y algunos miembros del Departamento del Alguacil. También estaba un representante de la Diócesis en Raleigh, así que definitivamente el Padre Bernard no tenía una mañana placentera. Desde el día del robo, él había seguido el consejo de una compañía de seguridad local de cambiar la alarma del edificio cada mes. Está mañana lo hizo a las cinco porque no podía dormir, y planeaba decirnos a mí y a la Sra. Bellers el nuevo código de la alarma cuando llegáramos a trabajar. Sin embargo, una sirena a las 6 a.m. en el edificio administrativo cuando la Sra. Bellers decidió llegar mucho más temprano que de costumbre, le aseguró al Padre Bernard que no tendría un buen día.

El Padre Bernard nos dijo que había escuchado por primera vez del "incidente" por parte de la Sra. Bellers, luego del susto inicial que se llevó ella cuando la alarma se activó y de la presencia inmediata del Padre Bernard, vestido completamente para las actividades del día. Intentó llamarlo tarde la noche anterior – él se quedó dormido al teléfono. No desperdició nada de tiempo para comunicar su versión de lo que había sucedido la noche anterior.

Luego, a las 8 a.m., cuando la oficina parroquial abrió sus puertas, Michele Jerpun llamó al Padre Bernard para interponer una reclamación oficial de abuso sexual. Dijo que tenía prueba de un cinturón rojo que estaría en mi posesión, y que mis huellas estarían en él. Yo, por supuesto, le entregué inmediatamente el cinturón al investigador cuando llegó y le di mi declaración completa del suceso. El investigador por su parte dijo que se encontraban a la espera de recibir el "vestido rasgado" de parte de Michele. Sin embargo, para cuando me fui de la oficina, Michele aún no había llegado a entregar dicha "evidencia" adicional.

El Padre Bernard me dijo que lo mejor era que me quedara viviendo en los alrededores, pero que me fuera de la rectoría. Cuando me fui del edificio administrativo, vi a la Sra. Bellers en el estacionamiento quien era entrevistada por los noticieros locales. Sí, nuevamente llamó a los medios, y me di cuenta de que el representante de la diócesis no estaba muy contento al respecto. Debido a tal apremio, el Padre Bernard se hizo cargo y los sacó de la propiedad privada. Desafortunadamente, también había bastantes feligreses, sin duda notificados por la Sra. Bellers.

Ésta escena irreal se sentía extrañamente familiar. Las imágenes de Jesús cargando la cruz con tan solo Su madre y unos pocos amigos ofreciendo el poco apoyo que podían, llenaron mi cabeza. Logré abrirme camino entre los reporteros y feligreses hasta mi habitación sin decir ni una palabra y había comenzado a empacar cuando llegaron la Detective Renae y el Padre Bernard.

Al menos mi consejero espiritual de confianza, el Padre Jack, estaba disponible, con la excepción de que no está aquí sino en Nueva York; un lugar que extraño mucho en este momento. El Alguacil Luder, alguien quien creí se estaba convirtiendo en un amigo, aparentemente se ha puesto en mi contra. Al menos la Detective Renae está aquí, pero dadas las circunstancias, su presencia se debe a asuntos "oficiales," de seguro. Dudo que se haya traído su camiseta de "amiga." ¿Y por qué está aquí junto a ella el Padre Bernard? Ahora que lo pienso, me alegra que esté aquí. Lo último que necesito es que la prensa, dirigida por la dulce y querida Sra. Bellers, alegue que yo estuve solo con una mujer en mi propia habitación en la rectoría.

Ya no importa, todos conocen la historia. Espero la llamada de un abogado que el Padre Jack me recomendó, y otros cinco ya han intentado comunicarse conmigo para ofrecerme sus servicios. Por una suma de dinero, por su puesto; una bastante grande. Dinero que no tengo ni que puedo conseguir. Desafortunadamente, todo el dinero de mi padre está comprometido en su cuidado a largo plazo, y mi hermano está hasta el cuello de hipotecas para financiar la universidad de su hija mayor y con la menor a tan solo unos años de comenzar. No me sorprendería si los chupasangre de hace meses en la Prisión Central se aparecen por aquí para convertir esto en una grandiosa celebración, con la Sra. Bellers agitando pompones de lado a lado en lo más alto de su pirámide humana – bueno, si es que pude subir su retaguardia hasta allá. Lo sé, no está bien, pero en este momento, en verdad no me importa.

Ofrezco sumisamente una disculpa a los dos, pero solamente por mi mal humor. La Detective Renae me hace un gesto para que me siente en la cama, y sonríe. Permanezco de pie.

"En realidad, eso no será necesario. No tengo preguntas para usted, solamente buenas noticias," dice, demasiado alegre como para que mi mente lo acepte en este momento.

"¡¿Qué?!" respondo mientras muevo la cabeza rápidamente entre ella y el padre Bernard. Él la mira fijamente pero permanece serio.

Dejo de empacar mi maleta. La Detective prosigue.

"Pues bien, tan rápido como todo comenzó, va a terminar, al menos en lo que concierne a nuestra agencia. Cuando Michele Jerpun fue ésta mañana a presentar su denuncia, hace más o menos hora y media, yo estaba ahí junto con otro detective. Tenemos todo en video. El alguacil había salido para acá tan pronto recibió la llamada esta mañana así que no estaba en la oficina en ese momento, pero acabo de informarle los últimos detalles. Aún está furioso, lo que me parece extraño, pero no intentó detenerme cuando salí para acá a contarle esto. Ella describió cómo usted la había manipulado para que viniera con el pretexto de que necesitaba hablar con ella sobre su 'salud espiritual,' y que su secretaria la dejó entrar porque usted estaba al teléfono y no podía escucharla tocar a la puerta."

"Yo nunca dije ninguna de esas cosas. Hace mucho tiempo que no hablaba con Michele Jerpun, y ella sabe que es así. Susan Bellers le permitió entrar porque ella dijo que necesitaba verme. Abrió la puerta del edificio y luego trajo a Jerpun hasta mi oficina. ¡Antes de que pudiera sacarla, Bellers cerró la puerta y luego se fue!" Estoy justamente irritado. "¿Ya hablaron con Bellers?"

"Sí," contestan al unísono.

"¿Les dijo que fue Michele la que vino a la parroquia y que quería verme? ¿Que fue *ella* la que lo solicitó? ¡¿Que no fui yo el que le pidió que viniera?! ¡¿Que ni siquiera la toqué?!"

"No, eso no fue lo que dijo," dice la Detective Renae, "pero afirmó que no recordaba todo lo que había sucedido ya que estaba ocupada buscando algo en la oficina y luego de salida a casa."

"¿Y entonces no me respaldo en absoluto? Pues no me sorprende." Le doy una mirada al Padre Bernard mientras mis ojos le ruegan que finalmente abra los suyos y la despida.

"No, pero…" la Detective levanta su mano, intentando calmarme una vez más, "debe escuchar el resto de la historia. Le informamos a Michele que debía darnos el vestido como evidencia. También le dijimos, dada la seriedad de las acusaciones, que debía quedarse en el pueblo durante una o dos semanas en caso de que necesitáramos hablar con ella nuevamente. En ese momento, dice impulsivamente que no se puede quedar todo ese tiempo, que se debe ir muy pronto, pero no decía por qué. Luego de eso, la entrevista cayó en picada. "Le preguntamos a qué hora había sucedido dicha supuesta actividad anoche. Nos dijo que a eso de las 9:00 p.m., lo cual se confirma con lo que usted y la Sra. Bellers dijeron en sus declaraciones. Lo que es inconsistente es que uno de nuestros policías se encontró con ella en el supermercado de Gardensville alrededor de las 9:15 p.m., y eso no tiene ningún problema; excepto que estaba tan alegre como siempre. No le dice ni una palabra sobre usted, sobre lo sucedido, sobre nada – actúa como si ayer hubiera sido el mejor día que ha tenido en mucho tiempo. Uno pensaría que de inmediato ella le contaría a un miembro de las fuerzas policiales, generalmente tan pronto sucedió, pero no fue así. Pero bueno, yo sé muy bien que las víctimas de abuso sexual pueden entrar en estado de shock, así que el hecho de que no lo haya reportado inmediatamente a un miembro de la policía no es del todo insólito. Sin embargo, y sin mucha sorpresa para nadie, la historia no termina ahí."

La Detective Renae se sienta en la silla que está al lado del escritorio pequeño en la esquina de mi habitación. El Padre Bernard se nota cansado y se apoya contra la pared. Yo aún estoy demasiado fastidiado como para sentarme.

"Tiene puesto el vestido negro que según ella estaba rasgado. El policía no recuerda si estaba rasgado o no, pero cuando revisamos el video del supermercado nada lucía fuera de lo normal. De acuerdo a lo que dijo, usted tiró del vestido con tanta fuerza que literalmente arrancó el tirante del lado derecho, lo que causó que se abriera una rasgadura en el costado tan larga como su brazo, pero eso no es lo que nos muestra el video. Su vestido se ve completamente intacto, y la tienda en la que estaba tiene múltiples cámaras, así que logramos darle una buena mirada desde diferentes ángulos. Lo único que coincidía era que no tenía el cinturón rojo que de acuerdo a las tres declaraciones ella no debería tener. Lo único que cuestionábamos desde el principio era la manera como usted había terminado con el cinturón."

"Ya expliqué..." digo, y ella rápidamente levanta su mano una vez más, dándome a entender que debo esperar, que no ha terminado.

"Lo sé, lo sé. Pero cuando le pregunté sobre su estado de ánimo en el supermercado y el hecho de que no lo reportó al oficial de policía en ese momento, o anoche en cualquier otro momento, se enojó bastante y afirmó que estaba en shock y que por eso se veía de buen humor. No obstante, la descripción del vestido roto no coincidía con la declaración que nos dio inicialmente. Cuando indagué sobre esa inconsistencia en particular, se exasperó aún más. Y cuando le pregunté si estaba dispuesta a ir al hospital para realizar una prueba de violación, ¡terminó la entrevista de manera abrupta y se fue del edificio!"

Me siento, y me doy cuenta de que sin importar la manera como termine todo esto, la opinión pública será que yo ataqué a Michele Jerpun. Aun así, me siento ligeramente calmado por el pensamiento de que la evidencia se acumula en contra de ella. La Detective continúa.

"Cuando le di el informe al alguacil hace una hora, le hizo una llamada a Michele. Ella le dijo que debido a que éramos tan poco profesionales y no le creíamos, quería retirar todos los cargos."

"¿Retirarlos? ¿Puede hacer ese tipo de acusaciones, hacer que todo el mundo se revuelque, y luego dejarlo todo?" Estoy furioso.

"Pues bien, no está cooperando y no podemos forzarla a que continúe con la denuncia, pero puede que quiera preguntarle a su abogado al respecto. Por tanto, en lo que respecta a la policía, todo ha terminado. El caso ha sido cerrado."

El Padre Bernard, quien ha estado de pie cerca de la puerta de mi habitación, comienza a hablar.

"Claramente ese no es el caso en lo que concierne a la diócesis, Jonah. El nuevo protocolo dicta que la diócesis deberá conducir su propia investigación exhaustiva debido a las acusaciones, especialmente debido a que una de nuestras empleadas de confianza, Susan, confirma que usted estuvo aquí solo con la Sra. Jerpun tarde en la noche y que salió del edificio con su cinturón en la mano."

"¡Yo admití ambas cosas! ¡Ella fue la que la dejó ingresar y yo intentaba salir e irme lejos de aquí!" Mientras lo digo me doy cuenta de lo mal que suena. Claro, dado que soy inocente, fácilmente puedo afirmar que intentaba escapar de la trampa que habían puesto frente a mí. Pero si fuese culpable, parecería que intentaba escapar de la escena del crimen.

"Lo sé, Jonah," continúa el Padre Bernard, "pero eso no es todo. Susan también dijo que tiene pruebas de que usted ha estado mirando pornografía en su computadora."

"¡¡¿Qué?!!" la cabeza me da vueltas.

"Ya le dije que lo había hecho, ¿lo recuerda? ¡También le dije lo mismo a la Detective Renae y 'el por qué' de todo eso como parte del reto que el Alguacil Luder me dio!"

La Detective asiente con la cabeza.

Antes de que pueda seguir argumentando mi caso, el Padre Bernard me interrumpe. Puedo ver en su rostro que experimenta una sobrecarga de información y que solamente quiere que el investigador de la diócesis se haga cargo, permitiéndole al proceso ir por el camino apropiado. Estoy furioso, pero no puedo culparlo. Si soy inocente, de lo que definitivamente estoy seguro, la gracia de Dios me ayudará a salir adelante con todo esto. El Padre termina diciéndome lo que desde un principio vino a decir.

"Mire, es necesario que se tome un tiempo libre. El hecho de que esté aquí será un distractor muy grande para todos. Tómese unas semanas. Tenemos su declaración y sabemos dónde encontrarlo con su teléfono celular, ¿está bien? Ya está empacando, así que asegúrese de llevar ropa para al menos dos semanas. Por nuestra parte nos encargaremos de los detalles, y si es inocente todo saldrá bien."

"¿*Si* soy inocente? ¡*Soy* inocente!" Mi grito hace que ambos se alarmen. Ninguno de los dos me ha visto así. Maldición, ni yo me había visto así desde que era el Director Financiero y lidiaba con un Presidente de la Junta Administrativa mentiroso, tramposo, y traicionero.

Finalmente me siento en la cama con las manos en mi cabeza y mis codos sosteniendo el peso sobre las rodillas. Necesito irme, lejos.

"¿Puedo irme del área? ¿La diócesis necesita que me quede aquí?" pregunto.

"Sí, si puede. El investigador de la diócesis no es como un policía oficial, sin embargo, su sacerdocio está en juego si no coopera completamente con todo lo que necesiten de su parte cuando lo necesiten. ¿Entendido?"

"Por supuesto," digo. ¿Por qué no habría de hacerlo?

Alguien toca a la puerta con fuerza y la tensión se incrementa. ¿Y ahora quién?

"Padre Bernard, siento mucho molestarlo, pero, eh, necesitamos que regrese a la oficina." El auditor de la diócesis que ha estado aquí desde la semana pasada está en la puerta.

"¿En qué puedo ayudarlo? Estamos en la mitad de una reunión

importante," dice un Padre Bernard agotado.

El auditor pasa la mirada desde el Padre Bernard, hasta mí, y luego a la Detective Renae.

"En verdad me gustaría hablar con usted en privado. Qué pena la pregunta, ¿pero cuánto se demora?" Su tono es serio y se ve que le falta el aliento. Debió haber corrido hasta aquí.

El Padre Bernard responde un tanto exasperado. "¿Qué es lo que puede ser tan importante? Solo dígalo. Puede confiar en estas dos personas," dice mientras mueve la cabeza hacia nosotros.

"Vamos a arrestar a Susan Bellers bajo el cargo de malversación. Sin embargo, creemos que sabe lo que va a suceder y está haciendo un desastre en la oficina. Me temo que intentará destruir evidencia. Antes de que esto se salga de control, necesitamos que venga y la calme. Por favor." Le ruega.

El Padre Bernard se voltea hacia mí y se frota la cara. Se ve aún más exasperado de lo que estaba yo hace un momento. De ser cierto, su propia cuñada, en quién ha confiado implícitamente y a quien ha apoyado en las buenas y en las malas, lo ha puesto en una posición increíblemente difícil. No estoy seguro de cuantos días más como éste podrán aguantar su cuerpo o su mente.

"Debo solucionar esto, Jonah," me dice. "Salga rápido, por favor, y yo me comunico con usted. Por favor asegúrese también de ir a un lugar en donde pueda comunicarme con usted por teléfono."

Se mueve rápido hacia la puerta, sorprendentemente ágil para su edad.

Capítulo 46

Tengo que admitirlo, fue bastante agradable ver a la Sra. Bellers ser esposada y metida en el asiento trasero del carro del alguacil. Estuve muy tentado a preguntar si podía ayudar en algo. Las cámaras de los noticieros que habían estado ahí en la mañana para filmar mi aparente caída habían decidido quedarse un rato, aunque fuera de la propiedad de la iglesia. Como tal, lograron capturar fácilmente la mano del alguacil sobre su cabeza mientras bajaba la robusta complexión de Bellers y la metía en su vehículo oficial. Probablemente esperaban que fuera yo el que experimentara tal evento tan humillante, y puedo ver la confusión, y podría decir, la decepción, claramente en sus rostros a medida que la escena se desarrollaba frente a ellos.

De manera totalmente contraria a su forma de ser, mantuvo la boca cerrada. Sentí ganas de volver a mis días de pre-sacerdocio y despedirme con mi dedo medio, pero de manera inteligente me contuve y me conformé con tan solo un guiño. Sé que ésta no es la manera como Nuestro Señor desea que maneje esta situación, y sé que está increíblemente triste si Susan Bellers es culpable. Cuando nosotros, Sus hijos, actuamos así, siente nuevamente el dolor y la agonía que sintió durante Su Pasión – todo lo que medito cuando rezo el Rosario por los misterios Dolorosos. ¿Por qué le hacemos esto una y otra vez? ¿Por qué se lo hago yo? Es decir, yo *entiendo* todo esto, y aun así fallo.

Afortunadamente, durante la conmoción logré escabullirme por la puerta trasera hasta mi vehículo, y acordamos encontrarnos con la Detective Renae en nuestro antiguo restaurante en Swan Quarters. Parece verdaderamente sentir empatía conmigo en este momento y me ha perdonado por mi actitud de hace tan solo 90 minutos atrás.

La misma mesera de antes toma nuestra orden. Por suerte estamos a media tarde y solamente hay dos clientes más presentes. Aun así, estoy agradecido de que la televisión esté en el canal del clima.

Hablamos una vez más sobre los detalles de las acusaciones de Michele Jerpun. Me siento un poco mejor sabiendo que la Detective alzará la voz en mi defensa frente a la diócesis dado todo lo que sabe sobre Michele y su indudable historia sórdida.

¿Cómo puedo escribirlo aquí con tanta seguridad? Pues bien, lo que no sabía antes, lo que la Detective Renae me acaba de contar, es que Michele Jerpun ha presentado acusaciones de abuso sexual dos veces con anterioridad – algo de lo que el departamento se enteró por medio de otra agencia. Me pregunto cómo reaccionó el alguacil frente a esta nueva información, ¿o ya lo sabía?

Cuando llega nuestra comida, cambio el tema. "¿Puedo preguntarle algo?"

"Claro," me responde sin prestar atención mientras toma un sorbo de su vaso de agua con una rodaja de limón.

"Ambos hemos estado muy ocupados desde su presentación sobre la violación, ¿pero sí entendí su último comentario correctamente? ¿Usted también fue una víctima?"

Ahora confía mucho más en mí y comienza a sincerarse, solo que con un poco de vacilación.

"Sí." Se le ve conmovida por encima de la vergüenza y aun así, su mirada no vacila. Le agradezco a Dios que recibió la ayuda que necesitaba para lograrlo.

Mira por la ventana y hace una pausa. Automáticamente sigo la dirección de su mirada y veo grandes nubes que comienzan a oscurecer el panorama, con apenas suficiente sol que aún brilla para iluminar los cielos azules.

"Hace 19 años yo era una niña de apenas 10 años. Me parecía bastante a mi mamá: compasiva y modesta. La mayoría de la gente ni siquiera sabía que yo estaba allí. Había aprendido a ser inexistente, porque Cameron Gambke nos controlaba a todos en la casa. Mattie tenía apenas 5 en ese momento, y mamá y yo hacíamos todo lo que podíamos para protegernos mutuamente, y a él, permaneciendo fuera del radar de Cameron.

"Era un bebedor, bueno, creo que al menos social, pero cada noche él y mamá se bajaban algunos tragos.   Parecía estar de mal humor a toda hora y se quejaba constantemente sobre lo que iba mal en su vida, y sobre como todo era culpa de mamá, o incluso mía. Cosas estúpidas, como un picaporte roto, se convertían de alguna manera en su mente en una gran teoría de conspiración para acabar con su mundo por completo, y de seguro mamá y yo estábamos detrás de todo eso. Nunca culpó a Matt por nada, pero los golpes llegaban rápido a mamá y, de vez en cuando, a mí."

Su voz se apaga poco a poco y su ceño se frunce a medida que un recuerdo distante regresa a su mente. Deja el pensamiento de lado, y prosigue.

"Como ya lo dije, aprendí a permanecer escondida y a observar las señales de peligro, siempre preparada para correr en busca de refugio. Una noche lo escuché gritar sobre cómo iba a dejar a mi mamá y a nosotros si ella no hacía lo que le pedía."

"¿Y qué le pedía?" pregunto.

"Dormir con otras personas," continúa. "Decía que quería una relación libre, que debería poder dormir con quien quisiera y que ella podía hacer lo mismo. Intentó convencerla de que 'todo el mundo lo estaba haciendo.' Recuerdo a mamá haciéndole frente y diciéndole que no iba a hacerlo; que no se sentía cómoda con ello. Entonces la apartó de un empujón, empacó una maleta y se fue a un hotel. Mamá lloró toda la noche, pero yo estaba muy emocionada. Tenía a Mattie bajo mi brazo, y esa noche jugamos y reímos bastante. Pero al día siguiente el idiota regresó, y él y mamá estuvieron de amores y bebiendo nuevamente, como si nada hubiera sucedido. Y esa misma noche, una pareja viene a casa, y nuestras vidas cambian para siempre.

"Justo antes de eso, cuando mamá nos acostó, se inclinó hacia nosotros y nos dijo, 'todo va a estar bien. Voy a arreglarlo.' Cuando salió, la seguí y me senté al lado de la puerta de la habitación principal, y de acuerdo a lo que ahora como adulta puedo entender, parecían conejos teniendo sexo.

"Sucedió de nuevo a la semana siguiente con una pareja diferente, y todos los fines de semana siguientes por no sé cuánto tiempo. Cameron parecía muy contento, pero mamá, se notaba que estaba ofendida. Intentaba sacar excusas a todo momento o imaginaba planes para los fines de semana – como salidas familiares – pero el viejo no quería saber nada de eso. Las discusiones entre ellos empeoraron, al igual que las golpizas.

"Una noche, un hombre vino a casa – Cameron dijo que era uno de sus socios, un inversionista de los 'Ángeles Negros' que era muy importante para el futuro financiero y la protección de nuestra familia – y de repente, Cameron me tiene sujetada contra el piso en la cocina mientras ese tipo desgarra mi ropa. Abusa de mí, y cuando termina, Cameron y él van a una de las habitaciones y se toman un trago –

hacen un brindis con Jack Daniels para 'sellar su trato,' lo que sea que eso signifique.

"Confiaba en mis padres, ¡mis propios padres! Yo llamaba a mi mamá a gritos, y podía escucharla llorando en la otra habitación. Mattie también lloraba; estaba muy asustado con toda la conmoción. Salí de la casa corriendo y mi mamá salió detrás de mí; no paraba de decir lo mucho que lo sentía, pero me animaba a continuar haciendo lo que Cameron pidiera para que todos pudiéramos tener paz, y ser felices.

"Nunca había conocido la paz verdadera, y ni siquiera podía definir la palabra 'felicidad' en ese momento de mi vida. Cameron me dijo que como era su hija, era mi deber ayudar a la familia de esa manera, y que si no me gustaba, simplemente podía irme. ¿Ir a dónde? ¿A dónde va una niña de diez años? ¿Y quién iba a creerme si lo hiciera? Dijo que me mataría si me iba, o que mataría a mamá o a Mattie. Nunca creí que tocaría a mi hermano, pero no dudaba que mataría a mamá. Así que me quedé y nunca intenté escapar; solo intenté volverme más inteligente.

"Adelantémonos dos años. Ese tipo venía alrededor de doce veces al año, y la rutina era la misma. Durante un tiempo, cuando me daba cuenta que estaba pronto a venir, me iba de la casa, pero Cameron me encontraba y me daba una golpiza salvaje. Así que aprendí a quedarme, a cerrar mis ojos, y a irme a un lugar lejano."

Ya tengo los nervios de punta por todo lo que he pasado hoy. No tengo palabras, y apenas puedo formar una pregunta.

"¿Cree que Matt fue abusado?" la interrumpo.

"Sí," dice fríamente.

"¿Por el mismo hombre?" digo insistentemente, sintiéndome ahora obligado a saber.

"No, y no me refiero a que fue abusado sexualmente, al menos no que yo sepa," continúa. "Simplemente sé que le permitieron... bueno, de hecho fue alentado a observar a Cameron y a mamá en esas orgías. Escuché a Cameron decirle a mamá que era bueno para él, para que pudiera verlo por sí mismo. Si mamá se oponía, Cameron la golpeaba. Así que ella dejó de oponerse y él siguió mirando. De verdad tuvo que haberlo afectado bastante. Sé que suena estúpido, pero Cameron nunca me pidió que mirara. Era como algo tribal entre hombres – Mattie era el muchacho de la casa y tenía que aprender todo sobre el sexo. Claramente mi papel era el de dar; a Matt le enseñaron que su papel era el de tomar. Mis calificaciones en la escuela se fueron al piso; me costaba mucho concentrarme en algo. Estaba hecha un desastre."

"No veo ningún otro posible resultado, Renae. Pero tengo que preguntarle, ¿nadie notó nada anormal? ¿La escuela? ¿Un consejero? ¿Alguien?"

"Yo me pregunté lo mismo con el pasar de los años," me dice. "Vinieron en algunas ocasiones, pero como todos los criminales experimentados, Cameron sabía exactamente como mantener a raya a la ley. Se aseguraba de que pareciéramos una familia americana típica – todo en orden, todos vestidos como debe ser, dos gatos y un perro – y nadie nunca se dio cuenta. Y yo tampoco iba a decir nada. Hacia el final, como yo ya tenía más edad y experiencia, ese sujeto comenzó a amenazar con que me mataría si lo delataba. También dijo que mataría a mamá y a Mattie si lo hacía, y yo le creí. No tenía ninguna razón en absoluto para no creerle. De cualquier manera, pensé que ese sería el curso de mi vida; Un juguete sexual que terminaría muerto, a manos de ese hijo de puta o a manos de Cameron - ¿Que buenos ejemplos a seguir como adulto, no?

"Cuando cumplí 13 años, él me llevó a su casa. Mi mamá se sentía tan llena de dolor que estaba acurrucada en posición fetal en su habitación. Creo que enviaron a Mattie a jugar en casa de un amigo porque no recuerdo haberlo visto para nada. Cameron me llevó hasta el carro del tipo que estaba estacionado en nuestro garaje interior. Ninguno de los vecinos podía ver o escucharme aún si intentaba dar la pelea, pero en todo caso no iba a hacerlo. Luego me metió al carro. Él y el otro hombre vendaron mis ojos, y me obligaron a acostarme en el asiento delantero con mi cabeza sobre las piernas del tipo, probablemente porque podía colocar su mano sobre mi boca si intentaba gritar. Escuché que las puertas se cerraron y luego él condujo a algún lugar; me pareció una eternidad el viaje.

"no recuerdo muy bien los siguientes dos o tres días. Era una casa, de eso estoy segura. Y ese sujeto estaba allí. Estaba encerrada en una habitación donde la única ventana estaba cubierta con una sábana negra. Me violó unas cuantas veces, y luego dijo 'Bienvenida a tu nueva vida.' Sé que fui drogada en repetidas ocasiones, pero no sé con qué. Debió haber sido en el agua que me daba y que me obligaba a tomar, o quizás en la comida. Perdí la cuenta de todos los tipos que vinieron y me violaron, uno a la vez. Algunos eran mayores, otros de mi edad o incluso más jóvenes. Le supliqué a cada uno de ellos que me ayudara, pero ninguno lo hizo. Ninguno. No sé si el hombre les dijo quién era yo, pero ni siquiera titubeaban. Algunos hasta me golpeaban cuando me resistía. Y así fue que terminé con un montón de ETS."

Tengo la cabeza entre mis manos y la muevo de lado a lado; su sufrimiento se iguala al mío. Aun así, permanece firme, resuelta a terminar su horrible historia.

"¿Qué le decían esos hombres cuando les suplicaba su ayuda?" pregunto, sorprendido por su completa falta de compasión por otro ser humano.

Hace una pausa y veo que aprieta su servilleta aún más fuerte mientras pequeñas lágrimas se forman bajo sus ojos color marrón oscuro.

"¿Al principio? Pues, vamos. 'Perra,' 'puta,' 'zorra,' 'ramera,' 'te gusta,' 'de que te quejas si te estás enriqueciendo con esto,' – ese tipo de cosas. Aunque la mayoría no decía nada. Simplemente me cogían, ignoraban mis súplicas, y luego se iban. Algunos me daban puños solamente por diversión. Uno de ellos le contó al tipo de los 'Ángeles Negros' que estaba pidiendo ayuda, y me dio una golpiza que creí que me moría. En ese punto, deseé haberme muerto. Me di cuenta de que debía ayudarme a mí misma; de que no podía confiar en que nadie más me ayudaría.

"Entonces un día logré salir de la habitación luego de que un tipo me violó y olvido poner el seguro exterior para dejarme encerrada. Vi que ambos estaban en el frente riendo y dándose un apretón de manos como viejos amigos, y mi captor lo acompañó a la salida. Revisé las habitaciones rápidamente – el lugar parecía inmenso – y encontré un montón de dinero sobre una mesa de noche. Creí haber escuchado a otras personas detrás de algunas de las puertas, pero nunca vi a nadie más. Había estado desnuda desde que llegué allí, pero tomé algunas prendas de mujer de un armario abierto y salí corriendo por la puerta trasera. En su mayoría el interior de la casa estaba bastante oscuro, y definitivamente era media noche afuera, y caminé algunos kilómetros por el desierto frío y montañoso; todo parecía irreal debido a las drogas, los golpes, y el agotamiento total. Me recogió un camionero – un hombre verdaderamente bueno. No se aprovechó de mí en absoluto, simplemente me dejó dormir. Ocho horas después me dejó en la casa de mi tía en Arizona.

"Hasta este día no tengo ni idea de donde estaba ubicada esa casa. Durante años tuve pesadillas sobre habitaciones con formas extrañas. No sería capaz de dar una descripción específica del lugar aún si tuviera que hacerlo.

"Mi tía quería acudir a la policía después de que le conté toda la historia. Luego me dijo que mamá estaba muerta."

"¡¿Muerta?!" No puedo evitarlo y suelto la pregunta repentinamente.

"Sí, dijo que mamá la había llamado histérica diciendo que yo había desaparecido pero no escucho nada de ella durante una semana. Intentó llamar una y otra vez, pero nadie contestaba. Llamó a la policía y fueron hasta allá a revisar. Cameron actuó perfectamente, parecía bastante afligido. Dijo que mamá cayó por las escaleras y se rompió el cuello. Mattie la vio al final de las escaleras – sin duda todo arreglado por Cameron – pero nunca se levantaron cargos.

"Mi tía le dijo que lo sabía todo y que si alguna vez venía por mí se aseguraría de que recibiera lo que se merecía. Mi tío era un agente de narcóticos encubierto – un tipo tremendamente rudo – y ni a él, ni a nadie más en la familia, les agradó Cameron. Cameron dijo que yo era una zorra y que de todas formas no quería que regresara, que él y Mattie sobrevivirían perfectamente. Mi tía dijo que mamá era una persona maravillosa cuando joven, pero todo empeoró cuando conoció a Cameron Gambke."

"¿Y su tío con todos sus contactos en la policía no podía ir tras de él?" Aún intento entender de alguna manera cómo tantos criminales como este se pueden salir con la suya en lo que le hacen a otras personas y conservan su libertad.

"Lo intentó. Pero se encontró con grandes obstáculos en todas partes. La historia de Cameron era sólida. Era un mentiroso profesional." Lo dice con mucha seguridad, ahora sin ningún rastro de la humedad que había antes en sus ojos.

"Mi mamá y Cameron nunca se casaron ya que él no creía en la 'institución del matrimonio,' pero aun así mamá permaneció junto a él. Le dieron la espalda al resto de la familia porque mamá sabía que nadie aprobaría su estilo de vida, especialmente las drogas a las cuales admitió frente a mi tía la semana antes de que escuchara que estaba muerta. Él siempre tenía control sobre ella, así que probablemente no hubiera importado cualquier esfuerzo que ella hiciera. No hubo ni navidades, ni cenas de acción de gracias, ni salidas familiares, ni nada, nunca. El reinaba sobre ella y me dominaba completamente."

Me mira fijamente; la coraza que ha formado con los años regresa completamente mientras continúa.

"Ya se lo dije antes, pero mi tía y, bueno, definitivamente mi tío, me salvaron. Me recibieron y me protegieron. Ella se convirtió en mi mamá; él en mi papá. Me amaron, me cuidaron, me escucharon, y me ayudaron a sanar. Dado que mi tía era una psicóloga entrenada, ella fue la que más me ayudó. Y ya anteriormente le había contado sobre el EMDR – mi tía ha estado trabajando conmigo durante ocho años. Si hubiese sabido de eso tan pronto sucedió todo, estoy segura de que hace mucho tiempo hubiera aprendido a controlar estos sentimientos. Cuando fui a la universidad, decidí que simplemente quería ayudar a los demás. Me iba a convertir en psicóloga, pero quería perseguir a todos los violadores del mundo, todos los Cameron Gambke y los Walter Raleigh."

"¿Sir Walter Raleigh?" pregunto.

"Sí, ya sabe, el tabaco. Después intenté encontrar a ese tipo, años después, pero nunca pude. Puedo recordar su rostro perfectamente, pero nunca estuvo en ninguna de nuestras bases de datos de criminales. Pero es el olor del tabaco que fumaba el que nunca se irá de mí y como nunca supe su nombre, simplemente le puse ese. Su ropa y su boca apestaban. Averigüé el nombre del tabaco años después, y aunque he sanado bastante gracias a la terapia y la práctica, cuando sentía ese olor, experimentaba un temor total e incontrolable que me paralizaba.

"Como lo dije antes, iba a hacer algo, cualquier cosa, en el campo de la ayuda profesional – tal vez psicóloga como mi tía para ayudar a todas las víctimas – pero luego leí sobre un caso en el que una niña que había sido abusada sexualmente por su padrastro y su hermano consiguió un arma en la casa y les disparó a ambos. La encerraron en la cárcel. Todos habían ignorado sus súplicas durante años hasta que finalmente se cansó.

"Todo el mundo estaba completamente sorprendido. La naturaleza densa de los cerebros de algunas personas aún me deja sin palabras. ¿Qué, creen que simplemente se levantó una mañana y decidió dispararles? Si hubiesen sido amorosos y cariñosos, si la protegiesen, ¿por qué se le habría metido ese pensamiento en la cabeza? Obviamente no digo que debieron haber sido asesinados a tiros. ¡Por supuesto que no! Solo digo que la culparon por todo.

¿Hablan en serio? A lo que me refiero es a que esta pobre niña rogaba, pedía ayuda a gritos, y como de costumbre fue ignorada. Y cuando tiró del gatillo, se convirtió en el problema en el que todos se enfocaron. Estaba indignada, y aún lo estoy, por la injusticia y la estupidez de todo el asunto. De nuevo, no digo que lo que hizo estuvo bien, solo que me impresiona la manera como las personas son tan ciegas frente al origen de los verdaderos problemas en este mundo.

"Pero bueno, en ese momento decidí convertirme en miembro de las fuerzas policiales, y enfocarme en los crímenes sexuales específicamente. Mi enfoque es doble – ayudar a las víctimas poniéndolas en contacto con todas las personas con las que pueden hablar – los terapeutas, los defensores, todas las buenas personas que pueden proporcionar su ayuda; y al mismo tiempo ir tras los abusadores, porque ellos merecen convertirse en la presa, en el objetivo. Alguna vez me dijo que se entregó al llamado en su vida como sacerdote, Padre. Pues bien, yo también encontré mi llamado en la vida. Ahora soy la cazadora, y me da pena decirlo, pero tengo que agradecerle a Cameron Gambke por entrenarme a ser muy buena en ello. Se lo garantizo, cazo con precisión absoluta."

"Si algún día conociera a ese hombre, creo que le patearía el trasero, incluso si usted no lo hiciera." Mi instinto interno por protegerla sube una vez más a la superficie.

Sonríe e inclina la cabeza hacia un lado, entretenida por mi bravuconería.

"Ahora debe estar en silla de ruedas, Padre. ¿Y eso no va en contra de su religión?"

"Pues bien, la indignación justificada es algo que todos tenemos derecho a sentir, pero es la manera en la que lidiamos con dicha indignación la que tenemos que mantener bajo control." Me detengo un momento y le muestro una sonrisa de satisfacción, "Pero aun así quiero patearle el trasero."

Se hace partícipe de mi humor y luego su seriedad regresa nuevamente.

"Padre, es necesario que sepa que ya no soy la misma persona que era en ese entonces. Claro, detesto lo que me hizo Cameron Gambke. Pero está muerto. Lo odio por haber tenido el descaro de negarlo todo, por haberme llamado 'perra' insinuando que yo causé todos mis propios problemas. Y luego me entrega esa carta descabellada sobre lobos y nombres estúpidos, como algún tipo de código secreto. Que idiota.

"Y odio lo que en realidad creo que le hizo a mamá. Y odio la manera como probablemente a pervertido a mi hermano, Mattie. Pero llegué a un punto en el cual ya no quería darle tanto control sobre mi vida. Necesitaba dejarlo ir – y la terapia me ha ayudado a viajar lentamente por el camino del perdón – pero nunca olvidaré. El hecho de nunca olvidarlo siempre me permitirá protegerme.

"Todas esas cosas que dije en mi presentación en su iglesia las practico día a día. Pero emocionalmente se pone aún mejor. No soy solamente una sobreviviente, ahora mi objetivo es intentar hacer una diferencia positiva cada día para las víctimas en todas partes. Hace mucho tiempo reconocí mis sentimientos. El EMDR y mi tía fueron, eh, un regalo de Dios. He retomado el control de mi vida, y sano cada vez que tiendo mi mano a los demás, cada vez que ayudo a otra víctima, al igual que los que me tendieron su mano. Me he dado cuenta de que soy muchísimo más fuerte de lo que pensé. He recibido fuerza de cada víctima que he conocido y que me ha mostrado la fuerza tan increíble que hay dentro de cada uno de nosotros. ¡Y es tan energizante!

"Ya no me da vergüenza. Ya no me siento apenada. Ya no me culpo a mí misma – esos desgraciados fueron los que me hicieron esto – no fui yo. Mi libertad ha regresado, al igual que mi salud. Hago todas esas cosas que te hacen bien y feliz, ya sabe, la dieta, el ejercicio, la meditación, la terapia. ¿Y el dolor que pudo haber durado toda una vida si no hubiera recibido la ayuda que recibí? Ahora es un recuerdo distante, y en vez de asustarme, me da energía para hacer que algo bueno salga de ello. Por encima de todo, soy increíblemente cuidadosa respecto a quien le permito entrar a mi vida."

Por primera vez desde que la conocí, veo la mejor y más bella sonrisa iluminando su rostro. Sus ojos brillan.

"Padre, finalmente me di cuenta y acepté el hecho de que soy un ser humano maravilloso. Sé que tengo mucho por ofrecer a aquellos que están sufriendo, aquellos que han experimentado, o están experimentando, el dolor del crimen sexual. ¡Y me libera!"

Luego de pagar la cuenta, reunimos nuestras cosas y nos dirigimos al estacionamiento.

"¿Cuáles son sus planes, Padre?"

"El Padre Bernard dijo que debo alejarme de aquí por un tiempo y permitirle a la Diócesis hacer lo que tiene que hacer. Creo que iré al occidente. Me tomaré un tiempo para andar por la Ruta 66; visitar algunos sitios en Tennessee, Arkansas, Oklahoma, y luego Nuevo

México donde escucharé la lectura de un testamento."

"¿Un testamento?" pregunta intrigada.

"Sí, de una persona que apenas conozco porque leí un libro que escribió. No tengo ni idea de quién era, de cómo me conocía, o de que trata el testamento, pero ahora que tengo tiempo puedo atravesar los Estados Unidos en auto y ver lugares que nunca he visto."

"Que gracioso, yo también fui a la lectura de un testamento justo cuando usted y el alguacil se fueron a viajar por Europa," dice. "Y, más extraño aún, se supone que debía ir a Albuquerque a escuchar la lectura, pero no iba a gastar mi dinero en eso ya que supuse que era para el testamento de Cameron. Y entonces hicieron arreglos para que volara a Charlotte y lo escuchara, y lo hice."

"¿Verdad? ¿Y sí era el testamento de Cameron?" pregunto.

"De hecho sí, ambos. Sí, fui a la lectura del testamento, y, sí, era el de Cameron. Ahora soy muy rica, Padre, muy rica. Pero es dinero sucio, estoy segura. Todavía no sé qué hacer con él. Al principio lo rechacé todo, pero luego pensé, '¿A cuántas personas puedo ayudar con esto? ¿Pero cómo?' ¿Y recuerda esa maldita carta de Cameron?"

"Sí," respondo.

"Había una referencia en el testamento que indicaba que si descifro la historia dentro de la historia, hay mucha más riqueza esperándome a mí y a Mattie. Incluso al final, el viejo Cameron continúa con sus juegos. Pero ahora me pregunto si es verdad."

Asiento con la cabeza. Ahora yo también me lo pregunto. Continúo con mi respuesta.

"Con respecto al resto de su pregunta sobre mi futuro inmediato, creo que después de mi viaje a Albuquerque, iré al Hombre Ardiente al norte de Nevada a ver si puedo ayudar a localizar a su hermano. Quizá podamos comenzar a juntar las piezas de este rompecabezas. El único problema es que el alguacil iba a ser mi boleto de entrada, ya que según tengo entendido son muy difíciles de conseguir, a menos que pertenezcas a la policía o al equipo de voluntarios registrados."

Sonríe. "¿Adivine qué? Yo estaré ahí con él y usted puede ser mi invitado. Creo que usted se merece ver a mi hermano si es que está ahí."

Mi rostro me muestra confundido. Su sonrisa se va tan rápido como pareció.

"Padre, ¿el alguacil le contó lo que averiguamos sobre Matt en Campos de Serenidad?"

Muevo mi cabeza de lado a lado, así que prosigue.

"Pues bien, la investigación se ha abierto completamente otra vez y, eh... parece que mi hermano estaba metido en varias cosas, pero una de las que estamos seguros era algo llamado 'Gerontofilia.'"

"¿Y qué es eso?" El término no me es familiar. Procede con la explicación.

"El uso de una persona de edad como objeto sexual. Lo que es peor, parece que también encaja en el modelo de lo que se conoce como 'gerontosexualidad sádica.' Eso significa que tiene una personalidad obsesiva, una inhabilidad para controlar sus impulsos, y una personalidad violenta y sexualmente agresiva. Lo que no se sabe es si le costaba controlar su micción a los veinte lo cual es otro componente oficial de este trastorno, aunque no es absolutamente necesario que todo eso exista para que alguien tenga el deseo de forzar el contacto sexual con una persona de edad."

Su comportamiento es directo y al punto, pero parece estar avergonzada.

"¿Es ese el Matt que recuerda? Digo, ¿éstas características? ¿Era así en su niñez?" pregunto.

"En verdad no lo recuerdo," me responde encogiéndose de hombros. "Lo que acabo de decirle es la manera como lo describió el consejero estudiantil de su escuela porque estuvo en la oficina del director un par de veces cuando era pequeño, junto con información que recibimos de su oficial de libertad condicional luego de que fue arrestado algunas veces por robar autos. Dado que es un sospechoso en esta investigación, teníamos toda las razones para realizar esta investigación adicional, y no estoy para nada contenta con lo que hemos encontrado."

Baja su mirada a las llaves de su auto, y juega con ellas con descuido antes de terminar.

"Y siento mucho decirle esto, pero confirmamos que su mamá fue uno de los individuos de los que abusó."

Capítulo 47

He pasado toda la semana atravesando la mitad sur de ésta gran nación en mi automóvil, esperando despejar mi mente y mi corazón. Cuando me despedí de la Detective Renae en el restaurante en Swan Quarter, estaba en mi zona de impacto emocional. No me molesté en llamar al Padre Jack – esto era entre Dios y yo.

En dirección occidente luego de salir de Carolina del Norte, conduje sin parar hasta que llegué a Memphis gritándole a Dios durante todo el camino. Por una buena parte del resto del viaje, me detuve de vez en cuando en lugares al azar para sentarme, gritar, llorar, y pensar sin parar. ¿Qué fue lo que le hice a Susan Bellers para que quisiera arruinarme? ¿Qué causó que Michele Jerpun intentara destruir mi reputación como sacerdote católico? Simplemente había intentado ayudarla a ella y a su pobre hija, ¿y ahora quiere mi cabeza en una bandeja? ¿Y por qué demonios mi mamá, la persona más cariñosa y solidaria que he conocido, tuvo que experimentar el abuso sexual, y quién sabe qué más, de parte del retorcido Matt Gambke? De igual importancia, ¿qué quiere Dios que yo haga respecto a todo esto?

A medida que los kilómetros se acumulaban en el odómetro, me fue dada la gracia de recordar que cuando se hacen ese tipo de preguntas, debía recordar la pasión y muerte de Nuestro Señor. ¿Por qué permitió Dios que eso le sucediera a su único Hijo? Me relajé un poco y dejé que los kilómetros pasaran, y mi único consuelo llegó cuando me concentré no solo en la muerte de Nuestro Señor, sino más importante aún, Su resurrección, porque algo tan bueno se originó de algo tan malo. Debido a Su sacrificio, yo y todos los demás ahora tenemos la oportunidad de vivir en la eternidad junto a Él, solamente si aceptamos Su gracia, y vivimos de acuerdo a ella. Sé que Él nunca me dará más de lo que puedo manejar. Aun así me preguntaba, ¿qué "bien" se supone que resulte de todo esto? ¡Oh! Me doy cuenta de que tengo mucho por aprender.

Continué intentando distraerme viviendo el presente, experimentando todos los paisajes, sonidos y aromas maravillosos del sur, pero hacerlo fue una lucha inútil. Lo que me había sido imposible reprimir, olvidar, eran todas las imágenes oscuras y los recuerdos desagradables que llenaban mi cerebro desde que me mudé a Gardensville.

Golpeo fuerte el volante con mi mano mientras el perfil de la ciudad de Albuquerque se acerca cada vez más.

"¡¿Por qué tan siquiera me importa?! Maldición, Dios, ¡¡¿por qué tan siquiera te importa tu patética creación?!!" grité tan fuerte como mi sistema debilitado me lo permitió. Mis lágrimas se habían acabado, mi furia se había agotado por completo. Estaba simplemente paralizado.

Me detengo en un motel antiguo típico del oeste ubicado al lado de la autopista, justo antes de salir de los límites de la ciudad, y me recuerdo una y otra vez que la voluntad de Dios no es mi voluntad y que Él lo tiene todo bajo control. Mi papel consiste en hacer mi mejor esfuerzo para seguirlo a Él, para vivir mi vida de acuerdo a lo que Él tiene planeado para mí. Como mínimo, sé y entiendo que Él quiere que ayude a los pobres, a los oprimidos, a los abusados, a los débiles, y a los desamparados. No sé qué más tenga planeado, qué otras cruces me pida cargar.

Sentado en mi habitación, decepcionado porque uno de los canales de fútbol en cualquier idioma no hace parte del paquete que incluye los $39.95 dólares que pagué, finalmente llega la calma. Me di cuenta en ese momento de lo que me había cegado mi furia – definitivamente Matt Gambke debe ser llevado a la justicia – pero se ha desviado de su camino en la vida si es que alguna vez tuvo uno para comenzar, y me gustaría ayudarlo a encontrar el camino de vuelta a Dios. Está en el camino a la perdición, así lo sepa, lo crea, o lo acepte. Al final, espero poder tener la oportunidad de ayudarlo a reenfocar su vida en la misericordia, el perdón y el amor de Dios, al igual que en Su justicia. Es un paquete completo, no a la carta.

***

En esta mañana, tomo mi desayuno en uno de los restaurantes *Denny's* en algún lugar de Albuquerque. El clima - 32 grados, árido, y con cielos soleados – en verdad ha levantado mi ánimo. La página en la que tengo el separador en "Paideia" – el infame tomo de Thomas Victor que intento terminar agonizantemente – contiene una cita de la Bendita Virgen María. Entre pedazos de jamón, panqueques, huevos y café, me habla inmensidades.

Las personas son en ocasiones irracionales y egocéntricas.
AÚN ASÍ PERDÓNALOS.
Si eres amable, puede que te acusen de tener intenciones ocultas.

AÚN ASÍ SE AMABLE.
Si eres honesto, puede que te engañen.
AÚN ASÍ SE HONESTO.
Si encuentras la felicidad, puede que te tengan envidia.
AÚN ASÍ SE FELIZ.
Puede que el bien que hagas hoy sea olvidado mañana.
AÚN ASÍ HAZ EL BIEN.
Dale al mundo lo mejor de ti, y puede que nunca sea suficiente.
AÚN ASÍ DA LO MEJOR DE TI.
Porque como ves, al final, es solo entre tú y Dios.
DE TODAS FORMAS NUNCA FUE ENTRE TÚ Y ELLOS.

Un estado de ánimo más ligero y un intento a medias por silbar – algo en lo que aún no soy experto – me avivan mientras me dirijo al #3 de la Calle Monstrabilis. El mapa refleja que la ciudad tiene aproximadamente 290 kilómetros cuadrados, y Thomas Victor decidió vivir en la periferia de este valle majestuoso, bastante alejado de los demás. A medida que subo las colinas del Sandia Park, puedo ver por qué. Muy por encima del valle, el centro de la ciudad parece hecho de bloques miniatura.

De inmediato se hace claro que Thomas Victor había logrado acumular una fortuna significativa en su vida. Me detengo en la gran entrada circular y noto que el garaje de 6 puestos se ve diminuto comparado con la estructura principal. ¿Alguien puede ganar tanto dinero escribiendo libros? Es una propiedad grandiosa al estilo suroeste, separada magistralmente del bosque que la rodea. Desde mi punto de vista actual, no puedo ver cuántos niveles tiene. Baja a la izquierda, se eleva justo a mi derecha, y luego baja nuevamente en lo que parece ser niveles adicionales que se inclinan hacia la parte trasera. Paisajismo desértico en perfecto estado cubre cada espacio del lugar de 20 acres, y la casa debe tener al menos 6000 metros cuadrados de espacio habitable.

Un mayordomo, vestido con el traje negro tradicional, responde a la puerta. Se me hace gracioso; un mayordomo de Nueva York en una casa estilo Art Deco del suroeste. Yo sonrío, él no. Me guían hasta una sala de espera y veo techos de 9 metros y un millar de habitaciones laterales, todas adornadas con buen gusto en arte nativo americano. Los pisos de loza son todo lo que puedo ver – pero son los tapetes costosos los que se llevan mi atención. El alguacil y la Detective Renae ya están aquí.

"Hola," les digo a los dos. Ella luce nerviosa. El alguacil me ignora y también a mi mano. Se me ocurre decir "Madure," pero luego recuerdo los consejos de la Madre Teresa.

En vez de eso pregunto, "¿Cómo estuvo el vuelo?"

"Bien," responde ansiosa la Detective Renae y se pone de pie de repente mientras masajea sus manos rápidamente.

¿Qué le pasa? Tal vez sea su jefe que actúa como un niño de tres años. Estoy seguro que fue toda una alegría viajar con él, pero agradezco que no estuvo conmigo en mi recorrido. Yo tampoco hubiera sido una buena compañía.

"¿Y su viaje en auto?" ofrece, intentando ser cortés. Su sonrisa se ve forzada y sus ojos me dicen que está al borde del pánico.

"Estuvo bien. Necesitaba el tiempo para despejar mi mente. ¿Se encuentra bien?" comienzo a preocuparme.

Antes de que pueda responder, el alguacil arroja la revista de arquitectura que ha estado leyendo de vuelta a la repisa; el sonido del golpe refleja su estado de ánimo infantil.

"El abogado está listo para recibirlos." Una mujer joven con demasiado escote, quien viste un elegante traje de negocios gris oscuro e índigo, captura nuestra atención.

En signo de cortesía volteo hacia la Detective y le hago un gesto para que camine delante de nosotros.

"Los espero al frente, si no les importa." Declara firmemente. Aún si tuviera una respuesta, ella no espera ninguna.

Por suerte tenemos un guía. Nos toma nueve minutos y tres ascensores diferentes para llegar a la biblioteca; bastantes oportunidades para desviarnos de nuestro camino sin la ayuda de nuestro acompañante silencioso pero profesional.

"Los recibirá en un momento," dice cordialmente nuestra escolta de pechos grandes.

El aguacil y yo somos los únicos en tal habitación cavernosa.

"¿Ha averiguado algo más en lo que respecta a todo esto?" pregunto, intentando abrir una ventana de conversación. Somos dos hombres adultos, ¿o no?

"Al tipo lo asesinaron aquí en esta habitación hace unos meses. Eso es todo lo que sé. Pero si supiera algo más, creo que no se lo diría. Parece que cuando confío en usted, se aprovecha de la situación."

"¿Qué?" pregunto; el enfado que creí había desaparecido, regresa rápidamente.

"¡Usted sabía que era adicta al sexo! ¡Sabía que se podía aprovechar de ella! Todo lo que me dijo sobre cambiar mi forma de ser, leer la Biblia, el Catecismo, estudiar las vidas de los santos, y ese viaje a Europa al que me arrastró, ¿y luego intenta cogerse a mi mujer?"

Muevo mi cabeza de lado a lado y casi que río a lo chiflado que suena todo lo que dice.

"¿Cuántos años tiene, Alguacil? ¿Diez? Pfff... de verdad, ¿se encuentra bien? Escuche lo que dice."

Se enoja pero no responde de inmediato; yo no voy a dejar pasar la oportunidad.

"¡Yo no hice nada! ¡Ella fue la que se me insinuó! ¡Yo salí tan rápido como pude!"

"¡Eso no fue lo que dijo su secretaria!" responde con un gruñido.

"¡Mi secretaria es una mentirosa y una ladrona! ¿Y quiere creerle? ¿En serio? ¿Cuál es su verdadero problema, Alguacil?"

Se pone de pie frente a mí y apunta a mi cara con su dedo.

"Usted y todos los malditos sacerdotes como usted son el problema. Dicen una cosa y hacen otra. Se supone que deben tener valores superiores. Dicen las cosas adecuadas, y luego hacen porquerías como esta. ¡Ustedes son la razón por la cual la gente se va de la Iglesia!"

Ahora estoy realmente furioso y con toda la razón. Sé que voy a arrepentirme de esto más adelante, pero no ahora. Me mantengo firme apenas a unos pasos de distancia. Ya estoy harto de su diatriba, de su visión odiosa de la vida, de sus sandeces. No tengo intención de iniciar un altercado físico, pero no retrocederé si es que recurre a la única forma que probablemente conoce para lidiar con sus problemas emocionales – con sus músculos.

"Abra sus oídos y sus ojos, Alguacil. ¡*Usted* es *su propio* problema, yo no, así que deje de intentar hacerme su chivo expiatorio! Soy un sacerdote católico, sí, y sí tengo altos valores a los cuales apegarme, pero soy inocente. Dios se encargará de los religiosos que abusen de su posición de autoridad, sin importar a la denominación que pertenezcan. Pero Él también garantiza que los ayudará si cambian su forma de ser. Pero en fin, deje de culpar al sacerdocio por sus problemas, ¿de acuerdo?"

Abre su boca para responder, pero aún estoy en mi turno.

"Y no intenté nada con su 'Michele.' ¿Debo recordarle que no es su esposa? ¿Y me quiere decir como se supone que yo si debo apegarme a valores superiores? ¿Y usted qué? Miremos a sus propias vocaciones en la vida. Primero, es esposo. Estuvo de pie frente a Dios en una ceremonia de matrimonio oficial y le juró a Dios serle fiel y honesto a su esposa, y aun así con los años ha cometido miles de actos de adulterio. Afortunadamente para usted, se ha confesado y ha intentado darle un giro a su vida, pero no actúe como si fuese mejor que los demás, ¿entiende?

"Segundo, es padre, y aun así se convirtió en adicto al trabajo y le entregó por completo la crianza de sus hijos a su esposa. Usted mismo me lo dijo; no me estoy inventando nada, ¿lo recuerda?

"Tercero, usted sirve en su papel de alguacil. ¿Cuántas veces ha hecho cosas en su carrera donde las personas que debieron haberlo admirado se alejaron decepcionadas? ¿Cuántas veces se portó como un verdadero idiota con todos sus empleados? ¿Cree que Dios no está prestando atención? Parece que debo recordarle que 'de aquellos a los que se les da más, se espera más.' Y, por cierto, ¿el hecho de que Cameron fuera asesinado en su propia celda fue solo una coincidencia, o fue simplemente un 'favor' de sus compañeros en la ley?"

Aparta su mirada, pero yo apenas comienzo. Sé que estoy siendo disperso. He tenido tanto para decirle al buen alguacil desde que lo conocí, pero parece que no se ha quedado en mi memoria. En todo caso, aún si lo intentara me sería difícil detener mi diatriba en este momento.

"¡Qué! ¿En verdad cree que cuando me ordené como sacerdote se generó alguna reacción espiritual por la cual siempre seré perfecto? Sí, algunos sacerdotes han caído y la Iglesia finalmente lo está reconociendo y tomando acciones frente a eso de la mejor manera posible. Pero todos somos parte de la familia de Cristo. Cada uno de los seres humanos sin importar el papel que juguemos en la vida. Así que *todos* debemos esforzarnos, ¿no lo cree? ¿Cómo se atreve a hacerme sentir que porque soy un sacerdote debo de alguna forma ser un superhumano?

"Si he quebrantado las leyes, entonces se me debe tratar de la manera correspondiente; se debe hacer justicia, sin peros, sin condiciones y sin alternativas. Por supuesto. Pero deje de señalarme como si *usted* decidiera si soy digno de ser sacerdote. Debe estar bajo los efectos de alguna droga, o quizás no haya dormido en semanas, porque está bastante engañado. ¡Sáquese el maldito mugre de los ojos para que pueda ver claramente!"

Por primera vez desde que lo conocí, no sabe qué decir.

Se sienta, se quita su sombrero de ala ancha, lo bota al suelo, y se pasa las manos por el pelo enmarañado. Con su arrogancia ligeramente disminuida, me responde.

"Todo está jodido. No sé qué hacer. No sé a dónde ir. Todo tenía sentido en mi vida antes de que usted apareciera, y todo lo que daba por sentado cambió. ¿Y todo esto de 'Dios' y la religión? A nadie le importa. ¡Maldición! Me di cuenta de que a mí tampoco me importa, es demasiada molestia, demasiado difícil, demasiado trabajo. Lo poco que tenía de paz en mi vida ya no existe. ¿Y de qué importa a quién o a qué sigamos, si es que seguimos algo? ¡¿A quién le importa?!"

De alguna forma me muerdo la lengua.

Nos sentamos en silencio, y por fortuna parece que nuestro deseo de estar por delante del otro nos ha abandonado, al menos por el momento. Pero lo amo de verdad, y debo decírselo directamente.

"Mire, Alguacil, no sé cómo decirle esto de ninguna otra forma.

"Permítame mostrarle una imagen de lo 'mal' que estaría este mundo si todos tuvieran el valor de seguir las enseñanzas de la Iglesia, de vivir sus vidas como Cristianos. Hmm, veamos, las personas pondrían a Dios en primer lugar y se darían cuenta de que no son el centro del universo, Él lo es. Las personas honrarían y respetarían la manera como Él nos enseñó a vivir y no colocarían sus necesidades egoístas, sus deseos y sus falsos dioses frente a cada persona importante en nuestras vidas. Nadie maldeciría utilizando Su nombre en vano.

"Todos irían a la Iglesia una vez por semana para agradecerle por todo lo que ha hecho, para nutrirse de Su Palabra, y recibir alimento para su alma de Su cuerpo en la Eucaristía. Luego saldrían al mundo y harían todo lo posible por amar a su prójimo, por ayudarlo y no causarle daño. Honrarían a su padre y a su madre a menos que les pidiesen hacer algo que saben no es correcto. No matarían, no cometerían adulterio, no robarían, no mentirían en contra de su prójimo o inventarían historias para destruir su vida. Todos serían felices y estarían agradecidos por lo que Dios les ha dado, y no molestos por lo que otros tienen, ni actuarían como niños porque no tienen lo que no les pertenece.

"Oh… ¿no sería nuestro mundo un lugar tan desagradable para vivir si todos cumpliesen los Diez Mandamientos? ¿No detestaría ir al trabajo y tener un día calmado porque todos los criminales están viviendo una vida buena como lo desea Dios, y efectivamente *siguiendo* la ley?"

Lo digo en tono de burla, pero continúo antes de que responda.

"¿Cómo sería si todos en realidad lamentaran sus pecados y tomaran responsabilidad por los males que han cometido? ¿Cómo sería si todos hicieran penitencia e intentaran corregir las cosas cuando se equivocaran? Digo, ¿se imagina lo horrible que sería este mundo si todos fuesen caritativos, humildes, serviciales, apacibles, modestos y castos? ¿Si todos intentásemos alimentar al hambriento, dar de beber al sediento, vestir al desnudo, tomar las ofensas con paciencia, perdonar las heridas, y rezar por los vivos y los muertos? Y... oh, ¿no sería totalmente abominable si intentásemos convertir a los pecadores, instruir a los ignorantes, darle esperanza a los indecisos, y consolar a los afligidos? Por Dios, Alguacil, no sé, creo que detestaría vivir en un lugar *así*, ¿y usted?

"No, usted tiene la razón. Estamos mucho mejor con la manera como se ha transformado nuestro mundo. Lo entiendo. Personas llenas de orgullo, codiciando todo lo que nos rodea como si éste mundo fuera lo único que importara, llenas de lujuria e ira, envidiosas y llenas de rencor y celos, y odio ciego por nuestros hermanos y hermanas, bebiendo y comiendo todo lo que podamos conseguir sin ningún esfuerzo por controlar nuestros deseos, ni nuestra pereza física y espiritual. ¿Personas impulsivas, sarcásticas, insensibles y materialistas a las que no les importa una mierda los demás?

"¡Apuesto que sí! Permítame relajarme con usted y no hacer nada, solamente un gran esfuerzo por *no* cambiar, ni mejorar el mundo que me rodea. Ajá, claro. Cuente conmigo. Oh, espere, está por todas partes, aquí y ahora, ¿no, Alguacil? *¡Ese es el mundo en el que vivimos ahora mismo!*"

Recoge su sombrero y pone los ojos en blanco. En ese momento, me doy cuenta de que Dios ha respondido mis propias preguntas, las que le grité en algún lugar entre Tennessee y Nuevo México. Lo que se supone que debo hacer respecto a todo esto. No es solamente ayudar a Matt, también debo intentar ayudar al Alguacil Luder.

"Por enésima vez desde que nos conocimos, Alguacil, permítame repetirle una vez más todo esto de 'Dios y la religión' en lo que se refiere a su vida. Esta vez, preste atención. Sus padres amorosos lo bautizaron, lo pusieron en clases de educación religiosa, y luego hizo su confirmación. Ha sido bendecido con una esposa maravillosa, con una hija hermosa – bueno, con dos hijas hermosas – y una buena carrera. Tiene su salud, una casa grandiosa, y dinero para sus necesidades inmediatas y futuras. Imagino también que tiene amigos y familia que lo quieren, en uno u otro nivel.

"Pero eso no ha sido suficientemente bueno para usted - así que salió en busca de más 'felicidad' porque, pobre de usted, era miserable en su vida. Luego sufre un accidente en su motocicleta que pudo haber sido aún peor – pudo haber quedado paralizado de por vida – y lo más probable es que haya vivido una experiencia extracorpórea que cambió su vida y que le mostró la posibilidad de que éste mundo, ésta realidad, la única que conocía antes de eso, no es lo único que existe. Luego tuvo la gran oportunidad de realizar una peregrinación y escuchar y ver cosas que han sido investigadas y examinadas exhaustivamente por la Iglesia. Ha tenido todas las oportunidades para llegar a creer lo que dijo la Virgen María y la manera como, por medio de esos eventos, ¡Nuestro Señor le pide a usted y a todos nosotros que despertemos! Le ha sido dada la oportunidad de darle un giro total a su vida, de volverla a llevar por buen rumbo, ¿y quiere sentarse aquí y decirme que todavía está confundido, desesperado, y deprimido? ¿Qué nada importa? ¡¡¿Bromea?!!! ¡¡¡*TODO EN SU VIDA IMPORTA!!!*"

Mira por la ventana hacia el bosque que hay abajo, pero yo continúo con lo que puede que él crea es otra diatriba inútil.

"En realidad no me importa si me escucha; de todas formas usted va a hacer lo que quiera hacer. No soy su papá ni su mamá. La Iglesia no lo está *obligando* a hacer nada. No es una institución indiscriminada que se dedica a crear cargas, como muchos piensan incorrectamente. Como el Papa emérito Benedicto XVI lo dijo alguna vez, '*la Iglesia lo ofrece a Él.*' Dios no lo *obliga* a hacer nada; simplemente le ofrece el camino a la felicidad eterna junto a Él. El regalo de la Iglesia Católica existe para guiarlo; para mostrarle cómo vivir una vida sacramental aquí en la tierra, con el objetivo de pasar la eternidad con Dios. Así que escuche atentamente a la Iglesia. Ella es una buena madre y quiere lo mejor para usted. Usted tiene su libre albedrío y puede decidir si cree o no. Pero eso ya lo sabe, ¿o no?

"Así que le advierto una vez más, escoja bien su proceder. Puede aceptarlo o rechazarlo. Pero *nunca* diga, en algún punto de su vida, que no se lo dijeron. ¿Qué más quiere que Dios le muestre? '*bienaventurados son aquellos que no han visto y aun así creen.*' ¡Pero usted ha visto! Le han sido dadas directrices claras sobre cómo debe vivir su vida. Nadie lo está forzando, pero deje de culpar al mundo por lo que le sucede en la vida y comience a hacerse responsable por las decisiones que claramente tomó por su propia cuenta. Su historia ya pasó de moda hace mucho."

Me levanto y camino hasta la misma ventana. Se voltea y me da la cara.

"*Nunca* más vuelva a culparme por nada en su vida. ¿Entendido, Alguacil?"

Capítulo 48

"Eh, disculpen. ¿Interrumpo algo?"

Nos dice un abogado bien vestido y algo sorprendido que se encuentra parado en la puerta, y que nos distrae al alguacil y a mí en nuestra batalla de miradas. No estoy seguro qué tanto habrá escuchado, pero en este momento no me interesa.

"No, está bien. Siga," le digo.

Nos da la mano y se sienta en su lado del escritorio, y nosotros nos sentamos en el nuestro.

"Soy el abogado para el Señor Thomas Victor, William Greenberg. Fue todo un reto lograr rastrearlos a los dos en tan corto tiempo. Aunque ya tenía sus nombres en mi archivo por el Sr. Victor, no tenía sus direcciones actualizadas. Muchas gracias por venir."

¿Por qué habría de conocer nuestros nombres? Por primera vez desde que ingresé a la biblioteca me tomo un momento para enfocarme en mis alrededores. Las vistas panorámicas que vi cuando manejaba hacia aquí ahora puedo verlas a través de una pared de cristal detrás del asiento del Sr. Greenberg. Un retrato de un Thomas Victor mucho más joven posando junto a una mujer cuelga majestuosamente al lado de la pared de cristal a mi derecha. Al menos asumo que es Thomas Victor, debido al parecido con la foto en la portada trasera interna de su libro. Por alguna razón, la mujer también luce algo familiar, pero no estoy seguro de dónde. Las reacciones químicas de mi descarga con el alguacil, y ahora mi curiosidad sobre la razón por la que estamos aquí para comenzar, hacen que mi cerebro luche por retomar el control.

Mientras el Sr. Greenberg realiza su charla de introducción estándar antes de leer el testamento, levanto mi mirada para ver las placas y los diplomas en la pared. Biofísica. Cosmetología. Instituto MIT.

"El Sr. Victor tenía una experiencia bastante amplia. Llevaba diferentes sombreros, por así decirlo, y tenía diversos gustos e intereses. Como mínimo, fue un inversionista bastante exitoso, tanto que le permitió trabajar en su verdadera pasión. Los inventos."

"Pensé que solamente escribía libros. ¿Qué inventó?" Pregunta el alguacil, con su respiración aún bastante rápida debido a nuestro intercambio verbal.

"De hecho, solamente escribió un libro – uno del que se arrepintió profundamente tiempo después en su vida – pero se convirtió en un inventor bastante prolífico con el pasar de los años. Al comienzo inventó artículos para el hogar, como un sistema de aspiradoras mejorado, luego continuó con proyectos que se enfocaban en el diseño de mejores telescopios. Soñaba con crear un mejor Hubble. Por suerte, debido a su pericia en las inversiones, tenía los medios para hacer lo que fuera que le interesara con vigor y dinero."

El abogado se relaja un poco y permite que la información decante, y luego pasa su mirada desde los ojos del alguacil a los míos antes de continuar.

"Pero su orgullo y felicidad fue un 'traje sexual.'"

"¿Un 'traje sexual'?" respondemos al unísono.

"Sí. Una vez que se encontró con ese proyecto hace algunos años, su energía vital se vigorizó completamente. De hecho, no lo había visto así de emocionado en mucho tiempo. Estaba convencido de que todas las agonías que los hombres y las mujeres enfrentan en el mundo, todo el crimen que rodea al deseo insaciable de la humanidad por amar y ser amado, podrían resolverse si tan solo lograra diseñar un traje que utilizara completamente los sentidos humanos – el gusto, el tacto, el oído, el olor y la vista. Por medio de programas computacionales había imaginado que un usuario podría 'llamar' a cualquier persona con la que quisiera hacer el amor, a partir de una base de datos que pretendía crear, y no tener en realidad que estar con otro ser humano nunca más. Estaba a punto de alcanzar un logro muy importante cuando fue asesinado, justo aquí en esta oficina. Su último recuerdo fue una inyección letal de una aguja que nunca localizamos."

Ambos intentamos procesar esta información.

"Pero solamente tuvo un resentimiento dominante en su vida, nunca pudo compartirlo con aquellos a los que más amaba en su vida," agrega.

Mi cabeza se dirige nuevamente hacia el retrato que cuelga en la pared adyacente. Debe ser esta, su esposa, a la que se refiere el abogado. Tal vez murió joven.

"No, no me refiero a ella, Padre Bereo. Esa fue la primera de sus cuatro esposas, Jane Victor. Una vez me dijo que la amaba más que a las otras y que la extrañó terriblemente cuando murió, hace mucho tiempo. Luego de casarse y posteriormente divorciarse de las otras tres, todas se fueron por caminos diferentes. Como tal, murió sin una compañera. Pero las relaciones con sus esposas no fueron las que causaron su mayor tristeza y su más profundo remordimiento durante la última etapa de su vida."

Me volteo hacia el alguacil y me doy cuenta de que mira el retrato casi boquiabierto. No debió haberlo visto cuando entró, lo cual no es ninguna sorpresa dado lo enorme de la biblioteca.

Se voltea hacia mí sin decir una palabra y se pone de pie para darle una mirada más de cerca al retrato mientras saca una foto de su billetera. Luego de algunos momentos de comparar las imágenes, se da la vuelta y sostiene en su mano la foto de la mujer que me mostró la noche que me invitó a cenar. De repente se me ocurre que esa es la misma foto que saqué de mi propio archivo de fotos, y a la cual solamente le di una mirada rápida antes de salir del pueblo hace una semana, distraído completamente por los eventos recientes en mi vida.

Me mira fijamente mientras camina hacia mí, y se inclina hacia mi oído.

"Esa es mi tía, la que vino a mí en mi experiencia cercana a la muerte," me susurra, "¿pero qué hace en el retrato con Thomas Victor?"

El rostro del alguacil se palidece y su respiración se intensifica. Mi corazón late fuerte. Veo que el Sr. Greenberg nos observa atentamente mientras una sonrisa se forma en sus labios. Claramente sabe algo de gran importancia que nosotros no conocemos.

"Sr. Greenberg, ¿qué tiene que ver conmigo todo esto? ¿Con nosotros?" pregunto.

Se pone de pie y voltea hacia las mismas ventanas pintorescas por las que el alguacil me quería arrojar hace tan solo unos momentos. Gira su cabeza sobre sus hombros, y nos entrega el mensaje que me hace mover la cabeza de lado a lado varias veces, a manera instintiva de rechazo.

"Caballeros, ella era su madre, y Thomas Victor era su padre. Ustedes dos son hermanos."

Los siguientes 30 minutos son bastante confusos. El Sr. Greenberg lee una carta escrita por Thomas Victor la cual fue preparada hace un tiempo para ser leída junto con su testamento.

Mi mente está totalmente dispersa. Intento enfocarme en mi respiración. Las palabras del abogado rebotan dentro y fuera de mi cerebro, sin llegar a comprender completamente ninguna de ellas.

"Dado en adopción." "No estaban preparados para ser padres." "Quiso contactarnos de adultos pero sabía que no sería justo dada su 'línea de negocios' y el hecho de que Daniel se convirtió en alguacil y yo, en Sacerdote católico." "Sabía que si nos contaba antes de su muerte todo podría empeorar para él, pero ahora que está muerto, no hay ninguna razón para no permitirnos entenderlo." ¿Qué carajos se supone que significa todo esto? ¿Entender qué?

El Sr. Greenberg termina con una floritura.

"Ahora cada uno de ustedes ha heredado 25 millones de dólares. Creyendo que ninguno de los dos lo aprobaría, se nos ordenó, en unos documentos preparados con antelación por su padre, liquidar todas sus acciones en cada, eh, compañía 'singular' para la cual reservadamente proporcionaba apoyo financiero, incluyendo el negocio que dirigía directamente en esta hermosa propiedad. También tienen control total sobre el proyecto del 'traje sexual.' Es suyo para que hagan con él lo que deseen, aunque debo decirles que estaba en las etapas finales de Investigación y Desarrollo y tiene un equipo completo de profesionales de la MIT, y otros profesionales en gran variedad de campos, trabajando para lograr su realización aquí mismo en Nuevo México. Si llevan el traje a producción final, 25 millones será el equivalente al valor de un simple centavo en la cuenta del hombre más rico aún con vida. ¿Se imaginan un traje sexual en perfecto funcionamiento? Lo único que puedo solicitarles humildemente es que me conserven como su asesor en caso de que decidan proceder. También hay otras partes de la vida de su padre que les puedo ayudar a entender cuando, y no 'si,' se presenten en el futuro. Thomas Victor, su padre, tuvo un pasado, eh… bastante peculiar."

***

Luego de firmar varios documentos, el Sr. Greenberg nos acompaña personalmente al alguacil y a mí de vuelta a la sala de espera, ambos completamente aturdidos. El mayordomo llega con la Detective Renae luego de sacarla del aire fresco de Albuquerque.

"Ah, Detective Gambke. Es un gusto verla nuevamente. Por favor avíseme lo que haya decidido cuando esté lista." El Sr. Greenberg ya la conoce; algo de lo que ambos nos damos cuenta aún con las noticias inmensamente importantes que hemos recibido. Ella ignora su mano estirada, se voltea hacia mí y me suplica.

"Tengo que hablar con usted, Padre, de inmediato." Ha estado llorando, y el alguacil se hace a nuestro lado. Lo mira y luego a mí, como dándome a entender que no desea hablar en presencia de él. Luego le explicaré lo que acaba de suceder.

"no hay problema, él puede escucharlo. ¿Qué sucede? ¿Se encuentra bien?" coloco mi mano derecha sobre su hombro intentando calmarla.

Titubea un poco y pasa su mirada del uno al otro nuevamente.

"De verdad, Renae, no hay problema. ¿Qué sucedió?"

Nos muestra una lata de tabaco Sir Walter Raleigh. "Pude olerlo tan pronto entré aquí." Inmediatamente comienza a sollozar.

Mi mente no logra hacer la conexión de inmediato. Ya está sobrecargada.

Al ver mi confusión, lanza una fotografía de Thomas Victor a mi rostro, el padre biológico que Daniel y yo nunca supimos que teníamos, y un grito desgarrador emana desde lo más profundo de su ser. Ambos nos desplomamos sobre un sofá de cuero marrón, y la acompañamos uno a cada lado. Mientras intentamos calmarla, y con su respiración entrecortada, deja salir emociones que aparentemente aún estaban reprimidas sobre pesadillas del pasado. Entre intento e intento por recuperar su aliento, trata de hacernos entender.

"¡Este fue el tipo que me violó, que me secuestro! ¡El tipo del que le conté! ¡El amigo de Cameron Gambke!"

El Sr. Greenberg hace una salida rápida de la habitación, y quedamos solos los tres para procesar mentalmente lo que acaba de suceder.

Capítulo 49

"¿Ya encontraron a Matt?" pregunto.

"No."

La Detective Renae se reúne conmigo en la entrada al Hombre Ardiente 2013, un evento anual llevado a cabo en el desierto de *Black Rock* al norte de Nevada del cual leí todos los detalles en el periódico local de Reno ésta mañana, luego de dormir un poco en un hotel económico. Intenté conducir sin para desde Albuquerque, pero no pude seguir adelante una vez alcancé las luces de la "Ciudad Pequeña más Grande del Mundo."

Ella y, eh... supongo que mi hermano, Daniel, llevan aquí algunos días. Volaron directamente a Reno tan pronto se realizó la lectura del testamento en Nuevo México. Me complace haber tenido tiempo para conducir a través de Arizona, pasar por las Vegas, y llegar hasta la parte alta del Estado de Nevada. Me ha permitido tiempo para intentar procesar este cambio total de marea en mi vida. El alguacil y yo acordamos hacernos la prueba de ADN tan pronto regresemos a casa para estar completamente seguros. También acordamos que debido a que nuestro padre biológico fue el que destruyó su mundo completamente, esperaríamos hasta que los resultados de las pruebas verificaran nuestra fraternidad para contarle a la Detective Renae nuestras propias noticias impactantes.

Las revelaciones en torno a Thomas Victor, y sobre la manera como ha hecho parte de nuestras vidas, han causado que los tres tengamos una caída emocional vertiginosa. Estamos justificadamente tensos, así que nuestro deseo colectivo de encontrar a Matt Gambke en la ciudad de Black Rock puede llegar a convertirse en una distracción bienvenida. Conjuntamente decidimos que pase lo que pase, debemos llegar hasta el final de nuestro viaje.

Al ver la mirada desconcertada en mis ojos, la detective Renae me dice: "Padre, permítame decírselo con anticipación. Está a punto de ser sorprendido, impresionado, y en muchos aspectos, profundamente ofendido por lo que va a ver, ¿está bien?"

Asiento con mi cabeza y cubro mis ojos mientras un ventarrón breve pero decidido levanta el polvo directamente hacia nuestro rostro. Quizás los elementos infinitos de la naturaleza tampoco nos quieren aquí.

"Le presento al Vigilante Dirk Donovan, nuestro guía turístico," dice.

"Me llaman el Vigilante Fulminante Dirk. Son bastante graciosos por aquí, ¿no?"

Aprieto la mano estirada del amistoso caballero de treinta y tantos, y veo está adornado con un traje caqui uniforme. Les hace un gesto con la mano a los porteros mientras atravieso la entrada con mi auto. Intento permanecer lo suficientemente lejos de su Jeep 4x4 para evitar ser consumido completamente por el polvo que levantan sus llantas traseras, pero mis esfuerzos demuestran ser inútiles.

Vienen a mi mente escenas de una de mis películas favoritas, "El Guerrero del Camino." Hago una nota mental por si acaso me preguntan sobre mi primera impresión del Hombre Ardiente; les sugeriré que la vean porque me sería difícil describirlo de cualquier otra forma que le hiciera justicia, aunque con un giro importante – esto es Mad Max en esteroides.

Luego de apenas algunos cientos de metros, el Vigilante Fulminante Dirk se detiene y señala hacia donde le gustaría que estacionara mi vehículo, y luego me hace un gesto para que me suba al asiento trasero de su Jeep. Me pregunto si la Detective le habrá contado que soy un sacerdote católico. Llevo ropa casual: botas de montaña oscuras que conseguí en una tienda de descuentos de camino aquí, mis pantalones negros de siempre, una camisa blanca manga larga de algodón, y un sombrero para el desierto color beige. No estaba seguro de qué ponerme, pero en instantes me doy cuenta de que cualquier cosa hubiera sido aceptable.

"Hola. Soy Rosa. Rosa Marie Antoinette Herrera. Pero mis amigos me dicen Rosie." Mi compañera de viaje es una joven de más o menos unos 20 años y lleva el mismo traje que tiene el Vigilante Dirk, con excepción de los múltiples rayitos rosados que contrastan claramente el resto de su cabello castaño.

"Hola, señorita Herrera. Soy Jonah."

Nos damos la mano.

Mirándonos por el espejo retrovisor, el Sr. Dirk comenta que la Srta. Herrera está realizando sus 'prácticas' en el evento de este año.

"¿Vive por aquí?" le pregunto a la Srta. Herrera mientras miro por las ventanas empolvadas a la amplia nada que nos rodea.

Su sonrisa llega rápido y con alegría.

"¡Que gracioso!" me dice, y me da una palmada en la pierna.

"Solo un puñado de gente vive por aquí, Jonah. No, yo vengo de Wendover, Nevada. No del Wendover en Utah – Wendover, Nevada. Mi familia aún vive allí. Después de la secundaria viajé por todo el estado, y pasé un buen tiempo en pueblos antiguos como Tonopah y Goldfield, e incluso Virginia City. Me gustan las antiguas poblaciones mineras embrujadas, las minas abandonadas, y todo eso. Toda esa época me causa intriga. Pero, no puedo conseguir un trabajo. ¿Sabe de alguno?"

Es directa y segura, pero no irrespetuosa. Además, no parece ser arrogante. Ya me cae bien. De alguna manera me recuerda de lo que pudo ser una Detective Renae más joven, quien en el momento se encuentra sentada en el asiento delantero observando al circo improvisado que se ha formado a nuestro alrededor.

"Pues, eh, yo no soy de por aquí." Inclino mi cabeza hacia la Detective y agrego: "Somos de Carolina del Norte. Yo soy de Gardensville específicamente."

"Nunca he estado allá. Suena bonito. ¿Tienen algún trabajo bueno allá?" continúa.

"Bueno, creo que depende de su conjunto de habilidades," le respondo.

"Aprendo rápido y soy muy inteligente. Si alguna vez voy por allá, ¿me puede ayudar con algún contacto?" Parece ilusionada.

"Eh, sí, claro. Haré lo que pueda." No tengo idea de cómo esta jovencita podría tener los medios para atravesar los Estados Unidos, pero si llega hasta allá, seré fiel a mi palabra y al menos intentaré ayudarla.

La Srta. Rosa Marie Antoinette Herrera sonríe, y el silencio llena el vehículo momentáneamente.

"Bastante sorprendente, ¿no?" Dice el Sr. Dirk, y se ríe mientras dirige su mano al espectáculo que se ve afuera del Jeep. "Ésta ciudad se levantó desde el suelo en cuestión de semanas; es un verdadero fénix que renace del polvo y las cenizas del evento del año pasado."

"Ni siquiera sé qué decir, Vigilante Donovan," comento.

"¿Primera vez?" me pregunta.

"Sí." Mis ojos luchan contra el polvo que se ha acomodado en lugares no deseados. Es casi imposible captarlo o comprenderlo todo. Lo que te puedas imaginar, lo veo en frente, al lado y detrás de nosotros; arte, campamentos temáticos, cuerpos completa – o parcialmente – decorados caminando o conduciendo una variedad de vehículos, desde bicicletas, carritos de golf, y motocicletas adornadas con lentejuelas, hasta artilugios que funcionan con energía solar.

"¿Desde hace cuánto tiempo trabaja aquí?" pregunto.

"Éste es mi quinto año. ¿Quiere escuchar la historia en tres minutos?" me dice.

"Claro," respondo con la esperanza de que suba su ventana. Sin embargo, el calor es intenso y no estoy seguro de qué lograría con eso. Hay polvo por todas partes, y el aire acondicionado sencillamente lo aspiraría y probablemente empeoraría las cosas.

Conduce despacio sobre el camino improvisado y comienza su historia.

"Está bien. Esto comenzó en la playa en San Francisco en 1986. Solo era un grupo pequeño. Los sacaron de ahí y terminaron aquí. Toda esta área estaba cubierta de agua hace unos 60.000 años. Antes de que el grupo la encontrara, era utilizada principalmente para realizar intentos por establecer récords de velocidad en tierra con autos cohete. En 1991, solamente asistieron alrededor de 250 personas. Este año hay más de 68.000 participantes, incluyendo al mínimo personal y los voluntarios, como yo. Se vendió completamente tres años seguidos, y sigue creciendo, muchísimo. El año pasado, más o menos el 40 por ciento del grupo fueron visitantes por primera vez, como usted. La mayoría de las personas piensan que son solo un montón de locos, pero he conocido personas de todos los ámbitos y, en su mayoría, todos son muy agradables. Doctores, dueños de negocios, madres, padres, niños, de todas las razas, e imagino que de todas las religiones, aunque no sería posible saberlo cuando ingresan a las fronteras de esta ciudad porque todo lo que le acabo de describir simplemente se evapora, o se mezcla, o se convierte en un híbrido de, eh, todo."

"Gracias por la información," le digo. "solamente voy a estar este día, pero se lo agradezco."

"No hay ningún problema, no tiene que participar, y a todos les gusta mirar." Sonríe con superioridad, y la Detective Renae parece sentirse avergonzada de inmediato. A este momento, es muy probable que no le haya dicho mi profesión.

"¡Vaya!" grita y clava su pie en los frenos cuando el impacto intenso y el sonido de un lanzallamas que sale de una Chevy Suburban modificada nos roban la atención a todos.

"Hay que tener mucho cuidado con lo que sucede ahí afuera," se ríe, y saluda con su mano a los juerguistas que pasan por nuestro lado. "¿Mucha gente sale herida?" pregunta la Detective Renae. "¿Oh, por cosas como esa? No. Bueno, no mucha. Solo se están divirtiendo. Todos saben perfectamente cómo hacer que las cosas sean seguras para ellos y para los demás. Aquí hay reglas como el respeto por los demás, pero de vez en cuando, alguien hace algo estúpido. Como anoche. Un tipo decidió correr en su scooter sobre el suelo desértico sin luces. Se divirtió tanto que decidió hacerlo nuevamente de regreso. Golpeó una casa rodante y el impacto lo mató instantáneamente, pero nadie más salió herido. Cosas como esa sí suceden, pero en su mayoría, es muy seguro. Durante la noche apenas puede ver su propia mano en frente suyo si se aleja mucho. Las personas que hacen algún tipo de combinación de licor o drogas que no debieron haber hecho, se pierden – o quizá simplemente desean encontrar silencio absoluto – y cuando los reportan como perdidos, hacemos que nuestros voluntarios los busquen. No sucede mucho, pero, con tantas personas, *algo* siempre sucede, así que debemos estar preparados para eso.

"Aunque se ve de locos, hay una infraestructura increíble. Los organizadores trabajan durante todo el año. Hay como 25 gerentes de proyecto, todos con experiencia profesional en áreas selectas, apoyados hasta por 3000 voluntarios, quienes construyen esta ciudad antes de que todos lleguen. Cada año se convierte en la quinta ciudad más grande del Estado de Nevada. Todo está distribuido en una cuadrícula increíblemente precisa, incluso hasta los nombres de las calles. A toda hora se ven entregas de FedEx, y hasta he visto entregas de comida China desde Reno. ¡Sorprendente!" Su charla amena aviva mi estado de ánimo, y me recuerda al personaje excéntrico en Mad Max que voló ese aparato parecido a un helicóptero hasta que lo chocó. A pesar de que cada vez me ofende más el circo irreal frente a mí, en verdad me alegra que esté con nosotros. Necesito una razón para sonreír.

"¿Sabe cuántos grupos de voluntarios diferentes existen para hacer que esto funcione?" le pregunto al recordar cómo el Alguacil Luder me dijo que Matt podría estar en uno de ellos.

"No exactamente," dice mientras niega con la cabeza. "La última vez que contamos habían alrededor de 30. Hay grupos que se encargan de las instalaciones artísticas, los que cuidan la tierra, los que iluminan las lámparas, los que dan la bienvenida, el personal de perímetro y éxodo que vigila que nadie ingrese sin autorización y que también se enfoca en el control del tráfico cuando esta cosa termina. Esos porteros que pasamos también tienen un gran trabajo. Deben asegurarse de que todos tienen un boleto y que no intentan colarse. La gente puede ser, y es, bastante ingeniosa para meterse sin boleto, por cualquiera que sea la razón. Tal vez son tacaños; tal vez no puedan pagarlo. También hay bastante personal de Servicios Médicos de Urgencia, y hasta un grupo especial de personas que lidian con problemas de Salud Mental – especialmente si alguien ha sido abusado sexualmente – así que, como en una ciudad verdadera, si alguien necesita algo, en su mayoría, está aquí."

"¿Hay muchos ataques sexuales durante el evento?" pregunta la Detective Renae como resultado del comentario que ha suscitado su interés. El Vigilante Fulminante se encoge de hombros y responde.

"No conozco las cifras, pero… mire este ambiente. Hay personas brincando por ahí parcial o completamente desnudos, y el sentido común y la experiencia me dicen que hay abuso de sustancias, a pesar de que saben que están metidos en grandes problemas si los atrapamos. Solamente el consumo de alcohol hace que éste ambiente inestable sea aún más arriesgado. Y ahora coloque todo eso en una olla llena de personas que solo quieren pasar un buen rato y que lo dejan todo al aire libre, que se vuelven locos y desenfrenados, y, pues, como ya lo dije, algo va a suceder. Pero, si es así, ¿en qué mierda pensaban al venir aquí y correr por ahí sin ropa, y ponerse en esta situación en primer lugar?"

Se ríe nuevamente, pero ninguno de los dos encuentra gracia en su último comentario. Puede ver que la Detective frunce su ceño, y mi mirada de preocupación por el espejo retrovisor.

"Oigan, como ya lo dije, en realidad no sé qué tanto suceda. Pero tampoco quiero darle la impresión equivocada. Sí, aquí tienen sexo, como en cualquier otra ciudad. Y supongo que hay lugar a algunos ataques sexuales, pero he visto a personas haciendo el amor por aquí y por allá, y de seguro no parece forzado. Pero eso no es lo único. Mire a su alrededor. ¿Saben? Las personas vienen aquí por un millón de razones diferentes. Quizá solo estén aquí para encontrarse a sí mismos, o simplemente para olvidarse del mundo que dejan atrás. He escuchado a personas decir que sienten que sus vidas son tan controladas por todo y todos 'allá afuera' que solamente quieren venir aquí cada año y hacer lo que les plazca, cuando les plazca, sin juicios.

Nadie los va a mirar como si no fuesen aceptados o aceptables, a dominarlos, o a decirles lo malos que son por hacer lo que sea que estén haciendo."

Prosigue; Su sonrisa es inmensa y su alegría evidente.

"¿Saben lo sorprendente que es ver a estas personas de todas partes del mundo simplemente ayudándose unas a otras, ofreciéndose su tiempo mutuamente, y dando sus cosas cuando otros las necesitan? ¿Ofreciendo su ayuda para levantar o desarmar sus estructuras artísticas, o lo que sea? Hay mucho esfuerzo dedicado todo el año por parte de estos participantes para construir y transportar todas las cosas para sus campos temáticos – cerca de 1000, y alrededor de 350 esculturas este año – así que de verdad necesitan ayuda con eso. Y las personas lo hacen sin preguntas. Claro, algunos son voluntarios que han dicho específicamente que ayudarán con este trabajo, pero muchos son simplemente participantes que ven que alguien necesita ayuda y lo hacen. Mi punto es que si estas personas se encontraran en la calle en la vida diaria, no se darían el tiempo que se dan aquí, pero en este lugar tienen un propósito y es bastante simple – ayudar, ser amado, y amar a los demás. ¿Qué tal?"

Lo que acaba de describir el Sr. Dirk toca mi punto sensible. Esta búsqueda de la felicidad, el anhelo por la paz, el sentido de propósito que he sentido junto con todos los demás peregrinos en los lugares de las apariciones Marianas es lo que parece estar describiendo. Y puedo verlo también en los rostros de las personas que nos rodean mientras continuamos nuestro camino por la calle principal. En verdad se ven felices, conformes, en paz. Se divierten, bastante. Son generosos, y aunque su autoexpresión pueda parecer un poco excéntrica, ¿quién soy yo para juzgarlos? Sin duda, veo a muchos burlándose de la religión, y la naturaleza erótica del lugar hace que todas mis alarmas se disparen, pero también he visto a otros que no parecen hacer parte de ese espectáculo. Para ellos, y quizá para todos, sea probablemente muy catártico, muy transformador. Mi preocupación es que si no están ya en el fuego, están peligrosamente cerca de él.

"¿Y quieren saber lo grande que se ha vuelto todo esto, digo, afuera de ésta área en Nevada?" pregunta.

"Sí," le respondo.

"Se ha globalizado durante los últimos años. España, Sudáfrica, Colombia, Corea del Sur, Israel – ni siquiera puedo nombrarlos a todos - son como 30 países diferentes que quieren tener su propio

Hombre Ardiente. Así que quién sabe, puede que haya algún viaje internacional en mi futuro para colaborar con mi experiencia. ¡Hmm, eso sería fantástico!"

"¿Puedo ir con usted?" dice de repente la Srta. Herrera, uniéndose nuevamente a la conversación.

"Pues por ahora veamos cómo le va este año, ¿está bien?" sonríe. Detiene el vehículo y comenta.

"Este es el epicentro, por así decirlo. El tema de este año es *Cargo Cult*, y tiene algo que ver con la manera como nuestra tierra es un poco inconsciente frente a la forma como conseguimos las cosas que conseguimos, y siempre parecemos preguntarnos de dónde saldrá el resto de cosas que podamos utilizar en un futuro. Tal vez del espacio exterior, ¿quién sabe? Extraterrestres."

Muevo mi cabeza de un lado para el otro ahora que comprendo mejor todos los diseños y atuendos de aspecto extraño a mi alrededor.

"¿Y esa estructura del hombre sobre la nave espacial que está dando vueltas como la Aguja Espacial de Seattle?" Pregunta la Detective Renae.

"Imagino que 'el hombre' significa algo diferente para cada uno. Puede ser un antiguo jefe, o uno actual, una relación anterior, o una actual, viejos recuerdos, o actuales - ¿quién sabe?"

Salimos del vehículo y estamos de pie uno al lado del otro cuando se estaciona un autobús turístico de personas mayores y sus ocupantes se abren paso lentamente hacia la estructura. EL Vigilante Fulminante se ríe entre dientes.

"Debemos asegurarnos de mantener felices a los lugareños. Para ser honesto, en verdad agradecemos la manera como nos apoyan cada año."

Nos hace un gesto para que nos dirijamos hacia la enorme estructura y nos anima a que sigamos la corriente sin fin de participantes vestidos de manera exótica, parcialmente, o completamente desnudos, todos mezclados con las personas mayores quienes toman fotografías digitales y se divierten por montones con ello.

La Detective Renae y yo miramos fijamente en dirección a las masas que se dirigen a la nave espacial, y mis ojos perciben a dos personajes sonrientes vestidos con hábitos de monja modificados en color negro, blanco y rojo, con las palabras 'Satanás es de lo mejor' escrito en la espalda, con el rostro pintado de verde para encajar en el tema alienígena, y con lentes de contacto rojos para terminar el conjunto. El Vigilante Fulminante continúa, asegurándose de cubrir los puntos más significativos de nuestro "tour."

"Tienen que ver el interior de éste pabellón. Está el 'Templo del Navegador.' Se supone que es un altar con seis ruedas de oración diferentes, todas en línea con el tema de pedirle a quien sea que le proporciona a nuestra tierra todos los bienes, para que nos ayude nuevamente. No van a querer perdérselo porque ya mañana no podrán verlo."

"¿Por qué?" pregunto.

"Porque ésta noche lo quemamos." Dice en dirección a mí.

"¿Lo queman?" intento procesar lo que escucho.

"Obvio. Por algo se llama 'Hombre Ardiente.'" Se ríe, y la Srta. Herrera me da una palmada en el hombro alegremente.

Me siento avergonzado ya que no lo comprendí todo sino hasta ahora. La cabeza me da vueltas y necesito un poco de agua y un Kleenex; me pregunto qué tan malo será esto para mis senos nasales y mis pulmones.

"Sí, hoy todo esto estará envuelto en llamas. Y si es como en años anteriores, será bastante salvaje y totalmente loco. Tiene que quedarse para verlo. Es una fogata gigante acompañada de pirotecnia, bailarines con llamas en coreografía, y personal del Servicio Médico de Urgencias por todas partes para proteger a los participantes si se sale de control. El año pasado fue un desastre. Yo y otros muchachos intentábamos trabajar en el control del público, ¿verdad? Control del público, que gracioso. Tan pronto le prenden fuego al 'hombre,' como 50.000 personas salen a correr hacia él, como bichos hacia uno de esos matamoscas eléctricos. Y solo somos unos pocos diciendo 'No. Aléjense.' ¡Carajo! No pude mantener los brazos estirados por mucho tiempo. No podían escucharme a través de mi traje ignífugo, o si me escuchaban, no les importaba. Solo nos quedó apartamos del peligro y, al final, nadie salió lastimado así que no pasó a mayores."

Se ríe con fuerza mientras se dirige de vuelta al Jeep. Mira sobre su hombro y agrega, "Si estoy aquí cuando terminen, los llevo de vuelta a la entrada. Si quieren, pueden conseguir un poco de café o agua en la cafetería de allá."

La Srta. Herrera estira su mano y nos despedimos. Le deseo suerte en el futuro.

"Algún día lo voy a buscar," dice sonriendo.

401

"Si esa es la voluntad de Dios." Le regreso la sonrisa mientras sale a correr detrás del Vigilante Fulminante.

Sigo a la Detective Renae con la cabeza abajo para proteger mis ojos del ventarrón repentino y me doy cuenta de que mis pantalones negros están totalmente cubiertos de polvo. No me sorprende para nada que no hayamos encontrado a Matt Gambke en este mar de humanidad disfrazada y decorada. Aún si está aquí, podría ser cualquiera de ellos, vestido con mucho maquillaje y trajes de otro mundo, con rasgos que no nos permitirán tan siquiera acercarnos a su propia identificación.

Quiero irme tan pronto como pueda. Extraño la paz del desierto de Nevada al sur de aquí, y recuerdo los pueblos antiguos de Goldfield y Tonopah por los que pasé hace menos de 24 horas en mi automóvil acondicionado; los mismos de los que la Srta. Herrera parece estar muy orgullosa.

***

"Hemos escuchado que estuvo aquí y que es posible que todavía esté aquí," dice el alguacil. "Lo identificamos en el centro de comando de Vigilancia."

Hasta que nos hagamos la prueba de ADN, he decidido que no voy a llamarlo 'mi hermano.' Eso, de por sí, tomará bastante esfuerzo para acostumbrarme, incluso si la prueba de ADN resulta positiva.

"Probablemente era un voluntario que de alguna forma logró conseguir un boleto y se mezcló con el resto del público. Se convirtió en el dilema proverbial de la 'aguja en el pajar,'" continúa y fija su mirada en mí antes de agregar: "Me encontré con nuestro viejo amigo Chaffgrind."

"¿Y qué hace aquí?" pregunto.

El alguacil pone los ojos en blanco y prosigue.

"Parece que su hijo, Alex, el 'famoso' productor pornográfico, va a armar una tienda y su papá está aquí para ayudarlo. Quería saber si yo estaba pidiendo los permisos, como si yo trabajara para el Hombre Ardiente o algo por el estilo. Se veía bastante nervioso, pero se relajó cuando le dije que simplemente buscaba a alguien. Le mostré la fotografía de nuestro sospechoso y recordó que fue uno de sus estudiantes. Dijo que dejó la clase justo antes de que estuviéramos en la presentación aquella noche, justo antes de las vacaciones. También dijo que lo había visto hoy con una camisa de voluntario del equipo médico. Parece que Matt se vendió como alguien que tiene experiencia médica de su periodo en el hogar de reposo."

Me siento enfurecido; la repulsión en nuestros ojos se iguala en intensidad.

"Después de eso no lo volvió a ver. Sin embargo, Matt le dijo que quizá regresaría esta noche para asegurarse de que todo esté saliendo bien, y para ayudar con el rodaje, si se necesitaba. También estamos trabajando con la persona que dirige el equipo médico aquí. Llevaran a cabo una búsqueda, pero ahora están muy ocupados dado que esto del Hombre Ardiente está en su pico. En resumen, no es su prioridad."

Asiento con mi cabeza y doy un vistazo dentro de la amplia tienda abovedada; veo al equipo de filmación preparándose, con un altar en el medio y "actores" vestidos con trajes de algo así como un Moctezuma extraterrestre. Los tres nos quedaremos a esperar ya que es de noche afuera y comienzan a rodar en 30 minutos de acuerdo a Chaffgrind. El alguacil dijo que estaba de muy amigo con él y que le había dicho que él y cualquiera que quisiera acompañarlo podían permanecer adentro mientras filmaban.

Estamos a las afueras de la ciudad de Black Rock y apenas puedo divisar la cerca de plástico temporal naranja que ha sido colocada alrededor del perímetro. Afuera de la cerca, veo el vehículo oficial del "Hombre Ardiente" que pasa lentamente monitoreando el área por desviados que hayan decidido colarse al evento en lugar de seguir las reglas. Nos sentamos un rato en silencio, dándonos un tiempo para entenderlo todo.

Nuestro pequeño grupo se encuentra ahora afuera de la tienda sentado en sillas abiertas. "¿Pueden creer la porquería que se encuentra por aquí?" nos pregunta el alguacil. La mayoría de los habitantes de la ciudad parecen abrirse paso hacia el Templo del Navegador, en preparación para la quema máxima, el gran final. Hace una hora comenzaron a sonar tambores tribales en los parlantes y su crescendo se ha venido aumentando poco a poco instando a la muchedumbre a acercarse para el espectáculo definitivo.

"Aquí he visto todo tipo de cosas, y aún no sé si alguna vez podré explicarlo. Gran parte es algo muy creativo y divertido en muchos aspectos, pero, sí, hay muchas cosas que me preocupan," respondo.

"¿Explicarlo? Yo digo que traigamos a nuestro ejército y que vuelen todo esto a la mierda." Se pone de pie y mira hacia el templo mientras utiliza en vano su sombrero de alguacil para intentar sacudir el polvo de sus jeans.

"Tenía la esperanza de que finalmente pensara en ayudarlos, en mostrarles otro camino," le digo.

"Ya lo intente algunas veces hoy. No funcionó. No están interesados," ofrece.

"Lo entiendo. ¿Pero en realidad utilizaría la violencia para forzarlos a que piensen como usted si pudiera hacerlo?" Me doy cuenta de que puede pasar un buen tiempo hasta que tengamos el mismo punto de vista frente a muchos temas, sin importar si validemos, en realidad, que somos hermanos.

"Sí, quiero librar a la tierra de ellos. Si lo hiciéramos, el 11 de septiembre, el atentado en la maratón de Boston, el teatro de Colorado, la escuela de Connecticut, Columbine… demonios, nada de eso hubiera sucedido. Nunca."

Baja su cabeza y abre un hoyo en el suelo con la punta de su bota. Yo me niego a permitirle continuar con este patrón de pensamiento irregular.

"Ni usted ni yo tenemos una idea clara de lo que estas personas creen, ni tampoco conocemos todas las razones por las que están aquí. Pero sin importar en lo que crean, ambos ya hemos coincidido en que nuestro mundo debe cambiar, ¿lo recuerda? No obstante, nunca podemos olvidar que Jesús nos enseñó que debemos amar a los demás como a nosotros mismos. El cambio significativo y duradero no sucede con la violencia. Aunque la violencia, e incluso la guerra, en algunas ocasiones es necesaria, nunca debe ser la primera opción. Nuestra primera opción siempre debe ser hablar con las personas, trabajar con ellas, amarlas, vivir nuestras vidas como un ejemplo vivo – y no intentar forzarlas a que piensen como nosotros."

Nuestro intento de conversación comienza a calentarse nuevamente. La Detective Renae, incómoda con el intercambio, se pone de pie y se aleja algunos pasos.

"Alguacil, venga, en unos minutos comenzamos," dice el Dr. Chaffgrind. Su sonrisa pintada desaparece cuando me ve con el alguacil.

"Profesor," le hago un gesto con la cabeza mientras sigo al alguacil. Ingresamos a la tienda y nos encontramos en medio de dos oficiales de seguridad musculosos. Yo ignoro a Chaffgrind y él decide hacer lo mismo conmigo.

La trama que puedo descifrar vagamente es que un jefe tribal Moctezuma-alienígena intenta encontrar una hembra humana como sacrificio máximo para el dios extraterrestre – aparentemente para... ¿qué? ¿Apaciguar a los dioses? ¿Hacer más prosperas a estas personas/criaturas? La actuación me recuerda una obra que tuvimos que hacer en la escuela con algunos compañeros. Ganamos el primer premio – en tercer grado. Me pregunto por qué alguien compraría esta porquería en primer lugar. Oh, claro, es porno.

La escena ante mis ojos pasa rápidamente de los guardias alienígenas que escogen a las víctimas potenciales, a las víctimas 'complaciendo' individualmente al jefe cada una en su propia manera erótica, y si él no está satisfecho, las hace a un lado para que los 'guardias alienígenas' pueden hacer con ellas lo que quieran. En menos de 10 minutos, comienza una orgía masiva. Carne sobre carne – así de simple – y ésta industria hace un dineral. Muevo mi cabeza de lado a lado.

"¿Sabe si Matt tiene alguna marca distintiva en el cuerpo?" le pregunta el alguacil a la Detective Renae mientras mira a cada uno de los actores con atención. Si de alguna manera logró meterse al reparto, localizarlo sin alguna marca distintiva no será fácil debido a que ya todos están completamente desnudos, con excepción de sus máscaras grotescas.

"No que yo sepa," niega con la cabeza.

No necesito ver más de esta depravación. Tal vez logre ver a Matt en algún lugar afuera de la tienda si es que no hace parte de esto; tal vez simplemente me siente a mirar a las estrellas diciéndole a Dios lo apenado que estoy por todo lo que ha salido mal con Sus hijos y pida Su perdón – por ellos; por todos nosotros.

Doy vuelta hacia la salida y un grito extraño brota de repente del jefe que hace que me detenga – imagino que es su versión de cómo suena un Moctezuma-alienígena. Se ha abierto paso hasta el 'altar,' y por lo que puedo ver, hasta la humana que mejor lo ha complacido. Ella es la preferida, el 'sacrificio' elegido. La orgía se detiene, las actrices se mueven fuera de cámara, y los guardias alienígenas hacen una fila uno detrás del otro – puedo contar al menos una docena. Parece ser que el sacrificio máximo será complacer al jefe y lo que quede será tomado por su unidad militar.

La mujer elegida seleccionada, decretada con antelación por el director de la película, por supuesto, y distinguida por un tocado que no se compara con el de sus compañeras, se gira de repente, mira intencionalmente directo a nosotros y clava sus ojos en el alguacil. Sus pies están pegados al suelo desértico dentro de la tienda, y su mirada fija en ella. Ha visto esos ojos anteriormente. Se da vuelta lentamente, se aparta de la multitud y sube al altar, lo que nos da el tiempo suficiente para ver claramente las letras "EBYT" tatuadas en su espalda baja. Estoy seguro de que eso lo quitarán digitalmente del video final antes de que salga al mercado, eso si es que el alguacil no la alcanza primero.

En segundos, comienza un tipo de música tribal del espacio exterior increíblemente fuerte y horrible que ahoga el grito angustiado del alguacil. Se lanza contra el altar tumbando a Chaffgrind al piso e intentando pasar por entre el corpulento Guardia #1 y el aún más fortachón Guardia #2. Someten al alguacil con rapidez y lo sacan de la tienda. Yo los sigo y doy una mirada hacia una Michele radiante mientras se acuesta en el altar donde el jefe Moctezuma-alienígena la toma, y los guardias se encuentran a la espera de su turno.

Capítulo 50

La Detective Renae y yo intentamos en vano seguir al alguacil mientras corre hacia el templo. Desaparece rápidamente, absorbido por los miles que se encuentran en el perímetro. Hacemos nuestro mejor esfuerzo por examinar la multitud mientras bailarines se mueven de manera coordinada alrededor de la estructura, iluminados por las llamas danzantes de las antorchas. El sonido de los tambores se incrementa minuto a minuto. La multitud se encuentra en un frenesí constante que va en aumento; me tropiezo con algunas personas que tienen sexo al borde de las masas mientras intento seguir hacia donde creo que el alguacil fue. Miro hacia atrás y me doy cuenta de que también le he perdido el rastro a la Detective Renae.

Luego de 45 minutos, los bailarines cierran con broche de oro. Todos los ojos se dirigen al centro de la estructura – el 'hombre' gigante que se posa encima de un platillo volador improvisado sobresale de entre las masas – cuando una docena de antorchas lo encienden. Viene a mi mente lo que dijo el Vigilante Fulminante sobre lo loco que esto se va a poner. Por ahora nadie se mueve hacia él, lo cual es bueno porque solamente veo un puñado de valientes voluntarios del equipo médico con trajes ignífugos entre ellos y una muerte segura.

Todo a mi alrededor es un caos organizado. Hay cantos, gritos, chillidos, abrazos, besos, llanto. Es como el año nuevo en anfetaminas. Parece que este monstruoso grupo siente todo el rango de emociones, y cada uno experimenta el fenómeno de manera verdaderamente única. Observo la estructura en llamas y pierdo las esperanzas de encontrar al alguacil o a la detective hasta que todo se calme. Me abro paso hasta dos hileras antes del frente entre la multitud y me encuentro de repente en medio de un pogo espontáneo en el que los juerguistas me empujan y se estrellan contra mí, y saltan sin parar llenos de una euforia desenfrenada.

En ese momento, como si no fuese posible que se pusiera aún más extraño, sucede. Mientras toda la superestructura está envuelta en un fuego arrasador, detecto una figura que sale de su base. El viento ha arreciado, quizás debido a una tormenta que se aproxima, o como resultado de la combustión espontánea que estalla a 35 metros de mí. El viento y el humo apalean mis sentidos. Hay chispas volando por todas partes. Mis ojos arden. Los froto intensamente para asegurarme de que no me engañan y me hacen ver algo que no está ahí. Pero con la misma seguridad que el alguacil expresó vehementemente respecto a su experiencia cercana a la muerte cuando lo vi por primera vez en el hospital a principios de este año, lo que veo desarrollarse frente a mí es innegablemente real, apenas a 25 metros y acercándose con rapidez. Ahora 15. Luego 10. Nadie parece notarlo, ni tan siquiera mirar hacia él. No cabe duda en mi mente que viene directo por me.

Moviéndose sin esfuerzo en medio de las personas que están hombro a hombro frente a mí, se posiciona apenas a centímetros de mi cara, y mira con furia dentro de mis ojos. Cabello rizado, antiguo y ceniciento se asoma bajo su viejo sombrero de copa negro. El 'extraterrestre de Cargo Cult' y su platillo volador – completamente en llamas – se levanta por encima y detrás de este ser, y su propia complexión eclipsa la mía por al menos 30 centímetros. El paisaje árido, completamente iluminado por esta formidable fogata – me permite ver que lleva una levita que le hace juego, pantalones negros cuidadosamente planchados, botas antiguas en negro y blanco, chaleco negro con un pañuelo rojo, y guanteletes rojos. A diferencia de mis pantalones que quizá deba botar a la basura luego de mi excursión aquí al desierto de Nevada, no hay ni un poco de polvo ni ninguna quemadura aparente en él, y sus zapatos brillan literalmente debido a la luz que emana desde el infierno arrasador detrás de él. Un bastón dorado brillante complementa sus adornos de la era victoriana.

O es el ruido a mi alrededor que se ha vuelto estrepitoso, o las palabras que salen de su boca están en un decibelio mucho más alto. En cualquier caso, es latín. El entrenamiento de mi seminario vuelve a mi mente, en fragmentos, y entiendo algunas palabras y oraciones: *"mis objetivos," "peleas una batalla perdida,"* y *"mi territorio y campo de caza,"* de su invectiva apenas controlada. Muevo mi cabeza de lado a lado mientras habla, y me pregunto cómo es que ni siquiera una persona nos mira, cómo absolutamente nadie parece captar esto. Somos solo los dos en una dimensión diferente. Pero ahora sé quién es, y tengo una buena idea de porqué ha salido a mi búsqueda. Siempre va tras los pastores de Nuestro Señor, porque si logra vencernos, las ovejas le seguirán. Ha sido uno de sus métodos de operación desde el principio.

Meto la mano a mi bolsillo, y saco las cuentas de mi Rosario; revelo en la palma de mi mano a Nuestro Señor en un gran crucifijo. También me siento de repente agradecido por el escapulario marrón que llevo todos los días en mi cuello, debajo de la ropa. Mi mundo, que anteriormente daba vueltas, se calma de inmediato, y mi mirada victoriosa se nivela con la suya.

"Nunca lo olvide, Él gana y lleva a los fieles bajo su manto de protección, y me amparará a mí y a todos sus hijos. Usted pierde," Digo, con la gracia de Dios que me mantiene firme.

El 'hombre de Cargo Cult' se desploma encima de la nave espacial detrás de este maestro sobrenatural de la tentación y la destrucción, y el rugido colectivo de todos los amantes del placer me trae de vuelta al momento. Él no se inmuta ante el colapso estruendoso.

Una risa de satisfacción histérica brota de su boca y el olor mortífero de su aliento hace que mi rostro se estremezca inmediatamente de asco. El recuerdo de ese hedor asqueroso que emanaba de la joven en Lourdes hace apenas unos meses amenaza con dominarme una vez más.

"Oh, pero siempre estaré esperando y observándolo, Padre Jonah Lee Bereo, se lo prometo."

Sin poderse contener más, la multitud sale a correr, casi tirándome al suelo. Me veo forzado a moverme con ellos para no ser aplastado. El Príncipe de los Pecadores ha desaparecido. Mientras los que celebran corren enloquecidos de frente hacia la radiación derivada de la conflagración incontenible que no cesa de ejercer su atracción, yo me abro paso de vuelta en dirección a mi automóvil con las cuentas del Rosario aún en la mano, y recuerdo la segunda y tercera de las 15 promesas para aquellos que rezan el rosario con devoción – que la Virgen María promete su protección especial y las más grandes gracias, y que el Rosario será un arma poderosa contra el Infierno a la vez que destruye los vicios, reduce el pecado, y vence las herejías.

Hago el signo de la cruz lentamente y viene a mi mente lo que el Papa Emérito Benedicto XVI dijo alguna vez sobre el demonio y el hombre – que por sí solos no podemos oponernos al poder de Satanás, pero dado que Lucifer no es segundo Dios, si nos unimos a Jesús, podemos estar seguros de vencerlo.

Le agradezco a Dios profusamente por lo que acaba de suceder y por sus continuos regalos y bendiciones, y le pido su constante ayuda, guía, y protección – para mí, mi familia y mis amigos; para cada una de las personas que están hoy con vida y para todos los que vendrán en el futuro. Rezo especialmente por aquellos que no quieren nada más sino creer que el Príncipe de las Tinieblas no existe, solamente para poder vivir una ilusión – una vida de fantasía sin consecuencias. También le agradezco a la Virgen María por su protección otorgada por medio de Dios, y le pido que nos sea dada a todos la gracia y la voluntad para permanecer siempre dignos de Sus regalos.

Me detengo un momento para orientarme nuevamente, veo que me he alejado al menos 40 metros de la pista de baile primitiva, y luego levanto mis ojos al lienzo de estrellas sin fin encima de mí. Deseo estar en el Cielo, ahora. Pero sabiendo que no es la voluntad de Dios en este momento, me comprometo una vez más a nunca hacer nada que me pueda costar la eternidad con Él.

De repente una mano se estira, toma mi brazo, y me hace dar un giro. No logro ver el rostro claramente debido a la oscura noche de Nevada, pero reconozco la voz.

"Lo encontraron," dice firmemente el Vigilante Fulminante Dirk. Asumo que la silueta que veo al lado de él es la Srta. Herrera.

"¿Encontraron a quién?" aclaro, y me pregunto cuándo terminará este día de pesadilla.

"Al tipo que usted y la Detective Gambke estaban buscando hoy en la mañana." Parece que le falta un poco el aire.

"¡¿A Matt Gambke?! ¿Verdad? ¿Dónde?" le pregunto mientras la Srta. Herrera y yo intentamos seguirle el ritmo cuando comienza a trotar hacia la escena del crimen.

"Afuera de la línea límite de nuestra ciudad, pasando la cerca de plástico naranja. Parece que lo que sea que haya sucedido ocurrió justo después de que nuestra patrulla hizo la penúltima ronda de la noche, más o menos hace 30 minutos. Durante el viaje de vueltas, lo divisaron con sus luces. Está en muy malas condiciones, creo. Tendido."

"¿A qué se refiere con tendido?" Agarro su brazo y lo obligo a detenerse. El ruido de la muchedumbre va en aumento debido a que estamos más cerca de la zona central, y necesito asegurarme de que lo escucho correctamente. Se voltea y el contorno de su rostro es ahora más claro gracias al fuego arrasador que continuará ardiendo por horas.

"Pues, todo lo que escuché por la radio fue que un tipo al que identificaron como su sospechoso fue atado a unos tablones de madera largos y macizos, en forma de cruz. Le quitaron las bolas. Llegamos dos minutos después de la llamada. Imagino que el tipo comenzó a gritar como loco luego de que le sacaron un calcetín de la boca, y no se había detenido hasta el momento que vinimos a buscarlos a ustedes. El equipo médico iba en camino. Fue una escena bastante espantosa."

La Señora Herrera se inclina abruptamente dándonos la espalda, y escucho el vómito que cae de su boca sobre el suelo desértico agrietado. Claramente no es el tipo de aventura que estaba buscando.

Capítulo 51

"Déjeme decirle que toda esta experiencia ha sido descabellada; una montaña rusa salvaje."

Pongo al día al Padre Jack, y llevo 15 minutos describiendo todo lo que ha sucedido desde nuestra última conversación.

"Creo que se queda corto, Jonah. Satán es muy real, ¿o no? La mayoría de las personas no quieren creerlo; es más fácil así para ellos."

"Totalmente de acuerdo, Padre."

Hacemos una pausa y ofrezco más oraciones de agradecimiento y pido el auxilio continuo de la protección de Dios.

Ya le conté que la Sra. Susan Bellers admitió la malversación de $70.000 dólares en un periodo de 13 años, provenientes de los ingresos de la colecta. Aparentemente mantenía un grupo de libros contables separado y de vez en cuando salía con el dinero en una bolsa de papel. Le dijo al Padre Bernard, cuando él tuvo el coraje de preguntarle un día, que, pensando en el cuidado del medio ambiente, simplemente quería reciclar la bolsa de su almuerzo. Desafortunadamente, se salió con la suya por mucho tiempo porque era la que dirigía la función, y ninguno de los otros voluntarios que ayudaban en la oficina se atrevió a cuestionar sus actividades. Tenía todo el control y trabajó muy duro para que siempre fuera así.

Además, de manera intencional nunca dejó rastros electrónicos ya que no hizo transferencias de dinero de la cuenta de la parroquia a la suya. Simplemente utilizaba la manera más fácil porque no vio ningún motivo para no hacerlo – el antiguo método del "dinero en la bolsa del almuerzo." Sin embargo, sus compras y su estilo de vida suntuoso – que no podían ser respaldados por sus modestos ingresos familiares – fueron descubiertos completamente por el investigador y los auditores diocesanos. ¿Equilibrio de poderes? A menos que el Padre Bernard le hiciera frente, nunca se lograría llegar al punto de equilibrio. Él nunca le hizo frente, y nunca se llegó al punto de equilibrio. Bueno, hasta que aparecieron los auditores.

La cámara espía que su sobrino, Dennis, había instalado en mi oficina el sábado que los encontré adentro, resultó siendo de gran ayuda para mi caso. Aparentemente, la mañana después de que Michele intentara seducirme y luego inculparme, Bellers estaba tan emocionada que llegó a la oficina temprano para llevarse el video – tenía toda la intención de denunciarme ante la diócesis aún si Michele hubiera decidido no hacerlo. Estaba totalmente convencida de que yo sí había abusado de Michele y que la prueba estaría en el video. No se esperaba ver al Padre Bernard ahí tan temprano, así que no pudo entrar a mi oficina a sacar la cámara que transmitía video a su computadora. Todavía no estoy seguro de cuál fue la excusa que dio por haber colocado la cámara en primer lugar. De todas formas, también cometió el error de mencionar que tenía "pruebas" de la pornografía en mi computadora cuando pensó que jugaría a su favor, pero lo que hizo fue poner sobre aviso a los investigadores para que visitaran la casa de Dennis con una orden de allanamiento donde encontraron mi computadora portátil. Parece que Bellers y su sobrino habían hecho el montaje del robo de hace meses para intentar conseguir evidencia contra mí. Eso los metió en aguas aún más calientes. Luego de escuchar mi versión e intentar atar los cabos sobre cómo Bellers podría tan siquiera saber lo que profesaba, el auditor y el investigador diocesano encontraron la cámara espía – y posteriormente el video que los llevó hasta la computadora propiedad de la diócesis sobre su escritorio. Su plan y su estafa estaban irrevocablemente frustrados.

La historia que compartí con el Padre Bernard no solamente coincidía con las fechas y las páginas web exactas que había visitado, sino que también el video reveló exactamente lo que había sucedido con Michele Jerpun en mi oficina. Como si fuera poco, el mismo video le proporcionó a los investigadores evidencia clara de su desfalco. Claramente mostraba que después de que ella y algunos voluntarios comprometidos realizaban las cuentas semanales, ella colocaba "su parte" en la bolsa. Al final, no era tan lista como creía que era, y su deseo de arruinarme hizo que el tiro le saliera por la culata y la mandó a prisión. Su confianza y su éxito previo con la estafa la volvieron descuidada y arrogante. Como parte de su condena, debe hacer completa indemnización de los fondos. Aunque ahora he incrementado mis oraciones por su conversión verdadera, debo admitir que "choqué los cinco" de todos con los que tuve contacto ese día.

El Padre Jack me había comentado, "ella se colocó a sí misma en esa posición, Jonah. Y por eso es que se va a la cárcel," y estoy totalmente de acuerdo.

No obstante, le dije que me sentía mal por el Padre Bernard, y el Padre Jack coincidía conmigo. Su llamado y su entrenamiento fueron para ser un pastor para Su pueblo, no un administrador a tiempo completo. Simplemente no tenía las habilidades necesarias para manejar la oficina administrativa, y se vio forzado a colocar toda su confianza en su cuñada. Se jubiló oficialmente en octubre – apenas un mes después de que ella fuese arrestada – avergonzado, y se fue a casa al Medio Oeste.

Ahora soy el pastor de la parroquia de Nuestra Señora del Perpetuo Socorro. La diócesis está satisfecha con el resultado final de su propia investigación; en otras palabras, se me ha exonerado completamente. Muchos feligreses han decidido dejar la parroquia – convencidos de mi culpabilidad – pero eso se sale de mis manos. Me he estado apoyando en ayudantes temporales mientras renuevo las políticas y los procedimientos en la parroquia con la ayuda de los auditores de la diócesis.

"Con respecto a Matt Gambke, la noche que lo encontraron en el Hombre Ardiente, determinaron que sus testículos habían sido removidos con unas pinzas utilizadas para el ganado, y que se le había colocado un vendaje preparado apresuradamente para intentar contener el sangrado. Quienquiera que lo haya hecho no quería que muriera de inmediato, o no quería que muriera, pero sí que experimentara un gran dolor. Si la patrulla del desierto no lo hubiera encontrado en ese momento, tal vez se habría muerto desangrado antes de que llegara la mañana. Lo que me causa gran interés es que justo encima de sus partes privadas, bueno, lo que aún quedaba de ellas, estaban tatuadas las iniciales 'B.H.R.,' que era lo mismo que tenía tatuado su papá."

"¿Y eso que quiere decir?" preguntó el Padre Jack.

"No lo sé, y nadie quiere decírmelo. Le pregunté tanto a Daniel como a Renae y cambiaron el tema rápidamente. Claramente saben algo que yo no sé, y no quieren decírmelo. Aunque ellos no parecieron sorprenderse al ver las iniciales.

"Además, cuando visité a Matt en el hospital aquí en Carolina del Norte luego de su extradición inmediata, Interrumpí por accidente a Daniel y a Renae hablando en un tono muy bajo. Dejaron de hablar tan pronto me acerqué, pero parecía un poco acalorado. Todo lo que escuché fue "ha hecho parte del grupo desde siempre" No me ofrecieron mayor información, y yo no insistí. Aparentemente eran 'asuntos oficiales de la Policía.'

"De lo que sí me enteré por parte de Daniel fue de que el equipo médico estabilizó a Matt y lo llevó al hospital en Reno, pero que él no quiso decir quién le hizo eso ni dar ningún detalle sobre la violación de Gina. Sin embargo, me dijo Renae posteriormente que entregó a los otros dos sujetos que hicieron parte del ataque – amigos suyos de la preparatoria que al parecer regularmente violaban niñas en el área y amenazaban con matarlas si decían algo. Su propósito perturbado para hacerle lo que le hizo a Gina era intentar impresionar al hijo productor de porno del Dr. Chaffgrind con un video que destacaba el sexo con una persona discapacitada físicamente. Sus amigos se pusieron mascaras para la grabación porque le añadía valor al guion de la 'violación sorpresa.' Él no se colocó una porque sabía de sus experiencias anteriores que en todo caso ella no lo recordaría a él ni a sus cómplices debido a las drogas. Lo que nunca se esperó fuera que cayera en coma. ¿Y sabe qué? No expresó remordimiento alguno por lo que le sucedió a Gina. O es un muy buen actor intentando esconder sus sentimientos, o se ha vuelto muy insensible al dolor que inflige a los demás, especialmente a sus propios familiares.

"Lo que me sorprendió fue que Michele sabía que Gina estaba con él esa noche ya que él la recogió para llevarla al cine, pero al parecer le dijo que ella se había perdido cuando le dijo que tenía que ir al baño, y aparentemente fue ahí cuando la 'secuestraron.' En verdad no sé por qué ella le creyó porque parece que no se le escapa nada, pero él lo tenía todo planeado y su coartada pasó la prueba. No sé, toda esta conexión con Michele y Matt aún me parece extraña."

"Jonah, por lo que me acaba de describir, no me sorprendería nada de Michele Jerpun, pero estoy un poco confundido. Si Matt Gambke no quería hablar, ¿cómo descubrieron toda esta información?"

"Por la grabadora," digo.

"¿La grabadora?" pregunta.

"Sí," le respondo. "Cuando fue castrado esa noche, lo forzaron a que hablara para la grabadora que encontraron los investigadores posteriormente en su bolsillo trasero. Sin embargo, no pudieron encontrar ninguna huella.

"Claro, cuando los investigadores reprodujeron la grabación

frente a él, lo negó todo. Su abogado defensor – quien por casualidad resultó ser el mismo abogado de Cameron Gambke y Victor Thomas, el Sr. Greenberg – afirma que la grabación es inadmisible en corte porque se encontraba bajo coerción y temor en ese momento. Dice que simplemente 'inventó' esa historia porque su atacante le dijo que si no decía la verdad, lo castraría. Él dijo lo primero que le vino a la mente, según afirmó su abogado posteriormente, pero que aun así lo castraron para que 'aprendiera la lección.'"

"¿Cuál lección?" me pregunta.

"Nadie sabe, y él no dice nada. De cualquier forma, todavía hay dos piezas de evidencia importantes en su contra. El Laboratorio de Criminalística analizó el video de su vecino, y definitivamente son Matt y Gina. Además, y mucho más incriminatorio, es el video que le dio al hijo de Chaffgrind en el Hombre Ardiente. Lo entregaron a la policía y Matt fue tan osado, tan confiado de que todo su plan era perfecto, que colocó su propio nombre como Director. En todo caso, ya salió del hospital y el caso se encuentra bajo llave en la corte."

"¿Confiado o estúpido?" El Padre Jack ha visto muchas personalidades a través de los años, muchas de los cuales encajan en el molde de Matt Gambke.

"Es difícil decirlo, Padre, pero tengo la intención de conocer más profundamente a Matt en el futuro. También escuché por casualidad que este quizá no haya sido su primer intento en la producción de pornografía. Entre más se descubre su joven mundo, más parece que es un criminal tan experimentado como un hombre tres veces mayor, y hacer porno era solamente para cuando estaba aburrido. Cómo logró mantenerse fuera de la base de datos de la policía hasta ahora es un gran misterio para mí."

Lo que no le voy a decir al Padre Jack es que Daniel lleva consigo una grabadora, aunque sé que eso no prueba nada. Ya llevamos un rato hablando, y estoy listo para prender la televisión en el canal de fútbol.

"¿Y qué hay de Michele Jerpun? ¿Dónde está?" pregunta.

"Lo último que vi de ella fue en el Hombre Ardiente. La encontraron en el templo y la llevaron a la escena del crimen. La entrevistaron inmediatamente, y como tenía una coartada – el rodaje de la película porno – no la detuvieron. Sin embargo, dadas las circunstancias, aún es sospechosa. Daniel y Renae también fueron entrevistados, debido a su 'problema' contra Matt, y yo fui entrevistado, debido a lo que ahora creo firmemente que le hizo a mamá. Nada se ha resuelto, y el caso aún permanece activo. Aun así, ella y Gina prácticamente han desaparecido del radar nuevamente, al menos de mi radar, y por mi está bien mientras se trate de Michele."

"Increíble. ¿Se arrepiente de haberse ido de Brooklyn?" se ríe para romper la tensión.

"Bastante chiflado, ¿no?" muevo mi cabeza de lado a lado y paso los canales sin prestar atención.

"Definitivamente así parece. ¿Y cómo se siente Renae con todos estos descubrimientos?" pregunta.

"Todo esto la ha afectado mucho. Daniel, mi cuñada, Jean, y yo, nos reunimos con ella una vez los resultados de ADN estuvieron listos. Fue una discusión difícil, pero todo debía salir a la luz para poder calmar los aires.

"En verdad le agradecería si pudiera orar por ella. En verdad es doloroso todo lo que le ha sucedido y lo que le continúa sucediendo. Primero, tuvo que lidiar con la muerte de su padre, que aunque no podía soportarlo, igual era su padre. Luego, después de todos estos años, finalmente logró ponerle un nombre al rostro del hombre que la había violado y aterrorizado, y eso le ha creado una carga mental tremenda, especialmente ahora que somos amigos. Y ahora, el hecho de tener que lidiar con su hermano, Matt, mientras la evidencia se incrementa en su contra, solamente exacerba el dolor que está experimentando. Por fortuna ha intensificado la terapia EMDR con su tía, y todo indica que está haciendo un excelente progreso. Simplemente le tomará tiempo.

"Renae le contó a Daniel sobre la carta de Cameron. Y Daniel hasta se sinceró un poco y habló de su experiencia extracorpórea; algo de lo cual, según pude ver, Jean no había escuchado en detalle. Fue una tarde tensa y triste, pero catártica. Algo bastante positivo fue que luego de que Jean le diera a Renae un abrazo fuerte al salir, Daniel también le dio uno. Uno rápido y flojo, pero aun así amistoso. Y *eso* si me hizo feliz.

"Va a hacer un esfuerzo por romper la carta, y nosotros vamos a ayudarla porque, como mínimo, esta conexión entre Cameron Gambke y Thomas Victor es extraña cuanto menos."

"¿Y cómo le va con su nuevo hermano? Me doy cuenta que pasó de ser 'el alguacil' a 'Daniel,'" me dice, y su sonrisa entre dientes, que es la que más extraño, relaja de inmediato el ambiente.

"Pues bien, una vez pasó el impacto, parece que nos sentimos más cómodos. Me anima mucho que ahora rece el Rosario todos los días, junto con la coronilla de la Divina Misericordia. Además lleva una mellada milagrosa bendita, lo que me hace muy feliz.

"Luego de que Renae se fue aquella noche, Jean quiso escuchar más sobre la experiencia extracorpórea. Me da la impresión de que hace un esfuerzo por al menos llegar al mismo punto medio al que él ha llegado en su relación. Intenté irme para darles mayor privacidad, pero Daniel quiso que me quedara dado que, como dijo, ahora somos familia, y a ella no pareció importarle. Daniel volvió a reproducir el mensaje. Se sintió mejor al saber que la palabra 'ambos' en la grabación debía referirse a él y a mí. Pero le entristece que de alguna manera nuestra madre biológica intentaba pedirnos que protegiéramos a Thomas Victor y no hicimos nada al respecto. Creo que por eso es que en verdad intentará ayudarle a Renae a resolver todo esto, por su propio bien, también. Aún es un misterio quienes son 'los demás,' pero este es un misterio que planeo ayudar a resolver.

"Tenemos que encargarnos del negocio que dejó nuestro padre, pero nos han sucedido tantas cosas a los dos que no hemos tenido el tiempo para hacerlo. Definitivamente no nos sentimos obligados en su nombre, porque al menos estuvimos de acuerdo en que si hubiésemos conocido a Thomas Victor mientras estaba en vida, no nos hubiese agradado mucho. Daniel simplemente quiere ver que se complete el traje sexual porque cree que eso era lo que le decía mamá en el mensaje. Ya me ha dicho en algunas ocasiones que debe ser lo que Dios quiere, pero yo no estoy para nada de acuerdo. No logro imaginar que ese haya sido Su plan cuando creó al hombre y a la mujer. Sin duda tenemos bastante camino por recorrer respecto a este asunto."

Hago una pausa corta y luego agrego, "Aunque si estuvimos de acuerdo en un nuevo reto."

"Ya veo, ¿Y cuál es?" pregunta.

"Me retó a aceptar mis preocupaciones de salud y también a que construyera la iglesia. Como mínimo, está convencido de que una edificación más grande les permitirá a más personas aprovechar los sacramentos, y será un lugar donde pueden estar en soledad muchos otros. Prometió que me ayudaría como pudiera, pero no está seguro de que esa es la manera como quiere gastar su nueva fortuna. Tampoco estoy seguro de qué hacer con la mía a la larga. Quiero hacer algo verdaderamente positivo con ella, pero le pido a Dios que me dé su guía y me muestre el mejor camino. Si resulta ser una iglesia más grande, pues que así sea, pero quizás quiera que toda la familia parroquiana participe y no que yo solo pague la cuenta completa. De todas formas, yo reté a Daniel a vencer su adicción al sexo y a comprometerse nuevamente con su matrimonio con Jean. El año nuevo está cerca, así que en broma hemos hecho de estas nuestras Resoluciones para el Año Nuevo."

"Muy bien. Ya casi es la hora del almuerzo, Jonah, así que cuénteme, ¿qué ha aprendido?"

El Padre Jack siempre es bastante predecible con esto; me obliga a intentar encontrarle sentido a mi mundo como se ve a través de los ojos de Dios. No me molesta. Todo lo que debo hacer es pensar en él y en todo lo que significa para mí en mi vida y no puedo evitar sonreír.

"Sabía que me lo preguntaría," me río.

"Una de mis malas costumbres, ¿no?" ríe igualmente.

"No, en absoluto – es bastante útil – para intentar guiarme." Le respondo. Hago una pausa para pensar en mi respuesta, y la condenso tanto como puedo.

"Bueno, directo a su pregunta. El otro día leí que muchas personas creen que San Pablo estaba obsesionado con intentar erradicar y controlar toda la sexualidad humana, pero ese no era para nada el caso. Incluso en ese tiempo, lo que simplemente intentaba hacer era dirigir a las personas por el camino correcto lejos de las vidas desordenadas que vivían. Le decía al mundo en aquel entonces, y yo se lo sigo diciendo a Daniel, que la sexualidad humana es un regalo de Dios, pero solo si la experimentamos de acuerdo a su plan.

"El sexo siempre estuvo destinado a ser *parte* de una vida hermosa que se podía vivir y experimentar como marido y mujer. Desafortunadamente, el sexo se ha convertido en lo más importante para demasiadas personas en este mundo. Se ha convertido en su principio y su fin; su objetivo, su medio, su meta, su 'salvación.' Se ha convertido en la *única* cosa que mantiene a muchos emocionados en la vida, y aun así está plagado de dolor y agonía cuando se abusa – las sombras del ciclo de los adictos. El *abuso desorganizado* del sexo ha causado demasiado dolor en este mundo.

"Y al hacerlo así, se han convertido en lo que piensan la mayor parte del tiempo. Cameron, Matt, Michele, Daniel, Renae e incluso Jean."

"¿Y usted con su salud?" me provoca.

"Sí," estoy de acuerdo, "y yo con mi salud. Soy un ejemplo perfecto de cómo ésta verdad aplica en la vida real, ¿no es así?"

"Si me lo permite, Jonah, lo dejo con este pensamiento. Sin duda alguna, el pecado sexual es muy malo para el alma de una persona. Pero es peor cuando la mente y el corazón de una persona se cierran a Dios, porque solo Él puede traer la paz, el amor, la aceptación y la solidaridad que el mundo siempre ha deseado, si permanecemos abiertos a ello y lo pedimos continuamente."

"Muy bien dicho. Y tiene toda la razón," le digo.

Nos quedamos en silencio un momento antes de continuar.

"Por eso es que debo convencer a mi familia y amigos para que vengan conmigo el otro año a mi viaje a Kibeho. Tenemos mucho más por aprender, y al menos el dinero ya no será un problema."

"De acuerdo. Según lo que tengo entendido que ocurrió allá, ese no será un viaje inútil. Oh, antes de que lo olvide, ¿qué le pasó a la jovencita con síndrome de Down?"

"¿Gina? Bueno, pues, hace mucho que no la veo, pero al parecer lo último que le dijo a Renae fue en realidad una pregunta. Le preguntó si sabía si el día que los depredadores sexuales mueren, saben, cuando se levantan de la cama esa mañana, que será su último día sobre la tierra. Supongo que Renae le dijo que no sabía, pero que debería hacerme esa pregunta a mí la próxima vez que nos viéramos."

"Es una muchacha muy perceptiva," dice, y de inmediato le sigue el sonido de un bostezo.

"Creo que es más lista de lo que todos creen," agrego.

Es hora de terminar nuestra conversación.

"Estaré en contacto con usted y lo pondré al día con todos los detalles más adelante, Padre Jack."

"Claro que sí, Jonah. Su vida es mucho más emocionante que la mía por estos días." Se ríe mientras cuelga el teléfono.

Apago mi computadora y miro por la ventana de la rectoría. Daniel llega sin avisar en su vehículo oficial. Renae lo acompaña y puedo ver que una mirada bastante seria envuelve su rostro.

Sobre el Autor

A.I. Robeshin es un antiguo ejecutivo, casado, con hijos, y establecido en los Estados Unidos de América. Siendo un católico activo durante toda su vida que una vez estuvo equipado con tan solo un conocimiento razonable de las verdaderas enseñanzas de la Iglesia, las metas materialistas de Robeshin se vieron destruidas cuando un niño fue víctima de una violación en grupo – dos veces. Esto tras los sucesos distantes de una madre violada por su padrastro cuando apenas era una niña, y una hermana con discapacidad mental que fue abusada sexualmente a finales de su adolescencia por dos compañeros de trabajo en perfecta condición física.

Este libro es el resultado de la necesidad absoluta del autor de saltar la barrera y entrar al campo de batalla para hacerle frente al número cada vez mayor de pecados sexuales violentos y degradantes. Para acercarse a las víctimas y darles esperanza. Para despertar a una sociedad en gran parte ingenua o indiferente. Para intentar equipar al mundo y lograr darle vuelta a la situación, y así cazar eficazmente a los depredadores sexuales que a diario asedian a víctimas nuevas o existentes, ya sean hombre o mujer.

Material Escrito / Visual Recomendado

Si está interesado en obtener mayor información sobre los temas incluidos aquí, los siguientes materiales le pueden resultar útiles. Tenga en cuenta que algunos de los sitios web pueden no estar disponibles en el momento en que se encuentre leyendo este libro.

CATOLICISMO / APOLOGÉTICA / EVANGELISMO

Be a Man! (Cómo convertirte en el hombre que Dios te creó para ser), escrito por el Padre Larry Richards. Ignatius Press.

Beginning Apologetics Series. www.CatholicApologetics.com.

Beginning Apologetics (Cómo explicar y defender la fe católica). (CD). Steve Wood and Jim Burnham. Family Life Center International. www.familylifecenter.net.

Between Heaven and Mirth (Por qué la alegria, el humor y la risa se encuentran al centro de la vida espiritual), escrito por James Martin, SJ. HarperOne.

Catechism of the Catholic Church – 2da Edición. Libreria Editrice Vaticana.

Además, *Compendium of the Catholic Church.* United States Conference of Catholic Bishops.

Catholic Essentials: A Franciscan Living Room Retreat (DVD), por el Padre Angelus Shaughnessy, OFM. EWTN Global Catholic Network.

Catholic Sexual Morality (CD), del Padre John A. Hardon, S.J., S.T.D. Eternal Life.

Changing Sides (Cómo una presencia pro-vida cambió el corazón de uno de los directores de Planned Parenthood) (DVD). Ignatius Press.

Church Fathers (From Clement of Rome to Augustine), por el Papa Benedicto XVI (Emérito). Ignatius Press.

Cosmic Origins (La evidencia científica de la creación), presentado por el Padre Robert Spitzer, S.J., Ph.D. Ignatius Press.

Divine Providence (El diseño de Dios en tu vida), por el Cardenal Francis Arinze. Roman Catholic Books.

Double Standard (Escándalos sobre abuso y el ataque a la Iglesia Católica), por David F. Pierre, Jr. www.themediareport.com.

Every Man, God's Man (La guia del hombre para… … la fe valiente y la integridad diaria), por Stephen Arterburn, Kenny Luck y Mike Yorkey. Waterbrook Press.

From Wild Man to Wise Man (Reflexiones sobre la espiritualidad masculina), por Richard Rohr (Franciscan priest). St. Anthony Messenger Press.

God: The Evidence (La reconciliación de la fe y la razón en un mundo post-secular), por Patrick Glynn. FORUM / Prima Publishing.

Good News, Bad News (Evangelización, conversión y la crisis de fe), por el Padre C. John McCloskey, III, y Russell Shaw. Ignatius Press.

Heaven (Charlas clásicas de la Madre Angélica). Video casero de 3 partes. EWTN Global Catholic Network.

How the Catholic Church is the same and how it is different from other Christian Churches (CD), por Franklin J. Dailey, MD.

Jesus of Nazareth, por el Papa Benedicto XVI (Emérito). Doubleday.

Jesus of Nazareth (Semana Santa: Desde la entrada a Jerusalén hasta la resurección), por el Papa Benedicto XVI (Emérito). Ignatius Press.

Men of Brave Heart (La virtud de la valentía en la vida sacerdotal), por el Arzobispo José H. Gómez. Our Sunday Visitor.

Newsflash! (Mi sorprendente jornada de presentador secular a evangelista en medios audiovisuales), por Teresa Tomeo. Bezalel Books.

Reasons to Believe (Cómo comprender, explicar, y defender la fe católica), por Scott Hahn. Doubleday.

Search and Rescue (Cómo llevar a tu familia y amigos a – o de vuelta a – la Iglesia Católica), por Patrick Madrid. Sophia Institute Press.

The Catholic Faith Handbook for Youth. Saint Mary's Press.

The Complete Idiot's Guide to the Catholic Catechism, por Mary DeTurris Poust con el Asesor Teológico David I. Fulton, STD, JCD. Alpha Books.

The Complete Idiot's Guide to Understanding Catholicism, por Bob O'Gorman y Mary Faulkner. Alpha Books.

The Didache Series (Introducción al Catolicismo; Entendiendo las Escrituras; La Historia de la Iglesia; Nuestra Vida Moral en Cristo). Midwest Theological Forum.

The Essential Catholic Survival Guide (Respuestas a preguntas difíciles sobre la fe), por el personal de Catholic Answers. www.catholic.com.

The Life of Christ, por Guiseppe Ricciotti. Roman Catholic Books. (También existen algunas otras ediciones bastante útiles e informativas de esta obra).

The Fathers Know Best (Su guía esencial a las enseñanzas de los principios de la Iglesia), por Jimmy Akin. Catholic Answers.

The Footprint of God series (La historia de la salvación de Abraham a Augustine), por Stephen Ray. Ignatius Press.

The Incorruptibles (Un estudio de la incorrupción de los cuerpos de varios Santos Católicos y beatos), por Joan Carroll Cruz. TAN Books and Publishers, Inc.

The Passion of the Christ (DVD). ICON Productions.

También, *"Changed Lives, Miracles of The Passion"* ("Aquí se encuentra evidencia poderosa y conmovedora de la manera en la cual Dios ha utilizado la película de Mel Gibson para transformar vidas de formas excepcionales" (Lee Strobel, autor, The Case for Christ and The Case for a Creator)). (DVD). GoodTimes Entertainment.

The Light of the World (El Papa, la Iglesia, y los Signos de los Tiempos), por el Papa Benedicto XVI (Emérito) con Peter Seewald. Ignatius Press.

The Ratzinger Report (Una entrevista exclusiva sobre el estado de la Iglesia), por el Cardenal Joseph Ratzinger (Papa Emérito Benedicto XVI) con Vittorio Messori. Ignatius Press.

The Ten Commandments (con el Padre Benedicto Groeschel CFR). EWTN Global Catholic Network.

The Navarre Bible (Antiguo y Nuevo Testamentos). Four

Courts Press (Dublin) / Scepter Publishers (Nueva York).

This is the Faith (Una explicación completa de la fe católica) (CD and book), by Canon Francis Ripley. TAN Books and Publishers.

United States Catholic Catechism for Adults (CD). St. Anthony Messenger Press.

Welcome Home! (Historias de católicos que se han alejado de la fe y han regresado a ella). Ignatius Press.

What Catholics Really Believe (52 respuestas a conceptos erróneos comúnes sobre la fe católica), por Karl Keating. Ignatius.

APARICIONES, MÍSTICA, MILAGROS

Blessed Jacinta Marto of Fatima, por el Monseñor Joseph A. Cirrincione. TAN Books and Publishers.

God's Miracles (Historias inspiradoras de encuentros con lo divino), por Lesley Sussman. Adams Media Corporation.

God-Sent (La historia de las apariciones acreditadas de María), por Roy Abraham Varghese. The Crossroad Publishing Company.

Lourdes (En los pasos de Bernadette), por el Padre Joseph Bordes (Rector Emérito del Altar de Lourdes). MSM.

Marian Apparitions of the 20th Century (Un mensaje de urgencia) (VHS). Marian Communications, LTD.

Mary and the Apparitions of Guadalupe, Lourdes and Fatima. Catholic Classics by Regina Press.

Mystics & Miracles (Historias verdadedas de vidas tocadas por Dios), por Bert Ghezzi. Loyola Press.

Our Lady of Light (Mensaje mundial de Fátima), traducido y resumido del francés, escrito por Chanoine C. Barthas y Pere G. Da Fonseca, S.J. The Bruce Publishing Company.

The Apparitions of the Blessed Virgin Mary Today, por el Padre René Laurentin. Veritas Publications.

The boy who came back from heaven (Un accidente. Un Milagro. Y un encuentro sobrenatural con los ángeles y la vida más allá de este mundo) (DVD). TYNDALE Entertainment.

The Call to Fatima (Gracias y Piedad) (DVD). www.TheCallToFatima.com.

The Day Will Come (Respuestas a sus preguntas sobre la

mística, las profecías & los milagros), por Michael H. Brown. Anthony Messenger Press.

The God of Miracles, por Michael H. Brown. Queenship Publishing.

The Miracles of Lourdes (Documental Original de EWTN) (DVD). EWTN Global Catholic Network.

The Wonder of Guadalupe (El origen y culto de la milagrosa imagen de la Bendita Virgen María en México), por Francis Johnston. TAN Books and Publishers.

The Woman Clothed With the Sun (Serie en DVD de 3 partes). EWTN Global Catholic Network.

The Wonders of Lourdes (150 historias milagrosas del poder de la oración para celebrar el aniversario número 150 de las Apariciones de Nuestra Señora). Magnificat. Publisher: Pierre-Marie Dumont.

The Youngest Prophet (La vida de Jacinta Marto, visionaria de Fátima – Edición actualizada), por Christopher Rengers, OFM Cap. Alba House.

To Heaven and Back (El recuento extraordinario de una doctora sobre su muerte, el Cielo, los ángeles, y el regreso a la vida – una historia verdadera), por Mary C. Neal, MD. Waterbrook Press.

Understanding Miracles (Cómo saber si provienen de Dios, el Demónio, o la imaginación), por Zsolt Aradi. Sophia Institute Press.

Unsolved Mysteries (Serie DVD de 4 discos). FIRST LOOK Home Entertainment.

Visions of Heaven, Hell and Purgatory, por Bob & Penny Lord. Journeys of Faith.

Where Miracles Happen (Historias verdaderas de encuentros celestiales), por Joan Wester Anderson. Ballantine Books.

Where Wonders Prevail (Recuentos verdaderos que atestiguan la existencia del Cielo), por Joan Wester Anderson. Ballantine Books.

www.miraclehunter.com

DEPREDADORES / CRÍMENES SEXUALES

An Affair of the Mind (La valiente batalla de una mujer para salvar a su familia de la devastación de la pornografía), por Laurie Hall. Focus on the Family Publishing.

At the Altar of Sexual Idolatry, by Steve Gallagher. Pure Life Ministries.

Breaking Free: 12 Steps to Sexual Purity for Me, por Stephen Wood. www.familylifecenter.net.

Common Threads: Stories of Life After Trauma (DVD), por Amber Ward. Shadow Lane / Productions.

Crime, Shame and Reintegration, por John Braithwaite. Cambridge University Press.

Criminology (Teorías, Patrones, y Tipologías – Sexta Edición), por Larry J. Siegel. West / Wadsworth Publishing Company.

Dirty Fighting, por Andy Puzyr. Desert Publications.

Fraternity Gang Rape (Sexo, hermandad, y privilegios en campus – 2da Edición), por Peggy Reeves Sanday. New York University Press.

Halting the Sexual Predators Among Us, por Duane L. Dobbert. Praeger Publishers.

How to Protect Yourself from Crime, Reader's Digest (La guía mas completa para salvaguardarse a sí mismo, a su familia, su hogar, y su negocio – 4ta Edición), por Ira A. Lipman. The Reader's Digest Association, Inc.

I Never Called It Rape: The Ms. Report on recognizing, fighting and surviving date and acquaintance rape, por Robin Warshaw. HarperPerennial.

Inside the Mind of Sexual Offenders (Violadores, pedófilos, y perfiles criminales), por Dennis J. Stevens, Ph.D. Authors Choice Press.

Let's All Fight Drug Abuse. L.A.W. Publications.

Lying: Moral Choice in Public and Private Life, por Sisella Bok. Pantheon Books.

Obsession (El legendario perfilador del FBI investiga la psiquis de asesinos, violadores, acosadores, y sus víctimas, y cuenta cómo defenderse), por John Douglas y Mark Olshaker. Simon and Schuster.

Our Sexuality (Decimoprimera edición), por Robert Crooks y Karla Baur. Wadsworth Cengage Learning.

Personal & Home Defense Magazine. www.tactical-life.com.

Physical Abusers and Sexual Offenders (Estrategias Forenses y Clínicas), por Scott Allen Johnson. Taylor & Francis.

Pornified (Cómo la pornografía está transformando nuestras vidas, nuestras relaciones, y nuestras familias), por Pamela Paul. Times Books.

Pornography: The Secret History of Civilization (Desde los muros de Pompeya hasta la Internet; 2,000 años de sexo). (DVD). KOCH Vision.

Predators (Pedófilos, violadores, & otros agresores sexuales) (Quiénes son, cómo operan, y cómo podemos protegernos y a nuestros niños), por Anna C. Salter, Ph.D. Basic Books.

Sadistic versus Non-Sadistic Sex Offenders (Cómo piensan, lo que hacen) (DVD), por Anna C. Salter, Ph.D. www.specializedtraining.com.

Screaming Through the Silence (Recuerdos, verdades y una esperanza a la comprensión), por Mary Ann Ricciardi. AuthorHouse.

Self Defense Women's Seminar (DVD). Stoney-Wolf Productions.

Sex and Violence (Asuntos en representación y experiencia). Routledge.

Sex Crimes (Patrones y Comportamiento – 3ra Edición), por Stephen T. Holmes y Ronald M. Holmes. Sage Publications.

Sexual Predators in Public Places (DVD). www.education2000i.com.

The Evil that Men Do (El viaje del perfilador del FBI Roy Hazelwood dentro de las mentes de los depredadores sexuales), por Stephen G. Michaud con Roy Hazelwood. St. Martin's Press.

The Gift of Fear (Libro y CD), por Gavin De Becker.

The History of Sex. MPH Entertainment, Inc. para The History Channel.

The Invisible War (DVD). New Video Group.

The Violence of Men (Nuevas Técnicas para trabajar con familias violentas: Una terapia de acción social), por Cloé Madanes

con James P. Keim y Dinah Smelser. Jossey-Bass Publishers.

Truth, Lies, and Sex Offenders (Cómo piensan, lo que hacen) (DVD), por Anna C. Salter, Ph.D. www.specializedtraining.com.

Why Does He Do That? (Dentro de la mente de hombres controladores y agresivos), por Lundy Bancroft. Berkley Books. www.freetacticaltips.com

VARIOS

50 Voices of Disbelief (Por qué somos ateos). Wiley-Blackwell.

Abnormal Psychology (Una enfoque integrative – Quinta Edición), por David H. Barlow y V. Mark Durand. Wadsworth Cengage Learning.

Burning Man. HardWired.

Burning Man: Beyond Black Rock (DVD). Gone Off Deep Productions.

Degenerate Moderns (La modernidad como comportamiento inmoral sexual racionalizado), por E. Michael Jones. Ignatius Press.

Expelled (No Intelligence Allowed) (DVD), por Ben Stein. Vivendi Entertainment.

Midwest Center for Anxiety. www.stresscenter.com.

Quiet Desperation: The Truth About Successful Men, por Jan Halper, Ph.D. Warner Books.

Red Wolves (And then there were (almost) none), por Meish Goldish. Bearport Publishing. www.bearportpublishing.com.

Speechless: Silencing the Christians, por el Rev. Donald E. Wildmon. Richard Vigilante Books.

The Truth about Cheating (Por qué los hombres se alejan y que puede hacer para prevenirlo), por M. Gary Neuman. John Wiley & Sons, Inc.

The Wolf Almanac (Una celebración de los lobos y su mundo), por Robert H. Busch. The Lyons Press.

Your Life, Your Choices – Right or Wrong. L.A.W. Publications.

www.ingramcontent.com/pod-product-compliance
Lightning Source LLC
Chambersburg PA
CBHW070615260626
47161CB00007B/2448